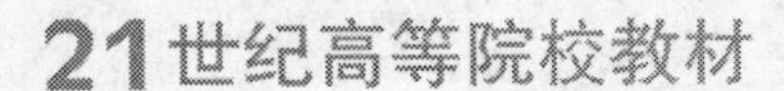
21世纪高等院校教材

MANAGEMENT

管理学

（第二版）

刘汴生 主 编

科学出版社

北京

内 容 简 介

本书是一本从管理者出发，以案例教学为导向，注重本土管理特色，侧重理论与实践结合，培养管理能力，多角度阐述和揭示管理精华的管理学教科书。本书共15章，分为6篇：管理基础、计划篇、组织篇、领导篇、控制篇、流程篇。内容涵盖传统管理学的全部内容，并增加管理思维模式和流程2个章节。为了方便教师教学和学生学习，本书配备有内容完善的多媒体教学课件。

本书适合高等学校本科生、MBA学员和研究生作为教材使用，同时也适合企业人员参考阅读。

图书在版编目(CIP)数据

管理学/刘汴生主编．—2版．—北京：科学出版社，2011
21世纪高等院校教材
ISBN 978-7-03-031452-9

Ⅰ．①管… Ⅱ．①刘… Ⅲ．①管理学-高等学校-教材 Ⅳ．①C93

中国版本图书馆CIP数据核字(2011)第107691号

责任编辑：徐 蕊 王京苏／责任校对：张怡君
责任印制：张克忠／封面设计：上海番茄

科学出版社 出版
北京东黄城根北街16号
邮政编码：100717
http://www.sciencep.com
骏杰印刷厂 印刷

科学出版社发行 各地新华书店经销
*
2006年5月第 一 版 开本：787×1092 1/16
2011年6月第 二 版 印张：21 1/2
2011年6月第七次印刷 字数：509 000
印数：12 501—15 500

定价：39.00元

(如有印装质量问题，我社负责调换)

在现代社会中，只要有组织就存在管理。无论是政府管理，或是企业管理，或是学校管理、家庭管理，个人只要在组织之中，就加入到了管理或被管理的队伍。组织对管理者或被管理者都提出了管理水平的要求。

作为一本教材，本书适合高等学校本科生、MBA学员和研究生作为教材使用，同时也适合企业人员参考阅读。

1. 本书的特点

与本土和国外教材相比，本书具有以下特点。

(1) 以管理者为本讲管理，而不是从管理学研究的角度讲管理。

针对这一特色我们更加重视管理者的学习管理的需求，我们力图追求管理者在管理中出现问题时所需的理论指导和操作，也更加追求把学习管理的过程作为每一个人在各项社会活动中的必需，强调做人的道理，而不仅仅是为了赚钱才成为管理者。管理的过程就是做人的过程，通过做人把事做好，第2章“道德和社会责任”就是为了追求这一点而写的。从管理者的角度出发，现实中管理需要管理思维和流程管理，我们增加了其他管理学教材没有的内容，编著了第2章的“管理思维模式”和第15章的“流程”。

(2) 更加注重理论介绍与实践相结合，注重实践的可操作性。

“学以致用”是许多人的现实想法，不仅要学习知识，更要知道如何操作。在现实管理活动中，对一种管理的操作是百花齐放的，为了解决这个问题，我们采用几种办法来解决：一是本书中的案例基本都是来自现实的实例；二是在知识理论介绍的过程中始终贯穿着一个实例，这个实例与所讲的知识理论是吻合的，学习了知识，就明白了操作过程；三是以案例为导向，在每章的开篇、过程和结束都有针对性很强的案例；四是加入了“管理提示”、“管理工具”和“管理者操作训练”的内容。“管理提示”大部分是现代著名的企业家和管理学家针对所讲内容的座右铭，让我们知道，做这些事情要注意什么、怎样做。“管理工具”为我们操作实践提供了管理思路。“管理者操作训练”是我们力图强化操作性的一个练习。

（3）注重本土理论和本土管理。

与国外相比中国的工业化时期比较短，而管理的理论和实践是伴随着工业化的过程而产生和发展的，因此“管理学”教材基本上是国外的体系，西方管理理论占主导地位。但中国也有丰富的管理思想和管理实践，是我们的精华，也适合中国国情。在本书中我们在本土化上作了较大努力，在管理理论上我们总结了中国古代管理思想，将其汇总为四大家，即“德治”、“法治”、“无为而治”和“兵法经营”，并将其加入到管理理论中；在管理案例上除了个别案例外，我们主要采用的是本国的案例；在管理提示上，我们将中国的知名企业家的名言表述出来。

（4）更加方便教师的教学和学员的学习。

为了方便教师的教学和学员的学习，本书避免晦涩地讲述知识和理论，尽量使用活泼的语言，并配以大量的图表、实例。本书每节都有“管理提示”、“管理故事”、“管理工具”和“关键概念”，每章都有“问题的提出”、“本章案例”、“本章提要”、“管理者训练”和“本章复习思考题”。

2. 本书的结构

按照管理者管理的基本需求和管理学研究的范围，本书由6篇15章组成。

本书各章节的编著者是：刘汴生（第1、4、5、7、9、10、13、14、15章），冯百鸣（第2章），程文晋（第3章），田奋飞（第6、11、12章），徐莉莉（第7、8章），李进营（第1、2、3、4、5、7、8章的“管理提示”、“管理故事”、“管理工具”、“关键概念”、“管理者训练”、“本章案例”），范艳文（第9、10、11、12、13、14、15章的“管理提示”、“管理故事”、“管理工具”、“关键概念”、“管理者训练”、“本章案例”）。全书由刘汴生教授构思设计和统编定稿。

3. 致谢

在本书的写作过程中，我们参阅了国内外大量的专著、教材，同时参考了许多期刊、报纸、网站上的资料和文章，正是这些文献资料使我们更多地接触到了本土企业的实践活动，在此向有关作者和传播机构表示由衷的感谢。

同时向给我们提供各种建议的同事和朋友表示感谢。中南财经政法大学博士生王凯提供了有关章节的编写资料，在这里表示感谢。最后，对河南财经政法大学MBA教育中心和工商管理学院对本书编写的支持表示感谢。

本书在写作和出版的过程中得到了科学出版社的全力支持，尤其得到了王京苏先生的竭诚相助，在此谨表示深深的谢意。

刘汴生

2011年5月

目录

第3篇 组 织 篇

第4篇 领 导 篇

第5篇　控　制　篇

第6篇 流 程 篇

4W1H1A

Why，为什么学习这门课：这是一门涉及每一个人的课程，它也是学习其他管理课程的基础课程。

Who，谁来学习：现在的管理者或被管理者，未来的管理者。

What，学习什么：做人的道理，做管理者的道理，管理的思想与理论，管理的实施。

Way，学习的道路：学习的道路就是人生的道路，要做到“学而时习之，不亦说乎”。

How，如何学好这本书：通过学习的四个阶段来完成——学习阶段、获得阶段、坚持阶段和通权变达阶段。前三个阶段是讲学习的方法，第四个阶段是讲学习的艺术。

Aim，学习的目标：通晓管理的基本概念、基本道理、基本技能和基本方法，将管理学转变为管理，将它应用于管理的实践，丰富管理学理论。

第1篇

管理基础

第1章 管理活动与管理理论

问题的提出

管理活动、成功的管理者、管理理论

我们大都有过这样的经历，为了办成一件事，要经过繁冗的工作流程，通过几个部门甚至几十个部门间的协调，遇到大量的扯皮推诿，付出高昂的成本，才能把事情办完。低效率的烦恼，让人悟到管理是一件多么重要的事情，不仅自己付出成本，还要让自己的服务对象付出成本，不管这个服务对象是社会还是组织内部成员。每个单位的管理活动不是为别人提供了方便就是为别人找了许多麻烦，因此管理活动关系社会每一个人的切身利益。

我们还会有过这样的经历，辛辛苦苦地做了一件不成功的事，没有功劳，只有苦劳。回想起来，是做了一件不正确的事情，事情本身不正确，做得越辛苦，离成功就越远。在茫茫的商海中找出一件正确的事情，再把它正确地做出来，事情就成功了。管理活动就是要正确地做一件正确事情。

只要管理活动不停止，管理理论就不会停止发展。管理活动是组织的管理活动，管理理论也是组织的管理理论。因此，国家政府、社会团组织、企业、学校、家庭等组织都存在着管理，这些不同的组织个性决定管理理论的个性，但组织的共性决定它们在管理理论上有相通之处。中国数千年前治国思想的“德治”、“法治”和兵家的“竞争”已经体现在现代企业的管理活动中，并被人们发扬成为企业管理理论中的“人本管理”、“制度管理”和“竞争战略”。西方的管理理论也是随着管理活动的发展而发展，从未停止过。例如，从科学管理理论的“物本管理”，发展到组织行为理论的“人本管理”；从一般管理理论的“职能”管理，发展到企业再造理论的“流程”管理，管理理论的发展从来没有停止过。管理理论是对管理实践活动的理性认识，它指导管理实践活动，服务管理实践活动，管理的实践是第一位的，而能指导企业的理论一定是那些适合目前企业状况的理论。

对于选择管理生涯的人来说，要看一看成功的大企业，这些企业是我们的理想，它们的管理者也是我们的榜样。这些成功的企业和在这些成功企业工作的成功管理者无一不是在一定的理论指导下，在他们成功的管理活动中建立了企业基业的。在建立基业的同时，在管理活动的过程中，在学习和贡献管理理论的过程中，他们不断地感悟做人的道理。成功管理者做了许多的事，这些事体现了管理者做人的责任、道德、人品、人格和人生价值。

另外有一点需要指出的是，“智者先识，勇者先达”，不要指望仅从一门管理课程中就能学会怎样做管理者，成功的管理者都是“行知合一”者，在学习的努力中，还需要有实践的勇气，最终实现“通权变达”。

问题：谈谈你的管理观。

学习目的

学完本章后，你应当能够：

(1) 通晓管理过程。

(2) 定义管理。

(3) 确定管理者扮演的角色。

(4) 区分管理者和执行者。

(5) 掌握管理者的技能和个人特性。

(6) 掌握中国和西方管理理论。

1.1 管理活动

1.1.1 什么是管理

我们生活的现代社会是一个高度组织化的社会，是一个群体活动的社会，每个社会成员都存在于一定的组织中并在其中工作、活动，社会的各种活动也都是通过一定的组织来实现的。有了组织，就有了群体活动，就有了“管理”的必要。因此没有“组织”就没有“管理”；组织是管理的对象，管理是保证组织实现其目标的手段，是组织生存与发展的需要。

社会有各种各样的组织，这些组织（organization）是对完成特定使命的人们的系统性安排。它们之所以被称为组织，是因为具有以下三个共同的特征：

第一，每个组织都是由人组成的。

第二，每个组织都有明确特定的目的，组织为实现这个目的而进行管理。

第三，每个组织都有着系统性的结构，并通过文化或制度规范和限制成员的行为。

管理普遍存在于各种组织活动之中，存在组织就存在着管理。对“管理”一词人们并不陌生，但要对它下一个确切的定义却不是一件很容易的事。

泰勒认为，“管理是确切知道要干什么，并使人们用最好、最经济的办法去干”。

H. 孔茨认为，“管理是设计和维持一种环境，使集体工作的人们能够有效地完成预定目标的过程”。

弗里蒙特·E. 卡斯特认为，“管理就是计划、组织、控制等活动的过程”。

R. M. 霍德盖茨认为，“管理就是通过其他人来完成工作”。

斯蒂芬·P. 罗宾斯和玛丽·库尔塔（Robbins and Coultar，1996）对管理下的定义是，“管理这一术语指的是和其他人一起并且通过其他人来切实有效完成活动的过程”。

效率（efficiency）是管理的极其重要的组成部分，指输入与输出的关系。因为管理者经营的输入资源是稀缺的（资金、人员、设备等），所以他们必须关心这些资源的有效利用，因此，管理就是要使资源成本最小化。

然而，仅仅有效率是不够的，管理还必须使活动实现预定的目标，即追求活动的效果（effectiveness）。当管理者实现了组织的目标，我们就说他们是有效果的。因此，效率涉及的是活动的方式，而效果涉及的是活动的结果。

综合上述列举的各种定义，我们对管理下的定义是：

管理是指通过计划、组织、领导、控制等职能，整合和分配资源，以实现组织特定目标的活动和过程。

1.1.2 管理的职能

20世纪初期，法国工业家亨利·法约尔（Henri Fayol）首先提出了在管理中要履行五种管理职能：计划（plan）、组织（organize）、指挥（command）、协调（coordinate）和控制（control）。在其后，又有许多管理学学者提出了不同的管理职能的看法，但如今更多的管理学家们集中于管理的四种基本职能的提法，即计划、组织、领导和控制。本书也采用此种划分方式，即管理的职能是指计划、组织、领导和控制。

1. 计划

组织中所有层次的管理者，包括高层管理者（top managers）、中层管理者（middle managers）和一线（或基层）管理者（first-line managers），都必须从事计划活动。所谓计划，就是指“制定目标并确定为达成这些目标所必需的行动”（Lewis et al.，1998）。因此，计划的活动过程分大致为四个步骤：第一是选择确定组织追求目标；第二是实现这一组织目标行动路线的确定；第三是完成这一行动路线配置资源；第四是评估、反馈计划实施过程和实施结果。

计划职能在企业的表现涉及企业战略计划及分计划的协调及实施，要体现企业的使命、远景、任务等企业目标，战略计划、年度计划、作业计划等执行计划，以及对计划实施过程和实施结果的评估和反馈等方面的内容。

2. 组织

组织既是指一个社会单位，又是指“确定所要完成的任务、由谁来完成任务以及如何管理和协调这些任务的过程”（Lewis et al.，1998）。组织的活动过程有以下几个步骤：①what：根据计划的要求，做什么；②who：谁来做；③when：什么时候做；④how：怎样做。

组织职能在企业的表现涉及组织结构设计、岗位设计、人力资源、组织变革发展和文化等方面的内容。

3. 领导

所谓领导，是指“激励和引导组织成员以使他们为实现组织目标作贡献”（Lewis et al.，1998）。领导的活动过程就是领导设立组织的愿景，通过权力、权威、激励、沟通等方式影响员工、鼓动员工实现组织目标。在领导过程中，领导的影响力直接影响员工的执行力和组织目标的完成。

领导职能在企业的表现涉及管理者、领导的相关问题，激励、沟通、解决冲突等内容。

4. 控制

控制是对组织活动按照一定的标准进行监控，以保证计划目标的实现。当组织的实际运行状况偏离计划时，管理者必须采取纠偏行动，确保组织朝向其计划目标迈进。

控制职能在企业的表现涉及控制方式的选择、控制机制的建立和控制系统的建立，如通过数字化管理（信息化系统）对组织进行控制等。

以上四种管理职能不仅是管理者的管理过程，也是管理者的职能分工，还是管理者的职能活动，它们是相互之间密切联系的一个系统管理过程。

图 1-1 计划、组织、领导和控制管理过程的循环关系

管理过程是一系列的决策和管理活动，它涉及计划、组织、领导和控制管理的职能。管理过程可以表现为一个顺序的循环过程，即管理过程开始于计划，通过组织、领导和控制，结束于计划的检查，而又开始于一个新的计划。管理过程表现为"P"-"O"-"C"-"C"-"P"的管理过程，如图 1-1 所示。

在组织中，越是高层的管理越是管理概念的抽象，我们可以讲明这个管理过程的起始点和终点。但越是在具体的综合性工作任务时，管理活动过程的界定越不清晰，四项职能往往是交叉进行而不是顺序进行的。综合性工作任务以及其中的每一具体工作任务都同时存在着计划、组织、领导和控制，管理的职能在空间上相互同时存在，不一定有明显的过程界限。

1.1.3 谁是管理者

一个组织的管理职能是通过管理者来完成的。一个组织的人员分为两种类型：管理者和执行者。传统管理认为管理者是组织中从事管理活动，通过别人实现组织目标的人员。作为一个管理者，一定要有下级。执行者是直接从事某项工作或任务的人员。传统管理者与现代管理者随着管理活动和管理过程的改变，已经发生了改变。在传统组织中，我们可以很容易地将管理者与执行者分开，他们之间有着明显的界限。但在现代组织中，这些界限已变得不是那么分明，管理者同时是执行者的情况较为普遍，自我管理的团队更是如此。团队成员要自己制订计划，自己来组织、领导和控制，自己检查自己的工作和绩效，管理者又是执行者，并且管理者的横向的协调关系多于纵向的管理关系。比如一个软件开发团队就是这样的情况，更多的是设计小组之间的横向的协调和小组内部的横向关系。现代组织使人们对管理者有了新的认识，彼得·德鲁克认为，"在一个现代的组织里，如果一位知识员工能够凭借其职位和知识，对该组织负有贡献的责任，因而能实质地影响该组织的经营能力及达成的成果，那么他就是一位管理者"。

在现代企业组织中，我们仍采用金字塔的组织作为区分管理者等级的组织形式，尽管企业的组织现在不断地发生变化，开始向着扁平化和网络化发展，但目前金字塔的组织结构仍具有现实意义。

我们依照管理等级的不同将管理者划分为基层管理者、中层管理者和最高管理者，同时基层管理者又是现场执行者，中层管理者又是中层执行者，最高管理者又是最高执行者。

基层管理者（现场执行者）是管理层中最底层的管理者，与人协作共同完成某项工作，同时执行上级管理者布置的工作。基层管理者（现场执行者）的例子通常有：制造企业里的车间中的小组长、研发团队中的项目负责人、医院里的护士长、现场服务的经理等。

中层管理者（中层执行者）是介于最高管理者与基层管理者之间的管理者，或最高执行者与现场执行者之间的执行者。他们协调部门之间的关系，帮助基层做好工作，向上级提出建议和执行上级管理者布置的工作。中层管理者（中层执行者）的例子通常有：组织内部门经理或办事处主任、项目经理、单位主管、地区经理、系主任等。

最高管理者（最高执行者）是对整个组织负责的管理者，通过整体性决策完成组织的计划、组织、领导和控制，执行完成组织目标。最高管理者（最高执行者）的例子通常有：董事会主席、首席执行官（CEO）、总裁、总监、总经理、校长等。

1.1.4　管理者的角色、技能与个人特性

管理者合格与否在很大程度上取决于上述四种管理职能的履行情况。为了有效履行各种职能，管理者必须明确以下两点：自己要扮演哪些角色？在扮演这些角色的过程中，自己需要具备哪些技能？成功的管理者具有哪些个人特性？下面我们依次介绍管理者的角色与技能。

1. 管理者的角色

所谓管理者角色是组织中的管理者需要做的一系列特定的工作任务。亨利・明茨伯格在其《经理工作的性质》一书中阐述了管理者在计划、组织、领导和控制过程中需要扮演的十种角色，这十种角色可被归为三大类：人际角色、信息角色和决策角色。明茨伯格的管理者角色的基础是组织正式权威和地位。管理者角色理论如表 1-1 所示。

表 1-1　明茨伯格界定的管理者角色

角色类型	特定角色	描述	角色活动例子
人际角色	挂名首脑	对外形象；象征性首脑；行使礼仪性职责	接见和会谈重要的来访者；签署法律文件；出席合作单位开业典礼
	领导者	引导和激励下属；为组织提出发展目标；对下属的雇佣、训练、报酬、评价、提升和开除	建立领导魅力；为下属做出榜样；向下属下达命令和指标；创造组织文化及文化氛围
	联络者	负责对外的联络和部门内部之间的联系，以及人际关系的建立	参加组织外部的公共事务活动、会议和社会活动；召集部门负责人会议，沟通部门间联系

续表

角色类型	特定角色	描述	角色活动例子
信息角色	监听者	寻求组织外部和组织内部的有关信息	与媒体接触了解社会对组织的看法；与下属谈话了解组织内部的有关情况
	传播者	向组织内部成员传播知识、组织成员不易得到的社会信息；向下属传达领导意愿	定期的学习会；召集例会
	发言人	向社会传播组织信息	召开新闻发布会；召开股东会向投资者汇报年度工作
决策角色	企业家	密切关注企业外部环境的变化，寻求组织发展的机会	制定和调整组织发展战略计划；决定一项新产品开发计划
	混乱驾驭者	当组织面临混乱时负责及时纠正；当组织面临危机时负责危机管理和危机公关	制定危机战略；向社会媒体发布信息，以正视听
	资源分配者	向组织内各部门和成员分配资源	向分公司注入资产；向绩效考核优良的科研人员和销售人员发放奖金
	谈判者	在主要的谈判中与供应商、营销商、员工、政府和银行代表组织进行谈判	参加与银行信贷经理的信贷谈判；参加高层管理人员的聘任谈判

2. 管理者的技能

管理者在行使四种管理职能和扮演三大类角色时，必须具备三类技能。

1）技术技能

技术技能（technical skills）是指“运用管理者所监督的专业领域中的过程、惯例、技术和工具的能力”（Plunkett and Attner，1997）。在特定的工作岗位要有特定的相关专业的知识与能力，如生产技能、营销技能、财务技能等，它们都是管理或岗位所需要的技能。例如，监督会计人员的管理者必须懂会计，熟知会计技能，才能知道按照一定的会计要求对会计人员进行监督。

2）人际技能

人际技能（human skills）（人际关系技能）是指“成功地与别人打交道并与别人沟通的能力”（Plunkett and Attner，1997）。有效的管理者要具有良好沟通、协调能力，对于组织内部能够激励人们成为一个上下一致的团队，对于组织外部与社会建立融洽的合作关系和沟通渠道。管理对管理者在处理物的管理技能上和处理人的关系技能上，更注重对人际关系的处理。

3）概念技能

概念技能（conceptual skills）是指“把观点设想出来并加以处理以及将关系抽象化的精神能力”（Plunkett and Attner，1997）。概念技能是对高层管理者才有的特别要求，要将在企业中遇到的问题概念化，是一个理论升华和文化创造的过程，高层管理者是企业理论的主要创造者和企业文化的主要创造者，需要有较高的概念的抽象技能。同时在日常的工作中，他们概念清晰地明确自己和企业向什么方向走，并把此概念贯彻在自己和企业的行动中。

不同的管理层次，对管理者技能要求的重点是不相同的，但是各管理层对人际技能的要求却是相同的，如图 1-2 所示。

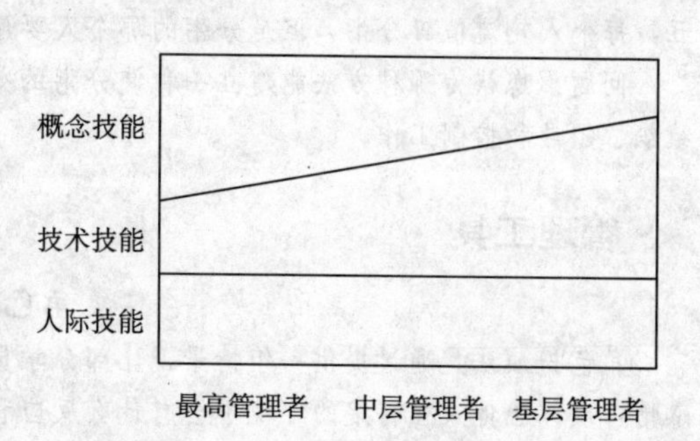

图 1-2　不同管理层次管理者所需要的管理技能结构

3. 管理者的个人的特性

美国 20 世纪 80、90 年代的企业研究领域中的著名人物约翰·科特对美国 15 个在企业管理工作职位上运作卓有成效的经理进行追踪调查后，在其所著的《总经理》一书中对经理个人特征进行了描述：经理在信息资料的积累和人际关系交往联系发展上，具有对企业经营、企业组织结构知识丰富和在企业中有广泛的人际交往联系的特征；在基本的个性上，具有一般智力以上、善于分析、直觉强、性情乐观、有成就感、待人和蔼、有权力欲、善于开拓人际交往关系、情绪稳定、雄心勃勃、有与各种不同类型经营专家相互交往的特殊才能。

同时约翰·科特在《变革的力量》一书中认为：智力、动力、心理健康和正直是对重要职位的领导行为的最低要求。其中一种品质更为突出并不意味着某个人具备更强的领导能力，这四种品质都只需达到一定水平之上即可，具有双倍智能或更健康的心理的人不一定能发挥更大的领导才能；但若四种品质中的某种未能达到最低水平，就会削弱领导行为的效果。科特认为遗传或童年形成的品质对重要职位中的领导行为是有影响的。

管理提示

思考清楚你是谁

思考清楚你是谁及什么是你能做得最好的，这是一件要求很高、也非常困难的事。

——著名管理学家：彼得·德鲁克
(Peter F. Drucker)

管理者的任务

管理者的任务不是去改变人。

管理者的任务就是要让每个人的才智、健康以及灵感得到充分发挥，从而使组织的整体效益得到成倍的增长。

——著名管理学家：彼得·德鲁克

管理故事

分　粥

有 7 个人组成了一个小团体共同生活，他们想用非暴力的方式，通过制定制度来解决每天的吃饭问题——要分食一锅粥，但并没有称量用具和有刻度的容器。

大家发挥各自的聪明才智形成了以下几种方法：

方法一，拟定一个人负责分粥事宜；方法二，大家轮流主持分粥，每人一天；方法三，大家选举一个信得过的人主持分粥；方法四，选举一个分粥委员会和一个监督委员会，形成监督和制约；方法五，每个人轮流值日分粥，但是分粥的那个人要最后一个领粥。

问题：您认为哪种方法能建立一种使分粥的效率最高、效果最好的机制？找出该故事中的计划、组织、领导和控制工作。

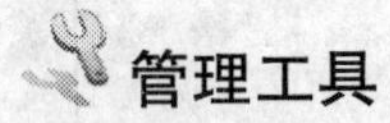

管理工具

角色扮演法

角色扮演法是通过提供一组情景，让部分学员担任各个角色并出场表演，通过表演去体验他人的感情，或体验他人在特定的环境中会有什么反应和行为的一种学习方法。

角色扮演是一种非常有效的培训方法。人际关系培训的许多目标都能通过角色扮演实现。这种方法可展示人际关系与人际沟通中的不同技艺和观念，它为体验各种行为以及对这些行为进行评价提供了一种有效的工具。

关键概念

管理　管理职能　计划　组织　领导　控制　管理过程　管理者　管理者角色　技术技能　人际技能　概念技能

1.2 中国早期主要管理思想

中国文化是中国人的DNA，中国文化中有着大量的中国的管理思想，这些管理思想，对中国企业管理产生传承的作用，我们今天要传承和发扬这些中国自己的管理思想，并与西方优秀的管理思想相融合，形成有中国特色的管理思想。中国早期管理思想博大精深，我们从中选出有着主要有代表性的四家，代表了四种管理思想：德治、法治、无为而治和兵法经营。

1.2.1 德治——孔子的儒家管理思想

孔子是我国古代著名的思想家、教育家、儒家学派创始人。孔子的思想及学说对后世产生了极其深远的影响。

孔子思想体系以德治为核心。德治管理就是“为政以德”。

孔子管理思想的人性假设前提是“人之初，性本善”。

孔子管理思想的激励点是人的欲望，他认为人是有欲望的，人的欲望是“富”与“贵”。

1. 以民为本——群体本位的管理本意

孔子的管理思想中，管理是围绕“民”这个中心展开的，民本是其核心，贯穿其思想的始终。

管理的本意是什么？是以管理制度为“本”进行管理？还是以技术能不断创新为“本”进行管理？还是以设备的高效率运行为“本”进行管理？还是以人为出发点又以人为终点的以人为“本”进行管理？西方古典理论认为管理的本意是制度和技术，泰勒的科学管理就是“物本”管理，“物本”管理是围绕着物展开的，人是物的附属品。孔子则认为管理的本意是“民”，是“人”，是组织中的“群体”。

2. 中庸之道——通权变达的管理理念

中庸是孔子追求卓越的法则。

孔子说：“中庸之为德也，其至矣乎！民鲜久矣”。意思是，中庸是最正确的实行道德的法则，然而能把握这个法则的人却少之又少。

孔子的中庸管理理念反映出他对世界认识的“三分法”，即矛盾发展有三种可能：不足、中、过度。

所谓“中”就是“适度”。管理要保持适度，凡事不能不足且不能过度。如在企业组织行为中，对奖金的激励的使用就要适度。正如《管子·侈靡》所说：“一为贯，再为常，三为固”，意思是：偶尔奖励一下，可起激励作用；再次奖励，习以为常，似同常规，激励作用明显减小；多次奖励，事情就被固定下来，激励作用就为零。所以“度”往往就是“平衡”、“节制”，而在具体环节的把握上，则完全依赖于管理者的素质、修养、技能、经验。

3. 外举不避仇，内举不避子——举贤育才的人才管理思想

孔子的人才管理思想主要体现在举贤和育才两点上。

首先是举贤。“外举不避仇，内举不避子”。举贤时，对外不避与自己有个人恩怨的人，对内不避自己的亲属，这涉及对人才的评价标准。

人才评价标准：孔子认为君子是“志于道，据于德，依于仁，游于艺”。志于道就是信仰坚定，坚持不懈地追求自己的理想与组织的目标；据于德，就是道德修养高尚，行事符合社会伦理规范，符合组织与社会的利益；依于仁，就是人要依于爱心，处理好与他人的关系；游于艺，就是精通专业技术。

人才评价方法是：“三看”，指“视其所以，观其所由，察其所安”，就是看他当前的行为，考察过去的历史，研究行事的动机。

其次是育才。孔子认为育才的任务是帮助组织成员建立学习习惯，认识到学习的重要性。没有不断地学习，仁、知、信、直、勇、刚等各种美德就会变形走样。只有先知书，才能达礼。

在育才的过程中要做到：

一是允许改过：“人非圣贤，孰能无过?”对受教育者来说，干什么事情都免不了有这样那样的错误。这就要求思想教育工作者应实行允许人犯错误、允许人改正错误的原则。

二是宽容不愠：“人不知而不愠，不亦君子乎?”即别人不了解我，我心中并不怨恨别人，这难道不是道德高尚的人吗？此就是宽容不愠的教育原则。

1.2.2　法治——韩非子的法家管理思想

韩非子，著有《韩非子》五十五篇，是中国古代法家思想的集大成者。法家排斥礼（德）治，认为“法”是管理的最有效途径，把它作为管理的最高原则，并且认为舍法不能进行管理。

1. 乱世重典——不务德而务法的管理路线

韩非说："为治者，不务德而务法。"韩非的管理思想是以"性恶论"的人性假设条件为基础的，因而在管理中强调"利"和"欲"的作用。在追求利益的时候人们必然要失去礼法、丢失常性，在追求满足个人欲望的时候，人们会违背礼仪和伦常，任何人都是依据利的"计算之心"来行事的。要改变人们的不良习性，最好的办法是利用刑法，"德生于刑"，韩非认为应该充分利用人的"畏恐"心理，使人行为端正，懂得事理，这样才能很好地进行管理。采用多刑和重赏的方法，改变人们的习性，就能够达到"国无奸"和"兵无敌"的状态。

韩非非常重视制度的作用，不重视人的因素；重视法理不重视人情，从法治走向了法制，法制在管理上的具体体现就是制度管理。

2. 新故异备——韩非子的变革管理思想

韩非说，"世异则事异"，"古今异俗，新故异备"。从古至今的事情是不断变化的，习俗风气在变化，现在的管理与过去的管理也应该有差别。对于任何一个企业而言，当外部环境与内部条件有重大变化的时候，管理都要有相应的变革。不能照抄照搬过去的老一套，而要分析现状、打破常规，因地制宜地采用新方法，与时俱进地管理。

韩非也提出"变与不变，圣人不听，正治而已"。要不要革新，归根结底要看旧有的管理是不是还可行，切不切合现在的实际。而韩非就是根据这个原则，对他当时所处的社会与尧禹治天下的社会作了对比，进而发现他所处的社会，百姓之间起了争夺，剩余产品的出现促使了人群的分化，仁义的管理已经不适用了，只有以法治国才能使国家稳定、富强。

3. 治吏不治民——韩非子的人才管理思想

"治吏不治民"是高层管理的重点。韩非认为，国君的责任在于经常监督下属，考察他们的政绩，依法赏罚。"圣人不亲细民，明主不躬小事"，最高管理者的任务不是处理基层的琐碎事务，而是管理直接下属的官吏。"闻有吏虽乱而有独善之民，不闻有乱民而有独治之吏，故明主治吏不治民"。吏是管理中的关键，管理出了问题责在吏而不在民，明君应该懂得只要管理好官吏，就可以治理好天下。如同引纲张网一样，"善张网者，引其纲。……故吏者，民之本纲者也，故圣人治吏不治民"。如果国君事必躬亲，不仅难有成效，而且由于个人精力不够，智力有限，反而会弄巧成拙。

所以韩非在用人问题上提出"力不敌众，智不尽物，与其用一人，不如用一国"，"用一人"不如"用一国"，充分发挥团队集体的智慧和力量，尽能效力，那么必然能够取胜。

1.2.3 无为而治 ——老子的道家管理思想

《老子》，又称《道德经》，对中国传统文化的影响非常深远，是一部讲哲理的书，又涉及广泛的管理领域。

1. 道——管理的最高目标

"道"的本义是指人们所循行的"道路"。处理事务就像是穿行于一片事件的丛林，遵循怎样的方式进行运行可以比喻为沿着怎样的"道路"在"行走"。所以，"道"又借指一个国家、一个企业、一个人、甚至整个宇宙系统等运行之“所遵循”，引申为人们行为处事所遵循的行为规范、行为准则、处事方法，一般系统的组织范式、运行的程序规则，以及各种存在物的运动规律等。“道法自然”，道的基本特性就是自然，管理也是一个客观发展的自然过程，要按照事物的“道”，也就是要按照事物客观发展的自然法则进行管理。在老子看来，管理的手段最高的是“道”，其次才是德，往下依次是仁、义、礼。由于老子认为“道”是“不可道”的，所以德、仁、义、礼仍然是管理中不可缺少的手段。

2. 无为而治——老子管理思想的核心

无为而治是老子管理的最高原则与最高境界。“无为”并不是说什么也不做，“无为”就是“有所为”而“有所不为”。哪些事“当为”，哪些“当不为”，要按照事物的发展规律去为，不干扰事物的自然发展，要顺其自然，顺自然而为。

“为无为，则无不治”的意思是以“无为”的态度去对待社会人生，一切事情没有不上轨道的。万事万物均有其自身规律，我们只能顺应规律，顺应时代的潮流促其前进，不能违背规律。

按照老子的思想和他的认识，最好的管理者，人们不知道有他存在；其次的管理者，人们亲近他、赞扬他；再次的管理者，人们畏惧他；最差的管理者，人们蔑视他。管理者诚信不足，才有人们不信任他的事情发生。最好的管理者总是非常悠然，很少发号施令，等到事情都办成了，大家会感到：我们本来就是这样的，这就实现了“无为而治”。

3. 以无事取天下——老子的竞争观

“以无事取天下”是“道”的发挥和运用。大道“无为”而“无所不为”，“以无事取天下”，也是相同的道理。

因为从“道”的立场上看问题，你会发现：世间万事万物之所以生生不息、充满生机、欣欣向荣，那是因为万事万物都在“无为”之中顺应了规律、顺应了“道”的缘故。要顺应这些规律，避开与对手进行无差异的面对面直接竞争，只在所做的领域内做最好的，并保持一个有利于发展的环境，做到“无事”，从而“以无事取天下”。

1.2.4 兵法经营——孙子的兵家竞争战略思想

《孙子兵法》是中国也是世界上最古老的军事理论著作，被国外誉为“东方兵学鼻祖”、“世界第一兵书”。

《孙子兵法》现存十三篇，即《计》、《作战》、《谋攻》、《军形》、《兵势》、《虚实》、《军事》、《九变》、《行军》、《地形》、《九地》、《火攻》、《用间》。

兵法中的兵法——《孙子兵法》，在中外历史上不仅为战将所喜爱，也为商战专家所推崇。虽然商业竞争的最终目的不是毁灭你的对手，但商业竞争与军事战争有极多相似之处，管理者们可以从此书中学到很多有关如何成功经营的思想。

1. 因敌制胜，践墨随敌——博弈战略管理思想

“水因地而制流，兵因敌而制胜。”

——《孙子·虚实篇》

孙子《虚实篇》中说："兵无常势，水无常形，能因敌变化而取胜者，谓之神。"市场变化无常势，企业竞争是博弈，企业管理无常形。当今市场瞬息万变，企业竞争就是博弈，市场变化了，企业经营管理方式和内容也要随之而变，要随市场变化而变化，要不断地通过创新使企业与市场相适应。孙子《九地篇》中说："践墨随敌，以决战事。"《十一家注孙子·梅尧臣》也说，用兵"举动必践法度而随敌屈伸，因利以决战"，就是说选择竞争战略的方向，制定竞争战略的方针，直至实施战略计划都应随市场和对手变化而变化，随市场和对手行止而行止，不能墨守成规。

2. 上兵伐谋——最高的企业竞争战略手段

"上兵伐谋，其次伐交，其次伐兵，其下攻城。"

——《孙子·谋攻篇》

在企业的经营中，必然会遇到如何处理企业之间竞争的问题。在孙子兵法中，上兵伐谋，不战而屈人之兵，既是谋攻的最高原则，也是最高的竞争手段。按照孙子兵法的竞争手段的优选层次，最优的选择是"上兵伐谋"，以计谋取胜；"其次伐交"，外交取胜；"其次伐兵"，武力取胜；"其下攻城"，攻坚取胜；"十则围之"，十倍于敌则围困取胜；"五则攻之"，五倍于敌则主动进攻；"倍则分之"，两倍于敌则可夹攻；"敌则能战之"，势均力敌则积极迎战；"少则能逃之"，不如敌多则主动退却；"不若则能避之"，不如敌强则避免冲突。

孙子善于抓住竞争中的一系列矛盾来论述，在策略制定中考虑动静、利害、奇正、虚实、短长、死生、迂直、得失、攻守、乱治、勇怯、强弱等一系列对立统一、相互转化、循环无端的概念。下面我们借鉴一下孙子兵法中的一些竞争手段。

(1) 不战而胜。《孙子·谋攻篇》："百战百胜，非善之善者也，不战而屈人之兵，善之善者也"。不战而胜是首先要使自己变得不可战胜，《孙子·军形篇》："昔之善战者，先为不可胜，以待敌之可胜"。不战而胜的获取不在对手，而在自己；首先不是着眼于如何打败别人，而是要不断地提升自己。自己的实力增强了，能力提高了，自己较对手拥有非常大的优势，远远地将对手抛在后面，就有可能不经过交战便使对手屈服，实现"不战而屈人之兵"。

(2) 先胜后战。《孙子·形篇》："胜兵先胜而后求战，败兵先战而后求胜。"企业在竞争中，在战略实施前要通过各种方式来造就企业取胜的条件，使企业具有取胜的优势，在优势中去竞争是"胜兵先胜而后求战"。在没有取胜的条件下，企业没有竞争的优势，通过竞争求胜是"败兵先战而后求胜"。市场经营和竞争在任何时候都会有风险，企业也不可能等所有取胜的条件都成熟后再竞争，竞争对手往往也不会给你这么多的时间去准备，优势和取胜条件的准备都是相对的。因此，"六十算以上为多算，六十算以下为少算"，"多算胜，少算不胜"，只要有60%的把握就可以实施企业的竞争战略。

(3) 出奇制胜。《孙子·势篇》"凡战者，以正合，以奇胜"，即企业在竞争中要以正兵挡敌，以奇兵取胜，常法为正，变法为奇，奇正运用贵在灵活，旨在取胜。企业面临竞争形势的考验，环境变异的考验，要生存，要发展，就要顺应形势变化而变化，驾驭形势变化，要以变应变制胜。变，离不开奇正之术的运用，攻其无备，出其不意，以此争取经营上的主动。“故善出奇者，无穷如天地，不竭如江河。……奇正相生，如环之无端，孰能穷之？”企业经营中“正”和“奇”在不断地转化。“正”不永远是“正”，“奇”中可能产生新的“正”，所以企业的长久发展必须要不断地通过创新，创造出自己的特色，向市场提供新的服务和产品，以新以奇制胜。

3. 致人而不致于人——先人一步的竞争战略思想

“凡先处战地而待敌者佚，后处战地而趋战者劳。故善战者，致人而不致于人。”

——《孙子·虚实篇》

管理的时效原则将时间和速度看得至关重要。兵贵神速，《孙子·九地》“兵之情主速”，速度是竞争的主要的要素，通过速度争取时间。在企业竞争中，要调动别人而不被人调动，在市场上处于主动的地位，就要先于竞争对手占领市场的制高点，制高点的占领靠的是速度。从竞争的角度看，竞争战略是要较对手处于更主动的地位，孙子认为主动地位的获得是通过较对手先行一步完成的。

管理提示

战战兢兢，如履薄冰

一个伟大的企业，对待成就永远都要战战兢兢，如履薄冰。

——海尔集团总裁：张瑞敏

治众如治寡

“凡治众如治寡，分数是也；斗众如斗寡，形名是也。”

——《孙子·势篇》

管理故事

乌鸦学老鹰

鹰从高岩上飞下来，以非常优美的姿势俯冲而下，把一只羊羔抓走了。一只乌鸦看见了，非常羡慕，心想：要是我也能这样去抓一只羊，就不用天天吃腐烂的食物了，那该多好呀。于是乌鸦凭借着对鹰的记忆，反复练习俯冲的姿势，也希望像鹰一样去抓一只羊。

一天，它觉得练习得差不多了，呼啦啦地从山崖上俯冲而下，猛扑到一只公羊身上，狠命地想把他带走，然而他的脚爪却被羊毛缠住了，拔也拔不出来。尽管它不断地使劲拍打翅膀，但仍飞不起来。牧羊人看到后，跑过去将它一把抓住，剪去了他翅膀上的羽毛。傍晚，他带着乌鸦回家，交给了他的孩子们。孩子们问是什么鸟，牧羊人回答说：“这确确实实是一只乌鸦，可是自己却要充当老鹰。”

问题：乌鸦的结局说明了什么问题？联系不同的管理理论的应用，谈谈理论与实际的结合。

管理工具

“庙算”竞争战略环境分析模型

来源背景：

经“五事”、校“七计”的“庙算”是孙子在《孙子兵法》中于作战前分析作战双方外部环境和内部条件的方法，在这里我们借用在对企业竞争对手双方外部环境和内部条件的分析上。

内容：

《孙子·始计篇》中讲“故经之以五事，校之以计，而索其情：一曰道，二曰天，三曰地，四曰将，五曰法”“故校之以计，而索其情，曰：主孰有道？将孰有能？天地孰得？法令孰行？兵众孰强？士卒孰练？赏罚孰明？”

竞争战略环境分析的“五事”是指：道、天、地、将和法。

孙子在《始计篇》中提出的“道、天、地、将、法”中，“道”为第一。企业的管理者在竞争分析中，要了解和分析这五个方面的情况，“知之者胜，不知者不胜”。

分析中的校与计是指比较和计算，要从七个方面比较和计算竞争双方的条件，即：主孰有道；将孰有能；天地孰得；法令孰行；兵众孰强；士卒孰练；赏罚孰明。这就是校“七计”。

实施步骤：

第一步，经“五事”，校“七计”对竞争的外部环境和自己的内部条件进行知己知彼的因素比较分析。

第二步，“索其情”，推理判断，去伪存真，知其真情。

第三步，“庙算”，得出决策结果，“多算胜，少算不胜”。

关键概念

德治　以民为本　中庸之道　法治　新故异备　治吏不治民　道　无为而治　治大国若烹小鲜　不言之教　以无事取天下　柔弱胜刚强　未战庙算　践墨随敌　上兵伐谋　致人而不致于人

1.3 西方主要管理理论

工业革命后，大机器工业的发展创造了新的经济组织——工厂，其组织规模大，内部结构复杂。组织运作所要求的连续性、规范性、精确性使管理难度空前增大，成本上升，大量工厂经营不善和破产倒闭使传统的经验管理受到了挑战，改进管理、降低组织活动的成本成为当务之急。人们开始重视组织管理理论的研究，管理思想从经验直觉进入较系统的研究阶段。

随着企业的发展，管理的方方面面的问题需要人们去进行实践和研究，管理需要科学。恩格斯说：“社会一旦有技术上的需要，则这种需要就会比十所大学更能把科学推向前进。”1910年，福特（Ford）发明流水线的批量生产方式；20世纪20年代初，斯隆（P. Sloan）创立广泛适应的事业部制（M型组织结构）；尤其是泰勒的“科学管理理论”走向成熟并普遍推广，使管理人员成为一种职业，管理成为一门科学，并逐渐体系化。

1.3.1 泰勒的科学管理

费雷德里克·泰勒（F. W. Taylor，1856～1915年）是美国古典管理学家，科学管理的创始人。他从一名学徒工开始，先后被提拔为车间管理员、技师、小组长、工长、维修工长、设计室主任和总工程师。在他的管理生涯中，他不断在工厂实地进行试验，系统地研究和分析工人的操作方法和动作所花费的时间，逐渐形成其管理体系——科学管理。泰勒研究的中心问题是提高劳动生产率。

科学管理为人们从经验管理到科学管理奠定了基础。亨利·福特在泰勒的单工序动作研究基础之上，进一步对如何提高整个生产过程的效率进行了研究。他充分考虑了大量生产的优点，规定了各个工序的标准时间定额，使整个生产过程在时间上协调起来，创建了第一条流水生产线——福特汽车流水生产线，使成本明显降低。同时，福特进行了多方面的标准化工作，包括产品系列化、零件规格化、工厂专业化，以及机器、工具专业化和作业专门化等。

1.3.2 法约尔的一般管理理论

亨利·法约尔（Henri Fayol，1841～1925年），法国人，早期就参与企业的管理工作，并长期担任企业高级领导职务。泰勒的研究是从工人开始，以一个车间、工厂的生产管理为研究对象，重点内容是企业内部具体工作的效率。法约尔的研究则是从总经理出发的，以企业整体作为研究对象。

法约尔将管理活动分为计划、组织、指挥、协调和控制等五大管理职能。管理的五大职能并不是企业管理者个人的责任，它是分配于领导人与整个组织成员之间的工作。

法约尔也提出了管理的十四条一般原则：

（1）劳动分工原则。法约尔认为劳动分工不但适用于技术工作，而且适用于其他工作，其结果是职能的专业化和权力的分散。

（2）责权相当原则。权力和责任是互为因果的，责任是权力的当然结果和必要补充。

（3）纪律原则。以企业同其雇员之间的协定为依据的服从、勤勉、积极、规矩和尊重。为使企业顺利发展，纪律是绝对必要的。

（4）统一指挥原则。一个下属人员只应接受一个领导者的命令。

（5）统一领导原则。对于目标相同的一组活动，只能有一个领导和一项计划。

（6）个人利益服从整体利益原则。员工应该理解他们的业绩是如何影响整个组织的业绩的。

（7）人员报酬原则。职工是以追求合理报酬为目标的，人员报酬的满意程度对企业发展有重大影响，报酬系统对于员工和组织应是公平的。

（8）集中原则。组织总是靠领导部门作出判断，发出命令，使组织的各部分运动集中。

（9）等级链原则。从企业的最高领导到最基层的上下级系列，显示出权力执行的路线和信息传递的渠道。

（10）秩序原则。每件东西和每个人都应在他合适的位置上。

（11）公平原则。组织的所有员工都要受到公平的待遇和尊重。

（12）人员稳定原则。长期工作的员工能够提高技能，能够提高组织效率。

（13）首创精神原则。激发和支持人员的创新精神。

（14）人员的团结原则。在企业内部建立起和谐与团结的气氛。

实现上述原则的手段是：调查、计划（预算）、报告和统计、会议记录、组织图表。

法约尔的有关管理普遍性、管理的职能、管理能力可以通过教育来获得和管理的十四条原则的理论已经深入到我们现实的管理中，并且成为了管理的普遍原则。

1.3.3 韦伯的行政组织理论

马克斯·韦伯（Marx Weber，1864～1920年），德国著名学者。他对社会学、宗教、经济学和政治学都有广泛的兴趣，是现代社会学的奠基人之一。他在管理思想上的最大贡献是提出了“理想的行政组织体系”理论。

韦伯将理想的行政组织体系作为一种标准模式，以便于说明从小规模的企业管理过渡到大规模的专业管理的转变过程。在行政组织体系中人们通过职务或职位而不是通过个人或世袭地位来管理，可以有效地运用复杂的组织，是企业、政府、军事等组织的最有效形式，是一个有关集体活动理论化的社会学概念。

韦伯的行政组织理论提出任何组织都必须有某种形式的权力作为基础，才能实现其目标。

韦伯认为只有权力，才能变混乱为有秩序。权力有以下三种形式：

（1）法定的权力。它以“法律”或者具有至上权力地位的人发布命令的权力为基础的。

（2）传统的权力。它以传统惯例或世袭得来。

（3）超凡的权力。它来源于别人的崇拜与追随。

韦伯认为只有法定的权力才能成为行政组织的基础。

韦伯认为组织是以法定权力作为管理基础的：

（1）是按规则行使正式职能的持续性组织。

（2）有明确的职权领域，按组织需要的分工确定的职责，提供必要的权力和强制性的手段。

（3）行政机关按等级系列原则来组织，即每一个下级机关在上一级机关的控制和监督之下，由下到上有申诉和表示不满的权力。

（4）指导一个机关的行为规则，为了充分合理地予以应用，有关人员就必须接受专门训练，只有经过恰当的技术训练的人才有资格成为这种机关的一员。

（5）管理当局的成员必须完全同生产资料或管理资料的所有权相分离。

（6）任职者不能滥用其正式的职权。

（7）管理行为、决定和规则应以书面的形式进行规定和记载。

（8）合法权力能够通过不同的方式行使。

韦伯为管理正式组织提供了理论依据和指导，他提出的理想行政组织几乎等同于组织结构类型中的直线型组织结构。

1.3.4 行为科学理论

泰勒的管理制度、法约尔的管理理论和管理原则、韦伯的行政组织体系理论构成了古典管理理论。它们的共同特点都是注重对生产过程和组织控制方面的研究，较多地强调科学性、精密性、纪律性，对人的因素注意较少，把工人当做机器的附属品，不是人在使用机器，而是机器在使用人。他们的理论基于这样一种假设：社会是由一群群无组织的个人所组成的；他们在思想上、行动上力争获得个人利益，追求最大限度的经济收入，即“经济人”；管理部门面对的仅仅是单一的职工个体或个体的简单总和。基于这种认识，工人被安排去从事固定的、枯燥的和过分简单的工作，成了“活机器”。随着经济的发展和科学的进步，有着较高文化水平和技术水平的工人逐渐占据了主导地位，体力劳动也逐渐让位于脑力劳动，单纯用古典管理理论和方法已不能有效控制工人以达到提高生产率和利润的目的了。

20世纪20年代前后，一些管理学家和心理学家开始从生理学、心理学、社会学等方面出发研究企业中有关人的一些问题，如人的工作动机、情绪、行为与工作之间的关系等。他们还研究如何按照人的心理发展规律去激发其积极性和创造性，于是行为科学便应运而生。行为科学研究，基本上可以分为两大时期，前期以人际关系学说（或人群关系学）为主要内容，它以20世纪30年代梅奥的霍桑试验开始；后期于1949年在美国芝加哥讨论会上第一次提出行为科学的概念，后在1953年美国福特基金会召开的各大学科学家参加的会议上，正式定名为行为科学即组织行为理论。

行为科学的定义，在国内外文献中有各种不同的解释。概括来讲，有广义和狭义两种理解。广义的理解是：行为科学是包括类似运用自然科学的实验和观察方法，研究在自然和社会环境中人（和低等动物）的行为的任何科学。公认的行为科学的学科有心理学、社会学、社会人类学和其他学科中类似的观点和方法。

狭义的理解，就是把行为科学理解为运用心理学、社会科学等学科的理论和方法，来研究工作环境中个人和群体的行为的一门综合性学科。

行为科学的内容主要有霍桑试验、X理论、Y理论、超Y理论、不成熟—成熟理论、需要层次论、双因素理论、期望理论等，这些内容我们将在激励一章中重点介绍。

1.3.5 系统管理学派

系统管理学派是运用系统科学的理论、范畴及一般原理，全面分析组织管理活动的理论。系统管理学派的主要理论要点是：

（1）组织是一个由相互联系的若干要素组成的人造系统。

（2）组织是一个为环境所影响，并反过来影响环境的开放系统。例如，组织本身不仅是一个系统，它又是一个社会系统的分系统，它在与环境的相互影响中取得动态平衡。组织同时要从外界接受能源、信息、物料等各种投入，经过转换，再向外界输出产品。

系统管理学派很重视用系统观点进行系统分析和对事物进行系统管理。

1. 系统观点

系统观点是以一般系统理论为依据的对事物系统的看法。其主要内容有：

（1）整体是主要的，其余各个部分是次要的。

（2）系统中许多部分的结合是它们相互联系的条件。

（3）系统中的各个部分组成为一个不可分割的整体，各个部分的性质和职能由它们在整体中的地位所决定，其行为则由整体对部分的关系所制约。

（4）整体是系统结构或综合体，并且作为一个单元来运行。

(5) 一切都应以整体作为前提条件，然后演变出其各个部分及各个部分之间的相互关系。

(6) 整体通过新陈代谢使自己不断地更新。

2. 系统分析

系统分析就是对一个系统内的基本问题用逻辑的思维推理，科学分析计算的方法，在确定的或不确定的条件下，找出各种可行的备选方案，加以分析比较，进而选出一种最优的方案。

系统分析的准则：一是对各种备选方案进行分析和选择，应紧密围绕建立系统的目的；二是要从系统的整体利益出发，使局部利益服从整体利益；三是在进行系统分析时，既要考虑到当前利益又要考虑到长远利益；四是定量分析和定性分析相结合；五是抓关键，不要限于细枝末节。

3. 系统管理

把组织单位作为系统来安排经营时，就叫系统管理。其特点是：以目标为中心，以整个系统为中心，以责任为中心，以人为中心。

1.3.6 管理科学学派

数量管理科学学派，也称管理科学学派。

“科学管理”是反对凭经验、直觉、主观判断进行管理，主张用最好的方法、最少的时间和支出，达到最高的工作效率和最大的效果。这一点与管理科学所要求的“最优化”是一致的。但管理科学学派运用了更多的现代自然科学和技术科学的成就，研究的问题也比“科学管理”更为广泛。

数量管理科学学派的管理思想，注重定量模型的研究和应用，以求得管理的程序化和最优化。他们认为管理就是利用数学模型和程序系统来表示管理的计划、组织、控制、决策等职能活动的合乎逻辑的过程，对此作出最优的解答，以达到企业的目标。数量管理科学就是制定用于管理决策的数学或统计模式，并把这种模式通过电子计算机应用于企业管理理论和方法的体系中，这种方法通常就是运筹学。

有些学者对数量学派持批判态度，认为数量并不能真正地解决管理中的重大问题，因为对管理对象中的人的因素往往无法进行定量计算。

1.3.7 经验主义学派

经验主义学派又被称为经理主义学派，以向西方大企业的经理提供管理企业的成功经验和科学方法为目标。他们的基本管理思想是：有关企业管理的理论应该从企业的实际出发，特别是以大企业管理经验为主要研究对象，加以抽象和概括，然后传授给管理人员，向经理提出实际的建议。也就是说，他们认为管理学就是研究管理的经验，通过研究管理中的成功和失败，就能了解到管理中存在的问题，自然而然地学会进行有效管理。他们都是把实践放在第一位，以适用为主要目的的。对实践经验高度总结是经验主义学派的主要特点。

经验主义学派认为管理是对人进行管治的一种技巧，是一个特殊的独立的活动，同时也是一个独立的知识领域。他们认为，管理学是由一个工商企业管理的理论和实践的各种原则组成的；管理的技巧、能力、经验不能移植并应用到其他机构中去；管理的定义是努力把一个人群或团体朝着某个共同目标引导、领导和控制。显然，一个好的管理者就是能使团体以最少的资源和人力耗费达到其目的的管理者。管理侧重于实际应用而不是纯粹的理论研究。

1.3.8 组织与组织环境关系研究

到了20世纪60年代世界经济出现了知识经济的苗头，世界经济由工业经济向知识经济转化。

工业经济的市场背景：

(1) 短缺经济可以组织大规模生产。

(2) 需求无差异可以组织标准化生产。

(3) 市场环境的相对稳定和变化具有连续性，基本上是可以预测的。

知识经济的市场背景：

(1) 过剩经济强调柔性管理和生产。

(2) 消费多样化和个性化正在失去标准化生产和一致性政策的基础，市场与企业活动内容与方式的适应性调整则要求相关的权力从管理中枢向下分散。

(3) 要满足个性化需求，是难以在已经累积的知识中找到现成答案的，它要求在知识积累的基础上进行知识的创新。因此，新形势下的企业组织必须是有利于企业成员的学习和知识创新的组织。

(4) 企业要发展，必须具备能够对外部环境变化迅速作出反应的能力，并且要适应环境的变化，选择灵活性的战略。

这时管理理论出现了一新的转折，由管理者对组织内部行为影响的研究转向管理者如何将组织内部条件与组织外部环境相协调的研究，即组织与组织环境关系的研究，寻求外部环境和企业的最佳结合。

1. 权变理论

权变的意思就是权宜应变。权变理论的核心含义是：在管理中要根据组织的条件和组织的环境随机应变，没有什么是一成不变的、普遍适用的最好的管理理论和方法。因此，必须根据企业组织在环境中的处境和作用，采取相应的组织管理措施，从而保持对环境的最佳适应。

因此，在计划上，管理者要在不同情况下，制订不同类型的计划；在组织上，管理者要根据不同的组织环境选择控制方式、组织方式和组织等级；在领导上，任何领导形态均可能有效，其有效性完全取决于领导与所处的环境是否适合。

管理者对权变理论的应用主要集中在三个方面：

第一，组织结构的权变。把企业组织作为一开放系统，并从系统的相互关系和动态活动中考察和建立一定条件下最佳组织结构的关系类型。

第二，人性的权变理论。认为人是复杂的，要受多种内外因素的交互影响。因此，人在劳动中的动机特性和劳动态度，总要随其自身的心理需要和工作条件的变化而不同，不可能有统一的人性定论。

第三，领导的权变理论。认为领导是领导者、被领导者、环境条件和工作任务结构四个方面因素交互作用的动态过程，不存在普遍适用的一般领导方式，好的领导应根据具体情况进行管理。

2. 竞争战略研究

迈克尔·波特（Michael E. Porter）是哈佛大学商学研究院著名教授。波特基于产业环境与企业组织之间的关系，将企业组织放在竞争环境中进行研究，提出了企业竞争战略。

波特对美国的麦肯锡咨询公司提出的价值链思想进行了发挥。价值链是将市场资源、企业资源链接起来形成一条以价值增值为目的的链条，企业和客户在此链条中有着各自的位置；波特还提出了“五种竞争力量”——分析产业环境的结构化方法（SWOT模型）；在此基础上，他在《竞争战略》一书中明确地提出了三种通用战略。波特认为，在与五种竞争力量的抗争中，蕴涵着三类成功型战略：成本领先战略、标新立异战略、目标聚集战略。

1.3.9 企业再造理论和学习型组织理论

1. 企业再造理论

企业再造也译为“公司再造”、“再造工程”（reengineering）。它是1993年开始在美国出现的关于企业经营管理方式的一种新的理论和方法。该理论的创始人原美国麻省理工学院教授迈克·哈默（M. Hammer）与詹姆斯·钱皮（J. Champy）将企业再造定义为：为了在衡量绩效的关键指标上取得显著改善，从根本上重新思考、彻底改造业务流程。其中，衡量绩效的关键指标包括产品和服务质量、顾客满意度、成本、员工工作效率等。为了能够适应新的竞争环境，企业必须摒弃已成惯例的运营模式和工作方法，以业务流程为中心，重新设计企业的经营、管理及运营方式。

2. 学习型组织理论

企业组织的管理模式问题一直是管理理论研究的核心问题之一，而对未来企业组织模式的探索研究，又是当今世界管理理论发展的一个前沿问题。1990年，美国麻省理工学院教授彼德·圣吉（P. M. Senge）所著的《第五项修炼》出版，提出企业应建立学习型组织，该书的主要内容旨在说明：企业唯一持久的竞争优势源于比竞争对手学得更快更好的能力，学习型组织正是人们从工作中获得生命意义、实现共同愿望和获取竞争优势的组织蓝图。

彼得·圣吉提出了以“五项修炼”为基础的学习型组织理念。

许多组织不能有效地学习来源于组织的设计和管理、人们的工作方式、员工受教育程度和互动方式等，这些都会造成学习的障碍，系统思考现有组织学习中存在的障碍包括：

（1）局部思维，组织中的个人只专注于自己工作，缺乏对整个组织的责任感。

（2）归责与外部，在失败时，倾向于在外在因素中找责任，不能意识到自己行为的影响。

（3）解决问题缺乏积极主动性，选择自认为简单、容易的事情做。

（4）专注组织中个别的、暂时的、局部的事件，“头痛医头，脚痛医脚”、“按下葫芦浮起瓢”，不能从组织整体的、长远的利益考虑。

（5）对缓慢的、渐进的、难以觉察的变化反应迟钝，失败于不知不觉之中。

（6）经验学习的错觉，只强调“失败乃成功之母”，忽视“成功乃失败之母”。

（7）团体的假象，错误以为下属听话就是实现了领导；为维护团队形象，压制不同意见；出于自我保护，避免提出批评意见。

针对上述组织学习的障碍，彼得·圣洁在《第五项修炼》中提出，学习型组织需要开展五项修炼（five disciplines）：

（1）自我超越（personal mastery）；

（2）改善心智模式（improving mental models）；

（3）建立共同愿景（building shared vision）；

（4）团队学习（team learning）；

（5）系统思考（systems thinking）。

其中，最为重要的是第五项修炼——系统思考。

管理提示

爱与畏惧

以爱为凝聚力的公司比靠畏惧维系的公司要稳固得多。

——美国西南航空公司总裁：赫伯·凯莱赫

树根理论

如果将一个企业比作一棵大树，学习力就是大树的根，也就是企业的生命之根，这就是树根理论。

管理故事

理想主义的猪与结果导向的猪

动物世界里一头理想主义的猪和一头结果导向的猪是兄弟俩，它们各自组建了一个房地产公司，分别培养了一支理想主义和结果导向的职业经理人队伍。

理想主义的猪做事一向追求完美。他想，企业做大，首先必须有一套先进的企业管理制度。于是它花了一笔钱，引进了一套先进的绩效管理体系，制定了一个宏伟的百年战略规划。每年年终，它根据绩效评估结果，奖励那些做事规范、工作完美的理想主义的猪。所有理想主义的猪都在这套管理体系中努力工作，每天早上唱着“早起的鸟儿有虫吃”去上班，晚上还自觉主动地加班，费了惊人的时间和精力将每一件事情都尽量做得完美。在此管理体系之下，所有的工作都受到层级严密的控制，同时所有工作也都依从上级的安排和指令。在一个等级森严的体系里，猪们花费大量的时间去跟其他部门进行沟通，部门之间充斥着一股相互抱怨之气……

结果导向的猪做事一向实际。它想，企业最终必须靠业绩说话，而良好的业绩必须有良好的销售。于是它也花了一笔钱，买了一套销售和客户管理软件，分析客户需求的变化。它也设立了一套激励制度，重奖当月为销售作出重大贡献的结果导向的猪。如果房子的销售总量高于上月，那么所有结果导向的猪都将即时受到不同的奖励。它们个个目的明确，行动迅速、应变灵活，员工少，产品不算最好，但销售很好……

问题：完美制度的管理结果竟然不如结果导向的管理结果，为什么呢？

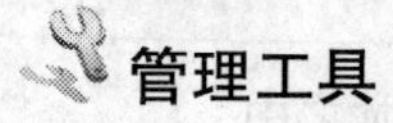

管理工具

标杆管理

标杆管理（benchmarking），又称基准管理，是指企业将自己的产品、服务和经营管理方式同行业内或其他行业的领袖企业进行比较和衡量，从而提高自身产品质量和经营管理水平，增强企业竞争力。

标杆管理的概念可概括为：不断寻找和研究同行一流公司的最佳实践，以此为基准与本企业进行比较、分析、判断，从而使自己的企业不断改进，从而进入赶超一流公司创造优秀业绩的良性循环过程，它是一个模仿创新的过程。

标杆管理可以分为以下四类：

（1）内部标杆管理——以企业内部操作为基准的标杆管理。

（2）竞争标杆管理——以竞争对象为基准的标杆管理。

（3）职能标杆管理——以行业领先者或某些企业的优秀职能操作为基准进行的标杆管理。

（4）流程标杆管理——以最佳工作流程为基准进行的标杆管理。

关键概念

科学管理核心　经理职业化　行为科学　系统观点　系统分析　系统管理　科学管理　经验主义学派　企业再造　学习型组织

本章提要

（1）组织与管理的关系：有了组织，就有了群体活动，就有了“管理”的必要。因此没有“组织”就没有“管理”；组织是管理的对象，管理是保证组织实现其目标的手段，是组织生存与发展的需要。

（2）管理是指组织通过计划、组织、领导、控制等职能，整合和分配资源，以实现组织特定目标的活动和过程。

（3）管理的职能是指计划、组织、领导和控制。

（4）管理者角色是组织中的管理者需要做的一系列特定的工作任务。管理者在计划、组织、领导和控制的过程中需要扮演着十种角色，这十种角色可被归为三大类：人际角色、信息角色和决策角色。

（5）管理者在行使四种管理职能和扮演三类角色时，必须具备三类技能：技术技能、人际技能和概念技能。

（6）管理者的个性特征：经理在信息资料的积累和人际关系交往联系发展上，具有对企业经营和企业组织结构知识丰富，以及在企业中有关广泛的人际交往联系的特征；在基本的个性上，具有一般智力以上、善于分析、直觉强、性情乐观、有成就感、待人和蔼、有权力欲、善于开拓人际交往关系、情绪稳定、雄心勃勃、有与各种不同类型经营专家相互交往的特殊才能。

(7) 孔子的儒家管理思想的核心是德治，要为政以德。在管理上的要点是：以民为本；中庸之道；外举不避仇，内举不避亲；正名。

(8) 韩非子的法管理管理思想的核心是法治。在管理上的要点是：乱世务法不务德；新故异备；治吏不治民。

(9) 老子的道家管理思想的核心是无为而治。在管理上的要点是：道法自然；有所为，有所不为；治大国若烹小鲜；以无事取天上；柔弱胜刚强。

(10) 孙子的兵家管理思想的核心是竞争战略。在管理上的要点是：因敌制胜，践墨随敌；上兵伐谋；致人而不致于人；知己知彼百战不殆。

(11) 泰勒的科学管理提出的管理要点：制定科学的操作方法；科学地挑选工人和培训工人；实行差别计件工资制；把计划职能与执行职能分开。

(12) 法约尔的一般管理理论提出的管理要点：管理普遍存在于各种组织活动之中；倡导管理教育；提出五大管理职能；提出管理的十四条一般原则。

(13) 韦伯的行政组织理论提出的管理要点：任何组织都必须有某种形式的权力作为基础，才能实现其目标；组织中法定权力是管理基础；

理想的行政组织体系结构分为三层，即最高领导层、中间领导层、一般工作人员；理想行政组织有七个主要特点。

(14) 行为科学研究重新引起了对组织职能中人的因素的重视，并提供了有关群体的规范和行为的新见解。管理开始积极地寻求提高雇员的工作满意度和士气的途径。

(15) 组织与组织环境关系研究更加侧重于管理者如何将组织内部条件与组织外部环境相协调的研究，即组织与组织环境关系的研究，寻求外部环境和企业的最佳结合。

(16) 企业再造理论和学习型组织理论使管理者越来越关心如何通过激励创新和变革来与环境相适应，因为组织所处的环境的变化是一种常态。成功的组织应当是灵活的和反应迅速的，它的管理者应当能够有效地发起大规模的和革命化的变革。

复习思考题

(1) 解释管理的职能。
(2) 列举五种管理者角色。
(3) 你最感兴趣的管理角色是哪一种？为什么？
(4) 你认为你能扮演的角色是哪一种？为什么？
(5) 哪类角色能给你带来很大的个人满足？为什么？
(6) 你如何理解德治、法治和无为而治的管理思想。
(7) 你如何评价孙子的兵法经营思想。
(8) 你对科学管理如何评价。
(9) 你是从哪些途径了解管理理论的？你是否认为它们大多数都具有以民族为中心的特征？

管理者训练

如何开一家新饭店

虽然你还是一名在校学生，但是你也已经开始有创业的冲动，特别是周围的同学有人已经开始在行动了，你也决定要做点什么。经过考察，你发现学校附近地区的餐饮是一个很有潜力的市场，你决定开设一家饭店，主要目标客户就是和你一样的在校大学生。在开设这样一家饭店之前，有以下几个问题是你必须要仔细考虑的：

（1）学校附近已经有了一些各种档次的饭店，你如何与它们展开竞争？你的优势是什么？如何来实现和保持你的这些优势？

（2）设想一下，你现在还是一片空白，为了让你的饭店尽快成立起来，你要做哪些事情？这些事情的先后顺序是什么？

（3）当饭店已经成立，开始正常营业后，与你的设想相比较，可能出现什么问题？你准备如何解决？

（4）回顾一下，你在这个过程中，如何体现了管理的四项职能？在整个活动中，如果用管理者角色理论来分析，你可以充当哪种角色？

案例 1-1

OEC管理模式

“OEC”是海尔集团针对做事不认真、做事不到位、每天工作欠缺一点的工作毛病设计的一种管理模式。这一管理模式承担下述功能：领导在与不在企业照样良性运转。

“OEC”，其中O为overall全方位，E为everyone每人、everything每件事、everyday每天，C为control控制、clear清理。“OEC”管理法也可表示为日事日毕、日清日高，即每天的工作每天完成，每天工作要清理并要每天有所提高。“OEC”管理法的实质是借鉴泰勒制，实行科学管理，对任务的量化下达指标，考核其工作质量并实行奖惩。“OEC”管理法由三个体系构成：目标体系、日清体系、激励机制。即首先确立目标；日清是完成目标的基础工作；日清的结果必须与正负激励挂钩。这样，从车间工人到集团总部的每一位干部都知道自己每天应干些什么，甚至可能自己考核自己的工作，领取自己该得到的那份报酬。具体地说，OEC管理模式意味着企业每天所有的事都有人管，所有的人都有管理、控制的内容，并依据工作标准将各自控制的事项，按规定的计划执行，每日把实施结果与计划指标对照，后总结、纠偏，达到对事物发展过程日日控制与事事控制的目的，确保事物向预定目标发展。这一管理方法可以概括为五句话：总账不漏项，事事有人管，人人都管事，管事凭效果，管人凭考核。

讨论题：

（1）OEC管理法的应用条件是什么？

（2）OEC管理法的理论基础是什么？

（3）你认为OEC管理法对你的学习的管理和你所在组织有哪些启示？

第2章 管理思维模式

问题的提出

作为视角（思维方式）的战略

战略是一种视角，它不仅包括选择了的定位，还包括根深蒂固的认知世界的方式。比如，一些组织是好斗的先导者，创造新科技并开拓新市场；一些则认为世界是固定和稳定的，因此墨守已建立的市场，并在自己周围建立保护性外壳，它们在更大程度上依赖政治上的影响力，而不是经济上的效率。有的组织支持市场营销并围绕它建立了一整套思想体系（如IBM）；有的以这种方式对待工程部门（如惠普）；有的则集中于纯粹的生产效率（如麦当劳）。从这个角度看，战略之于组织，就像性格之于个人。

很多来自其他领域的概念也与这个定义不谋而合：心理学家谈论个体的精神状态、认知结构和其他各种对"体验世界的相对固定模式"的表达；人类学家谈论一个社会的"文化"；社会学家谈论社会的"思想体系"；军事理论家谈论军队的"重大战略"；管理理论家则使用"商业理论"、"驱动力量"等词语……

（节选自亨利·明茨伯格：《战略的五种定义：计划、谋略、范式、定位和视角》，http://www.soft6.com/news/detail.asp? id=8184）

问题：你认为思维是战略吗？

学习目的

学完本章之后，你应当能够：

(1) 了解何为管理思维模式。

(2) 了解管理者认知能力和组织认知能力之间的关系。

(3) 了解管理思维模式的划分。

(4) 了解实证思维模式的重要作用。

(5) 了解科学思维模式的分类及对于管理学建立的意义。

(6) 了解系统思维模式的主要思想及其在现代管理学中的应用。

(7) 了解创造性思维模式的特征和主要方法。

2.1 管理思维概述

2.1.1 管理思维模式

组织生存环境的变化必然引起企业的连锁反应，组织生存环境的变化会引起组织存在方式的变化，组织存在方式的变化会引起组织管理思维模式的改变。

所谓管理思维模式，是指管理者反映事物时所具有的某种相对稳定的样式、方法或途径，是管理者反映管理对象时所运用的所有逻辑形式、结构、方法的总和。某种特定的管理思维模式一经形成，就对组织的存在方式、实践方式起着或消极或积极的作用。

为了使组织与变化着的组织存在方式相适应，管理者就一定要变革思维模式。

当代管理实践中总结出来四种基本的管理思维模式：实证思维模式、科学思维模式、系统思维模式和创造性思维模式。实证思维模式是人类在管理实践中自发的产生的一种最为自然的思维模式，但其仅仅依赖于个体体验的、经验主义的缺陷阻碍了管理效率的进一步提高；科学思维模式克服了实证思维的缺陷，使管理学建立在科学的基础之上；而系统思维模式本质上是一种辩证的、更为全面的思维模式，它超越了科学思维模式中的机械主义观念，将管理学的研究推向了深入。而创造性思维则贯穿整个管理过程，因为管理活动本质上就是一种创造，管理就是创新。

在某种意义上我们可以说，管理思维模式决定管理思维，管理思维决定管理思想和管理理论，管理思想和管理理论指导管理行动，管理行动决定管理效率和效果。因此，管理思维模式是企业管理创新的基础和前提。

2.1.2 管理者的思维模式与组织认知

每个管理者都会有自己的思维模式。许多管理者通过大量的管理实践活动积累了许多经验，并且也有许多管理者积极主动地进行学习，掌握了许多现代管理的知识和技能。但是，很少有企业家和管理者去认真地反思自己的思维模式，而恰恰是管理者思维模式决定了管理者的管理理念，影响了组织管理效率。

管理思维模式是一个认知工具，从认识论的角度来看，组织整体也有一个组织通过学习实现组织认知的问题。组织认知是组织对事物的认识，它体现了组织的认识过程和认识水平。管理者管理的对象是组织，同时管理者又是组织中的成员，因此，管理者管理思维模式和组织认知之间存在着一定的相互联系和相互影响。

管理者的思维模式对于组织的认知能力有着决定性的影响。我们看到，当组织的规模发展到一定程度的时候，管理的规模和复杂度都在增加，而管理者的思维模式和认知能力又左右着组织的发展。当管理者思维模式是开放的、深入的和全面的时，组织的整体认知能力也就很快提高；当管理者的思维模式是封闭的和局限的时，组织的整体认知能力也就下降，阻碍组织目标的实现。

组织的认知能力对管理者认知能力的深化起着促进作用。当我们说管理者的思维模式和认知能力对于组织的认知能力起着决定性作用的时候，也应当看到，良好的组织认知能力也会对管理者的认知能力起一定促进作用，二者相辅相成。

2.1.3 管理思维与战略

20世纪80年代以后，企业的战略管理提高到了一个更高的层次。正如明茨伯格所指出的那样："战略是一种视角，它不仅包括选择了的定位，还包括根深蒂固的认知世界的方式。"这也就是说，对于企业的管理者来讲，战略思维是更高一层的思维模式。

战略思维是把管理者的行为以及组织的"意义"放到更为开阔的关系网络（环境）之中，并且在时间轴上作纵深考虑。战略思维绝不仅仅是方法、工具或者一系列像定位、战略选择等的具体战略行动。战略思维已经成为管理者的一个重要能力特征。战略思维要求管理者对组织与环境的关系有成熟的认知，对行业的趋势有清晰的感觉和判断。与形成战略的分析模型比较，战略思维已经成为一种类习惯能力、感觉能力，或认知模式。

由于管理者的个人阅历、价值观和思维认知模式不同，也由于企业的内外环境和发展阶段存在差异，不同的企业会形成不同的战略思维模式。我们将在本书第6章中介绍三种主要的战略思维模式：战略的经典思维模式、战略的环境思维模式和战略的资源能力思维模式，这里不再赘述。

管理提示

海尔的成功

企业发展的灵魂是文化，海尔过去的成功是观念和思维方式的成功。

——海尔集团总裁：张瑞敏

成为“变化领航员”

多年来人们一直在寻求改变自己思维模式的办法，从而使我们在面对这个变化成倍增长的世界时能够采取和以往不同的，但是却更加合理有效的应对方法。只有通过思维模式的改变，人们才能穿越那片未知世界里充满狂风暴雨的水域，才能成为一名出色的“变化领航员”。

管理故事

可怕的思维定势

曾听过这样一个故事：在一座无人居住的房子外，一只鸟儿每日总是准时光顾。它站在窗台上，不停地以头撞击玻璃窗，每次总被撞落回窗台。但它坚持不懈，每天总要撞上十几分钟之后才离开。人们猜测这只鸟大概是为了飞进那房间。然而，在鸟儿站立的窗台边，另一扇窗户是打开的，于是人们便得出这样的结论：这是一只笨鸟。后来，有人用望远镜观察，发现那玻璃窗上沾满了小飞虫的尸体。鸟儿每次吃得不亦乐乎！人们怎么也没有想到鸟儿有如此独特的觅食方式，而人类总是按照自己日常的思维方式去评判鸟儿的世界。

由此可见，人们在生活中，一旦形成了某种固定观念，就会束缚住自己的手脚，限制住自己的思维，形成可怕的思维定势，成为人们认识事物的障碍。

（资料来源：山西新闻网，http://www.sxrb.com/mag6/20050117/ca191548.htm）

问题：结合该故事谈一谈自己的生活中是否存在的思维定势。

管理工具

中、日、美三种管理思维模式

曾仕强教授在《管理思维》一书中，把世界上的管理思想归纳为甲乙式、AB式和大和式三种。

曾仕强认为，管理思维决定管理成效。

甲乙式管理思维的特色在于是非难明，管理者不希望在机构内出现明显的制衡，这以中国式管理为代表。这种思维注重个人义务，力求恪尽责任，能促使管理者头脑灵活，增强应变力，能在动态中维持均衡。如果能够很好地掌握这种思维方法，则不论内外环境如何变幻总能立于不败之地。

AB式管理思维最大的特点是是非分明，追求严格的监督和制衡，以美国式管理为代表。这种思维方式有一定途径可遵循，而且权利义务相当分明，能够尊重专业知识技能。

大和式管理思维以日本的管理为代表。特点是下级绝对服从上级的命令，能够一致团结对外。这种管理方式以关怀取代制衡，注重团体利益和荣誉，不容许个人有突出表现。

曾仕强认为，这三种思维方式各有利弊，无所谓好坏优劣。曾仕强指出，实际上，在今天中国人的头脑中，这三种思维方式已经并存了。而建立在西方哲学基础上的AB式管理思维已无法解决当前的问题了，而大和式的思维方式在中国显然也缺少社会文化基础。因此，他认为："惟有真正明白中国人擅长的甲乙式思考法，才能兼容并蓄，有效地整合三种不同的思考方式，使它们并行不悖。"

关键概念

管理思维模式

2.2 实证思维模式

何为实证思维模式？所谓实证思维模式就是指思维主体主要从管理的经验事实出发并且注重用实验检验的方式去把握管理的本质和规律的思维模式。它主要包括类比思维、证实思维和证伪思维三种模式。

2.2.1 实证思维的主要模式

1. 类比思维模式

类比（analogy）这个词来自希腊语，原意为比例。其后在更广泛的意义上被使用，具有相似、类似，具有同样的关系、形式或结构等意义。类比思维模式就是指用类比推理的方法建立起来的实证思维模式。

在思维科学中，"类比"一词更多的是指类比推理。类比推理作为理论形态的思维方式是人类思维发展史上历史最为悠久的推理形式。我们曾经从人类思维发展史和个体思维发展史的角度论述了这样的观点：类比推理既是最初的推理形式，也是思维方式发展的逻辑起点。因此，正像黑格尔所指出的那样，类比的方法在经验科学中占很高的地位，科学家也曾按照这种方式获得很重要的结果。

从逻辑的角度分析，类比推理是一种个别—个别的或然性的推理，由前提并不能必然性地得出结论。但是，类比的重要作用在于它的启发性，它可以使我们获得新知，体现了创造性思维的特征，是科学发现的重要途径之一，也是管理创新的重要工具。

管理思维的发展是整个人类思维发展史的一部分，类比的模式在管理思维中同样占有重要的地位，也是管理思维发展的逻辑起点。

现代管理学的产生只有100年左右的时间，而人类的管理实践活动却可以追溯到几千年前。在人们认识管理规律的过程中，作为思维模式的类比起到了非常重要的作用。管理者经常从其他组织的成功案例或者是管理者自身关于某些事件的经历中汲取营养，运用类比模式将其运用到自己的管理实践中去。同时，作为管理者个体来说，类比的模式也被他们自觉或不自觉地在管理认知的过程中广泛地加以运用。不仅如此，在我们今天所广泛使用的系统思维模式中，仍然可以发现类比模式的影响。例如，关于模型的思想，关于利用结构的相似性进行组织结构的研究、设计和分析等。

从哲学的角度来看，类比模式的本质是人类经验主义的产物。在解决组织的各种各样的管理问题时，人们总是喜欢根据经验作出相关的分析和决策。比如，在管理学中占有重要地位的“案例法”就是经验论性质的，从逻辑上看也是类比的。尽管案例法并不都是普遍有效的，但却极具启发性，它可以帮助组织的管理者打开管理的思路，将经验上升为理论。

类比的模式并非完美无缺，它的致命缺陷在于结论的或然性，这种或然性是由其思维的形式结构所造成的。特别是人们在类比时所运用的两个或两类事物的属性的相似点是非本质属性时，常常会犯一种叫做“机械类比”的错误。同时，如果管理者的思维模式仅仅停留在类比模式的阶段，不能够运用使用了大量现代逻辑分析工具的科学思维模式，要想提高管理的科学水平也是比较困难的。

如果说在早期的管理实践中管理者的类比模式往往是自发的和朴素的话，那么在今天的管理学理论的发展过程中，类比的模式在一个更高的层次上被自觉地使用着。例如，人们不仅仅考虑两个或两类事物的属性的相似，而更加注重结构的相似和功能的相似，这也有助于克服类比模式的局限。我们将在系统思维模式中对此加以分析。不仅如此，类比的模式现在还成为管理学理论研究的一种方法和工具，帮助我们进行知识的迁移。比如，近年来正在兴起和形成热点的仿生管理学的研究，正是类比模式的产物。

2. 证实思维模式

证实思维模式是实证思维模式的主要模式之一，证实思维主要是在管理实践中应用实证经验的方法搜集基本的经验事实，来研究管理的本质和规律的一种实证思维模式。它包括抽样调查方法、观察法和实验法、案例法等一系列思维方法。

证实思维模式的哲学基础是逻辑实证主义和实用主义。逻辑实证主义的基本观点是：任何科学或理论都来源于经验和实施，任何理论的假设或命题都必须接受经验事实的检验。而只有经过经验事实证明的知识才是正确的。证实模式的实质就是一切管理知识都必须直接用经验和事实说话，这正是管理学作为一门经验科学和实证科学的最根本的特点。

按照西方社会科学的划界标准，证实模式实际上是一种描述性的研究。早期的古典管理理论和后来的科学管理理论则试图将管理学的研究纳入规范性研究的轨道。尽管如此，这些管理理论的开创者并不完全拒绝证实的模式，只不过他们的目标在于使用逻辑分析的方法将观察和实验的结果归纳成为规范的管理理论，使其成为真正意义上的科学。例如，泰勒进行了搬运铁块实验、金属切削实验等。而最著名的当属美国哈佛大学的工业心理学家梅奥从1927年4月至1932年5月在美国西方电器公司的霍桑工厂所进行的霍桑实验。霍桑实验主要应用实证经验方法搜集基本材料，推动了试验方法、观察方法、社会调查等实证方法的兴起，深刻地影响了后来的管理思想和管理实践。

第二次世界大战以后，随着自然科学方法向管理学的渗透，现代管理思想和理论更进一步在实证研究的基础上发展起来。例如，经验主义学派直接以对实践经验的总结为主要特点，通过对管理中成功和失败案例的实证研究来传授进行有效的管理的经验。再如，明茨伯格等人在20世纪70年代采用日记法对经理的工作活动作系统的观察和记载，并在观察的过程中和观察结束后对经理的工作进行分类，创立了著名的经理角色理论。

到了20世纪80年代以后，由于计算机网络技术的发展和全球经济一体化的到来，企业所面临的经济环境竞争更加剧烈，管理思想出现了一些新的变化。例如，彼得斯和沃特曼通过实地观察美国优秀企业经营管理实践，提出了适应变化的管理思想。又如，迈克尔·波特以数量分析为基础，通过对实业界数以百计的实证案例进行分析，提出竞争战略的思想。而美国哈佛大学教授迪尔和麦金斯咨询公司的专家肯尼迪受日本企业成功经验的启发，于20世纪70年代和80年代初调查了100家美国优秀企业公司，提出了企业文化理论。类似的案例在管理学中比比皆是，不胜枚举。

3. 证伪思维模式

证伪的思维模式与证实思维模式的思维方向恰恰相反，它是人们在进行管理思维时运用反面的案例或经验事实来否定某种管理的观念和理论的实证思维模式。

证伪的模式20世纪80年代以后被逐步引入管理学的领域中。关于证伪的思想来自英国著名哲学家波普尔的一个哲学论断："证实"不能解决问题而必须以"证伪"代替。波普尔在1962年出版的阐述其批判理性主义方法论的主要著作《猜想与反驳》中提出，科学开始于问题，即理论由证伪暴露出问题。一方面，人们由实践启示产生灵感而提出各种大胆的猜测，形成科学理论；然后对这些理论进行检验，从进一步观察和实验中达到逼真度较高的新理论。另一方面，新理论在不断为科学技术的发展所证伪的过程中，又出现新问题。

具体说来，证伪的思想来自归纳逻辑中的不完全归纳论证。比如，我们观察一种企业管理方法的使用情况，A_1 企业成功了，A_2 企业成功了……A_n 企业成功了。那么，我们是否可以得出一个这样的论断，这种管理方法对所有的企业都适用呢？波普尔指出，这样的论断实际上是不可能被证实的，因为只要企业的数量是无限多或者是人的能力无法观察到所有的企业的话，你永远不能证实它。但是，不完全归纳的论证是很容易被证伪的，因为我们只要找到一个企业使用不成功，这种管理方法对所有的企业都适用的结论就是错误的。

因此，用证伪的思维方法去对待管理理论与管理实践的相互关系，便可看出一种管理理论所存在的问题。任何一种管理理论都无非面临两种可能：①理论被检验，经过进一步观察和实验，得出逼真度更高的新理论；②理论被证伪，因为出现问题而提出新的问题。这样的思想正是研究现代管理学的务实态度。例如，权变管理理论中的超Y理论就是对麦格雷戈德"X理论—Y理论"进行证伪而得出的，因为在实验中发现X理论并非一无是处，Y理论也并不是到处适用。又如，20世纪80年代，美国学者通过研究日本成功企业的文化，用证伪的思维方法指出了西方传统管理理论关于组织的效率主要是依赖于科学管理的观点是片面的，还应当重视企业文化的建设，从而推动了现代管理理论的发展。

证伪的模式给我们提供了一个非常有用的工具，帮助人们更有效地发展管理学的理论。实际上，管理理论的发展不可避免的是特定历史条件下的产物，依存于特定组织的社会实践，因此也是一种客观的社会存在。换句话说，任何一种管理理论所作出的价值判断和理论结论都是可以被检验和证伪的。

证伪模式和证实模式并不矛盾，而只是思维的角度不同而已，从其哲学本质上来说都属于实证主义，都是为理论假说提供实证材料，进行检验，从而推动管理理论的进展和创新。事实上，现代管理理论正是在这种不断地进行证实和证伪的矛盾运动中前进的。

证伪模式在管理实践中同样是一个有效的工具，只不过许多管理者是在自觉或不自觉地应用而已。

2.2.2　实证思维模式在管理学中的地位

实证思维模式并非没有缺陷。从某种意义上来说，在科学思维模式下产生的古典管理理论和科学管理理论，正是对在实证思维模式下产生的自发的经验主义管理思想的超越。这些理论克服了实证思维模式的缺陷，将管理学的发展纳入科学的轨道。在很长一段时间内，古典管理理论和科学管理理论占据了管理学的中心地位，它们试图向管理者提供一种普遍适用的管理法则去指导组织的管理实践。

管理学中的实证思维模式尽管后来受到科学管理思维模式的冲击，但始终是西方现代管理思维模式的一个重要方面，并且与之进行了不断的思想碰撞，形成了管理学中重要的思想学派。

对于古典管理理论和科学管理理论的教条，许多以实证思维模式为工具坚持经验主义传统的管理学家如欧内斯特·戴尔和著名管理学家彼得·德鲁克等持否定态度。戴尔在 1960 年出版的《伟大的组织者》一书中深入研究和总结了美国杜邦公司、通用汽车公司、国民钢铁公司和威斯汀豪斯电气公司等四家大公司领导者的管理经验，坚决反对设定任何关于组织和管理的“普遍原则”，他认为这些所谓的“普遍原则”既不存在，也从来没有人能够真正掌握，至多只能讲出各种不同组织的“基本类似点”。戴尔主张，管理知识的真正源泉是那些“伟大组织者”的经验以及他们的超凡的个性和杰出的才能。他认为管理者要想学习和掌握那些成功的企业和伟大组织者的经验，就应该用比较的方法来发现、描述和分析研究不同组织的基本类似点，并把这些基本类似点搜集起来进行分析，就可以得出某些一般性的结论，使之作为一种对企业发展趋势的预测手段应用到类似的组织管理实践中去。彼得·德鲁克也是经验主义管理学派的代表人物，他也主张管理理论不应该是理性的推理或分析，而应该从企业的管理实践出发，通过案例研究总结出理论性的管理原理和方法，然后向管理人员传授。

管理提示

企业家的天赋

我的天赋中唯一的秘密就是我从其他人的观点与发明中创造出了新的东西。

——福特公司创始人：亨利·福特

持经达变

“持经达变”是最有效的管理方式，有原则，却必须因人、因时、因事、因地而应变，以求制宜。

——著名管理学家：曾仕强

管理故事

可悲的大象

动物园里有一头大象。大象还很小的时候，就被管理员用一根绳子拴住了，小象向往着森林里无拘无束的生活，它拼命地挣扎，脖子鲜血淋漓也没能够挣断绳子，于是小象就放弃了。小象在动物园里慢慢长大了。后来，动物园里发生了一场大火，大象也被活活烧死在拴它的柱子上。

大象被过去的失败经验限制住了，放弃了逃跑的努力。

问题：经验是重要的，经验时所处的条件和环境也很重要，是这样吗？

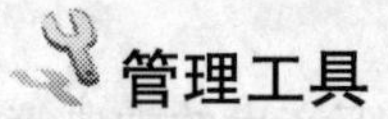

管理工具

综 摄 法

综摄法是由美国麻省理工大学教授 W.J. 戈登于 1944 年提出的一种利用外部事物启发思考的方法。

戈登发现，当人们看到一件外部事物时，往往会得到启发思考的暗示，即类比思考，而这种思考的方法和意识没有多大联系，反而与日常生活中的各种事物有紧密关系。

事实证明，我们的不少发明创造、文学作品都是被日常生活的事物启发了灵感。这种事物，从自然界的高山流水、飞禽走兽，到各种社会现象，甚至各种神话、传说、幻想、电视等，比比皆是，范围极其广泛。戈登由此想到，可以利用外物来启发思考、激发灵感解决问题，这一方法被称为综摄法。

具体来说，综摄法是指以外部事物或已有的发明成果为媒介，并将它们分成若干要素，对其中的元素进行讨论研究，综合利用激发出来的灵感，来发明新事物或发现解决问题的方法。

关键概念

实证思维模式

2.3 科学思维模式

所谓科学思维模式就是指管理思维主体以理性的、抽象的、逻辑的思维方式去把握管理的本质和规律的思维模式。它主要包括科学理性思维、逻辑分析思维和数学分析思维三种。

2.3.1 科学思维模式产生的背景及其意义

管理思维的科学思维模式大约在 19 世纪末 20 世纪初形成，它直接导致了以泰勒为代表的科学管理理论的产生，引起了管理理论和实践的重大变革。在 19 世纪末 20 世纪初，美国、德国、法国等西方先进的资本主义国家经过工业革命后的 100 多年的发展，生产力水平有了很大的提高，自然科学和技术突飞猛进，大量的新技术和发明创造不断地运用于工业生产。与此相比，当时企业的管理水平还十分落后，人们往往依赖于朴素的经验和主观猜测，运用的是原始的实证思维方式，缺乏科学的依据。因此，管理水平的低下已经成为制约科学技术的应用和生产力进一步发展的重要因素。在这样的时代背景下，现代管理理论的产生也是资本主义生产力发展的客观要求。同时，资本主义早期管理思想的积累又为管理理论与思想的突破提供了必要的思想资料。因此，在当时的美、德、法等国几乎同时产生了科学管理运动，形成了各具特点的科学管理理论。

科学思维模式自管理学诞生以后一直是管理理论的主流，影响十分深远。因为只有在科学思维模式的指导下，才能建立起现代的管理理论。科学管理的根本使命在于建立企业管理的科学秩序，变经验管理为科学管理，变无序管理为有序管理，从而构成一切管理的基础与起点。

2.3.2 科学思维的主要模式

1. 科学理性思维模式

科学理性思维模式是强调管理对象的合乎理性和管理规律具有科学性的科学思维模式。主要有以下几个特征：

第一，科学理性模式强调以科学的精神和方法来研究管理。

在古典管理理论阶段，近代管理科学的先驱泰勒以强调用科学的精神来研究管理活动而著称。泰勒特别强调用科学的方法来研究管理，注重逻辑判断、科学的假设和推理形式。泰勒通过著名的搬运生铁试验而总结出的科学管理制度是经过精心研究和设计的科学的操作方法和工具，工厂工人严格执行，就可以提高劳动生产率。法国人法约尔则是从整个企业的角度推行科学的制度和方法，提出了一整套的管理理论和管理原则。德国的韦伯的行政集权制理论则是有关科学地进行组织和管理的理论。古典管理理论的共同特点是强调科学性、精密性和纪律性。古典管理理论的先驱者们注重实践的态度和“科学的”解决问题的办法使得早期的管理理论与思想带有一种以技术为中心的特点，从而实现了对传统的决策与管理方式的重大突破，也使得管理由经验性的管理迈向了科学理性的管理，这是人类管理理论和实践的巨大飞跃。

第二次世界大战后，科学技术突飞猛进，信息论、系统论、运筹学、控制论、决策论、计算机技术等各种学科飞速发展，大量新的科学方法被引入管理中，形成了以讲求理性分析为特征的管理科学学派。管理科学学派自20世纪60年代以来在西方一直居于主导地位，他们试图用科学方法解决生产与业务的管理问题，在促进管理科学的定量化、科学化方面作出了突出的贡献。

第二，科学理性模式强调对人的理性化研究。

以泰勒为代表的西方近代科学管理研究的是人机械地适应机器的效率问题，它以理性的个人主义的“经济人”人性假设为管理的理论前提。在管理方法上讲求科学性；在控制方法上强调明确性；在激励手段上重视个人物质刺激，鼓励追求个人成就；在管理目标上追求利润的最大化。在人的非理性方面，它排斥人的社会性、心理性需求。著名演员卓别林曾经主演过的一个电影《摩登时代》就是一个很好的例证。古典管理理论的最大问题在于他们把人当成了机器，在管理学中抽掉了人的思想和社会属性，使被管理者处于被动和依附的位置。

我们还应当指出，即使是在后来的管理学的人际关系学派和行为科学学派的管理理论中，科学理性思维也占据着主导地位。比如，人际关系理论虽然开始注意到人和机器的差别，但它仍然仅仅把人作为达到组织目的的手段，没有证明组织目的的来源。此后，行为科学理论也主要偏重于对人的行为的研究，从理性化、科学化的终极目的出发，认为应该是怎样，而不是考虑人为什么是这样。这与东方文化传统中对人的终极关怀有着根本的区别。

第三，科学理性模式受到了挑战，但仍然是现代管理理论的主流。

20世纪70年代后至今，由于美国经济的衰败和日本经济的崛起，使得一批管理学家开始对具有东方文化传统的日本企业进行深入研究，由此形成了组织文化管理理论。而组织文化管理理论的最大特点就是重视对人的终极关怀，强调组织的价值观和共同愿景，不再把员工仅仅视为被动的被管理者，这对于具有科学理性传统的管理理论形成了重大的冲击和挑战。

这些问题实际上已经涉及管理哲学的一个最根本的问题：管理学到底是什么？管理学到底是科学还是艺术？或是二者的结合？

现在，大多数管理学家依旧认为科学理性是重要的，应当坚持管理的科学理性内核，否则管理学就失去了存在的根据。同时，许多管理学家也认为应当反对过分的单纯理性主义的观点，反对将理性化迷信和滥用。也许正是这种管理中的理性与非理性、科学性与艺术性的矛盾运动和有机融合，才是推动现代管理理论不断走向成熟的动力。

2. 逻辑分析思维模式

逻辑分析思维模式就是使用逻辑的方法来分析和把握管理的本质和规律的一种科学思维模式。

具有很强的逻辑分析思维是西方文化的一个重要特征，具有深远的历史传统，在管理思维中同样如此。从思维发展的角度来看，西方逻辑分析的思维模式可以远溯至古希腊的百科全书式的先哲——亚里士多德，他在著名的《前分析篇》中指出，科学认识的任务就在于凭借思维的力量去把握事物的部分。亚里士多德是西方古典逻辑的奠基人，他的著名的亚里士多德三段论是演绎逻辑的基础。自亚里士多德开始，西方文化和科学就走上了一条对思维对象注重逻辑分析的道路。在管理学中，不同背景的管理学家也往往凭借其强大的分析传统和多视角、多层次、全方位的分析模式构成西方不同的管理流派，形成不同的管理领域和门类。

管理学中的逻辑分析门类众多，这里只简单介绍其中最主要的一些分析。

(1) 作业分析。泰勒及其追随者最早就是从现场的作业分析开始的。泰勒制定科学管理的方法是对作业进行研究，然后决定与工作环境有关的事实，并从这些观察出发来提出原则。泰勒的这种分析方法，经过后人的发展，逐步形成了管理科学最早的一个分支领域——工业工程。管理学家彼得·德鲁克在1954年对此作出高度评价，对最简单的工作的最细微的动作的科学分析，使大量生产特别是装配线形式成为可能。

(2) 管理过程和职能分析。泰勒最早在概念化的领域将分工理论进一步拓展到管理领域，提出计划职能和执行职能分离的基本原则。最重要的管理过程和职能分析是由法约尔实现的。他通过对管理职能特别是管理过程的经典分析来论述管理的理论和方法，奠定了管理过程理论的理论基础，成为以后各种管理理论和管理实践的重要依据之一。法约尔理论的缺陷在于只考察了组织的内在因素，没有考察组织同其外在环境的关系，因而不够全面。其后的一些代表人物继承和发展了法约尔的管理理论及其分析方法，并受到科技发展和决策管理理论的影响，在管理职能中加入了组织革新、决策等。

(3) 决策分析。决策管理理论是以巴纳德的协作系统理论为基础，在第二次世界大战以后吸收了行为科学、系统理论、运筹学和计算机科学等学科内容而发展起来的一门边缘学科。西蒙等人详细地分析了决策在管理中的作用和决策的阶段、计划和审查对决策的影响，并特别强调信息联系在决策过程中的作用。与巴纳德不同，他们更重视非正式渠道的信息联系，认为非正式渠道在信息联系中起主导作用。

（4）组织行为分析。管理学中的组织行为理论认为组织行为是行为科学研究的最高层次，其核心问题是如何领导，促进组织发展。而组织领导水平的高低在一定程度上又取决于领导方式。组织行为理论对领导行为、经理角色、企业领导等问题进行了非常深入的科学分析，得出了很多重要的研究成果。例如，关于领导行为的“四分图”理论、管理方格理论、连续统一体理论等。

（5）经验（案例）分析。经理主义理论虽然认为管理本质上是经验的，但仍然重视对企业管理尤其是大企业的管理实践和经验（案例）的分析，管理学的任务就是把这些经验传授给企业管理的实际工作者。

总而言之，现代管理思维正是沿着逻辑主义的分析轨迹前进的，人们在管理实践中搜集、归纳、整理、提出假说，验证假设，借助于数学模型和逻辑分析，从各个角度、各个层次、全方位地透视管理实践和现象，使得管理理论与思想精致而又细腻，带来了管理学的繁荣和昌盛。这也正是我们要向逻辑分析思维学习的地方。

3. 数学分析思维模式

数学分析思维模式是从把握一定质的量以及质和量相互转化的关系的角度分析、把握管理的本质和规律的一种科学思维模式。数学分析思维模式是许多学科重要的思维工具。

按照马克思的观点，一门学科只有真正应用了高等数学，才能真正成为一门科学。严格来说，管理学现在还不能称为一门严格意义上的科学，它还处于半经验、半科学的发展过程之中，但是，从管理学诞生之日起，人们就一直试图将数学应用于管理科学的领域中去。因此，数学分析的模式也理所应当地成为了管理思维的重要工具。

数学分析思维模式在管理科学中的应用主要分为三个层次：

第一个层次为初级应用层次，数学只作为辅助语言符号。例如，企业的销售利润与销售收入相关，也与生产成本和营销费用相关，营销费用高，利润率就小；而生产成本低，利润就大；营销费用太少又会影响到销售收入。因此，利润、生产成本、营销费用和销售收入之间有着密切的数量关系，相互制约，相互影响。另外，像全面质量管理理论（TQM）等理论也常常应用数学图表作为分析影响质量因素的工具，如排列图、相关图、直方图和控制图等。

第二个层次为中级应用层次，常常对管理问题进行数值计算，应用量度和计算的数学手段来分析、处理管理现象。在西方企业管理、社会管理中，数值计算得到了广泛的应用，形成了许多比较成熟的管理手段和管理技术。例如，日常管理中的量化考核等。

第三个层次为高级应用层次，需要使用复杂数学工具建立数学模型。现代管理科学往往对管理问题建立数学模型，通过对数学模型的分析和研究，就可以建立起关于现代管理的现象和规律的严密科学理论或用于辅助决策。例如，现代管理科学中系统管理学派的一个重要特点就是采用模型的分析方法。我们将在后面的分析中进一步介绍。

数学分析思维模式从科学管理理论产生之初到现代管理科学兴起的发展过程中，其精确性、科学性对管理科学与技术的发展一直具有不可替代的影响作用，并成为了管理理论与实践的一个重要特色。

管理提示

合理变动

只要合理，怎样变动都可以。

——著名管理学家：曾仕强

把二看成三

中国人擅长“把二看成三”。

西方的管理，沿用这种思维，把人“分”成管理者和被管理者。

中国式管理，承袭太极思维法则，把人看成三种。老板是管理者，员工是被管理者，而介乎老板和员工之间的干部，则一方面是管理者，一方面是被管理者。

——著名管理学家：曾仕强

管理故事

重要的逻辑

有这样一个典故：“折了一个铁钉，就掉了一个马蹄铁，掉了一个马蹄铁，就损了一匹战马，损了一匹战马，就失去了一位将军，失去了一位将军，就败了一场战役，败了一场战役，就亡了一个国家。”这个典故起源于1485年，在英国波斯沃斯，国王查理三世准备与里士满伯爵亨利率领的军队决一死战。战斗开始的当天下午，查理让马夫备好自己最喜欢的战马。铁匠在给战马钉掌时，因缺少几颗钉子，有一只马掌没有钉牢。两军对垒，查理国王冲锋陷阵鞭策士兵应战。“冲啊……冲啊”，他高喊着，率领军队冲向敌阵。查理国王的军队眼看就要获胜，突然一只马掌掉了，战马跌翻在地，士兵见国王落马，纷纷转身撤退，亨利率领的军队围了上来俘虏了查理。

问题：这样的逻辑在管理中常见吗？举个例子。

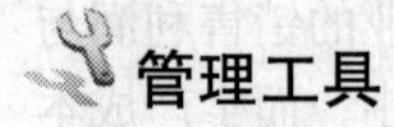

管理工具

5W2H法

5W2H法是一种科学思维模式，应用于企业决策和执行性的活动。

5W2H法的应用程序一般是：

1. 检查（产品）决策方案的合理性

(1) 为什么（why)?

为什么要经过这么多环节？为什么非做不可？

(2) 什么（what)?

条件是什么？哪一部分工作要做？目的是什么？重点是什么？与什么有关系？功能是什么？规范是什么？工作对象是什么？

(3) 谁（who)?

谁来办最方便？谁会生产？谁可以办？谁是顾客？谁被忽略了？谁是决策人？谁会受益？

(4) 何时（when)?

何时要完成？何时安装？何时销售？何时是最佳营业时间？何时工作人员容易疲劳？何时产量最

高？何时完成最为适宜？需要几天才算合理？

(5) 何地 (where)?

何处生产最经济？从何处买？还有什么地方可以作销售点？何地有资源？

(6) 怎样 (how to)?

怎样做省力？怎样做最快？怎样做效率最高？怎样改进？怎样得到？怎样避免失败？怎样求发展？怎样增加销路？怎样达到效率？怎样才能使产品更加美观大方？怎样使产品用起来方便？

(7) 多少 (how much)?

销售多少？成本多少？效率多高？

2. 找出主要优缺点

3. 作出最后决策

关键概念

科学思维模式　科学理性思维模式　逻辑分析思维模式　数学分析思维模式

2.4 系统思维模式

何为系统思维模式？系统思维模式就是从系统论的基本原理出发，从系统整体角度分析、把握系统的本质和规律的思维模式。它主要包括系统整体性思维、系统结构性思维和系统动态控制思维三种思维模式。

系统思维模式是在现代科学的发展过程中形成的。它是 20 世纪 40 年代以来相继出现的包括系统论、信息论、控制论、图论、博弈论、决策理论、突变理论、协同论、混沌理论等汇集而成的系统思潮的产物。可以说，系统思维变革了人们的思维的方式，它首先在自然科学研究中得到广泛的应用，继而在 20 世纪 90 年代以后也成为现代管理思维方式的主流。

2.4.1　系统思维的基本出发点

作为一种全新的科学的思维方式，系统思维有两个基本的出发点：

第一，将事物看成整体。系统论的创始人贝塔朗菲正是从生物学中的机体论的观点出发，通过类比，引申出系统论的基本思想："生物学的机体论观点强调把有机体看成一个整体即系统，生物科学的主要目标是在于发现系统的各个水平上的组织原理。"贝塔朗菲特别强调，这不仅仅是一种生物学说，而且是一种崭新的思维方式。

事实上，在管理的理论和实践中，主要运用逻辑分析的科学思维模式曾经取得了巨大的成功，但是，随着现代科学技术的发展和全球化经济的到来，组织管理所面临的系统越来越复杂，系统之间的相互作用和相互影响越来越重要，如果还运用传统的实证思维模式和科学思维模式来研究和实践组织的管理，就会按照孤立的、因果链式的模式来思考管理的对象，因而陷入"机械论"的困境。所以，将事物看成整体的系统思维的建立也反映了人类管理认知能力的深化。

第二，不同系统之间存在共同的原理。按照贝塔朗菲的观点，系统论的目标就是要一般地探讨各种不同系统之间的共同原理，无论这种系统是生物学的、物理学的，还是社会学的或管理学的，我们都可以恰当地定义系统概念，并进一步发现适合一般化系统的模型、原理和定律，而与系统的特定种类、元素等无关。

不同领域的不同系统之间存在共同的原理这一思想可以说体现了系统论的核心思想。就像在科学思维模式中通过逻辑分析的工具可以把握管理对象的最一般的形式、结构和规律一样，在系统思维模式中我们也可以将一般系统论作为把握管理对象的最一般的形式、结构和规律的工具，从而解决现代管理学所面临的越来越复杂的，处于多个非线性系统相互作用关系下的组织管理问题。

2.4.2 系统思维的主要模式

1. 系统整体性思维模式

系统整体性思维模式是系统构成一个整体后，从系统整体上而不是从系统各个部分元素上进行思维。“整体性”可以说是系统最一般的表征，它表明了系统中某一元素的变化和所有其余元素与系统整体的变化相互影响。而这种相互影响的根本原因在于各个元素之间处于动态的相互作用。系统论实际上就是揭示整体性的一般规律的科学。

任何系统都是一个有机的整体，它不是各个部分的机械组合或简单相加，整体性的核心在于认为系统大于各个部分之总和。整体性并非对于构成系统的部分或元素之间的关系不感兴趣，而是把将兴趣集中在它们如何产生并维持整体上。

现代管理非常注重系统整体性思维，从系统整体的管理中取得较部分管理之和更大的绩效。例如，传统的管理只注重于企业管理职能分工中取得绩效，现代管理则通过对企业管理的系统思考，将企业管理作为一个系统整体来看待，通过企业系统整体的运作取得更大绩效。如管理信息系统，就是将企业管理作为一个系统整体考虑而形成的。

2. 系统结构性思维模式

系统结构性思维模式是从系统内部各部分元素的相互关系上进行思维。系统结构决定了系统的基本属性。一个事物之所以区别于另一个事物，常常是由于它的结构表现出不同的特质和形态。系统结构思维不一定要求我们对每一个问题的细节和全部的资料都要掌握，相反，只要把握了事物在不同层次上的结构、内在的特征和主要的接点之间的关系，那么我们对确认事物就有了比较明确的把握。系统结构性思维强调分析问题的结构以及结构性地解决问题。这种思维方法在现代这种信息大爆炸的时代具有特别重要的意义。

而在系统结构性思维中，系统的同构性思维占有重要的地位。系统的同构性是指不同领域中的各种系统在结构上的相似性。这是系统论的重要基础——寻找共同点的核心所在。

同构也是系统思维的重要内容。其实，系统同构来源于类比或模仿模式，但是类比和模仿的逻辑缺陷使得它们在应用时只能是简单的性质类比，不一定能揭示系统的本质。

我们之所以能够应用同构性思维，就在于现实世界中广泛存在的相似性，这是此思维方式得以广泛应用的客观基础。在管理中，我们运用系统结构思维中的同构思维对管理起着“举一反三”的作用，如在管理学的研究领域，生物学中的机体生命周期理论、生物群落理论就被转移为管理学中企业生命周期理论、总裁生命周期理论和企业群落理论等；在管理学的应用领域，对组织结构的设计、新产品开发和设计以及技术发明和创造起着极为重要的作用。

3. 系统动态控制思维模式

任何管理系统状态都不是静止的，都处在不断地变化之中，都是时间的函数。不仅如此，任何管理系统都不是孤立存在的，都必然要受到环境因素的影响。也就是说，现代管理系统不可能是孤立的封闭系统，而是相互联系着的开放性系统。因此，随着时代的发展，企业的周边环境也在不断发生变化，这样就势必影响整个企业的系统功能，也会影响管理系统内部的各个子系统的功能及其相互关系和相互作用。

动态控制的目的是要使系统始终保持理想的“运行状态”，就是要在动态中寻求优化，进行有效的控制。在管理系统中，管理者要根据确定的目标，通过信息反馈实现优化的调控，使系统沿着既定的方向保持运行，从而实现预期的管理目标。

管理者要实现优化的调控，有效的信息反馈是关键。所谓的反馈，就是所控制的管理系统输出的信息作用于被控系统后，将产生的结果重新输入到控制系统，并对信息的再输出发生新的循环往复过程。通过信息反馈，可以把动态运行系统的“现实状态”不断与“理想状态”进行比较，并经过不断调控来修正或缩小二者的偏差，借以实现系统控制的最优化。现在，动态控制的思想已经被越来越多的管理者所采用，企业的ERP也是动态控制原理的具体应用的一个工具。

管理提示

管理就是把复杂的问题简单化

管理就是把复杂的问题简单化，混乱的规范化。

——通用电气GE前总裁：杰克·韦尔奇

通道法则

我们收集的假设就像一堵限制可能存在的视野的墙一样。我们一边收集基本规则、假设和经验以及听取别人的意见，一边建造这些墙。我们不是在360度的范围内自由地观看，而是把我们的视野限制在一个很窄的通道里。

管理故事

蝴蝶效应

1979年12月，洛伦兹在华盛顿的美国科学促进会的一次讲演中提出：一只蝴蝶在巴西扇动翅膀，有可能会在美国的德克萨斯引起一场龙卷风。他的演讲和结论给人们留下了极其深刻的印象。从此以后，人们将这种由一个极小起因，经过一定的时间，在其他因素的参与作用下，发展成极为巨大和复杂后果的现象称为“蝴蝶效应”。

从科学的角度来看，“蝴蝶效应”反映了混沌运动的一个重要特征：系统的长期行为对初始条件的敏感依赖性。

经典动力学的传统观点认为：系统的长期行为对初始条件是不敏感的，即初始条件的微小变化对未来状态所造成的差别也是很微小的。可混沌理论向传统观点提出了挑战。混沌理论认为在混沌系统中，初始条件的十分微小的变化经过不断放大，会使其未来状态产生极其巨大的差别。

问题：为什么一个明智的领导人一定要防微杜渐?

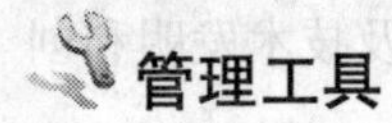

管理工具

系统思维

现代管理，尤其是重大的管理问题，经常面临着由众多因素和错综复杂关系所构成的复杂对象，处理这样的管理对象，传统的、机械的、片面的思维方式已经不再适应，而必须代之以新的思维工具。

奥地利理论生物学家贝塔朗菲在总结前人的基础上，于1937年首次提出了“一般系统论”的概念，并于20世纪40年代概括地论述了一般系统论，描述了系统思想在认识史上的发展。

一般系统论概括了各门系统科学中的基本思想，使之上升为指导人们在不同领域中认识事物的一般方法论原则。系统思想和方法引入管理，使管理观念发生了根本性变革，这些变革表现在以下五个方面：

(1) 管理由局部思维转向整体思维，以达到对于管理对象宏观整体的认识。

(2) 管理由单向思维转向多向思维，以达到对管理各个环节和要素的全方位把握。

(3) 管理由封闭式思维转向开放式思维。

(4) 管理由静态思维转向动态思维，以使组织能够适应各种变化。

(5) 整体大于局部之和，也就是“1+1>2”，更加强调管理对不同资源的优化配置和整合。

系统思维强调动态思维，即管理者要预测管理对象的各种变化，制定应变措施，并使自己的思维跟踪管理对象的运动轨迹，把握其全部变化，这就决定了管理并非一劳永逸，而是一个不断修正的过程，强调管理的反馈调节。

关键概念

系统思维模式　系统整体性思维模式　系统结构性思维模式　系统同构性　系统动态控制思维模式　反馈

2.5 创造性思维模式

从某种意义上来说，管理就是创新。而管理的创新的关键在于使用正确的和有效的思维方法。因此，我们还必须研究和学习创造性思维模式，掌握创造性思维的主要方法并将其运用到管理实践中去。

2.5.1 创造性思维模式的含义

所谓创造性思维模式就是指管理思维主体以非逻辑的、创新的思维方式去把握管理的本质和规律的思维模式。它包括灵感思维、直觉思维、顿悟思维、形象思维、横向思维和逆向思维等一系列思维方法。

许多科学发现和技术发明以及管理创新都是运用了创造性思维进行创造活动的结果。比如，日本的尼西奇公司本来是一个生产一些微不足道小商品如雨衣、游泳衣等的小公司。董事长多川博在得知战后生育高峰即将到来的信息后，立即产生了一种直觉：

抓住这个生育高峰企业就有挣钱的机会。于是，公司立即放弃生产其他产品，专门生产高档尿垫。他成立了"尿垫开发中心"，提高技术，改进工艺，选择材料，设计款式……很快公司就推出了几百个品种的系列产品，迅速占领了市场。现在，尼西奇公司已经成为了世界最大的婴儿尿垫生产商。

当我们肯定创造性思维模式在管理创新中的重要作用时，并不意味着就否定以逻辑思维模式为主要代表的其他的思维模式的创造作用。事实上，我们在进行管理时的思维模式是复杂的，需要多种思维模式的综合运用，当然离不开逻辑的思维模式。但是，当我们在运用逻辑思维解决问题陷入困境时，运用创造性的思维模式和方法，往往可以帮助我们找到新的解决问题的钥匙。

2.5.2 创造性思维模式

严格说来，创造性思维并无固定的模式可言。创造性思维始于问题。当我们在管理实践中遇到需要解决的管理创新问题时，创造性思维就会发挥作用。当我们沿着正常的逻辑思维的线路前进时，由于思维定势的作用和所遇到的管理问题的复杂性，人们往往会陷入思维的困境，难以找到解决问题的答案。这时，人们的思维开始转向，开始用创造性的思维方法来解决问题，使思维发生突变，获取灵感，思维又重新回到逻辑的轨道上来，找到解决问题的方案。

需要说明的是，由于创造性思维的复杂性和个体的差异性，人们对于诸如直觉、灵感、顿悟等创造性思维的内在机制并不十分清楚，有待于思维科学的进一步研究。

2.5.3 创造性思维方法

尽管我们对于创造性思维的内在机制还不十分了解，但是，通过最近思维科学的研究，还是总结出来了许多创造性的思维方法，有助于人们在管理的实践中进行创造性地思考。我们下面来讨论一些主要的方法。

(1) 直觉思维。所谓直觉思维是指人们的思维从最直观的经验开始，不经任何推理，直接导出问题的结论。在中国古代的思维中，直觉是被运用最多的一种思维方法。例如，古代人们从生活中感受到任何事物都具有相互对立的两个方面：冷和热、大和小、轻和重、男和女等，从而根据这种直觉导出了"太极"的概念，形成了中国古代哲学中的阴阳学说。

直觉并非没有科学道理，它建立在下述根据之上：第一，直觉是思维的洞察。直觉是科学思维运用现有的科学知识对经验总和进行思索之后，对隐藏在经验总和之中的本质规律性的直接把握。用爱因斯坦的观点来说即是对经验共鸣的理解。第二，直觉是无意识的思维过程，这与逻辑思维有着本质的区别。第三，直觉与逻辑思维有着密切的联系。直觉虽是无意识的、非逻辑的，但是，直觉对经验总和的把握总是在意识的控制之下和运用现有理论进行思索的结果。第四，直觉与管理的经验和对管理事实的观察密切相关，离开了这些就不可能产生关于管理问题的直觉。

(2) 灵感思维。灵感思维实质上是直觉在无意识中的突然涌现。由于灵感既是直觉，又是无意识的，又是直觉的突然涌现，灵感思维似乎更具有神秘性，更难以捉摸。

但实际上灵感还是可以把握的。

（3）顿悟思维。“顿悟”本是佛教的语言，是一种内省的方法。佛教禅宗认为，最高的智慧强调“悟”性，强调苦思冥想，面壁修行，历经时日，一朝顿悟。

顿悟思维是说人们在心灵上可以突发性地把握事物整体，而这种感受给人的总体上是一种大彻大悟的思维。

（4）形象思维。形象思维是凭借头脑中储有的表象进行的思维。形象思维方法的特征是用典型化的方式进行概括和以形象材料进行创造性思维的工具。因而，形象思维本质上具有独特的创造性功能。

（5）横向思维。横向思维是对问题本身提出问题、重构问题，倾向于探求观察事物的所有的不同方法，而不是接受最有希望的方法，并按照去做的思维。横向思维的思路与传统的纵向性逻辑思维模式不同，强调思维的开放性和多方向性，跳出思维模式的定势，充分运用事物的已知特性的启发，寻求和正在探索的思维结论相似和相关的东西，从而解决问题。横向思维的主要方法是相似性推理和相关性推理。

（6）逆向思维。逆向思维是人们在思考问题时，改变思维对象的空间和时间排列顺序，从反方向寻求解决问题的思维。逆向思维运用了事物的两面性和因果性。例如，市场的大与小、产品的好与坏、规章制度的严与松、竞争环境的利与弊等，运用正向和逆向思维得出的结论往往是不同的。而逆向思维的关键就在于求异求变。

管理提示

创新与灭亡

不创新，就灭亡。

——福特公司创始人：亨利·福特

创造资源

创新就是创造一种资源。

——著名管理学家：彼得·德鲁克

管理故事

蜜蜂与苍蝇

如果你把六只蜜蜂和同样多只苍蝇装进一个玻璃瓶中，然后将瓶子平放，让瓶底朝着窗户，会发生什么情况？

你会看到，蜜蜂不停地想在瓶底上找到出口，一直到它们力竭倒毙或饿死。而苍蝇则会在不到两分钟之内，穿过另一端的瓶颈逃逸。事实上，正是由于蜜蜂对光亮的喜爱以及它们的智力，蜜蜂才找不到出口。

蜜蜂以为，囚室的出口必然在光线最明亮的地方；它们不停地重复着这种合乎逻辑的行动。对蜜蜂来说，玻璃是一种超自然的神秘之物，它们在自然界中从没遇到过这种突然不可穿透的“大气层”；而它们的智力越高，这种奇怪的障碍就越显得无法接受和不可理解。

那些苍蝇则对事物的逻辑毫不留意，全然不顾亮光的吸引，四下乱飞，结果误打误撞地碰上了好运气；这些头脑简单者总是在智者消亡的地方顺利得救。因此，苍蝇得以最终发现那个正中下怀的出口，并因此获得自由和新生。

问题：

1. 在一个经常变化的环境里，混乱的行动也比有序的停滞好得多的说法正确吗？

2. 谈谈蜜蜂与苍蝇的思维差别。

管理工具

三菱式智力激励法

日本三菱树脂公司在运用头脑风暴法进行群体创新的基础上创造出三菱式智力激励法，又称MBS 法。

活动进行时，首先要求出席者预先将与主题有关的设想分别写在纸上，然后轮流提出自己的设想，接受提问或批评，接着以图解方式进行归纳，再进入最后的讨论阶段。

MBS 法的具体做法是：

(1) 会议主持人提出问题。

(2) 由参加会议的人各自在纸上填写设想。

(3) 各自轮流发表自己的设想，每人限 1～5 个，由会议主持者记下每人发表的设想，别人也可根据宣读者提出的设想，填写新的设想。

(4) 将设想写成正式提案，并进行详细说明。

(5) 相互质询，进一步修订提案。

(6) 由会议主持者将各人的提案用图解的方式写在黑板上，让到会者进一步讨论以便获得最佳方案。

关键概念

创造性思维模式　直觉思维　灵感思维　顿悟思维　形象思维　横向思维　逆向思维

本章提要

(1) 从当代管理实践中总结出来四种基本的管理思维模式：实证思维模式、科学思维模式、系统思维模式和创造性思维模式。

(2) 管理思维模式是指管理者反映事物时所具有的某种相对稳定的样式、方法或途径，是管理者反映管理对象时所运用的所有逻辑形式、结构、方法的总和。

(3) 管理者的思维模式对于组织的认知能力有着决定性的影响，良好的组织认知能力也对管理者的认知能力起着一定促进作用，二者相辅相成。

(4) 战略是一种视角，它不仅包括选择了的定位，还包括根深蒂固的认知世界的方式。

(5) 实证思维模式是指思维主体主要从管理的经验事实出发，并且注重用实验检验的方式去把握管理的本质和规律的思维模式。它主要包括类比思维、证实思维和证伪思维三种模式。

(6) 科学思维模式是指管理思维主体以理性的、抽象的、逻辑的思维方式去把握管理的本质和规律的思维模式。它主要包括科学理性思维、逻辑分析思维和数学分析思维三种思维模式。

(7) 系统思维模式是指从系统论的基本原理出发，从系统整体角度分析、把握系统的本质和规律的思维模式。它主要包括系统整体性思维、系统结构性思维和系统动态控制思维三种思维模式。

(8) 创造性思维模式是指管理思维主体以非逻辑的、创新的思维方式去把握管理的本质和规律的思维模式。它包括灵感思维、直觉思维、顿悟思维、形象思维、横向思维和逆向思维等一系列思维方法。

复习思考题

(1) 为什么要研究管理思维？管理思维有用吗？

(2) 管理者思维模式与组织认识能力的相互关系是什么？

(3) 为什么思维模式对于企业战略的建立起重要作用？

(4) 为什么说思维方式没有好坏优劣之分？

(5) 科学思维模式对于管理学建立的意义是什么？

(6) 系统思维为什么是现代科学思维中最重要的思维方式？

(7) 创造性思维的主要特征是什么？

(8) 创造性思维有哪些主要的方法？

(9) 你最常用的思维模式和方法有哪些？在什么情况下运用这些思维模式和方法？

管理者训练

学习横向思维工具——“六顶思考帽”

爱德华·德·波诺是横向思维（又译水平思维）理论的创立者，他还创造了“六顶思考帽”。

“六顶思考帽”代表了六种思维角色的扮演，几乎涵盖了思维的整个过程，既可以有效地支持个人的行为，也可以支持团体讨论中的互相激发。

德·波诺认为，任何人都有能力进行以下六种基本思维功能，这六种功能可用六顶颜色的帽子来做比喻，而每顶帽子的颜色与它的职能和作用密切相关：

白帽——白色是中性的、客观的。白帽只关心客观的事实和数字。具有处理信息的功能。

红帽——红色使人想到生气、发怒和各种感情。红帽提供感情方面的看法，具有形成观点和感觉的功能。

黑帽——黑色代表忧郁和否定。黑帽讨论否定方面的问题，具有发现事物的消极因素的功能。

黄帽——黄色代表太阳和肯定。黄帽讨论否定方面的问题，具有识别事物的积极因素的功能。

绿帽——绿色表示创造性和新观念。创造解决问题的方法和思路的功能。

蓝帽——蓝色代表冷静。蓝帽能够控制和调节思维过程，蓝帽也称为指挥帽，管理整个思维进程。

为什么要使用六顶思考帽？德·波诺进行了一个类比：彩色印图。在印刷彩色地图时，每一种颜色被印刷上去，最后它们就拼到了一起。六顶思维帽的目的是避免思维混杂，按这种方式，思考者在某个时间里就可以只按照一种模式思考，而不是在某一时刻做全部的事。

六顶帽子没有穷尽思维的所有可能方面，但是它们的确涵盖了思维的主要模型。

案例 2-1

王永志解决火箭发射难题

20 世纪 60 年代，我国自行设计的第一枚中近程火箭在酒泉某试验基地进行。火箭发射没有成功，射程不够，没有击中目标。面对这样的难题，应该采用何种对策？专家们经过研究认为，为了增加火箭射程，应该加大火箭的推进剂剂量。但是，由于火箭的燃料箱体积有限，很难再增加推进剂。如果重新设计新的大燃料箱的火箭，虽然办法可行，但是远水不解近渴，发射工作不可能延后。在场的众多专家绞尽了脑汁，也没有找到解决问题的方案。

正在大家苦思冥想之时，一个年轻的中尉站起来说："我有一个办法。"原来说这话的是刚刚分来的大学生王永志。他说："火箭发射时推进剂温度高，密度就要变小，发动机的节流特性也要随之改变。经过计算，要是从火箭体内卸出 600 千克燃料，这枚火箭就会命中目标。"

听了王永志的一番话，几乎所有的专家都觉得这是异想天开。有人当即不客气地说："本来火箭的射程就不够，难道卸了燃料就能管用吗?"王永志的意见被撂到了一边。

王永志并没有就此罢休，他认为自己的意见是有根据的。于是他找到了我国著名的航天专家、坐镇酒泉发射中心的技术总指挥钱学森，鼓足勇气走进了钱学森的办公室。

当钱学森听完王永志的想法之后，眼睛一亮，高兴地说："快把火箭的总设计师请来。"钱学森指着王永志对总设计师说："这个年轻人的想法很好，就按照他说的办。"

就这样，王永志创造性地解决了我国第一枚火箭发射的关键问题。后来在钱学森等老一代科学家的培养下，王永志脱颖而出，成为了我国载人航天工程的总设计师。

讨论题：

王永志运用的是什么思维模式？

第3章 道德与社会责任

问题的提出

商业伦理、道德和社会责任

在开始本章之前，我们先陈述这样一种现象，即企业的商业伦理状况正日益受到商业伙伴的重视。一个比较明显的征兆是，越来越多的审计公司由于不赞成客户的商业伦理表现而拒绝合作，审计公司会告诉客户："我们不再对你的公司账目进行审计，我们不想在上面签自己的名字，因为我们不喜欢你做生意的方式。"

许多企业确实存在着严重的道德和社会责任问题。曾经被看做应受谴责的行为（撒谎、欺骗、歪曲、掩盖错误），已经在一些人眼里变成可接受的甚至是必要的做法；有的管理者通过非法地利用知情者的信息获取利润；一些企业的环境污染、矿难、毒粉丝、毒奶粉、苏丹红、石蜡油等问题，已严重威胁了消费者利益和社会的公共利益。

事实上，企业的管理活动，无时无刻不涉及道德和社会责任困境。例如，化工厂在生产产品的同时，对空气造成了污染；塑料袋生产企业在给人们带来方便的同时，也带来了白色污染；香烟生产企业在满足吸烟者需求的同时，也损害了他们的健康，污染了环境；豪华的产品外包装在引起人们购买欲望的同时，也浪费了大量的资源，等等。这些现象都涉及管理道德与社会责任问题。

问题：谈谈你对管理道德和社会责任的看法。

学习目的

学完本章后，你应当能够：

(1) 知道企业道德的内涵。

(2) 知道企业道德的基本规范。

(3) 了解企业道德与企业绩效的相互关系。

(4) 掌握对员工的道德管理。

(5) 知道企业的社会责任的基本内容。

(6) 了解 SA8000。

3.1 企业道德概述

3.1.1 什么是道德

道德是一种社会现象，是指在社会生活中每个人必须遵循的行为原则和规范。而这些原则和规范是为了维护社会群体的共同利益和协调人们之间的相互关系而产生的，并随着社会发展而变化。道德的这一功效也与法律有些相似，但法律是靠国家执法机构采取的强制手段发挥调节功效的，而道德是靠社会舆论、传统习惯、个人良心（内心信念）来调节的。

道德作为维持人类社会正常生活的基本规范，可以分为有关私人生活的道德规范，如个人品德、修养、作风、习惯，以及个人私生活中处理爱情、婚姻、家庭问题和邻里关系的道德规范；有关公共生活的道德规范，如遵守社会公共秩序、文明礼貌、讲究公共卫生、爱护公共财物、保护环境、救死扶伤、见义勇为、维护民族尊严和民族团结等；有关职业生活的道德规范，如忠于职守、勤恳工作、诚实劳动、廉洁奉公、团结合作、维护本行业声誉等。

在中国传统文化中，"道"意为原则、规范、规律。古人有"道可道，非常道"之说。"德"是指人们内心的情感和信念，指人们坚持行为准则的"道"所形成的品质或境界。"道者，人之所共由；德者，人之所自得。"朱熹："德者，得其道于心而不失之谓也。"《四书集注·论语注》东汉学者许慎在《说文解字》中写道："德，外得于人，内得于己也。"所谓"外得于人"就是"以善德施之他人，使众人得其益"；所谓"内得于己"，就是"以善念存储心中，使身心互得其益"。可见，"道"是指规范，"德"则是对该种规范的认识、情感、意志、信仰以及在此基础上形成的稳定的和一贯的行为。

在西方古代文化中，"道德"一词起源于拉丁语的 mores，意为风俗和习惯。后来古罗马思想家西塞罗根据 mores 一词创造了一个形容词 moralis，指社会的道德风俗和人们的道德个性。以后英文的道德 morality 一词则沿袭了这一含义。

可见，不管是中国还是西方，道德一词包含了社会的道德原则和个人的道德品质两方面的内容。道德原则是指道德领域并非完全是地区性、个别的和特殊的，而是具有某些一般性的特征。道德品质一般指行为、作风上所表现的思想、认识、品格等的本质，即个人的道德行为、道德作风反映出来的道德思想、道德意识和道德品性等的本质。一般情况下，人们常把道德品质作为对一个人的道德思想行为的总的看法。

3.1.2 什么是企业道德

企业道德作为道德体系中的一个范畴，是一个既古老又崭新的问题，说它古老，是因为它贯穿于企业发展过程，说它新是因为在传统的伦理著作中，多以社会道德、家庭道德、思想道德为研究内容，很少提及企业道德。在推进现代企业制度进程的今天，我们很有必要将企业道德从社会道德中分离出来，并加以专门研究。

关于企业道德，有着以下四种不同的观点：

(1) 道德功利观。道德功利观是从行为引起的后果来判断行为的道德性，即以某种行为能否为最大多数人带来最大利益及最大幸福来判断行为的道德性。这种观点认为，决策应该完全依据其后果或结果作出。功利主义的目标是为绝大多数人提供最大的利益。功利主义管理者认为，解雇20%的工人是正当的，因为这将增加企业的盈利能力，提高留下的80%雇员的工作保障，使股东获得最好的收益。一方面，功利主义鼓励提高效率和劳动生产率，符合利润最大化的目标；另一方面，功利主义也可能造成资源的不合理配置，尤其是在受决策影响的人没有参与决策的情况下，会导致这些利益相关者的权利受到忽视。

(2) 道德权利观。道德权利观是指决策要在尊重和保护个人基本权利的前提下作出。个人的基本权利包括隐私权、言论自由权等。例如，当雇员揭发雇主违反法律时，应当对他们的言论自由加以保护。权利观的积极一面是，它保护了个人的自由和隐私；但它也有消极的一面，主要是把对个人权利的保护看得比工作的完成更加重要，它能造成一种过分墨守成规的工作气氛，阻碍劳动生产率和工作效率的提高。

(3) 公平理论道德观。公平理论道德观是要求管理者公平地实施规则。接受公平理论观的管理者可能用公平理论向新来的员工支付比最低工资高一些的工资，因为在他看来，最低工资可能不足以维持该员工的基本生活。按照公平原则行事，有利有弊，它保护了那些利益可能未被充分体现或缺乏权利的利益相关者的利益，但它不利于培养员工的风险意识和创新精神。

(4) 综合社会契约理论观。综合社会契约理论观是从"实然"和"应然"，或者说从实证（是什么）和规范（应该是什么）方面看待商业道德。也就是说，它要求决策人在决策时综合考虑实证和规范这两个方面的因素。这种道德观综合了两种"契约"：一种是经济参与人当中的一般契约，它规定了商业活动的程序；还有一种是一个社区中特定数量的人当中的较为特定的契约，它规定了哪些经济行为方式是可以接受的。这种商业道德观实质上是在说明契约的道德前提，并要求管理者依据各行业和各公司中的现有道德准则决定什么是对的，什么是错的。

以上四种观点本质上是围绕企业是"经济人"还是"道德人"的争论。前者的理由是：在企业理论和实践中，许多企业对其自身的道德行为持功利主义态度，从理论上，它们秉承古典经济学以来的"经济人"假设以及"私恶即公利"的信条，即追逐个人私利，客观上促进社会公共利益。从实践上，功利主义与高效率、高生产率、高额利润的目标相一致。这就使得一些管理者为自己寻找适当的理由，来追求利润最大化，他可以说自己正在为绝大多数人谋取最大的利益。后者的理由是：企业的经济行为从某种意义上可以简单地概括为追求利润的最大化。企业管理的基本功能是对企业的经济行为从财务会计的角度进行反映和控制。但同时，企业的行为又是一种社会行为，从而使得企业的经济行为又必须上升到一种伦理的层面。企业如同一枚硬币的两面，同时承担着"经济人"和"道德人"的角色。

事实上，功利主义越来越遭到人们的非议，最典型的管理理论就是"所有利益相关者的利益"说，它要求企业决策的依据从股东利益转向所有利益相关者的利益。其理由是：一方面，企业所有者不仅包括物质资本所有者——股东和债权人，而且包括人力资本所有者——劳动者，并随着知识经济的发展和科学技术的进步，人力资本越来越重要；另一方面，企业运营不仅影响在公司做了各种专用性或通用性投资的所有者利益，而且影响其他利益相关者的利益，如顾客、供应商、当地社区居民、政府等。除股东外，来自于其他利益相关者的制衡对企业经营者正在产生越来越大的影响。而且在某种程度上，这些利益相关者也拥有监督和约束公司的权利，因为企业的运营状况与他们的自身利益密切相关。这种观点从一个方面把诸如个人权利、社会公正等一些抽象的标准运用到了管理的决策中，这就意味着管理者要在非功利标准的基础上建立道德标准，这与其对效率和利润标准的追求相悖，使得管理者不断发现自己处于道德的困境中，也不得不面临自身的道德选择。

3.1.3 企业道德的基本规范

（1）职工与管理者的道德规范。职工与管理者的关系。职工与管理者同为企业的人员，但从另一个层面来说又是一种被管理与管理的关系。这种关系是组织存在和发展的需要，也是一个组织必须有的一种最基本的结构。和早期管理相比，最根本的区别在于被管理者不再是那种“没有思想”的工具，而是被视为“活生生的人”的主动者，体现为“以人为本”的管理思想。这种管理思想要求我们弄清楚职工与管理者的伦理关系及其道德规范。一方面，管理者在同职工的关系上，总的来说，就是要把以人为本的思想贯彻到管理之中，如孟子所说“爱人者人恒爱之，敬人者人恒敬之。”所谓“爱人”就是管理者要关心职工的工作生活，搞好劳保福利；所谓“敬人”就是管理者要主动密切与职工的关系，经常与职工接触，帮助职工解决实际困难。具体的道德规范主要体现为：①尊重职工个性和尊严。②承认职工在能力上的差异，在分配上不搞平均主义。③讲究用人之道，做到人尽其才，物尽其用。④对职工要讲信用，言必行，行必果。⑤在对人的内部控制制度建设上，不可要求过高过严，以与企业生产经营活动的需要相适应为限度。⑥注意研究“需求层次论”，在条件许可时，尽量满足职工不同时期的心理需求和物质文化需求，使职工的生产积极性具有持久性。另一方面，职工在同管理者的关系上，职工关心企业、服从领导，上下关系融洽，职工就不会离开企业。

（2）职工与职工的道德规范。协调职工间的竞争与协作关系。每个员工都是企业群体中的一员，其工作热情和效率一方面要通过企业内部的个人竞争来刺激，另一方面要通过群体协作来提高。现代企业生产分工精细，任何产品的制造都要通过许多环节，经由许多人的共同努力才能完成。没有劳动协作，任何产品的制造、任何科研的完成，都是难以想象的。然而以个人为激励对象的管理和激励机制容易引起群体内部个人之间的过度竞争，影响部门间、个人间的协作精神，彼此保密、封锁，不合作，关系紧张，进而损害企业整体利益。

（3）企业与社会的道德规范。企业是市场经济的主体，是整个国民经济的细胞，在生产经营活动中，必然与其他企业、消费者、金融机构等发生关系，这些关系是否协调和谐，将直接关系到企业的生存发展。因此，企业必须高度重视与社会的道德规范问题。在处理与国家的关系时，应坚持把国家利益同企业利益统一起来，并服从和服务于以国家利益为前提的道德规范。在处理与地方的关系时，应遵守平等、互利、共同发展的道德规范。在处理与其他企业的关系时，应遵守诚信、合作、互利、互助的道德规范。在处理与消费者之间的关系时，应遵守讲质量、讲信誉的道德规范。

企业与外部环境的关系。企业管理者都是在一定外部环境中从事管理工作的，对于外部宏观环境如政治环境、经济环境、人文环境、技术环境等，他不能超越它、改造它，而要适应它、利用它，取得企业与外部环境的和谐、融合；对于外部微观环境如设备、原料、资金等生产要素的供应商，零部件、工艺技术等的协作者，产品输出的购买者以及竞争者、社区、政府等，他要把他们看做企业的合作伙伴和利益共同体，看做企业获取绩效、实现经营目标的直接相关因素，互惠互利，和谐共处。

管理提示

好球队要有好队员

如果你不是最好的球队，你就很难获胜。

如果你没有好的队员，你就成不了最好的球队。

——通用电气GE前总裁：杰克·韦尔奇

雷鲍夫法则

美国管理学家雷鲍夫提出，在你着手建立合作和信任时要牢记，我们语言中：

(1) 最重要的八个字是：我承认我犯过错误。

(2) 最重要的七个字是：你干了一件好事。

(3) 最重要的六个字是：你的看法如何。

(4) 最重要的五个字是：咱们一起干。

(5) 最重要的三个字是：谢谢您。

(6) 最重要的两个字是：咱们。

点评：最重要的四个字是：不妨试试；最重要的一个字是：您。

管理故事

一支铁钉的故事

在工厂的入口处，有一支生了锈的大铁钉被丢弃竖立在那里。员工进进出出，于是乎不外发生下列情形：第一种员工根本没看见，便抬脚横跨而过；第二种员工看到了铁钉，也警觉到它可能产生的危险，不过这种员工所持有的态度又可能出现三种不同的类型：第一类心想别人会捡起来，只要自己小心，实在不必庸人自扰，于是视若无睹，改道而行；第二类认为自己现在太忙，还有很多要事待解决，等办完事后再来处理那根铁钉；第三类则抱着勤慎敬谨、事不宜迟的态度，马上弯腰捡起并妥善处置。

问题：企业出了问题，第一个发现问题的人应该负什么责任。

管理工具

服务让渡系统

服务让渡是指企业通过服务向顾客让渡价值。服务让渡系统、信息支持系统、非信息支持系统、工作地点、店内装修氛围、员工举止等，这些都是服务于价值链的。

对服务性企业而言，任何一项产品或服务，如果得不到顾客的认可，公司管理或操作人员的认可是毫无意义的。为了观察目标顾客的反应，很多公司都愿意为自己的客户群体提供工作或实习的环境，让他们使用产品或感受服务，提出自己的意见，这样就为公司服务质量的提高提供了支持系统。招聘目标顾客为员工是服务让渡系统中一个重要的设计，这样有利于公司的中高层管理人员不断地接触目标市场，建立起庞大的信息支持系统。

同时，从顾客的角度来分析，如果服务让渡系统和设施具有高度的可见度，则可以进一步提高服务质量。例如，在汽车修理行业中，就有让顾客在休息室里可以看到汽车修理的全过程的做法，这样做不仅让顾客心里感觉踏实，也可以让修理工作人员感到一种压力，迫使他们拿出自己的最好本领，从而提高了服务质量和顾客的满意度。

关键概念

道德　道德功利观　道德权利观　公平理论道德观　综合社会契约理论观

3.2 企业道德与企业绩效

3.2.1 道德是企业不可缺少的一种资源

现代人力资本理论已不仅指人的智力和技能，还包含了人的思想、观念、态度和道德等。可见，企业道德是构成人力资本的重要因素，越来越多的企业把道德问题看成企业发展的重要资源。弗兰西斯·福山在《信任——社会道德与繁荣的创造》中指出，经济活动无法脱离经济伦理和企业道德的文化背景，无法离开宏观政策和企业经营管理的价值导向。

3.2.2 道德影响企业绩效

企业道德会影响企业绩效。现实证明，企业借助于员工的道德品质和企业道德文化影响企业绩效。良好的企业道德通过以下几个方面提高企业绩效：

一是企业道德能使管理者作出正确的决策。有着良好道德素质的管理者会有较强的责任感，会慎重考虑决策的方方面面，作出客观、公正的判断；有着良好道德素质的管理者在决策时也会从道德规范的角度来考虑，有些决策失误不是在技术上、经济上或法律上的不可行，而是道德上的不可行造成的；有着良好道德素质的管理者还可以对不同的利益相关者起到制约作用，而公正地作出决策。

二是具有一定道德水平的企业可以吸引、留住人才，也可以激发员工的工作积极性。人们不仅要有物质的需要，还要有精神的需要，还要有对人的尊重、理解、信任和关心，还要有良好的企业形象。在这种环境下工作的员工可以激发出潜能，更加积极地为组织工作。

三是可以更加顺利地推进组织发展和变革。管理者具有良好的道德品质，就会顾全大局，不斤斤计较个人的得失，考虑到员工的利益和组织的利益去推动组织发展和变革。

3.2.3 道德可以成为竞争优势

企业绩效的取得要有自己的竞争优势，而道德可以成为竞争优势。

组织资源或能力如要成为企业竞争优势要具备三个条件：一是有价值，即这种资源或能力是有利于提高竞争能力的；二是稀缺性，即它是一种稀缺资源，同行业中拥有这种资源或能力的企业很少；三是难以模仿性，即竞争对手不可能轻易获得这种资源或能力。道德是一种资源，技术、设备和制度等可以在较短的时间内得到，但全体员工内在的追求这样一种企业伦理层面上的东西是长期学习的结果，是其他企业在短期内很难学到的，这是很难学习和模仿的，因此它又带有稀缺性。从某种意义上说，企业的竞争也是道德的竞争，道德也可以形成竞争优势。古代我国就有“诚招天下客”，“信纳万家财”的俗语，诚信不欺是经商长久取胜的基本因素，信是处世立业的基础，是人际关系的美德，并作为商业道德代代相传，形成企业竞争优势。

管理提示

公司就是人

公司就是人。

——通用电气GE前总裁：杰克·韦尔奇

海尔文化的魅力

海尔文化的魅力表现在以下几点上：

一是企业员工个人的责任感和主动性；

二是持续进步和不断创新的可能性；

三是对客户需求的满足；

四是对社会的贡献。

管理故事

道德的选择

一个人一生中最早受到的教育来自家庭，来自母亲对孩子的早期教育。这里有两个人，一位是服刑的犯人，一位是社会著名的成功人士。他们俩谈了同一件事：小时候母亲给他们分苹果。

那位来自监狱的犯人说：小时候，有一天妈妈拿来几个苹果，红红的，大小各不同。我一眼就看见中间的一个又红又大，十分喜欢，非常想要。这时，妈妈把苹果放在桌上，问我和弟弟：你们想要哪个？我刚想说想要最大最红的一个，这时弟弟抢先说出我想说的话。妈妈听了，瞪了他一眼，责备他说："好孩子要学会把好东西让给别人，不能总想着自己。"

于是，我灵机一动，改口说："妈妈，我想要那个最小的，把大的留给弟弟吧。"

妈妈听了，非常高兴，在我的脸上亲了一下，并把那个又红又大的苹果奖励给我。我得到了我想要的东西，从此，我学会了说谎。以后，我又学会了打架、偷、抢，为了得到想要得到的东西，我不择手段。直到现在，我被送进监狱。

那位社会著名的成功人士说：小时候，有一天妈妈拿来几个苹果，红红的，大小各不同。我和弟弟们都争着要大的，妈妈把那个最大最红的苹果举在手中，对我们说："这个苹果最大最红最好吃，谁都想要得到它。很好，现在，让我们来做个比赛，我把门前的草坪分成三块，你们三人一人一块，负责修剪好，谁干得最快最好，谁就有权得到它！"

我们三人比赛除草，结果，我赢了那个最大的苹果。

我非常感谢母亲，她让我明白一个最简单也最重要的道理：想要得到最好的，就必须努力争第一。她一直都是这样教育我们，也是这样做的。在我们家里，你想要什么好东西要通过比赛来赢得，这很公平，你想要什么，想要多少，就必须为此付出多少努力和代价！

问题：这两个人的不同结局给我们什么样的启示？

管理工具

服务质量评审

企业同内部顾客和外部顾客的关系会经常处于不稳定的状态之中。即使要维持现有关系，也必须不断努力，否则，关系的淡漠就不可避免，很容易就会使外部顾客离你而去，并且使内部顾客和供应商之间产生纠纷。

一次又一次地进行质量评审，使企业与顾客之间的关系不断改善。随着员工征求顾客意见的技巧越来越娴熟，也越来越精于通过现有产品销售额的增加，抓住同顾客面谈中发现的新机遇来预测顾客的需要、扩大业务经营。

作为服务性企业内部管理的一个重要分支，服务质量管理占有举足轻重的地位。服务质量管理的核心是：及时向顾客提供他们所迫切需要的服务，同时管理好顾客的可感服务质量。对服务质量的衡量可以通过检查服务内容、服务过程、服务结果和服务后等方面的影响来进行。

3.3 如何对员工进行道德管理

3.3.1 制定和颁布正式的道德规则

要使企业建设成一个有序、高效、文明、健康的组织，除了需要一般性的组织制度以外，建立一套严格的道德准则是十分必要的，其目的就是让组织中的成员明白以什么样的精神从事工作、以什么样的态度对待工作，尽可能防止可能出现的不道德行为。

企业的道德准则是关于企业全体员工必须遵循的价值准则与具体的行为规范。虽然企业种类不同，但它通常包括以下四个基本方面：

（1）作为企业一名员工的基本的行为规范。例如，企业职工应遵守健康、安全的生产、操作规程与服务规范；以诚实、礼貌、公正和相互尊重的态度表达意见和看法；准时上下班，工作服从领导指挥安排，在工作场合不饮酒、不说脏话；工作期间穿公司统一的制服或职业服装，等等。

（2）合法经营且不损害公司利益。例如，企业一切经营活动应严格依法办事；不从事和收受商业性的贿赂；任何人不得从事盈利性的兼职工作，不得利用公司的财产为自己牟取利益；企业应严格遵守行业协会的自律守则，并自觉接受其监督与指导；企业应严格按照《公司法》和相应的会计与审计准则办事，等等。

（3）对消费者和客户要高度负责，提供诚实服务。例如，在企业营业推广和广告宣传过程中，准确地说明产品的特征、规格、用途及适用方法；最大限度地履行企业应尽的义务，向用户和消费者提供高品质的产品与服务，等等。

（4）企业管理者身体力行。例如，在身体力行和以身作则的同时，以直率、开明的姿态，建立敢于承担责任、团队合作、相互信任与支持的内部文化氛围；对有贡献的员工和有益于公司声誉与发展的经营行为及时给予必要的肯定与奖励，从而达到鼓励先进、鞭策落后的目的，等等。

特别要提出的是，制定道德准则重要的是能否遵守，而中高层管理人员又是关键，因为从经济的角度来看，企业经营的道德问题并没有严格的社会衡量标准，也很难进行具体的定量分析，而且企业往往要付出一定的费用。因此，高层管理者能否把社会利益和道德自律提高到相应的地位，并制定与之相配套的经营策略、经营方针和健全的自我保障体系是解决这一问题的关键。

3.3.2 聘用符合组织道德准则的人

挑选道德高素质的员工通常就是通过审查申请材料、组织笔试、面试以及特定阶段的试用等阶段，把既有专业知识，又有高道德素质的人录用进来。这是企业为提高员工整个道德素质的最基本的途径，也是实现企业人力资源优化配置的最基本的方法和手段。

也必须看到，衡量一个人道德素质的高低远比不上衡量一个人的专业知识容易和直观，需要长期的观察。因此，仅仅通过“挑选”这一控制措施，是很难把道德水平低的求职者淘汰掉的。

尽管如此，重视对高道德素质的挑选，其意义远远超过“挑选”本身，因为“挑选”本身就足以说明企业对高道德素质人员的重视，对全体员工也是一种道德传播、宣传、教育的过程。对于促进全体员工加强自身道德修养，对于提升全体员工的整体道德水平，对于提高企业的凝聚力、向心力，都必将起到积极的作用。

3.3.3 管理者要以身作则

高层管理人员在道德方面的引导作用主要体现在以下两方面：

第一，高层管理人员在言行方面是员工的表率，他们所做的比所说的更为重要，他们作为组织的领导者要在道德方面起模范带头作用。企业中高层管理人员对组织文化基本走向和基调具有较强的影响力，他们所做的一切具有极强的示范作用。如果他们把个人的利益凌驾于集体利益之上，把个人的好恶与情绪倾向置于规章制度之上，甚至在奖惩和提拔过程中玩弄权术，那么整个企业经营活动就有可能陷入信誉危机。所以，管理者必须在经营道德问题和履行社会责任问题方面身体力行，要直接参与并组织实施。没有高层管理者的以身作则、具体部署与大力支持，经营道德水准的提高和社会责任的履行就不可能实现。

第二，高层管理人员可以通过奖惩机制来影响员工的道德行为。从奖励的角度来看，奖励的方式和手段多种多样，如提薪、晋升、表扬、奖金、进修学习等。这就会向员工传达强有力的信息，促进群体道德水平的提高。从惩罚的角度看，其方式和方法也多种多样，降薪、降职、通报、警告，乃至开除。这同样向员工传达了强有力的信息。让组织中所有的人都认清后果，从另一个方面提高群体的道德水平。值得注意的是，任何不良信息都会诱导道德的急剧滑坡。例如，以不道德的手段获得晋升，或者管理者任人唯亲、对错误言行姑息迁就，或者不能以身作则等，都严重影响整体道德水平的提高。

3.3.4 制定切实可行的工作目标

对一个人来说，工作是一回事，但如何对待工作是另一回事，前者是一种需要，后者则是一种道德。同样，工作要有目标，但应该确定什么样的目标才不至于影响员工的道德选择？员工应该有明确和现实的目标。如果目标对员工的要求不切实际，即使目标是明确的，也会产生道德问题。

现代企业管理制度的一个重要内容就是目标管理，这无疑是管理手段的一大进步。但是，在具体运作过程中，企业整体目标和具体目标的设定必须具有可操作性，否则企业管理者和员工就会陷入被动和盲目的境地。如果工作目标过高，必然会产生超负荷的压力，即使道德素质较高的员工也会感到困惑，很难在道德和目标之间作出选择，有时甚至会为了达到目标而不得不牺牲道德。例如，有的企业规定，不论个人销售额是多少，每年要淘汰后几名的市场促销员，一些促销员为了不至于被淘汰，使用虚假宣传、行贿等不道德手段。可见，符合实际的目标是非常重要的，它可以减少员工的困惑，并能激励员工，使其以积极的态度对待工作。

3.3.5 建立优秀的组织文化

组织文化是指组织中的成员共有的价值体系。组织文化的内容和力量对员工行为的影响绝对不可小视。如果一个办公室的所有成员都认为上班看报纸是正确的，那么一个反对上班看报纸的员工敢不看报纸吗？不敢。除非他想被其他人斥责为“假积极”并受到他们的排挤。如果一个办公室的所有成员都认为上班时不应当聊天，那么那些爱聊天的员工也不好意思再聊天了。这就是组织文化的力量。优秀的组织文化将自动告诉员工什么是对的，什么不对，他们应当怎样做。

研究资料表明，个体都具有对特定组织的归属感，也容易接受组织的规则，组织成员相互之间影响比较强。组织中的自我教育是实现员工自我道德教育的有效方法。作为管理者，要及时发现员工中的优秀成员，采用娱乐、座谈等方式，通过员工自身道德行为的相互影响，自我引导。

优秀的组织文化应当是鼓励员工进取、革新，允许员工自由争辩和公开批评。处于这种文化中的员工将意识到不道德行为的存在，并对他们认为不正确的行为进行公开挑战。

3.3.6 依据道德准则，奖罚分明

如果仅仅颁布一个道德准则，全凭员工自便遵守，缺乏一种有效的道德管理奖惩机制，这样的道德准则等于没有。要使道德准则发挥作用，管理者就必须对遵守它的员工进行奖励，对违反它的员工进行惩罚。对道德准则的遵守必须进行考核，并纳入薪酬体系。当惩罚员工的错误行为时，管理者不仅要针对错误的行为和当事人，还要将事实公布于众，让人们知道：如果你做了不道德的事，你将为此付出代价。

另外，在对员工的绩效进行考核时，不能只注重成果，而不考察员工取得成果采取的手段。当仅考察成果时，结果就会为手段辩护。管理者如果希望员工能坚持道德准则，就必须在绩效考核时包含这方面的内容。如果一位以不正当手段取得重大成果的员工得到晋升，无异于表明不道德的方法也是可取的。仅仅评价结果等于鼓励不择手段，这会使管理者陷入自相矛盾的境地。采取不正当手段取得成果的员工同样应当受到惩罚。

管理提示

真诚到永远

海尔和整个社会融为一个整体，为社会、为人类作出应有的贡献，对社会和人类的爱“真诚到永远”，海尔将像海一样得到永恒的存在。

——海尔集团总裁：张瑞敏

公司诚信

没有什么比公司的诚信更重要的了，这是任何机构最为重要的价值观念。

——通用电气GE前总裁：杰克·韦尔奇

管理故事

心 诚

有位年轻人在岸边钓鱼，邻旁坐着一个老人，也在钓鱼。二人坐得很近。奇怪的是，老人家不停有鱼上钩，而年轻人一整天都未有收获。他终于沉不住气，问老人："我们两人的钓饵相同，地方一样，为何你轻易钓到鱼，我却一无所获?"

老人从容答到："我钓鱼的时候，只知道有我，不知道有鱼；我不但手不动，眼不眨，连心也似乎静得没有跳动，令鱼也不知道我的存在，所以，它们咬我的鱼饵；而你心里只想着鱼吃你的饵没有，连眼也不停地盯着鱼，见有鱼上钩，心有急躁，情绪不断变化，心情烦乱不安，鱼不让你吓走才怪，又怎会钓到鱼呢?"

问题：阅读这个管理故事，谈谈如何拥有更多的忠诚顾客。

管理工具

顾客满意度

"满意度"是客户满足情况的反馈。导入顾客满意（customer satisfaction）经营，须要将CS纳入整个经营体系之中，要求所有员工密切合作，切实将顾客的需要作为日常经营活动的"轴心"，积极提供顾客满意的服务。CS战略在实际运营中应该分以下五个步骤来实施：

第一步，经营理念的再确立。首先调查员工是否具备使顾客满意自己公司产品或服务的理念，将企业内不成文的规定形成文化，再经过反复的检讨与确认，使顾客满意的经营理念深入企业的每个人心中。

第二步，测定、解析顾客满意度。理念确立之后，根据顾客与自己公司的所有接触点，并针对每一个接触点来设定问题，然后拟订测定计划，对顾客进行调查。最后参考调查结果，制订提高综合满意度的改善计划。

第三步，聚焦经营。了解自己哪一点胜过别人，然后毫无保留地将努力的"强势"放在这项优势上。

第四步，开发完善一套科学工作体系，以检测顾客对企业产品和服务的满意程度，及时反馈给企业管理层，为企业持续不断改进工作，及时真正地满足顾客的需要服务。

第五步，创造独具特色和充满团队精神的企业文化。不仅要建立顾客满意的组织文化，还需要创造出学习型的组织，不仅要强化员工的服务教育训练，还要进行标杆学习。

仅仅让顾客得到满意的服务是不够的，提供超越顾客的期望令顾客动心的超标准服务，必能使顾客为我们震撼、倾倒，这是未来顾客满意服务的必然趋势。

3.4 企业社会责任概述

3.4.1 企业社会责任的定义

企业社会责任（corporate social responsibility，CSR）的正式定义虽经国内外论坛多次讨论，却仍莫衷一是。按照契约论的说法，企业是利益相关者之间各种契约交易所形成的一种法律实体。在所有的契约关系中，最核心的就是经营者与股东之间的关系，这也是现代企业制度的核心问题。在国际范围内形成了两种公司治理模式，一种强调股东利益最大化，把股东与经营者之间的关系视为最核心的关系，以美国企业为代表；另一种强调企业利益相关者的作用和要求，以日本、德国企业为代表。在这两种模式里，对企业的社会责任的界定也是不一样的。世界银行将企业社会责任（CSR）定义为：企业与关键利益相关者的关系、价值观、遵纪守法以及尊重人、社区和环境有关的政策和实践的集合。它是企业为改善利益相关者的生活质量而贡献于可持续发展的一种承诺。具体而言，企业在创造利润、对股东利益负责的同时，还要承担对员工、对社会和环境的社会责任，包括遵守商业道德、生产安全、职业健康、保护劳动者的合法权益、节约资源等。

为了更好地理解社会责任的概念，需要弄清楚它与社会义务和社会反应的区别。

(1) 社会义务（social obligation)。社会义务是指企业尽了法律和经济所要求的义务，达到了法律的最低要求。这种类型的企业只愿意承担法律上明文规定的义务和遵守政府的一些严格的明文规定，一切经营活动建立在满足国家法律的要求的和企业经济利益要求的基础之上，对一些模棱两可的社会职责往往采取漠视的态度。因此：①如果企业在承担法律上和经济上的义务（法律上的义务是指企业要遵守有关法律，经济上的义务是指企业要追求经济利益）的前提下，还承担追求对社会有利的长期目标的义务，那么，我们就说该企业是有社会责任的。②社会义务是企业参与社会活动的基础。如果一个企业仅仅履行了经济上和法律上的义务，我们就说该企业履行了它的社会义务，或达到了法律上的最低要求。只履行了社会义务的企业只追求那些对其经济目标有利的社会目标。

(2) 社会反应（social responsiveness)。社会反应是指企业以对自己和社会都有利的方式，把公司的经营活动、方针政策同社会环境联系起来的能力。这种类型的企业不仅能履行法律上规定的社会义务，而且能够满足一些基本的社会要求。它们认为，企业承担社会责任能提高企业形象，因而符合企业的根本利益，所以它们愿意利用一定的经营资源支持一些社会事业。这种类型的企业通常是从中期和短期的利益出发，侧重于特定的社会领域、具体项目和事件，它们比较重视参与社会事业的手段（means)，强调参与本身所能够产生的社会响应。可见，与社会义务相比，社会责任和社会反应超出了基本的经济和法律标准。有社会责任的企业受道德力量的驱动，做对社会有利的事。社会反应则是指企业适应不断变化的社会环境的能力。

(3) 社会责任（social responsibility)。这类企业的一切经营活动和经营决策着眼于企业的长期利益，高度重视企业经营的道德自律和道德自觉。它们不仅仅强调参与社会事业的义务性和自觉性，而且力求取得良好的社会效果；它们不但热衷于社会的公益事业，而且积极赞助基础科学研究、文化、艺术和教育事业等。

通过以上讨论，我们对企业社会责任作如下定义：如果企业在承担法律和经济义务的前提下，还承担对社会有利的长期目标的义务，我们就认为该企业具有社会责任。其中法律义务是指企业要遵守有关法律；经济义务是指企业要追求经济利益。简单地说，企业的社会责任是认真考虑企业行为对社会的影响。

3.4.2 企业社会责任的性质

正是由于企业利益与社会利益客观上浑然一体、不可分割，企业在履行社会责任时，其所采取的一些行为兼具自身与社会双重影响属性。企业社会责任的本质就是一种企业自身对人类社会所承担的义务。企业社会责任具有社会属性，是社会对企业组织的外在要求。企业社会责任是企业组织向前发展的必然结果。

3.4.3 企业社会责任的分类

从法律角度可分为：法定的企业社会责任和非法定的企业社会责任。

法定的企业社会责任是指国家有关法律、法规及相关法律性条文规定企业必须承担的社会义务。例如，企业所缴纳的税金，企业的产品质量等。非法定的企业社会责任是指除国家法定的企业社会责任以外的，企业愿意自主承担的社会义务。

从范围可分为：企业内层社会责任和企业外层社会责任。

所谓企业内层社会责任是指企业对企业内部的投资者、雇员、客户、当地社会区所应承担的社会责任。企业外层社会责任是指企业对政府、国内机构、社会团体、媒体、贸易机构、竞争者所应承担的社会责任。

管理提示

CEO的首要责任

CEO首要的社会责任就是要把公司做成功。

——通用电气GE前总裁：杰克·韦尔奇

我们不完美，但是我们总是在努力做到最好

我们并不完美，谁都不完美，但是我们总是在努力做到最好。

——通用电气GE前总裁：杰克·韦尔奇

管理故事

生活是自己创造的

有个老木匠准备退休，他告诉老板，说要离开建筑行业，回家与妻子儿女享受天伦之乐。

老板舍不得他的好工人走，问他是否能帮忙再建一座房子，老木匠说可以。但是大家后来都看得出来，他的心已不在工作上，他用的是软料，出的是粗活。房子建好的时候，老板把大门的钥匙递给他。

“这是你的房子，”他说，“我送给你的礼物”。

他震惊得目瞪口呆，羞愧得无地自容。如果他早知道是在给自己建房子，他怎么会这样呢？现在他得住在一幢粗制滥造的房子里！

问题：如何理解“在为别人服务的同时也是在为自己服务”？

管理工具

服务金三角

“服务金三角”是美国服务业管理的权威卡尔·艾伯修在总结许多服务企业管理实践经验的基础

上，明确提出来的。服务质量体系的基本框架来自于“服务金三角”。它是一个以顾客为中心的服务质量管理模式。它包括一个服务三角形，由服务策略、服务系统、服务人员三个因素构成。这三个因素都面向顾客这个中心，彼此又相互关联。

“服务金三角”的观点认为：任何一个服务企业要想获得成功——保证顾客的满意，就必须具备三大要素：一套完善的服务策略；一批能精心为顾客服务、具有良好素质的服务人员；一种既适合市场需要，又有严格管理的服务组织。服务策略、服务人员和服务组织构成了以顾客为核心的三角形框架，即形成了“服务金三角”。这一构图指出了服务企业成功的最基本要素，因而得到了全球企业界和理论界的认同，现在已成为服务业管理的基石。

关键概念

企业社会责任　社会义务　社会反应

3.5 如何看待企业的社会责任

3.5.1 两种不同的社会责任观

在如何对待企业的社会责任的问题上，理论界存在着两种相反的观点。

1. 古典学派的观点

古典学派的观点又被称为纯粹经济观，是对企业与社会之间关系的一种极端认识，是典型的反社会责任的观点（obstructive responses）。其核心思想就是，企业管理者唯一的社会责任就是实现利润的最大化，就是为出资人（股东）谋求最大的投资回报。代表人物是诺贝尔经济学奖获得者弗里德曼（Milton Friedman）。他认为，如果企业管理者将经营资源投向社会利益方面的话，那么他们的行为和做法就会使市场机制的作用大打折扣。进一步说，如果由于企业承担了一定的社会责任而导致企业利润或红利的下降，那么股东的利益就会受到损害；同理，企业履行社会职责，导致工资或福利待遇减少，员工的利益就会受到损失；企业履行社会职责，导致销售价格上扬，顾客的利益就受到侵蚀，价格上扬会引起客户抵制或销售滑坡，直至影响企业的正常经营活动，甚至产生生存危机。因此，弗里德曼认为，企业履行社会职责所造成的经营成本的增加无疑将通过提价的方式转嫁到消费者方面和通过减少红利分配由股东来承担。持这种观点的企业把自身的经济利益和社会利益对立起来，淡化了它们之间的相容性和一致性。持这种观点的企业在经营决策和制定经营方针的过程中，往往不愿承担社会责任，而仅考虑企业利益。

总结这种古典观：

(1) 认为大多数企业的管理者是职业管理者，他们不具有企业的所有权，这些企业的经营者向股东负责，其主要责任是最大限度地满足股东的利益，追求利润最大化。纯经济观点以传统的观点来看待企业的运作，认为企业管理者的任务是设法以最有效率的方法来组合各项生产资源，使生产成本最低，再将产品卖给愿意支付最高价格的顾客，为企业创造最大的利润。

(2) 认为管理者将组织的资源用于社会目的时，他们是在削弱市场机制的作用，将有人为此付出代价。当社会责任行为使利润和股息降低时，损害了股东的利益；当社会责任行为使工资和福利降低时，损害了员工的利益；当社会责任行为使价格上升时，损害了消费者的利益。当然，如果不能接受较高的价格，企业的销售额将会下降，企业也不能生存。

(3) 认为由于市场的激烈竞争，必然使资金流向能获得最高回报率的地方。当企业担负社会责任时，社会责任行为使企业增加了经营成本，这些成本必然要以高价转嫁给消费者，或者通过较低的边际利润由股东承担。否则，投资回报率将降低，资金将从担负社会责任的企业中流出，流向不承担社会责任的企业中，提高这些企业的资金回报率。

2. 社会经济观点

社会经济观点反对企业是一个只对股东负责任的经济实体，认为企业必须把一切经营活动融入社会的大系统，确保生存是企业的首要问题，其次才是利润。因此，企业必须对创造和支持它们的社会承担责任。

社会经济观认为，企业除了要赚取合理利润以外，还应为基本相关利益群体承担其应负担的社会责任。为此，企业必须以不污染环境、企业员工人人平等、企业广告要真实等方式来维护社会利益，积极参与社区活动，不断增进社会利益。企业不仅对股东负责，同时要对社会负责。因为企业存在于社会之中，企业的发展受社会的影响。例如，企业的设立和经营要经过政府的许可，政府依据国家产业政策和行政规定可以扶植一些企业也可以限制一些企业，甚至撤销对企业的许可。我们认为，社会为企业的生存和发展提供了基本条件，企业是依托社会而存在的，企业只有履行自己的社会责任，才能获得社会的认可，树立企业的形象。

3.5.2 企业与社会责任的关系

企业组织存在于社会组织当中，两者存在相互影响、相互制约的关系。而企业与企业社会责任也正是这样，一个国家的公民要对国家履行一定的社会责任，而企业作为一个国家的经济主体，更要承担起一份社会责任。企业与企业社会责任两者的关系应该是“鱼水关系”，是不可分割的，企业建立和发展与社会环境休戚相关，社会是企业利益的来源，这就要求企业通过对这个社会履行社会责任，改善社会环境，使得这个社会整体环境更适合企业更好的发展。企业的经济活动需要在社会环境中发生，企业应承担自己的经济活动所造成的社会后果。

总的来说，从企业角度来看，企业通过承担社会责任，可以赢得声誉和组织认同，也可以更好地体现自己的文化取向和价值观念，为企业发展营造更好的社会氛围，使企业得以保持生命力，保持长期可持续地发展。从社会角度来看，企业承担社会责任，在社会发生变革时，可以应对社会变革的消极影响，降低或减少由于社会变革因素而必须付出的改革成本，加速我国有特色的市场经济体制走向成熟的步伐，促进整个社会生产力的发展，有利于促进社会的进步。

企业承担社会责任的意义表现为：

(1) 满足公众利益。自20世纪60年代以来，社会对企业的期望越来越多，很多人支持企业追求经济和社会的双重目标：公众支持企业追求经济目标，更主张企业追求社会目标，承担社会责任。

(2) 增加企业利润。有社会责任的企业，可获取企业的长期利润，这在很大的程度上归因于责任行为所带来的良好社区关系和企业形象。

(3) 承担道德义务。企业能够具有且应该具有社会意识，企业承担社会责任不仅是道德的要求，且符合自身利益。

(4) 塑造良好的形象，创造良好的环境。企业通过承担社会责任，无论在企业组织内部还是企业组织外部都会得到认可，以在组织或个人心目中树立一个良好形象。通过承担社会责任还可以改善企业所在地的生产经营环境。

(5) 企业承担社会责任，注重可持续发展，有利于提高生活质量。

(6) 阻止政府的进一步管制。企业作为独立的商品生产者和经营者，要依靠自身的机制来维持和制约其生产经营活动的运行和发展。政府在管理对象上，应由以管理企业为主转变为以管理宏观经济活动为主，由直接调控转为间接调控。政府的工作重点是保持国民经济总量平衡，结构合理，搞好长期战略、产业布局等，而非直接进入企业内部，干预企业生产经营。因为政府对企业的过多干预，将增加经济成本，限制管理者的活动，不利于企业的发展。

(7) 责任和权力对等。企业作为独立的商品生产者和经营者拥有很多权力，它能在国家的宏观调控下，根据市场需要，自主地行使法律赋予的经营管理的各项权利。根据权力与责任对等的原则，企业有多大的权力就应承担多大的责任，其中包括相应的社会责任。

(8) 符合股东利益。企业的社会责任能够满足公众的期望，塑造良好的企业形象，企业的经济效益就会较好。承担社会责任的结果是企业将获得较多的长期利润，这样的企业被认为风险较低、透明度较高，企业的股票升值，会给股东带来较高的收益，符合股东的利益。

3.5.3 企业社会责任的主要内容

企业既是一种社会机构又是一种经济机构，经济活动需要在社会环境中发生，企业应承担自己的经济活动所造成的社会后果。成功的企业要在利润和责任、公平与效益之间找到平衡，以促进实现经济的可持续发展。企业社会责任的主要内容表现在以下几个方面：

(1) 企业对环境的责任。①企业要在保护环境方面发挥主导作用，特别要在推动环保技术的应用方面发挥示范作用，以人为本、与人为善。②企业要以“绿色产品”为研究和开发的主要对象。③企业要治理环境。

(2) 企业对员工的责任。①为员工提供安全的工作场所、宽松的工作环境，保证员工的身心健康。②努力开发和利用企业的人力资源，与他们保持密切的联系，建立和健全劳动分工基础之上的激励机制和奖励机制，尊重和发挥企业员工的积极性和主动性，坚决克服在奖励、培训、升迁等方面对员工实施差别性对待。③企业应确保对员工进行持续性的在岗培训和离岗培训，不断地提高员工的工作技能，为他们提供具有挑战性的工作机会，提高他们的参与感和责任感，帮助他们实现人生的价值。④在生产条件和劳动条件等方面是合乎法律规定的，不能是有害于就业者健康甚至摧残就业者生命的。⑤就业机会必须体现责、权、利对称的原则，就业者应该在就业机会中获得自己应有的劳动收入和社会保障，企业不应克扣劳动者的应有收入和无视就业者社会保障。

（3）企业对顾客的责任。①向消费者提供优质安全可靠的产品。安全的权利是顾客的一项基本权利，企业不仅要向顾客提供所需要的产品，还要让他们得到安全的产品。实践证明，产品安全越来越得到一些企业，尤其是知名企业的重视。②向消费者提供正确的信息。企业要赢得顾客的信赖，所提供的产品信息不能弄虚作假，肆意夸大，欺骗消费者。③向消费者提供售后服务。重视和切实厉行售后服务是企业对消费者的承诺和责任，要建立有效的与消费者的沟通渠道，及时解决顾客在使用本企业产品时所遇到的问题和困难。④要定价公平。不能利用企业与消费者之间的信息不对称而漫天要价，损害消费者的利益。

（4）企业对竞争对手的责任。市场经济是有序的市场竞争，公平的市场竞争，作为企业不应搞恶意竞争，要做好企业在行业中的自律，处理好同竞争对手之间的关系。

（5）企业对投资者的责任。保证投资者对企业经营管理的权利，保证投资者的股权收入。

（6）企业对政府的责任。履行纳税义务；遵守国家政策。

管理提示

方太思维方式

我是一切的根源。

我们的信念：我们是最棒的。

我们的工作态度：满怀激情，全力以赴。

我们的团队观：团队成员的首要任务是出色地完成本职工作，并与他人保持合作与信任。

燕京啤酒的环境方针

遵纪守法，清洁生产；

合理酿造，防治污染；

节能降耗，保护资源；

绿色管理，持续改进；

清爽燕京，怡人甘泉；

共同创造，美好家园。

管理故事

贪心、快乐与生命

一间蜂蜜工厂的仓库里洒了很多蜂蜜，吸引了许多苍蝇，而且因为蜂蜜太香了，它们都舍不得离开。不久这些贪吃的苍蝇都因脚被蜜粘住而飞不走了。当它们快溺死时，很难过地说："我们真是太贪心了，为了短暂的快乐却赔上了宝贵的生命。"

问题：现实生活中这样的例子很多，举一两个例子与其他人交流。

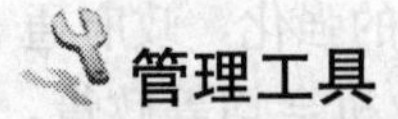

ISO14000 环境管理系列标准

ISO14000是一体化的国际标准，它包含了清洁生产的内容，包括环境管理体系、环境审计、环境标志、环境行为评价、生命周期评估、术语和定义等，目的在于控制污染、保护环境，实施经济的可持续发展，提高企业的环境管理水平。

企业应将整体预防的环境战略持续应用到生产过程和产品中，着眼于在生产过程中减少污染物的产出，同时，要将废弃物资源化，不仅要考虑产品的生产工艺，而且要对产品结构、原料和能源代替、生产运营和现场管理、技术操作、产品消费直至产品报废后的资源循环等诸多环节进行统筹考虑，以使产品的生命周期都符合环境保护的要求。

通过实施ISO14000系列标准，让企业自动制定环境方针，对企业的环境因素进行识别、评价，对产品的生命周期进行评估，从而制定适合于企业的环境目标和环境计划，并通过第三方认证机构，建立企业环境行为的有效约束机制。

3.6 社会责任：SA8000

3.6.1 企业社会责任的演变

“企业社会责任”的概念起源于欧洲，在早期企业组织是一个以营利为目的的生产经营单位，利润最大化是其追求的永恒主题，它没有责任也没有义务去完成本应由政府或社会完成的工作，其行为只要不违法，以何种手段和方式去追求利润都无可厚非。美国著名经济学家米尔顿·弗里德曼认为，企业不采用欺骗和舞弊等手段实现它的收益目标，就是为整个社会谋求了最大的利益。这种过分狭窄的企业经营目标，虽推动了社会经济的高速发展，但各种社会公害也相伴而来。如严重环境污染、损害消费者利益、危害企业雇员安全及影响雇员健康、社会贫富悬殊等，对社会生活和经济的持续发展产生重大影响。这就使西方国家政府及社会公众不得不开始重视企业履行社会责任的问题，即要求企业在实现利润最大化的同时，兼顾企业职工、消费者、社会公众及国家的利益，履行保护环境、消除污染等社会责任，将企业的经营目标与社会目标统一起来。

企业的社会责任是随着社会化大生产和工业化革命，以及随后资本的不断扩张而引起一系列社会矛盾，如贫富分化、社会穷困，特别是劳工问题和劳资冲突等而提起的。有的学者把它分成以下四个阶段：

第一阶段，作为1873～1896年第一次经济大危机的结果，巨大的产业垄断资本主宰社会经济生活条件，资本大规模扩张，经济实力迅速增强。与之相伴而行的是掠夺性的开采、歧视性的定价、工人超负荷的工作和低廉的工资，由此引发了大规模的罢工和社会公众的强烈不满。鉴于此，西方国家的政府开始通过立法的形式来限制企业的一些经营行为。

第二阶段，20世纪30年代的第二次经济大萧条时，公众普遍抱怨企业对因倒闭而造成的工人失业不负责任，银行倒闭给储户的投资带来了惨重的损失，大股份公司通过市场与经营运作戕害中小股东的利益。大萧条以后，资本主义各国普遍推行凯恩斯主义和福利主义政策，国家的经济功能和对社会经济生活的干预得到全方位的强化，政府通过立法方式硬性要求企业不但要约束自己的经营行为，而且要实施就业机会均等政策，以及为企业的员工提供适当的社会保险和福利。

第三阶段，自20世纪60年代，尤其是1973年第三次经济危机开始以来，垄断化和国家化的趋势发生了根本性的逆转。以企业为中心的现代资本主义社会使劳动者面临更加严峻的处境，竞争加剧，收入减少，在劳资对抗中处于不利地位。工会在多样化的经济形式和经济活动中缺乏统一的行动能力，干涉能力也大大降低。而且社会与公众对垄断和劳资关系状况的意识逐步淡化，而对生活的质量、健康状况和环境的质量日益重视，国家有关环境保护和环保标准等方面的立法与执法越来越严厉。尤其突出的是烟草商们被要求将“吸烟有害健康”的字样印制在外包装上，甚至烟草广告也受到严厉的限制。自此，许多企业已不再是被动地接受社会责任，而是潜移默化为一种理念和价值观。

第四阶段，起始于20世纪80年代初期的大规模的资本国际流动、国际间的企业并购以及贸易自由化谈判加快了经济全球化的进程，赋予企业的社会责任以新的形式与内容，这就使可持续发展问题和企业社会责任的国际合作问题被提上国际社会和各国政府的议事日程，而且成为了企业界普遍关注的热点。一方面，企业根据社会要求和环境保护原则进行大规模的生产工艺革新和技术改造，以适应新的技术标准、环境标准和贸易标准；另一方面，许多跨国公司在对高耗能、重污染的生产项目进行国际转移时，越来越多地受到来自东道国政府的限制以及合作伙伴要求进行技术改造和污染治理等方面讨价还价的压力。再就是新的反垄断和保护社会公众利益等方面的立法数量急剧增加，如反资本垄断基础之上的反技术垄断、反核武器扩散和核试验、烟草实施高税收、烟酒等特殊产品实行专卖制度等。从各国的情况来看，有酒类立法的国家达70多个。这种专卖是市场经济条件下的专卖，它既不是政府包办的专卖，也不是统购包销或由一个公司垄断经营，而是通过专卖法或专卖条例实行生产许可与批发零售许可制度。

3.6.2 SA8000的定义

SA8000即“社会责任标准”，是Social Accoutability 8000的英文简称，是全球首个道德规范国际标准。

为了配合外国主要买家对社会责任管理体系的需求，国际社会责任管理体系组织（Social Accountability International，SAI）的咨询委员会集合了来自工会、人权组织、儿童权益组织、学术组织、零售商、制造商、承包商、非政府组织、顾问公司、会计公司及验证机构的代表，于1997年10月订立了SA8000（Social Accountability 8000）国际标准，这是全球第一个有关社会责任管理体系、道德规范的国际标准。根据《国际劳工组织公约》、《世界人权宣言》、《联合国儿童权益公约》和《联合国消除一切形式歧视妇女行为公约》等原则所制定的SA8000，内容覆盖及贯穿公司各个部门管理体系的制定及操作，要求其在经营上达到SA8000标准的各种要求，此标准适用于世界各地、任何行业、不同规模的组织与公司，其宗旨是在确保生产商及供货商所提供的产品，皆符合社会责任的要求。

和 ISO9000 质量管理标准一样，SA8000 标准也由独立的认证机构提供认证，成功通过认证机构审核的公司可以获得认证机构颁发的认证证书。获证企业还要接受定期的监督审核，以确保公司不断改善工作条件。与 ISO9000 标准不同的是，SA8000 标准不仅是一个管理体系标准，也是一个社会责任表现的标准。任何企业或组织可以通过 SA8000 认证，向客户、消费者和公众展示其良好的社会责任管理表现，从而获得市场机会。

SA8000 标准适用于世界各地，任何行业，不同规模的公司。其依据与 ISO9000 质量管理体系及 ISO14000 环境管理体系一样，皆为一套可被第三方认证机构审核的国际标准。

3.6.3 SA8000 的主要内容

SA8000 标准的要求包括以下几个方面：

（1）童工。要求不使用或支持使用童工；救济童工；对童工和未成年工的教育；对童工和未成年工的安全卫生。

（2）强迫劳动。不使用或支持使用强迫劳动；不扣押身份证或收取押金。

（3）健康与安全。安全、健康的工作环境；任命高层管理代表负责健康与安全；健康与安全培训；健康与安全检查，评估和预防制度；厕所、饮水及食物存放设施；工人宿舍条件。

（4）结社自由及集体谈判权利。尊重结社自由及集体谈判权利；法律限制时，应提供类似方法；不歧视工会代表。

（5）歧视。不从事或支持雇用歧视；不干涉信仰和风俗习惯；不容许性侵犯。

（6）惩戒性措施。不使用或支持使用体罚、辱骂或精神威胁。

（7）工作时间。遵守标准和法律规定，至多每周工作 48 小时；至少每周休息一天；每周加班不超过 12 小时，特殊情况除外；额外支付加班工资。

（8）工资报酬。至少支付法定最低工资，并满足基本需求；依法支付工资和提供福利，不罚款；不采用虚假学徒计划。

（9）管理体系。政策；管理评审；公司代表；计划与实施；供应商、分包商和分供商的监控；处理考虑和采取纠正行动；对外沟通；核实渠道；记录等。

当 SA8000 的以上内容与国内法发生冲突时，一般来说“不优先适用国内法，也不优先适用 SA8000，而要采用最严格的标准”。

管理提示

蓝斯登原则

在你向上爬的时候，你一定要保持梯子的整洁，否则你下来的时候可能会滑倒。

——美国管理学家：蓝斯登

反哺效应

动物学家将某些动物长大后把觅到的食物给予其父母的行为称为反哺。

管理故事

沙漠汲水

有一个人在沙漠行走的途中遇到暴风沙。一阵狂沙吹过之后，他已认不得正确的方向。正当快撑不住时，突然，他发现了一幢废弃的小屋。他拖着疲惫的身子走进了屋内。这是一间不通风的小屋子，里面堆了一些枯朽的木材。他几近绝望地走到屋角，却意外地发现了一座抽水机。

他兴奋地上前汲水，却任凭他怎么抽水，也抽不出半滴来。他颓然坐地，却看见抽水机旁，有一个用软木塞堵住瓶口的小瓶子，瓶上贴了一张泛黄的纸条，纸条上写着：你必须用水灌入抽水机才能引水！不要忘了，在你离开前，请再将水装满！他拔开瓶塞，发现瓶子里，果然装满了水！

此时他的内心开始矛盾：如果自私点，只要将瓶子里的喝掉，他就不会渴死，就能活着走出这间屋子！如果照纸条做，把瓶子里唯一的水，倒入抽水机内，万一水一去不回，他就会渴死在这地方了——到底要不要冒险？

最后，他决定把瓶子里唯一的水，全部灌入看起来破旧不堪的抽水机里，以颤抖的手汲水，水真的大量涌了出来！

他将水喝足后，又把瓶子装满水，用软木塞封好，然后在原来那张纸条后面，再加他自己的话：相信我，真的有用。

问题：这是一个付出与索取的故事，你如何看这两者的关系。

管理工具

向顾客学习

向顾客学习的核心要素是通过了解客户的情况，满足客户的现有需求、创造客户新的需求并发掘新的商业机遇。

“向顾客学习”是了解客户信息、把握商业机遇的最直接、最有效的工具，它包括以下三个部分，售前和售后学习是其中最重要的部分。

(1) 销售前学习。销售前学习主要包括走访客户、直接向客户请教、撰写商业计划书、收集客户调查问卷、进行客户建议奖励等。

(2) 销售中学习。主要指在销售中及时收集顾客反馈意见。

(3) 销售后学习。关键在于做好售后服务和客户抱怨应如何处理。顾客抱怨是销售人员直接向客户请教的最佳时机之一，因此，顾客抱怨处理得当，不但能够消除客户的抱怨、解决客户的问题，而且可能带来新的商机。

在未来的商业运作中，竞争的成败将更多取决于信息获取是否充分、及时。“向顾客学习”这一工具，作为获取信息的一种手段，必将受到越来越多的重视。

关键概念

SA8000

本章提要

(1) 管理活动表面上看来是一种纯粹经济性质的活动，其实有着明显的伦理性质，所体现的人与人的关系，事实上就是如何遵循公正、诚实、守信等道德原则。

(2) 管理者的道德水平在某种程度上决定着企业的道德取向，相比之下，体现着道德原则而设计的组织结构以及业已形成的组织文化（或从制度的层面，或从文化的层面）又制约和影响着管理者的道德选择，影响最为直接、也最为强烈的应当是事件性质和强度（无论是正面的，还是负面的）。

（3）企业道德取向的实施渗入到生产、管理、销售等各个环节，对员工的道德素质的提高就显得非常重要，有着高道德素质的员工队伍，对于提高企业的凝聚力和向心力具有非常重要的作用。

（4）企业的社会责任是强调企业的"公民意识"，需要其承担法律与道德赋予的责任，企业追求经济效益并不意味它可以忽视、甚至违背社会责任。有着高度道德感的企业会把单纯的求利动机上升为一种社会责任感和民族使命感。

（5）企业的社会责任不是一种抽象的概念，尽管有不同的争论，但面对现实中的种种违背法律和道德的现象，一些国家和国际组织提出了社会责任原则和标准，达成了比较一致的看法，这就为市场准入机制提供了一个可供操作的道德标准。

复习思考题

（1）道德是什么？四种不同观点是什么？

（2）如何对员工进行道德管理？

（3）企业道德与经济绩效的关系是什么？

（4）什么是企业的社会责任？

（5）企业责任的演化过程是什么？

（6）SA8000的主要内容是什么？

（7）什么是关于社会责任的古典学派观点和社会经济观点？

（8）企业应在哪些方面承担社会责任？

管理者训练

评估组织的道德规范和社会责任

回顾一个你服务过的组织，比如你以前的工作单位，你现在加入的某个社团组织，甚至你就读的大学，回答以下问题：

（1）这个组织是否强调道德规范？具体是如何做的？举例说明。

（2）这个组织的利益相关者包括哪些？组织的管理者是如何来平衡他们之间关系的？

（3）这个组织是否承担了一定的社会责任？如果没有，你认为会给组织的长期发展带来什么影响？如果有，考虑一下管理者为什么要这么做？

案例3-1

"电子警察"

为了使管理者可以更好地直接管理和监控公司员工的日常工作，公司办公室安装了电子监控系统。管理者可以直接从监控器上看到员工的现场工作情况，并与他们中的每一位员工进行直接的对话。安装之后，有一定成效，员工工作的效率较以前提高了，但是并没有激发员工更多的热情，有许多员工对这一举措有不同的看法。他们对这种被称为"电子警察"的系统感到很不高兴，管理者可以对他们所有的行动进行监视并通过"遥控"来威胁他们。他们认为管理得力的管理者通常是那些在员工和他们自己之间创造信任的人，但是电子监控系统破坏了信任关系。

讨论题：

你如何看待"电子警察"？你认为这些员工的看法对吗？

第4章 决 策

问题的提出

请作出决策

市场背景：

白酒酿造是我国的传统行业，也是一个利润较高的行业。我国白酒生产主流是川、贵、皖、湘、豫、晋酒，白酒企业面临激烈的市场竞争。20世纪80年代初，随着我国粮食生产逐渐增加及国家放松对酿酒用粮的限制，白酒行业得到了迅速发展，各地酒厂林立。此后国家在税收政策和社会规划中对其生产进行了控制，特别是国家消费税政策力度加大，加上居民消费心理的变化和洋酒的进入，白酒的生产开始大幅度萎缩，相当一部分白酒生产企业业绩下滑。许多企业开始进行产业转型和重组，进入葡萄酒行业、饮料业和生物工程领域。

我国有大大小小的白酒企业数万家，有几千年的喝酒历史，只要有喝酒的人在，就有机会，变局本来就是时机！

问题：如果你是一个实业投资人，在这样一市场背景下，你是否还要进入这个市场？如要进入，请拿出决策方案。

学习目的

(1) 明确决策在管理中的地位。

(2) 知道决策的依据。

(3) 掌握决策的准则。

(4) 了解各种类型的决策。

(5) 掌握决策的过程。

(6) 掌握决策的方法。

(7) 熟悉管理者决策模型。

4.1 决策的定义、准则和影响因素

4.1.1 决策的定义

对于一个企业的管理者来讲，永远都有“问题”出现，只要有问题，就要有“决策”。决策是否正确及时，决定着企业的生死成败。

“决策”贯穿于管理者的所有管理活动，在计划、组织、领导、控制的管理职能中存在着一系列的决策。因此，人们常常将管理者称为“决策者”，甚至认为“决策几乎与管理是同义的”（西蒙，2007）。

我们认为决策是人们为实现一定的目标，运用掌握的信息，采用科学的方法，就重大问题提出多种解决方案，再从这些方案中作出满意选择的管理活动。我们更多的理解

是：决策要有明确的目的；决策要有若干可行的方案；决策要有方案的多方面比较；决策是一个分析判断过程；决策要有一个满意的答案。

4.1.2 决策的依据——信息

决策的过程离不开信息，占有充分的、有一定质量的信息有助于决策。但信息量大，信息的成本就要增加，而信息量过少，则管理者无法作出决策。

不同类型的决策所需要的决策信息不同，如组织战略的决策所涉及的就包括国家政策、产业市场、科学技术、企业资源等方面的信息。

领导决策所需要的决策信息内容丰富，决策者必须注意紧紧围绕决策工作的中心和重点去掌握信息，并要善于把外部信息与内部信息，把历史信息、现实信息与未来趋势信息有机结合起来运用到决策工作中去，促进决策活动的有效进行。

决策信息的流程是：

(1) 信息收集。信息收集就是通过观测、侦察、调查、征集、追踪等手段和方法有针对性地获取原始信息。

(2) 信息加工。信息加工就是经过专门人员的思维、判断、推理，按照一定的目的，对原始信息进行过滤、分析、扩充、综合、提炼。

(3) 信息传递。信息传递就是把信息由一点传输到另一个点的过程。

(4) 信息储存。信息储存是把已收集、加工处理完毕的信息资料以文字的形式储存起来。

(5) 信息输出。信息提供给决策者应用。

(6) 信息反馈。决策的贯彻落实需要监督，而要监督和保证决策的实施，就要加强信息反馈，及时了解和掌握决策实施的结果。

4.1.3 决策的准则

对于这个问题，有四种有代表性的观点。

第一种观点是由科学管理的创始人泰勒首先提出的，并且是运筹学家和管理科学家们一贯坚持的“最优”决策准则。在泰勒看来，任何一项管理工作，都存在一种最佳的工作方式。应该肯定，追求最优和完美是决策者的一种优良的心理品质。因此为了最优化决策，决策必须理性，必须符合客观和逻辑。最优化决策假定：不存在目标冲突；确定所有的选择标准，并能列出所有的可行性方案；决策标准和备选方案的价值可以数量化，并能以决策者的个人偏好来排序；偏好稳定；最终选择效果最佳，以最大限度地达到目标。

但必须指出的是，并非所有的管理问题和管理工作都能够数字模型化，从而求出其最优解。管理既是科学，又是艺术。对决策来说，也是如此。所谓“最优”，只能是有条件的，并且是在有限的、极为严格的条件下达到的，它是一种理想状态下的决策准则。在现实的实施中带有较大的局限性，在决策时不能完全遵循该准则。

第二种观点是西蒙提出的“满意”决策准则。他对运筹学家们的“最优”决策准则提出了尖锐的批评，他认为热衷于“运筹学”的人很容易低估这种方法的适用条件的严格性，因此提出“满意”决策准则。“满意”决策的实质是，当面对复杂问题时，决策的做法是把问题降低到易于理解的水平，在所有收集到的信息中抽取主要内容，在此基础上构建简化模型，选择行动方案。

在选择行动方案时，决策者往往以熟悉而习惯的方式考虑备选方案，直到他确定了一个令人满意的方案，他满足于一个“足够好”的可接受方案。这是目前最被人们所接受的观点。

第三种观点是美国管理学家哈罗德·孔茨提出的“合理性”决策准则。由于决策的未来环境包含不肯定因素，做到完全合理是很难的。孔茨认为，主管人员必须确定的是有一定限度的合理性，因此，这种“合理性”是“有界合理性”。尽管如此，主管人员还是应在合理性的限度内，根据各种变化的性质和风险大小而尽其所能地作出最好的决策。

孔茨的合理性决策标准的实质，是强调决策过程各个阶段的工作质量最终决定了决策的正确性和有效性，而不仅仅在于进行方案抉择时采用“最优”还是“满意”的标准。

第四种观点是据研究表明管理者最有可能的是使用“直觉”决策准则。直觉决策是决策者依赖于过去经验的总结，无意识地决策选择。直觉决策者可以在信息、时间非常有限的条件下进行迅速决策。人们越来越认识到，理性分析被过分强调了，在某种情况下，依赖于直觉会提高决策水平。管理者最有可能使用直觉决策的情况有：不确定性水平很高时；没有先例可循时；难以科学地预测变量时；信息极为有限时；事实不足以明确指出道路时；分析性资料用途不大时；当需要从几个可行方案中选择一个，而每一个方案的评价都很接近时；时间有限，但又要作出正确的决策时。

4.1.4 影响决策的因素

影响决策的因素有环境、组织文化、过去曾经作过的决策、决策者对决策风险的态度和决策对时间紧迫性的要求。

（1）环境。在稳定的环境中，决策的调整机会不多，做一些计划任务下达即可；在不稳定的环境中，组织会对其经营活动的需要较频繁地依据环境的变化作相应的调整。

（2）组织文化。决策者一般都必须考虑现有的企业文化来进行决策，只有这样决策才能被组织所认同。

（3）过去曾经作过的决策。大多数新的决策都是过去决策的继续，决策者作新的决策时，都要考虑过去曾经作过的决策对现行决策的影响，这种决策比较容易使组织成员接受。

（4）决策者对决策风险的态度。决策者对风险的好恶程度是不同的，有的决策者愿意冒一定的风险，有的决策者不愿冒太大的风险。对风险的不同态度，决定决策的风险程度。

（5）决策对时间紧迫性的要求。在有限的时间内，有限的信息的收集，使决策者没有时间履行太复杂的决策过程时，决策者往往选择直觉决策，凭借经验来决策。如时间要求不是太紧迫，一般决策者愿意按照决策过程进行科学决策。

管理提示

成功的决策等于什么

一个成功的决策，等于90%的信息加上10%的直觉。

——美国企业家：S.M. 沃尔森

理性与非理性

决策可能是理性的、审慎的、相机抉择的、有目的的；或者可能是非理性的、习惯的、被迫的、随机的；或者是以上的任意组合。

——爱德华·利奇菲尔德（Edward Litchfield）

管理故事

选择越多越好？

有选择好，选择愈多愈好，这几乎成了人们生活中的常识。但是最近由美国哥伦比亚大学、斯坦福大学共同进行的研究表明：选项多反而可能造成负面结果。科学家们曾经做了一系列实验，其中有一个让一组被测试者在6种巧克力中选择自己想买的，另外一组被测试者在30种巧克力中选择。结果，后一组中有更多人感到所选的巧克力不大好吃，对自己的选择有点后悔。

另一个实验是在加州斯坦福大学附近的一个以食品种类繁多而闻名的超市进行的。工作人员在超市里设置了两个吃摊：一个有6种口味，另一个有24种口味。结果显示有24种口味的摊位吸引的顾客较多：242位经过的客人中，60%会停下试吃；而260个经过6种口味的摊位的客人中，停下试吃的只有40%。不过最终的结果却出乎意料：在有6种口味的摊位前停下的顾客30%都至少买了一瓶果酱，而在有24种的口味的摊前的试吃者中只有3%的人购买东西。

太多的东西容易让人犹豫不定，拿不准主意。同理，对于管理者，太多的意见也会混淆视听。不要以为越多的人给出越多的意见就是好事，其实往往适得其反，由于每个人看问题的角度不同，给出意见的动机也不尽相同，所以太注重听取别人的意见很容易让自己拿不定主意。在征求意见之前，我们必须要有一个属于自己的坚定的信念，要明确最终的目的是什么，这样才能在众多的声音中保持清醒的头脑，找出最适合企业发展的金玉良言。

问题：联系本节内容，谈谈可选择方案的数量对决策的影响？

管理工具

KT决策法

KT决策法是由美国学者兼企业家特利高发明的，KT取自他名字的英文字母。KT法的基本含义是“合理的思考程序”，是问题思考决策法，适用于企业决策。

利用KT法进行决策是按照“合理的思考程序”的四个步骤来实施的，下面按这四个步骤来分别阐述KT法的实施过程和方法：

(1) 课题是什么？

(2) 原因是什么？

(3) 最好的决策方案是什么？

(4) 将来会发生什么？

关键概念

决策　信息收集　信息加工　信息传递　信息储存　信息输出　信息反馈

4.2 决策的类型

4.2.1 战略决策、管理决策和执行决策

按决策的重要性，可以把决策分为战略决策、管理决策和执行决策。

战略决策对组织最重要，是涉及组织整体和全局的大政方针，决定组织向什么方向、是否在走一条正确的路的大问题，是关系到组织的生存与发展的决策。这种决策通常包括组织使命、远景、目标的确定等重要内容，其决策具有长期性和方向性。战略决策往往是非程序化决策，并不过分依赖复杂的数学模式及技术，它对决策者的洞察力、判断力有很高的要求。在战略决策中，往往借助组织外部的社会其他人员（如咨询顾问等）对战略性决策方案进行设定和分析。

管理决策又称战术决策，是在组织内贯彻的决策，属于战略决策执行过程中的具体决策，实现组织中各环节各部门的协调和资源的合理使用，如企业生产计划和销售计划的制订、设备的更新、新产品的定价以及资金的筹措等都属于管理决策的范畴。管理决策是管理者的日常决策，主要依赖管理者的管理经验。

执行决策又称业务决策，是根据战略决策和管理决策对日常工作所作出的决策，它涉及的范围较窄，只对组织产生局部影响。属于执行决策范畴的主要有：工作任务的日常分配和检查、工作日程的安排和监督、岗位责任制的制定和执行、库存的控制以及材料的采购等。执行决策往往是程序化决策，主要取决于管理者的执行能力。

4.2.2 群体决策与个人决策

按决策的主体划分，可把决策分为群体决策与个人决策。

群体决策是指多个人一起作出的决策。组织中的许多决策，尤其是那些对组织有重大影响的决策往往是由集体来决定的。如股东大会、董事会、薪酬委员会等作出的决策就是群体决策。事实上，据调查，管理者的管理时间大部分是花在各种会议上，他们分析研究问题，提出方案，评价决策方案及决定如何实施方案，故群体决策是普遍存在的。

个人决策则是指单个人作出的决策。如总经理签署一项权限内的销售合同，就是个人决策。

群体决策和个人决策相比哪一种更有效呢？

一般而言，群体决策趋向于对效果的追求，要求决策效果更精确，比个人决策更能减少失误、减少极端，从而更容易作出符合实际情况的决策。另外，由于群体成员之间的异质性，及更多组织成员参与方案的选择，一般来讲，群体决策更具创造性和被多数人所接受。但这并不是说所有的群体决策都优于每一个个人决策，而是群体决策优于群体中平均的个人所作的决策，但肯定不比杰出的个人所作的决策好。

但如果决策追求效率的话，则个人决策更为优越。以反复交换意见为特征的群体决策过程肯定耗费时间。

总地来讲，群体决策与个人决策相比在决策的创造性、减少失误、提高质量、增加

可接受程度方面更具优越性；但在效率方面、决策成员责任感方面却逊于个人决策。因此，只要决策效果的提高足以抵消效率的损失，就应更多地采用群体决策。

4.2.3 程序化决策与非程序化决策

按决策所涉及问题的例行程度划分，可把决策分为程序化决策与非程序化决策。

组织中的问题依据其性质，可分为两类：一类是例行问题，另一类是非例行问题。赫伯特·A. 西蒙根据问题的性质把决策分为程序化决策与非程序化决策。程序性决策（又称重复性决策、定型化决策、规范性决策）是按预先的程序、处理方法和标准来解决管理中经常重复出现的例行问题。这些问题非常直观，且在企业活动中重复出现，决策者的目标非常明确，与问题相关的信息是确定和完整的；非程序化决策（又称一次性决策、非定型化决策、非规范性决策）则解决不经常出现的、新的、不同寻常的，有关问题的信息不完整、不清楚的新问题。

这里有三个概念：程序、规则和政策。所谓程序是指管理者解决例行性问题时遵循的行动顺序和步骤。规则是告诉管理者在决策中应该做什么，不应该做什么。而政策则使管理者沿着特定的方向考虑问题。与规则相比较，政策规定了处理某些问题的原则或参数，而不是具体说明应做什么和不应做什么。

4.2.4 定量决策与定性决策

按决策的量化程度划分，可以把决策分为定量决策与定性决策。定量决策是指决策目标与决策变量等可以用数量来表示的决策。如企业管理中有关提高产量、降低成本之类的决策就属定量决策。定量决策要求有一定的量化指标，一般能够用数学方法寻求答案。

定性决策是指决策目标与决策变量等不能用数量来表示的决策。这类决策一般难以用数学方法来解决，而主要依靠决策者的经验和分析判断能力。

如企业要进入一个目标市场的决策属于定性决策，进入一个目标市场后对市场占有率的要求属于定量决策。

在进行决策时，定性决策和定量决策要结合起来进行，定性决策确定性质、方向、阶段，定量决策确定时间、程度。

4.2.5 单目标决策与多目标决策

按决策的目标数量划分，可以把决策分为单目标决策与多目标决策。单目标决策就是指只需要实现一个目标的决策。单目标决策是我们研究决策问题的基础，处理决策问题的大多数方法，都是从研究单目标决策开始的。

多目标决策就是指决策的目标有两个或两个以上的决策。

多目标决策的实现较单目标决策难一些，因为需要实现的多目标有可能是相互矛盾的，实现起来难度更大。

如一种极端的情况是企业工资收入目标与利润目标的同步增长，这是一个多目标的决策。在销售收入一定的情况下，它们是相互矛盾的决策目标，员工的工资收入越高，企业利润就越低；企业利润越高，员工的工资收入就越低，如果要同时实现这两个目标，就要考虑降低其他方面的成本，或者是增加销售收入，其难度较单一地实现企业工资收入增长和单一地实现利润增长要大一些。再如市场占有率和利润目标，这两个目标在竞争激烈的市场上有时也是相互矛盾的，针对这种情况，有些企业就提出了"让利润，不让市场"的口号，体现了在实现多目标决策困难时，有些决策者就改多目标决策为单目标决策了。

4.2.6 经验决策与科学决策

按决策者是基于经验还是基于科学分析作出决策，可以将决策划分为经验决策与科学决策。经验决策，是决策者主要根据其个人或群体的知识、智慧、阅历和直觉判断等人的素质因素而作出的决策。科学决策是通过理性思考和分析，依据科学的决策过程和科学依据为根据而作出的决策。

管理提示

决策与破产

世界上每100家破产倒闭的大企业中，85%的破产原因是由于企业管理者的决策不慎造成的。

——世界著名咨询公司：兰德公司

影响决策的个人因素

迄今为止，我们一直是把决策过程作为一种理性过程来看待的。但因为决策是由人作出的，所以我们不得不考虑个人的因素对决策的影响。

心理学的基本观点之一是强调个人在心理上的差异，决策作为人们的一种思维心理活动，自然也不例外。个人之间的差异决定最后选择的方案的特征，并将影响决策的实施。

人的因素影响决策过程起决定作用的是两个方面：个人对问题的感知方式和个人的价值观。

管理故事

一位农民的困惑

一位农民和他的儿子到村附近的城镇赶集。开始农民骑着骡子，儿子跟在后面。没有多久，碰到一位青年母亲，她指责农民不善待儿子。农民不好意思地下来，让给儿子骑。走了一段路，又遇到一个和尚，见到青年人骑骡子，而让老者走路，就说青年人不孝顺。儿子马上跳下来，俩人就都走着。又走了一段路，碰到一位学者，看见两个人放着骡子不骑，走得气喘吁吁，就笑话他们自找苦吃，农民一听，就与儿子一起上了骡子。又走了一段路，碰到一位外国人，看见两人骑一头骡子，就指责他们虐待牲口。

问题：如果你是这位农民，你应该怎样决策，按什么原则决策？

管理工具

决策思考的三因素

企业进行市场或战略决策时需要思考的因素非常多，很多成功企业认为企业在进行重大决策时首先要思考的三个必要因素，就是市场、顾客与员工。

企业生存于市场之中，再好的计划、方案或策略都必须要到市场上去检验。

在市场上企业最关注的就是顾客，因为顾客构成了市场并进而决定了企业能否生存，关注顾客满意度也好、忠诚度也好，总之企业一定要关注顾客并从各种可能的角度来关注顾客。

企业的员工构成了企业内部的战略能力，没有内部员工的努力，企业就失去了运营任何方案的可能性。

关键概念

战略决策 管理决策 执行决策 群体决策 个人决策 程序化决策 非程序化决策 程序 规则 政策 定量决策 定性决策 单目标决策 多目标决策 经验决策 科学决策

4.3 决策的过程

决策的过程是一个确定问题和评价问题的标准，找出解决问题的可选择方案和确定解决问题方案的过程。为了更好地了解这一节的内容，在本节我们贯穿一个风险投资公司的项目决策流程。

步骤一 确定问题

决策就是为了解决某一个问题而进行的，因此，决策制定过程始于一个存在的问题，问题就是现实与期望之间的差异，这里的期望就是目标。决策者必须知道哪里需要行动，因而决策过程的第一步是确定问题。依据前两节的内容，管理者通过信息的收集，确定问题的性质，确定决策的类型。

步骤二 确定决策标准

管理者一旦确定了需要解决的问题，接着就要确定决策标准。决策标准是评价决策的准则。也就是说，管理者必须确定什么因素与决策相关。目标体现的是组织想要获得的结果，不同的决策目标有着不同的决策标准。

步骤三 拟订备选方案

一旦机会或问题被正确地识别出来，管理者就要提出达到目标和解决问题的各种方案。这一步骤需要创造力和想象力，在提出备选方案时，管理者必须把其试图达到的目标和决策标准牢记在心，而且要提出尽可能多的方案。

步骤四 评估备选方案

备选方案可以是标准的，也可以是独特的和富有创造性的。标准方案通常是指组织以前采用过的方案。对备选方案的评估，可以通过头脑风暴法、名义群体法和德尔菲法等，提出富有创造性的方案建议。

步骤五 作出决定

作出决定是从所列的和评价的方案中选择最满意方案的关键步骤。既然我们已经确定了所有与决策相关的评价标准，又有了供管理者决策用的备选方案，管理者通常要作出最后选择。尽管选择一个方案看起来很简单——只需要考虑全部可行方案并从中挑选一个能最好解决问题的方案，但实际上，作出选择是很困难的。由于最好的决定通常建立在仔细判断的基础上，所以管理者要想作出一个好的决定，必须仔细考察全部事实、确定是否可以获取足够的信息并最终选择最好方案。由于所作出的决策的重要性不一样，所以，决策的决定是在不同等级的管理者间完成的。

步骤六 实施方案

由项目实施者执行实施管理者的决定，并对投资项目进行管理。

步骤七 评价决策效果

决策制定过程的最后一步就是评价决策效果，看它是否已解决了问题，是否取得理想的结果。评价的结果如发现问题依然存在没有实现既定目标，管理者需要仔细分析什么地方出了错。是认识的问题，还是在方案评价中出了错，还是方案选对了但实施不当，如果对方案可以重新决策时，甚至可以考虑重新开始整个决策过程。

管理提示

选择与决策

绝不能在没有选择的情况下作出重大决策。

——克莱斯勒汽车公司前总裁：李·艾柯卡

影响决策的群体因素

在正式组织里，一个人不作为群体成员而独自完成决策制定的全过程是罕见的。因此，决策不仅受到个体心理的影响，还受到群体心理的影响。群体是指进行共同活动且相互促进和制约的人们。例如，企业中的各级、各部门的领导班子、委员会、生产班组等。群体有自己特有的心理现象，如舆论、内隐的规范（默契）、士气、情绪气氛、风尚、社会助长现象和从众现象等，通过这些群体心理影响决策形成。

管理故事

拍头决策

《梦溪笔谈》记载：海州知府孙冕很有经济头脑，他听说发运司准备在海州设置三个盐场，便坚决反对，并提出了许多理由。后来发运使亲自来海州谈盐场设置之事，还是被孙冕顶了回去。当地百姓拦住孙冕的轿子，向他诉说设置盐场的好处，孙冕解释道："你们不懂得作长远打算。官家买盐虽然能获得眼前的利益，但如果盐太多卖不出去，三十年后就会自食恶果了。"然而，孙冕的警告并没有引起人们的重视。

他离任后，海州很快就建起了三个盐场，几十年后，当地刑事案件上升，流寇盗贼、徭役赋税等都比过去大大增多。由于运输、销售不通畅，囤积的盐日益增加，盐场亏损负债很多，许多人都破了产。这时，百姓才开始明白，在这里建盐场确实是个祸患。

问题：许多决策者是决策时拍脑袋，指挥时拍胸脯，失误时拍大腿，追查时拍屁股，结合本节的内容，你如何看待这种情况。

管理工具

缺点列举法

缺点列举法是针对某个产品或事情，通过一定的会议，尽可能多地列举它的缺点，然后在这基础上，找出主要缺点加以改进的一种决策方法。

缺点列举法是改进的常用方法。每找到一个缺点，就找到了改进的一个起点，然后再逐个研究解决，其操作步骤一般是：

第一步，确定某一改进、革新的对象。

第二步，尽量列举这一对象的缺点和不足。

第三步，将诸多缺点归类整理。

第四步，针对每一缺点进行分析，对此加以改进或采用缺点逆用法发明新的产品。

事实上，任何产品或事情都不是尽善尽美的，只要突破障碍，改善思维方式，采取适当方法，就可以发现问题，提出创新。

关键概念

决策标准

4.4 决策的方法

4.4.1 有关人员的决策方法

1. 管理人员判断决策法

管理人员判断决策法是决策者听取管理者提出的意见和建议，在此基础上凭决策者的直觉判断作出决策的方法。这种方法往往是一种最常用的而且有效的决策方法。这种方法要取决于决策人员的经验、才能和直觉。如果决策者曾经有过正确决策的良好业绩记录，那么这种方法就很有价值。一般来说，决策人员在办公室待的时间越少，与员工和顾客保持越密切的联系和交往，这种方法对市场决策所造成的危险就越小。这种方法的优点是决策快，缺点是对经验和直觉的过于依赖，而每个人的经验是有限的，直觉是会变化的，这些会影响决策的科学性。

2. 销售人员估计决策法

销售人员估计决策法是销售人员提供信息，由决策者依据所提供的信息进行决策的方法。这种信息来源对决策者具有很大的价值，因为销售人员是最接近顾客的，他们的信息的失真度较小，基本上能反映市场情况。这种方法对于那些产品生命周期性短、技术更新快的企业尤为重要。其主要缺点是存在偏见，因为销售人员总认为自己的估计将被管理者用作提高销售定额的依据，因此常常提供比自己估计值略低一点的数值（针对这种情况，决策者可将销售人员的保守估计略微上提，既留有余地，又起到促进作用）。

3. 顾客调查决策法

顾客调查决策法是通过直接对顾客调查得到市场信息，由决策者依据所收集到的信息进行决策的方法。一般来说，新品牌总是在具有可代表广大消费者的主要城市或城镇的地位的市场上进行测试。如生产厂家直接在城镇商场设立商品销售柜台，向市场投放新商品，以调查顾客对该商品的反应。

4. 专家意见决策法

专家意见决策法建立在企业外部顾问的专业知识基础上，能为管理当局带来高度专业化和有价值的帮助。对于那些已经采取的、有可能出现问题的行动，管理当局可以聘请有经验的顾问在公司进行日常业务的咨询。俗语说“旁观者清”，有时这些“外脑”往往能够从外部发现企业内部人员所不易看到的问题。

4.4.2 有关方式的决策方法

1. 头脑风暴法

头脑风暴法是产生创造性方案的一种相对简单的方法。它鼓励提出任何种类的方案设计思想，同时禁止对各种方案的任何批评。

在典型的头脑风暴会议中，一些人围桌而坐。群体领导者以一种明确的方式向所有参与者阐明问题，然后成员在一定的时间内“自由”提出尽可能多的方案，不允许任何批评，并且所有的方案都被当场记录下来，留待稍后再讨论和分析。

头脑风暴法仅是一个产生思想的过程，不能提供决策。

2. 小组讨论决策法

小组讨论决策法是由委员会或小组作出单一决定，小组的所有成员都必须就这个单一的决定达成共识。当这种方法发挥作用时，它常常显示出团队的凝聚力和行动的一致性。但是，要防止个人可能对小组的其他成员施加过分的影响，强迫人们同意他的意见。

3. 名义群体法

名义群体在决策制定过程中限制讨论，故被称为名义群体法。像参加传统委员会会议一样，群体成员必须出席，但他们是独立思考的。具体来说，它遵循以下四个步骤：

(1) 成员集合成一个群体；但在进行任何讨论之前，每个成员独立地写下他对问题的看法。

(2) 每个成员将自己的想法提交给群体后，一个接一个地向大家说明自己的想法，在所有的想法都记录下来之前不进行讨论，直到每个人的想法都表述完并记录下来为止。

(3) 群体开始讨论，以便把每个想法搞清楚，并作出评价。

(4) 每一个群体成员独立地把各种想法排出次序，最后的决策是综合排序最高的想法。

这种方法的主要优点在于，使群体成员正式开会但不限制每个人的独立思考，而传统的会议方式往往做不到这一点。

4. 德尔菲法

德尔菲法是依据系统和程序，采用匿名发表意见的方式，即专家之间不得互相讨论，只能与调查人员发生联系，通过多轮次调查专家对问卷所提问题的看法，经过反复征询、归纳、修改，最后汇总成专家基本一致的意见，作为决策依据。

实施步骤：制定征询调查表；选择专家；通过几轮反复的征询调查；确定结论。

德尔菲法的优点是像名义群体法那样，隔绝了群体成员间过度的相互影响，它还无须参与者到场。德尔菲法的缺点是它太耗费时间了。当需要进行一个快速决策时，这种方法通常行不通。而且，这种方法不能像相互作用的群体或名义群体那样，提出丰富的设想和方案。

5. 电子会议

电子会议是将名义群体法与计算机技术相结合的电子会议，是群体决策的一种方式。参会者围坐在一张桌子旁，这张桌子上除计算机终端外别无他物。将问题显示给决策参与者，他们把自己的回答打在计算机屏幕上，个人评论和票数统计都投影在会议室内的屏幕上。

电子会议的主要优点是匿名、诚实和快速。缺点是由于大家不能在思想上交流沟通，也就难以提出丰富的设想和方案。

6. 集合意见决策法

将每个人的估计值相加，然后得出一个平均值。可以考虑给予每个人相同的权重或者按每个人的重要性给予不同的权重。

4.4.3 有关活动方向的决策方法

管理者有时需要对企业或企业某一部门的活动方向进行选择，可以采用的方法主要有波士顿矩阵和政策指导矩阵等。

1. 波士顿矩阵（BCG）

波士顿矩阵法由美国波士顿咨询集团建立，它是依据性质不同的业务，确定公司战略资源分配的方法（图 4-1）。

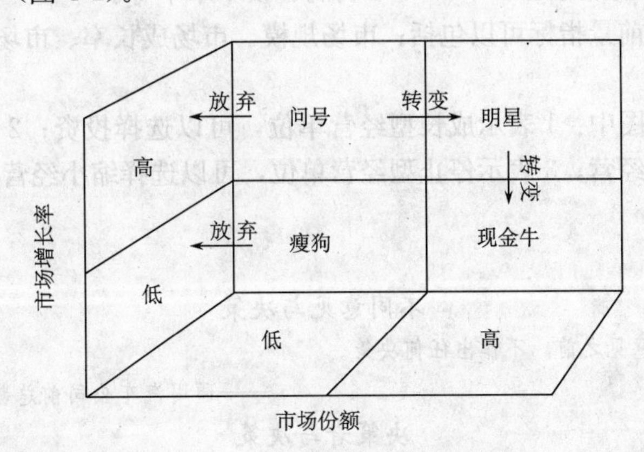

图 4-1 波士顿矩阵图（BCG）

该法将组织的每一个战略事业单位依据增长率和市场份额的不同而标在一个矩阵图上，该矩阵图上分四种业务组合。

（1）现金牛（低增长，高市场份额）。该业务可以提供大量的现金流，保证公司对现金的需要，但未来增长前景是有限的。

(2) 明星（高增长，高市场份额）。该业务属于高度增长、高占有率的产品。由于增长速度快，公司不能从中获取大量的现金，反而为了扩大市场，需要投入更多市场开发费。

(3) 问号（高增长，低市场份额）。该业务属于高度成长、低占有率的产品。具有较大的市场风险，决策者要考虑是否要花费更多的资金来提高市场份额使其转变为明星，或是缩小经营规模，或完全放弃，退出市场。

(4) 瘦狗（低增长，低市场份额）。该业务属于没有希望改进的产品，选择完全放弃，退出市场。

波士顿矩阵是对公司业务的分类组合，它的指导意义在于指导公司出售瘦狗业务，将从现金牛业务上得到的现金投资于明星业务，使公司业务处于良性组合。

2. 政策指导矩阵

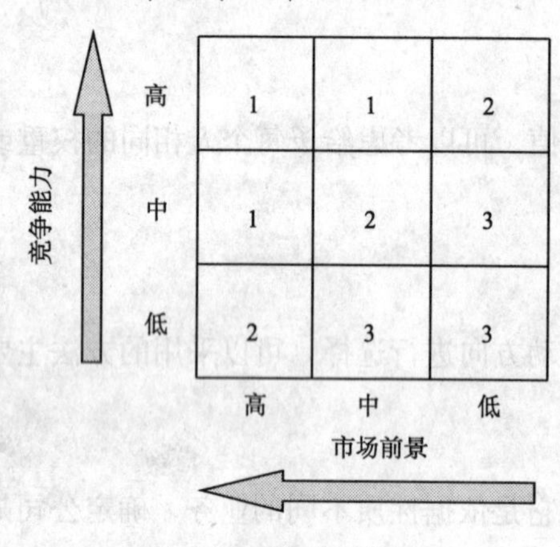

图 4-2 政策指导矩阵

顾名思义，政策指导矩阵即用矩阵来指导决策。具体来说，即从市场前景和竞争能力两个角度来分析企业各个经营单位的现状和特征，并把它们标示在矩阵上，据此指导企业活动方向的选择。我们把市场前景吸引力分为高、中、低三种；竞争能力也分为高、中、低三种，这样可把企业的经营单位分成九大类(图 4-2)。

经营单位竞争能力指标可以包括：企业规模、成长速度、市场占有率、市场地位、企业利润、技术水平等。

经营单位市场前景指标可以包括：市场规模、市场成长率、市场的多样化、行业竞争、行业收益等。

政策指导矩阵图中：1 表示成长型经营单位，可以选择投资；2 表示收益型经营单位，可以选择扩大经营；3 表示停止型经营单位，可以选择缩小经营和停止经营。

管理提示

不同意见与决策

在没有出现不同意见之前，不作出任何决策。

——通用汽车公司前总裁：艾尔弗雷德·斯隆

决策者与决策

决策者与其决策有着下面的关系：

(1) 在决策者素质一定的条件下，个人决策比集体决策失误的可能性大；

(2) 参与决策的人越多，每位决策者分担的责任越小；

(3) 决策者的人数越少，“决策”成本越低；

(4) 决策者人数越少，“推销”决策的成本越高。

管理故事

小虎鲨的遭遇

有一只小虎鲨一出生就在大海里，很习惯大海中的生存之道。肚子饿了，小虎鲨就努力找大海中的其他鱼类吃，虽然要费力气，却也不觉得困难。

有时候，小虎鲨必须追逐良久，才能猎食到口。这种困难，随着小虎鲨经验的增长，越来越不是问题，猎食的挫折并不对小虎鲨造成困惑。

很不幸，小虎鲨在一次悠游追逐时，被人类捕捉到。离开大海的小虎鲨还算幸运，一个研究虎鲨的单位把它买了去。关在人工鱼池中的小虎鲨，虽然不自由，却不愁猎食。研究人员会定时把食物送到池中，都是些大大小小的鱼食。有一天，研究人员将一大片玻璃放到池中，把水池隔成两半，小虎鲨看不出来。

这一天，研究人员把活鱼放到玻璃的另一边，小虎鲨等研究人员放下活鱼之后，就冲了过去，撞到玻璃，痛得头昏眼花，什么也没吃到。虎鲨不信邪，等了几分钟，看准了一条鱼，咻！又冲过去，撞得更痛，差点没昏倒，一样吃不到。

休息十分钟之后，小虎鲨饿坏了，这次看得更准，盯住一条更大的鱼，咻！又冲过去，情况没改变，小虎鲨撞得嘴角流血。想不通到底是怎么回事？小虎鲨瘫在池子里。最后，小虎鲨拼了最后一口气，咻！再冲，仍然被玻璃挡着，撞了个全身翻转，鱼就是吃不到。小虎鲨终于放弃了。

研究人员又来了，把玻璃拿走。然后，又放进小鱼，在池中游来游去。小虎鲨看着到口的鱼食，却不敢去吃，可是又饿得眼睛昏花，不知道怎么办？

问题：经验在变化了的环境中成为了障碍，每个人都会遇到这种情况，你如何应对呢？

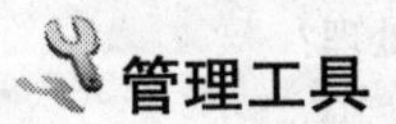

管理工具

吸引力指数决策

吸引力指数是我们按照预计的利润率，来排列项目或产品的优劣顺序。如果资金有限，这个指数可用来帮助决定哪些项目应排除在考虑之外。为计算吸引力指数，我们将代表开发成功可能性的数值(用“T”表示，给出一个百分数)，乘以代表在商业上获取成功可能性的数值（用“C”表示，也是一个百分数)。再将得到的数值乘以利润额（用“P”表示)，这一数额是在取得商业上成功的条件下，所期望得到的利润额。最后再将此结果除以代表开发费用的数值（用“D”表示)。其式如下：吸引力指标数值＝$(T\times C\times P)/D$

关键概念

管理人员判断决策法　销售人员估计决策法　顾客调查与测试决策法　专家意见决策法　头脑风暴法　小组讨论决策法　名义群体法　德尔菲法　电子会议　集合意见决策法　公司业务组合分析法　政策指导矩阵　盈亏平衡点分析法

本 章 提 要

(1) 决策准则的四个观点：最优决策准则、满意决策准则、有界合理性决策准则和直觉决策准则。其中满意决策准则的接受者最多。

(2) 决策的类型划分为：战略决策、管理决策与执行决策；群体决策与个人决策；

程序化决策与非程序化决策；定时决策和定性决策。

(3) 决策制定是一个包括七个步骤的过程：①确定问题；②确定决策标准；③拟订备选方案；④评估备选方案；⑤作出决定；⑥实施方案；⑦评价决策效果。

(4) 有关人员的决策方法有：管理人员判断决策法、销售人员估计决策法、顾客调查决策法、专家意见决策法。

(5) 有关方式的决策方法有：头脑风暴法、小组讨论决策法、名义群体法、德尔菲法、电子会议、集合意见决策法。

(6) 有关活动方向的决策方法有：波士顿矩阵和政策指导矩阵。

复习思考题

(1) 为什么可以说决策是一个过程?

(2) 描述一下决策的过程。

(3) 什么是最优决策，什么是满意决策？你更倾向于哪一种决策?

(4) 你作为组织的高层经理是愿意为中层和基层经理制定范围广泛的程序化决策，还是非程序化决策?

(5) 为什么管理者倾向采用简化的决策模型?

(6) 什么是群体决策？对决策而言，它的含义是什么?

(7) 评价群体决策和个体决策的效果与效率。

(8) 组织越来越多地采用群体来决策，你认为这是为什么?

(9) 你如何看待直觉决策，当直觉决策与其他决策的结果不相同时，你将如何处理?

(10) 描述一个你所作过的决策。

(11) 在以下情况下，你能得心应手地作决策吗：如果手头没有相关事实和观点？如果手头有部分相关事实和观点？如果已知大部分相关事实和观点?

(12) 在哪种情况下需要别人作决策?

(13) 如果你对某件事的结果负责，而让别人作决策，你对此如何感觉?

管理者训练

你是怎样填报高考志愿的?

填报高考志愿是你曾经面临的一个重大决策，回顾一下，你是如何填报你的高考志愿的？运用本章学习的知识，分析你的决策方式。要特别注意以下内容：

(1) 说出你作决策时所使用的标准，有可能你并没有意识到它的存在，但它确实在指导你的决策。

(2) 列举出你曾经考虑到的备选方案。现在想一想，你有没有忽略掉一些现在看起来很不错的方案。

(3) 对于每一种方案，你拥有多少相关信息？你作出的决策是基于完全信息还是不完全信息?

(4) 回忆一下你是如何作出最终决策的，你是认真地对每一种备选方案可能的意义和结果进行思考而作出的吗？或者你根本就是依靠自己的直觉作出决策的？在决策过程中你有没有借助一些经验的帮助?

(5) 现在你是否认为你的决策过程受到了一些偏见的影响?

(6) 现在，你认为你的决策是理性的吗？为了在将来提高你的决策水平，你需要在哪些方面提高自己的决策能力？

(7) 和别的同学交流决策过程，互相指出需要提高的方面。

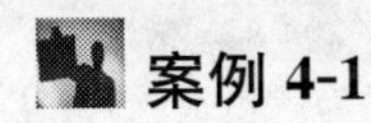

案例 4-1

先有市场 再建工厂

赛彼得公司是伊朗一家颇具实力的家电经销企业，有着丰富的家电经销经验。总经理D先生从1997年年底开始经销海尔洗衣机。半年多的时间，海尔洗衣机即迅速抢占了原本几乎被日本、韩国产品垄断的伊朗市场，成为当地的畅销品牌。海尔洗衣机当地化的设计、卓越的性能、可靠的质量和完善的服务给D先生留下了深刻的印象，海尔洗衣机在全球市场上的良好资信和公司先进的洗衣机生产制造技术，使D先生早就决定与海尔合作投资建厂。

海尔洗衣机通过大量市场调研，首先针对当地消费者的需求特点，设计开发出适合当地消费需求的产品并迅速投放市场。由于满足了当地消费者的要求，产品投放后深受当地消费者的欢迎和喜爱。海尔洗衣机在伊朗市场上出现供不应求的销售热潮，使得实现当地化生产提上日程。不久，海尔赛彼得（伊朗）公司的成立标志着海尔洗衣机在实现跨国经营方面又迈出了可喜的一大步。

讨论题：

此案例的决策标准是什么？

计 划 篇

第5章 计划与目标

问题的提出

如何面对不确定的未来

人们面对不确定的未来，可以有三种不同的处理态度。第一种是边观察边处理（wait and see）；第二种是预测及准备（predict and prepare）；第三种是促成（make it happen）。这三种不同的处理态度放在企业经营上，企业将会有三种表现。

第一种，成为没有计划的企业。企业内没有文字的计划，以往怎么做，现在就怎么做，每天进行例行性工作或处理突发性事件。

第二种，成为有预测数值计划的企业。经营者对未来会进行某种程度的预测，如景气的好坏变化、市场的成长状况或竞争对手的动态、消费者喜好趋势等，根据以上的预测，预估新年度的营业额、成本、现金流量，作为企业的目标。

第三种，成为实行策略导向的年度计划企业。策略导向的年度计划是评估企业大环境如政治、经济、科技、产业、供需、竞争等，带来的机会和威胁，分析资源条件及竞争优势，并考虑企业的长远计划目标后，设定企业的年度目标及策略作为年度的执行计划。

问题：您对不确定的未来是如何应对的？

学习目的

学完本章后，你应当能够：

(1) 定义计划。

(2) 明确计划的基本任务。

(3) 了解计划的特点。

(4) 知道计划的种类。

(5) 掌握计划编制的过程。

(6) 知道计划编制的技术和工具。

(7) 掌握计划编制方法。

(8) 知道目标设定的原则。

(9) 掌握目标管理的实施过程。

5.1 计划的概念及其性质

5.1.1 计划的概念

正如哈罗德·孔茨所言："计划工作是一座桥梁，它把我们所处的此岸和我们要去的彼岸连接起来，以克服这一天堑。"计划给组织提供可通向未来目标的明确道路。

"计划"(plan)，大多数情况下人们从两个方面去理解。一方面，计划是一项管理职能，正如在第一章第一节中所定义的，计划是制定目标并确定为达成这些目标所必需的行动。具体而言，即确定要做什么、为什么做、由谁做、何地做、何时做和如何做的一种程序。另一方面，计划作为一种行动方案，是指为实现组织既定的目标所制定的具体行动方案。前者实际上指计划的编制过程，可以称为计划工作。后者实际上是一种行动方案，它可以是目标、策略、政策、程序和预算方案。

5.1.2 计划的内容

通常我们把计划的内容概括为六个方面，包括"5W1H"，即计划必须清楚地确定和描述下述内容：

预先决定做什么(What to do it)？即明确所进行活动的内容和要求。

决定为什么做(Why to do it)？即确定计划工作的原因和目的。

决定谁去做(Who to do it)？即规定由哪些部门和人员负责实施计划。

决定何地做(Where to do it)？即规定计划的实施地点。

决定何时做(When to do it)？即规定计划中各项工作的起始和完成时间。

决定如何做(How to do it)？即制定实现计划的手段和措施。

所有工作计划和方案都必须具备上述六个要素，并且要避免大概、也许、差不多等模糊语言的使用，使所有工作可衡量、可操作、可执行。

5.1.3 计划的作用

管理者为什么要做计划？计划能为组织或组织目标的实现作出什么贡献呢？在以下几个方面计划可为我们提供帮助：

(1) 通过计划使管理者意愿成为组织和组织成员的意愿和方向。

(2) 使组织适应变化的外部环境。

(3) 计划是管理者提高效益的重要方法。

(4) 提供检查与控制标准。

管理提示

做好每一件简单平凡的事

把每一件简单的事做好就是不简单，把每一件平凡的事做好就是不平凡。

——海尔集团总裁：张瑞敏

办事无计划的结果

如果办事无计划，只能出现两种情况：一种情况是经常布置工作（下指令）；另一种情况是“忙着救火”（工作问题丛生，忙于解决眼下出现的问题）。

管理故事

赛马的故事——计划

战国时期，齐国有位贵族叫田忌，他常与齐威王赛马。每次比赛跑三场，以往比赛田忌总是输给齐威王，所以他不敢下大赌注。后来，当时的大军事家孙膑看了之后，对田忌说：“下次比赛我包你赢，只管多下注。”到了下次比赛，田忌对齐威王说：“每次赛马，老是我输，这回我要好好跟大王赌个输赢，每场下注一千两金子，三场三千两。”齐威王答应了。到比赛那天，齐威王的车夫驾着头等马出来，孙膑叫田忌的车夫出去比赛。头一场下来，田忌输了一千两金子，齐威王哈哈大笑。接着第二场跑下来，田忌赢了。第三场跑下来，田忌又赢了。最后，田忌还赢了一千两金子。齐威王不明白为什么连输两场，田忌禀告说：“今天我赢，不是我的马好，而是孙先生的计策好。孙先生让我的三等马与大王的头等马比赛，头一场当然我输，第二场用我的头等马与大王的二等马比赛，第三场用我的二等马与大王的三等马比赛，这两场我就全赢了。”

问题：从田忌赛马的故事中，分析实现取胜的决策和计划的关系。

管理工具

ABC分析法

ABC分析法是从仓库物资管理延伸到其他管理领域的一种管理方法，它是将仓库的库存物资按年度货币占用量分为A、B、C三类，其核心就是从种类繁多、错综复杂的多项目或多因素事物中找出主要矛盾，抓住重点，照顾一般。

一般来说，A类物资数量占总数量的5%～10%，其金额占总金额的70%～80%；B类物资数量占总数量的10%～20%，其金额占总金额的10%～20%；C类物资数量占总数量的70%～80%，其金额占总金额的5%～10%。

A类是管理的重点内容，B类是管理的一般内容，C类是管理的次要内容，对这三类不同的对象采取不同的管理对策，以取得较高的工作效率和经济效果。

关键概念

计划　非正式计划　正式计划

5.2 计划的种类

5.2.1 长期计划与短期计划

按计划时间的长短可以把计划分为长期计划、中期计划与短期计划。一般来讲，将期限在1年以内的计划称为短期计划；1～5年的计划称为中期计划；而期限在5年以上的称为长期计划。例如，企业制定的战略发展计划往往将5年以上划为一个时期，3～5年为一个时期。这种划分不是绝对的，计划的长短是一个相对的概念，例如一项航天发展项目的短期实施计划可能需要5年，而一家小的食品厂，由于市场变化迅速，它的短期计划仅能使用两个月。所以我们只能从长期计划和短期计划的相互关系中认识和区分它们。

5.2.2 业务计划、财务计划与人力资源计划

按组织职能分类，我们可以将企业计划分为业务计划、财务计划与人力资源计划。我们通常用“人财物，供产销”六个字来描述一个企业所需的要素和企业的主要活动。

企业业务计划包括产品开发、物资采购、仓储后勤、生产作业以及销售促进等内容。长期业务计划主要涉及业务方面的调整或业务规模的发展，短期业务计划则主要涉及业务活动的具体安排。例如，长期产品计划主要涉及新产品的开发，短期产品计划则主要与现有产品的改进、功能完善有关；长期销售计划关系到销售方式或销售渠道的选择和建立，而短期销售计划则关系到现有销售手段和网络的充分运用。

我们将其他要素和活动“物、供、产、销”的计划归纳为业务计划，如物料管理计划、原材料供应计划、生产作业计划、市场销售计划等。财务计划和人力资源计划是为业务计划服务的，也是围绕着业务计划而开展的。财务计划的内容涉及“财”，如财务预算计划、降低成本计划等。人力资源计划则分析如何为业务规模的维持和扩大提供人力资源保证，如岗位培训计划、绩效考核计划、人员招聘计划等。

5.2.3 综合计划与专项计划

按综合程度，计划可分为综合计划与专项计划。

综合计划是对企业生产经营过程所做出的整体安排，具有多个目标和多方面的内容。其特点是从整体出发，强调综合性，促使各部门、各环节协调发展。习惯上把预算年度的计划称为综合计划，如企业年度生产经营计划，它主要包括销售计划、生产计划、物资供应计划、财务计划等，这些计划都有各自的内容，但它们又相互联系、互相影响、互相制约，形成了一个有机整体。

专项计划是指限于指定范围的计划，是在综合计划的基础上制订的，是综合的子计划。其特点是内容单一、期限不定，而且比较具体，包括各种职能部门制订的职能计划，如技术改造计划、设备维修计划等。制订专项计划一方面必须以综合计划为指导，避免同综合计划相脱节，另一方面还应注意各个专项计划相互间的协调。

综合计划和专项计划是整体与局部的关系。专项计划是综合计划中某些项目的特殊安排，以便指定实施方案。制订专项计划一方面必须以综合计划为指导，避免同综合计划相脱节，另一方面还应注意各个专项计划相互间的协调。

5.2.4 计划的层次体系

按不同的表现形式，可以将计划分为宗旨、目标、战略、政策、程序、规则、方案

和预算等几种类型。这几类计划的关系可描述为一个等级层次。

1. 宗旨

宗旨（purpose）是指社会赋予组织的基本职能和基本使命。它指明组织在社会上应起的作用和所处的地位，决定了组织的性质，是组织之间相互区别的标志。

2. 目标

宗旨是组织价值的高度概括，而目标（objective）则更加具体地说明了组织从事活动的预期结果。组织目标包括了组织在一定时期的目标以及各部门的具体目标。一定时期的目标是在宗旨指导下提出的，它规定了组织及其各个部门的经营管理活动在一定时期要达到的具体成果。在一般情况下，可以把组织目标进一步细化，从而得出多方面的目标，形成一个相互联系的目标体系。

目标是企业开展经营活动的出发点，是企业整体计划的基础。企业目标是由各层次目标组成的目标体系。

为实现企业宗旨，企业相应地要将宗旨具体到企业目标上。

3. 战略

任何一个组织都应该是实际而具体的，而宗旨、使命和目标的内容相对是比较抽象的。因此，还需要通过组织战略来实现组织目标。战略（strategy）作为计划的一种形式，它所着重考虑的是更有效地实现组织目标，它通过指明方向、确定重点和安排资源，取得更高效益。

4. 政策

政策（policy）是处理各种具体问题的一般规定，是用文字来说明的、用来指导和沟通思想与行动的意见。具体来说，它规定可组织成员行动的方向和界限。政策一般比较稳定，一旦制定，就要持续到新的政策出现为止。政策由最高管理层确定，但在制定过程中最好能参考实际执行者的意见，使他们在执行过程中表现出自信和积极。

5. 程序

程序（procedure）是对处理未来活动的例行方法的规定，它规定了如何处理那些重复发生的例行问题的标准方法。程序是指导如何采取行动，而不是指导如何去思考问题。它详细列出必须完成某类活动的切实方式，并按时间顺序对必要的活动进行安排，没有给行动者自由处理的权力。

6. 规则

规则（rule）是一种较为简单的计划，它确定在各种情况下什么是必做的，什么是不必做的，规定了行动的是非标准。程序与规则的区别在于：程序是有时间顺序的规则或一系列规则的总和。而规则一般并不规定时间顺序，也不一定是程序的组成部分，可能与程序毫不相干，如“禁止在工作场所吸烟”就是一个与时间顺序无关的规则。

规则也常常容易与政策相混淆。政策的目的是指导行动，并给执行人员留有酌情处理的余地；而规则虽然也起指导行动的作用，但是在运用规则时，执行人员没有自行处理权。

7. 规划

规划（planning）是综合性的、纲要性的计划，它包括目标、政策、程序、规则、任务分配、要采取的步骤、要使用的资源，以及完成既定行动方针所需的其他因素。

规划主要是根据组织总目标和各项目标去制定组织分阶段目标以及各个部门的分阶段目标，其重点在于划分总目标实现的进度，所以方案包括了组织的长期、短期计划和职能部门专业计划等各种计划。通常情况下，一个主要规划可能需要很多支持计划。

8. 预算

预算（budget）作为一种计划，是以数字表示预期结果的一种报告书。它也可称为“数字化”的计划。预算可以帮助组织或企业的上层和各级管理部门的主管人员，从资金和现金收支的角度，全面、细致地了解企业经营管理活动的规模、重点和预期成果。

预算工作的主要优点是它促使人们去详细制订计划，平衡各种计划，由于预算总要用数字来表现，所以它能使计划工作做得更细致。

管理提示

如何对待细节

不放过任何细节。

——日本松下创始人：松下幸之助

每天进步一点点

创业者要迅速发达，中小企业要迅速发展，其窍门就是每天都要进步 1%，如果每天进步 1%，那么企业的发展速度就如下所示：

第 1 天 100＋（100×1%）＝101。

第 2 天 100＋（100×1%）＝101。

第 3 天 101 ＋（101×1%）＝102.01。

第 4 天 102.01＋（102.01×1%）＝103.03。

第 5 天 103.03 ＋（103.03×1%）＝104.06。

……

第 10 天 108.28 ＋（108.28×1%）＝109.37。

……

第 71 天 198.69 ＋（198.69×1%）＝200.68。

……

第 112 天 298.78 ＋（298.78×1%）＝301.76。

问题：累积 42 天提高 50.38%，71 天提高 1 倍，112 天提高 2 倍，你感觉这样的发展速度是否满意？如果满意，确定目标，制订计划去实现它吧！

管理故事

袋鼠的笼子

有一天动物园管理员们发现袋鼠从笼子里跑出来了，于是开会讨论，一致认为是因为笼子的高度过低，所以他们决定将笼子的高度由原来的 10 公尺加高到 20 公尺。结果第二天他们发现袋鼠还是跑到了外面来，所以他们决定再将高度加高到 30 公尺。

没想到隔天居然又看到袋鼠全跑到外面，于是管理员们大为紧张，决定一不做二不休，将笼子的高度加高到100公尺。

一天长颈鹿和几只袋鼠们在闲聊，“你们看，这些人会不会再继续加高你们的笼子?”长颈鹿问。

“很难说”袋鼠说，“如果他们再继续忘记关门的话!”

问题：阐述动物园的管理人员所制订的计划和目标的关系。

管理工具

JIT (just in time) 管理

JIT (just in time) ——即时生产是从物流过程寻找利润源，降低采购、库存、运输等方面所产生的费用。这一生产方式亦为世界工业界所注目，被视为当今制造业中最理想且最具生命力的新型生产系统之一。

建立成功的JIT交货制度，要从组织、供应商与运输系统三方面来组织。

1. 组织的变革

由于JIT交货系统与传统的采购流程有相当程度的差异。例如，将采购表单、手续与规格简化、标准化，提高采购人员的作业效率。因此，组织要进行必要的变革才能符合JIT系统的需求。

2. 供应商关系

强化供应商关系，由过去的对立关系，变成“同舟共济，唇齿相依”的合作关系。因为，JIT强调原料或货物到厂的时机与数量；原料只需要在生产前送达，而且只需依当日的生产量运交适量的原料，过多或太少都不符合JIT的要求。因此，买方除了要精确计算生产排程、采购作业时间、运输时程外，就是要能确实掌握供应商的生产计划。为了要达到这一目标，需要买方与供应商建立密切的长期合作关系，彼此信任，使供应商能早日介入买方排程，将供应商视为企业延伸的外部单位。

3. 物流配送系统建立

买方一定要选择甚至发展能够配合本身达成及时交货需求的物流配送（第一方、第二方或第三方物流）系统，以精确计算安全存量与购运时间，并透过管理与控制使运输系统达到最稳定的状况。

JIT的基本原理是以需定供，即供方根据需方的要求（或称看板），按照需方需求的品种、规格、质量、数量、时间、地点等要求，将物品配送到指定的地点。不多送，也不少送，不早送，也不晚送，所送品种要个个保证质量，不能有任何废品。

关键概念

长期计划　短期计划　业务计划　财务计划　人力资源计划　战略性计划　战术性计划　指导性计划　具体性计划　程序性计划　非程序性计划　宗旨　目标　战略　政策　规则　规划　预算

5.3 计划的编制

计划职能是管理的最基本的职能。为了更具体地分析计划职能，需要对计划的具体制订有一个概括的了解。组织计划的编制过程是一个复杂的过程。为了保证计划编制合理，计划编制必须采用科学的方法。

虽然可以用不同标准把计划分成不同类型，计划的形式也多种多样，但管理人员在编制任何完整的计划时，实质上都遵循相同的逻辑和步骤，计划制订一般包括八个步骤。

5.3.1　估量机会

估量机会是计划工作的起点，它是指对组织的内外部环境进行分析，以确定组织将来可能出现的机会，并全面了解这些机会。根据组织的优势与劣势明白企业应该解决什么问题，其目的就是找出有利于组织发展的机会。

5.3.2　确定目标

目标的选择是计划职能最为关键的内容，一个成功的计划决不会在选择目标上存在偏差。首先注意目标的选择，计划设立的目标应与组织的总目标一致，这是计划目标的基本要求。其次要注意目标的内容及其优先顺序。在一定时间和条件下，几个共存的目标各自的重要性可能是不同的，不同目标的优先顺序将导致不同的行动内容和资源分配的先后顺序。因此，恰当地确定优先目标是目标选择过程中的重要工作。最后，目标应有明确的衡量指标，尽可能地量化，使下属能够更好地理解和执行。

5.3.3　考虑计划的前提条件

考虑计划的前提，就是研究分析和确定计划的环境，或者说就是预测执行时的环境。例如，对一个工商企业来讲，将有什么样的市场？销售量有多大？什么价格？什么产品？成本多少？社会政治经济环境如何？如何筹集资金扩大生产？长期趋势如何？等等。总之，计划前提的预测要比通常的基本预测内容复杂。由于计划的未来情况比较复杂，要想对每个细节作出预测是不可能的。因此，应选择那些对计划工作具有关键性的、战略意义的、对执行计划最有影响的因素进行预测。

计划的前提，有内部前提和外部前提，有可控的前提和不可控的前提。一般来讲，外部前提和不可控的前提越多，预测的难度也就越大。

5.3.4　拟订可供选择的方案

计划前提条件确定后，就要拟订各种可行的计划方案供评价和选择。由于认识能力、时间、经验和管理费用等原因，管理者并不能找到所有的可行方案，只能拟订出若干个比较有利于预期目标的可行方案进行评价比较。

5.3.5　评价选择方案

确定方案后，就要对每一个方案的优劣进行分析和比较，以确定最佳的实现企业目标的未来行动方案。应注意：发现每一个备选方案的制约因素或隐患；在对一个方案的预测结果和既定目标进行比较时，既要考虑量化指标，又要考虑不可量化的因素；要从整体效益角度来评价方案。

5.3.6　选择方案

选择方案是从几个备选方案中选择一个满意方案，这是整个计划流程中的关键一步，也是做出决策的紧要环节。为了保持计划的灵活性，选择的结果可以是两个或两个以上的方案，并且决定首先采取哪个方案，而将其余的方案进行细化和完善，作为后选方案。

按照满意原则选择基本满足计划目标要求的方案，不要求决策者从各个方案中找到最优方案，这样可使方案选择建立在可行的基础之上。

5.3.7 制订派生计划

派生计划即细节计划、引申计划，是总计划的分解计划。其作用是支持基本计划的贯彻落实，如生产计划、销售计划、财务计划就是企业计划的派生计划。派生计划一般由各个职能部门和下属单位制订。

5.3.8 预算

在作出决策和确定计划之后，还有最后一个步骤，即把决策和计划转化为预算，使之数字化。高质量的预算，可成为汇总各种计划的工具，也是衡量计划工作进度的重要标准，它包括业务预算、资本支出预算、财务预算等。

管理提示

成功取决于系统

差错发生在细节，成功取决于系统。

——全球最大的连锁店马瑞特总裁：比尔·马瑞特

工作、目标、目标冲突

据调查，在公司中，30%的工作与实现公司目标没有任何关系。工作中40%的内部问题和大家对于目标有不同的理解有关。对于企业来说，相当一部分“内耗”是因为相互抱有不同的目标，或者说是由目标的冲突引起的。

管理故事

相同的资源不同的结果

从前，有两个饥饿的人得到了一位长者的恩赐：一根鱼竿和一篓鲜活硕大的鱼。其中，一个人要了一篓鱼，另一个人要了一根鱼竿，于是他们分道扬镳了。得到鱼的人原地就用干柴搭起篝火煮起了鱼，他狼吞虎咽，还没有品出鲜鱼的肉香，转瞬间，连鱼带汤就被他吃了个精光，不久，他便饿死在空空的鱼篓旁。另一个人则提着鱼竿继续忍饥挨饿，一步步艰难地向海边走去，可当他已经看到不远处那片蔚蓝色的海洋时，他浑身的最后一点力气也使完了，他也只能眼巴巴地带着无尽的遗憾撒手人间。

又有两个饥饿的人，他们同样得到了长者恩赐的一根鱼竿和一篓鱼。只是他们并没有各奔东西，而是商定共同去找寻大海，他俩每次只煮一条鱼解决两个人的吃饭问题。他们经过遥远的跋涉，来到了海边，从此，两人开始了捕鱼为生的日子，几年后，他们盖起了房子，有了各自的家庭、子女，有了自己建造的渔船，过上了幸福安康的生活。

问题：为什么拥有相同的资源却有不同的结果。

管理工具

敏捷制造（agile manufacturing，AM）

1986年，麻省理工学院（MIT）通过深入研究，认为在产品的上市时间、质量、成本和服务等产品竞争四大关键因素中，质量已不再是市场竞争的最大优势。创新周期缩短和全球化市场的形成，使企业面临不可预测和不断变化的市场，只有快速响应市场需求，提供满足用户个性需求的产品，才能在竞争中取胜。

关键概念

长期计划 短期计划 业务计划 财务计划 人力资源计划 战略计划 战术计划 指导性计划 具体性计划 程序性计划 非程序性计划 宗旨 目标 战略 政策 规则 规划 预算

5.4 计划编制的工具与方法

5.4.1 计划编制的技术和工具

1. 规划表

规划表描绘和说明目标，并列出各种活动的顺序、起始时间、由谁来完成。它较详细地描述了计划工作内容的转换过程。

2. 线性规划技术

线性规划是在一些线性等式或不等式的约束条件下，求解线性目标函数的最大值或最小值的方法。线性规划主要解决两类问题：一类是最大化问题，即在现有资源条件下，如何使效果最好或完成的任务最多；另一类是最小化问题，即在工作任务明确的情况下，怎样使各种消耗减至最小。

运用线性规划建立数学模型的步骤是：首先，确定影响目标大小的变量；其次，列出目标函数方程；再次，找出实现目标的约束条件；最后，找出使目标函数达到最优的可行解，即为该线性规划的最优解。

3. 甘特图

甘特图是对简单项目进行计划与排序的一种常用工具。甘特图的优点就是简单，普及性比较好。甘特图可基于作业排序的目的，帮助企业描述诸如工作进程、超时工作等情况。当它用于负荷时，可以显示几个部门、机器或设备的运行和闲置情况。这表示了该系统的有关工作负荷状况，可使管理人员了解何种调整比较恰当。另外，甘特图可以用于检查工作完成进度，它可表明哪件工作如期完成，哪件工作提前完成或延期完成。

甘特图是以条棒式的图形来描绘某段时间内向某个目标逼近的时间进度表。各种不同的活动垂直排列在图表里，时间显示则是以水平方向陈列。

4. 工作分解结构（WBS）法

工作分解结构是将工作按主任务、子任务进行逻辑分解的一种制订项目计划的方法。一般应用于项目管理，可以作为项目所有有关信息沟通的共同基础，在此基础上展开全面的项目控制，在项目成本估算中也发挥重要作用。工作分解结构法也可用在一些大型复杂产品上，如汽车制造和飞机制造等。

一个设计恰当的WBS将能够使这些部门或用户实现较精确的信息沟通，WBS能成为一种相互交流的共同基础，利用WBS作为基础来编制预算、进度和描述项目的其他

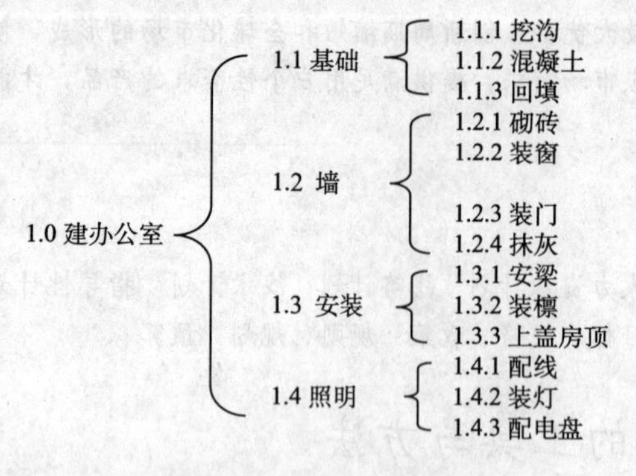

图 5-1 建造楼房的 WBS 表

方面能够使所有与项目有关的人员或部门都明了为完成项目所需做的工作以及项目的进程。图 5-1 是建造一座楼房的 WBS 表。

5. 计量经济学分析

计量经济学分析法是运用现代数学和各种统计方法来描述和分析各种经济关系。这种方法对于管理者调节经济活动、加强市场预测，以及合理安排生产计划、改善经营管理等都具有很大的使用价值。严格地说，计量经济学分析法，就是把经济学中各种经济关系的学说作为假设，运用数理统计的方法，根据实际统计资料，对经济关系进行计量，然后把计量的结果和实际情况进行对照。

用计量经济学分析法解决实际问题的程序如下：

（1）因素分析。即按照问题的实际情况分析影响它的因素种类、因素之间的相互关系以及各因素对问题的影响程度。

（2）建立模型。根据分析的结果，把影响问题的主要因素列为自变量，所有次要因素都用一个随机误差项表示，而把问题本身作为因变量，然后建立起含有一些未知参数的数学模型。

（3）参数估计。由于模型有很多参数需要确定，这就需要用计量经济学方法，利用统计资料加以确定，参数估算出来以后就要计算相关系数，以检查自变量影响程度。此外，还要对参数进行理论检验和统计检验，如果这两项结果不好就要分析原因，修改模型，重新进行第三步，直至模型满意为止。

（4）实际应用。计量经济模型主要有三种用途：第一经济预测，预测因变量在将来的数值。第二评价方案，即对计量工作或决策工作中的各种方案进行评价以选择出最优方案。第三结构分析，即用模型对经济系统进行更为深入的分析。计量经济模型的这三种用途都可以应用于计划工作，它能够使计划更完善、更科学。

5.4.2 计划编制的方法

1. 滚动计划法

滚动计划法是用来编制计划的一种有效的方法。这种方法的思想是，由于长期计划所涉及的期限较长，而计划是针对未来的，未来将有很多不确定的因素，必然会有很多情况事先无法准确估计和预测，如果硬将长期计划也制订得像短期计划那样具体，势必影响计划工作的经济性和有效性，甚至可能导致巨大的错误和损失。

滚动计划法根据计划的执行情况和环境变化定期修订未来的计划，并逐期向前推移，使短期计划、中期计划有机地结合起来。由于这种方法在每次编制和修订时，都要根据前期计划执行情况和客观条件的变化，将计划向前延伸一段时间，使计划不断向前滚动、延伸，所以称为滚动计划法。

图 5-2 为五年计划滚动编制的程序示意图，由图可以看出，在计划期的第一阶段结

束时，要根据该阶段计划的实际执行情况和外部与内部有关因素的变化情况，对原计划进行修订，并根据同样的原则逐期滚动。每次修订都使整个计划向前滚动一个阶段。

五年计划滚动编制的程序示意如图 5-2 所示：

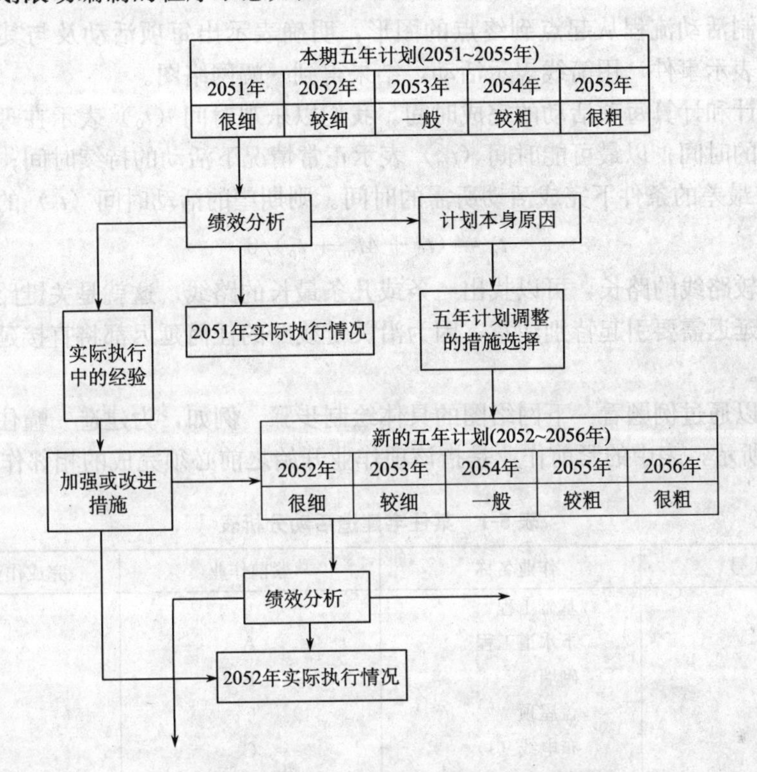

图 5-2　五年计划滚动编制的程序示意图

滚动计划方法使长期计划、中期计划与短期计划相互衔接，短期计划内部各阶段相互衔接。这就保证了即使由于环境变化出现某些不平衡，也能及时地进行调节，使各期计划基本保持一致。滚动计划方法大大加强了计划的弹性，这对环境剧烈变化的时代尤为重要，它可以提高组织的应变能力。

2. 网络计划法

网络计划法即计划评审技术，又叫关键路线法，是利用网络理论来制订计划，并对计划进行评价、审定的方法。

网络计划法的基本原理为：首先，应用网络图的形式来表达一项计划中各项工作的先后顺序和相互关系；其次，通过计算找到计划中的关键工序和关键路线，然后通过不断改善网络图的方法，选择最优方案，并在计划执行中进行有效的控制和监督，保证取得最佳的经济效益。

网络图是网络计划技术的基础。任何一项任务都可分解成许多步骤的工作，根据这些工作在时间上的衔接关系，用箭线表示它们的先后顺序，画出一个由各项工作相互联系、并注明所需时间的箭线图，这个箭线图就称为网络图。

制定网络图的五个步骤如下：

(1) 确定完成项目必须进行的每一项有意义的活动，完成每项活动都产生事件或结果。

(2) 确定活动完成的先后次序。

(3) 绘制活动流程从起点到终点的图形，明确表示出每项活动及与其他活动的关系，用圆圈表示事件，用箭线表示活动，结果得到一幅网络图。

(4) 估计和计算每项活动的完成时间。我们以乐观时间（t_0）表示在理想条件下完成活动所需的时间；以最可能时间（t_m）表示正常情况下活动的持续时间；以悲观时间（t_p）表示在最差的条件下完成活动所需的时间。则期望的活动时间（t_e）的计算式为

$$t_e = (t_0 + 4t_m + t_p)/6$$

(5) 比较路线的路长，可以找出一条或几条最长的路线，这就是关键路线。沿关键线路的任何延迟需要引起特别注意，因为沿关键线路的任何延迟都将直接延迟整个项目的完成期限。

我们可以通过例题看一下网络图的具体绘制步骤，例如，为建造一幢住宅的活动分析如表 5-1 所示，表中的紧前作业是指该项作业开始之前必须完成的相邻作业。

表 5-1 某住宅建造活动分析表

作业代号	作业名称	紧前作业	完成作业时间/天
A	基础工程	—	12
B	下水道工程	A	7
C	砌墙	B	10
D	盖屋顶	C	4
E	布电线（1）	C	4
F	布电线（2）	DE	2
G	装地板	F	5
H	门窗修饰	D	6
I	室内粉刷	GH	6
J	室内清理布置	I	2

有了上表的数据，我们就可以绘制该住宅建造网络图，如图 5-3 所示。

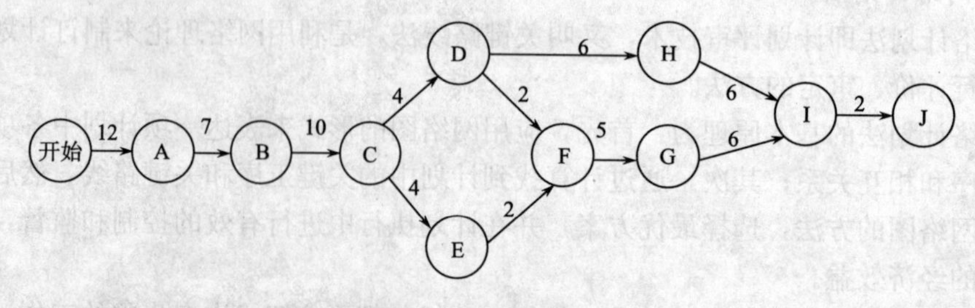

图 5-3 住宅建造网络图

根据得到的网络图我们就可以确定关键路线，即必须按时开工与完工的作业，否则将影响整个工期。然后我们可以重新平衡人力、物力、财力，重新确定作业所需时间，

经过几次平衡后可以得到最优方案。

3. 零基预算法

零基预算法的基本原理是：在每个预算年度开始时，将所有过去进行的管理活动都看作重新开始，即以零为基础。根据组织目标，重新审查每项活动对实现组织目标的意义和效果，并在成本—效益分析的基础之上重新排出各项管理活动的先后次序，再根据重新排出的先后顺序，分配资金和其他各项资源。

实施零基预算一般要经历以下几个步骤：

(1) 在制定零基预算之前，公司领导人首先提出总方针，使下属部门在拟订本部门目标和行动方案时有所遵循。

(2) 各部门根据公司的总方针对本部门的业务进行研究，进而提出本部门下一年的各项目标及其行动计划方案。

(3) 各部门不仅要计算出各种行动方案的所需成本，而且要进行效益分析。

(4) 各部门按照优劣主次排出各种行动方案的先后顺序。

(5) 将各部门的预算表和先后次序交给总公司，总公司根据先后次序表对资金进行合理分配。

在使用零基预算法时应该注意以下问题：

(1) 负责最后审批预算的主要领导者必须亲自参加对活动和项目的评价过程，以便真正了解该项目预算的由来，以及判断预算是否合理。

(2) 对各项目管理活动和具体项目进行评价和编制时，管理人员必须对组织有透彻的了解，以便能正确判断哪些活动是必要的，哪些活动是不必要的。

(3) 在编制预算时，资金按照排出的先后次序进行分解，应尽可能地满足主要活动的需要，如果资金有限，对于那些不是必要进行的活动或项目，最好暂时放弃。

零基预算法可以准确全面地计算出各种数据，为计划提供准确的资料，减少盲目性。而且，它使计划和控制更有弹性，增强了组织的应变能力。此外，当管理者出现失误时，能及时纠正。可见，零基预算法把管理控制的重点从传统的现场控制和反馈控制转为预先控制。它强调“做正确的事”，而不是“正确地做事”，突出了组织目标对全部管理活动的指导作用以及计划职能与控制职能的联系，以便更集中、更有效地利用资源，使组织目标的实现收到事半功倍的效果。

4. 标杆瞄准法

标杆瞄准法是以最强的竞争企业或同行业中领先的、最有名望的企业为基准，将本企业产品、服务和管理措施等方面的实际状况与基准进行定量化评价和比较，分析基准企业的绩效达到优秀水平的原因，在此基础上选择改进的最优策略，制订企业计划，以改进和提高企业绩效的一种管理方法。标杆瞄准法应用的范围十分广泛，企业可以全方位、全过程、多层面地进行标杆管理，也可以就企业的某一项经济活动进行标杆管理。

标杆瞄准法的基本构成可以概括为两部分：最佳实践和度量标准。所谓最佳实践，是指行业中的领先企业在经营管理中所推行的最有效的措施和方法。所谓度量标准，是指能真实、客观地反映管理绩效的一套指标体系，以及与之相应的作为标杆用的一套基准数据，如顾客满意度、单位成本、周转时间及资产计量指标等。标杆瞄准法的意义在于为企业提供了一种可信的、可行的奋斗目标，以及追求不断改进的思路。

标杆瞄准法主要有以下三种类型：

(1) 战略与战术的标杆瞄准法。战略标杆瞄准，是指企业长远整体的一些发展问题，如发展方向、目标和竞争策略的标杆瞄准活动，它主要为企业的总体战略决策提供依据，包括总体战略瞄准、市场营销战略瞄准、研究与开发战略瞄准、生产战略瞄准、人力资源战略瞄准以及财务战略瞄准等。战术标杆瞄准是在战略瞄准的指导下，以企业短期的、局部的、某些具体任务为目标的一种标杆瞄准法，包括企业日常的运行过程、技术、生产工艺以及产品等多种内容。

(2) 管理职能的标杆管理法。职能瞄准就是学习、赶超先进的相似职能部门达到的运行过程。

(3) 跨职能标杆瞄准法。大部分管理活动的成功都必须有多个职能部门的参与，所以大多数标杆瞄准也都是跨职能的，如顾客瞄准、成本瞄准、研究与开发瞄准等。这些内容的瞄准的共同特点是需要多个部门，甚至企业所有部门都积极参与才能成功。

开展标杆瞄准活动应包括以下三个基本程序：

(1) 分析掌握本企业经营管理中需要解决和改进的问题，制定工作措施和步骤，建立绩效度量指标。

(2) 调查这些领先企业或竞争企业的绩效水平，掌握它们的优势所在。

(3) 调查这些领先企业的最佳实践，即了解掌握领先企业获得优秀绩效的原因，进而确定目标，综合最好的，努力仿效最佳的，并超越它们。

需要注意的是，要成功地开展标杆瞄准活动，关键是要在组织内形成一种要求改变现状的共识和目标一致行动。这就需要组织成员之间有充分的沟通以及其他管理措施的支持。

需要指出的是计划工作常用的方法还有很多，其中目标管理方法也是一种非常重要而且运用也很普遍的方法，我们将在下一节作具体介绍。

管理提示

细节的竞争

企业未来的竞争就是细节的竞争。

——布鲁诺·蒂茨

计划——现在和未来之间的选择

资源，包括自然的、物质的、人力和财务的，它们的有限性逼迫人们作计划，在现在和未来之间进行选择，在计划的每个阶段根据不同的要求进行平衡。

——塔洛克·商 (Tarlok Singh)

管理故事

聪明的兔子？

森林里收成不好，食物不够吃了，所有的动物聚在一起，讨论怎么分配。

“我认为，每个动物都应当得到同样的一份。”兔子大胆地说。

“你讲的话很好听，”狮子说，“如果你有我们一样的爪子和牙齿，那么你的话对你来说就更有用了”。

问题：联系本节内容，谈谈理想目标的制定与实施计划的关系。

管理工具

精益生产

精益生产（lean production，LP）是依据丰田生产方式而来的。精，即少而精，不需投入多余的生产要素，只是在适当的时间生产必要的市场急需产品（或下道工序急需的产品）；益，即所有经营活动都要有益有效。

由丰田汽车创立发展起来的精益管理是以精益生产为主的一整套精益管理方法，其哲学是最大限度地简化与消除浪费、删除一切非增值活动、维持高水准的品质、保持企业持续改进的活力。

(1) 为排除浪费，丰田推行了JIT（即时生产）管理手段。

(2) 删除一切非增值活动，则是对企业价值链的细化剖析，确保在价值链的每一节、每一环上都有其各自价值的增加。

(3) 为维持高水准的品质，丰田公司推行的是TQM（全面品质管理）思想。

(4) 保持企业持续改进的活力讲求柔性，包括生产线的柔性，组织的柔性，产品品种、数量的柔性，员工的柔性。

如果把精益生产体系看作一幢大厦，它的基础就是在计算机网络支持下的、以小组方式工作的并行工作方式。这幢大厦的屋顶是精益生产体系，在此基础上的三根支柱就是：①全面质量管理。它是保证产品质量，达到零缺陷目标的主要措施。②准时生产和零库存。它是缩短生产周期和降低生产成本的主要方法。③成组技术。这是实现多品种、按顾客订单组织生产、扩大批量、降低成本的技术基础。

实施步骤如下：

(1) 改进生产流程。包括：① 消除质量检测环节和返工现象。② 消除零件不必要的移动。③ 消灭库存。

(2) 改进生产活动。包括：① 减少生产准备时间。② 消除停机时间。③ 减少废品产生。

(3) 提高劳动利用率。

关键概念

规划法　线性规划法　计量经济学分析法　滚动计划法　网络计划技术法　零基预算法　标杆管理法

5.5 目标管理

目标管理的起源是美国管理学家彼得·德鲁克1954年在《管理的实践》一书中，首先提出的“目标管理和自我控制”主张。之后，他又在此基础上发展了这一主张，他认为，企业的目的和任务，必须化为目标，企业的各级主管必须通过这些目标对下级进行领导，以此来达到企业的总目标。如果一个范围没有特定的目标，则这个范围必定被忽视，如果没有方向一致的分目标来指导各级主管人员的工作，则企业规模越大、人员越多时，发生冲突和浪费的可能性就越大。

5.5.1 目标的特征

正如我们在本章第二节中所述的目标一样，在目标管理中，目标是指期望的成果，这种成果不仅是个人努力的结果同时也是小组甚至整个组织努力的结果，因此，目标是组织行动的出发点和归宿。

作为任务分配、自我管理、业绩考核和奖惩实施的目标具有如下特征：

(1) 层次性。层次性是指目标从上到下可分解为多个等级层次，从而形成一个有层次的体系。

目标的层次性与组织的层次性密切相关。在组织目标中，下级的每一项工作目标都来自上一层工作目标的分解，下一层工作目标必须严格与上一层工作目标保持一致。每一级组织都有工作目标，每个岗位都有工作目标。一个企业的工作目标是由全体员工来共同完成的，它的工作责任也是由全体员工来共同承担的，如图 5-4 所示。

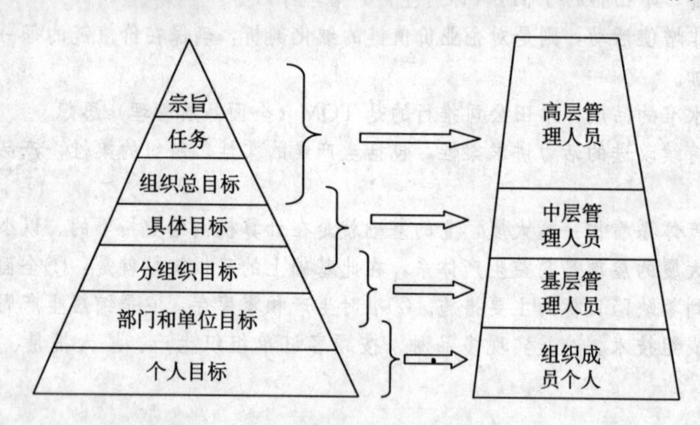

图 5-4 目标层次与组织层次的关系

(2) 多样性。在一定时期内，组织所预期的成果并不是单一的，所以组织的目标具有多样性。例如，一个组织在追求盈利目标的同时，还追求为社会提供优质的产品和服务的社会目标，也为组织成员提供良好福利待遇和发展机会。企业目标作为衡量企业履行其使命的标志，单一指标无法胜任。同样，每一个目标层次的具体目标，也是多种多样的。

(3) 阶段性。尽管组织目标是多种多样的，但是每一个具体目标都有一个期限，不同发展阶段有不同的目标。从时间看，目标可以分为长期目标、中期目标和短期目标。从组织发展过程看，不同发展阶段其具体目标是不同的。例如产品的销售目标，因产品的寿命周期不同，其目标也是不一样的。因为目标具有阶段性，所以才能检查出目标的完成情况，也才能利用目标进行控制和绩效评价。

(4) 系统性。系统性是指组织的各种目标之间构成比较复杂的网络系统，不同目标之间有着直接和间接的联系，相辅相成。目标与目标之间左右关联、上下贯通、彼此呼应，融合成为一个系统。这就要求在制定目标时，必须使构成网络的各个具体目标之间保持协调。

(5) 变化性。企业目标的内容和重点是随着外界环境、企业经营思想、自身优势的变化而变化的。从企业发展的角度看，企业目标的内容日趋丰富。从泰勒时代单纯的利润目标，到强调人际管理，注重工作丰富化，企业目标注重的是企业内部资源的挖掘。

而第二次世界大战以后，顾客至上的企业目标受到广泛重视。当前企业目标中又融入了社会责任，提倡环境保护的内容。企业作为竞争主体，竞争环境的改变，内部资源和能力的改变都会在一定程度上影响企业目标的改变。

5.5.2 目标设定原则

我们可从目标的内容、目标设定的基础、目标的挑战性、目标的项目、目标的期限、目标的考核标准来确定目标设定的原则。

(1) 个人目标与组织目标、工作目标的结合。在一个组织目标的内容中要将个人目标与组织目标、工作目标相结合。统一个人与组织目标可使组织成员与组织工作一致起来，组织成员的行动意愿与组织目标一致时更容易完成组织目标。

(2) 目标设定到部门和工作岗位。组织目标可以设定部门和工作岗位。目标设定得越接近工作岗位，则目标管理的效用越能发展到“自我控制”的水准。

(3) 目标设立的挑战性。目标的水准不宜太低，也不宜太高。若水准太低，则无挑战性，成员的潜力没有发挥的余地，使目标的设立形同虚无，对个人及团体都无好处。若水准太高，企业成员在一而再、再而三努力之下皆无达成的希望，则在失望之下，难免产生绝望心情，整个目标系统的设定成为空文。为了制订高低适宜的目标水准，许多生产管理及行销管理的技术都可以用。如市场研究、销售预测、销售分析、动作与时间研究、生产计划、计划评核等皆有助于制订水准适当的工作目标。

(4) 目标的项目原则。每个组织单位及个人的工作目标项目，应依成员的能力、工作的繁杂度、工作的负荷量，及所配属资源的多少（如人数、设备、金钱等）来决定。假使目标项目有好几个，应列出重要工作项目的优先顺序，重要的工作应列为优先完成的目标。

(5) 目标的期限原则。设定工作目标的同时应订有每项目标预定完成的期限，以利检讨、自我控制及纠正，以及工作完成后的评核。设定目标都应附有完成期限，否则“目标管理”的精神很难表现出来。

(6) 目标的考核标准原则。事先设定的目标是什么，绩效标准是什么，权重是多少，事后应当以此为考核和评价标准。

想要实现的目标就要考核，想要考核的就要量化，只有可衡量的才是可以考核的。

有效的目标设定可以提高绩效和生产力。一个设定良好的有效目标除了遵循上述原则外，还应遵循 SMART 原则。

明确（specific）——确定所做的事情是一件什么事。

易于评估（measurable）——目标应包含时间、数量、质量、成本、服务、客户（上级、同级）评价，作为考核标准进行明确的评估。

合理（attainable）——设定的目标应该具有挑战性，它不应该太难（根本无法完成）或太简单（不具挑战性）。

相关性（relevant）——确定由某人负责，例如某件事由你负责，而在过程中有一些项目需由他人支持协助，必须清楚说明个人的目标和责任归属，换言之就是有明确的负责人。

及时性（time-bound）——当前最急待解决的问题应成为我们的主要目标。

5.5.3 组织目标设定

组织目标设定要考虑利益相关者的利益和要求。企业是由企业利益相关者组成的，企业设定的目标要考虑这些利益相关者的利益和要求。

股东——希望股票价值最大化和有较高的企业利润水平。

员工——希望高工资和良好的工作条件。

经理、管理者——希望企业发展。

顾客——希望获得高品质且低廉的产品和优质的服务。

政府——希望企业多纳税，同时关心社会公益。

债权人——希望企业有较高的偿还债务的能力。

社区——希望有较高的就业和良好的生活环境。

企业设定的目标必须在这些众多要求中求得平衡，并被各方所接受。

综合上述各方面利益相关者的利益和要求，从整个公司的角度来看，企业可以设定三种类型的目标：与战略有关的目标、与财务有关的目标、与社会有关的目标。

与战略有关的目标致力于：获取足够的市场份额，在产品质量、客户服务或产品革新等方面压倒竞争对手，使整体成本低于竞争对手的成本，提高公司在客户中的声誉，在国际市场上建立更强大的立足点，建立技术上的领导地位，获得持久的竞争优势，抓住诱人的成长机会，提高公司的竞争力量，提高公司员工的素质和满意度，改善公司长远的业务前景。

与财务有关的目标致力于：收益的增长，满意的股东投资回报、股利增长、良好的股票价格评价，良好的现金流，以及良好的企业信任度。

与社会有关的目标致力于：对社会的贡献和承担社会责任。对环境的保护，能源的节约，企业文化的建设，良好的社会公共关系，依法纳税。

当然企业在一定的时期有其重点工作，这些重点工作也可以作为这个时期企业的工作目标来完成，如企业效率、组织变革等成为企业发展的需要，那么在一定时期应将其设定为企业目标。

5.5.4 目标管理的概念和特点

1. 目标管理的概念

目标管理（management by objectives，MBO）是以泰勒的科学管理和行为理论为基础，强调让组织的主管人员和员工亲自参加目标的制定，在工作中实行“自我控制”并努力完成工作目标的一种制度或方法。至于员工的工作成果，则是根据目标的完成情况来评价和进行奖励的。由于这种方法适用于各级管理人员，所以也被称为“管理中的管理”。

2. 目标管理的特点

我们可以通过以下目标管理的一些基本特点，加强对目标管理概念的理解。

(1) 目标管理是一种程序。目标管理是企业的任务转化为具体工作目标的程序，企业管理人员通过这些工作目标对下级进行领导并以此来保证企业总目标的实现。企业人员的成果必须用他对企业的目标有多大的贡献来衡量。

(2) 目标管理是参与管理的一种形式。目标的实现者也是目标的制定者，即由上级与下级在一起共同确定目标。首先确定出总目标，然后对总目标进行分解，逐级展开，通过上下协商，制定出企业各部门、各车间直至每个员工的目标和目标实现的手段；用总目标指导分目标，用分目标保证总目标，各目标构成一个目标层级结构，最终形成一个"目标—手段"链。

(3) 目标管理是"自我控制"的管理。大力倡导目标管理的德鲁克认为，员工是愿意负责的，是愿意在工作中发挥自己的聪明才智和创造性的；如果我们控制的对象是一个社会组织中的"人"，则我们应"控制"的必须是行为动机，而不应当是行为本身，也就是说必须以对动机的控制达到对行为的控制。目标管理用"自我控制的管理"代替"压制性的管理"，它使管理人员能够控制他们自己的成绩。这种自我控制可以成为更强烈的动力，推动他们尽自己最大的力量把工作做好，而不仅仅是"过得去"就行了。

管理人员和工人靠目标来管理，以所要达到的目标为依据，进行自我指挥、自我控制，而不是由他的上级来指挥和控制。

(4) 目标管理是重视"结果"的管理。目标管理以制定目标为起点，以目标完成情况的考核为终结。工作成果是评定目标完成程度的标准，也是人事考核和奖评的依据，是评价管理工作绩效的唯一标准。至于达到目标的具体过程、途径和方法，上级并不过多干预。所以，在目标管理制度下，监督的成分很少，而控制目标实现的能力却很强。

(5) 目标管理是一种"分权"的管理。目标管理促使管理者下放权力。集权和分权的矛盾是组织的基本矛盾之一，推行目标管理有助于协调这一对矛盾，促使权力下放，有助于在保持有效控制的前提下，把局面搞得更有生气一些。

5.5.5 目标管理的实施过程

孔茨认为，目标管理是一个全面的管理系统，它用系统的方法，使许多关键管理活动结合起来，并且有意识地瞄准有效和高效率地实现组织目标和个人目标。

1. 目标的建立

目标的建立是目标管理实施的第一个步骤，由于企业目标体系是目标管理的依据，因而这一阶段是保证目标管理有效实施的前提和基础。

建立企业目标首先要明确企业的使命和宗旨，并结合企业内外部环境决定一定时期工作的具体目标。企业总目标的建立可以是自下而上的，也可以是自上而下的。自上而下的目标制定法是先由高层管理者提出企业目标，再交给下级部门和员工讨论，最后修改成为企业目标。自下而上的目标制定法由下级部门或员工讨论提出目标，再由上级批准，形成企业目标。自下而上的目标制定法要求企业职工具有强烈的责任感，有为企业负责的精神。这两种目标制定法都需要使企业目标在上下之间进行若干次沟通，在充分讨论的基础上最后确定。

2. 目标的分解

将已设计的总目标按照组织结构进行纵向和横向的分解是目标管理过程中非常重要的一个环节。具体包括以下三个方面的内容：

首先是总目标的由上向下的分解过程。将总目标按组织体系层次和部门逐步下达、层层展开，直到每一个组织成员。但这个过程只是上级给下级的一个初步的推荐目标，而不是最后的决定了的目标。

其次是目标的再修订阶段。在这一阶段中，组织体系中的每个层次、每个部门、每个成员均可以根据自身分工和职责的要求，结合初步下达的目标进行思考分析，进行修订。修订目标再由下到上层级上报。

最后，组织将对目标进行比较，分析差异，征询下级意见，进行修订，然后再下达，反复进行，直到上下意见达成一致。这样，最终将组织总目标分解成为一个目标体系。

3. 目标的执行

目标的执行内容包括以下三个方面。

一是授予达成目标相应的权力。组织中各层次、各部门的成员为达到分目标，必须从事一些活动，利用一些资源。为了确保实现目标，必须授予他们相应的权力，使之有能力调动和利用必要的资源。

二是实行自主管理。依靠全体员工的自主管理、自我控制，即由执行人主动地、创造性地工作，并以目标为依据，不断检查对比，分析问题，采取措施，纠正偏差。

三是检查与监督。上级授予下级权力以后仍然要承担其所授职权行使后果的最终责任。因此放权以后上级仍有责任及时了解目标的完成情况、对下级的工作进行指导、检查和提供帮助。

4. 目标成果的评价

成果评价是一个目标管理周期的结束，也是下一个周期的开始。成果评价的作用在于对下属的实际成果予以正确的评价和公正的考核。成果评价既包括上级对下级的评价，也包括下级对上级、同级关系部门之间的评价，以及各层次的自我评价。这一阶段主要应做好两方面的工作：一是对目标执行者的工作成果进行考评，并决定奖惩；二是总结经验教训，把成功的经验固定下来，并加以完善，使之科学化、系统化、标准化、制度化，对不足之处要分析原因，采取措施加以改进，从而为下一个阶段打好基础。

管理提示

目标与检查

你强调什么，你就检查什么，你不检查就等于不重视。

——IBM公司总裁：郭士纳

理想与目标

如果您想获得卓越的结果，那么就制定卓越的目标吧！

管理故事

天鹅、狗鱼和虾

有一次，天鹅、狗鱼和虾一起想拉动一辆装东西的货车，三个家伙套上车索，拼命用力拉，可车子还是拉不动。

车上装的东西不算重，只是天鹅拼命向云里冲，虾尽量向后倒拖，狗鱼直向水里拉动。

问题：联系本节内容，谈谈分工与组织目标的关系。

管理工具

排 队 论

所谓“排队”(queue）是指顾客和产品在接收到接待处理之前的等待。排队论应用于存在顾客排队等候服务现象的企业，包括金融、交通、医疗、饮食、娱乐等行业。当存在着在随机时间内需要某种服务的人或机器，它们所需要的服务时间长短不一，特别是在一定的到达率和服务率的条件下，就会出现排队问题。

梅斯特的排队论对顾客在排队过程中的心理感受情况进行了分析，得出了以下的一些结论：

(1) 不动、空白都使等候显得更长；而移动和充实则可缩短这种感受时间。

(2) 等候很烦人，应提供一些东西分散等候的情绪。

(3) 应使顾客尽早参与服务生产过程，客人一到达就应该有员工询问其需求，并送上茶水等。

(4) 焦虑会使等候时间显得更长。

(5) 对等候时间究竟多长毫无了解，会使人感到比心中有数的等候更长。

(6) 毫无解释的等候会比得到解释的等候显得更长。

(7) 在与别人竞争中的等候会比按照规矩的等候显得更长。

(8) 顾客感受的服务质量越高，就越心甘情愿地等候。

(9) 孤独的等候比集体等候显得更长。

上述结论适用于出现排队情况的企业，而解决的方法也应该根据具体情况制定有关措施。

关键概念

目标管理

本章提要

(1) 计划一方面是对未来的行动进行规划和安排的活动，确定要做什么、如何做、何时做和由谁做等的一种程序；另一方面，计划是为实现组织既定的目标所制定的具体行动方案。前者实际上指计划的编制过程，可以称为计划工作。后者实际上是一种行动方案，它可以是目标、策略、政策、程序和预算方案。

(2) 计划的基本任务是：明确组织目标、预测环境的变化、制定实现目标的方案、优化资源配置。

(3) 计划的内容包括：预先决定做什么、何时做、谁去做、何地做、何时做、如何做。

(4) 计划的作用：通过计划使管理者意愿成为组织和组织成员的意愿和方向；使组

织适应变化的外部环境；计划是管理者提高效益的重要方法；提供检查与控制标准。

（5）计划作为管理工作的首要职能，具有计划的目的性、计划的首要性、计划的普遍性、计划实施的效率性、计划活动的创造性等特点。

（6）决策是组织管理者活动的选择，它决定组织做什么与不做什么，要选择一个行动方案来实现一个期望目标。计划不仅要决定组织做什么，选择一个行动方案来实现一个期望目标，而且要对这一行动方案和这一期望目标的实现进行组织管理活动的安排。

（7）计划按时间分为长期计划、中期计划和短期计划；按职能空间分为业务计划、财务计划和人力资源计划；按范围分为战略性计划和战术性计划；按内容的明确性分为指导性计划和具体计划；按是否是例行活动分为程序计划和非程序计划；按综合性分为综合计划和专项计划；按表现形式分为宗旨、目标、战略、政策、程序、规则、方案和预算等。

（8）计划编制的科学性在于计划编制的流程步骤：估量机会、确定目标、考虑计划的前提条件、拟订可供选择的方案、评价选择方案、选择方案、制订派生计划、用预算使计划数字化。

（9）计划编制的高效率和高质量在于编制计划的技术和工具，传统的编制计划的技术工具有：规划表、线性规划技术、甘特图、工作解结构法和计量经济学分析。

（10）计划编制的方法有：滚动计划法、网络计划技术法、零基预算法和标杆管理法。

（11）目标是指期望的成果，这种成果不仅是个人而且是小组甚至整个组织努力的结果，因此，目标是组织行动的出发点和归宿。

（12）组织目标设定要考虑利益相关者的利益和要求。

（13）要实现组织目标，就要实行目标管理。目标管理是以泰勒的科学管理和行为理论为基础，强调让组织的主管人员和员工亲自参加目标的制定，在工作中实行“自我控制”并努力完成工作目标的一种制度或方法。

（14）目标管理实施过程分为四个步骤：目标的建立、目标的分解、目标的执行和目标成果的评价。

复习思考题

（1）什么是计划？它包括哪些内容？

（2）计划具有哪些特点？

（3）管理者为什么要进行事先计划？

（4）计划与决策的区别是什么？

（5）计划有哪些分类？

（6）一个有效目标的SMART的内容是什么？

（7）什么是目标管理？目标管理的程序是什么？

（8）你采用什么方式进行你的生活计划？

（9）你知道你所在组织的年度目标吗？

（10）你常采用什么样的方法制订计划？

（11）计算表5-1、图5-3住宅建造网络的关键路线。

管理者训练

目标分解

销售部经理把各分公司经理们召集在一起，介绍销售部今年的工作要求：销售额增加25%，利润率达到15%，市场占有率提高3个百分点。然后，他清了清嗓子说道："下面，请大家根据自己所掌握的各个分店的情况提提，今年每个分公司能完成多少销售额，初步估算一下自己分店的利润率能达到多少。"几位分公司经理听了部门经理的讲话，都默不作声，低着头看会议议程。好大一会儿，一位分公司的经理才第一个发言："去年我们的客源少了很多，销售额今年不会提高很多。"其他分公司的经理也接着强调本分公司的困难。销售部经理忙出来强调，现在是让大家说能完成多少任务，不是发牢骚。"好吧，我们分公司能增加销售额15%。"一位分公司经理说。随后，其他经理们提出的销售增长率也都在20%左右。

问题：你如何处理这种向下分解目标的阻力？

案例5-1

一个企业年度业务计划编制的流程

这是一个企业的年度业务计划的流程，该企业业务计划与控制体系将在公司总部和事业部两个层面展开，它包含年度计划的制订以及计划实施与调整控制两个部分。

在年度业务计划的编制流程过程中，公司总部主要负责战略框架制定、目标下达、计划审批与汇总以及对下属事业部实施监控，而各事业部主要负责计划制订、计划实施、调整与控制。

年度业务计划的制订可以分为四个阶段，即战略框架及内外部分析、基本策略、具体业务计划以及业务计划审核，由公司领导、战略控制部、财务部和事业部分别完成。

企业年度业务计划的执行和调整是通过月滚动计划来实现的，每月月末时检查当月计划完成情况，并相应地作计划调整。为了保证采购战略联盟的需要，在当月完成计划100%时，第二个月份计划允许有20%的调整幅度。

讨论题：

将你所掌握的企业年度业务计划编制流程与这个年度业务计划编制流程进行比较，找出不同点。

第6章 战略性计划

问题的提出

格力的战略

格力电器认为，进行多元化扩张，不仅要考虑资金的实力，更要想一下企业是否具有多元化扩张的管理体制。多年来，正是在这一企业战略的指引下，格力只做空调产品。

在格力的成长过程中，企业领导人不断强调要以建设“百年企业”的思维去经营，但是百年企业怎么维系？格力认为，关键是要有工业精神，在制造业中，如果商业精神占据了主导地位，就会更富于投机性，更短视和产生更多的不正当竞争，其结果必然是工业行为的短期化和商业化。同时一定要抓住核心技术不断创新，以保持产品“遥遥领先”。据了解，格力电器目前已建成全球规模最大的专业空调研发中心，每年投入的研究经费有上亿元，其规模和技术均处于世界领先水平。另外，要以质量管理取胜，不打价格战，通过规模扩张和灵活多样的营销策略在市场竞争中取胜，并引导中国空调行业健康、有序发展。

问题：你对格力电器的战略怎么看？

学习目的

学完本章后，你应当能够：

(1) 了解企业使命、远景和战略目标及其在企业战略活动中的地位。

(2) 了解和掌握企业战略的基本思维模式与规划模式。

(3) 了解战略分析的重要性，熟悉战略分析的基本内容、步骤及方法。

(4) 能够对企业的外部环境和内部条件进行分析。

(5) 了解关于企业总体发展、市场竞争以及战略实现方式等方面的基本战略选择。

“战略”一词源于军事，即“战争的谋略”，指在战争状态下基于对全局的分析判断而作出的运筹，是指导及指挥军队克敌制胜的艺术与方法。早在2500年前，我国的著名军事著作《孙子兵法》对战略及其重要性就已经有了深刻的认识和精辟的论述：“兵者，国之大事、死生之地、存亡之道，不可不察也。”“今天的问题已经不是‘是否需要’重视战略的问题，而是‘如何重视’及‘重视程度’的问题。”（安索夫）试想，如果一个企业连全局性决策或整体发展方向都有问题，或根本就没有全局性与长远性的考虑，这个企业还能赢得竞争吗？无数企业经营的成败得失及其经验教训无不昭示了这一点：“没有战略的企业就像在险恶气候中飞行的飞机，始终在气流中颠簸，在暴风雨中穿行，最后极有可能迷失方向。”（托夫勒）因此，每一个企业都应当而且必须从战略的高度来考虑其经营与管理问题，企业的一切活动也都要围绕战略这一中心而展开。

6.1 使命、远景与战略目标

战略性计划的首要内容是企业使命、远景及战略目标的确立。

6.1.1 使命与远景

使命就是一个组织存在的目的和意义，或组织存在的理由。对企业而言，使命就是企业存续发展对企业自身及社会的价值与意义，它反映了企业面向市场开展经营和管理活动的基本宗旨与价值观念。

什么是使命（目标、信条）？它是一个宣言，表达如何达到远景的方式。即①对组织所存在的目的予以定义；②概括出公司所要达到的目标。

远景是企业使命的形象化与具体化。由于社会分工的存在以及特定企业在资源及禀赋等方面的差异性与局限性，每个企业只能在特定的领域或方面以特定的方式来表达和实现其使命，从而表现出不同的企业远景。远景规定企业的总体规划与发展方向，描绘企业未来的战略事业，并为企业提供一种特殊的身份（即体现区别于其他企业或组织的基本特征）和实现战略目标的路线。

6.1.2 战略目标与目标体系

企业的使命及远景虽然内含企业经营的总体规划与发展方向，但这种总体规划与发展方向一般比较抽象，必须将其具体化才具有可操作性。将企业使命及远景所内含的总体规划与发展方向具体化即形成企业的战略目标。企业战略目标是企业在一定时期内，为完成企业使命及远景所要达到的结果，也是衡量企业经营活动的标准，其内容涵盖企业自身存续发展目标（如市场目标、盈利目标、创新与发展目标等）及企业社会责任目标（如员工发展、公共利益、环境目标等）。

企业总体战略目标可进一步分解为一系列更为具体的分目标，从而形成企业战略目标体系。

企业在制定其战略目标的过程中，必须以对企业内外环境充分的分析、判断与把握为前提，并以企业使命及远景为依据。除此之外还应遵循如下基本原则。

（1）关键性原则。由于企业性质、发展阶段等方面的差异，企业战略目标的内容不可能面面俱到。因此，企业在制定目标时，应突出重点、带动一般，以利于资源的优化配置。依据企业战略重点的不同，企业目标结构可以有下列几种基本类型：①以市场目标为核心的目标结构，包括产品结构、市场份额及其增长、销售增长率、产销率、营销渠道建设、新市场开发等。②以盈利目标为核心的目标结构，包括劳动生产率、成本结构、利润率、销售利润率、投资收益率、净资产收益率、每股收益率等。③以创新目标为核心的目标结构，包括技术与产品创新（如技术与研发人员状况、技术研究与开发的投资状况、新产品开发率及其上市率等）、组织与制度创新（组织与制度变革、企业文化建设等）、管理创新（管理方式与方法等的创新）等。④以社会目标为核心的目标结构，包括员工福利及员工个人发展、污染控制、社区建设、公共利益以及推进文明进步等。

（2）可行性原则。可行性原则，即必须确保所制定的战略目标能如期实现。为此，企业在制定其战略目标时，必须全面而客观地评价企业所具备或所能达到的各种资源条件与能力条件，切忌好高骛远、眼高手低。

（3）定量化原则。战略目标必须具有可衡量性，这一方面是战略目标可操作性的必要条件，另一方面也便于检查和评价其实现的程度。因此，所制定的战略目标应尽可能地定量化、指标化、体系化。

（4）一致性原则。一致性原则又称平衡性原则，它要求：①战略目标体系中横向各分目标（或子目标）之间应相互协调、相互支持；②战略目标体系中总体目标（或长期目标）与各阶段目标之间也应保持纵向的一致性，既不能互相矛盾，也不能互相脱节。

（5）激励性原则。制定战略目标既要考虑其可行性（即要与企业的资源与能力相匹配），也要充分考虑其挑战性，即所制定的战略目标必须要经过相应的努力才能达到。这种具有挑战性的战略目标本身就具有极强的激励性，它能激发员工追求自我实现的需要和欲望，从而激励员工趋向企业目标的进取心、积极性和创造性，充分挖掘员工的潜能，最终促进企业战略目标的顺利实现。

（6）稳定性原则。企业的战略目标一经制定和落实，就必须保持相对稳定性，切忌朝令夕改，随意变动战略目标，以免引起组织混乱和员工的无所适从。当然，如果企业内外环境发生了较大的变化，企业战略目标就必须进行相应的调整，以适应环境的变化。但即使是在这种条件下，企业战略目标的改变也应该尽可能地让员工知悉，并取得员工的理解、认同和支持，否则，企业战略目标的改变也无法取得预期的效果。

6.1.3 使命、远景、目标与企业战略之间的关系

企业使命、远景及目标为企业战略活动指明了方向、确定了目标，是企业战略活动的前提、基础和归宿。

企业使命、远景及目标与企业战略之间的关系具体可归纳为以下几点：

（1）明确的企业使命、远景与目标有利于企业顺利获得并合理分配相关资源，为企业战略行动提供资源基础。明确的企业使命及远景清楚地规定了企业的经营方向、领域及目标，一方面使企业本身明确了企业所需要的资源及其筹供渠道，也明确了实现企业使命和远景所需采取的战略方案及资源配置计划；另一方面，明确的经营方向与目标、清晰的战略方案与计划也会有效地吸引和激励相关资源的提供者，获得他们的支持。

（2）明确的企业使命、远景与目标有利于企业内部形成上下一致的目标和方向，为企业战略的顺利实施与变革奠定组织行为基础。每个员工都会对企业的未来有一个图像式、企盼式的描述，如果企业能够明确企业的使命、远景与目标、勾画出今后发展的宏图，则必定会为全体员工的行为指明方向，激发员工的热诚并形成一种共识，从而有利于将员工的行为整合、引导到企业使命、远景与目标所规定的方向上来，并在企业的战略行动中保持行为的一致性，最终汇集全体员工的力量，推动企业战略目标的顺利实现。

（3）明确的企业使命、远景与目标有利于协调企业各战略单元的目标，为企业总体战略的成功创造协同优势。企业各战略单元的目标并不总是一致的，如何有效提高企业各战略单元目标之间的协同性，无疑是企业总体战略目标最终能否顺利实现的关键之一。内含企业总体战略目标的企业使命及远景是协调企业各战略单元之间目标的根本基础，因而，企业使命、远景及总体目标确立与否、明确与否也就直接影响企业各战略单

元之间的目标能否协同，进而最终决定企业总体战略目标能否顺利实现。

另外，一个明确的企业使命、远景与目标也能够“明确地阐明，对于企业来说，什么是重要的，什么是不重要的，从而有助于该企业保持其特色”（威廉·大内），而企业的特色又正是企业竞争优势的重要来源与表现形式之一，特色化也是企业战略的核心内容与任务之一。

当然，反过来讲，企业战略活动的目的也就是要最终实现企业目标、远景及使命。

管理提示

要做前三名

如果你是市场上排名第四或第五的企业，你的命运就是：老大打个喷嚏，你就染上肺炎。只有你成为老大，你才能真正掌握自己的命运。

——通用电气GE前总裁：杰克·韦尔奇

设计师、牧师

高层管理者的关键目标是设计师、牧师。

——圣吉·比特

管理故事

石匠的理想

有人经过一个建筑工地，问那里的石匠们在干什么？三个石匠有三个不同的回答。

第一个石匠回答：“我在养家糊口，混口饭吃。”

第二个石匠回答：“我在做最棒的石匠工作。”

第三个石匠回答：“我在盖一座教堂。”

问题：如果我们将这三位石匠的回答作为他们人生职业的远景，他们三个人的人生会一样吗？

管理工具

战略地位和行动评估矩阵（SPACE）

战略地位和行动评估矩阵（SPACE）是战略方向选择的工具。

SPACE矩阵用四维坐标对公司的战略地位进行评估，环境稳定要素和产业实力要素是反映外部环境的坐标；财务实力要素和竞争优势要素是反映客户内部条件的坐标。

按各要素的重要程度加权并求出各坐标的代数和。

根据坐标代数和的结果进行战略地位定位与评价，将会有多种组合结果。以下四种组合是比较典型的：进攻型、竞争型、保守型、防御型。

(1) 进攻型。产业吸引力强、环境不确定因素极小，公司有一定竞争优势，并可以用财务实力加以保护。处于这种情况下的客户可采取发展战略。

(2) 竞争型。产业吸引力强，但环境处于相对不稳定状况，公司占有竞争优势，但缺乏财务实力。处于这种情况下的客户应寻求财务资源以增加营销努力。

(3) 保守型。客户处于稳定而缓慢发展的市场，客户竞争优势不足，但财务实力较强。处于这种情况下的客户应该削减其产品系列，争取进入利润更高的市场。

(4) 防御型。客户处于日趋衰退且不稳定的环境，本身又缺乏竞争性产品且财务能力不强，此时，客户应该考虑退出该市场。

关键概念

战略 使命 远景 企业战略目标

6.2 战略规划模式

由于企业内外环境及企业家价值观的差异，不同的企业，或同一企业在不同的发展阶段，所采取的战略思维模式也必然不同，进而表现为不同的战略规划过程。

6.2.1 战略思维模式

从企业战略理论与实践的演进过程来看，在企业战略的形成过程中一般有如下几种基本思维模式。

1. 战略的经典思维模式

战略的经典思维模式最初形成于20世纪六七十年代，其核心观点是，应当着眼于企业外部环境与内部条件两个方面来考虑其经营管理活动，企业战略的形成本质上是企业对其内外因素综合评判的结果。

1）钱德勒的“三匹配”模式

钱德勒（Chandler）在其名著《战略与结构》一书中分析了企业环境、企业战略与企业组织结构之间的相互关系。他认为，企业只能在一定的客观环境下存续发展，因此，企业的发展要适应环境的变化，企业首先要在对环境进行分析的基础上制定出相应的战略与目标，再依据战略与目标确定或调整其组织结构，以适应战略与环境的变化。这就是战略思维的“三匹配”模式。

2）安索夫的“四要素”模式

安索夫（Ansoff）在其名著《企业战略》和《战略管理》中系统地提出了其战略管理思维模式。与钱德勒类似，安索夫也认为，企业战略过程实际上就是企业为适应环境及其变化而进行的内部调整，以达到内外匹配的过程。在这一过程中，企业应当考虑以下四个方面的基本因素：

（1）企业的产品与市场范围。企业现有的产品结构及其在所处行业中的市场地位。

（2）成长向量（发展方向）。企业的经营方向与发展趋势（包括企业产品结构与业务结构的调整，以及相应的市场领域与市场地位的调整）。

（3）协同效应。企业内部各业务、组织各部分之间的协调效果。

（4）竞争优势。企业及其产品与市场所具备的优于竞争对手的条件和位势。

显然，这四大要素充分体现了内外兼顾的战略思维。

3）安德鲁斯等人的SWOT模式

在钱德勒等人研究的基础上，安德鲁斯等人进一步指出，企业战略的形成过程实际上就是把企业内部的条件因素与外部环境因素进行匹配的过程，这种匹配能够使企业内部的强项和弱项（即优势和劣势）同企业外部的机会和威胁相协调。

SWOT是分析企业外部环境的机会与威胁和内部条件的优势与劣势的战略分析模

型。在 SWOT 模型中，优势（S）与劣势（W）是企业内部的强项与弱项；机会（O）与威胁（T）是外部环境中对企业有利的因素和不利的因素。该模式表明，企业战略的实质就是通过对企业内外因素的分析，辨识企业自身的优势与劣势以及环境所蕴含的机会与威胁，并充分利用自身优势，扬长避短，努力开拓和利用环境及其变化给企业带来的机会，同时规避环境及其变化给企业带来的威胁，最终实现企业的战略目标，推动企业的持续成长。

2. 战略的环境思维模式

企业战略的环境思维模式源于贝恩和梅森的 SCP 范式，形成和成熟于迈克尔·波特（Porter，1980，1985）的环境论（或称市场定位论）。该模式侧重于从企业外部环境出发来理解企业战略的实质和形成过程，在 20 世纪 80 年代居于主导地位。

1）贝恩-梅森（SCP）范式

众所周知，在新古典经济学中，企业被视为一个“黑箱”，在完全竞争假设下，市场中的企业是完全同质的，无所谓竞争优势。美国哈佛大学的贝恩和梅森教授在重新界定市场结构的基础上，通过对产业市场结构、竞争行为方式及其竞争结果之间的关系进行经验实证研究，认为企业之间绩效的差异主要源于不同的产业市场结构以及相应的市场行为，进而提出了产业组织理论的三个基本范畴：市场结构（struture）、市场行为（conduct）以及市场绩效（performance），即著名的贝恩-梅森（SCP）范式。显然，SCP 范式是以考察产业市场为对象，从产业市场环境出发来理解和分析企业的战略行为与战略绩效，构成企业战略环境思维的模式。

2）波特的市场定位模式

在贝恩-梅森（SCP）范式的基础上，以迈克尔·波特为代表的环境学派（或称市场定位学派）“几乎完全将企业的竞争优势归因于企业的市场力量”，认为“形成战略的实质是使一个公司与其环境建立联系。尽管相关环境的范围十分广阔，既包含社会的因素，也包含经济的因素，但公司环境的最关键部分是公司所参与竞争的一个或几个产业。产业结构强烈地影响着竞争规则的确立，以及潜在的可供公司选择的战略”。因为“决定企业盈利能力首要的和根本的因素是产业的吸引力（即产业盈利潜力）”。按照这一思想，产业的市场竞争规律决定着产业的盈利潜力（市场机会），而产业的盈利潜力（市场机会）又决定着企业的产业选择战略，进而决定着企业竞争优势的建立。在这一战略思维模式下，企业必然倾向于通过对产业市场的分析，选择盈利潜力较高（市场机会较大）的产业领域，而放弃或回避盈利潜力较低（市场机会较小）的产业领域，以尽可能地获取市场机会。

波特认为，任何产业，无论是国内的或国际的，无论是生产产品或提供服务，竞争规律都将体现五种竞争力的相互作用：①新的竞争对手入侵；②替代品的威胁；③客户的价格谈判能力；④供应商的价格谈判能力；⑤现有竞争对手之间的竞争。因此，对产业市场竞争规律的分析主要就是分析上述五种竞争力量及其相互作用对产业盈利潜力的影响，企业战略应主要着眼于选择正确的产业和比竞争对手更深刻地认识五种竞争力量。

同时，波特指出，在选定的产业市场中，为了现实地获取市场收益，企业还应针对所选产业市场的特点（即针对决定产业市场竞争规律的各种影响力）采取相关战略措施，以期建立较高的市场位势。一般而言，针对所选产业，企业通常会选择以下三种基本战略来建立市场位势：

（1）成本领先。使企业的总成本低于全行业的平均水平，从而获得低成本的竞争优势。

（2）差异化。在顾客广泛重视的某些产品要素（如功能、质量、包装、花色品种、服务等）上力求做到在行业内独树一帜，把产品的独特性作为建立市场位势、赢得顾客忠诚的关键性因素。

（3）目标集聚。着眼于在产业内一个或一组细分市场的狭小空间内谋求市场位势和竞争优势。

3. 战略的资源能力思维模式

20世纪八九十年代以来，以鲁梅尔特（R. Rumelt）、沃勒菲尔特（B. Wernerfelt）以及巴尼（J. Barney）等为代表的资源基础学派和以普拉哈拉德、哈默尔等人为代表的企业能力学派，在批评环境思维模式的基础上指出"应从（企业）内部寻求竞争优势"，认为企业建立强有力的资源与能力优势远胜于拥有突出的市场位势，进而提出了企业战略的资源能力思维模式。

与环境思维模式不同，企业战略的资源能力思维模式侧重于从企业内部的资源能力角度来考虑企业战略问题，认为企业本质上是一组资源和能力的集合体，资源与能力既是企业及其战略分析的基本元素，也是企业竞争优势的根本来源。为此，一方面，企业应当从其内部资源与能力出发来寻求竞争优势，并通过资源（特别是关键资源）的持续积累以及能力（特别是核心能力）的持续发展而持续提升其竞争优势；另一方面，企业还应当从其内部资源与能力状况出发来选择其经营领域、业务范围及成长方向。

6.2.2 战略规划模式

不同的战略思维模式下必然有不同的战略规划模式。依据上述三大战略思维模式，我们可以归纳出以下三种与之相对应的战略规划模式。

1. 以环境为基点的战略规划模式

基于环境思维模式的战略规划以环境分析与评估为起点，进行产业或区域选择、战略选择与实施、竞争优势与市场位势的确定。企业会进行一系列相关的战略选择，包括：

（1）战略转移决策。是否退出原有地域或产业。

（2）进入方式决策。以何种方式进入目标地域或产业（内部发展、合作、合资、兼并等）。

（3）市场竞争策略。总成本领先还是标新立异，全面攻占还是目标聚集。

企业通过上述一系列步骤旨在最终在目标地域或产业市场中谋求竞争优势与市场位势，以获取目标地域或产业市场中的机会与收益。

不难发现，在以环境为基点的战略规划模式中，企业内部条件基本上被排除在战略过程之外。这极有可能引发企业的非理性扩张欲望与扩张行为，进而使企业跌入"扩张陷阱"。

2. 以资源能力为基点的战略规划模式

在以资源能力为基点的战略规划模式中，对企业内部资源与能力状况的分析与评估是企业战略活动的起点。企业通过对其内部资源与能力状况进行分析来评估其现有的优势与劣势，并利用现有的优势在适合的地域或产业领域中进行经营活动，同时，通过其经营活动进行资源与能力的积累，以进一步增强和提升企业竞争优势，使企业的经营活动在更高的层次上实现新一轮的循环。

同样不难发现，以资源能力为基点的战略规划模式并未包含外部环境因素，所强调的是企业内部基于其资源与能力的优势条件，其战略活动的重心也是通过资源的积累与能力的提升进一步增强其优势条件。与以环境为基点的战略规划模式相反，以资源能力为基点的战略规划模式极有可能因忽视环境的变化而陷入“闭门造车”的境地。这在中外企业经营史中同样不乏其例：国外如日本的一些企业曾因强大的内部管理能力及技术创新能力而在 20 世纪 60～80 年代一度超越美国企业，但同时也因过分注重其内部能力、忽视环境的变化而在 20 世纪八九十年代以来反而被美国企业所超过；国内一些企业也曾因过分沉溺于其内部“核心能力”，忽视市场环境的变化而造成重大损失。

3. 整合的战略规划模式

整合的战略规划模式既不单纯基于外部环境因素，也不单纯基于企业内部因素，而是基于对企业内外因素的综合分析与评判，即企业经营地域与产业领域的选择、相关战略的选择与实施等，都是在对企业内外因素进行综合分析与评判的基础上进行的。

整合的战略规划模式源于企业战略的经典思维模式，并直接基于经典思维模式中的 SWOT 分析框架。其基本过程环节如下：

(1) 分析外部环境（目标区域的宏观环境与产业环境等），评判环境中所蕴含的机会，并辨识潜在的威胁。

(2) 分析内部因素（资源、能力、业务等），评价企业的优势（强项）与劣势(弱项)。

(3) 匹配分析环境机会、威胁与企业优势（强项）、劣势（弱项），进行区域与产业选择，确定企业的经营领域或发展方向。

(4) 依据所选定的经营领域或发展方向制定并实施相应的战略。

(5) 评价战略绩效，并以此为基础进行战略反馈与调整。

企业战略的实质就是企业内外因素的动态匹配与整合，并在这一过程中实现企业的持续成长。显然，上述三种基本战略规划模式中，整合的模式最切合企业战略的这一本质，因而也是实现企业战略成功与企业持续发展的理想模式，通用（GE）、诺基亚、海尔等国内外成功企业的经营战略模式都是如此。

管理提示

规划未来

我整天几乎没有几件事做，但有一件做不完的事，那就是规划未来。

——通用电气 GE 前总裁：杰克·韦尔奇

独特的优势

如果你能找到一种办法来改变游戏规则，让游戏规则来适合你而不是适合你的竞争者，那么这种变化就会赋予你一种独特的优势。

管理故事

龟兔复赛

从前，有一只乌龟和一只兔子在互相争辩谁跑得快。它们决定来一场比赛分高下，选定了路线，就此起跑。

兔子带头冲出，奔驰了一阵子，眼看它已遥遥领先乌龟，心想：我可以在树下坐一会儿，放松一下，然后再继续比赛。

兔子很快地在树下就睡着了，而一路上笨手笨脚走来的乌龟则超过它，不一会儿完成比赛，成为冠军。兔子一觉醒来，才发觉它输了。

兔子与乌龟赛跑输了以后，总结经验教训，提出与乌龟重赛一次。赛跑开始后，乌龟按照规定线路拼命往前爬，心想：这次我输定了。可它到终点后却不见兔子。正在纳闷之时，只见兔子气喘吁吁地跑了过来，原来兔子求胜心切，一上路就埋头狂奔，估计快到终点了，它抬头一看，发觉竟跑错了路，不得不返回重新奔跑，因而还是落在了乌龟之后。

兔子当然因输了两次比赛而倍感失望，为此它做了一些缺失预防工作（根本原因解析）。它很清楚，失败是因它太有信心、大意，以及散漫。如果它不要自认一切都是理所当然的，乌龟是不可能打败它的。因此，它单挑乌龟再来另一场比赛，乌龟也同意了。这次，兔子全力以赴，从头到尾，一口气跑完，领先乌龟好几公里。

这下轮到乌龟好好检讨，它很清楚，照目前的比赛方法，它不可能击败兔子。它想了一会儿，然后单挑兔子再来另一场比赛，但是是在另一条稍许不同的路线上。兔子同意，然后两者同时出发。为了确保自己立下的承诺——从头到尾要一直快速前进，兔子飞驰而出，极速奔跑，直到碰到一条宽阔的河流。而比赛的终点就在几公里外的河对面。兔子呆坐在那里，一时不知怎么办。这时候，乌龟却一路姗姗而来，跳入河里，游到对岸，继续爬行，完成比赛。

几次比赛下来，乌龟和兔子两者同时思考着一个共同的问题，两者各有优势，比赛时也各有其长，如何发挥各自的优势呢？它们可以表现得更好。于是，它们决定再赛一场，但这次是二者合作。它们一起出发，兔子扛着乌龟，直到河边。在那里，乌龟接手，背着兔子过河。到了河对岸，兔子再次扛着乌龟，两个一起抵达终点。比起前次，它们都感受到了一种更大的成就感。

问题：总结每次赛跑的管理启示。

管理工具

竞争战略的三角模型

迈克尔·波特的企业竞争理论在国内学界和企业界影响深远。但是，如果你仔细观察当今成功企业的战略，就能够发现有些是波特理论所不能解释的。很多人对波特的理论进行了补充，其中麻省理工学院的阿诺德·哈克斯的“竞争战略的三角模型”颇具价值。

阿诺德·哈克斯和他的团队调查了上百家公司，提出了竞争战略的三角模型，代表企业战略选择的三个方向：最佳产品、客户解决方案和系统锁定。

1. 最佳产品

最佳产品战略的思路还是基于传统的低成本和产品差异化的策略。企业通过简化生产过程、扩大销售量来获得成本领先地位，或者是通过技术创新、品牌或特殊服务来强化产品的某一方面的特性，以此来增加客户价值。

2. 客户解决方案

客户解决方案战略的出发点是，通过一系列产品和服务的组合，最大限度地满足客户的需求。这种战略的重点是锁定目标顾客，提供最完善的服务；实施手段是学习和定制化。

3. 系统锁定

系统锁定战略的视角突破了产品和客户的范围，考虑了整个系统创造价值的所有要素。尤其要强调的是，这些要素中除了竞争对手、供应商、客户、替代品之外，还包括生产补充品的企业。典型的例子有：手机厂家和电信运营商，计算机硬件和软件，HiFi音响设备和CD唱片等。实施系统锁定战略的要义在于，如何联合补充品厂商一道锁定客户，并把竞争对手挡在门外，最终达到控制行业标准的最高境界。

关键概念

SWOT　SCP范式

6.3 战略分析

战略分析是企业战略性计划的前提和基础，企业战略规划的优劣成败首先取决于企业对其内外环境因素的分析、评判与把握。

6.3.1 外部环境分析

企业的经营活动不过是企业与其外部环境之间交互联系的动态过程，企业战略的实质就是企业内外因素的动态匹配与整合。显然，诸如社会、政治、经济、技术、生态、产业等企业外部环境因素及其相互作用，对企业的经营或战略活动至关重要。如果无视环境带来的机遇和威胁，任何企业都不可能在日益激烈的竞争中取得成功，更不用谈持续发展了。

1. 企业外部环境因素的基本构成及分析要点

企业外部环境是指影响特定企业经营活动的外部一切因素及其相互关系的总称，既包括相关地域的宏观环境因素及其相互关系，也包括相关产业中的各种因素及其相互关系。

(1)（全球背景下）目标国家或地区的政治法律状况及其变化趋势。

(2)（全球背景下）目标国家或地区的宏观经济状况及其发展趋势。

(3)（全球背景下）目标国家或地区的技术环境及其发展趋势。

(4)（全球背景下）目标国家或地区的社会与文化状况。

(5) 目标国家或地区的自然生态特点。

(6) 目标产业的基本状况。

(7) 目标产业中现有竞争者状况。

(8) 潜在竞争者状况。

(9) 替代竞争者状况。

(10) 主要相关供应商状况。

(11) 主要相关顾客状况。

2. 企业外部环境的基本特性

在了解外部环境因素基本构成的基础上，企业还必须从整体上把握外部环境的基本性质，以使企业战略适应环境的特点。企业可从复杂性和变化性两个方面来分析其外部环境的基本特性。

(1) 外部环境的复杂性。企业外部环境的复杂性反映其外部环境构成要素的多样性程度以及各构成要素之间关系的复杂程度。若构成企业外部环境的因素较多，且各因素之间的关联性较复杂，则意味着环境较复杂，反之，则意味着环境较简单。

(2) 外部环境的变化性。企业外部环境的变化性可由其构成要素变化的频度、速度、程度与规律性来衡量。其中，外部环境构成要素变化的频度与速度反映的是外部环境的可把握性或可控性，当企业外部环境中大多数因素都处于快速变化的状态时，意味着其所面临的环境是难以把握或控制的；外部环境构成要素变化的程度反映的是外部环境的新奇性或可处理程度，当企业外部环境变化较大时，企业难以运用过去的经验与知识来处理；外部环境变化的规律性反映的是外部环境的可预测性，当企业外部环境的变化有迹可循，呈现出一定的规律时，意味着其具有较强的可预测性，反之，当外部环境诸多因素发生突变，使得环境动荡不定、无迹可循时，则意味着企业外部环境的可预测性较差。

复杂性与变化性共同反映了企业外部环境的基本特性，据此可将企业外部环境大致划分为简单稳定的环境、简单变化的环境、稳定复杂的环境以及复杂动荡的环境等四个基本类别，如表 6-1 所示。

表 6-1 企业外部环境的基本类别与特性

环境种类		环境的变化性	
		稳定	动态
环境的复杂性	简单	简单稳定的环境：环境因素较少且变化不大；环境因素较容易了解和把握。(战略强度：较弱)	简单变化的环境：环境因素较少但变化性较大，可预测性较差。(战略强度：中等但侧重于环境预测)
	复杂	稳定复杂的环境：环境因素较多但变化不大，可预测性较强但较难把握。(战略强度：中等但侧重于环境分析)	复杂动荡的环境：环境因素较多且变化较大，环境因素较难认知和把握。(战略强度：较强，应兼顾环境分析与预测)

在简单稳定的环境中，企业无须做过多的战略思考，更多的是要考虑如何整合其内部的生产及管理活动，以求内部效率的提高；在稳定复杂的环境中，企业战略分析的侧重点应在于加强对复杂环境因素及其相互关系的辨识和把握，以抓住关键的环境因素；在简单变化的环境中，企业战略分析的侧重点则应在于有效地预测环境的变化趋势，以求提高战略的灵活性与适应性；在复杂动荡的环境中，企业应有极强的战略分析能力，不仅要全面准确地辨识和把握环境因素及其间的相互关系，更要准确地预测和把握关键环境要素的变化发展趋势。

3. 企业外部环境的“机会—威胁”评价

进行企业外部环境分析的根本目的就是要找出目标环境中所蕴含的机会和潜在的威胁，为企业的发展战略提供参考依据。这就是企业外部环境的“机会—威胁”评价。

企业外部环境的“机会—威胁”评价一般采用环境评价矩阵（EFE）来进行，其基本步骤如下：

（1）列出并确认关键的外部环境因素。

（2）依据各环境因素的重要程度，分别赋予每个环境因素以相应的权重（取值范围为 0～1.0，其中，0 表示不重要；1.0 表示极为重要）。

（3）依据各环境因素对企业的影响程度及性质，分别对每个环境因素进行评价并打分（取值范围为－5～＋5，其中，－5 表示某因素对企业具有极强的负面影响；＋5 表示某因素对企业具有极强的正面影响；0 表示某因素对企业没有影响）。

（4）依据对各环境因素重要程度及对企业影响程度和性质的评价，给出每个环境因素的加权分数（其计算方法是：各环境因素的权重乘以其分值）。

（5）对所有关键环境因素的加权分数进行求和，以得到环境因素的总加权分数。

（6）依据环境因素的总加权分数对企业外部环境进行评价（总加权分数为正，表明外部环境对特定企业而言机会多于威胁；总加权分数为负，表明外部环境对特定企业而言威胁多于机会）。

6.3.2 内部条件分析

企业战略分析要做到知己知彼。进行外部环境分析是为了“知彼”，而要做到“知己”则要进行企业内部条件分析。企业内部条件是企业赖以存续发展的基础，也是企业战略活动的基本依托。进行企业内部条件分析的目的就是要找出企业的优势（强项）与劣势（弱项），并依据企业的优势与劣势情况充分利用其优势把握环境中的机会、避开环境中的威胁，或利用环境中的机会强化企业的优势、弥补企业的劣势。

1. 内部条件分析的基本要点

与企业外部环境类似，企业内部条件因素也是多种多样的，难以尽述。但总体而言，以下几个方面应当是企业考虑的重点。

（1）企业的市场及收益状况。

（2）资源状况。

（3）能力状况。

（4）企业价值链分析，它是视企业为一系列的输入、转换与输出的活动序列集合，每个活动都有可能相对于最终产品产生增值行为。

（5）企业业务结构分析。

2. 内部的“优势—劣势”评价

对企业内部因素进行扫描后，下一步就是要在此基础上进行企业的“优势—劣势”评价。其基本步骤如下：

（1）确认企业内部的关键因素，并赋予各关键因素以相应的权重。

（2）评估各关键因素对企业及其竞争优势的影响性质与程度，并给出相应的评分

(负面影响的因素给负分，正面影响的因素给正分，0表示无影响)。

(3) 用各因素的权重乘以其评分，求得各因素的加权分数。

(4) 将所有关键因素的加权分数进行求和，得到企业内部条件的总加权分数。

(5) 依据总加权分数的数值及其正负性质，即可确定企业内部条件的优劣情况：若总加权分数为正，则表明企业内部的优势条件多于劣势条件，企业处于较有利的竞争地位；反之，若总加权分数为负，则意味着企业内部劣势条件多于优势条件，企业处于不利的竞争地位。

管理提示

可持续竞争的唯一优势

可持续竞争的唯一优势来自于超越竞争对手的创新能力。

——著名管理学家：詹姆斯·莫尔斯

利用优势而不是时间

“利用优势”的原理很简单。利用你的优势能够更轻易地帮助你拓展品牌、增加销售，而不需要过分扩张你的公司。利用优势最典型的例子就是特许经营。麦当劳没有使用自己的时间、资金和资源自己开店，而是利用自己的优势（店铺经营），让世界各地的人开办麦当劳店铺，通过特许经营开了许多店，远多于公司自己所能开的。同样的原理也适用于其他行业。寻找优势能够使你在那些你并不抱什么希望的领域具备竞争优势。

管理故事

所长无用？大有作为？

有个鲁国人擅长编草鞋，他妻子擅长织白绢，他想迁到越国去。友人对他说：“你到越国去，一定会贫穷的。”“为什么？”“草鞋，是用来穿着走路的，但越国人习惯于赤足走路；白绢，是用来做帽子的，但越国人习惯于披头散发。凭着你的长处，到用不到你的地方去，这样，要使自己不贫穷，难道可能吗？”但这个鲁国人却不这么看，他认为正是因为这样，他才大有作为。

问题：读完这个故事，你有什么想法。

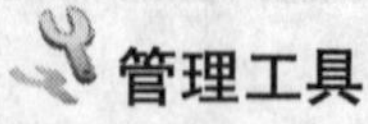

管理工具

PEST分析

从广义上来说，我们把外部环境定义为在企业范围之外而有能力影响企业的一切因素。企业的外部环境是一种不断变化的环境，如消费者品味的改变、政府变更、新法律的颁布、市场结构变化、新技术革命带来的生产过程的变化等，不胜枚举。企业应付和处理这些环境变化的能力是企业成功的关键所在，是企业能否生存的根本问题。

其中，政治（political）、经济（economic）、社会和文化（social and cultural）与技术（technological）是最关键的因素。我们根据上述四个单词的英文字头，称之为PEST分析法。

如果说企业是一座建筑，那么建筑之外的就是企业所处的环境。环境的分析是以企业为出发点，对企业所处的行业和相关行业中的利益相关者进行分析，并且从更加广泛的角度对相关的政治、经济、社会和技术因素进行分析（PEST分析），最终帮助企业形成基于价值链和“生态环境”的整体外部环境的分析结果，使企业能够清晰地了解自己和所处的环境状况。

关键概念

企业外部环境　价值链分析

6.4 战略选择

战略选择是企业战略性计划的核心内容之一，其基本任务是要回答企业如何进行战略规划方案的制订与选择问题。一般涉及如下几个方面：关于企业的总体发展战略问题、关于企业的一般竞争战略问题以及关于企业的战略实现方式问题。

6.4.1 企业总体发展战略选择

企业总体发展战略选择是指企业依据其内外环境及其变化，在总体上是保持现状（即维持战略），还是进一步扩大经营（即发展战略），还是进行业务收缩（即收缩调整战略）。

1. 维持战略

维持战略也称稳定发展战略，就是使企业的经营基本保持现状的战略。其基本特征是：①继续以基本相同的产品或服务满足其顾客的相关需求；②战略目标基本不变；③经营规模基本不变或按大体相同的比率缓慢增长；④经营方式、组织模式与管理范式基本不变。

企业选择维持战略的原因大致有如下几个方面：①有限的资源与能力；②稳定的环境；③成熟的企业经营方式、组织模式与管理范式；④经营与战略的连贯性或连续性；⑤成熟的决策与组织文化；⑥变革的困难性与风险性。

因此，对处于稳定增长行业或稳定环境中的企业而言，维持战略是一种非常有效的战略选择，如在公用事业、运输、银行和保险业中的企业，许多都采取这种战略。对许多企业来说，维持战略可能是最合逻辑、最适宜和最有效的战略。

但维持战略也存在严重的缺陷，如①不适应环境的变化；②容易错过环境所蕴涵的发展机会；③容易引致墨守成规、因循守旧、不思变革、不求进取的文化；④难成大器。

2. 发展战略

发展战略也称增长战略或扩张战略，是指企业在原有经营状态基础上进一步扩大经营规模或经营范围，或改变经营方式，实现企业快速成长的战略。其基本特征是：①调整战略目标；②扩大经营规模或经营范围；③改变经营方式、组织模式与管理范式。

在现实企业经营中，绝大多数企业采取的都是发展战略。其主要原因在于：①环境的变化；②企业家的天性；③企业成长的客观必然性。

发展战略最大的问题就是其风险性，德鲁克曾警告说：发展就是冒险。因此，企业在执行发展战略时应明确如下几个问题：①企业的远景规划是什么？②企业的发展划分为几个阶段？③企业对的其外部环境的把握如何？④企业的内部条件（特别是相关资源能力状况）如何？⑤企业的组织、管理及其变革能力如何？⑥企业的危机管理能力如何？

发展战略有许多具体表现形式：从业务角度看，有专业化集中发展战略（单一业务扩张）、纵向一体化发展战略（价值链扩张）和横向多元化发展战略（多业务扩张）；从区域角度看，则主要是区域扩张战略（区域多元化和国际化战略）。

专业化集中发展战略是指企业主要在某个特定的业务领域中进行经营扩张的战略，包括单一产品或服务的数量扩张、产品线的纵向延伸等。在市场潜力巨大、发展前景广阔且企业实力雄厚的情况下，专业化集中发展战略无疑是一种最佳发展战略，有利于充分利用自身的优势把握特定领域中的环境机会。另外，在企业发展的初期和中期，以及企业实力较薄弱的条件下，也适于采取专业化集中发展战略，有利于集中资源，发展主业，形成竞争优势。专业化集中发展战略的主要问题是单一业务市场的波动风险和竞争风险。

纵向一体化发展战略是指企业在专业化发展的基础上，向上游或下游业务扩展的一种发展战略，包括前向一体化战略和后向一体化战略。前向一体化战略是指企业向下游业务延伸的战略，如企业自行对其产品进行进一步加工，或对资源进行综合利用，或建立自己的销售企业等。后向一体化战略则是指企业向上游业务拓展的战略，如企业自行供应生产现有产品或服务所需要的全部或部分原材料或半成品。以下原因会促使企业采取纵向一体化发展战略：①期望能够有效地控制销售渠道和增加利润；②期望能够对所用原材料的成本、质量及可获得性等具有更大的控制权；③期望通过一体化战略获得规模经济；④期望通过一体化战略进一步提升企业在某一特定市场或行业中的主导地位。

过度和不适当的纵向一体化可能会引致如下问题：①规模不经济；②弱化主导技术与主导产品的研发；③多环节、多阶段生产经营协调的困难性。

多元化发展战略是指企业同时在两个或两个以上业务领域中进行扩张，或企业通过向多个不同业务领域扩张实现增长的战略。现实中的大多数企业都倾向于采取这一发展战略实现成长，其主要原因在于：①分散经营风险；②增加收入源泉，提升财务质量；③获取规模经济和范围经济；④寻求新的增长点；⑤企业家的扩张欲望。

依据各业务之间的关联性，多元化发展战略可分为相关（同心）多元化发展战略和不相关（混合）多元化发展战略。前者是指企业在多个相互关联的业务领域中进行扩张的战略。

多元化发展战略虽然是企业成长与扩张的重要方式，但也并非一定成功。事实上，多元化发展战略是一柄“双刃剑”：运用得好，它可以使企业迅速成长；运用得不好，则又会使企业迅速垮台。概括而言，过度和不适当的多元化战略可能会引致如下问题：①规模不经济与范围不经济；②分散资源、削弱主业；③增加经营风险并引致财务风险。

因此，成功的多元化发展战略应注意以下几点：①注意发展主营业务；②注意对企业内外环境的分析；③注意进入新业务的时机；④注意新业务与主营业务之间的相关性；⑤注意多元化扩张的“度”。

区域多元化战略是指企业经营的区域扩张战略，即企业通过向多个不同的地域扩展其经营活动以实现企业成长的战略。

国际化战略是企业区域扩张的高级阶段或高级形式，是指企业的经营活动跨越了国界，延伸到了国际市场。随着经济全球一体化的不断深入，活跃在国际市场上的跨国企业愈来愈多。国内也有越来越多的企业跨出国门，开始实施国际化经营战略。可以说，国际化已愈来愈成为企业发展的必然趋势之一，实施国际化经营战略也已愈来愈成为企业成长和扩张的主要方式之一。

企业实施区域多元化与国际化发展战略的动因与企业实施业务多元化发展战略的动因大致相似，主要包括如下几个方面：①开辟新的市场；②获取新的资源；③分散风险；④获取规模经济；⑤利用区域优势。

区域多元化与国际化发展的主要特点包括：①涉及空间的广泛性；②经营环境的复杂性；③管理协调的困难性。

这些特点决定了区域多元化发展特别是国际化发展的风险性。因此，企业在实施区域多元化发展战略特别是国际化发展战略时，应充分考虑不同地域，特别是不同国度，在地理环境、政治法律、经济发展、社会文化等诸多方面的差异，这也是区域多元化战略与国际化战略成败的关键。除此之外，企业还应依据外部环境和企业自身的实际情况，有计划、有步骤地实施区域多元化发展战略和国际化发展战略，以使企业的区域扩张有序化和适度化，避免盲目性。

3. 收缩调整战略

与发展战略相反，收缩调整战略（也称紧缩战略）是通过调整来部分或整体收缩企业经营规模或经营范围。在下列情形下，企业倾向于采取收缩调整战略：①企业所在的某市场领域发展前景不妙；②企业在某市场领域中竞争位势不高、发展潜力不大；③企业欲进入发展前景好、机会多、利润率高的市场领域；④企业欲集中力量于重点发展领域。

由此可见，从本质上讲，收缩调整战略不一定就意味着“败象”，而更多的是一种应变性的战略调整、战略转移或战略撤退，即“以退为进”。

6.4.2　企业一般竞争战略选择

一般竞争战略是指企业在某个具体的业务或产业市场上进行竞争的战略。按照著名战略学家迈克尔·波特的观点，企业在进行市场竞争时，一般有三种基本战略选择：成本领先（低成本化）、标新立异（差异化）和目标聚集（集中化）。

1. 成本领先（低成本化）战略

成本领先（低成本化）战略是指企业致力于使其全部成本低于竞争对手，或在全行业中保持成本领先地位。显然，成本领先对于企业竞争优势与市场位势的建立具有极为重要的意义：成本领先企业既可以有效地对抗现有竞争对手的竞争和替代竞争者的威胁，又可以有效地威慑和吓阻潜在竞争者，更可以使企业在与供应商及顾客的博弈中居于谈判优势。成功的成本领先战略需要制定一整套行之有效的具体政策措施，如①高效率的设备；②先进的技术与工艺；③高效率的管理；④高效率的团队；⑤规模化生产或经营；⑥经验积累与学习效应。

2. 标新立异（差异化）战略

标新立异（差异化）战略是指企业致力于使其产品或服务区别于其竞争对手，在本行业中独树一帜。标新立异（差异化）战略的实质是企业为顾客提供了相对于其竞争对手而言的独特的价值，因而对于企业竞争优势与市场位势的建立同样具有极为重要的意义，实施标新立异（差异化）战略能为企业带来超额利润和市场份额的扩张。在当今市场竞争愈来愈激烈的大背景下，标新立异（差异化）战略的重要性尤为突出。正是因为如此，现在几乎所有的企业都在有意无意地强调其产品或服务相对于其竞争对手的差异性与独特性。相对于竞争对手的差异可以表现在多个方面，如①产品质量与功能方面的独特性；②个性化的产品设计与个性化的服务；③独特的文化与品牌形象；④独树一帜的创新能力。

3. 目标聚集（集中化）战略

与上面两种竞争战略不同，目标聚集（集中化）战略是指企业将主要精力集中于行业中某一特定的细分市场，而不是将参与竞争的范围铺展到整个行业市场。在这种战略框架下，企业也同时可以采用成本领先（低成本化）战略或标新立异（差异化）战略，但这些都只针对狭隘的目标市场。

6.4.3 企业战略实现方式选择

企业战略的实现方式主要有三种：内部发展、兼并、合作。

1. 内部发展

内部发展是指企业完全由自己投资从事某领域的经营活动。在下列情形下，企业一般倾向于采取内部发展的方式进行经营活动：

(1) 企业发展的初期和中期。在此期间，企业需要通过独立发展的方式来“亲身体验”创业与发展的基本过程，以获取学习效应与经验积累，为企业未来的发展奠定基础。

(2) 企业认为需要独立开发的项目，如核心技术或产品等。

(3) 企业为了避免形成对他人的依赖。

(4) 企业正在实施差异化战略。

(5) 企业规模小、实力薄弱，不具备兼并其他企业或与其他企业合作的条件。

另外，内部发展还可以避免兼并等方式所带来的诸如整合之类的问题。

但内部发展也有投资大、成本高、风险大、周期长等严重缺陷。特别是当企业要进入一个新的业务领域（包括新的地域）时，这些缺陷对企业发展的负面影响就更为突出。因此，在大多数情况下，许多企业倾向于采用诸如兼并、合作等外部发展方式来实现企业战略目标。

2. 兼并

兼并是企业最常采用的一种发展战略途径，是指企业通过取得目标企业部分或全部产权的方式获得经营规模或经营范围的扩张。企业采取兼并方式发展的基本动因主要有如下几个方面：

(1) 兼并可以使企业迅速有效地获取相关资源与市场，从而增强企业实力，壮大企业经营规模。

（2）兼并可以使企业迅速有效地进入新的市场领域，从而在扩展企业经营范围的基础上壮大企业经营规模。

但兼并也有与内部发展相比较的缺陷（见内部发展的优点），其中最主要的还是兼并后双方之间的融合问题。事实上，兼并失败的最终原因大多是兼并后相互融合的失败。

3. 合作

合作是指两个或两个以上企业通过一定的方式联合起来共同进行经营和发展的战略形式。企业间合作的主要方式有合资和联盟两种。合资是指两个或两个以上企业共同出资建立一个新的企业的合作方式；联盟是指两个或两个以上的企业为了实现自己在某个时期的战略目标，通过合作协议的方式所结成的联盟合作关系，以达到资源互补、风险共担、利益共享的效应。合作的动因主要表现在如下几个方面：

（1）降低市场进入的风险与成本。

（2）提升企业竞争能力。

（3）加速技术、产品与市场的开发。

（4）扩大经营规模与经营范围，实现规模经济与范围经济。

（5）克服各种进入壁垒。

由于合作战略的巨大优势，企业间各种形式的合作（特别是联盟合作）已成为当今企业进行经营扩张和实现企业发展战略的主流方式之一。

管理提示

鸡蛋放在几个篮子里？

乍一看，一家汉堡包公司、一家互联网搜索引擎公司和一家软件公司没有多少共同之处。但事实上，许多互联网公司和软件公司都因为坚持同样的战略而取得成功：专注于一件事，将这件事做到极致。这些公司都没有试图成为千面手，迎合所有人，而是一直专注于将一个核心领域做到极致，从而取得成功。这种作法正如马克·吐温所说的：“将你所有的鸡蛋放进一个篮子里，然后看好这个篮子。”

可是美国经济学家托宾却有相反的说法，他说：“不要把所有的鸡蛋放在同一个篮子里。”

快鱼吃慢鱼

新经济时代，不是大鱼吃小鱼，而是快鱼吃慢鱼。

——思科公司总裁：钱伯斯

管理故事

森林里的变色蜥蜴

森林里，住着三只蜥蜴。其中一只看一看自己的身体和周围的环境大不相同，便对另外两只蜥蜴说：“我们住在这里实在太不安全了，要想办法改变环境才可以。”说完，这只蜥蜴便开始大兴土木改造环境。另一只蜥蜴看了说：“这样太麻烦了，环境有时不是我们能改变的，不如我们另外找一个地方生活。”说完，它便拎起包袱走了。第三只蜥蜴也看了看四周，问道：“为什么一定要改变环境来适应我们，为什么不改变自己来适应环境呢？”说完，它便借着阳光和阴影，慢慢改变自己的肤色。不一会儿，它就在树干上隐没了。

问题：任何一个企业都生存在竞争激烈的市场环境中，不同的企业选择不同的适应环境方法，你选择哪一种呢？

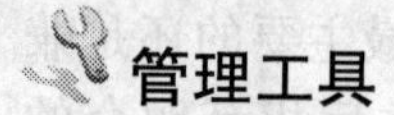

管理工具

国际化进入战略模型

企业进入国外市场并参与国际竞争时，常常会运用如下几项通用的基本战略：国际化战略、多国本土化战略、全球化战略和跨国经营战略。

1. 国际化战略

国际化战略，是指企业的经营活动跨越了国界，延伸到了国际市场。这种作法的基础在于，国外市场中当地的竞争者并不具有这样的技能和产品。

2. 多国本土化战略

和跨国企业不同的是，多国企业将技能和产品转移到境外市场的时候，积极将它们所提供的产品和行销策略顾客化。它们更加关注顾客的需求，以使得自己的产品更加符合不同国家的不同状况。同时，它们也倾向于在每一个它们做生意的重要国家的市场中建立整套的价值创造活动，包括生产、行销及研发。

3. 全球化战略

使用全球化战略的企业往往更倾向于对成本的把握，这是由全球化战略的宗旨是努力做到在所有国家的竞争保持策略上的一致性所决定的。追求全球化战略的企业，其生产、行销和研发等活动都集中于一些较有利的地区。

4. 跨国经营战略

追求跨国经营战略的企业总是试图同时达到低成本和差异化优势，同时做到这两点，似乎是一个矛盾而又具有挑战性的事情。该战略的另一个缺点就是常常因为组织的问题而执行困难。

关键概念

维持战略　发展战略　专业化集中战略　纵向一体化发展战略　多元化发展战略　区域元化战略　国际化战略　收缩调整战略　成本领先战略　标新立异战略　目标聚集战略　内部发展战略　兼并合作

本 章 提 要

(1) 企业战略性计划的首要内容是企业使命、远景及战略目标的确立。

(2) 由于企业内外环境及企业家价值观的差异，不同的企业，或同一企业在不同的发展阶段，所采取的战略思维模式也必然不同，进而表现为不同的战略规划过程。

(3) 从企业战略理论与实践的演进过程来看，在企业战略的形成过程中一般有如下几种基本思维模式：企业战略的经典思维模式（包括钱德勒的“三匹配”模式、安索夫的“四要素”模式以及安德鲁斯等人的SWOT模式）、企业战略的环境思维模式（包括贝恩-梅森SCP范式和波特的市场定位模式）以及企业战略的资源能力思维模式等。

(4) 不同的战略思维模式下必然有不同的战略规划模式。依据三大战略思维模式，我们可以归纳出以下三种相对应的战略规划模式：以环境为基点的战略规划模式、以资源能力为基点的战略规划模式及整合的战略规划模式。

（5）战略分析是企业战略性计划的前提和基础，企业战略规划的优劣成败首先取决于企业对其内外环境因素的分析、评判与把握。

（6）战略选择是企业战略性计划的核心内容之一，一般涉及如下几个方面的问题：关于企业的总体发展战略问题、关于企业的一般竞争战略问题以及关于企业的战略实现方式问题。

（7）企业总体发展战略选择是指企业依据其内外环境及其变化，在总体上是保持现状（即维持战略），还是进一步扩大经营（即发展战略），抑或是进行业务收缩（即收缩调整战略）。

（8）一般竞争战略有成本领先（低成本化）战略、标新立异（差异化）战略和目标聚集（集中化）战略。

（9）企业战略的实现方式主要有三种：内部发展、兼并、合作。

（10）由于不同的战略选择均有其优劣特点与适用条件，因此，企业应依据其内外环境及其变化灵活选择。

复习思考题

（1）试述企业战略性计划的本质以及企业使命与远景的战略意义。

（2）结合实例分析比较不同的战略思维模式与战略规划模式。

（3）企业为什么要进行战略分析？如何进行战略分析？

（4）依据不同战略选择的优劣特征与适用条件，结合一家企业谈谈影响企业进行战略选择的因素。

管理者训练

分析某上市公司的战略

我国沪深两市现有上市公司 1200 余家，从中找出一家或几家，如一汽夏利、深万科、TCL 集团、格力电器等，通过阅读它们的定期报告和临时公告等相关文件或者新闻报道，完成以下问题：

（1）该公司的主要战略是什么？

（2）解释该公司为什么要采取这些战略？

（3）该公司的战略是否有过变化？变化的原因又是什么？

（4）如果该公司是一个多元化经营的公司，那么它的公司层次战略是什么？在每一个具体行业中，其业务层次战略又是什么？

（5）该公司是否已经开始国际化扩张？如果有，分析它的国际化战略是什么样的？

案例 6-1

海尔与格兰仕

海尔和格兰仕是中国很具特色的两家企业：海尔是中国最具品牌意识而且品牌价值最高的企业之一；格兰仕则以低成本制造取胜，而且将其运用得极为彻底。无论它们的模式有什么不同，重要的是，它们都取得了令人瞩目的成功。为什么看来截然相反的企业战略，一个强调品牌，一个宁愿“贴牌”，却都能获得成功？

1991年，海尔兼并了青岛空调器厂和电冷柜总厂，其后又从本地和广东、武汉等外地政府手上以低廉的代价接管了多家亏损企业，并依托这些企业建立了空调、洗衣机和彩电等新事业。在20世纪90年代期间，海尔逐步成为一个横跨白色家电、黑色家电、米色家电（PC等）、各种小家电以及制药、生物工程、金融服务等领域的多部门公司。综观海尔并购及多元化的整体绩效，其中部分产业或产品极为成功，如空调、洗衣机和电热水器等，其市场占有率与其原有产业——电冰箱一样，均达到国内领先的地位；而黑色家电如彩电，情况稍差，只做到同行业第二集团的水平。其主要产品，如空调、冰箱、洗衣机、电视等的定价，多处于同类产品的高端。对于价格战，海尔一贯或者作壁上观，或者反其道而行。

格兰仕采取了一个几乎完全相反的战略，极而言之，即"贴牌"战略。即它为了占领外国市场不惜将它的产品贴上外国企业的牌子。格兰仕模式的外在形式就是价格战。动态地看，格兰仕总是领先一步登上更大规模的台阶，每当它在新的台阶上获得更大的规模经济后，就及时将价格降到略高于自己的成本，而低于规模不如自己的企业的成本之下。降价压低了行业的平均利润，既会"挤走"一些竞争者，也会"恐吓"潜在进入者，还会逼着现有的竞争者让步，为格兰仕腾出新的市场空间。格兰仕又可以进一步扩大规模，享有更多的规模经济，如此循环反复。

海尔与格兰仕战略的不同，又明显地反映在它们的扩张方式上。一般而言，扩张方式有三种：①新建工厂；②并购；③受让生产线。大致划分，海尔的扩张方式侧重于并购，而格兰仕则偏爱受让生产线。

自1991年起，海尔就开始了其并购的历史。它所并购、投资控股或合资创建的企业，从青岛空调器厂、冰柜厂，到武汉希岛公司、青岛红星电器公司，从顺德电器有限公司、杭州海尔有限公司，到安徽黄山电子有限公司、贵州电冰箱厂和青岛第三制药厂等，涉及资产数十亿元。随后又将触角伸到了海外，并购了意大利的一家冰箱制造工厂。

而格兰仕则利用自己低成本的优势和其他竞争者之间的竞争压力，迫使外国企业与之达成妥协。例如在微波炉变压器领域，美、欧拥有先进设备，但在成本方面拼不过效率更高的日本人。于是格兰仕向前者提议将其生产线搬到中国，然后以每生产一台变压器返回8美元的方式偿还其设备价值。在得手后，格兰仕以如此先进的设备在中国制造自然对日本企业形成极大的压力，此时格兰仕又建议日本人将生产线搬到中国，每生产一件产品返还5美元，并获得日本人的采纳。在设备上没有一分钱的投资，就获得了巨大的生产能力，同时格兰仕放弃自己的品牌，产品由对方贴牌出售。这样的海外扩张方式，又将格兰仕的低成本战略推向极致。

再来看海尔的海外扩张方式，似乎就不那么简单。海尔在海外出巨资打广告、建立庞大的销售网点。与国内有所不同，尽管海尔长于企业并购，但在海外却多采取合资建厂的方式。

讨论题：

(1) 海尔、格兰仕业务层次的战略是什么？其主要特点是什么？

(2) 在公司层次战略上，两者分别采用了什么战略？

(3) 在实施各自战略的过程中，海尔和格兰仕的管理者面临的主要问题各是什么？

(4) 预测一下，两家企业的战略在将来可能发生什么样的变化？

组织篇

第7章 组织设计

问题的提出

斯隆的组织革命

20世纪20年代，美国一些企业开始了体制改革，其中以斯隆在通用汽车公司的改革最著名，后人称之为斯隆的组织革命。

1923年，有“现代化公司组织天才”之称的斯隆应聘为当时还默默无闻的通用汽车公司的总经理。斯隆给通用汽车公司带来了一种新的管理体制——“分权事业部制”，这种体制是对旧有经理体制的变革，它的最主要的特点就是八个字：“集中政策，分散管理”。变革的中心目的在于将公司的政策经营与具体管理分开，使经理等公司一级的高级管理人员摆脱日常管理事务，主要致力于研究和制定各种经营方针政策，如财务大权的掌管、重要的人事任免、规划的制定、产品和科技发展方向的规定以及其他重要决策等，而日常生产、销售等具体管理活动则由各个事业部担任，各事业部都是独立核算单位。

斯隆不仅进行了事业部制的改革，还在通用公司内建立了各种管理委员会。他说：“所有政策由各人实施以前，都必须经过各委员会评议和批准，换句话说，‘通用’是由一群非常能干的人集体管理的。”这样，通用汽车公司吸收集体的智慧，首创汽车式样翻新，向市场提供不同型号的汽车。如向豪富供应“卡迪拉克”牌，向中产阶级供应“奥尔兹莫比尔”牌，向普通大众供应“雪弗兰”牌，这样，自1928年起，通用汽车公司在销售方面超过了福特公司，成为世界头号汽车生产厂家。据统计，1923年，通用汽车公司的国内汽车市场占有率仅为12%，而到1956年斯隆退休时达53%。

问题：组织革命给我们的启示是什么？

学习目的

学完本章后，你应当能够：

(1) 了解组织设计的定义。

(2) 知道在什么样的情况下需要进行组织设计。

(3) 了解组织结构的定义。

(4) 掌握组织结构设计的基本原则和设计程序。

(5) 了解岗位设计的定义。

(6) 掌握岗位设计的原则和选择。

(7) 掌握组织部门化。

(8) 了解三种职权的相互关系。

(9) 清楚职权配置方式。

(10) 熟悉公司组织形式的优缺点和其适应条件。

当人们来到一个组织进行各种业务活动的时候，总要找与业务相对应的部门来完成他的业务，而这些业务通常要通过几个业务相关的部门和人员才能完成，许多企业的业务相同但业务管理部门和岗位关系却不尽相同。每个组织都有自己的部门、岗位和人员，但每个组织处理业务的绩效和效率却有着很大的不同。造成这样结果的原因很多，组织设计就是其中一个非常重要的原因，设计好一个组织是管理者重要的任务，也是管理的重要职能。

组织是一个复杂、开放型的系统。进行组织设计时，必须着眼于这个组织的整体性、系统性和一般性，同时又要考虑到各个不同企业间的差异性。照搬、抄袭别的企业的组织条文和方式，就等于放弃了自己特定组织及其环境的特殊性，没有特色的组织不是一个卓越的组织。

7.1 组织结构设计

7.1.1 组织设计

所谓组织设计是建立或改造一个组织的过程，即对组织活动、组织结构和组织岗位的设计和再设计，把任务、权力和责任进行有效的组合和协调的活动过程。通过组织设计，为组织中的全体人员确定工作职责并协调其工作，以期在达成企业经营目标的过程中获得最佳的工作绩效。

在现实情况下，一般有三种情况需要进行组织设计：

(1) 新设立的企业。

(2) 原有组织出现较大的问题或企业的目标发生变化，如当环境发生重大变化后，对原有企业组织需重新设计。

(3) 组织需进行局部的调整和完善，如人员的变化或局部目标的变化需要对组织结构进行局部的调整。

这三种情况虽不相同，但组织设计的内涵和基本程序是一致的。

组织设计是一个动态的工作过程，包括组织结构设计和组织岗位设计两部分重要内容。

7.1.2 组织结构

1. 什么是组织结构

在一个企业里，任何一级管理者都要将他所负责的工作分解成若干个较小单元，以便分配给不同的单位或人员去完成，而形成不同的管理层次。这种对管理层次的确定和对部门的划分以及相应的职能、职责、职权等配置问题，就是组织结构问题。

组织结构就是构成组织各要素的排列组合方式，也就是组织各部门及各层次之间所建立的一种人与事、人与人的相互关系。

组织结构设计就是将组织的目标或任务分解成为组织内部各个分支机构或部门的工作，并将这些分工关联起来形成有效的工作。组织结构图是组织结构设计的结果，它描述了组织内部的部门设置和层次情况，明确了组织内部的分工和部门之间的关系。

2. 什么是分支机构和部门

分支机构是组织根据组织活动的需要、业务范围的划分或组织的特点，设立的专门从事该组织某项业务活动的机构。一般企业的分支机构是指分公司、办事处等，它们是公司的内部机构。

部门是履行一定职能的若干职位的组合，如财务部、销售部、人力资源管理部等都是企业的职能管理部门。

7.1.3　组织结构设计的任务和基本原则

组织结构设计的任务是设计清晰的组织结构和组织中各部门的职能。

由于管理者不同的考虑和组织目标的不同，每个组织结构的设计可能有所差异，形成不同的组织结构特色，但组织结构设计的基本原则应是组织结构设计的共性内容，具有普遍意义，它是对组织结构设计的普遍要求，也是对组织结构设计的一般性评价指标。组织结构设计的基本原则有以下几项：

(1) 目标原则。组织要围绕着组织整体目标的实现来进行组织结构设计，各分支机构和部门的设计都要服从组织的整体目标。组织结构因组织目标不同而有所不同，如以市场营销为中心的组织结构，营销部会较其他部门的位置更重要。

(2) 分工专业化与协作原则。在组织内部，组织的整体任务被划分为各项专业的任务，成立专业的分支机构或部门，设立专业的职位来完成这些专业的任务。在专业分工理论的指导下，管理职能划分为计划、组织、领导和控制职能，管理组织结构也是以职能分工为基础设计的。

这种以职能分工为基础的组织结构具有许多优点：①能将复杂的任务简单化。将复杂的任务通过劳动分工变成一个个简单的工作。如将管理任务通过劳动分工变成市场营销、财务管理和人力资源管理等方面的任务。②能使人们更快和更专业地掌握该领域的知识和技能，成为这方面的专家。③能将专业队伍集中起来提高工作效率。

分工专业化可以提高效率，但这种分工最终是组织成员的分工，过度的专业化不利于组织成员的发展，并会带来组织内部协调工作量的增加，这一点在许多组织设计中已经被注意到了，他们提高了组织部门的综合性，降低了分工的专业化程度。

(3) 统一指挥原则。统一指挥原则是法约尔提出的十四项管理的一般原则之一，它是指一个下属只能接受一个领导的指挥，并由此保持一条持续的职权线，这条职权线又称为“指挥链”。这里涉及三个概念：第一个概念是职权。它是指一定正式程序赋予某项职位的权利，在其位可承担计划、组织、领导和控制等能职能，是职位权利。第二个概念是职责。它是指某项职位的管理者应当对组织目标承担的责任。具有一定的职权就要承担相应的职责，权责要对等。第三个概念是负责。负责反映下属与领导之间的一种关系，下属应对自己的领导担负工作责任；领导应对下属的工作担负领导责任。

（4）控制幅度原则。控制幅度又称“管理跨度”，是指一位管理者能够有效地管理多少个下属。控制幅度决定了组织中管理层次数目和管理者的数量。管理层次是从组织最高一级管理组织到最低一级管理组织的各个组织层级。在一定条件下，控制幅度愈宽，管理层次就愈少，管理者就愈少，组织的管理效率就愈高。

法国的管理学者格拉丘纳斯（V. A. Graicunas）运用自己的研究，提出当控制幅度超过6～7人时，领导和下属之间的关系会越来越复杂，以至于最后使他无法驾驭。影响控制幅度的因素较多，主要有以下几点：①领导和下属管理的工作的复杂性、变化性和下属人员工作的相似性。如果领导和下属管理的工作复杂多变、富于创造性，从而耗费较大的精力，控制幅度自然要小一些；简单重复性的工作，可以程序化的工作，控制幅度则可大一些；越是处于组织高层的领导工作，控制幅度就可能越小，反之则可能加大；下属人员的工作越相似，就越便于主管人员进行管理，扩大控制幅度则是可行的。②人员素质状况。管理者和下属人员的素质状况，都会对控制幅度产生影响，管理者年富力强、经验丰富、工作起来效率很高，精力亦很充沛，控制幅度可以大一些。如果下属人员的素质很好，能主动、独立地完成自己的任务，也能进一步加大管理者的控制幅度。③下属人员职权合理与明确的程度。管理者对下属合理授权，使其职责明确、责权一致，训练有素的下属就可以放开手脚，在职权范围内独立地进行工作，既能充分发挥积极性和创造性，也有利于减轻领导的负担。④根据计划与控制的明确性及其难易程度。如果计划制定得详细具体，切实可行，下属人员就容易了解自己的具体目标和工作任务，通过计划来指导业务活动，不必事事请示领导，控制幅度就可以大一些。

（5）信息沟通的效率与效果。若能提高沟通的效率和效果，显然可以减轻管理者为此而承的时间负担，可增大控制幅度；反之，则小一些。

（6）根据组织变革的速度。变革速度慢，意味着企业政策比较稳定，措施比较详尽，组织成员对此也较为熟悉，形成了习惯，能够按既定程序和要求妥善处理各种问题，从而减轻了管理者的负担，控制幅度可以大一些；若与此相反，则控制幅度减少。

上述影响因素归纳起来就是管理者自身的素质和需要处理的信息数量决定着控制幅度。我们注意到随着管理者素质的提高和管理信息化水平的提高，组织结构变得越来越“扁平化”了，管理者控制幅度在加宽，组织的管理层次在减少。而“锥型化”，就是控制幅度小，管理层次多的组织结构则在逐步减少。

7.1.4 部门划分和职能确定

一个企业组织应该建立几个管理层次，设有多少个管理部门？每个管理部门的职能是什么，每一级的管理层次又起着什么样的作用？这些问题是企业高层管理者经常思考的，因此在企业组织内增加或减少部门数量，增加或减少部门职能的情况经常出现。当然，也会出现在企业范围内对部门划分进行大规模变动的情况。但所有这些变动，不论是局部增减，还是整体变动，几乎都遵循这样一个程式：首先划分部门，然后确定各个部门的职能。

1. 部门划分

企业管理的工作是通过管理部门来完成的，因此，组织设计要先将组织划分为部门。部门划分可按以下三种方法进行：

（1）由上而下划分。以最高层管理人员为出发点，由上而下，将企业的各项工作一层层地分解和细化。对高层工作的划分将导致低层次的部门划分。例如，公司首席执行官（CEO）将他所要承担的管理工作分解到几个部门去完成。

（2）由下而上划分。先将企业全部必须完成的作业归并为若干可以分别由个人担当的工作项目，再将若干个人组成一个单位，然后合并为一个部门。例如，将采购工作的主要内容，由采购员负责，众多采购员组成采购组，采购组与材料验收组、材料仓库保管组在一起，组成了供应部，这一归并的过程将一直进行到企业主管那里。

（3）以业务流程为单位划分。针对某一业务绘制流程图，从业务起点直至完成，逐步考察每一基本作业，使整个作业顺序中的每个阶段都有人承担。

在实践中以上三种方法都可以采用。

2. 职能确定

社会分工决定，每个部门要有职能的分工，主管某一领域的工作。组织也要把自己的管理职能分解到各个管理部门，通过各个管理部门来完成组织管理职能。在具体进行职能确定的时候，就需要从具体的管理工作出发，先将管理工作分解，再将若干管理工作归并为若干职能。需要指出的是，这种将工作分解后再归并成为职能的方式暂时不考虑人在其中的地位和作用。

除了上面我们谈到的按职能为主进行部门划分的模式外，常见的还有产品或服务部门化、流程部门化、顾客部门化和地域部门化等部门划分模式，这些我们要在后面的章节里作重点介绍。

7.1.5 组织结构设计的程序

组织结构设计的程序一般为下面四个步骤：

（1）确定组织任务目标，明确组织完成任务目标所需的活动内容。

（2）确定组织设计的原则。

（3）将组织工作分解，确定组织结构。

（4）确定完成组织工作需要的部门结构、部门职能和管理层次，进行管理业务的总体设计。

在这四个步骤中，第一步组织任务目标是由计划来完成的，组织结构设计主要是完成后面三个步骤。

管理提示

反控制幅度原理

管理层的减少带来的是管理跨度的扩大，我们不是管的更多了，而是管的更少了，而且成效更好。

——通用电气GE前总裁：杰克·韦尔奇

两种最一般的组织设计模式

1. 机械式组织

由正式的职权层级链所形成的统一指挥、窄的管理幅度（并随着组织层次的提高而缩小）、多层次的非人格化结构、高层管理者以复杂详尽的规则来代替对低层活动的监控。以不变应万变，高度分工、高度复杂化、高度正规化、高度集权化。组织是一架高效率的精密机器。

2. 有机式组织

松散、灵活的具有高度适应性的组织形式。也进行劳动分工，但是成员的工作不具备标准化的规则和条例，成员有熟练的技能，并经过培训能处理多种复杂问题，可通过教育将职业行为标准灌输到员工的头脑中，而不需要多么正式的规则和直接监督。

机械式组织与有机式组织的区别为：机械式组织——严格的层级关系；固定的职责；高度正规化；正式的沟通渠道；集权决策。

有机式组织——合作关系（纵向与横向）；不断调整的职责；低正规化；非正式的沟通渠道；分权决策。

管理故事

两 头 鸟

从前，某个国家的森林内，喂着一只两头鸟。名叫“共命”。这鸟的两个头“相依为命”。遇事向来两个“头”都会讨论一番，才会采取一致的行动，比如到哪里去找食物，在哪儿筑巢栖息等。

有一天，一个“头”不知为何对另一个“头”产生了很大误会，造成谁也不理谁的仇视局面。

其中有一个“头”，想尽办法和好，希望还和从前一样快乐地相处。另一个“头”则睬也不睬，根本没有要和好的意思。

如今，这两个“头”为了食物开始争执，那善良的“头”建议多吃健康的食物，以增进体力；但另一个“头”则坚持吃“毒草”，以便毒死对方消除心中怒气！和谈无法继续，于是只有各吃各的。最后，那只两头鸟终因吃了过多的有毒的食物而死去了。

问题：组织就是两头鸟，组织结构就是两个头，组织结构应该如何使组织健康成长呢？

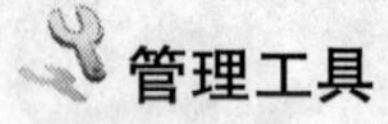

管理工具

7S模型

麦肯锡顾问公司研究中心设计的企业组织七要素（简称7S模型），指出了企业在发展过程中必须全面地考虑各方面的情况，包括战略（strategy）、结构（structure）、制度（system）、风格（style）、员工（staff）、技能（skills）、共同的价值观（shared valties）。也就是说，企业仅具有明确的战略目标和深思熟虑的行动计划是远远不够的，因为企业还可能会在战略执行过程中出现失误。因此，战略只是其中的一个要素。

7S模型既包括企业中的“硬件”要素，又包括企业中的“软件”要素。在模型中，战略、结构和制度被认为是企业成功的“硬件”，风格、人员、技能和共同的价值观被认为是企业成功经营的“软件”。麦肯锡的7S模型提醒世界各国的经理们，软件和硬件同样重要。

关键概念

组织结构　分工　控制幅度　组织层次　扁平化

7.2 工作分析和岗位设计

在组织设计中除了组织结构设计外，另外一个重要的设计工作就是工作分析和岗位设计。

组织的存在缘于其本身的使命和任务，而组织使命和任务的完成依赖特定岗位上的特定人员，如何根据组织的战略目标、组织任务以及组织经营环境的变化，将最合适的人放在最合适的位置上，取决于工作分析与岗位设计是否完善和准确。

7.2.1 工作分析中的几个重要概念

(1) 工作分析的定义。工作分析又称岗位分析，它是指全面了解、获取与工作有关的详细信息的过程，是对某个特定岗位的工作内容和职务规范（任职资格）的描述和研究的过程。所以，通过工作分析可以解决两个方面的问题：第一，某一岗位做什么事情；第二，什么样的人来做这些事情最合适。这里又涉及两个重要的概念即工作描述和工作规范。

(2) 工作描述。工作描述是指与工作有关的，包括职责、要求、报告关系、工作条件和管理责任的目录清单，是工作分析的结果之一。

(3) 工作规范。工作规范指为了完成特定工作所必须具备的知识、经验、技能、个性等其他特征的目录清单，它明确了某岗位的任职资格，是工作分析的另一个结果。

7.2.2 工作分析与岗位设计的工作步骤和内容

工作分析与岗位设计是紧密相连的，它们的工作步骤可分为四个阶段：准备阶段、调查阶段、分析阶段和岗位设计阶段。

(1) 准备阶段。在准备阶段最关键的是要确定工作分析的目的。工作分析可能用于规范和完善基础管理——明确各岗位的岗位职责；可能用于员工招聘；可能用于岗位价值评价以确定各岗位薪酬高低；可能用于确立绩效标准为员工绩效考核提供依据；可能为流程改造提供基础信息。此外，在准备阶段还应及时成立人力资源部门工作人员组成的工作分析小组，如果有必要，还应聘请外部人力资源专家参与以提供必须、有效的工作分析技术和工具。工作分析小组的成立，为工作分析的开展提供了组织保证。

(2) 调查阶段。该阶段为工作分析开始的实质性阶段。在此阶段工作分析小组首先根据工作分析的目的进行组织战略规划、近三年年度工作总结、组织结构、组织原有部门职责与岗位职责等原始材料的收集。如果组织还未进行战略规划，工作分析小组应与高层进行充分沟通以了解高层管理者的发展思路。其次，在原始材料的分析的基础上，设计与组织战略或发展思路相适应的组织结构并据此明确各部门职责和设计新的组织职位结构图。再者，借助岗位调查表进行所有岗位的岗位职责和任职资格的信息收集。岗位调查表是一种工作分析的工具，它包含了员工姓名、所在部门、上级主管、所在岗位的工作职责、任职资格要求、工作环境等信息，通过岗位调查表对各岗位进行普查，可以提高工作分析的效率。

（3）分析阶段。根据调查阶段收集的相关信息，由工作分析小组进行分析总结，根据组织战略和组织目标审核各岗位的主要工作职责和任职资格的准确性。

（4）岗位设计。该阶段为工作分析的成果完成阶段。针对分析阶段核实的相关工作信息以及与岗位工作人员及其上级主管共同确认后，工作分析小组完成岗位说明书的写作。

7.2.3 岗位设计的概念

岗位也称职位，它是有限的同类工作的组合。如财务部经理及财务部中的会计、出纳等都是岗位。我们可以从组织结构中了解和掌握岗位的设置。

岗位设计又称为工作设计，是指根据组织需要，并兼顾个人的需要，规定某个岗位的任务、职责、职权以及在组织中与其他岗位关系的过程。

每当管理者分配工作任务、发出工作指令、检查工作进行的情况，都涉及岗位设计的内容。因为管理者总是在自觉或不自觉地改变下属的工作，这种改变是通过策划、设计各种工作的结构，激发员工的内在积极性实现的。

没有一种工作本身是乏味的，工作能否吸引人，取决于员工在该组织中的体验，对个人需求所能得到的满足的程度。

岗位设计的目的是为员工创造一个能够发挥自身能力，提高工作效率的环境。高素质的员工对工作有更多的期望和追求，通过有意义的工作来激励员工、满足员工的需求，由此而产生的激励会更持久、更经济、更有效。管理者要善于运用岗位设计的思想和措施有效地激励员工。

岗位设计的任务是确定组织中的岗位和编制岗位说明书。岗位说明书是记录某个岗位工作描述和任职资格的书面文件。

7.2.4 岗位设计的要求

岗位设计是对组织结构设计的细化，它与组织结构设计属一个系统，因此岗位设计应满足下面的要求：

（1）全部岗位构成的职责体系应该能够保证组织总目标的实现。即组织运行所要达到的每一个结果、组织内每一项工作的有效运行都要落实到某一岗位上，不能出现某项工作或工作的某些环节没有人负责的情况。

（2）全部岗位构成的职能总和应该能够覆盖组织的所有职能。即组织运行所需要的每一项职能都应该落实到每一岗位中去。

（3）全部岗位构成的任务应该能够保证组织总任务的实现。组织的总任务的完成是通过每一个岗位来完成的，因此岗位的任务是对组织任务的分解，即使是临时性的任务也是如此。例如，为了完成临时性的任务，往往要在工作要求中加上“完成领导交办的其他事宜”这一条。

（4）每一岗位的职权应与其岗位的职责相适应。岗位的职权应能保证其相应职责的完成，以及由职责所决定的工作和任务的完成。

(5) 对每一岗位要有相应的绩效考核指标。这是对该岗位量化管理的要求，以便对该岗位人员的工作结果进行评估。

(6) 提出每一岗位对人员技能和经验的具体要求。

7.2.5 岗位设计的原则

在进行岗位设计时我们应遵循以下原则：

(1)“以任务为导向”和“以人为导向”原则。组织是由分支机构和部门以及职位组成的，但最终是由人组成的。现代企业组织结构设计中在体现“以任务为导向”的同时，出现了“以人为导向”的设计原则。

传统的组织理论中组织是按“以任务为导向”设计的，要求岗位任务的总和要能保证组织任务的完成，因此，每一岗位都要承担相应的组织任务，岗位的设置也是组织任务分解的结果。随着企业的发展和对人才需求的增长，“以人为导向”的组织设计更利于对人才的吸引和培养。

“以任务为导向”是“以岗定人”；“以人为导向”是“以人定岗”。“以岗定人”是选择合适的人，放在合适的岗位上来完成任务，它是“因事找人”。这种原则适应于一般性工作岗位的设置和一般性人才的选用，如财务、会计等常规性工作，谁来做这项工作都要按照同样的财务和会计规则来办理，并且具有财务和会计技能的人员较多，相互替代性较强，这类岗位就可以“以岗定人”。

“以人定岗”是给特殊的人以特殊的岗位，它是“因人找事”。这种原则适应于特殊性人才的留用和特殊性工作岗位的设置。这种特殊性人才属稀缺性人才，人员替代性不强，不可能或较少有人能替代他们和他们的工作。我们要为他们“量身定做”适合于这些人发展的岗位，如对研发能力特别强的人，就要为他们设立特别研发岗位；对组织上需要的人才而又不能专职来工作的，就要为他们设立顾问岗位。

(2) 系统性原则。岗位设计一定要与组织设计的思路一致，不同的岗位既要区别，又要相互依存，应形成一个有机的整体，发挥组织的最大效能。系统性原则要求我们在岗位设计时，要保证岗位设计的职能一体化、职责一体化、职权一体化、任务一体化，将组织目标、工作任务、责任、权力、指标、人员要求等通过岗位设计分解到每一个岗位上。

(3) 匹配原则。岗位要求要与组织人员能力相匹配，只有两者匹配，才能满足组织设计的要求。要把岗位要求与人员现实相结合，即使现有的人员不能满足岗位要求，也要让人员通过学习达到岗位要求的标准。

(4) 最少岗位原则。在进行职务设定时，应尽可能地将复杂的关系包含在一个岗位中，这样可减少人力成本，又可以缩短工作之间的信息传递时间。

(5) 工作量均衡原则。岗位设计中应考虑每个岗位的工作量是否均衡，时间是否均衡等；在组织设计下应实现岗位的明确分工，又在分工基础上有效地综合，使各岗位职责明确又能在上下左右之间同步协调，以发挥最大的组织效能。

7.2.6 岗位设计的选择

1. 工作简单化

工作简单化（job simplification）是指通过提高工作专业化的方式来提高其工作效率。工作简单化是建立在科学管理和工业工程的基本原理之上的，其基本目标是尽量使工作任务简单化、标准化和程序化。工作简单化的任务是在整个生产过程实行科学分解的基础上，使工作简化和专业化。工作简单化的目的是使人员从事简单、专业的工作，便于积累工作经验和完善工作方法，便于使用高效率的专用机器设备和培训专业人员，有利于发挥人员的个人专长从而提高劳动生产率。

当员工的素质和精力都难以适应复杂而综合的工作时，就应该通过提高专业化程度使工作简化。但是，如果过于专业化，就会使工作枯燥乏味，员工容易产生厌倦情绪，反而降低劳动效率。

2. 工作扩大化

工作扩大化（job enlargement）是指工作的范围扩大，包括工作任务和职责的扩大，旨在向工人提供更多的工作。当员工对某项工作熟练时，提高他的工作范围，会让员工感到更加充实。

工作扩大化主要是指横向扩大工作，工作的横向扩大化是将工作单位合并，如从事生产的员工也从事一部分设备维修保养、清洗润滑之类的辅助工作等。

工作扩大化使员工的工作范围、责任增加，改变了他们对工作单调、乏味的感觉，从而有利于提高员工对工作的满意度，也有利于提高员工的工作效率。

3. 工作丰富化

除了工作扩大化外，还可以用工作丰富化来解决员工对工作的单调、乏味的感觉。

工作丰富化（job enrichment）是指在工作上赋予员工更多的责任、自主权和控制权。工作丰富化主要不是在水平的方向上增加员工的工作内容，而是在垂直方向上增加员工的工作内容。这样，员工就可以承担更多、更重要的任务，有更大的自主权和更高程度的自我管理。

工作丰富化属于纵向工作扩大化的范畴，它将经营管理人员的部分职责和职权转由生产者承担，工作范围沿着组织管理的方向垂直扩大。这些做法使员工对某项工作具有更丰富的技能、更完整的任务、更突出的工作意义和自主权力，它可以满足员工的心理需要，达到激励员工的目的。例如，生产工人参与计划制订、自行决定生产目标、作业程序、操作方法、检验工作数量和质量，并进行经济核算等管理工作。

通常地，工作丰富化可以采取以下措施：

(1) 组成工作群体，使每个员工只为自己的群体工作，用来改变员工的工作内容。如员工可以成立团队式组织，在团队组织中丰富自己的工作内容。

(2) 实行任务合并，让员工完成一项完整的工作，而不是只让他承担其中的一个部分。如让员工承包负责完成某项完整的任务，使员工在这项任务的完成中丰富自己的工作内容。

(3) 建立客户关系，让员工尽量在与客户的接触过程中丰富自己的工作内容。

(4) 实行员工的自我管理，由员工规划和控制自己的工作，而不是让别人来控制。员工可以自己来安排工作进度，处理遇到的问题来丰富自己的工作内容。

管理提示

岗位轮换和弹性工作制

为了提高员工对岗位工作的满意度，减少他们对工作单调、乏味的感觉，可以采用岗位轮换和弹性工作制。

1. 岗位轮换

工作轮换（job rotation）又称轮岗，是指组织系统地将员工从一个工作岗位调换到另一个工作岗位，从而在不增加工作复杂性的基础上，提高员工的工作热情、工作满意度和工作效率，进而提高组织整体工作效率。因为工作轮换一方面为员工提供了多种多样的选择，另一方面也使员工在不断接触新工作的过程中保持新鲜感。

不要求改变岗位设计本身，而只是使员工定期从一个岗位转换到另一个岗位。这样，使员工有更强的适应力、更宽的视野，可以从全新的角度来看待问题和解决问题，更善于在组织整体中找出自己的位置。在企业中广泛实行岗位轮换，对培养管理人员和选择管理人员也有很大的作用。

2. 弹性工作制

弹性工作制的典型做法是：企业要求员工在一个核心时间期（如上午10点到下午4点）必须工作，但是下班时间由员工自己决定，只要工作时间总量符合要求即可。这样，员工可以自己掌握工作时间，为实现个人要求和组织要求的一致性创造了条件。

木桶原理

一只沿口不齐的木桶，盛水的多少，不在于木桶上最长的那块木板，而在于最短的那块木板。要想提高水桶的整体容量，不是去加长最长的那块木板，而是要下工夫依次补齐最短的木板；此外，一只木桶能够装多少水，不仅取决于每一块木板的长度，还取决于木板间的结合是否紧密。如果木板间存在缝隙，或者缝隙很大，同样无法装满水，甚至一滴水都没有。

一个部门，一个单位的工作总体水平的高低不是取决于这个部门中水平最高的人员，而是取决于这个部门水平最低的人员。因此，要提高部门和单位的整体工作水平，就要重视提高部门中水平最低人员的工作水平，使之缩短与其他人员的差距。

管理故事

发现“不拉马的士兵”

一位年轻有为的炮兵军官上任伊始，到下属部队视察其操练情况。他在几个部队发现相同的情况：在操练中，总有一名士兵自始至终站在大炮的炮管下面，纹丝不动。

军官不解，究其原因，得到的答案是：操练条例就是这样要求的。军官回去反复查阅军事文献，终于发现，长期以来，炮兵的操练条例仍因循非机械化时代的规则。

站在炮管下的士兵的任务是负责拉住马的缰绳（在那个时代，大炮是马车运载到前线的），以便在大炮发射后防止马乱蹦乱跳。现在大炮的自动化和机械水平很高，已经不再需要这样一个角色了，但操练的条例没有及时调整，因此才出现了“不拉马的士兵”。

问题：从组织的角度来进行分析，这实际上是一个组织的优化和岗位的再设计过程。反观目前许多企业的岗位，“不拉马的士兵”随处可见，我们应该如何处理这种情况？

管理工具

工作分析中的6W1H

工作分析要为管理活动提供与工作相关的所有信息，管理实践中将这些信息概括为6W1H。

(1) why，为什么做这项工作。工作任务的设计是为了完成组织目标服务的，只有正确回答某项工作设立的目的，才能为组织正确地定岗、定员奠定基础。

(2) what，工作内容是什么和工作量有多大。德鲁克说过，没有职责确认，组织目标就会落空。明确某项工作的具体产出结果，为组织目标的实现提供了保证。

(3) where，在哪里工作。工作环境的好坏是提高员工满意度的一个因素之一，恶劣的工作环境是薪酬补偿的一个重要内容。

(4) when，什么时间工作。工作时间能够为工作的完成提供保证，不规律的工作时间需要薪酬或其他形式的补偿，否则会造成员工不满意。

(5) for who，为谁负责。只有当我们充分了解了一项工作是如何同其主管、下属以及处于不同职能领域中但属于同一层面的其他工作联系在一起时，才能作出明确的决策，以确定如何才能以使整个组织利益最大化的方式来对工作进行设计和改善。为谁负责，依赖组织结构和工作流程分析，组织结构提供了构成组织的工作之间所存在的相对稳定、相互联系的基础信息，而某一工作流程分析以提高组织效率、降低组织运营成本为根本原则，它解释了这项工作从哪里接受、形成何种工作结果后为谁提供支持。工作流程研究涵盖了全面质量管理理念，为责任划分、过程质量控制和工作结果质量提高提供了保证。

(6) who，谁来完成这些工作。也就是说，具有何种学历、知识、经验、能力、素质、年龄和性别的人来完成这项工作。

(7) how，怎样完成工作，即工作过程。工作过程是指一个工作单位的成员在生产某种既定产品的时候所从事的各种活动。每一个工作过程都包括一个操作程序，操作程序明确说明了在产品形成的每一个阶段，工作应当如何去做。

关键概念

工作分析　工作描述　工作规范　岗位说明书　工作丰富化　工作扩大化

7.3　组织的部门化

组织的部门化是依据一定的标准将若干岗位组合在一起的过程。组织的部门化是劳动分工在组织内部的体现，它将组织工作依据一定的标准进行了归类。组织的部门化可以依据多种不同的标准进行选择安排，常见的有职能部门化、产品或服务部门化、流程部门化、顾客部门化和地域部门化。

7.3.1　职能部门化

在讲组织部门化时，涉及两个重要的概念：一个是工作专门化，它是指每个人专门从事工作活动的一部分，而不是全部活动；另一个是部门化，它是指按照类别对工作活动进行分组以便使共同的工作可以进行协调。每一个组织都可以按照一定的类别将组织划为不同的部门。

职能部门化是依据职能来组合工作的过程。职能部门化的结果是在组织内组成各种职能部门，如生产部、财务会计部、市场销售部、人力资源管理部、采购部等，这些部门职能的总和构成了组织的管理职能。

职能部门化的优点主要是：将同类专家和专业人员集中起来，统一使用统一管理；便于专业的培训；有较高的工作效率；便于在职能内部进行协调；便于职能管理；能够突出业务活动的重点；职能部门内员工在价值观和工作目标上具有相似性；员工具有明确的职业阶梯，在员工技能发展上具有连贯性。

职能部门化的缺点主要是：职能部门之间的协调工作难度较大；易形成部门分割，各自为政；不利于人才的全面发展。

7.3.2 产品或服务部门化

产品或服务部门化是依据产品线或服务内容来组合工作的过程。产品或服务部门化的结果是在组织内组成各种产品或服务部门，如果是一家家电企业，在企业内部就会形成洗衣机部、空调部、彩电部、小家电部等部门，这些部门的产品覆盖了企业所有的产品。

产品或服务部门化的优点主要是：便于进行产品或服务的专业化；便于部门内的协调；提高决策的效率；便于掌握该领域的信息；提高了资产的使用效率；更易于与客户交流与沟通；有利于人才的全面发展。

产品或服务部门化的缺点主要是：在每个产品部下要重复地配置职能部门；易产生部门化倾向；难以形成组织整体目标的统一。

7.3.3 流程部门化

流程部门化是依据工作或业务流程来组合工作的过程。工作和业务都有自己的流程，按照此流程顺序进行组织配置组织内部各部门。如果产品生产过程要经过锻压、机加工、电镀、装配、检验等流程，流程部门就按此顺序组成各部门，这些部门完成全部的工作或业务流程。

流程部门化的优点主要是：能对市场需求的变动快速反应；易于界定部门间的工作关系。

流程部门化的缺点主要是：部门之间的紧密协作有可能得不到贯彻。

7.3.4 顾客部门化

顾客部门化是依据同类顾客来组合工作的过程。这类顾客有着共同的需求和问题。如移动公司在公司内配置的大众客户部和集团客户部就是顾客部门化的结果。

顾客部门化的优点主要是：区别不同的顾客满足不同的需求，强调满足顾客的独特需求。

顾客部门化的缺点主要是：需要顾客群体有一定的数量规模；部门职能重复配置；易产生部门倾向。

7.3.5 地域部门化

地域部门化是依据地理区域来组合工作的过程。可按行政地理或经济地理划分，如以全国为目标市场，则可将部门划分为华中地区部、华南地区部、华东地区部、华北地区部和华西地区部。

地域部门化的优点主要是：可以争取地方上的支持；对区域性环境的变化能做出迅速反应；避免了产品部门化在每个产品部重复地配置职能部门和易产生部门化倾向的缺点。

地域部门化的缺点主要是：公司职能管理与地域职能管理重复配置；地域间的协调有一定难度；易造成专业人员缺乏。

管理提示

要遵守正确的结构原则

组织不良征兆一出现，就一定是正确的结构原则没有得到遵守。

——著名管理学家：彼得·杜拉克

存在唯一正确的组织形式吗?

在一个世纪以前，对组织的研究就建立在这样的假设之上：必定存在唯一正确的组织形式。这种“唯一正确的组织形式”已经变化过不止一次，但对之的不竭追求一直持续到今天。

第一次世界大战时，人们对正式的组织结构的需求开始明显起来，也正是那时人们认识到法约尔(Fayol)的职能结构（functional structure）并非是唯一正确的组织形式。第一次世界大战后不久，先是杜邦（Pierre S. Du Pont，1870～1954年）、再是斯隆（Alfred Sloan，1875～1966年）都发展了分权式（decentralization）组织结构。后来，人们又把“团队”（team）作为适用一切的唯一正确的组织形式。

但现在，人们已经越来越明显地认识到并不存在唯一正确的组织形式。每一种组织形式都有不同的优势、不同的局限性和特定的适用范围。组织形式并不绝对。组织只是使在一起工作的人们效率更高的一种工具，每一种组织形式都是在特定时间、特定环境下适合于特定任务的。

管理故事

面对暴风雪

有一个牧牛的主人说过这样一个故事，每年冬天突然来临的暴风雪都会造成牛群的暴毙，让牧场主人损失惨重。当冰寒冷冽的暴风雪横扫侵袭牧场时，咆哮不止的狂风将雪堆成巨大的雪块，温度急速下降，成群结队的牛都会背对着风暴，步履蹒跚而缓慢地移向下风处，它们只会群挤在一块，任凭风雪吹袭，导致集体死亡。然而，有一种叫做赫里福牛的，遇到狂风暴雪时，它们则是肩并肩、头并头地一起面对暴风雪的肆虐，出乎人们意料的，它们的死亡几率反而大幅降低，损失也减到最小。

问题：针对变化的环境，为什么牛的不同组织方式会有不同的结果?

管理工具

协 同 商 务

协同商务（collaborative product commerce，CPC）以互联网为基础，主要针对制造业，在包括产品研发、设计、采购、生产、售后服务在内的全生命周期进行数据管理，帮助企业完成跨地域、跨行业的合作，提升产品协作的总体效能。

CPC的核心是三个C，即create（创造产品）、collaborative（协同设计）、control（控制）。CPC和ERP是一种互补关系，CPC提供的是全程跟踪式的服务，它能让客户、开发者、厂商、供应商等从产品开发初期就紧密相连，每个阶段都参与，共同作出决定。它能够把ERP、CRM、SCM三者用互联网结合，成为电子商务的有机组合。

关键概念

职能部门化 产品部门化 流程部门化 顾客部门化 地域部门化

7.4 组织权力的配置

7.4.1 权力和职权

组织结构提供了一个按照一定逻辑建立的组织框架，但这个组织框架不会自己运行，它需要组织中的人员通过这个组织框架按照一定的运行规则来推动这个组织运行，这些运行规则就是组织制度。

管理者凭借其权力在组织中制定和推行这些组织制度，以使组织能在良好的状态下运行。在不同的管理层中，每个管理者都具有自己的权力。例如，人力资源部门的管理者可以决定如何提升公司人员的素质和使他们积极地工作；销售部门的管理者可以决定如何在市场上开展市场销售工作。

权力是什么，权力是影响人对被影响人的影响力。管理者必须有权力，可权力又不只限于管理者，一个组织的所有成员都可以因为他们拥有某一方面的特长和知识而拥有权力。

职权是权力的一种形式，是拥有职位而具有的影响力。职权来源于组织中的正式职位。

约翰·弗兰茨（John French）和伯特莱·瑞文（Bertram Raven）将权力分为五种：合法权、惩戒权、奖赏权、专家权和感召权。

合法权是指组织内各管理职位所固有的合法的、正式的权力。不同组织成员因其所处的地位不同，享有的合法权也不同。这种权力可以通过向下属发布命令、下达指标直接体现出来。也可以借助组织内部的政策、程序和规则直接体现出来。

惩戒权是管理者具有因下级没有达到工作要求而通过降薪、降级、批评等手段对其进行惩戒的权力。

奖赏权是管理者具有因下级执行命令或达到工作要求而通过升薪、晋升、表彰、提供更满意的工作环境和条件等奖赏手段对其进行奖赏的权力。

专家权是指一个人拥有别人不具有的某种个人专长、特殊技能或知识，而他人又予以认可的一种影响力。

感召权是指一个人所拥有的独特智谋或个人品质对他人产生的一种独特影响力，它能够使他人产生一种深刻的倾慕和认同心理。

从上述五种权力中我们可以看出，合法权、惩戒权和奖赏权属职权范畴，专家权和感召权不属职权，它是组织成员个人本身所具有的权力。在权力配置中要综合考虑组织成员个人本身所具有的权力因素和职权配置的需要，将合适的权力配置给合适的人员。

7.4.2 直线职权、参谋职权和职能职权

管理者如何有效地运用权力取决于他们对权力的理解和运用，我们将组织中的职权分为直线职权、参谋职权和职能职权三种。

直线职权是组织中因其职位对组织目标的实现担负直接职责的管理者所具有的职权。直线职权在组织内部保持一条持续的命令链，该命令链从最高管理层一直到最基层管理层。管理层级的等级链与命令链是对应的，每一管理层要对应地成为命令链中的一环。具有直线职权的管理者一方面接受上级的命令，另一方面向下属下达命令。如公司的直线职权是从公司董事长向下扩展延伸的，一直到最基层的管理者。但这并不意味着管理者对任何较低层次的员工都能直接指挥和命令，直线职权只赋予管理者向直接下属发布命令的权力。权责对等在这里的表现就是直接责任人应具有直接管理的职权。

参谋职权是组织中因其职位对组织目标的实现担负建议和咨询职责的管理者所具有的职权，属参谋性质的职权。具有参谋职权的管理者是组织中某个领域中具有专业特长的人员，他们向具有直线职权的管理者提出计划和建议，由具有直线职权的管理者作出决策。由于这两类管理者对组织目标实现担负的责任不同，为保证指挥的统一，参谋可以很多，负直接职责的管理者只能有一个。参谋对具有直线职权的管理者承担工作责任，具有直线职权的管理者对参谋的工作承担领导责任。

一个组织除了有垂直的层级管理外，还要有一些专业职能管理。职能职权是直线职权和参谋职权的结合。直线职权对应的是组织整体目标的职责，职能职权对应的是组织整体目标中某项专业目标的职责。职能职权是直线管理者把一部分原属自己的直线职权授予职能部门或职能管理人员的职权。换句话讲，职能职权是因其职位对组织专业目标的实现担负职能管理职责的管理者所具有的职权。如公司下属部门财务经理不仅要对本部门总经理负责，还要向公司负责财务的副总经理报告，因为该公司副总经理具有公司财务职能管理的职权和职责。

不同的职权配置在不同的职位和部门，如直线职权配置在董事长、总裁、事业部经理等职位上；参谋职权和职能职权配置在如财务经理、人力资源经理和计划部长等职位上和相应的财务部、人力资源部和计划部等职能部门上，在这些职位上的管理者同时具有参谋职权和职能职权，另外他们对其部门内部的下属也具有直线职权，如财务部经理对出纳员和会计员具有直线管理权。

组织职权的配置要与组织中的职位和部门相适应。

在小企业中普遍的现象是组织结构简单，没有很多职位和部门，组织职权往往集中在少数管理者的职位和部门，只是到企业发展到一定规模时，实现组织目标需要有更多的职位和部门时，职权相应地在这些职位和部门间进行配置，形成新的职权结构。如果企业规模扩大到一定程度，组织中的部分职能部门或部分组织目标独立出来成为客观需要时，职权就要再次配置。职权配置是一个动态的过程，它因组织结构的变化而变化。例如在企业规模较小时，销售工作是由总经理来完成的，随着企业规模的扩大和销售工

作量的增大，成立了销售部门，销售工作由销售经理负责。随着企业规模的再扩大，企业成立了独立的销售公司，销售工作由销售总经理负责。组织职权的配置就是这样随着组织结构的变化而变化的。

职权配置的变化必然引起职权结构的变化。职权结构是组织中直线职权、参谋职权和职能职权三者在职位和部门间的配置关系。职权结构与组织结构相适合，才能保证组织目标的实现。

7.4.3　直线职权、参谋职权和职能职权的相互关系

要很好地配置和运用职权，必须对直线职权、参谋职权和职能职权的相互关系有深刻的理解。

直线职权与参谋职权的关系是：直线职权是指挥权、命令权；参谋职权是建议权和直线管理者的授权，其建议内容也是通过直线职权的命令链向下才能得到下属的执行。拥有这两种职权管理者的矛盾焦点在于，参谋职权的拥有者是否拥有专家权，双方通过各自不同的影响力影响对方。

直线职权与职能职权的关系是：由于职能职权是直线职权和参谋职权的结合，除了参谋职权外，得到上级直线管理者的授权后，可以对直线管理者行使某项专业管理职权，如审计部门对直线管理者的审计；也可以是对下属参谋职责部门行使专业管理职权，如总公司财务部对下属分公司财务部通过预算进行财务控制。拥有这两种职权管理者的矛盾焦点在于，实现全局目标与实现专业目标的关系处理上，管理者要按照专业目标服从全局目标的原则处理两者之间的关系。

参谋职权与职能职权的关系是：由于职责的基础不同，拥有参谋职权的管理者对拥有直线职权的管理者负责，是直接对人负责；而拥有职能职权的管理者对专业目标的实现负责，首先是对目标负责，通过对目标负责实现对上级管理者负责，是间接对人负责。拥有这两种职权管理者的矛盾焦点在于拥有参谋职权与职能职权的管理者往往是同一人，他既要作好直线管理者的参谋，又要接受上级职能管理者的专业指导，当直线管理者与上级职能管理者出现矛盾时，他们更倾向于参谋职权的使用。

7.4.4　职权配置方式

组织设计中职权配置的方式主要有三种，即授权、集权和分权。

1. 授权

1）授权的概念

授权是将完成某特定工作所承担的责任和相应的职权委派给下属，使下属在一定的监督下行使职权的过程。下属在授权范围之内自行决定如何完成工作，并有责任向上级管理者汇报。上级管理者在授权后，还具有解除授权的权力。

2）授权的好处

通过授权方式配置职权可以使管理者得到以下好处：

(1) 管理者可以把精力和时间投入与自己关键职责相关的重要工作上，而把那些与自己关键职责无关的工作通过授权方式“交付”给下属。

（2）可以发挥下属人员的特长来完成一项适合下属特长的工作，调动他们的工作积极性，同时来弥补管理者自己在这方面的不足。

（3）因为是授权，管理者对职权的使用具有主动性和灵活性。管理者可以根据该项工作和被授权人情况的需要，实行全权委派或部分职权委派，即将完成该项工作的全部责任和全部职权委派给下属，或将完成该项工作的部分责任和部分职权委派给下属。另外管理者既可以授权，也可以根据情况的需要来解除授权。

（4）可以提高工作效率，使原来需要管理者自己同时完成的几项工作，委托给下属一部分“同步”完成，节约了工作完成的时间。同时被授权者在作决定前不再向他的上级管理者汇报，他可以根据事情的现场情况作出决定，节约了时间，提高了工作效率。

3）授权的工作流程

（1）决定哪项工作可以委派。

（2）决定委派给谁。

（3）为完成该项工作提供资源。

（4）委派工作。

（5）授予实现这些工作所需的职权。

（6）对工作过程反馈和监管。

（7）工作结束（解除授权）。

4）有效的授权必须掌握的原则

（1）确定职位关键职责，分离非关键职责，划分可以授权的工作范围。

（2）明确授权目标，确定授权要实现什么目的，哪些工作现在需要通过授权来完成。

（3）权责对等，对某项工作责任的委派与完成该项工作所需要的职权要对等。

（4）因事择人，授权要依据委派工作情况的需要将工作委派给合适的人。

（5）授权人的做法往往是让被授权人先工作，在工作中授权，而尽量避免先授权后工作的情况。

（6）不越级授权，授权者授出的是本职位的职权，越级授权混乱了组织管理的层级和命令链，违背了统一指挥原则。因此，组织只能在工作关系紧密的层级上由上级管理者向下级授权，不越级授权。

5）管理者有效授权的障碍

管理者有效授权的障碍来自两个方面：一是授权者；二是被授权者。来自授权者的障碍是：

（1）不愿意授权。管理者不愿意授权的原因很多，如管理者认为下属的能力不如自己，自己做这项工作要比下属做得好。如果交给下属去做，还要花时间让下属明白自己的意图，这样做的效果还不知如何等。这些不愿意授权的原因使我们的管理者的工作量越来越大，一直干到自己干不下来才停下来考虑授权问题。现代管理者角色中多了一个“教师”角色，这个角色就是要解决管理者与下属工作关系的问题。如果管理者是通过影响力来让下属完成工作的，管理者就要教会下属如何工作，授权者要学会当“教师”。

(2) 对委派的工作不再监管。管理者将职权授出后认为自己可以对委派出的工作不承担责任了，因此放任地让被授权者处理工作中的所有问题。被授权者只是代表授权者处理所授权的工作，被授权者对授权者负责，而授权者仍然要对该项工作对上级管理者或对组织负责，授权者是该项工作的最终责任人。因此，管理者在授权后要加强对被授权者的监管，要了解工作进程中的关键问题的解决情况，如果被授权者不能胜任，要及时地解除授权。授权是有风险的，加强监管是减少授权风险和及时回避授权风险的重要工作环节。

(3) 授权是减少管理者的权力。由于管理者是将职权授予下属，所以很容易理解为授权减少了管理者的权力。其实事实正好相反，授权提高了管理者的影响力。通过“授权”可以让更多的员工运用职权决定如何去做好工作，从而建立员工对工作的热情、主动性、责任心和奉献精神，这样的员工越多，管理者的影响力就越大。

来自被授权的下级的障碍是：

(1) 领导准备授权了，可是说不定部属也不愿接受下来，害怕在发生错误后会受到批评，不愿自行决定问题的处理办法。决策本来就是工作上非常困难的事，谁决策谁负责，事情既然是主管决定的，那么将来发生问题，领导应是责任人，受批评也不会轮到下级。

(2) 如果下级觉得自己缺乏必要的资源，恐不能圆满完成任务，将也不免不敢轻易承担新任务。一个人明知道预算有限制，人事有束缚，倘若接受了新任务，事情做起来会很辛苦，工作易受挫折，自然会拒绝接受交代的任务。

(3) 缺少积极的激励。下级接受一项额外的责任，通常会牵涉理智方面的努力，也牵涉情绪方面的压力。因此我们期望一个人勇于接受新增的负荷，就该给予其适当的激励。这种激励也许是工资的提高，也许是升迁机会的增大，也许是一项好听的头衔，也许是组织中的地位的提高，也许是主管的赞誉和赏识。此外，还有其他种种有形和无形的激励。这里，我们所要强调的是：如果我们能给予某人其需要的适当鼓励，则其欣然接受新责任的可能性会加大。

总之，对授权行为发生的双方，即领导和下级来说，都存在着对授权的不同看法和态度，而这些看法和态度又会直接影响授权的实施及产生的效果。正确地分析造成这种看法和态度的原因，并从主观和客观上采取相应的措施；同时，主管和部属之间密切配合，共同努力，就能防止授权失效，从而产生积极的、富有建设性的成果。

2. 集权和分权

1) 集权和分权的概念与特点

集权就是集中权力，是将职权和职责集中在组织层级的高层。分权就是分散权力，是将职权和职责沿着组织层级向下分散。

集权和分权都是实现组织目标的需要。集权是与职责的集中相联系的，组织整体目标的实现需要有人负责并具有与职责相对应的职权，才能实现组织的统一，同时带来了较高的工作效率和较低的决策成本。分权是与迅速变化的环境相联系的，把决策权交给身在变化环境中的管理者现场处理，往往更加正确，也更容易调动他们的积极性，集权和分权对于组织来讲都是需要的。

集权和分权都是相对的。绝对的集权没有分权意味着组织中的全部权力集中在一个管理者手中，组织活动的所有决策均由该管理者作出，管理者直接面对所有的执行者，没有任何中间管理人员，没有任何中层管理机构，也就没有了专业分工的优势，管理者承担过重的负担，难以适应市场、客户和其他组织环境的变化。而绝对的分权没有集权则意味着全部权力分散在各个管理部门，甚至分散在各个执行者手中，没有任何集中权力，也就没有了对组织整体目标负责的责任人和统一指挥职权，组织成员将各行其是，部门间协调困难。

2）影响集权和分权的因素

每个组织的集权程度和分权程度都要受一些来自组织自身和组织环境因素的影响。组织自身的因素通常有：组织的规模、增长的速度和管理层次的数量；组织决策的成本；组织文化；管理者自身能力；管理信息系统的发展水平；董事会对公司治理的考虑；多元化经营与专业化经营战略的选择；政策的统一性；领导对权力的偏好程度；组织历史对现在的影响等因素。组织环境的因素通常有：市场的变化程度和复杂性、政府的监管程度等因素。综合上述这些因素，集权和分权最终都是要考虑将职权配置在能作出合适决策的管理职位和管理部门中。

3）判断一个组织分权程度的标准

（1）较低的管理层次作出的决策数量越多，分权程度就越大。

（2）较低的管理层次担任的决策重要性越大，分权程度就越大。

（3）较低的管理层次担任的决策影响面越大，分权程度就越大。

（4）较低的管理层次所作的决策上级审核得越少，分权程度就越大。

4）分权的途径

权力的分散可以通过两个途径来实现：组织设计中的权力配置（制度分权）与管理者工作中的授权。

制度分权与授权都是使较低层次的管理人员行使较多的决策权，即权力的分散。作为分权的两种途径，制度分权与授权是互相补充的，组织设计中难以详细规定每项职权的运用，难以预料每个管理岗位上工作人员的能力，同时也难以把握迅速变化的环境和因环境变化给每个管理部门可能带来的新问题，因此，需要各层次管理者在工作中通过授权来补充制度分权的不足。

管理提示

权力、责任与职权

权力和职权是两回事。管理当局并没有权力，而只有责任。它需要而且必须有职权来完成其责任——但除此之外，决不能再多要一点。

——著名管理学家：彼得·德鲁克

真正的管理是减少管理

权力充分下放是减少管理的真谛。

——哈佛大学教授：乔治·戴维森

管理故事

哲学家和船夫的故事

一位哲学家与一个船夫之间正在进行一场对话。

“你懂哲学吗？”

“不懂。”

“那你失去了80%的生命。”

突然，一个巨浪把船打翻了，哲学家和船夫都掉到了水里面。

看着哲学家在水中胡乱挣扎，船夫问哲学家：“你会游泳吗？”

“不……会……”

“那你就失去了百分之百的生命。”

问题：你认为哲学家和船夫在组织中可以担任什么职务？

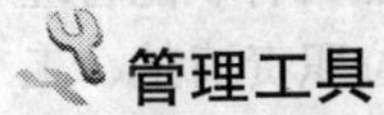

管理工具

新7S模型

自20世纪90年代以来，企业间的竞争范围不断扩大，节奏日益加快，激烈程度升级，竞争的巨大压力使新的组织竞争理论不断产生，于是企业竞争理论研究学者达尼提出了新7S模型框架，即更高的股东满意度（stakeholder satisfaction）、战略预测（strategic soothsaying）、速度定位（speed）、出其不意的定位（surprise）、改变竞争规则（shifting the rules against the competition）、告示战略意图（signaling strategic intent），及同时和一连串的战略出击（simultaneous and sequential strategic thrusts）。

基于超强竞争环境的本质，新7S理论并没有一系列的总体性战略，而是以制胜步骤的方式呈现。从总体上说，这7个S分为三大部分：

第一部分，破坏的远见，即前两个S。在超强竞争环境下，企业必须不断地去破坏，向客户提供比对手更好的服务，以占据优势。创造更高的股东满意度是目的，战略预测则是寻找并制造破坏机会的方法。

第二部分，破坏的能力，即第3、第4个S。在组织中建立快速行动能力，才能将破坏变成现实；建立让对手惊奇的能力，可以增强破坏的力量。

第三部分，破坏的战术，即第5至第7个S。改变动态竞争中的规则，利用告示作影响未来的动态策略互动，实施战略出击是动态竞争攻防的方法。

在当今快速变化的超强竞争环境下，企业原有的竞争优势会很快消失，所以企业竞争力的提升更依赖于获取一系列短期优势的能力，要将远见、能力与战术三者有机统一、协同作用，以打破现状、掌握先机。

关键概念

权力　直线职权　参谋职权　职能职权　授权　集权　分权

7.5 公司组织形式

公司的组织有U型（unitary structure）直线职能制、M型（multidivisional structure）事业部制和H型（holding structure）控股制三种主要形式，同时还有矩阵制、

模拟分权制、虚拟公司和委员会制等组织形式。

7.5.1 直线职能制（U型结构）

直线职能制亦称直线参谋制，它将领导直接指挥和职能人员的业务指导相结合，并具直线制和职能制的优点，是公司常见的一种组织形式。

直线职能制的特征在于：公司内部以直线为基础，它们可以是分公司也可以是工厂的车间或其他运营部门。在各直线管理之下划分若干个职能部门，如财务部、人力资源部等。直线部门担负组织目标实现的直接责任，并拥有相应的直接职权。职能部门是上层直线管理者的参谋和助手拥有参谋职权，它们并担负组织专业目标实现的责任和拥有相应的职能职权，它们对公司专业业务进行指导，不向下级直接管理者下达命令，除非有上级直线管理者授权。

直线职能制的优点为：①具有直线管理的统一指挥、统一命令的特点又有职能管理的发挥参谋人员作用和专业化程度高的优势；②专业分工细、部门和岗位职责清楚、工作效率高；③组织结构的稳定性高。

直线职能制的不足之处为：①由于按职能划分部门，部门目标不同，相互之间的协调工作量较大；②由于直线部门的全局性和职能部门的专业目标性，两者之间矛盾较多；③由于系统稳定性高，当组织环境变化时，适应性较差。

直线职能制适用于：①稳定的环境；②中小企业；③以效率和工艺质量为目标的组织。

7.5.2 事业部制（M型结构）

事业部制是组织面对不确定的环境，按产品、部门、地区和顾客划分为若干事业部，实行集中指导下的分散经营的一种管理组织形式。

事业部制的特征在于：每个事业部都是实现公司总体目标的基本经营单位，实行独立核算、自负盈亏和统一管理；事业部可以下设职能部门。各事业部经理直属于总裁或执行委员会管理，受公司总部长期计划预算的监督，负有完成利润计划的责任。另外，事业部经理统一领导所管辖的事业部，可以得到公司总部各职能部门的协助。公司最高管理者的责任是资金分配、重要人事任免、战略决策。

事业部在公司中按其作用可分为以下三种：

（1）利润中心。对产品生产、销售有很大自主权，可下设成本中心（生产中心）、销售中心和研究开发中心；宗旨是明确责任，适用于开发比较成熟的产品，其成本和市场销售相对稳定。

（2）投资中心。负责某一大类产品的生产和投资，下设相对稳定的利润中心和投资项目，公司给投资中心很大投资权，并考核其投资报酬率。

（3）战略事业单位。适合于多样化经营的大公司，是目前比较新型的事业部形式，它负责若干个大类产品的战略开发、投资、生产和销售，可下设若干个投资中心和利润中心；其作用是从更高、更长远的角度出发来分析市场，抓住机会，对整个公司的若干种产品进行战略决策。它的重点是要处理好短期盈利和长期发展关系，避免在不同部门之间重复研究开发，即具备超级事业部功能。

事业部制的优点为：①公司总部领导可以从烦琐的日常事务中解脱出来，着力策划公司长期发展战略；②事业部与市场联系紧密，便于掌握市场动态和适应市场变化；③利于经理的职业化；④增大了有效控制幅度。

事业部制的不足之处为：①由于各事业部利益的独立性，容易各自为政，忽视长远发展和整体利益，影响各部门间的协调；②在公司总部与事业部内部都要设置职能机构，难免机构重叠，成本上升；③在对事业部授权的权限上难以把握，不是过于集权就是失之松散，权限的划分可谓各公司最复杂、最头疼的管理难题。

为了协调各事业部之间的联系，解决、平衡上述矛盾，不少大公司采取“超事业部制”，即在各事业部之上设立超级事业部，又称事业本部管理层次，以协调所属各事业部的活动。

事业部制适用于：①不稳定、不确定的环境；②大型组织；③以产品专门化和创新为目标的组织。

7.5.3 控股制（H型结构）

控股制是在公司总部下投资设立若干个子公司，公司总部作为母公司对子公司进行控股，承担有限责任，从而控制经营风险。控股制也称独立事业单位，组织中的事业部门由子公司所替代，公司总部持有子公司部分或全部股份。母公司对子公司通过控制性股权进行管理。

控股制对大型跨国公司非常适用，它既能发挥母公司的战略优势，又能发挥子公司的积极性、灵活性；而且在必要时，母公司可以放弃没有前途的子公司，以避免财产损失和经营风险，它适应于大型跨国公司。

根据控股公司所从事的活动内容，可分为纯粹控股公司和混合控股公司。

(1) 纯粹控股公司（pure holding company），其设立的目的只是为了掌握子公司的股份，然后利用控股权影响股东大会和董事会，支配被控制公司的重大决策和生产经营活动，实现其控制意图，而本身不从事直接的生产经营活动。

(2) 混合控股公司（mixed holding company），指既从事股权控制，又从事某种实际业务经营的公司。一方面，它掌握目标公司的控股权，支配其生产经营活动，使被控制公司的业务活动有利于控股公司自身营业活动的发展；另一方面，它又直接从事某些实际的生产经营活动。

控股制的优点为：①十分有利于分散公司的经营风险；②各子公司有可能从子公司的相互交易中得到好处，从而避免市场监督；③有利于集中社会优质资源进入新的业务领域。

控股制的不足之处为：①母公司对子公司绩效的评价能力和资源调配能力有限；②它较事业部制更容易出现各自为政的倾向；③子公司为了自身的利益容易过度地进行再投资；④限制了组织资源的共享。

控股制适用于：①在多个领域从事经营，可考虑将这些领域的经营分别由不同的子公司来完成；②多方利益者参与才能完成的项目；③跨地区和跨国经营。

7.5.4 矩阵制

除了U型、M型和H型这三种类型的公司组织结构外，矩阵制也是一种较常见的形式。

矩阵制结构又称“规划目标结构”，它是在U型结构的基础上，再建立一套横向的组织系统，两者结合而形成一个矩阵。这一结构中的执行人员既受纵向的各职能部门领导，又接受水平的、为执行某一专项职能而设立的项目小组领导。这种小组一般按规划目标（某种产品、某个工作项目等）进行设置。

矩阵制的优点为：①工作目标明确，就是为了完成某种产品或某个工作项目；②人员配置灵活，需要什么样的人员因项目而定；③使专门职能知识适用于所有项目，专业人员利用率高，有利于工作进度。

矩阵制的不足之处为：①项目部经理和职能部门经理在组织中容易形成多重领导，会发布不一致的命令，从而导致无效冲突和短期管理危机；②人员容易产生临时工作心理，造成工作不细不深入；③项目与部门间的协调成本将可能大幅度上升；④由于把一个员工分配到多个部门，可能会产生困惑、压力和焦虑。

为了克服矩阵制多头领导的不足，实践中衍生出了以职能主管职权为主要权力的职能式矩阵结构和以项目主管职权为主要权力的项目式矩阵结构。

矩阵制适用于：①因技术发展迅速、产品品种多而创新性强、管理复杂，企业外界环境具有较大的复杂性和不确定性的协作项目；②需要组织关注于其产品和专业技能整体的项目；③需要资源共享的项目。

7.5.5 模拟分权制

当一个公司的规模发展到直线参谋制组织不能有效地运行，并且由于生产技术内在联系，无法把公司分解成为若干个相对独立的事业部时，模拟分散形式便是最有效的了。这种组织形式是介于直线参谋与事业部制之间的一种组织形式。模拟分散是组织内组成新的单位，将该单位模拟成一个“事业部”进行运营，让其独立经营，单独核算。这些模拟的“事业部”，相互间的核算以内部转移价格为基础，不像事业部，内部转移以市场价格为基础。大型钢铁公司、化学工业公司等大型企业往往采用这种组织形式。

模拟分权制的优点为：解决了企业规模过大、不易管理的问题。

模拟分权制的不足之处为：①分权不彻底；②沟通效率较低；③对干部素质要求高。

模拟分权制适用于大规模、无法分解成事业部的企业。

7.5.6 虚拟公司

虚拟公司又称“网络型组织”，虚拟公司是由一些独立的企业通过信息技术联成的临时网络组织，以达到优势互补、共同满足市场需求的目的。

虚拟公司是由几个有共同目标和合作协议的公司组成的，成员之间可能是合作伙伴也可能是竞争对手，它改变了过去公司之间完全你死我活的输赢（win-lose）关系，而代之以“共赢”（win-win）关系。同时每个成员企业将各自的商业活动减少到1～2个，成员公司只专注于自己最有竞争力的业务。虚拟公司通过集成各成员的优势和资源，在管理、技术、资源等方面拥有得天独厚的竞争优势，通过分享市场机会和顾客，实现共赢的目标，以便在瞬息万变、竞争激烈的市场环境中有更大的获胜机会。

虚拟公司的优点为：①使组织对多变的环境有高度灵活性和适应性；②使得每一个成员组织能发展各自的优势竞争力；③促进快速的全球性扩张；④虚拟公司内部组织可以产生协同效应。

虚拟公司的不足之处为：①对虚拟公司内独立的组织间的横向关系管理较为困难；②使独立组织放弃自主权来参加虚拟公司比较困难；③可能会暴露成员组织的专有知识和技术。

虚拟公司适用于：①高度复杂和不确定的环境；②所有规模的组织；③专业和创新的组织目标；④具有高度不确定性的技术；⑤国际业务。

委员会是共同执行某一方面管理职能的一组人。委员会作为一种集体管理的形式而被广泛地采用，在管理中，尤其是在决策方面扮演着越来越重要的角色。

存在于各种组织中的委员会，其形式和类型可以说是多种多样的。它可以是直线式的，也可以是参谋式的；可以是组织结构的正式组成部分，有特定的职权和职责，也可以是非正式的，虽未被授予职权，但常常能发挥与正式委员会职能相同的作用。此外，委员会还既可以是永久性的，也可以是临时性的。在组织的各个管理层次都可以成立委员会。

公司的最高层，一般叫做董事会，它行使制定重大决策的职权，负责决定公司的大政方针。董事会是公司的最高决策机构，由若干名董事组成。

董事会还可下设委员会，如可以设立执行委员会、财务委员会、经营委员会、任免委员会、薪酬委员会和关系委员会等。

执行委员会的职责是负责公司的经营活动；财务委员会的职责是负责公司的财务活动；经营委员会的职责是代表董事会了解和检查公司的营业情况；任免委员会的职责是负责公司高级管理人员的提名；薪酬委员会的职责是决定公司高级管理人员的薪酬；关系委员会的职责是负责公司与社会各方面的关系。

委员会制的优点为：①实行集体领导，可以集思广益，减少决策失误，避免权力过于集中；②委员会是独立的决策机构，决策后的执行由其他机构完成，实现决策与执行的分离；③委员会的成员，一般由各方面利益集团的代表组成，因此，委员会作出的决策必然能广泛地反映各个利益集团的利益；④决策也需要专业化，委员会的成员大部分是这个领域的专业人员，更容易做到决策的科学化。

委员会制的不足为：①为了求得全体委员一致的结论，容易形成妥协和折中的意见或结果。②委员会是集体负责的，这样也就没有一个人能在实际上对集体的行动负责，大家都负责往往导致实际上的大家都不负责。③在委员会中，往往是少数有影响的人占支配地位，委员会的决议往往不能反映集体的决断。

委员会制适用于：因多方利益代表的存在，需要实行集体决策的组织。

管理提示

成功靠团队

企业的成功靠团队，而不是靠个人。

——管理大师：罗伯特·凯利

母、子公司

子公司是与母公司相对应的法律概念。母公司是指掌握其他公司的股份，从而能够在实际上控制这些公司经营活动的公司，也称控股公司。子公司是指其一定比例以上的股份被另一公司所掌握而受其实际控制的公司。子公司也可以通过控制其他公司一定比例以上的股份而成为控股公司，被控制的公司成为子公司。子公司具有法人地位，可以独立承担民事责任。

管理故事

山雀与知更鸟

20世纪初，英国的乡村有一套牛奶配送系统，将牛奶送到顾客门口。由于牛奶瓶没有盖子，山雀与知更鸟常常毫不费力地在顾客开门收取牛奶前先一步享用。后来，随着厂商加装了铝制的瓶盖，山雀与知更鸟便不再拥有这“免费早餐”了。但到了20世纪50年代初期，当地的所有山雀（约100万只）居然都学会了刺穿铝制瓶盖，重开“免费早餐”的大门。反观知更鸟，却只有少数学会，始终没有扩散到大多数。

生物学家发现，山雀在年幼时期，就已习惯和同类和平相处，甚至编队飞行。而知更鸟则是排他性较强的鸟类，势力范围内是不允许其他雄鸟进入的，同类之间基本上是以敌对的方式沟通。因此，虽然两者同属鸟类，但和谐相处的山雀，比起互相敌视的知更鸟，更能学习互助，进化程度更高。

问题：我们应向山雀学习点什么呢？

管理工具

虚拟团队管理法

如何在知识经济时代有效管理和领导企业的员工，已经成了企业经营管理者所面临的最重要课题，而虚拟团队管理法给企业的团队管理提供了一个科学的范式。

虚拟团队不依赖于看得见摸得着的办公场所而运作，但它又是一个完整的团队，有着自己的运行机制。它的存在跨越了时间和空间的限制，成员来自分散的地区，缺乏成员之间相互接触时所具有的特征。

虚拟团队利用最新的网络、移动电话、可视电话会议等技术实现基本的沟通，虚拟团队管理的核心问题其实是信任的建立和维系。

最理想的方法是改变“员工”的角色定位，把他们从“劳动者”的角色转换为“会员”的角色。作为会员，他们要签订会员协议，享有相应的会员权利和责任，最重要的是参与公司的管理。

“劳动者”转换为“会员”，虽然不能等同于把所有权拱手让给他们，但这一改变无疑会削减企业所有者的权力。因此，股东的角色也必须相应地从“所有者”转换为“投资者”，他们追求回报，又要承担风险。另外，他们也不能越过“会员”转卖公司，或是轻易地向管理层发号施令。

关键概念

直线职能制　事业部制　虚拟公司　委员会制　控股制　模拟分权制

本章提要

(1) 组织设计是建立或改造一个组织的过程，即对组织活动、组织结构和组织岗位的设计和再设计，把任务、权力和责任进行有效组合和协调的活动过程。

(2) 组织结构是为有效实现组织目标，组织内部的分支机构之间和部门之间所建立的相互关系。组织结构设计就是将组织的目标或任务分解成为组织内部各个分支机构或部门的工作，并将这些分工关联起来形成有效的工作。组织结构图是组织结构设计的结果。

(3) 组织结构设计的任务是设计清晰的组织结构和组织中各部门的职能。

(4) 组织结构设计的基本原则包括：目标原则、分工专业化与协作原则、统一指挥原则、控制幅度原则。

(5) 组织结构设计的程序一般为下面四个步骤：第一步确定组织任务目标，明确组织完成任务目标所需的活动内容；第二步确定组织设计的原则；第三步将组织工作分解，确定组织结构；第四步确定完成组织工作需要的部门结构、部门职能和管理层次，进行管理业务的总体设计。这四步之后形成组织结构图。

(6) 岗位设计又称为工作设计，是指根据组织需要，并兼顾个人的需要，规定某个岗位的任务、职责、职权以及在组织中与其他岗位关系的过程。

(7) 岗位设计的选择有：岗位的简单化、专业化、扩大化、丰富化和岗位轮换。其目的是提高工作效率和更有效地激励员工工作。

(8) 权力是什么，权力是影响人对被影响人的影响力。职权是权力的一种形式，是拥有职位而具有的影响力。管理者因所在职位有管理者职权，每一个职位都有相应的职权，职权来源于组织中的正式职位。管理者必须有权力，可权力又不只限于管理者，一个组织的所有成员都可以因为他们拥有某一方面的特长和知识而拥有权力。

(9) 职权分为直线职权、参谋职权和职能职权。

(10) 职权的配置方式是授权、集权和分权。

(11) 公司常见的组织形式有：直线职能制、事业部制、控股制、矩阵制、模拟分权制、虚拟公司和委员会制等。这些组织形式适用于不同的条件，又各有其优缺点。

复习思考题

(1) 什么情况下需要组织设计？

(2) 如何保证组织内部的统一指挥？

(3) 扁平化组织和锥型组织，哪种组织的效率更高？为什么？

(4) 你是如何把握“以任务为导向”和“以人为导向”的岗位设计原则的？

(5) 举一个工作丰富化的例子。

(6) 描述你所在学校的某个工作岗位。

(7) 管理者可以对组织进行哪些种类的部门化。

(8) 阐述直线职权、参谋职权和职能职权的关系。

(9) 如果你是管理者，你愿意向你的下级授权吗？为什么？

(10) 公司有哪些常见的组织形式？它们的优缺点是什么？

管理者训练

考察一个组织的结构

考察一家你所熟悉的组织，或者你自己非常了解这个组织，也可以向你的家人、朋友求助，请他们为你描述其所在组织的情形，思考以下问题：

(1) 在决定该组织的组织方式时，哪一种权变因素是最重要的？你是否认为该组织的现行组织方式是合理的？

(2) 该组织现在采用的是哪种组织结构形式？你认为还有没有更有效率的组织结构形式？

(3) 该组织的职权等级体系有多少个层次？是集权的还是分权的？描述高层管理者、中层管理者以及基层管理者的职权范围。

(4) 现行的职权分配状况是否适合该组织及其运营活动？为什么？如果有优化的空间，应如何来进行？

(5) 该组织是如何使整个组织协调运行的？

(6) 根据工作分析步骤，将岗位说明书作为模板，为您的一位同事写一份岗位说明书。

案例 7-1

一个公司的组织结构图

下面我们以一个公司为例，看一下组织结构设计步骤和其结果。

我们按照一定的组织设计原则，确定组织结构。图 7-1 就是该公司的组织结构图，它由公司分支机构和部门组成。

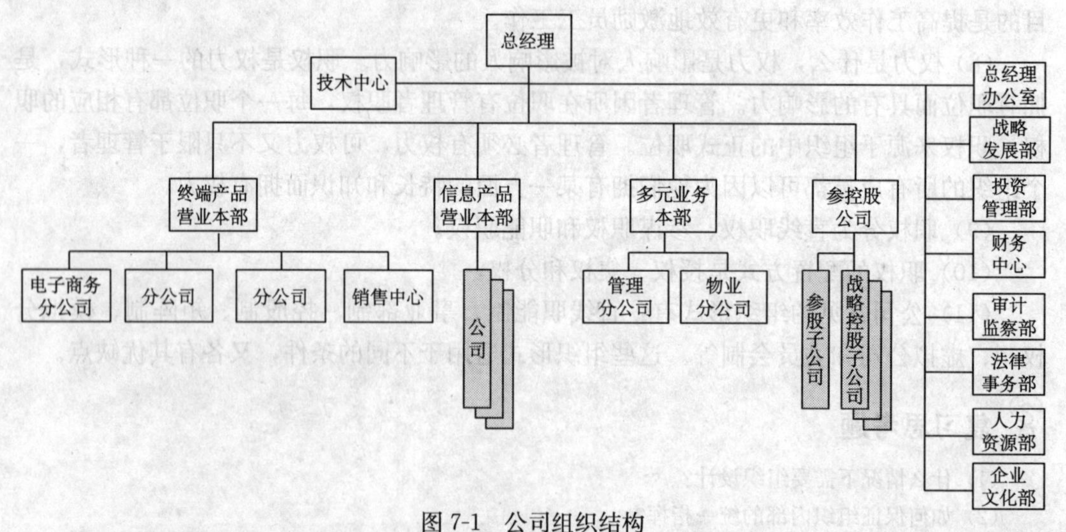

图 7-1 公司组织结构

根据公司组织结构确定公司职能部门结构及相互间的关系，它确定了公司职能部门相互间的职能分工。公司职能部门结构及相互关系如图 7-2 所示。

以行政总监的下属管理部门——人力资源部、法律事务部和企业文化部为例分析了行政总监主管的这三个部门间的关系和描述了它们各自部门的职能，如图 7-3 所示。

讨论题：

将你所掌握的组织结构与这个组织的组织结构进行比较，找出不同点。

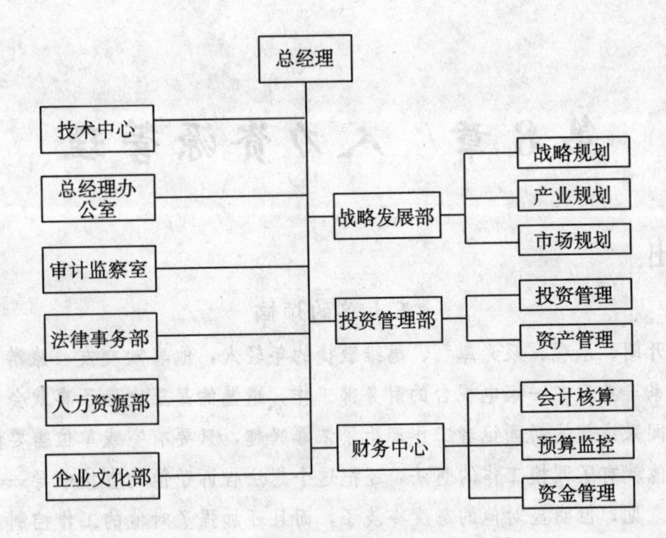

图 7-2　职能部门结构及相互关系

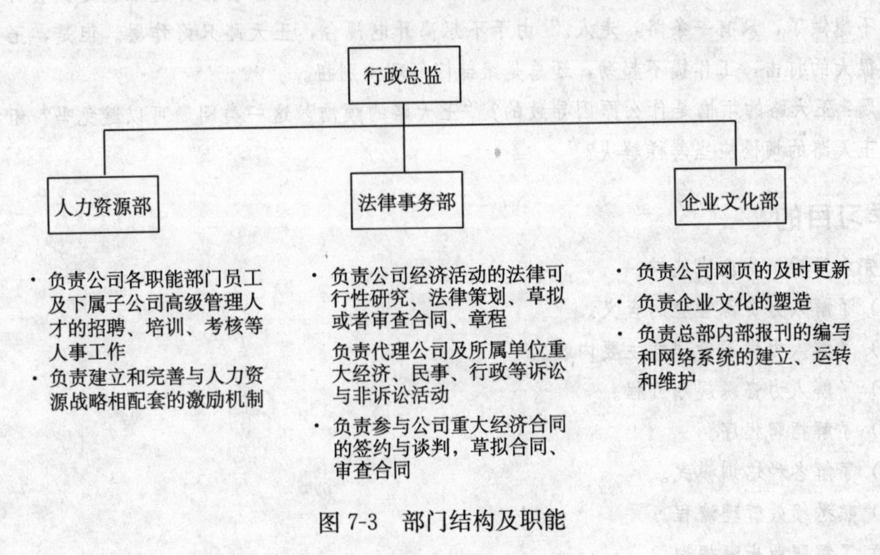

图 7-3　部门结构及职能

第 8 章　人力资源管理

问题的提出

王大路的烦恼

王大路是一个开朗、乐观、眼光犀利、思维敏捷的年轻人，他喜欢交友、旅游、体育活动。2001年他从某大学会计系毕业后在一家电视台的财务部工作，遗憾的是王大路不喜欢会计工作。在电视台工作期间，他对新闻采访部的新闻记者工作产生了浓厚兴趣，只要有空或单位需要他就帮着新闻记者去现场摄像。后来他就有了调换工作的想法，还把这个想法告诉了他的直接领导——财务部经理。财务部经理没有发表意见，但明显对他的态度冷淡了，而且还加强了对他的工作控制。王大路并没有放弃，他又把想法告诉了主管财务工作的副台长，但是副台长说："当初招你进来就是做会计的，现在既然你不想做了，只有一条路，走人。"由于不想离开电视台，王大路只好作罢。但是，王大路因此受到了很大的打击，工作提不起劲，还总是跟部门经理闹别扭。

问题：王大路的烦恼是什么原因导致的？"王大路的烦恼"这一类问题可以避免吗？组织应当怎样做？王大路的烦恼应当怎样解决？

学习目的

学完本章后，你应当能够：

(1) 了解人力资源管理的含义。

(2) 了解人力资源管理的主要内容。

(3) 了解人力资源规划流程。

(4) 了解招聘程序。

(5) 了解各种培训模式。

(6) 熟悉绩效管理流程。

(7) 了解职业生涯规划。

8.1　人力资源管理概论

8.1.1　人力资源的定义

人力资源是能给组织带来价值增值的人的各种能力的总和。这个定义主要包括以下几个要点：一是人力资源的本质是人所具有的组织所需各种能力的总和，包括体质能力、管理能力、技术能力与企业家才能。其中管理能力包括心理能力和人际关系能力，企业家才能包括战略思考能力、资源整合能力、风险控制能力、变革能力等；二是人所具有的能力能对财富起贡献作用，成为财富创造的来源；三是这些能力能够被企业所利用。

8.1.2　人力资源管理的定义

人力资源管理是通过人员规划、工作分析、招聘与筛选、绩效管理、薪酬管理和职业发展规划等管理活动，力图在组织和组织成员间建立起良好的人际关系，求得组织目标和组织成员目标的一致，提高组织成员的积极性和创造性，以有效地实现组织目标的过程。

8.1.3　人力资源管理的主要内容

人力资源管理的职责是在正确的时间、正确的地点，通过正确的激励手段，让正确的人做好正确的事情。

人力资源管理是一个工作过程，它包括组织及其管理者为了获得、留住、激励与开发实现组织目标所需的人力资源而开展的一系列工作内容以及相应的要领和技术。人力资源管理的具体内容包括：

(1) 制定组织人力资源需求规划。

(2) 开展招聘工作。

(3) 对求职应募者进行评价、甄选。

(4) 新成员的引导和在职员工培训。

(5) 制定组织内各职务、岗位的工作绩效评价标准。

(6) 对组织成员进行工作绩效考评。

(7) 绩效沟通，包括面谈、建议、训导。

(8) 为组织成员制订合理的薪酬方案、奖励方案和福利计划（如工资、津贴、资金、福利及其他奖励方式）。

(9) 组织成员职业发展管理。

管理提示

办公司就是办人

办公司就是办人。人才是利润最高的商品，能够经营好人才的企业才是最终的赢家。

——联想集团总裁：柳传志

南风法则

“南风”法则也称“温暖”法则，源于法国作家拉封丹写过的一则寓言：北风和南风比威力，看谁能把行人身上的大衣脱掉。北风先来一个冷风凛冽、寒冷刺骨，结果行人把大衣裹得紧紧的。南风则徐徐吹动，顿时风和日丽，行人因为觉得春意上身，始而解开纽扣，继而脱掉大衣，南风获得了胜利。

点评：你用什么风来对待你的员工呢？这里说明了一个道理：温暖胜于严寒，融洽的人际关系胜过严肃的管理。

管理故事

古木与雁

一天，庄子和他的学生在山上看见山中有一棵参天古木因为高大无用而免遭砍伐，于是庄子感叹说："这棵树恰好因为它不成材而得享天年。"

晚上，庄子和他的学生又到他的一位朋友的家中作客。主人殷勤好客，便吩咐家里的仆人说："家里有两只雁，一只会叫，一只不会叫，将那一只不会叫的雁杀了来招待我们的客人。"

庄子的学生听了很疑惑，向庄子问道："老师，山里的巨木因为无用而保存了下来，家里养的雁却因不会叫而丧失性命，我们该采取什么样的态度来对待这繁杂无序的社会呢？"

庄子回答说："还是选择有用和无用之间吧，虽然这之间的分寸太难掌握了，而且也不符合人生的规律，但已经可以避免许多争端而足以应付人世了。"

问题：如何理解人员的"有用"与"无用"。

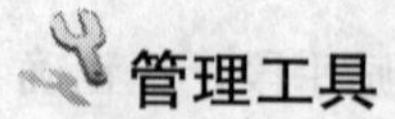

管理工具

民意测验法

民意测验法是把考评的内容分为若干项，每项划分五个评分等级，制成考评表发至相应范围。由被考评者的同事和直属上级以及与其发生工作联系的其他人员组成评议组。考评前，也可先请被考评者汇报工作，作出自我评价，然后由评议组成员填写考评表，最后算出每个被考评者的得分平均值，借以确定被考评者的工作档次。

民意测验法具体的操作步骤如下：

1. 制作民意测验表格

一般将表格分为若干项，每项后空出五格：优、良、中、及格、差。

2. 准备工作

准备工作主要是选择与培训参与考评的工作人员。这项工作要注意：

(1) 选择那些位于被考评者经常活动场所的考评人员，并且每个点都要有考评人员。

(2) 考评人员中应包括与被考评者关系密切、关系一般和关系不好三种类型的人。

(3) 考评人中应包括被考评人的上级、同级与下级三种类型的人。

3. 实施

发放考评表，并提请考评人员看清楚考评指标的意思和填写要求，以免误评。在考评表填完后应统计回收率。

4. 数据处理

通过对项目的分析，对被考评者进行综合评价。

适用于各种企业组织的绩效考评，可以和其他考评方法结合使用。

这种测评方法的优点是群众性和民主性较强，能够较好地综合群众的意见，并能够减少考评的结果中由于考评者的不同而产生的偏见，而且可以更好地提供与工作有关的反馈。但是这种方法也有可能引起员工之间的互相猜忌，影响团队的凝聚力。

关键概念

人力资源　人力资源管理　绩效管理机制　奖励机制

8.2 人力资源规划

8.2.1 人力资源规划的定义

人力资源规划是根据组织的战略目标，科学地预测组织在未来环境变化中人力资源的供给与需求状况，制定必要的人力资源获取、利用、保持和开发策略，确保组织对人力资源在数量和质量需求上的长期计划。

8.2.2 人力资源规划流程

人力资源规划按工作顺序划分为四个阶段，即人力资源调查阶段、预测阶段、规划阶段与应用阶段。

（1）调查阶段。由于组织战略规划必须与组织所处的内外部环境相适应，而人力资源管理则是组织在适应过程中能够利用和支持组织战略的有效工具之一。因此，明确人力资源管理所处的内外部环境是制定可靠的人力资源规划的关键。制定人力资源规划所需的内部信息包括现有员工的特点（年龄、性别、婚姻状况等）、知识与经验、能力与潜力、兴趣与爱好、目标与需求等；外部信息包括劳动力市场结构、劳动力市场供求状况、劳动力择业偏好等。由于信息的准确性和充分性奠定了人力资源规划成功的基础，所以，许多组织的人力资源管理部门往往将它们纳入一个系统化的人力资源信息系统中，借助先进的软件管理系统提高人力资源规划的有效性。

（2）预测阶段。人力资源规划的根本目的是保持组织在规划期各个阶段人力资源使用的平衡性，即防止组织由于在某个时期人力资源发生短缺或剩余而影响组织战略的实施。而预测的目的就是得出计划期各类人力资源的余缺情况，即得到净需求，因此，预测阶段是人力资源规划中最具技术性的关键阶段。人力资源预测具体包括需求预测与供给预测，只有准确地预测出供给和需求，才能采取有效的措施进行人力资源平衡。

当预测结果显示供求不平衡时，企业还需要在能够解决劳动力过剩或者短缺的多种不同战略中进行选择。表8-1和表8-2分别列出了一些减少人员过剩的方法及减少人员短缺的方法。

表8-1 减少人员过剩的方法

方法	速度	员工满意程度
裁员	快	低
减薪/降级	快	低
工作轮换	快	中等
工作分享	快	中等
退休	慢	高
自然减少	慢	高
再培训	慢	高

表8-2 减少人员短缺的方法

方法	避免人员短缺速度
加班	快
临时雇佣	快
外包	快
再培训后换岗	慢
减少流动数量	慢
外部雇佣	慢
技术创新	慢

（3）规划阶段。在预测人力资源供给与需求之后，就要根据两者之间的比较结果制定相应的人力资源规划和政策。人力资源规划包括两个层次，即总体规划与各项业务计划。业务计划具体包括人员补充计划、人员配置计划、人才晋升/降职计划、教育培训计划、薪资计划、退休计划和劳动关系计划等，每种计划主要包括计

划目标、政策、步骤及预算。各项业务计划是人力资源总体规划的展开和具体化。同时，各项业务计划的有效实施需要招募政策、培训政策、绩效管理政策、激励政策、薪酬政策、职业生涯政策等人力资源政策的支持，否则计划的执行就会缺乏系统性、公平性、有效性。

（4）规划应用、评估、反馈阶段。在人力资源规划与各项业务计划制定之后，组织应当严格按照计划实施人力资源的开发与管理，并定期对计划的执行效果进行评估。但是，由于组织处于一个开放的、动态的变化系统中，也就是说组织的外部环境与内部环境受诸多不确定因素影响而不断地变化，所以，人力资源总体规划和各项业务计划具有变更性，要随着组织内外部环境的变化而变动。另外，人力资源供给与需求预测中，受信息完善性、有效性及预测方法的影响，人力资源规划可能不符合后期的实际发展。因此，规划与计划的反馈是非常关键的，及时反馈可以提高人力资源规划对组织目标变化的适应性。

管理提示

企业只有一项真正的资源

企业只有一项真正的资源，人。管理就是充分开发人力资源以做好工作。

——著名管理学家：彼得·德鲁克

管理提示

彼 得 原 理

在一个等级制度中，每一个人总趋向于晋升到他所不能胜任的职位；有工作成绩的人将被提升到高一级职位；如果他们继续胜任，将进一步提升，直至到达他们不能胜任的位置。这样，可能就会导致组织里面的所有岗位都被不胜任此职的人所占据。

管理故事

什么都会的鼯鼠

森林里要举行比武大会，比赛的项目有飞行、赛跑、游泳、爬树和打洞。动物们纷纷报名参加自己拿手的项目，鼯鼠也来了，它要求参加所有的项目。负责报名的乌龟把老花镜摘下又戴上，上下打量着问它："五种本领你都会？"

"都会！"鼯鼠自豪地回答。

几只叽叽喳喳的小麻雀都闭了嘴，佩服地看着它，然后又叽叽喳喳地飞走了，逢人就说："鼯鼠可厉害了，它什么都会！"比赛开始了，最先比的是飞行。一声哨响，老鹰、燕子、鸽子一下子就飞得没影了，鼯鼠扑腾着飞了几丈远就落了下来，着地时还没站稳，摔了个嘴啃泥；赛跑比赛，兔子得了第一后，躺在树下睡了一觉醒来，鼯鼠才跌跌撞撞地跑到终点；游泳比赛，鼯鼠游到一半就游不动了，大声喊起救命来，多亏了好心的乌龟把它驮回岸上；比赛爬树时，鼯鼠还没爬到树顶就抱着树枝不敢再爬，顽皮的猴子爬到树顶后摘了果子往它头上扔，明知道它不敢用手去接，还故意说请它吃水果；和穿山甲比赛打洞，穿山甲一会儿就钻进土里不见了，鼯鼠吃力地刨啊刨，半天才钻进半个身子。观众见它撅着屁股怎么也进不去，都哄笑起来。

问题：在人力资源管理中你是如何看待鼯鼠的本领和如何任用鼯鼠呢？

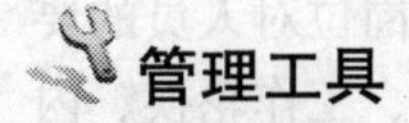

胜任特征评价法

胜任特征评价法是一种新型的人力资源评价分析技术，胜任特征是指“能将某一工作（组织或文化）中有卓越成就者与表现平平者区分开来的个人的深层次特征”，它可以是动机、特质、自我形象、态度或价值观、某领域知识、认知或行为技能，任何可以被可靠测量或计算的并且能显著区分优秀与一般绩效的个体的特征。

关键概念

人力资源规划

8.3 员工招聘与甄选

8.3.1 员工招聘的定义

员工招聘对组织来说意义重大，一个成功的招聘活动，将会给企业带来以下竞争优势：较低的招聘成本；吸引合格的候选人；降低员工进入后的流失率。

员工招聘是指根据组织的战略目标，依据人力资源规划和工作分析的数量和质量要求，从组织内外部重新整合人力资源的过程。员工招聘主要由两部分内容构成：一是招聘活动本身；二是面试与测试。招聘活动包括计划招聘的流程，招聘渠道选择，招聘成本核算，在招聘过程中人力资源部门与直线部门所担负的角色定位。面试则包括通知候选人到公司起，到对候选人进行评估后决定是否录用止。

8.3.2 员工招聘流程

员工招聘流程分成以下九个步骤：

（1）识别岗位空缺。岗位空缺是指组织中无员工任职的岗位。岗位空缺的产生来自两个方面的原因：一是根据人力资源规划和工作分析产生的新的组织人员需求；二是由于人员离职而需要增加人员的需求。

（2）决定如何填补岗位空缺。确定部门缺人后，我们得判断这个岗位空缺是临时的还是长期的。如果只是个临时的空缺岗位，我们可以考虑采用将这工作承包出去、找临时工、租用别人的资源等办法来解决；如果是固定岗位，当然我们可以通过招聘或内部调整的方式来填补了。

（3）辨认目标候选人。在决定进行招聘后，我们需要来辨认目标候选人在哪里。

（4）通知岗位空缺。通过一定的渠道与手段发布空缺岗位信息，通知目标候选人。

（5）选择招聘渠道。招聘渠道分为内部招聘和外部招聘。

人力资源管理非常重视内部招聘，它是关注员工成长的一个重要途径。

外部招聘能够克服内部招聘的某些缺陷，例如新人的进入可以为组织带来新的理念、避免组织内部人事竞争而缓和同事关系、给内部人员以压力而激发他们的工作积极性等，此外，外部招聘的选择范围比较广泛，可供组织选择的人力资源比较丰富。

选择何种渠道招聘，需要招聘组织根据招聘目的、工作职责和空缺岗位对人员的要求等内容权衡内外部招聘的优缺点而确定，诸如以员工提升、工作调换、工作轮换、内部人员重新聘用等为目的的招聘比较适合内部招聘。

(6) 选择招聘方法。招聘方法根据招聘渠道的不同分为内部招聘法和外部招聘法。

内部招聘法主要有工作公告法、员工推荐法和档案法。

① 工作公告法是在确定了空缺岗位的性质、职责以及所要求的条件等情况后，将这些信息以布告形式在内部各种媒介上发布，吸引对该空缺岗位有兴趣的内部员工应聘的方法。

② 员工推荐法是根据岗位空缺要求，推荐内部合适员工应聘的方法，分为自我推荐、主管推荐和员工推荐外部人员三种。

③ 档案法是根据员工档案，寻找与岗位空缺要求相符合的员工补充岗位的方法。

外部招聘法也有许多方法可供选择，包括通过各种媒体（报纸、杂志、广播、电视等）招聘，通过学校、各种性质的职业介绍所、劳动就业部门、猎头公司、员工推荐等途径招聘。不同的外部招聘方法的选择应根据吸引工作候选人的有效性、招聘成本、空缺岗位等级等因素确定。例如，初级技术人才可通过学校招聘，而高层管理人员则更倾向于通过猎头公司寻找。

(7) 初筛简历。当空缺岗位发布后，人力资源部将会收到工作候选人的简历，此时应根据空缺岗位要求，对简历进行初步筛选，以确定与空缺岗位相关程度高的人选。

(8) 面试与测试。会见候选人即甄选阶段，根据空缺岗位要求，由人力资源部、使用部门、外部专家进行面试或测试，以确定准候选人。

(9) 录用。在确定合适人选后，人力资源部按照录用程序，为被录用人员办理相关录用手续。

8.3.3 甄选

人员甄选是指组织通过科学、合理的测试工具，选择与组织要求相适合的人力资源的过程。甄选活动要减少被选人员作出错误拒绝和选择管理者作出错误接受的可能性，提高甄选决策的正确性。

人员甄选是通过一定的方法来完成的，组织可以使用各种甄选方法来对候选人进行测试，以获得期望的特定信息，给录用决策提供依据。而甄选测试方法有效性的度量主要是从两个方面进行的，这就是甄选方法的信度和效度。

(1) 信度，指一种测试手段不受随机误差干扰的程度。例如用于对诸如智力、个性这些相对稳定的特征进行测试的手段是可信的，那么，一个人在不同的时间和不同的环境中通过这样一种测试手段所得到的分数就应当具有一致性。

(2) 效度，指测试绩效与实际工作绩效之间的相关程度。严格执行效度原则能够帮助管理者找到与工作绩效相关性较大的因素对工作候选人进行测试，以提高人员筛选的有效性。

常用的甄选手段包括：应聘者申请表分析、心理测试、成就测试、情商测试、知识测试、面谈、履历调查等。

（1）申请表。几乎所有的组织都会要求应聘者填写一份申请表。一份综合性个人简历表，要求仔细地填写个人的基本情况、所受教育和培训情况、工作经历和成就、具有的技能、自我评价等。通过申请表的内容，我们可以获得关于应聘者的许多自然特征以及他的学习、工作经验等资料，从而使我们得到对应聘者粗略、初步的基本认识，为组织的初步筛选提供帮助，也可以为初次面谈提供帮助；同时，对申请表上信息真实性的核查，可以推断申请人的责任感和诚实感。

（2）心理测试。在众多的人事甄选测试中，心理测试的应用占有重要的地位。现代人力资源管理在人事甄选方面大量地借助心理学测试方法来作为甄选工具使用。在人员甄选实践中大量使用的心理测试主要有：价值观测试、个性测试、职业能力倾向性测试和职业兴趣测试。

① 价值观测试。员工与组织的价值观的一致性，对员工提高满意度、忠诚度、敬业度有很大的影响，一些求职者由于某些特殊原因去应聘与其价值观不相符合的职业或岗位时，不仅降低其工作的热情与积极性，而且会直接影响其工作绩效和工作效率。组织中的价值观测试除了包含员工作为自然人对世界的看法以外，还包括了诚实、质量和服务意识等价值观。

② 个性测试。用于检验可能和工作绩效相关的个性特征。行为科学研究表明，个体的个性特征与其工作行为、绩效之间有着明显的相关关系，不同个性特征的人适合于从事不同的工作和职业。

③ 职业能力倾向性测试。它是用于测定从事某项特殊工作所具备的某种潜在能力的一种心理测试。能力倾向测试一般分为智商测试、认知能力测试、身体/运动能力测试及特殊能力测试。其中，认知能力倾向包括语言理解能力、逻辑推理能力、数字运算能力、空间思维能力、反应能力等；身体/运动能力包括肌肉张力、肌肉力量、肌肉耐力、心肌耐力、灵活性、平衡能力和协调能力；特殊能力用来鉴别个体在某一方面具有的特殊潜能，如音乐能力、艺术能力、文书能力等。

④ 职业兴趣测试。用于测验个体从事某种工作的倾向性以及对于特定职业的兴趣，以检验证明一个人是否喜欢某一特定的工作或者职务。

（3）成就测试。用于鉴定个体在一般的或是某一特殊活动方面实际能力的高低。这种测试适用于专业管理人员、科技人员和熟练工人的甄选，特别是对于应聘者实际具有的专业知识和技能的确认。

（4）情商测试。情商即情绪智商，心理学研究发现，人的情商在人的成功中起着关键作用。情商测试包括五个方面：自我意识（即自身的情绪）、情绪控制、自我激励、他人情绪认知和人际交往技巧。

（5）知识测试。知识测试包括一般知识和专业知识测试。一般知识包括自然知识、人文知识等；专业知识指与岗位相关的特定知识。

（6）工作样本测试。给申请者提供一组未来工作的缩样复制物，让他们完成该职务实际工作中的一项或多项核心任务，通过观察申请者实际执行这些任务的过程和结果，考评者可以判断申请者是否拥有完成任务所必要的技能的情况。在设计工作样本时，借助于职务分析得到的资料，可以确定该项职务需要的知识、技术和能力，并将这些工作样本因素与相应的职务绩效因素匹配起来，因此，可以获得较高的效度。这种甄选手段适用于常规的职务任职者的选拔。

(7) 履历调查。近年来，随着商业界对诚信和道德问题的重视，许多机构在录用人员时，都比以前更加重视履历调查，以调查的结果证实应试者的道德水准和诚信度。

管理提示

如何用人

用人不在于如何减少人的短处，而在于如何发挥人的长处。

——著名管理学家：彼得·德鲁克

帕金森定律

不称职的官员，可能有三条出路：第一是申请辞职，把位子让给能干的人；第二是让一位能干的人来协助自己工作；第三是任用两个水平比自己更低的人当助手。一个机构臃肿、人浮于事、相互扯皮、效率低下的领导体系，一定是走了第三条路。

管理故事

三只老鼠

三只老鼠找到了一个油瓶，三只老鼠商量，一只踩着一只的肩膀，轮流上去喝油。于是三只老鼠开始叠罗汉，当最后一只老鼠刚刚爬到另外两只的肩膀上，不知什么原因，油瓶倒了，三只老鼠逃跑了。回到老鼠窝，大家开会讨论为什么会失败。最上面的老鼠说："我没有喝到油，而且推倒了油瓶，是因为下面第二只老鼠抖动了一下"第二只老鼠说："我抖了一下，是因为我感觉到第三只老鼠抽搐了一下"第三只老鼠说："对，对，我因为好像听见门外有猫的叫声，所以抽搐了一下。哦，原来如此呀!"

问题：你如何评价这三只老鼠。

管理工具

面谈法

面谈法是由分析人员分别访问工作人员本人或其主管人员，以了解工作说明中原来写的各项目标的正确性，或对原填写事项有所疑问，以面谈方式加以澄清的方法。面谈的作用一是对于观察所不能获得的资料，可由此获得；二是对已获得的资料加以证实。

面谈的主要内容包括：

(1) 工作目标。组织为什么设立这一职务，根据什么确定对职务的报酬。

(2) 工作内容。任职者在组织中有多大的作用，其行动对组织产生的后果有多大。

(3) 工作的性质和范围。这是面谈的核心。主要了解该工作在组织中的关系、其上下属职能的关系、所需的一般技术知识、管理知识、人际关系知识、需要解决问题的性质以及自主权。

(4) 所负责任。涉及组织、战略政策、控制、执行等方面。

该方法广泛应用于工作分析、员工招聘与选拔等工作。

关键概念

招聘　岗位空缺　信度　效度　甄选　测试

8.4 员工培训

伴随着知识经济时代的到来，企业之间的竞争越来越表现为员工素质的竞争和学习能力的竞争。造就高素质员工成为企业参与知识经济时代竞争的必然选择。

8.4.1 培训的定义

企业员工培训与发展是企业人力资源开发与发展的重要内容，对员工个人来讲，培训和发展可以帮助员工充分发挥和利用其人力资源潜能，更大程度地实现员工个人的自身价值和提高工作满意度，增强员工对企业的组织归属感和责任感；从企业来看，培训的目的有六个：培育良好的职业道德、树立与组织相一致的价值观、减少事故发生率、降低成本、提高工作效率和提高经济效益。

员工培训是指公司为了有计划地帮助员工学习与工作有关的综合能力而实施的教育活动。通过教授员工掌握具体的技能以使公司获得可持续性竞争优势，这是培训的主要目的。

8.4.2 培训模式

为了有效地开展组织培训，组织可以根据不同的情景选择不同的培训模式，所谓培训模式就是组织开展培训的方法论。目前组织普遍采用的培训模式有咨询型模式、系统型模式、“国家培训奖”型模式、持续发展型模式、过渡型模式、学习型组织模式与阿什里德模式。

（1）咨询型模式。咨询型模式是指组织在培训咨询专家的指导下，开展组织培训的方法。咨询意味着对你做什么、如何做、在哪里做、何时做进行更好的控制。它既可以用于组织外部顾问，也适用于内部顾问。这种模式可以提供组织所需的灵活性和应对力，还能提高个人的满足感和能力。

（2）系统型模式。系统型模式是指通过一系列符合逻辑的步骤，有计划地实施培训的方法。在实践中，步骤的多少和具体细节会有差异，但通常都有以下几个方面的内容：制订培训政策、确定培训需求、制订培训目标和计划、实施培训计划以及对计划的实施进行评估、审核。

（3）“国家培训奖”模式。“国家培训奖”模式是指围绕组织战略，通过一系列符合逻辑的步骤开展组织培训的方法。该种模式强调，培训的主要目的是为组织战略目标的实现提供支持和帮助的。但是应说明的是，对于那些培训处于空白或初级阶段的组织来说，这一推荐模式为其提供了一个提高培训水平的范例，但这一模式可能并不适用于那些具有先进培训手段的组织。

（4）持续发展型模式。持续发展型模式是通过建立和完善组织中的培训政策和制度，实现组织可持续发展的培训组织方法。这一模式提出了包括政策、制度、责任与角色要求、培训机会及需求的辨识和确定、培训计划、培训收益、培训目标在内的活动领域，这些活动领域都是实现组织学习和持续发展必不可少的因素。持续发展型模式着力于培训职能的长期强化和提高问题，因而更能满足组织持续发展的需要。

（5）过渡型模式。过渡型模式是根据组织战略和使命及其变动，以及培训组织的实施结果，来修订培训组织方案的培训组织方法。过渡型模式被描述为公司战略和学习的双环路。内环是系统培训模式，外环是战略和学习。公司愿景、使命和价值，都必须在对目标的具体关注之前确定。过渡型模式具有一定的探索性，但却具有相当的启示意义。它保留了系统模式作为培训指南的内容，又将培训放在了一个更广泛的企业背景之中；它揭示出组织作为一个整体应与其战略发展相适应。这一模式的弱点表现在两个方面：其一，双环在严密程度上不足；内环是充实、清晰的，而外环则尚待完善，远不够理想。这表现在实际适用性差，在组织中很难界定它的存在。其二，这一模式没有为实践者提供操作性的指导。

（6）学习型组织模式。学习型组织模式是指组织应通过创建学习型组织，利用所有个人或集体潜在的学习和适应能力以实现和审查组织目标的培训组织方法。学习型组织是指能熟练地创造、获取和传递知识，并能够自觉修正自身以适应新的知识和见解的组织。在学习型组织中，强调学习不是局限于“块状”的培训活动中的，而是一个连续的过程。

（7）阿什里德模式。阿什里德模式是指根据培训发展的不同阶段开展培训的培训组织方法。这一模式产生于1986年，由阿什里德管理学院研究课题组承担的一个极有分量的研究项目。他们按等级水平将培训活动划分为三个阶段：离散阶段、离合阶段、聚焦阶段。

离散阶段。这是培训活动的初级阶段，其主要特征为：培训独立于组织目标，它仅仅是培训部门的事情，教育、培训与发展在组织中处于次要地位，组织对培训持放任态度，也不期望其回报。

整合阶段。这是培训活动的中级阶段，其主要特征是：人力资源需求与培训结合了起来；部门管理者开始参与培训工作；更多地关注个人培训需求。在整合阶段，培训与发展的组织化大大提高，与组织中各项活动过程的联系更加紧密。然而，该模式认为，只有那些到达聚焦阶段的组织，培训与发展效能的发挥才是最充分的。

聚焦阶段。这是培训活动的高级阶段，培训已发展成为组织活动中一个完全连续的过程。受组织目标和个人需要的影响，人们开始从重视正式培训转向重视个人发展。部门经理和个人承担发展责任，而培训人员也担负起更多的职责，既是咨询者、协调人，又是变革的促进者。达到这一阶段的组织被称为学习型组织。

阿什里德模式为从目前阶段向所期望的聚焦阶段的发展，提出了清晰的培训阶梯进程。三个阶段的描述作为一个培训和发展模式，可使组织借此制订培训升级计划。

8.4.3 培训工作流程

目前在管理实践中，企业普遍采用的是“国家培训奖”模式开展企业培训工作。也就是说，企业竞争力的培训系统是否能够成功运作的关键在于组织是否拥有一个以组织战略目标为导向的、完善的培训工作系统及工作流程。培训工作流程包括制定组织战略、培训需求分析、培训目标确定、培训计划、培训实施、培训评估和培训结果运用。

（1）制定组织战略。培训的主要目的是使员工的知识、素质和技能与组织战略目标相适应，为组织战略目标的实现提供有效支持。因此，在组织开展培训之初，应当首先明确组织战略发展目标。

（2）培训需求分析。由于培训活动将耗费一定的费用、时间与精力，所以必须认真分析其必要性。培训需求分析的目的就是解决是否需要培训以及进行何种内容培训的问题。

（3）培训目标确定。设置培训目标将为培训计划提供明确的方向和依循的框架。培训目标主要分为三大类：一是技能培养目标；二是知识更新培训目标；三是价值观塑造培训目标。技能培训能够帮助员工个人和组织迅速提高解决问题的能力；知识更新培训能够帮助员工和组织挖掘潜在能力，增强支持组织未来发展的可持续竞争力；价值观塑造培训为提高组织凝聚力、员工忠诚度提供了保证。

（4）培训计划。培训计划必须从企业战略出发，满足组织及员工两方面的要求，考虑企业资源条件与员工素质基础，考虑人才培养的超前性及培训效果的不确定性，确定职工培训的负责人、培训时间、地点、费用预算、人员、内容、培训方法、培训师和培训应达到的目标。

（5）培训实施。培训实施是培训目标和计划达成以及根据目标和计划对培训过程中出现的问题及时作出调整、控制的关键阶段。培训实施阶段的两个重要工作内容是教学工作和教务工作。如何开展教学和教务工作，按既定的培训计划与目标展开培训，是培训成败的关键。

（6）培训评估。所谓人员培训结果，是指培训过程中的受训者将所获得的知识、技能及其他特性应用于工作的程度。培训评估时必须追踪调查的问题包括：职工的行为有没有发生变化，这些变化是不是培训引起的，这些变化是否有助于组织目标的实现，以及下一批受训者完成了同样的培训之后，是否还能发生类似的变化等。

（7）培训结果运用。培训结果为组织在工作设计、工作改进、流程改造、技术革新、企业文化塑造和强化、学习能力提高、员工晋升等方面提供了强有力的支持。组织应充分利用培训带来的效益，将培训结果与提高员工满意度、员工职业发展、员工激励等目标紧密联系在一起。此外，负责培训的工作人员还应当及时将培训结果与组织战略目标要求进行比较，一方面确认、评估培训工作的效果；另一方面能够根据组织战略的变动对培训工作的相关内容进行及时修正，使组织培训与组织战略保持一致。

管理提示

员工培训是投资

员工培训是企业风险最小、收益最大的战略性投资。

——著名企业管理学教授：沃伦·本尼斯

彼得反转原理

在对层级组织的研究中，彼德还分析归纳出彼德反转原理：员工的胜任与否，由层级组织中的上司判定，而不是外界人士。如果上司已到达不胜任的阶层，他或许会以制度的价值来评判部属。例如，他会注重员工是否遵守规范、仪式之类的事；他将特别赞赏工作迅速、整洁有礼的员工。于是手段和目的的关系在这里被颠倒，对于方法重于目标、文书作业重于预定的目的、缺乏独立判断的自主权、只是服从而不作决定的职业性机械行为者而言，他们会被组织认为是能胜任的工作者，因此有资格获得晋升，一直升到必须作决策的职务时，组织才会发现他们已到达不胜任的阶层。而以顾客、客户或受害者的观点来看，他们本来就是不胜任的。

管理故事

猴子的故事

美国加利福尼亚大学的学者做了这样一个实验：把六只猴子分别关在三间空房子里，每间两只，房子里分别放着一定数量的食物，但放的位置高度不一样。第一间房子的食物就放在地上，第二间房子的食物分别从易到难悬挂在不同高度的适当位置上，第三间房子的食物悬挂在房顶。数日后，他们发现第一间房子的猴子一死一伤，伤的缺了耳朵断了腿，奄奄一息。第三间房子的猴子也死了。只有第二间房子的猴子活得好好的。

究其原因，第一间房子的两只猴子一进房间就看到了地上的食物，于是，为了争夺唾手可得的食物而大动干戈，结果伤的伤，死的死。第三间房子的猴子虽做了努力，但因食物太高，难度过大，够不着，被活活饿死了。只有第二间房子的两只猴子先是各自凭着自己的本能蹦跳取食，最后，随着悬挂食物高度的增加，难度增大，两只猴子只有协作才能取得食物，于是，一只猴子托起另一只猴子跳起取食。这样，每天都能取得够吃的食物，很好地活了下来。

问题：从培训的角度看，该故事对我们的启示是什么？

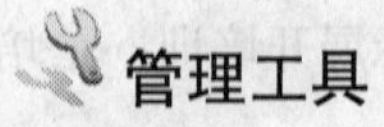

管理工具

实验室培训法

实验室培训法，这一方法主要适用于以人际关系和领导技能开发为主要目的的培训，其目标在于改变学员的态度和行为。典型的做法是把学员安排在一个群体的情境中活动（可以是2～3天，或是2～3周不等），这种情境设计和实际的工作、生活情境类似。培训中去除日常情境中的种种人际关系的约束，学员之间、学员和培训者之间没有地位的差别，不指派任何人充当领导、下级，没有成文的规范，也不制定活动日程。

实验室培训方法主要适用于人际关系和领导技能开发目的的培训。

关键概念

培训　培训模式　咨询型模式　系统型模式　“国家培训奖”型模式　持续发展型模式　过渡型模式　开发新的模式　系统型模式　学习型组织模式　阿什里德模式

8.5 绩 效 管 理

追求良好的绩效虽然不是组织唯一的目标，但是由于组织的绩效与员工个人的工作绩效直接相关，所以员工绩效的有效控制直接关系组织战略的实现。

8.5.1 绩效

1. 绩效的定义

广义的绩效概念中包括了组织绩效和个人绩效两个层次。本书所讲绩效主要是指员工绩效。绩效实际上反映的是员工在一定时间内以某种方式实现的某种结果。绩效包括了工作行为、工作方式以及工作结果。另外，绩效必须是经过评价的工作行为、工作方式与工作结果。

2. 绩效的性质

根据绩效的定义，绩效具有以下三个性质：第一，多因性。绩效的多因性是指一个员工绩效的优劣并不取决于单一因素，而是受制于主客观等多种因素。第二，多维性。绩效的多维性是指组织需要从多个维度式方面去分析与评价绩效。因此，我们在绩效评价时应综合考虑员工的工作能力、工作态度和工作业绩三个方面的情况。第三，动态性。绩效的动态性就是员工的绩效会随着时间的推移而发生变化。原来较差的绩效有可能好转，而原来较好的绩效也可能变差。这就要求我们在评价一个人的绩效表现时，不能用一成不变的思想来评价员工绩效。这也说明了为什么绩效考评存在一个周期性的问题。

3. 影响绩效的因素

员工的绩效是员工外显的行为表现，这种行为表现受很多因素的影响，有内、外因素之分。内在因素是不容易被直接认知的因素；外在因素是容易被认知的因素。内在影响因素又分很多层次，处在最深层的是员工的内在需求，其次是价值观、哲学等理念方面的因素。内在因素决定外在因素，一个组织的观念和哲学等决定了组织的政策，从而影响了组织的制度和目标，组织的目标被分解成各个工作单元的目标，而各个工作单元的目标又决定了岗位描述。

8.5.2　绩效管理的定义与目的

1. 绩效管理的定义

绩效管理指的是管理者用来确保员工的工作行动和工作产出与组织的目标保持一致的手段及过程。必须注意的是，绩效管理不是简单的任务管理。任务管理是为了实现当期的某个任务目标进行管理，而绩效管理则是根据整个组织的战略目标，为了实现一系列中长期的组织目标而对员工的绩效进行的管理。

2. 绩效管理的目的

绩效管理的目的有三个：第一是战略目的。绩效管理系统将员工的工作活动与组织的战略目标联系在一起。第二是管理目的。组织在多项管理决策中都要使用绩效管理信息，尤其是绩效评价的信息。第三是开发目的。绩效管理的过程能够让组织发现员工存在的不足之处，以便对他们进行针对性培训，从而使他们能够更加有效地完成工作。

8.5.3　绩效管理的流程

绩效管理的根本目的是通过对员工绩效的考评，不断提高员工的技能，塑造与组织相匹配的价值观，组织依赖员工技能的提高达到基业长青的目的。因此，绩效管理根据组织目标及其分解后的工作单元职责，依照绩效计划、绩效实施与管理、绩效考评、绩效反馈面谈、绩效结果运用等步骤开展。

(1) 绩效计划。关于绩效计划，可以有两种理解：一种是可以把计划理解为一个名词，那么计划就是一个关于工作目标和标准的契约；另一种就是可以把计划理解为一个动词，那么计划就是经理人员和员工共同沟通，对员工的工作目标和标准达成一致意见，形成契约的过程。在绩效计划阶段，管理者和被管理者之间需要在对被管理者绩效的期望问题上达成共识。在共识的基础之上，被管理者对自己的工作目标作出承诺。管理者和被管理者共同的投入和参与是进行绩效管理的基础。

（2）绩效实施与管理。制订了绩效计划之后，被评估者就开始按照计划开展工作。在工作的过程中，管理者要对被评估者的工作进行指导和监督，对发现的问题及时予以解决，并队绩效计划进行调整。绩效计划并不是在制订了之后就一成不变，随着工作的开展会根据实际情况不断调整。在整个绩效期间，都需要管理者不断地对员工进行指导和反馈。

（3）绩效考评。绩效考评是主管人员在规定的时间对下属的绩效目标完成情况进行评估。绩效考评的依据就是在绩效期间开始时双方达成一致意见的关键绩效指标，同时，在绩效实施与管理过程中，所收集到的能够说明被考评者绩效表现的数据和事实，可以作为判断被考评者是否达到关键绩效指标要求的证据。

（4）绩效反馈面谈。绩效管理的根本目的是发现员工的不足之处，不断提高员工的技能。因此，绩效管理并不是打出一个分数就结束了，还需要通过绩效反馈面谈，使下属了解主管对自己的期望，了解自己的绩效，认识自己有待改进的方面。下属也可以提出自己在完成绩效目标的过程中遇到的困难，请求上司的指导和帮助。

（5）绩效结果运用。绩效管理的主要作用之一就是利用绩效考评结果为员工培训、晋升与淘汰、薪酬调整、奖金发放、人事调动等其他人力资源管理活动提供依据。

8.5.4 绩效的考评方法

管理实践中，常用的绩效考评方法有下面几种：

（1）排列法。排列法也称排序法，是绩效考评中比较简单易行的一种综合比较的方法。通常由上级主管根据员工工作的整体表现按照优劣顺序依次排列，有时为了提高其精度，也可以将工作内容进行适当分解，分项按照优良的顺序排列，再求总平均的次序数，作为成绩考评的最后结果。

（2）选择排列法。选择排列法也称交替排列法，是简单排列法的推广。选择排列法利用的是人们容易发现极端、不容易发现中间的心理，在所有员工中挑出最好的标杆，然后挑出最差的，把他们作为第一名和最后一名，接着在剩下的员工中挑选出最好和最差的，分别排列在第二名和倒数第二名，依次类推，最终将全部所用员工按照优劣顺序排列。

（3）强制分布法。强制分布法也称硬性分布法。假设员工的工作行为和工作绩效整体呈正态分布，表现分为好、中、差的一定比例关系。在中间的员工应该最多，好的和差的应该是少数。它按照一定的比例，把员工强制分布到各个类别中。

（4）成对比较法。成对比较法也叫配对比较法，两两比较法。基本顺序是：根据某种考评要素将左右参加考评的人员逐一比较，按照从最好到最差的顺序对被考评者进行排序，再根据下一个考评要素进行两两比较，得出本要素被考评者的排列次序。依次类推，经过汇总整理，最后求出被考评者所有考评要素的平均排序数值，得到最终考评的排序结果。

(5) 关键事件法。关键事件法是指按观察记录下来的有关工作成败的“关键”行为事实，对职工进行考评评价，以及在评价后进行“反馈”。

(6) 行为锚定等级评价法。行为锚定等级评价法也称行为定位法，行为决定性等级量表法或行为定位等级法。它是关键事件法的进一步拓展和应用。它将关键事件和等级评价有效地结合在一起，通过一张行为等级评价表可以发现，在同一个绩效纬度中存在一系列的行为，每种行为分别表示这一纬度中的一种特定绩效水平，将绩效水平按等级量化，可以使考评的结果更有效、更公平。

(7) 行为观察法。行为观察法也叫观察评价法、行为观察量表评价法，它是在关键事件法的基础上发展起来的。与行为锚定等级评价法大体接近，只是在量表的结构上有所不同，它不是首先确定工作行为处在何种水平上，而是确定员工某种行为出现的概率，它要求评定者根据某一工作行为发生概率或次数多少来对被评定者打分。

(8) 目标管理法。目标管理法（management by objectives，MBO）是一个管理过程，通过使主管和下属共同参与追求双方同意的目标、目的，从而使组织的目的得到确定和满足。

(9) 绩效标准法。绩效标准法与目标管理法基本接近，采用更直接的工作绩效衡量标准，比目标管理法具有更多的考评标准。通常使用于对非管理岗位员工的考评。

(10) 直接指标法。直接指标法在员工的衡量方式上，采用可检测、可核算的指标构成若干考评要素，作为对下属的工作表现进行评估的主要依据。直接指标法简单易行，能节省人力、物力和管理成本。运用时需要加强企业基础管理，特别是一线人员的统计工作。

(11) 成绩记录法。成绩记录法是新开发出来的一种方法，适合于从事科研教学工作的人员，如老师、工程技术人员等。因为他们每天的工作内容不尽相同，无法用完全固化的衡量指标考评。

(12) 360°反馈评价。360°反馈评价可称为多源评估或多评价者评估，不同于自上而下、由主管评定下属的方式。在此模式中，评价者不仅仅是被评价者的上级主管，还可以包括其他与之亲密接触的人员，如同事、下属、客户等，同时包括管理者的自评。它从不同层面的群体中收集评价信息，其评价结果反馈给被评价者。

(13) 评价中心。评价中心也称情景模拟测评技术，是根据被测者可能担任的岗位，编制一套与该岗位实际情况相关的测试项目，将被试者安排在模拟的、逼真的工作环境中，处理各种问题，来进行评价。该方法适用于服务人员、事务性工作人员、管理人员与销售人员。常用的具体方法有：公文处理法、无领导小组讨论法、角色扮演法与仿真模拟测试系统。

(14) 平衡记分卡法。这种方法主要以财务结果、顾客满意度、内部业务及组织的创新与学习四个方面的指标对部门进行考评。其优点是能够很好地将部门绩效与组织的整体绩效及组织的战略联系起来；可以帮助管理者在进行每一项决策时，对各个目标进行综合考虑，不致顾此失彼。当然，这些指标并不是一成不变的，而是随着组织战略的调整而不断调整的。缺点是在操作上尤其是在开发上比较复杂，不利于广泛应用于对员工的考评。

在实际考评中，往往将多种方法有机结合起来，以保证考评的公平性和有效性。

管理提示

价值观更重要

世界上最困难的事情莫过于对付那些能按时完成任务，却对你的价值观不以为然的人。

——通用电气GE前总裁：杰克·韦尔奇

衡量与管理

你不能衡量它，就不能管理它。

著名管理学家：彼得·德鲁克

管理故事

该考评谁呢?

在一次企业的季度会议上：

营销部门的经理A说："最近销售不好，我们有一定责任，但是最主要的责任不在我们，竞争对手纷纷推出新产品，比我们的产品好，所以我们很不好做，研发部门要认真总结。"

研发部门经理B说："我们最近推出的新产品是少，但是我们也有困难呀，我们的预算很少，就是这少得可怜的预算，还被财务削减了!"

财务经理C说："是，我是削减了你的预算，但是你要知道，公司的成本在上升，我们当然没有多少钱。"

这时，采购经理D跳起来："我们的采购成本是上升了10%，为什么，你们知道吗？俄罗斯的一个生产铬的矿山爆炸了，导致不锈钢价格上升。"

A、B、C："哦，原来如此呀，这样说，我们大家都没有多少责任了，哈哈哈哈!"

人力资源经理F说："这样说来，我只好去考评俄罗斯的矿山了!"

问题：你怎么评价这些经理对自己工作责任的态度?

管理工具

平衡计分卡

平衡计分卡是一种企业绩效管理方法，该方法打破了传统的只注重财务指标的业绩管理方法。在信息社会里，传统的业绩管理方法并不全面，公司必须通过在客户、供应商、员工、企业流程、技术和革新等方面的投资，获得持续发展的动力。平衡计分卡方法认为，公司应从四个角度审视自身业绩：学习与成长、业务流程、顾客、财务。

关键概念

绩效　绩效管理　绩效计划　绩效考评

8.6 薪 酬 管 理

薪酬作为企业激励制度的重要组成部分，在决定工作满意度、吸引和保留优秀员工、激发员工工作热情、增强企业凝聚力、改善组织工作绩效、企业文化建设等方面起着重要的作用。

8.6.1 薪酬管理的相关概念

1. 360°薪酬的定义

360°薪酬即通常所说的报酬，是指员工为组织工作而获得的所有有价值的回报。报酬有两种分类方法：一是依据报酬是否以金钱形式表现分为经济性报酬和非经济性报酬；二是依据激励是来自心理强化还是外部强化将报酬分为内在报酬和外在报酬。

2. 薪酬的定义

所谓薪酬是指员工由于雇佣关系的存在而从组织获得的各种形式的经济收入以及有形服务和福利。也就是以上报酬概念中的经济性报酬部分。薪酬可以划分为基本薪酬、可变薪酬以及间接薪酬。

1）基本薪酬

基本薪酬是指组织根据员工所承担或完成的工作本身或者是员工所具备的完成工作的技能或能力而向员工支付的稳定性报酬。

基本薪酬又可以分为岗位工资制、技能工资制或能力工资制、绩效工资制。

岗位工资制是按照员工承担的工作本身的重要性、难度或者对企业的价值来确定的薪酬。

技能工资制或能力工资制是根据员工拥有完成工作的技能或能力的高低来确定的基本薪酬。

绩效工资制是组织根据激励员工努力的需要，以员工的绩效表现为基准所设计的薪酬。许多公司的销售人员的工资就属于绩效工资制，这种薪酬制度没有底薪，销售人员的薪酬收入取决于提成。

2）可变薪酬

可变薪酬是薪酬系统与绩效直接挂钩的部分，有时也被称为浮动薪酬或奖金。可变薪酬的目的是在绩效和薪酬之间建立起一种直接的联系。通常情况下，可变薪酬分为短期和长期薪酬两种。短期可变薪酬或短期奖金一般都是建立在非常具体的绩效目标基础之上的，如本月、本季或本年的销售计划完成率、利润实现率等。而长期可变薪酬或奖金的目的则在于鼓励员工努力实现跨年度或多年度的绩效目标，如股票期权。

3）间接薪酬

间接薪酬指员工福利与服务。间接薪酬一般包括带薪非工作时间、员工个人及其家庭服务、健康以及医疗保健、人寿保险以及养老金等。一般情况下，间接薪酬的费用是由雇主全部支付的，但有时也要求员工承担其中的一部分。

3. 薪酬管理的定义

所谓薪酬管理是指根据组织战略目标和发展规划，综合考虑内外部各种因素的影响，确定自身的薪酬水平、薪酬结构和薪酬形式，并进行薪酬调整和薪酬控制的过程。所以，薪酬管理必须以实现组织战略和长期发展为指导思想，不仅使薪酬成为员工生存的保障，更重要的是使薪酬成为员工工作行为引导，使工作热情激发、工作效率提高的有效手段。

在薪酬管理过程中，组织必须就薪酬水平、薪酬体系、薪酬结构、薪酬形式以及特殊群体薪酬作出决策。薪酬水平指组织中各岗位、各部门以及整个企业的平均薪酬水平，薪酬水平决定了企业薪酬的外部竞争性；薪酬体系指企业的基本薪酬依据，如岗位薪酬体系、技能薪酬体系、绩效薪酬体系等；薪酬结构指同一组织内部的不同岗位所得到的薪酬之间的相互关系；薪酬形式指员工得到的总薪酬的组成成分，薪酬形式一般分为基本薪酬、可变薪酬和间接薪酬；特殊群体薪酬指针对不同部门、不同类型的员工加以薪酬方面的适当区别，以实现不同群体的薪酬激励，这是提高薪酬激励有效性的重要途径。

8.6.2 薪酬管理流程

管理实践中，组织普遍采取岗位薪酬制的薪酬管理体系，即基本薪酬由岗位在组织中的价值而确定。由图 8-1 不难看出，组织的薪酬管理立足于组织的战略和人力资源战略，以外部人力资源为依据，在考虑员工所从事的工作本身的价值及其所要求的资格条件的基础上，再加上团队对于个人的绩效考评与评价，最后才形成组织薪酬管理系统。这种薪酬管理系统必须达到外部竞争性、内部一致性、成本有效性以及合理认可员工的贡献、遵守相关法律规定等有效性标准。

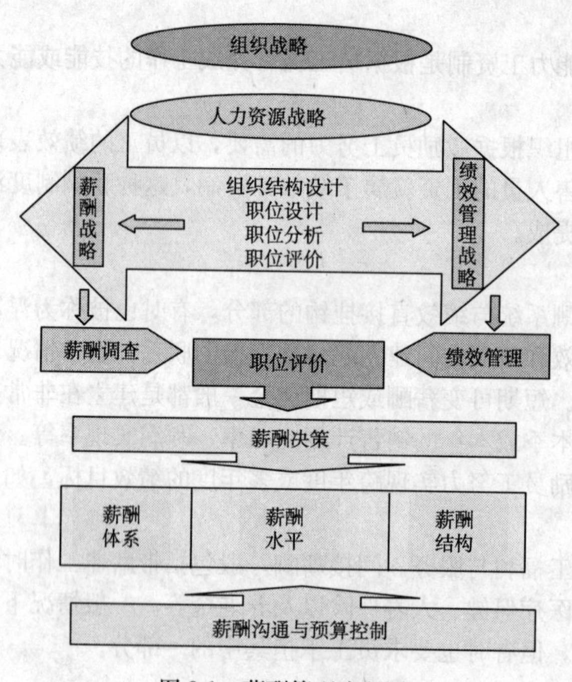

图 8-1 薪酬管理流程图

管理提示

通用的全部管理哲学

挖来最优秀的人才，给予他们世界上所有可能的支持，让他们放手去干是通用的全部管理哲学。

——通用电气 GE 前总裁：杰克·韦尔奇

目标一致理论

日本学者中松义郎目标一致理论认为：当个人目标与组织目标一致时，人员就不会流动。

管理故事

老鹰喂食的故事

老鹰是所有鸟类中最强壮的种族，根据动物学家所做的研究，这一结果可能与老鹰的喂食习惯有关。

老鹰一次生下四五只小鹰，由于它们的巢穴很高，所以猎捕回来的食物一次只能喂食一只小鹰。老鹰的喂食并不依平等原则，而是哪一只小鹰抢得凶就给谁吃，在此情况下，瘦弱的小鹰吃不到食物都死了，最凶狠的存活下来，代代相传，老鹰一族愈来愈强壮。

问题：这个故事给了我们什么启示？

管理工具

要素计点法岗位评价

要素计点法是一种比较复杂的量化岗位评价技术，于 20 世纪 40 年代开始被运用，一直是组织中最常用的一种岗位评价方法。运用要素计点法进行岗位评价时，具体操作步骤如下：

(1) 开展工作分析。根据组织战略、组织结构、组织任务目标，通过岗位调查、面谈等岗位分析方法进行工作职责、任职资格分析，科学地确定各岗位职责内容和职务规范。

(2) 编写岗位说明书。将岗位分析的结果形成岗位说明书，使各岗位的职责内容和任职资格形成书面文件，为岗位评价提供依据。

(3) 选择评价要素。评价要素是指对组织战略目标实现有影响的因素。一般包括工作责任、知识技能、努力程度与工作条件。

(4) 设计岗位评价要素量表。选择岗位评价要素后，需要确定评价体系的总分数、各要素所占的比重及分数以及各细分要素的分数。

(5) 设计岗位评价结果汇总表。在完成岗位评价量表设计后，在岗位评价实施之前，需要为评价人设计岗位评价结果汇总。

(6) 实施岗位评价。在以上工作准备完毕后，需要选择评价人，进行岗位评价工作。评价人即评价样本的选择应根据统计选择要求、组织员工人数、不同群体（职能管理系列、技术系列、后勤系列、普通员工系列等）的数量进行。评价样本应具有组织代表性。评价人依据岗位说明书，按照岗位评价量表尺度，针对各个岗位进行评价，给予被评价岗位一定的分值。

(7) 处理岗位评价数据。评价人得到各个岗位的分值后，利用相关统计软件如 SPSS、Excell 进行数据分析。

(8) 根据岗位评价数据结果确定岗位价值。

(9) 建立岗位等级结构。

关键概念

360°薪酬　薪酬　基本薪酬　可变薪酬　间接薪酬　薪酬管理　薪酬水平　薪酬体系　薪酬结构　薪酬形式　岗位评价　岗位评价要素

8.7 职 业 生 涯

专家们趋向于赞同一种观点：在一个机构中所有员工的自我管理能力不久将成为一

种新的人力资源。由此，根据员工的职业生涯要求，通过提供职位、晋升和有挑战性工作的机会来发展全部员工的所有潜在能力的方法已受到普遍重视，甚至有些组织开始尝试把员工职业生涯规划列为部门工作的战略组成部分，以协调员工个人的职业生涯目标与战略发展目标，以此来组建更有凝聚力的职工队伍，更有效地调动员工的积极性和创造性。

8.7.1 职业生涯中的相关概念

（1）职业期望。职业期望又称职业意向，是劳动者对某项职业的向往，也就是希望自己从事某项职业的态度倾向。职业期望直接反映着每个人的职业价值观。每种职业有各自的特性。不同人对职业特性可能有不同的评价和取向，这就是所谓的职业价值观。萨柏曾经将职业价值观或职业取向概括为 15 种类型：助人、美学、创造、智力刺激、独立、成就感、声望、管理、经济报酬、安全、环境优美、与上级的关系、社交、多样化、生活方式。人们的职业期望常常由几种价值取向左右，但居主导地位的职业价值取向对职业期望起决定作用。

（2）职业选择。职业选择是劳动者依照自己的职业期望和兴趣，使自身的能力素质和所挑选的职业的需求特征相适合的过程。职业选择与职业期望有着密切的联系，职业期望是通过职业选择来实现的。

（3）职业生涯。职业生涯是与工作有关的经历和工作时期所有活动的集合。这是葛林豪斯从强调事业的重要性的角度给出的职业生涯的定义。

8.7.2 职业生涯的影响因素

（1）个人因素。影响职业设计的个人因素包括个性、体质、性别、年龄、学历、家庭背景等。在个性因素分析中，美国职业指导专家约翰·L. 霍兰德（John L. Holland）在 20 世纪 60 年代以自己从事的职业咨询为基础，通过对自己职业生涯和他人职业发展道路的深入研究，引入人格心理学的有关理论，经过多次补充和修订，形成了人格-工作适应性理论。

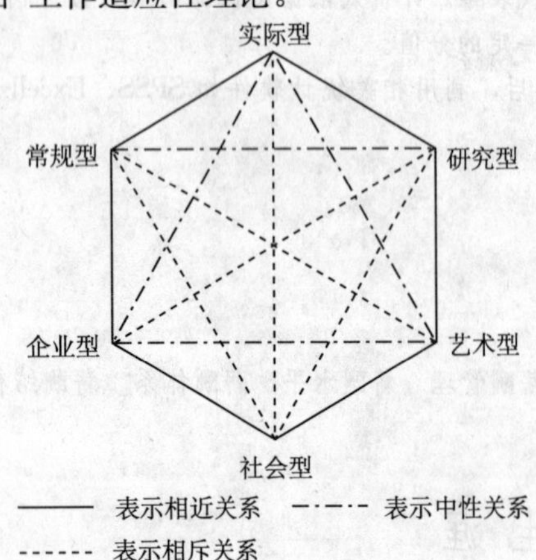

图 8-2 霍兰德职业人格六边形模型

霍兰德在人格-工作适应性理论中提出了四个基本假设：其一，人的个性大致可分为六种类型：实际型、研究型、艺术型、社会型、企业型和常规型（图 8-2）。其二，所有职业均可划分为相应的六大基本类型，任何一种职业大体都可以归属于六种类型中的一种或几种类型的组合。其三，人们一般都倾向于寻找与其个性类型相一致的职业类型，追求充分施展其能力与价值观，承担令人愉快的工作和角色，职业也充分寻求与其类型相一致的人。例如，现实型的人依赖找出目的、设置具体的目标和任务来对待生活，这种人喜欢对事情、工具、机器、人、动物等进行摆弄操纵，所以他们更适合于在面对明确、具体任务的环境中工作，具体从事体力活、工程性工作、室外保护性工作等。其四，个人的行为取决于其个性与所处的职业类型，可以根据有关知识对人的行为进行预测，包括职业选择、工作转换、工作绩效以及教育和社会行为等。

此外，美国 E. H. 施恩教授的研究表明，一个人的职业锚对其职业生涯有着极其重要的影响。所谓职业锚是指一个人在进行职业选择和定位过程中所依赖的主要动机、需要、价值观和能力。在管理实践中，组织和个人都应当对职业锚的功能给予足够的重视。首先，职业锚是个人经过搜索所确定的长期职业贡献区或职业定位，这一搜索定位过程，依循个人的需要、动机和价值观进行。所以，职业锚可以清楚地反映个人的职业追求与抱负。其次，透过职业锚，组织可以获得雇员个人正确信息的反馈，这样，组织才可能有针对性地对雇员的职业发展设置可行的、有效的、顺畅的职业通道；个人则因为组织有效的职业管理、自身的职业需要的满足，必然深化对组织的情感认同与服从，以此达到组织与个人深度而稳定的相互接纳。再次，职业锚是个人职业工作的定位，如果是长期贡献区，一定是相对稳定的长期从事某项职业。最后，通过工作经验的积累产生的职业锚，可以清晰地反映个人进入成年期的潜在需要和动机，所以，职业锚是中后期职业生涯的基础。

(2) 组织因素。个人职业生涯在一系列特定组织中度过，组织给个人的感受以及对职业具体内容的认识，往往影响着个人的职业行为和未来的职业发展道路。

(3) 社会因素。社会对职业设计的影响因素包括社会的职业需求、职业声望、社会人际环境、社会制度和社会经济发展状况等。

8.7.3 职业生涯规划和流程

职业生涯规划是一个人制定职业目标、确定实现目标的手段的不断发展的过程。职业生涯规划的主要焦点应放在个人目标与现实可得机会的配合上。职业生涯规划应着重于实际心理上的成功，而不是岗位的晋升，这是因为现在的工作环境已减少了许多这样的机会。

人力资源管理的一个基本假设就是，企业有义务最大限度地利用雇员的能力，并为每一位雇员提供一个不断成长以及挖掘个人最大潜力和建立成功职业生涯的机会。这种趋势得到强化的一个信号是，越来越多的组织开始重视职业规划。组织为了吸引、激励、开发、保留优秀人力资源，建立职业生涯规划体系，在公司蓬勃发展的时候，为员工提供更大的发展空间，为公司未来的发展培养和储备人才。

图 8-3 为职业生涯规划流程图，根据该流程图，职业生涯发展规划可以通过建立职业生涯指导委员会、制定战略与建设企业文化、明确规划的重点和目标、设计职业发展途径、界定任职资格、规划员工个人职业生涯和制定人力资源政策等步骤开展。

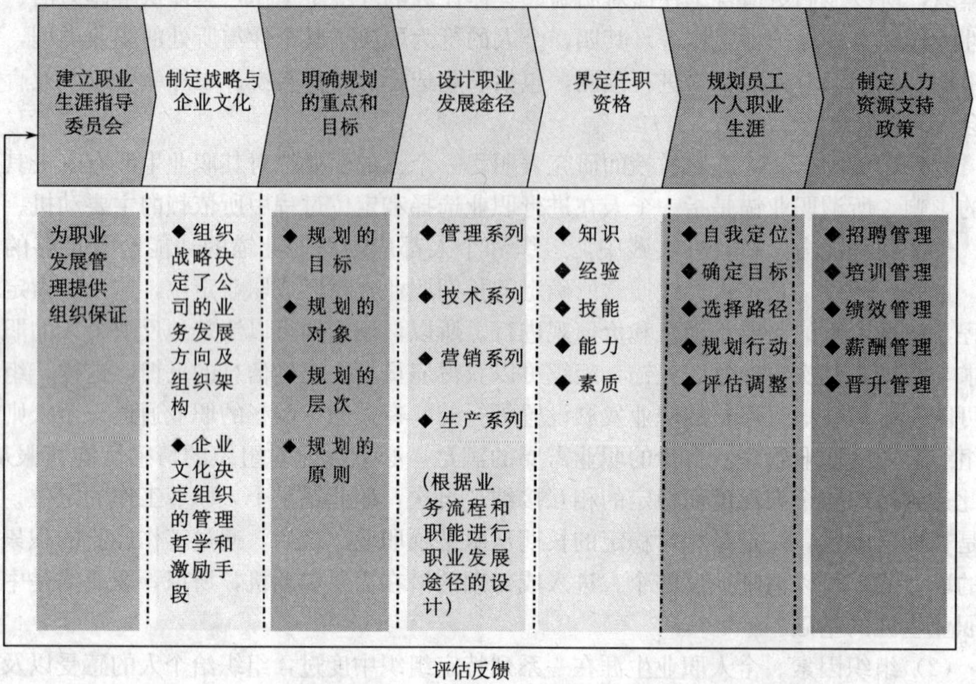

建立职业生涯指导委员会	制定战略与企业文化	明确规划的重点和目标	设计职业发展途径	界定任职资格	规划员工个人职业生涯	制定人力资源支持政策
为职业发展管理提供组织保证	◆组织战略决定了公司的业务发展方向及组织架构 ◆企业文化决定组织的管理哲学和激励手段	◆规划的目标 ◆规划的对象 ◆规划的层次 ◆规划的原则	◆管理系列 ◆技术系列 ◆营销系列 ◆生产系列 (根据业务流程和职能进行职业发展途径的设计)	◆知识 ◆经验 ◆技能 ◆能力 ◆素质	◆自我定位 ◆确定目标 ◆选择路径 ◆规划行动 ◆评估调整	◆招聘管理 ◆培训管理 ◆绩效管理 ◆薪酬管理 ◆晋升管理

评估反馈

图 8-3 职业生涯规划流程

管理提示

共享企业

我们把企业看作可进行一系列试验的实验室，让点子、财务资源和管理人员共享。

——通用电气GE前总裁：杰克·韦尔奇

注重人的管理和人事决策

领导人花在人的管理与进行人事决策上的时间，应当远超过花在其他工作上的时间。因为没有任何别的决策所造成的后果及影响，会像人事决策与管理上出现的错误那样持久而又难以消弭。

——著名管理学家：彼得·杜拉克

管理故事

西邻五子

明朝《泾野子内篇》一书中有一则“西邻五子”的寓言：西邻有五个儿子，一个朴实老实，一个聪明机灵，其余三个身有残疾：一盲一驼一瘸。西邻因材施教、各尽其“能”，让质朴老实者务农、让聪明机灵者经商、让盲者算卦、让驼者搓麻绳、让瘸者纺线，结果都没有衣食之忧。

问题：谈谈自己的职业特长？

管理工具

LIFO系统

LIFO系统又称长处管理策略，它根据每个人的人生取向（life orientation)，也就是个人在各种情境中的基本行为偏好及目标、态度与感受，透过专业问卷方式，将人的风格偏好分成卓越、行动、理性与和谐四种基本取向。每一种风格都有其价值，每一种风格也都有其优缺点，因此如何使各种风格的人都能发挥长处，就是长处管理策略的目的。

LIFO 系统认为，并非每个人都了解自己的风格，事实上，一个人可能是各种行为风格的综合体，只是表现在他身上的各种风格的频率与强度不同罢了。而优缺点经常是一体的两面，如何在自我了解之后自我接纳，正确认识自我价值，进而将长处发挥出来，往往是成功的秘诀。

关键概念

职业期望　职业选择　职业生涯　职业锚　职业需求　职业声望　职业生涯规划

本章提要

(1) 人力资源是能给组织带来价值增值的人的各种能力的总和。

(2) 人力资源管理是通过人员规划、工作分析、招聘与筛选、绩效管理、薪酬管理和职业发展规划等管理活动，力图在组织和组织成员间建立良好的人际关系，求得组织目标和组织成员目标的一致，提高组织成员积极性和创造性，以有效地实现组织目标的过程。

(3) 人力资源规划是根据组织的战略目标，科学地预测组织在未来环境变化中人力资源的供给与需求状况，制定必要的人力资源获取、利用、保持和开发策略，确保组织对人力资源在数量和质量上需求的长期计划。

(4) 员工招聘是指根据组织的战略目标，依据人力资源规划和工作分析的数量和质量要求，从组织内外部重新整合人力资源的过程。

(5) 人员甄选是指组织通过科学、合理的测试工具，选择与组织要求相适合的人力资源的过程。

(6) 员工培训是指公司为了有计划地帮助员工学习与工作有关的综合能力而实施的教育活动。

(7) 员工绩效包括了工作行为、工作方式以及工作结果。

(8) 绩效管理指的是管理者用来确保员工的工作行动和工作产出与组织的目标保持一致的手段及过程。

(9) 绩效管理与绩效考评有着根本的区别。绩效管理是一个完整的管理过程，而绩效考评仅是绩效管理中的一个环节；绩效管理重视绩效目标的达成和问题的解决，而绩效考评重视寻找员工的“错处”；绩效管理讲求员工和组织的双赢，而绩效考评则会告诉员工的得与失；绩效管理是一种促进员工技能、知识、素质和工作态度进步的推动器，而绩效考评使员工更多地感到对其切身利益的威胁；绩效管理关注组织和员工的未来绩效，而绩效考评更多地考虑员工过去的工作业绩。

(10) 360°薪酬即通常所说的报酬，是指员工为组织工作而获得的所有有价值的回报，分为经济性报酬和非经济性报酬。

(11) 薪酬是指员工由于雇佣关系的存在而从组织获得的各种形式的经济收入以及

有形服务和福利。也就是以上报酬概念中的经济性报酬部分。

（12）薪酬管理是指根据组织战略目标和发展规划，综合考虑内外部各种因素的影响，确定自身的薪酬水平、薪酬结构和薪酬形式，并进行薪酬调整和薪酬控制的过程。

（13）职业生涯是与工作有关的经历和工作时期所有活动的集合。

（14）职业生涯规划是一个人制定职业目标、确定实现目标的手段的不断发展的过程。

复习思考题

（1）你怎样看待人力资源管理在组织中的地位？你所在的组织是怎样做的？

（2）如何实现人力资源管理与组织战略的匹配？

（3）如何通过人力资源管理活动实现组织目标与员工目标的一致？

（4）什么是人力资源规划？它同组织中的其他职能的关系是什么？

假如你是一个生产小组的主管，你的下属的任务是给台灯装配灯光调节器。你发现90%的调节器装配质量不符合标准，必须重新装配调整。你的上级主管告诉你："你尽快做好员工的培训工作。"请思考以下问题：

①"员工招聘与甄选"方面可能存在哪些因素会导致调节器装配质量不符合标准？

② 如何判定这是一个培训问题？

③ 如果是培训问题，你准备如何开展培训工作？

（5）为什么说在组织目标完成的过程中，绩效管理起着举足轻重的作用？

（6）如何充分发挥薪酬的激励作用？你所在组织的薪酬管理存在哪些优势与不足？

（7）对你而言，"职业成功"是什么含义？

（8）组织为你提供过职业生涯规划帮助吗？你认为组织应如何进行员工的职业生涯规划？

管理者训练

职业生涯设计

通过本章的学习为自己设计职业生涯。

案例 8-1

海尔的用人理念

企业管理一般主要管四样东西：管人、管财、管物、管信息。后三者又都要由人去管理和操作，人是行为的主体，可以说，人的管理是企业管理的核心。因此，现代企业总是把人力资源开发放在相当重要的位置，每个企业都有自己的一套用人理念。海尔当然也不例外。

海尔总裁张瑞敏就干部必须接受监督制约指出：所谓"疑人不用，用人不疑"在市场经济条件下是干部放纵自己的理论温床。

《海尔报》上也曾撰写专文讨论此问题。该文指出，赛马赛出了人才就用，但用了人不等于不需要监督。封建社会靠道德力量约束人，如忠、义、士为知己者死，市场经济则靠法制力量。目前法规还不健全，需要强化监督。市场是变的，人也会变。对于干部来说必要的监督制约制度，是一种真正的关心和爱护，不能把干部的健康成长完全放在他个人的修炼上。"无法不可以治国，有章才可成方圆"，在市场经济条件下，权力失去监督就意味着腐败。所谓的道德约束、自身修养、素质往往在利益面前低头三尺。越是有成材苗头的干部，越是贡献突出的干部，越是被委以重任的干部，越要对其加强监督。总之，只要他们手中有权、有钱，就必须建立监督制约机制。

海尔集团总裁张瑞敏认为，企业领导者的主要任务不是去发现人才，而是去建立一个可以出人才的机制，并维持这个机制健康持久地运行。这种人才机制应该给每个人相同的竞争机会，把静态变为动态，把相马变为赛马，充分挖掘每个人的潜质，并且每个层次的人才都应接受监督，压力与动力并存，方能适应市场的需要。

结合海尔的案例，谈谈你的看法。

(1) 有人认为海尔的管理制度太严，管理方法太硬，很难留住高学历和名牌大学的人才，如何解决这一问题?

(2) 对于传统的用人观念“疑人不用，用人不疑”，“世有伯乐，而后有千里马”，你怎样看待?

(3) 一位美国企业家曾说：“你要想搞垮一个企业，很容易，只要往那里派一个具有 40 年管理经验的主管就行了。”结合海尔的案例，谈谈你的看法。

(4) 如何解决海尔管理层的年轻化问题?

第 9 章　组织变革、发展与组织文化

问题的提出

组织像一座浮在水面的冰山，外部所见到的是组织的可见部分，它是浮在水面的部分；而还有另外的一些内容是对外隐藏的，它是沉在水下的部分（图 9-1）。

问题：如何认识组织这座冰山？

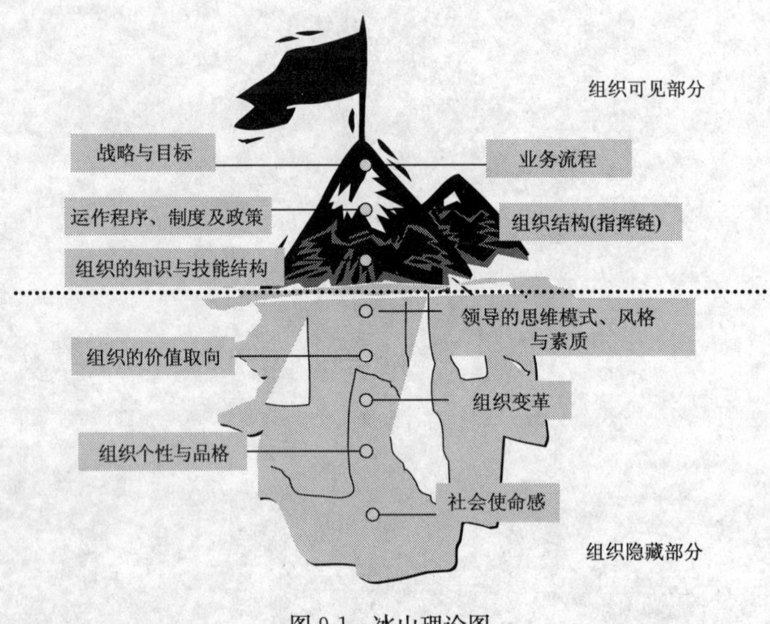

图 9-1　冰山理论图

学习目的

学完本章后，你应当能够：

(1) 认识组织变革的原因。

(2) 掌握组织变革的内容。

(3) 掌握组织变革的方式。

(4) 了解变革的阻力和克服变革阻力的方法。

(5) 了解组织发展的概念和当前的社会实践。

(6) 掌握组织文化的内容。

9.1 组织变革的概念和内容

9.1.1 组织变革的概念

组织变革是指组织综合运用组织和其他相关管理原理的基本理论，研究计划、领导、组织再设计和控制等问题，通过对组织中的要素进行结构性变革使之适应环境变化和组织发展需要的活动过程。

9.1.2 为什么要进行组织变革

企业组织变革是不以人的意志为转移的客观必然过程，生活在环境之中的组织，随环境而生，随环境而变，环境变化了，客观上要求组织也要跟着环境的变化而变化，组织变革是环境变化对组织的客观要求。

组织变革的原因具体表现在下面几点。

1. 组织变革的环境原因

有很多环境要素迫使组织变革。引起组织变革的外部因素可以归纳为以下几个方面：

（1）技术的进步。现代科学技术的迅速发展，特别是信息技术的迅速发展，对组织结构、管理幅度与管理层次等都带来了巨大的影响，同时也对组织变革提出了新的要求。如信息技术使组织趋于民主化，因为员工拥有了更多的信息，拥有了信息也就拥有了发言权；信息技术使组织可以统一其全球的经营。

（2）经济因素的变化。成功的组织将是能根据经济竞争的需要作出相应快速变革的组织。由于社会发展呈现出：人口老龄化、组织员工多元化、家庭结构的小型化等趋势，要求组织重新审视自己的目标消费群体及其需要。另外，客户的要求比以往更高，他们想要得到的不仅仅是高质量的产品和服务，他们还希望与公司保持一种简单、直接和方便的关系。面对变化的市场和客户要求，组织要考虑的是如何通过变革适应变化的市场和满足客户的要求。

（3）国际经济一体化。它为组织提供了更大范围和更宽领域的市场、更低的关税、多元化的市场以及更多的全球性的资本流动，要求组织考虑如何面对这种情况实现跨国和跨地区的经营管理。

在当今的商业环境中唯一不变的事物就是“环境在不断地变化”，而企业生存的载体就是环境，无法跟上环境变化的企业将被环境所淘汰，那么组织需要随着环境的变化而进行调整。

2. 组织变革的内部管理原因

除了组织环境的客观要求之外，组织内部的管理因素也是组织变革的重要原因。

（1）组织目标的重新定位。组织目标决定着组织变革的方向和变革的范围。往往在两种情况下，要重新定位组织目标：一是当组织的既定目标已经或即将实现时；二是当组织既定目标在实施过程中无法实现时。而新的市场机会出现时。这两种情况都必须对组织目标重新定位。为实现新的组织目标，就要考虑进行组织变革。

(2) 组织成员素质、内在动机与需求的变化。一个有效的组织，其组织目标和成员目标往往一致的，是与成员的素质、内在动机与需求一致的。因此一定的组织结构与组织管理总是与一定的成员的需要相适应的。由于成员素质的变化，成员希望得到具有挑战性并能促进个人成长的工作，组织就要考虑是否从以“任务为导向”转向以“人为导向”的组织变革。

(3) 组织管理中的不良表现。如果在现实组织管理中出现了下述情况，我们也要考虑是否通过组织变革来解决这些管理中的问题：组织机构臃肿、职能重复、人浮于事或组织机构明显缺漏、经营管理环节脱钩；岗位间、部门间的冲突得不到协调，组织职能难以正常发挥，职工的责任感和积极性低落；组织沟通信息沟通不畅，决策形成过程过于缓慢或时常作出错误的决策，企业常错失良机；决策效率低下或经常出现决策失误；组织对市场环境的变化反应不敏感；组织缺乏创新等。

由于上述原因的存在，影响到每一个组织，这种影响不论其大小，产生了许多的机会，也产生了许多的威胁。利用各种机会，应对各种威胁，组织变革是一种重要的手段。当组织认识到上述情况出现时，可考虑通过组织变革适应组织外部环境的变化和满足组织内部管理的需要。

9.1.3 组织变革的内容

组织变革究竟要变什么？管理者可以从以下四个方面的内容进行组织变革，它们分别是：技术变革、产品与服务变革、战略与结构变革、人员与文化变革。

1. 技术变革

技术变革是指组织对作业流程与方法方面的变革。包括产品或服务的生产技术，工作方式、装备、业务流程等。

生产运作新技术的创新与运用，要求组织在管理上作相应的变革。特别是以计算机为代表的管理信息技术在组织中的广泛运用，给组织带来了众多的变化。

(1) 在管理的计划、领导、组织和控制中，广泛使用计算机有助于使决策由非程序化决策向程序化决策转化，有助于解决决策的分层次管理，进而更好地解决组织中的集权与分权相结合问题。

(2) 组织中许多收集、处理、分析信息的工作由计算机来承担，减少了管理层次，改变了原来的业务流程，有利于促进组织内部的信息沟通，资源共享，也更有利于控制，提高组织的快速应变能力。

(3) 随着管理信息系统在管理中的作用越来越明显，组织要对各个岗位、部门和管理层级的工作进行重新组合。信息技术的发展将使组织具有一种既高度集中又机动灵活的富有竞争力的柔性特征。

2. 产品与服务变革

环境的变化和组织目标的变化都会引起组织产品与服务的变革。当新的市场出现的时候，就意味着新的客户需求的产生，如果组织将这种新的客户需求定为组织新的目标时，组织的新产品与服务就会产生，组织产品与服务变革就是必然的。如电信企业在原来固定电话业务的基础上又进入 Internet（因特网）业务就是产品与服务变革。

3. 战略与结构变革

组织的战略是随着所处的外部环境的变化而变化的，战略的变化要求组织结构作相应的调整。

战略重点的改变会引起组织的工作重点的改变，从而导致各部门与职务在组织中重要程度的改变。因此要求对各管理职务以及部门之间的关系加以调整。比如工作重点是以技术研发为中心还是以产品销售为中心，不同的工作重点，使这两种部门与其他部门间有着不同的相互关系。

改变企业结构主要包括管理层次、分权管理和业务流程的变革。

(1) 变革管理层次。传统的组织结构强调确定职责，明确分工和工作流程。现在组织结构的一种最明显的趋势是管理层次越来越少，从高层管理者到基层管理者的中间环节逐渐减少。

(2) 变革分权管理。通过减少管理层次、授权和建立规模较小但组织完善的工作单位等方式，促进工作人员提高工作效率，赋予基层管理者更多的职权，配置职权到最需要的地方。

(3) 变革业务流程。精心组合不同专业生产可以提高生产效率和工作积极性。

4. 人员与组织文化变革

人员与组织文化变革指员工和组织在哲学、理念、价值观、精神、伦理与道德和行为等方面的变革。

人员变革是建立沟通网络，促进员工与组织目标一致。人员的变革是组织变革中最复杂、最深刻、最难以把握的。组织变革中的人员因素是变革最基本的一个方面，组织人员的行动最终决定了可以作出哪些变革。

组织文化变革就是要产生新的组织文化，这种文化重视员工参与和授权，导致对管理层的尊重、相互间的信任和支持，使员工更加认同组织文化。

管理提示

必须主动变革

变化正在以比企业反应更快的速度发生着……

GE必须主动变革，以适应新的市场环境，否则就会成为别人的手下败将。

——通用电气GE前总裁：杰克·韦尔奇

世上没有十全十美的东西

世上没有十全十美的东西，所以任何东西都有改革的余地。

——M.R. 柯美雅

管理故事

温水中的青蛙

有人做了一个实验，把一只青蛙突然放进沸腾的油锅里，这只反应灵敏的青蛙在千钧一发的生死关头，全力跃出了将会使它葬身的滚滚油锅，跳到地上而逃生。

过了半小时，把那只死里逃生的青蛙放在同样大小装满冷水的铁锅里，只见这只青蛙在冷水里不时地来回游动。接着，实验人员偷偷在锅底下用炭火慢慢地加热。青蛙虽然可以感觉外界温度慢慢变化，但它却因惰性在享受着水中的“温暖”，当它开始意识到锅中水温已经使它受不住，必须奋力跳出才能活命时，一切为时已晚。它欲试乏力，结果全身瘫软，呆呆地躺在热水里，再也跳不出使它感到“温暖”的铁锅。

问题：如何从环境变化和组织变革的角度理解该故事？

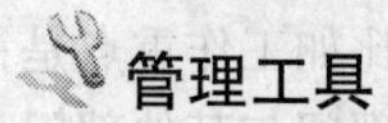

管理工具

组织变革工具

成功的企业变革需要经历三个阶段。

第一阶段：阐述企业的使命是什么。要识别企业现在正处于什么样的情况，即企业现在在哪儿，企业想去哪儿和企业想得到什么等一系列问题。在这阶段可以通过与企业内部的有关人员进行接触，对所拥有的企业资料进行有限的分析，了解企业内部的权利控制情况并对即将进行的变革可能遇到的阻力进行有针对性的了解。

第二阶段：尽可能地收集资料，识别影响变革的主要人物，阐述所期待的未来状态是什么样的，确定有关变革的相关系统。在该阶段，要分析企业的内外部环境。在变革中争取对变革的支持非常重要，要确定使合适的人加入到组织变革的群体中来。

第三阶段：在变革阶段，变革会带来很多困惑和混乱，这体现在企业内部的个人角色、个人所负责任和决策渠道上。在变革阶段要对变革的模式进行评估，进而与所要取得的目标相联系。要规范新产生的模式和行为，要稳定变革后的成果并加以维持。在该阶段设定变革的时间计划表，要考虑变革的各个系统需求，要分析变革中所有的紧张因素和矛盾因素，要设定有效的标准并与企业外部的主要影响因素进行必要的咨询和沟通。

关键概念

组织变革　外部环境因素　内部管理因素　技术变革　产品与服务变革　战略与结构变革　人员与文化变革

9.2 组 织 变 革

9.2.1 组织变革的方式

组织变革是环境变化的客观需要，不是人们愿意不愿意变革，而是必须要随着环境变化的需要而变革，否则就面临着被环境淘汰的威胁。实施变革是一个持续的过程，对组织而言，变革是以渐进或剧烈的方式出现的。

1. 渐进的变革

德国籍犹太人库特·卢因（Kurt Lewin）提出的变革理论在变革管理和发展领域中占有主导地位。他在1958年将变革理论整理成解冻（freezing）、变革（movement）和凝冻（refreezing）三个层次的变革理论，从而形成变革理论的基石，称为卢因模式。根据卢因的理论，成功的变革需要经历这样一个过程：解冻现状，变革到新的状态，将新状态重新冻结使之持久。在这三个层次的组织变革中，人的变革因素是最重要的，组织成员态度发展的一般过程，反映组织变革的过程：

(1) 解冻现状。因是有计划的变革，要打破现有的平衡状态，就要使员工了解组织所处环境的变化，指出变革的必要性，建立员工的危机感，使员工理解和支持变革，减少变革的阻力，加速解冻过程。

（2）变革到新状态。这是组织变革的过程，由组织推动，员工参与变革计划的制订和实施，并随时解决变革过程中出现的问题，完成从“我现在在哪儿”到“我要去哪儿”的过程。

（3）将新的状态重新冻结。巩固变革成果，将变革后的状态稳固下来。

卢因的三步变化步骤将组织变革视为对组织平衡状态的打破，并且建立与环境相适应的新的组织平衡。当社会经济环境相对平稳，卢因的观点得到人们的支持。

一般认为渐进式的变革对组织是有益的，因为这样的变革以组织中的技术、能力、组织惯例以及文化为基础，在组织的这些原有环境上进行的变革会受到组织内各个方面的更多认可，因此所受到的阻力会少一些，同时组织所承担的风险也小些。但是，外部环境的变化并不总是逐渐的，也不可能总与渐进的变革同步，如果这种渐进的变革落后于环境变化，那么，组织就可能会与环境不协调，这时，就需要改变变革方式。

2. 剧烈的变革

组织环境的变化并不总是那么平稳的，当社会经济环境变化不确定和较为活跃时，管理者为了适应快速变化的环境，卢因渐进变革的方式就显得不适合了。

由于当今动荡的、不可预测的环境，人们对剧烈式变革的关注日益增长，成功越来越属于那些能灵活应变的组织。如果渐进的变革落后于环境的变化，组织变革可能会与生存的环境不相适应，那么就要进行剧烈的变革。特别是当组织发生危机，经营和效率问题特别严重时，剧烈的组织变革方式就显得格外需要。

9.2.2 组织变革的过程

组织变革往往是有计划的变革，而且是一个有计划的过程，是目标方向明确的组织活动。有计划的组织变革的目标是什么？主要有两点：第一，力求组织能力的提高以适应环境的变化；第二，改变员工的行为。一个组织要生存，必须能够对周围环境的变化做出反应。它体现出组织变革必须有明确的目的性，有变革的政策，有变革的实施以及对变革结果的追踪检查。“顺其自然，随波逐流”的组织变化必然会使组织永远落在对手的后面。

有计划的组织变革必然存在有计划的步骤。

弗里蒙特·E. 卡斯特（Fremont E. Cast）与詹姆斯·E. 森茨韦克（James E. Rosenzweig）提出把组织变革的过程分为六个步骤：

（1）回顾和反省。对组织作回顾、反省、批评，对组织内外环境进行调查和研究。

（2）觉察问题。通过调查研究，发现问题，并认识到组织变革的必要性与紧迫性，这是感知问题。

（3）分析问题。通过分析找出存在的问题，找出现状与变革前景之间的差距，明确变革的方向，这是辨明问题。

（4）提出解决问题的方案。对可供选择的方案进行评估、讨论怎样行动及测量绩效的方法、选择最佳方案，这是解决问题。

(5) 实行变革。这是组织变革的具体实施阶段。

(6) 检查变革的成果。找出今后进一步改进的途径，以便使组织不断得以完善，这是反馈。

根据组织变革的效果，评定效果与计划有什么问题；若有问题，根据上述步骤再次循环。

约翰·科特将组织变革划为八个阶段，他是这样表述的：

第一阶段，形成紧迫感。研究市场和竞争程度的真实状况；发现现实和潜在的危机或机遇，并商谈对策。

第二阶段，建立指导委员会。建立一个强大的致力于变革的委员会，使委员会同心协力。

第三阶段，努力构思设想，制订相应的战略。指明变革的方向，确立实现这一目标的战略。

第四阶段，传播变革设想。委员会以自己的言行告诉员工该怎么做。

第五阶段，授权各级员工采取行动。消除障碍，鼓励冒险和反传统的观念和行动。

第六阶段，创造短期的利益。制订旨在取得收益的计划，大力奖励给组织带来收益的人。

第七阶段，利用已得的信誉，改变不符合变革的制度结构和政策。雇佣、提拔和培养能实施改革设想的人。

第八阶段，使新方法在组织文化中形成制度。采取面向顾客的旨在提高生产力的行动；采取措施加强对领导人的培养和解决领导人的接班问题。

管理提示

准备舍弃所做的每件事情

每个组织都不得不准备好舍弃它所做的每件事情。

——著名管理学家：彼得·德鲁克

管理提示

奥卡姆剃刀

“如无必要，勿增实体”，这是英国人奥卡姆威廉的“思维经济原则”，因为这一原则倡导的是“无情地剔除所有无用的累赘”，所以人们又把它形象地称为“奥卡姆剃刀”。

管理故事

蝴蝶化蛹

蝴蝶化蛹是一个激动人心的过程，但又充满危险与痛苦。

不同的蝴蝶蛹期也不同，有的几个星期有的几个月。它们身体内部的器官要重新调整。当蛹就要变成蝴蝶时，可以看到翅膀的雏形。从蛹变成蝴蝶是自然界一种激动人心的奇观，蛹体破裂，成熟的蝴蝶小心翼翼地从蛹壳中艰难地爬出来，不断扑打翅膀，然后它们身体表面的液体被风吹干，慢慢地展开美丽的翅膀，接着飞向阳光明媚的天地。

蝴蝶化蛹一般在敞开的环境中。凤蝶和粉蝶以腹部末端的臀及丝垫附着于植物上，又在腰部围着缠上一条丝带，使身体呈直立状态，而蛱蝶、灰蝶和斑蝶则是利用腹部末端的臀棘和丝垫把身体倒挂起来，称为悬蛹。弄蝶则多在化蛹前结成丝质簿茧，以保护自己。它的化蛹地点在树皮下、土块下、卷叶中等隐蔽处，在此度过其一生中最危险的时期和不利的季节。

蛹外表上静止不动，但其内部进行着剧烈的变化：一方面破坏幼虫的旧器官，另一方面组成成虫的新器官。担任这个任务的是血液中的血球细胞。这种破坏同时伴随着创新的过程，一般在数天至数个星期内完成。在完成痛苦的变化改造后，蝴蝶就蜕去蛹壳，变成成虫，羽化成美丽的蝴蝶。

问题：用这个故事对比充满了危险和痛苦的组织变革过程。

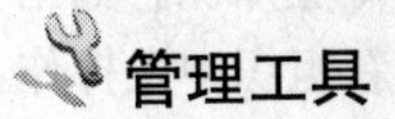

管理工具

希望点列举法

人们对美好未来的追求和憧憬，往往是创新的强大动力。希望点列举法就是把人们对某个事物的要求——"希望……"、"如果是这样就好了"之类的想法列举出来，使问题和事物的本来目的聚合成焦点来加以考虑，成为创造性设想。

关键概念

组织变革方式　渐进的变革　剧烈的变革　变革的过程　变革的目标

9.3　组织变革的阻力

在组织变革的过程中，组织关系的变化和利益的调整是必然的，因此总会有人反对这些变化和调整，他们以各种各样的方式表现出对变革的抵制。这种抵制一方面有其积极的作用，它使变革有了参照，否则变革会混乱和随意，因为变革也是管理权变思想的体现，要根据条件和环境的需要来变革。另一方面这种抵制形成对组织变革的阻力，有消极的作用。

惯性是组织变革的阻力。组织变革是一种打破常规的做法和改变过去习惯的过程，而人们的行为很容易重复过去，人们的认识很容易按照常规进行，人们的观念一定是建立在过去的基础上的，人们的思维也往往习惯于采用已熟悉了的方式。人们习以为常的做法和习惯形成了惯性，这种惯性有两种：一是组织惯性；二是个体惯性。

9.3.1　组织惯性抵制变革

变革就意味着抛弃一些旧的行为、认识、观念和思维，而采用新的行为、认识、观念和思维，意味着各类资源在组织中的重新分配。因此，组织变革首先会受到来自组织惯性的阻碍。

组织抵制变革的原因有以下几方面：

(1) 稳定运行的管理体系。在组织的管理体制上，长期形成的领导方式、组织体系、计划与控制体系，在其运行中，可能有许多人认为存在有碍于效率和效益提高的部分和环节，但大家已经适应和习惯了，在稳定的运行中，管理体制都有不易改变、维持原习惯做法的倾向。

(2) 固定的标准业务流程和协调关系。组织在以往长期的探索、尝试、运作过程中，各个部门、各个岗位、各个工作环节之间，形成了一套相对固定的、成熟的、大家都熟悉的业务流程、协调关系以及利益关系。它们之间的关系以标准固定下来，改变其中一个部分或一个环节就会影响整个过程，这是组织结构带来的惯性。

(3) 组织文化的定式。组织文化需要很长时间才能形成，而一旦形成，它又常常成为牢固和不易改变的，员工一旦已经融合到组织文化中，其价值观念、行为方式将会带有一定的定式，这是文化带来的惯性。

(4) 对专业知识的威胁。组织变革可能会威胁到某些专业化群体的专业知识。如当组织改变经营方向时，可能使原有的专业化群体人员的专业知识不能在新组织中发挥作用，而引起这些专业群体人员的集体抵制。

(5) 对已有权力关系的威胁。任组织变革都会带来权力的重新分配，它可能会引起组织内部经过长时间建立起来的部门与部门、岗位与岗位、职位与职位之间职权关系的变化。这种变化会引起一些管理者原有职权的变化，而引起对变革的抵制。

(6) 固定的管理者职业生涯途径。如果组织的最高管理层的管理者是因按照组织过去的套路成为的管理者，他们自然不愿意尝试新的变化，即使他们已经意识到了这些套路的缺陷。如果管理者是依靠变革而成为最高管理层的管理者的，那么他还会不断地变革。组织变革的推动者是高层管理者。

(7) 缺乏变革经验或能力。许多组织面对变化的环境，缺乏变革经验或能力而选择了抵制也是客观现实。特别是一些长期受垄断保护的组织，他们从未面临过经营环境的重大变迁或者是激烈的竞争压力。这些组织面对解除管制的、新的、侵犯性的竞争者出现时，由于缺乏经验或能力，其最先反应就是抵制变革。

9.3.2 个体惯性抵制变革

个体惯性是组织个体在组织中长期形成的习以为常的特性。而当变革威胁到个体惯性时，个体会抵制变革。

(1) 对习惯的威胁。个体面对组织变革的惯性有很大一部分来自于人类本性中的惰性。人们生活本身已经够复杂的了，为了应付这复杂的生活局面，我们往往依赖于习惯或者固定的常规反应来减少我们的工作量，我们没有必要每天为所需作出新认识和新的决定，只要我们有经验，按照过去的习惯进行就可以了。人们总倾向于“习惯”或“他们自己的方式”之中，总有安于现状的习性。但当我们面对变革的时候，往往需要的是重新的认识、重新的决定和新方式，需要的是打破常规，这时，习惯是变革的阻力。

(2) 对安全的威胁。安全也是人们追求的一种需求，那些对安全有很高需求的人，很容易抵制变革，因为变革可能会威胁到他们的工作岗位，使他们失去安全感。

(3) 对经济利益威胁。组织变革威胁到组织成员的经济利益时，就会受到组织成员的抵制。从经济利益的收入上，在原有组织中获得利益越多的成员，越反对变革。从年龄结构上，老年员工比年轻的员工更加反对变革，因为他们更加担心个人收入会有所降低。从变革后工作的完成上，特别是当报酬与生产效率密切相关时，如果员工担心他们无法按以前的标准完成变革后的工作，变革会引起员工的抵制。

(4) 对确定性的威胁。变革是用模糊和不确定的东西代替已知的东西。未来的不确定性会使员工感到他即将承担的风险。特别是对抗风险能力或意识较弱的员工，他们对不确定性有一种天生的厌恶感。由此会对变革产生消极态度，并在被要求变革时表现出不配合的行为。

(5) 对情感的威胁。这是情绪上对变革的抵制，因对发起变革的管理者抱有成见而反对变革。有时人们反对变革，并不一定表示他们反对变革本身，而是对发动这场变革的管理者本人抱有成见，看到自己所不喜欢的人发动了这场变革，就感到从感情上接受不了，转而对变革产生抵制。

9.3.3　克服变革的阻力

斯蒂芬·罗宾斯提出了六种降低组织变革阻力的策略，供管理者来应付和处理变革阻力时参照使用，让我们来作一简要介绍。

(1) 教育和沟通。通过与员工们进行沟通，帮助他们了解变革的理由，让员工了解到全部的事实，包括组织现状、外部环境的威胁等，统一他们的认识，就会使改革阻力得到降低。

内容：向员工个人、小组甚至整个企业说明变革的必要性和合理性。

适用环境：企业内部缺乏对变革的了解或正确理解和分析，缺乏沟通，并且员工与管理层之间相互信任。

有利之处：人们一旦被说服，就会推动变革向前发展。

不利之处：如果涉及的人很多，就会很费时间。

(2) 参与。个体很难抵制他们自己参与作出的变革决策，因此应该吸收更多的有关人员参与变革计划，特别是吸收持反对意见者参加，这不仅可以提高决策的科学性，还可以获得承诺，以降低阻力。但是，它也会产生一些负面影响：有可能产生很糟糕的决策，并且浪费很多时间。

内容：让企业内部员工特别是持反对意见者参与变革设计。

适用环境：来自除改革推进者外的其他人的阻力很强大。

有利之处：提高了人们积极参与变革的积极性，并且把自己的专长和知识融入变革计划中。

不利之处：由于有反对者参加，如果作出不正确的决策会很麻烦，并且会很费时间。

(3) 促进与支持。变革推动者可以提供一系列支持性措施以减少阻力。当员工对变革的恐惧和忧虑很强时，做一些有利于员工调整心态的事情，如技能培训或短期带薪假期等，会减轻他们的恐惧和忧虑。

内容：为受变革影响的员工提供感情支持和理解。

适用环境：人们对变革表现出不适应。

有利之处：变革肯定会遇到适应问题，可从心理和感情上减轻不适应。

不利之处：可能很费时间和精力，最后仍然失败。

(4) 协商。如果阻力集中在少数有影响的个人中，可以通过协商，使这些人的需要得到满足，从而降低变革的阻力。

内容：与有可能反对变革的人商谈，可以通过满足一些需要来赢得理解。

适用环境：只要付出一定的代价，人们可以减少变革阻力。

有利之处：这是一种相对容易的消除变革阻力的方法。

不利之处：如果引起更多的人提出有条件的变革，代价就会更大。

(5) 操纵与合作。操纵是指通过影响力使员工接受变革。合作是变革的推进者寻求与变革中关键人的合作，使关键人认可变革。

内容：通过影响力使员工接受变革；与变革关键人进行合作。

适用环境：如果其他手段不起作用或代价太大的话。

有利之处：有可能是一种对付阻力的便捷方法。

不利之处：如果人们意识到被操纵会为给变革带来新问题。

(6) 强制。它是直接对抵制者实施威胁和压力。强制很容易被看成是一种无能，不利于变革推动者的威信。

内容：用解雇、调换工作和不予晋职等手段强制抵制者服从变革。

适用环境：变革进入关键时刻并且变革发起人拥有相当的权利。

有利之处：能够迅速有效地消除阻力。

不利之处：如果引起人们对变革领导的不满，会影响他的威信。

管理提示

摒弃什么

我们不得不摒弃任何阻碍我们向自由、迅速和无界限进步的东西。

——通用电气GE前总裁：杰克·韦尔奇

路径依赖

一旦你作出了某种选择，就会在以后的道路中对这一选择进行不断的自我强化。这就像物理学中的惯性，事物一旦进入某一路径，就可能对这种路径产生依赖。最早提出路径依赖的是W. B. 阿瑟，将这一理论发扬的是道格拉斯·诺思。

凡是自己认定的，人们大都不想轻易改变它。社会心理学家曾做过一个试验：在召集会议时先让人们自由选择位子，之后到室外休息片刻再进入室内入座，如此5～6次，发现大多数人都选择他们第一次坐的位子。

管理故事

跳舞的猪

有一头猪跑到菜园去跳舞，把菜园的青菜踩得东倒西歪，一片狼藉。猪的举动，引来路人围观，猪于是跳得更加卖力。主人见状，怒不可遏地拿起木棍猛打那头猪，并气呼呼地说：“这头笨猪，看你干的好事！我非好好教训你不可……”遍体鳞伤的猪，有些迷惑地抱怨：“我昨天看麻雀在菜园翩翩跳舞，大家都很开心地鼓掌，为什么我今天跳一下舞，就被狠狠痛打？”

问题：你如何看待这种在变革中简单“模仿别人”的做法？

管理工具

组织设计工具

一般来说，企业的组织结构应当满足企业经营方面的三项基本需求，即有效地完成企业基本任务、能够对外部环境中存在的重大威胁作出反应及保持革新。

有效地完成企业基本任务可以理解为组织结构的稳定原则；对于能够对外部环境中存在的重大威胁作出反应，可以理解为避免或控制好企业组织结构的惯性原则；而保持革新可以理解为企业管理者的革新精神。

关键概念

变革的阻力　组织惯性　个体惯性　克服阻力　教育和沟通　参与　促进与支持　协商　操纵与合作　强制

9.4 组织发展

9.4.1 组织发展的概念

组织发展是在专家的协调帮助下，在应用行为科学理论和技术（包括行为研究）的指导下，高层管理人员支持的长远工作计划，通过对企业文化，尤其是正式或临时工作小组之间的文化进行共同有效的分析和组织管理，达到改善整个企业解决问题和更新发展的过程。

面对以信息技术为基础的全球化经济，世界各国纷纷展开了组织变革和发展热潮，产生了许多重大的组织变革和发展的管理理论和丰富多彩的实践。我们在这里重点介绍流程型组织、团队组织和学习型组织。

9.4.2 流程型组织

流程型组织是建立在企业再造的思想之上的组织。哈默于1990年用企业再造(reengineering)一词来表示企业全面发展思想和实践。在1993年出版的《再造企业——工商管理革命宣言》（*Reengineering the Corporation—Manifesto for Business Revolution*）一书中，哈默和钱辟将企业再造定义为：为了在衡量绩效的关键指标上取得显著改善，从根本上重新思考、彻底改造业务流程。其中，衡量绩效的关键指标包括产品和服务质量、顾客满意度、成本、员工工作效率等。我们可以从以下四个方面来把握企业再造的含义。

第一方面，企业再造需要从根本上（fundamental）重新思考业已形成的基本信念，即对长期以来企业在经营中所遵循的基本信念如分工思想、等级制度、规模经营、标准化生产和官僚体制等进行重新思考。这就需要打破原有的思维定势，进行创造性思维。企业在准备进行再造时，必须自问一些最根本的问题。

第二方面，企业再造是一次彻底的（radical）变革。企业再造不是对组织进行肤浅的调整修补，而是要进行脱胎换骨式的彻底改造，抛弃现有的业务流程和组织结构以及陈规陋习，另起炉灶。只在管理制度和组织形式方面进行小改小革，对根除企业的顽疾无济于事。

第三方面，企业通过再造工程可望取得显著的（dramatic）进步。

第四方面，企业再造从重新设计业务流程（processes）着手。业务流程是企业以输入各种原料和顾客需求为起点到企业创造出对顾客有价值的产品（或服务）为终点的一系列活动。在一个企业中，业务流程决定组织的运行效率，是企业的生命线。在传统的企业组织中，分工理论决定着业务流程的构造方式，但同时带来了一系列弊端。企业再造之所以要从重新设计业务流程着手，是因为原有的业务流程是组织低效率的根源所在。

从上面的分析中，我们可以看出，企业再造与以前的渐进式变革理论有本质的区别而属于剧烈式变革。企业再造是组织的再生策略，它需要全面检查和彻底翻新原有的工作方式，把被分割得支离破碎的业务流程合理地“组装”回去。通过重新设计业务流程，建立一个扁平化的、富有弹性的新型组织。

流程型组织不是建立在职能管理的等级管理上的，而是建立在组织的核心流程之上的，例如产品开发、订单履行、市场开发等。这种组织将所有提供一种产品或服务所需要的流程相关人员安排在同一个部门，这个部门通常由流程主管来管理。

建立在流程基础之上的组织减少了许多等级和部门壁垒，而这些等级和部门壁垒增加了工作协调的难度，降低了决策速度和工作绩效。这种以流程为设计原则的组织使得组织能够集中主要资源为顾客服务，包括企业内部顾客（企业员工）和外部顾客。

流程型组织主要涉及三个关键要素：找出组织的独特优势、评估核心的流程、进行横向组织设计。

组织的独特优势是指与竞争者相比，组织在哪些方面更具有优势。找出组织所具有的独特优势，这对组织的竞争起着关键的作用。管理人员需要评估组织核心的生产过程，这种过程就是把物质材料、资本、信息、劳动力转化为顾客所需要的产品或服务的过程。从中管理人员可以判断出每个过程对组织取得独特优势的重要性。企业再造工程要求管理人员不再以职能管理而是以横向流程进行重新设计，这就意味着组织要引入多功能的自我管理团队来管理流程，也意味着要最大限度地削减管理人员的数量。

流程型组织结构在各种制造和服务性企业中的应用迅速增加。这种以扁平化、无壁垒、注重团队著称的组织，被一些公司用来加强其顾客服务能力。

组织特点如下：

（1）团队是其主要组织特征，它是一种典型的自我管理和对目标成果负责的组织形式；

（2）以顾客满意度作为基本目标，确定顾客的期望并设计团队去满足这种期望，成为组织的重要目标；

（3）工作团队的薪酬与工作绩效挂钩，绩效评估主要是测定团队顾客满意度绩效。

流程型组织的优点如下：

（1）以顾客为中心，将资源集中在顾客满意上；

（2）能迅速适应环境的变化，提高了组织的决策速度和工作效率；

（3）减少了部门间的壁垒；

（4）由于流程环节间联系的紧密性，提高了员工的工作参与度；

（5）由于上层管理结构的简化而使成本降低。

流程型组织建立的不足之处如下：

(1) 可能会威胁中层管理人员和专家员工的权力，而使该种组织的推行受到阻碍；
(2) 对人员素质要求较高，需要不断用新的技能和知识来充实该类型组织成员；
(3) 如果不能正确识别流程可能会使效率低下。
流程型组织适用于：
(1) 以顾客为导向的组织目标的确立；
(2) 不确定和变化的市场环境；
(3) 中型或大型组织；
(4) 具有高度相互关联技术的组织。

9.4.3 团队组织

20世纪90年代，组织中一个新的概念就是团队，组织通过组成团队或工作小组来完成工作任务。

斯蒂芬·罗宾斯（1994）认为，团队是指一种为了实现某一目标而由相互协作的个体所组成的正式群体。这一定义突出了团队与群体的不同，所有的团队都是群体，但只有正式群体才能是团队。

团队与群体是既有联系又有区别的一组概念。群体可以是正式的也可以是非正式的。正式群体是组织创立的工作群体，它有明确的工作任务和分工。非正式群体是为了满足人们的社会需求而在工作环境中出现的一种自发形式。

作为一支高效团队，斯蒂芬·罗宾斯（1994）认为它具有以下八个基本特征：一是明确的目标，团队成员清楚地了解所要达到的目标，以及目标所包含的重大现实意义；二是相关的技能，团队成员具备实现目标所需要的基本技能，并能够良好地合作；三是相互间信任，每个人对团队内其他人的品行和能力都确信不疑；四是共同的诺言，这是团队成员对达成目标的奉献精神；五是良好的沟通，团队成员间拥有畅通的信息交流；六是谈判的技能，高效的团队内部成员间角色是经常发生变化的，这要求团队成员具有充分的谈判技能；七是合适的领导，高效团队的领导往往担任的是教练或后盾的作用，他们为团队提供指导和支持，而不是试图去控制下属；八是内部与外部的支持，既包括内部合理的基础结构，也包括外部给予必要的资源条件。

斯蒂芬·罗宾斯（1996）根据团队成员的来源、拥有自主权的大小以及团队存在的目的不同，将团队分为三种类型：一是问题解决型团队（problem-solving team），组织成员往往就如何改进工作程序、方法等问题交换不同看法，并就如何提高生产效率、产品质量等问题提供建议，不过它在调动员工参与决策过程的积极性方面略显不足。如问题解决型团队要解决如何提高生产质量、提高生产效率、改善企业工作环境等问题。在这样的团队中成员就如何改变工作程序和工作方法相互交流，提出一些建议。成员几乎没有什么实际权利来根据建议采取行动。二是自我管理型团队（self-managed team），这是一种真正独立自主的团队，它们不仅探讨问题解决的方法，并且亲自执行解决问题的方案，并对工作承担全部责任。三是跨功能型团队（cross-functional team），这种团队由来自同一等级、不同工作领域的员工组成，他们来到一起之后，能够使组织内或组织间的员工交流信息，激发新观点，解决面临的问题，协调完成复杂的项目。

团队组织的优点如下：

（1）能针对不同的问题设立不同的团队，适应性强；

（2）成员来自不同的专业领域，可以形成优势互补，系统优势强；

（3）成员都知道团队的任务和目的，目的性强。

团队组织的不足之处如下：

（1）不同的组织单位组成的团队，有可能失去自己组织的核心技术；

（2）在规模上有局限性，不可能很大；

（3）由于成员来自不同的部门单位，成员的临时性使组织稳定性较差。

团队组织适用于：需要不同专业、不同领域的人共同参与才能完成的工作。

9.4.4 学习型组织

彼得·圣吉，在其所著《第五项修炼——学习型组织的艺术与实务》一书中，首次系统地提出了一个全新的概念：学习型组织。

彼得·圣吉认为，像缺乏学习能力的儿童不能健康成长一样，不会学习的企业在竞争激烈的环境中将存在致命的危险。企业只有提高学习能力，将自己改造为“学习型组织”，才能求得长期的生存与发展。这是现代企业的根本所在。未来的道路难以预料，只有学习才能给我们提供一个参考点和开拓未来的跳板。

学习的真正目的是拓展创造力，而学习型组织是一个具有持续创新能力、能不断创造未来的组织。它就像具有生命的有机体一样，能在内部建立起完善的学习机制，将成员与工作持续地结合起来，使组织在个人、工作团队及整个系统三个层次上得到共同发展，形成“学习—持续改进—建立竞争优势”这一良性循环。

彼得·圣吉认为，在学习型组织的领域里，有五项组织技能，使学习型组织正在创新，他称这五项组织的技能为五项修炼。

第一项修炼是自我超越。这是五项修炼的基础，强调要认识真实世界并关注于创造自己的最理想境界，并由这两者之间的差距，产生不断学习的意愿，不断地自我创造和自我超越。

人们之所以不断地突破极限，追求自我价值的实现，是因为心中有一种美好而强烈的理想、目标、愿望和前景，即所谓“个人愿景”。这种愿景是人们心中真正的渴望，是在对人生态度作出基本选择之后，对未来作出的一种承诺。它不仅是一个美好的构想，更是召唤和驱使人们前进的使命。它使人不安于现状，勇于向现实和自我挑战，努力克服种种艰难险阻，向人生的最高峰不断攀登。

员工的“个人愿景”是组织创造力的源泉，是企业不断创新发展的基础。因此，在向“学习型组织”迈进的过程中，企业应鼓励员工建立和拥有自己的个人愿景。

第二项修炼是改善心智模式。心智模式是指个人了解外部世界及采取行动时内心一些习以为常、认为理所当然的习惯、偏见、假设或印象等，即人们常谈的思维定式。

每个人、每个组织都有自己的心智模式，它存在于组织及其成员的思想深处和文化之中，这些往往会阻碍人们的创新、改变和进步。要在组织中营造能够使人坦诚陈述见解的气氛，以达成共识，减少组织变革的阻力。

改善心智模式这项修炼为我们提供了两类发现心智模式的缺陷并设法改进的技巧：其一是反思——用反思来放慢思考过程，以使我们更能发现自己的心智模式是如何形成的；其二是探询——用探询来发现我们与别人面对面谈论问题，尤其是复杂问题时的心智缺陷。

第三项修炼是建立共同愿景。共同愿景是指能鼓舞组织成员共同努力的愿望和远景，主要包括三个要素：共同的目标、价值观和使命感。组织需要共同的愿景，并使组织成员一起为共同的愿景而努力，才能有所成就。

建立共同愿景是学习型组织的目标，真正的"组织共同愿景"是从员工的个人愿景出发的。个人愿景往往存在着较大的差异，但在许多层面上都表现出非常共通的地方，包括个人的抱负，还有对家庭的看法、对组织的期望，甚至对社会及全人类的关心等，正是这些共通之处孕育了组织的共同原景。

由于个人愿景只是每个人心中的渴望，组织的愿景若能与个人愿景一致，就可激发出成员无穷的激情和创造力，使之对组织的目标全心投入、义无反顾，这样的组织当然锐不可当。

第四项修炼是团队学习。这项修炼是建立在"自我超越"和"共同愿景"修炼之上的。这是组织中沟通与思考的对话工具，强调彼此在不本位、不自我设防的情况下共同学习，以发挥协同作用，克服团体智商低于个人智商的情况。

第五项修炼是系统思考。这是五项修炼的核心，也是其他四项修炼的基础，强调把各个独立的、片面的事件联系起来，以发现其内在的互动关系。组织在决策时，应扩大思考的空间和时间范围，才能把握环境变化的趋势。

系统思考最直接的理解不过是教导人们用系统的、整体的、动态的思考方式代替原来零散的、个体的、静态的思维方式。它之所以被赋予如此高的地位，主要是因为两个方面的原因：其一，现实世界的信息让人头晕目眩，到处都是动态性复杂关联的问题，如不进行系统思考，就有可能迷失在复杂变化的局面中；其二，传统的思考模式是如此深远地影响着今天的人们，原本可以协调解决的问题，却由于思考的限制，往往使我们的行为不知所措，顾此失彼。

那么，怎样才能进行有效的系统思考呢？答案其实非常简单，即自始至终都要保持从整体的、系统的及动态的观点分析问题和解决问题。

管理提示

达尔文论生存

得以幸存的既不是那些最强壮的物种，也不是最聪明的物种，而是最适应变化的物种。

——查尔斯·达尔文

点评：适者生存是指适应环境变化者得以生存。

改变人们观点的办法

改变人们观点的唯一办法是持之以恒。

——通用电气 GE 前总裁：杰克·韦尔奇

管理故事

羚羊与狮子

在非洲的大草原上，生活着一群羚羊和狮子。清晨，羚羊从睡梦中醒来，它想的第一件事就是：我一定要跑得比最快的狮子还要快，不然，我可能会被咬死。此时，狮子也睁开了眼睛，它所想的第一件事是：我一定要跑得比最慢的羚羊还要快，否则，我可能会被饿死。

日复一日，年复一年，草原上重复着同样的故事。每天清晨，当太阳升起的时候，几乎同时，羚羊、狮子一跃而起，朝着太阳跑去……

问题：从变革竞争的角度如何理解该寓言故事？

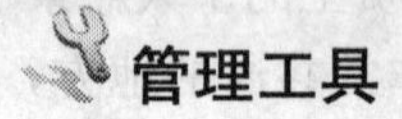

管理工具

变革力场分析工具

企业进行变革的过程中会受到各种复杂因素的作用和影响，归纳这些因素可以将之分为两大类，即促进变革的“助力”和妨碍变革的“阻力”。因此企业在变革期间要准确地界定出企业的助力是什么，阻力是什么。影响变革的阻力可以从两方面来看：其一来自企业内部的个人（不好的个人习惯、不安全感、缺少控制、个人的患得患失等）；其二来自企业本身（不科学的组织结构、对企业当权者的威胁、对已经建立起来的内部配置好的资源的威胁等）。在变革初期，变革的助力要小于变革阻力。而企业的目的就是要消减变革的阻力，增强变革的助力，从而使企业变革的助力强于变革的阻力，成功地实现变革。

使用该工具的第一步就是找出变革的阻力和助力分别是什么，而且争取准确地找出那些阻碍变革的力量和那些推动变革的力量。这样就会发现你的变革计划在执行的过程中很有针对性。那么下一步该做些什么呢？很简单，就是扶助或支持那些变革的积极因素，削减或压制那些变革的消极因素，在这个无声无息的此消彼长的过程中就已经开始了朝着目标大踏步迈进。该工具是对上述几个变革工具的一个总结，也可以说该工具的精神可以渗透到上述几个变革工具的变革整个过程之中。

关键概念

组织变革　外部环境因素　内部管理因素　技术变革　产品与服务变革　战略与结构变革　人员与文化变革

9.5 组织文化

毛泽东说：“没有文化的军队是愚蠢的军队，而愚蠢的军队是不能战胜敌人的。”这是毛泽东对战争时期军队组织文化对军队作用的描述，如果我们将上述思想用来描述和平时期的企业组织文化，是否可以这样说：没有文化的企业是愚蠢的企业，而愚蠢的企业是不能在竞争中取胜的。

9.5.1 组织文化的概念

当我们走进一个单位时，我们首先感觉到的是什么？是所接触的员工的行为，是单位的环境氛围，是组织的办事效率，这些是什么，这些就是组织文化。认识一个组织，是从认识组织文化开始的。

组织文化是组织在长期的社会活动中形成的并为组织成员所认同和遵循的具有本组织特色的组织哲学、行为规范和思维方式的总和。

一个人的文化是个体文化，有组织的群体文化是组织成员共同的文化，也就是组织文化。由于不同的组织是由不同的成员组成的，组织的经历、环境和传统也不相同，所以组织文化各具特色。

组织文化也是组织成员认同的文化。孙子说："道者，令民于上同意，可与之死，可与之生，而不危也"，"上下同欲者胜"。决定胜负的首要因素在于"道"，这个道在这里就是上下共同认同的组织文化。组织文化得到组织成员的一致认同，组织就能在竞争中取胜。

组织文化由精神文化、制度文化、行为文化和物质文化四个部分构成。

组织精神文化，是指一个组织在运行过程中形成的，并为全体成员所普遍接受和共同奉行的组织哲学、理念、价值观念、精神和伦理道德的总和，它是组织文化的内核。

组织制度文化是组织文化的制度载体。主要包括组织制度、领导制度、管理制度等内容。

组织行为文化是组织成员行为和组织行为的表现总和。主要包括人际关系、文体活动、员工行为等内容。

组织物质文化是组织文化的物质载体。主要包括组织环境、产品、标识、标志等组织形象的内容。

9.5.2 组织文化的内容

组织文化的内容是十分广泛的，其中主要包括如下几点。

1. 组织哲学

一个企业在激烈的市场竞争环境中，面临着各种矛盾和多种选择，这就要求企业有一个科学的价值观和方法论来指导，有一套逻辑思维来决定自己的行为，这就是组织哲学。

组织哲学是一个组织在社会活动中提升的价值观和方法论，是组织对发生的各种关系的认识和态度的总和。它由一系列的理念、价值观念、精神、伦理和道德组成。任何组织无论是否已经认识到这一点，客观上都存在着自己的哲学，并且都在自觉或不自觉地应用着组织哲学。下面是方太的哲学。

方太的哲学：

(1) 我们相信组织成员的正气与良好的团队协作是我们实现方太远大目标的根本前提。我们的团队哲学公式为 $1+1+\cdots\cdots+1>N$。

(2) 我们必须尊重并且关心方太大家庭中的每位成员。

(3) 我们必须相信我们的首要责任是在同行业中给予最满意的服务。

(4) 我们必须树立一种信念：所有工作任务都应该以创新和卓越的方式去完成。

(5) 我们认为只有方太事业的成功才是实现自身价值的理想途径。

(6) 我们明白，任何工作中的疏忽或水平上的不足都可能导致末日降临，因此我们必须不断学习、不断超越自我。

（7）我们必须善于倾听下属的意见、建议和抱怨。

2. 组织理念

企业需不需要有自己的愿景、使命、价值观、精神等，如果需要，那么它们是什么？企业如何对待人才、时间、财富、质量、服务等，在企业运行或管理中遇到的问题，都是组织理念问题。

组织理念是组织行动和管理在哲学意义上的观念，是指导组织行动的价值观和方法论。它来自管理者和组织成员对组织存在意义、社会使命、发展方向和目标的认同，它对组织价值观、组织精神的确立具有指导作用。

组织理念的内容包括：愿景、使命、价值观、精神等，以及管理理念、学习理念、质量理念、营销理念、品牌理论、人才理念、竞争理念、生存理念、服务理念等，在现实中遇到的理念要比这还多。

核心理念是组织通过提炼，形成组织理念核心部分的理念。

下面是几个企业的理念：

（1）联想的核心理念是：把员工的个人追求融入到企业的长远发展之中。具体分为三层含义：办企业就是办人；小公司做事、大公司做人；我们将使全体员工与企业一起发展，使我们的员工由于他们的贡献能得到社会的尊敬。

（2）TCL的管理理念：变革创新、知行合一。

（3）TCL的学习理念：勤于思、敏于行、成于变。

（4）海信的质量理念：质量不能使企业一荣俱荣，却可以让企业一损俱损。

（5）海信的“精美”理念：用精美的产品和服务去实现顾客满意。

（6）海信的营销理念：技术引领市场，速度保鲜技术。

（7）海信的品牌理念：品牌核心价值是对技术创新和产品质量的不懈追求。

（8）蒙牛的管理理念：科学化、市场化、系统化。

（9）蒙牛的人才理念：国际化、专业化、品牌化。

（10）蒙牛的质量理念：产品人性化、标准全球化。

（11）蒙牛的经营理念：百年蒙牛、强乳兴农。

（12）蒙牛的国际化理念：思维国际化、品牌国际化、竞争力国际化。

（13）海尔生存理念：永远战战兢兢，永远如履薄冰。

（14）海尔用人理念：人人是人才，赛马不相马。

（15）海尔质量理念：优秀的产品是优秀的人干出来的。

（16）海尔营销理念：先卖信誉，后卖产品。

（17）海尔竞争理念：只要比竞争对手高半筹。

（18）海尔市场理念：只有淡季思想，没有淡季市场；只有疲软的思想，没有疲软的市场。

（19）海尔售后服务理念：用户永远是对的。

3. 价值观

美国学者托马斯·彼得斯和小罗伯特·沃特曼在《寻求优势》一书中指出：“我们研究的所有优秀公司都很清楚他们的主张是什么，并认真建立和形成了公司的价值准则。事实上，一个公司缺乏明确的价值准则或价值观念不正确，我们则怀疑它是否有可能获得经营上的成功。”

组织价值观，是指组织成员对组织存在意义的价值评价和为之追求的群体意识，是组织成员共同的价值准则。它是组织生存的基础，只有在共同的价值准则基础上才能产生组织目标。

组织的价值观可以有很多，当组织面对组织管理的各层面时，都可以有独立的价值观，但组织的核心价值观只能有一条，同时围绕核心价值观再进行分解，形成在核心价值观支持下的各个层面的价值观体系。

那什么是核心价值观？简单地说，核心价值观就是组织为追求愿景、实现使命而提炼出来指导组织成员形成共同行为的根本原则。核心价值观是组织哲学的重要组成部分，它是解决组织发展中的问题的准则。

组织价值观主要包括以下几种：①经济价值观，主要是组织对经济利益的看法。比如组织如何解决消费者满意和赚钱两者的关系。②社会价值观，主要是组织对其与社会相互间关系的看法。比如，组织对社会应负什么责任。③伦理价值观，主要是组织对伦理规范的看法。比如，组织对正直、善良、诚实、守信等伦理的看法。④人文价值观，主要是组织对员工和顾客的看法。比如，组织对以人为本的员工全面发展的看法。⑤创新价值观，主要是注重创新、学习、成长、开拓，主动适应经营环境，强调寻求外部支持和获取多种资源。比如，组织对组织学习问题的看法。

下面是几个企业的核心价值观：

海尔的核心价值观：创新。

联想的核心价值观：服务客户，精准求实，诚信共享，创业创新。

中国移动的核心价值观：持续为社会、为企业创造更大价值。

方太的核心价值观：产品、厂品、人品三品合一。

4. 组织精神

毛泽东说，人总是要有点精神的。组织也是这样，也需要精神，组织文化体现一种精神，任何一种组织，包括一个国家、一个军队、一所学校、一所医院、一个企业等都要有自己的精神。在组织中，精神力量的作用被证明是无比巨大的，有时甚至会起到决定性作用。

组织精神是指组织基于自身特定的组织使命，成员共同一致的意志、思想境界和追求。

组织精神要通过组织全体成员有意识的实践活动体现出来。因此，它又是组织成员观念意识和进取心理的外化。组织精神是组织文化的灵魂，也是组织的灵魂。

组织精神是组织群体精神，是组织成员健康人格，是组织成员对组织的信任感、自豪感和荣誉感的集中表现，因此它对组织成员起着激励的作用。

组织精神的内容很丰富，比如主人翁精神（参与意识）、敬业精神（奉献意识）、团队精神（协作意识）、竞争精神（文明竞争意识）、创新精神（永不满足意识）、服务精神（让顾客满意意识）等。

下面是几个企业的企业精神：

海尔的企业精神：敬业报国，追求卓越。

联想的企业精神：求实，进取，创新；唯创新求生存。

长虹的企业精神：以产业报国，民族昌盛为己任。

中国移动的企业精神：改革创新，只争朝夕，艰苦创业，团队合作。

TCL 的企业精神：敬业，诚信，团队，创新。

海信的企业精神：敬人，敬业，创新，高效。

蒙牛的企业精神：学习沟通，自我超越。

5. 组织伦理道德

所谓组织伦理道德，是依靠舆论、传统、习惯和信念来规范、处理组织之间和组织内部成员之间相互关系的行为准则。

组织伦理道德是从伦理道德的角度，以善与恶、公与私、荣与辱、诚实与虚伪等道德范畴为标准来评价和规范组织的。

组织伦理道德对组织的规范，与法律规范和制度规范不同，不具有法律规范和制度规范的强制性和约束力，但具有积极的示范效应和强烈的感染力，当被人们认可和接受后还具有自我约束力。因此，它具有更广泛的适应性，是约束组织和成员行为的重要手段。

组织伦理道德有两个层次：第一个层次是组织成员伦理道德，其主体是单个的员工；第二个层次是组织伦理道德，其主体是整个组织。

在两者的关系上，虽然员工伦理道德和组织伦理道德相互联系、相互促进，但组织伦理道德处于主导地位，因此组织文化中的组织伦理道德建设，重点应放在组织伦理道德上。组织伦理道德是以善良、正直、公正、诚实等为标准，来评价组织和员工行为，并调整组织与组织、组织与顾客、组织与员工之间关系的行为规范。组织伦理道德通过制度形式确定下来，成为约束组织和成员行为的原则和规范。

下面是几个企业的伦理道德：

海尔的企业道德观：真诚到永远。

联想的企业道德观：诚信为本，取信于用户，取信于员工，取信于合作伙伴。

联想的道德观：宁可损失金钱，绝不损失信誉；生意无论大小，一律一视同仁；待人真诚坦率，工作精益求精；光明正大干事，清清白白做人；勤勤恳恳劳动，理直气壮赚钱。

海信的企业品格：诚实正直。

6. 组织制度

组织制度是组织对其成员的行为带有强制性，并能保障成员一定权利的各种规定。它是组织理念、价值观、精神和伦理道德的具体反映，将抽象的意识转变为具体的条文，使其更明确更具体，具有可执行性。它是物质文化实现的保证，从制度上保证物质文化的正常运行。

组织制度主要是指组织的制度管理和管理制度。制度管理是"法制"的具体体现，在组织中，"法制"是通过组织的制度管理来实现的，制度管理本身体现了法制的规范性、强制性，利用制度管理的性质，将组织文化中价值、理念、精神、伦理道德用管理制度的文字形式固定下来，组织文化成为组织成员遵守的标准和认同的准则。

7. 组织形象

任何一个优秀公司，都毫无例外地重视塑造自身的组织形象，总是要将自己内在的文化以最美的形象展示给社会。

组织形象是组织文化的外显表现。它代表着组织的信誉、产品的质量、品牌的价值、人员的素质、管理的效率等，是组织的无形资产，也是组织重要的战略资源。

组织形象通过招牌、门面、徽标、广告、商标、服饰、经营环境、礼仪，以及人员素质、生产经营能力、管理水平、资本实力、产品质量、环境污染等，给社会直观的感觉和印象，形成组织形象。

组织形象在企业文化中具有重要的作用，主要表现是：提高知名度，使社会公众对企业产生信任感；增加美誉度，吸引消费者，引导消费者认识企业、关心企业、忠诚企业，吸引人才，增强凝聚力和向心力；保持文明度，有更多合作伙伴协作共赢，获得政府和社会的支持等。

9.5.3　组织文化对管理作用

“天下之至柔，驰骋于天下之至坚，无有入无间”，这是老子对水的特性描述，即天下最柔弱的东西能影响天下最坚硬的东西，并能穿透它，无形状的东西能进入没有间隙的实体。组织文化像水一样没有形状，它存在于员工的心灵之中，自动指导员工的行为。组织文化像水一样既贯穿于组织各种管理之中，又独立于组织各种管理，它既体现了组织文化在组织管理中无处不在的管理现象，又体现了组织文化主导组织中的各种管理。

组织文化对管理发挥着重要作用：

第一，它为组织提供价值标准，形成组织共识和导向。共同的价值观念形成了共同的目标和理想，组织成员与组织成为一个命运共同体。管理的问题之一是文化价值观的贯彻，美国管理学家彼得·德鲁克认为，管理的全过程就是使个人、社团和社会的价值观为了一个共同的经营目标而成为生产过程的有机组成部分。

第二，它为组织增加凝聚力，强化团队意识，使组织成员像一个人在行动。这个人就是一个组织巨人，他在市场上的竞争力要远大于组织成员行动不一致的组织。

第三，组织文化形成的共同价值观，规范了组织行为和员工行为。组织价值观对组织和员工行为具有规范作用，什么样的行为符合组织价值观，什么样的行为不符合组织价值观，不仅通过规章制度等硬性手段实现，也通过群体氛围、传统习惯和舆论引导实现。

第四，共同的价值观念使每个组织成员都感到自己的价值的实现，得到精神需求的满足和激励。当组织目标得以实现，在社会上产生影响时，组织成员会产生强烈的荣誉感和自豪感，他们会加倍努力，用自己的实际行动去工作。

第五，文化价值观念的认同，更主要的是它会给组织文化注入新的活力因素，使组织保持变革的动力，组织文化不是一成不变的，组织变革也是一个持续的过程。

管理提示

没有思路就没有出路

理念的领先几乎决定企业的命运，可以这样讲，没有思路就没有出路。

——海尔集团总裁：张瑞敏

手表定理

“手表定理”是指一个人有一只表时，可以知道现在是几点钟，当他同时拥有两块表时，却无法确定现在准确的时间。

点评：标准是非常重要的准则，但评价一件事情如果有两个不同的标准，结果将是没有准则。如果你有两块手表就应当果断地扔掉其中的一块，并把留下的那块表尽最大可能校准，使之成为你的标准。组织文化也是如此。

管理故事

愚 公 移 山

传说古时候，有太行山和王屋山两座大山。

这两座大山之北，住着一个90岁的老头子，大家叫他北山愚公。因为大山阻隔，出入要绕很远的路，非常不便，于是愚公下定决心。一定要挖平这两座大山。

他把自己的想法告诉了子孙们，全家人都欣然同意了。于是愚公带领他的子孙们开始挖山，把挖出来的土运到很远的大海边倒掉。这是多么艰巨的工作啊！可他们满怀信心地坚持干，连邻居小孩都来帮忙挖山。

有个叫智叟的老头，听说愚公每天都在挖山，就走来教训他：“你这个人真是太愚蠢了！以你这样的残年余力，连山上的一株小树也动摇不了啊，还想把大山搬走?”

愚公望着自以为是的智叟，长叹一声，说：“你这个人真是不明事理啊！还比不上我们邻居的小孩子呢！我也许不久就要死了，但是我有儿子，儿子又生孙子，孙子又有儿子，子子孙孙是没有穷尽的；而这山却是挖一点就低一点，不会再增高的了，只要我们子子孙孙没有穷尽，不停地挖下去，还怕这两座大山挖不平吗?”

足智多谋的智叟，这回也无话可答了。

山神听到愚公的话，害怕他这样无休止地挖下去，就连忙报告了天帝。天帝被愚公的决心和毅力所感动，就命令山神把太行、王屋两座大山分别搬走了。

问题：描述一下愚公表现出的是一种什么精神。

管理工具

莱维特变革工具

该模式将变革的重点放在企业的“机构”、“技术”、“人力”和“任务”四个环节之上，并关注这四个不同变量之间的相互作用。该理论与卢因模式的不同之处在于它不考虑企业变革在时间上的先后顺序，而是认为上述四种力量中的任何一种力量都可以首先发生变化，并考虑首先发生变化的因素所带来的影响。

关键概念

组织文化　组织精神文化　组织制度文化　组织行为文化　组织物质文化　组织哲学　组织理念

组织价值观 核心价值观 经济价值观 伦理价值观 人文价值观 创新价值观 组织精神 组织伦理道德 组织制度 组织形象

本章提要

(1) 引起组织变革的两个原因，一是组织环境原因，二是组织内部管理原因。

引起组织变革的环境原因主要是：技术进步；经济因素的变化；国际经济一体化。

引起组织变革的内部管理原因主要是：组织目标的重新定位；组织成员的素质、内在动机与需求的变化；组织管理中的不良表现。

(2) 组织变革的内容主要包括：技术变革特别强调以计算机为代表的管理信息技术在组织中的广泛运用；产品与服务变革强调多种产品和多项服务，满足客户的需求；战略与结构变革强调随着环境变化调整组织的战略和组织结构；人员与文化变革强调员工的价值观、态度、期望、信仰、能力和行为等方面的改变。

(3) 渐进的变革认为变革是对组织平衡状态的打破和新建，适应于平衡的组织环境。剧烈的变革认为要用剧烈变革的方式来适应快速变化的环境。

(4) 组织变革过程分为六个步骤：回顾和反省；觉察问题；分析问题；提出解决问题的方案；实行变革；检查变革的成果。

组织变革八个阶段：形成紧迫感；建立指导委员会；努力构思设想，制定相应的战略；传播变革设想；授权各级员工采取行动；创造短期的利益；利用已得的信誉，改变不符合变革的制度结构和政策；使新方法在组织文化中形成制度。

(5) 变革是对原有惯性的改变，变革的阻力来于组织惯性和个体惯性。

(6) 克服变革的阻力的策略有：教育和沟通；参与；促进与支持；协商；操纵与合作；强制。

(7) 组织发展狭义是指组织成员及其工作状况的性质和质量的改变；广义还包括结构、技术等方面的改变。

(8) 基于流程的组织改变了职能管理的等级管理，将组织建立在组织的核心流程之上。基于流程的组织主要涉及：找出组织的独特优势、评估核心的流程、进行横向组织设计三个关键要素。

(9) 团队组织具有八个基本特征：明确的目标；相关的技能；相互间信任；共同的诺言；良好的沟通；谈判的技能；合适的领导；内部与外部的支持。团队的三种类型：问题解决型；自我管理型；跨功能型。

(10) 只有善于学习的学习型组织才能在竞争激烈的环境中生存和发展。学习型组织的五项修炼是：自我超越；改善心智模式；建立共同愿景；团队学习；系统思考。

(11) 毛泽东说："没有文化的军队是愚蠢的军队，而愚蠢的军队是不能战胜敌人的。"任何组织都要有自己的组织文化，只有有了组织文化才能做到"上下同欲者胜"。

(12) 组织文化的主要内容包括：组织哲学、组织理念、价值观、组织精神、组织伦理道德、组织制度和组织形象。

复习思考题

(1) 谁是变革的推动者，举例说明。
(2) 如果你是一位基层员工，也看到组织变革涉及组织生存，你会成为变革的推动者吗？
(3) 变革都会成功吗，为什么？
(4) 信息技术从哪些方面改变了我们的组织？
(5) 讨论一下惯性与变革。
(6) 为了更好地满足顾客的需要，组织内部应进行哪些变革？
(7) 谈一下您所遇到的变革，变革阻力来自何方，如何应对，您在变革中的角色？
(8) 谈谈你所在的组织的理念和价值观。
(9) 你所在组织的现有的文化能否改善和重新构筑以适应所有职员的需要？如果能，如何进行？

管理者训练

下列部门（表9-1）有问题吗？如何解决？

表9-1 某公司部门问题表

部门	离职率/缺勤率/抱怨率	人员素质	凝聚力	绩效/%
部门A	高	高	高	70
部门B	低	低至中	高	110
部门C	较低	中	低	80

案例9-1

同仁堂："同修仁德，济世养生"

北京同仁堂有300多年历史，是中医药行业著名的老字号。同仁堂的创业者尊崇"可以养生、可以济世者，惟医药为最"，把医药作为济世养生的高尚事业。遵守"炮制虽繁必不敢省人工，品位虽贵必不敢减物力"的古训，树立"修合无人见，存心有天知"的自律意识，坚持"德、诚、信"的优良传统。

同仁堂组织文化建设的内涵主要是：讲求经营之道，培育组织精神，塑造组织形象。具体内容包括：

1. 诚实守信，以义取利

诚：①诚实：货真价实，绝不弄虚作假，在服务中强调童叟无欺；②诚心：诚心诚意，不虚不伪，讲求周到服务，不讲分内分外；③诚恳，以恳切的态度倾听顾客意见，不计较顾客身份。

信：①信念：服务同仁堂，献身同仁堂，立志岗位成才；②信心：在困难面前，敢于迎接挑战，善于排除障碍，勇攀高峰；③信誉：珍视"同仁堂"的金字招牌，维护信誉。

同仁堂的宗旨是"济世养生"，经营上是"以义为上，以义取利，义利共生"。

2. 以质取胜，创新发展

同仁堂历来把药品质量视为生命。制药特色为："配方独特，选料上乘，工艺精湛，疗效显著"。凭优良可靠的质量占领市场，领先市场。

3. 以人为本，团结奋进

同仁堂以"仁德"建设队伍，把道德传统注入新的时代精神，强调志同道合的人组成一个群体，同修仁德，亲和敬业，真诚爱人，实行仁术，济世养生，服务社会，服务民众；一视同仁，不分亲疏远近；讲堂誉，承老店诚信传统；求珍品，扬中华医药美名；拳拳人心，代代传；报国为民，振堂风。

同仁堂继承了“人和”的传统，树立团队意识，讲礼仪，重人和，具有浓郁的人情味，形成了亲善仁爱、团结和睦的组织氛围。以关心人、理解人、器重人为原则，以塑造组织形象为重点，注重建立对员工的激励机制。

4. 同修仁德，济世养生

同仁堂的组织精神：“同修仁德，济世养生”。

服务精神：“热心、耐心、恒心、公心”。

管理理念：“同心同德，仁术仁风”。

工作作风：“讲实话，用实学，鼓实劲，办实事，拓实业，见实效”。

工作信条：“下真料，行真功，讲真情”。

诚信经营是同仁堂的行为规范，以德兴企则是同仁堂的组织发展原则。

讨论题：

找一个组织的文化与此案例进行比较。

领导篇

第10章　领　　导

问题的提出

周恩来逝世震惊世界

周恩来总理的伟大和质朴为联合国各方人士所钦佩，他的人格魅力更给人们留下了深刻印象。当他与世长辞的消息传至纽约联合国总部时，顿时引起了巨大震动和深切哀悼。从各国常驻代表团大使到一般外交官，从联合国秘书处高官到一般工作人员，都用自己的方式向这位伟人表示了崇敬之情。其场景之动人，情意之真切，语言之诚挚，令人震撼而永志不忘。

更为感人的是，联合国还特地下半旗哀悼周总理。这是联合国建立50多年以来罕见的事情。当年我站在联合国广场聆听了秘书长瓦尔德海姆对此作出的既感人又意味深长的讲话。他说："为了悼念周恩来，联合国下半旗，这是我决定的。原因有二：一是中国是一个文明古国，她的金银财宝多得不计其数，可她的总理周恩来没有一分钱的存款！二是中国有10亿人口，占世界人口的1/4，可是她的总理周恩来，没有一个孩子！你们任何国家的元首，如能做到其中一条，在他逝世之日，总部将照样为他下半旗。"讲完这番话，我见他转身扫视了一下广场，尔后返回秘书处大楼。这时广场上先是鸦雀无声，接着响起雷鸣般的掌声。不少外交官又向我和我的同事对周总理的逝世表示了哀悼。

在返回代表团的路上，我和我的同事仰望着灰色的天空，深深地感到，尽管周总理身后没有一座坟茔，没有一抔黄土，没有一块墓碑，但他的精神是不朽的。特立尼达和多巴哥公使阿卜杜拉说得好："周总理永远活在中国的崇山峻岭和江河大川中。"

（资料来源：摘自《人民日报》，2002年1月4日）

问题：联合国为什么为周总理的逝世破例下半旗？

学习目的

学完本章后，你应当能够：

(1) 定义领导。

(2) 知道领导与管理的差别。

(3) 知道领导者与管理者的区别。
(4) 知道领导者权力的来源。
(5) 掌握各种领导理论的基本观点。

10.1 领导者与管理者

领导职能是管理的重要职能，有了领导，组织才能成为能动的主体去实现自己的目标。任何一个组织的成败都离不开该组织管理者的素质及其领导的正确性和有效性。

10.1.1 领导的概念

领导有两种具体含义。一种是动词属性的“领导”，即“领导行为”，这时领导是指在社会共同生活中，具有影响力的个人和集体，在特定的结构中通过示范、说服、命令等途径，动员和激励下级实现群体目标的过程；另一种是名词属性的“领导”，即“领导者”的简称，而领导者是指担负领导责任、负责实施这种过程的人。

综合上述对领导的理解，我们引用本书第一章第一节对领导的定义，领导是激励和引导组织成员以使他们为实现组织目标作贡献。

10.1.2 领导与管理

领导与管理这两个概念常常容易被混淆，很多人认为管理者就是领导者，领导过程就是管理过程。其实领导与管理是既有联系又有区别的一对概念，领导者与管理者之间既存在某些相似的地方，又有着较大的不同。表10-1表明了领导与管理的联系和差别。

表10-1 领导与管理在活动上的差别

活动	管理	领导
制定议程	计划和预算——为达到所期望的结果，设立详细的步骤和时间表，然后分配所需要的资源，开始行动	明确方向——确立一幅未来的图景，为实现目标，制定变革的战略
发展完成计划所需的人力网络	企业组织和人员配备——根据完成计划的要求建立企业组织机构，配备人员，赋予他们完成计划的职责和权利，制定政策和程序对人们进行引导，并采取某些方式或创建一定系统监督计划的执行情况	联合群众——通过言行将所确定的企业经营方向传达给群众，争取有关人员的合作，并形成影响力，使相信远景目标和战略的人们结成联盟，并得到他们的支持
执行计划	控制、解决问题——相当详细地监督计划的完成情况，如发现偏差点，则制订计划、组织人员解决问题	激励和鼓舞——通过唤起人类通常未得到满足的最基本的需求，激励人们战胜变革过程中遇到的政治、官僚和资源方面的主要障碍

续表

活动	管理	领导
结果	在一定程度上实现预期计划，维持企业秩序，并能持续地为各种各样的利益相关者提供他们所期望的结果（例如，为顾客按时交货，为股票持有者按预算分红）	引起变革，通常是剧烈的变革，并形成有效的改革能动性（例如，生产出顾客需要的新产品，寻求新的劳资关系协调办法，增强企业的竞争力等）

资料来源：约翰·科特．1997．变革的力量——领导与管理的差异．方云军，张小强译．北京：华夏出版社

领导与管理的共同之处：

（1）两者都是以组织为基础的。领导和管理都是一种在组织内部通过影响他人协调活动，实现组织目标的过程。如果没有组织，而只是单独的个人，则不存在领导和管理。

（2）两者都与组织层级的岗位设置有着一定的联系。组织内部的管理岗位往往也是领导岗位。

领导与管理的差别：

领导与管理的差别首先表现在活动的过程上（图 10-2）。

领导与管理除了活动上的差别外，在另外几方面也存在着差别，如表 10-2 所示。

表 10-2 领导与管理的关系

项目	管理	领导
含义	意味着导致完成、主持工作或承担责任以及指挥等	影响和指明方向、方针、行为和观念
对象	人、财、物、信息	团队与个人
权利来源	职位赋予的正式权利	正式的或非正式的权利
侧重点	一种程序化的手段，注意力局限在“怎样去做”的事情上	以组织的愿景为导向，从各个方面关注其所在的组织、关注它如何成长为优秀的团体
主要管制方法	规章制度、流程	愿景、文化、理念
进行方式	指示、督促、考核	期望、鼓励、承诺
经常用语	效率、标准、系统	荣誉、自觉、激励
风格	关注提高日常管理工作的效率	在规划远景和评价工作中体现其影响力
目标、结果	在一定程度上实现预期计划，维持企业秩序	引起变革，通常是剧烈的变革，并形成有效的改革能动性

从以上对领导与管理关系的理解来看，管理是执行，是对某一计划活动的过程的完成；领导则是为实现远景目标制定变革战略，不断推动企业进行各种改革。

10.1.3 领导者与管理者

在理想情况下，正式组织中管理岗位的管理者都应是领导者。我们经常称呼“管理者”为“领导者”。但现实中既强于领导又强于管理的人非常之少。有些具有职权的管理者可能没有部下的服从或只是部分的服从，不能成为真正意义上的领导者。领导者和管理者相分离的情况也会存在。行使管理职权的人称为管理者。管理者往往是被任命的，他们拥有合法的权力进行奖励和惩罚，其影响力来自他们所在的职位所赋予的正式权力。作为行使领导职权的领导者，则既可以是任命的，也可以是从某个群体中产生的。例如，梅奥20世纪30年代在霍桑试验的研究中指出的，非正式群体的头领对追随者的领导取决于追随者的意愿。所以，领导者也可以不运用正式权力来影响他人的活动。

具体地讲，领导者与管理者的区别表现在下面几点（表10-3）。

表10-3 领导者与管理者的区别

项目	领导者	管理者
上下级关系	群体——追随者	组织——下属
权利的特点	自发形成	依法任命
权利的来源	威信——个人素质	职权——管理岗位
活动方式	指导、协调、激励	计划、组织、控制
工作手段	带领——在群众前面	鞭策——在群众后面

10.1.4 领导者与追随者

领导者与追随者是两种基本的角色，领导者往往又是追随者，在不同的条件下，人们在这两种角色之间进行着转换。组织的成功或失败，不仅依赖于组织如何被领导，还取决于组织成员如何追随他们的领导者。正如管理者不一定就是好的领导者一样，下属也并不一定是追随者或有效的追随者。与盲目顺从的追随者有着根本的区别，有效的追随者是那些能够进行独立思考、有责任心并且致力于实现组织目标的下属。

10.1.5 领导者影响力

领导者影响力是领导者影响下属行为的能力。领导者影响力是由职位权力和个人威信两部分构成的。

职位权力是组织授予的，随职位的变化而变化，下属往往迫于压力和习惯不得不服从这种权力，这种权力会随着职务的消失而消失。

领导者的影响力的另外一种来源是领导者的个人威信，是由于领导者自身的某些特殊条件才享有的，包括专长力和个人感召力，威信不会随着职位的消失而消失，所产生的影响力是持久的。

(1) 专长力。它来自于下属的信任，是由于个人的特殊技能或某些专业特长而产生的。如果领导者具备专门的知识、技能，可以帮助下级克服困难，顺利完成工作，下属就会愿意跟随他们。

(2) 个人感召力。这是指个人的品质、魅力、资历带来的影响力。领导者的优良品格、高尚道德、积极的思想面貌反映出领导者的崇高品质，使被领导者从内心对领导者崇拜和敬爱。这种个人感召力可因领导者的思想、素质与行为的改变而改变，通过领导者素质的提高，可以使其个人感召力得到提高。

理想的情况下，正式组织中有效的领导者应是兼备职位权力和个人威信的领导，仅有职位权力的我们说他只是一个指挥者，还不是一个令人信服和敬佩的领袖人物。

管理提示

管理者与领导者

管理者把事情做好，领导者做正确的事。

——著名管理学家：沃伦·本尼斯和伯特·内纽斯

鱼缸法则

鱼缸是玻璃做的，透明度很高，不论从哪个角度观察，里面的情况都一清二楚。将“鱼缸”法则运用到管理中，就是要求领导者增加各项工作的透明度。各项工作有了透明度，领导者的行为就会被置于全体下属的监督之下，就会有效地防止领导者滥用权力，从而强化领导者的自我约束机制。

管理故事

韩信点兵

司马迁《史记·淮阴侯传》记载：韩信是我国古代杰出的军事家，他作为统帅带领汉军打垮了项羽——楚霸王的强大的武装力量，为刘邦统一天下，建立汉朝立下了大功，因而被封为楚王。

汉高祖刘邦在几年后，听信有人上书说韩信居功自傲，要谋反。刘邦对韩信早就有顾忌之心，为防止韩信造反，就设置圈套，将韩信抓了起来。不久，刘邦又赦免了韩信，但是撤掉了他的王位，只给一个淮阴侯的封号。韩信知道刘邦嫉才忌能，心中闷闷不乐，于是经常托病不去朝见皇帝。

刘邦反而经常找韩信谈话，议论各位将军才能的大小。一次，刘邦问韩信：“像我这样的人，能带多少兵？”韩信说：“您最多只能带十万人。”刘邦又问“那么您呢？”韩信答话：“我带兵多多益善。”刘邦笑了，说：“你带兵多多益善，怎么又会被我抓住呢？”韩信说：“陛下虽然不能带更多的兵，但您却善于统帅和指挥将领们，所以我就被您抓住了。”

问题：本故事告诉我们领导者与管理者的差别是什么呢？

管理工具

未来领导者计划

未来领导者计划是一套培养各级领导的流程工具，企业虽然是在考虑各个层级的未来领导者，或者进行培养，但通常没有形成流程和程序。那么，该如何顺利建立企业的接班梯队呢？

培养各级领导者，应与企业的整体经营策略紧密结合，因为企业的经营目标在不断演变，需要的领导能力也会随之而变。简单地说，整个培育过程主要包括以下几个步骤：

第一步，理清企业的经营策略与长期、短期目标。

第二步，根据企业的经营策略，判断现有领导人的品质与深度，及领导人必须具备哪些能力，才能达成企业的目标。

第三步，找出哪些人是企业的未来关键人才，锁定成功潜力最高的人选，投入最多的资源加以栽培。通常有三种必要的步骤：

(1) 组建领导人同盟，这个团队也要采用绩效管理方式。

(2) 培养领导人。许多企业只是锁定人才，却不懂得如何采取行动，善加栽培。

更有一些企业天真地以为，等到需要的时候，未来领导人就会自然而然地出现。事实上，最成功的企业，必定以无比的专注，用心栽培公司内部最优秀的未来领导人。

(3) 吸引领导人。资深经理人所以会受企业的吸引而留下，主要原因，当然是企业提供给他们独特的挑战和机会。从内在工作动机、成就感、员工向心力，到董事会立场；从待遇福利、生活品质，到个人职业生涯规划等，综合考虑。

毫无章法的培养方式，栽培出让企业持续领先的明日领导人是不可想象的。

关键概念

领导　管理　领导者　管理者　领导者影响力　职位权力　专长力　个人感召力　领导者影响力

10.2 领导特质理论

领导理论就是关于领导的理论，即把领导活动纳入到科学的研究程序中，通过一些实证式的研究和逻辑化的推理，得到一些普遍式的结论。在管理的丛林中，有关领导理论的研究精彩纷呈，为了清晰得把握领导理论的脉络，本节将重点介绍各领导理论的相关内容。领导理论大致可分为三大主要理论学派：领导特质理论、领导行为理论和领导权变理论。

我们先来介绍领导特质理论。

领导特质理论研究的重点在领导本身的特质，包括领导的品行、素质、修养，目的是要说明好的领导者应具备的品质和特征。该理论认为领导工作效率的高低与领导者的素质、品质和个性有密切的关系。这种理论最初是由心理学家开始研究的，他们的出发点是，根据领导效果的好坏，找到好的领导者与差的领导者在个人品质和特性方面的差异，由此确定优秀的管理者应具备的特性。

按照其对领导的品质和特性来源认识的不同可分为传统领导特质理论和现代领导特质理论。传统领导特质理论认为，领导的品质和特性是人的先天赋予的，它来自遗传。现代领导特质理论则认为领导的品质和特性是一种动态的过程，是因后天的学习、实践、培养而形成的。领导特质理论认为，为了使管理者成为有效的管理者，对管理者的选择就要有明确的标准，对管理者的培训就要有具体的方向，对管理者的考核要有严格的标准。

斯托格迪尔考察了124项研究，查阅了5000多种有关领导素质的书籍和文章后，认为领导者素质中应包括与身体有关的特征，如精力、外貌、身高、体重等；与智能有关的特征，如知识、学习等；与工作有关的特征，如职业成就、创造性和责任等；与社会有关的特征，如合作性、人际关系等；与个性有关的特征，如进取心、自信、有理想等。

埃德温·吉赛利在调查了90个企业的300名经理人员后，在其《管理才能探索》一文中报道了他的研究成果。他认为领导者应具备八种个性品质和五种激励品质。

这八种个性品质包括：①才智，即语言和文辞方面的才能；②首创精神，即开拓新方向和创新的愿望；③检察能力，即指导他人的能力；④自信心，即自我评价较高，自我感觉较好；⑤与工人的关系密切；⑥决断能力，决策判断能力较强，处事果断；⑦性别；⑧成熟程度，经验工作阅历较为丰富。

五种激励品质包括：①对工作稳定的需要；②对金钱奖励的需求；③对指挥他人权力的需求；④对自我实现的需求；⑤对事业成就的需求。

因为特质理论在领导素质和效率方面仍存在许多缺陷，所以人们将更多的关注和研究转向了领导行为理论。

管理提示

领 导 者

他能够激发活力、调动情绪和有效控制，而不是使人沮丧、让人颓废和硬性控制。

——通用电气GE前总裁：杰克·韦尔奇

洛 伯 定 理

如果只想让下属听你的，那么当你不在身边时他们就不知道应该听谁的了。美国管理学家洛伯提出，于一个领导者来说，最要紧的不是你在场时的情况，而是你不在场时发生了什么。

管理故事

伯 乐 相 马

一次，伯乐受楚王的委托，购买能日行千里的骏马。伯乐向楚王说明，千里马少有，找起来不容易，需要到各地巡访，请楚王不必着急，他尽力将事情办好。

伯乐跑了好几个国家，尤其是盛产名马的燕赵一带，他仔细寻访，辛苦倍至，还是没发现中意的良马。一天，伯乐从齐国返回，在路上，看到一匹马拉着盐车，很吃力地在陡坡上行进。马累得呼呼喘气，每迈一步都十分艰难。伯乐对马向来亲近，不由走到跟前。马见伯乐走近，突然昂起头来瞪大眼睛，大声嘶鸣，好像要对伯乐倾诉什么。伯乐立即从声音中判断出，这是一匹难得的骏马。

伯乐对驾车的人说："这匹马在疆场上驰骋，任何马都比不过它，但用来拉车，它却不如普通的马。你还是把它卖给我吧。"驾车人认为伯乐是个大傻瓜，他觉得这匹马太普通了，拉车没气力，吃得太多，骨瘦如柴，毫不犹豫地同意了。伯乐牵走千里马，直奔楚国。伯乐牵马来到楚王宫，拍拍马的脖颈说："我给你找到了好主人。"千里马像明白伯乐的意思，抬起前蹄把地面震得咯咯作响，引颈长嘶，声音洪亮，如大钟石磬，直上云霄。楚王听到马嘶声，走出宫外。伯乐指着马说："大王，我把千里马给您带来了，请仔细观看。"楚王一见伯乐牵的马瘦得不成样子，认为伯乐愚弄他，有点不高兴，说："我相信你会看马，才让你买马，可你买的是什么马呀，这马连走路都很困难，能上战场吗？"伯乐说："这确实是匹千里马，不过拉了一段车，又喂养不精心，所以看起来很瘦。只要精心喂养，不出半个月，一定会恢复体力。"楚王一听，有点将信将疑，便命马夫尽心尽力把马喂好，果然，马变得精壮神骏。楚王跨马扬鞭，但觉两耳生风，喘气的功夫，已跑出百里之外。

问题：该故事的寓意是什么？

管理工具

领导的抵消器、替代品与放大器

著名教授史蒂文·克尔与一些学者于20世纪90年代初提出了略带权变色彩的全新领导理论，即领导的抵消器、替代品与放大器理论。这一理论是在情境权变理论研究的基础上，进一步考虑分类影响领导效果的权变因素提出的。

领导的抵消器是指干扰或减弱领导者影响员工的努力的因素。领导的替代品是指通过利用其他资源代替领导，从而使领导者角色成为多余的因素。同时，领导者现有的特征和能力可以通过其他因素得以明确和加强，领导的放大器是指放大领导者对员工影响的因素。通过加强领导者的地位或报酬权力，或在经常性危机下使用独裁的领导风格，可以加强领导的指挥导向；通过鼓励更多的团队工作活动或增加决策中的员工参与，可以放大参与型领导风格。

领导的抵消器、替代品与放大器理论的重要贡献是当组织不能更换或培训领导者，或是不能寻找领导者和工作的更换搭配时，组织仍可以有多种解决办法。

关键概念

领导理论　传统领导特质理论　现代领导特质理论

10.3 领导行为理论

领导行为理论着重分析领导者的领导行为与领导风格对其组织成员的影响，目的是找到所谓最佳的领导行为和风格。这方面的研究包括两个方面：一方面按照领导行为的基本倾向，找到描述领导行为的一般模式；另一方面，研究领导的各种模式的行为与下属人员的表现、满足度之间的关系。研究显示，高效率的领导行为与低效率的领导行为有很大不同。

10.3.1 勒温的三种极端领导方式理论

该理论是由德国心理学家勒温（P. Lewin）于1939年提出来的，他通过实验研究不同的工作作风对下属群体行为的影响，把领导者在领导过程中表现出来的工作作风分为三类，即专制型、民主型和放任型。

（1）专制型。专制型的领导靠权力和强制让人信服。领导者大权在握，一切由领导决定，要求下级绝对服从，不允许下级参与决策。下级只能执行上级作出的决定，而且由他来监督执行情况。

（2）民主型。民主型领导是指领导者以理服人、以身作则。成员在一定范围内可以自己决定工作内容和工作方法，在一定程度上允许下级参与决策。这种领导风格能够发挥下级的积极作用。

（3）放任型。放任型领导是指工作事先无布置，事后无检查，权力完全交与个人，下级充分享有自由。而领导的职责是为下级提供信息并与外部进行联系，从而为下级工作创造条件。

根据实验结果，勒温认为，放任的领导方式效率最低，只达到社交目的而完不成工作目标；专制的领导方式虽然通过严格的管理达到了组织目标，但群体成员缺乏责任感，情绪消极，士气低落；民主的领导方式工作效率最高，不但能够完成工作目标，而且群体成员关系融洽，工作积极主动、有创造性。

10.3.2 利克特的管理系统理论

利克特和他密执安大学的同事研究了工业、医院和政府中的领导们，并从几千名雇员中取得了数据。经过广泛的分析，他们把领导者分为以工作为中心和以雇员为中心两大类。以工作为中心的领导者为下级规定工作，严密地进行监督以完成指定的任务，使用各种激励手段促进生产，并以诸如时间研究等措施为基础来确定令人满意的生产率。以雇员为中心的领导把注意力集中在下属问题中的人的因素方面，以及建立能完成高效率目标的有效的作业小组上。他们认为领导者与下属之间的沟通方式是影响领导风格的重要因素，也是判定领导风格的标准。在上述领导方式两分法的基础上，提出了四种领导形态：

（1）专制式的集权领导。这种领导方式的特征是：领导者非常专制，很少信任下属；领导发布命令，下属执行且不参与决策；通常采用使人惧怕的方法，很少采用奖励来激励下属；与下属的沟通采取自上而下的方式，而不注意自下而上的信息反馈，决策也只限于高层。

（2）仁慈式的集权领导。这种领导方式的特征是：领导者对下属抱有一定的信任和信心，也向下属授予一定的决策权，但自己仍牢牢掌握者控制权；自上而下和自下而上地双向沟通信息，适当地听取下属对决策的意见。

（3）商议式的民主领导。这种领导方式的特征是：领导对下属抱有很大的但不完全的信任；在制定总体决策和主要政策的时候，允许下属在具体问题上作出决策，并在某些情况下进行协商；采用奖励和处罚的方式管理下属；注意信息的双向沟通，调动下属的管理者进行具体的决策。

（4）参与式的民主领导。这种领导方式的特征是：领导者对下属在一切事务上都有信心和充分的信任，从下属处获得想法和意见，并且积极地加以采纳；鼓励各级组织作出决策，形成有效的作业小组；对下属多采用正面的激励手段。

利克特认为企业领导者的领导方式对生产率的高低有着极为重要的影响。一个企业的领导者，在管理中如果以职工为中心，较多地关心职工的需要和愿望等，则该企业的生产率就高；如果以工作为中心，则该企业的生产率就低。一个企业的领导者同该企业职工接触较多，生产率就高；反之，生产率就较低。一个企业领导方式越民主、合理，职工参与度越高，生产率就越高。

10.3.3 领导行为四分图理论

1945 年，美国俄亥俄州州立大学商业研究所发起了对领导行为的研究，研究人员设计了一个领导行为描述调查表，列出了1000 多种刻画领导行为的因素，通过逐步概括和归类，最后将领导行为概括为两个方面，即“关心人”和“关心工作”。

“关心人”是指注重建立领导者与被领导者之间的友谊、尊重和信任的关系。包括尊重下属的意见，给下属较多的工作自主权，体察下属的思想感情，注意满足下属的需要，平易近人，平等待人，关心群众，方式民主。

“关心工作”是指领导者注重规定他与工作群体的关系，建立明确的组织模式、意见交流渠道和工作程序，但不太关心人际关系。主要任务包括设计组织机构，明确职责、权力、相互关系和沟通办法，确定工作目标和要求，制定工作程序、方法和制度。

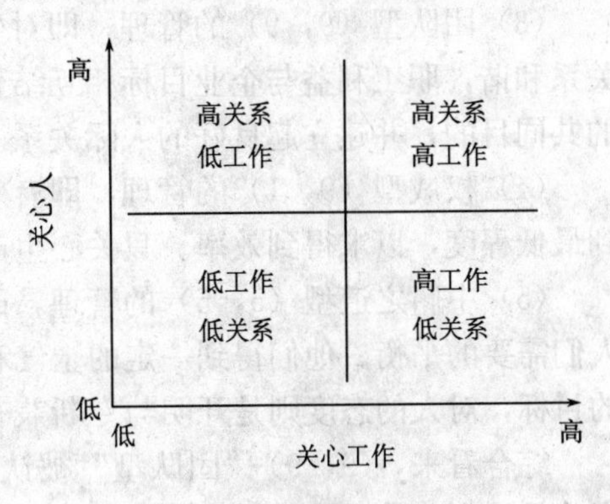

图 10-1　领导行为的四分图

该项研究的研究者认为，“关心人”和“关心工作”这两种领导方式不应是互相矛盾、互相排斥的，而应是相互联系的。一个领导者只有将这两者相互结合起来，才能进行有效的领导。领导者的行为可以是上述两个方面的任意组合，即可以用两个坐标的平面组合来表示。由这两个方面可形成四种类型的领导行为，这就是领导行为的四分图（图 10-1）。

10.3.4　布莱克和穆顿的管理方格理论

在俄亥俄州州立大学的研究者提出的四分图的基础上，美国心理学家罗伯特·布莱克和简·穆顿提出了管理方格理论。该理论纠正了当时管理界的一种错误的认识，这种错误认识就是在企业管理的工作中要么以科学管理为主要方式，要么以重视人群关系为主要方式；要么以生产为中心，要么以人为中心。他们指出在对生产关心和对人关心的两种领导方式之间，可以进行不同程度的互相结合。

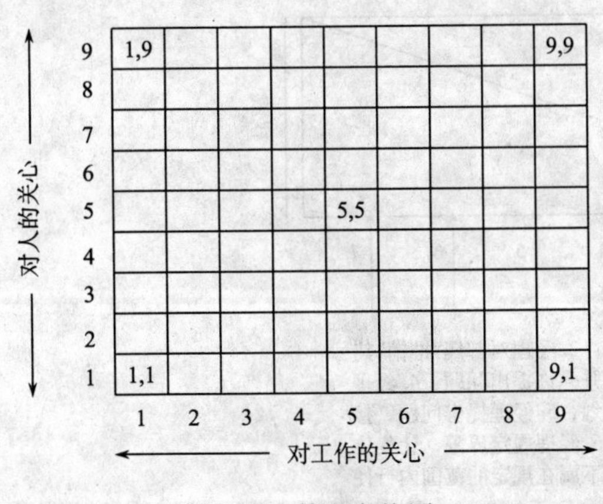

图 10-2　管理方格图

他们将对人的关心度以及对工作的关心度分为 9 个等分，形成 81 个方格，从而将领导者的领导行为划分为许多不同的类型，如图 10-2 所示，在评价领导的领导时，可根据其对生产和员工的关心程度在图上寻找交叉点，即他的领导类型。领导者在纵轴的积分越高，表示他越重视人的因素，纵轴 9 分表示领导者对员工最为关心。领导者在横轴的积分越高，表示他越重视生产的因素，纵轴 9 分表示领导者对生产最为关心。

罗伯特·布莱克和简·穆顿在管理方格中列出了五种典型的领导方式：

（1）贫乏型（1，1）的管理，用最少的努力来完成任务和维持人际关系，对业绩和对人关心都少。实际上，他们已放弃自己的职责，只要能保住自己的地位，就不多花一分精力去工作。除了无所事事，他们充其量也只是一个把上级信息向下级传达的信使。

(2) 乡村俱乐部型（1，9）的管理，即充分重视人际关系，但对业绩关心少。他们促成一种人人得以放松，感受友好与快乐的环境，而没有把注意力放在协同努力去实现企业的目标上。只关心人，不关心生产。

(3) 团队型（9，9）的管理，即对生产和人都极为关注，生产任务完成得好，职工关系和谐，职工利益与企业目标相互结合，通过相互配合、相互信赖和尊重来达到组织的共同目的，并建立起良好的人际关系。

(4) 权威型（9，1）的管理，即有效地组织和安排生产，而将个人因素的干扰减少到最低程度，以求得到效率。只关心生产，不关心人。

(5) 中庸之道型（5，5）的管理，即对人与生产都有适度的关心，保持工作与满足人们需要的平衡。他们得到一定的士气和适当的产量，但不是卓越的。他们不设置过高的目标，对人的态度则是开明与专断兼有。

综合看来，(9，9)“团队型”被认为是最有效的管理，能带来生产力和利润的提高、员工事业的成就感与满足感以及优秀的绩效。

这种管理方格理论，对于培养有效的管理者是有效的工具，它提供了一个衡量管理者所处领导形态的模式，使管理者较清楚地认识到自己的领导方式，并指出改进的方向。管理方格图可适用于企业中高层领导的选拔、评估以及组织结构的调整和文化建设等方面。

10.3.5 连续统一体理论

美国学者坦南鲍姆和施密特指出，民主和独裁仅是两个极端的情况，这两者之间还存在着许多种领导行为，由此他们提出了连续统一体理论。图 10-3 概括描述了他们这种理论的基本内容和观点。

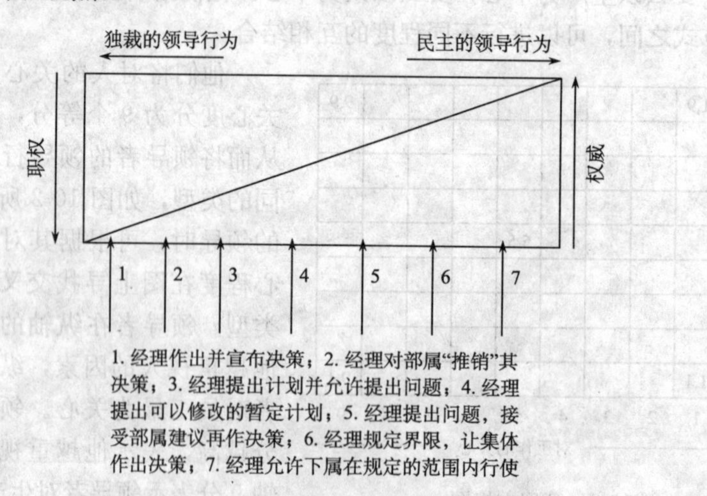

图 10-3 连续统一体理论

图 10-3 的左端是独裁的领导行为，右端是民主的领导行为，之所以形成两个极端，是基于领导者对权力的来源和人性的看法。独裁的领导者认为权力来自于职位，人生来懒惰，而且没有潜力，因而，一切决策均应由领导者亲自作出；而民主型的领导者则会

认为，权力来自于群体的授予和承认，人受到激励能自觉、自治并发挥创造力去解决问题，因此，决策可以公开讨论，集体决策。

独裁型的领导比较重视工作，并运用权力，支配影响下级，下属的自由度较小。而民主领导者则重视群体关系，给予下属较大的自由度。上图从左到右，领导者运用职权逐渐减少，下属的自由度逐渐加大，从以工作为重逐渐变为以关系为重，领导方式也从独裁的一端到民主的另一端，这其中依据领导者把权力授予下属的不同程度和作出决策的不同方式，形成了一系列的领导方式。

上述方式没有绝对的标准，成功的领导不一定是专权的人，也不一定是放任自流的人，而是对具体情况具体分析，采取适当行动的人。

管理提示

跟我来

人们在军队里学到的第一件事就是在一线领导。步兵的座右铭是“跟我来”，而不是“喂，兄弟们，你们去占领山头，我在后面指挥”。这项原则同样适用于商业。如果领导人不是在实践诺言，员工们不久就会知道。如果老板自己正在大肆挥霍，那其实就是暗示其他人无须担心开支。“照我说的而不是做的去做”，是不会得到员工响应的。

刺猬法则

两只困倦的刺猬，由于寒冷而拥在一起，可因为各自身上都长着刺，于是它们分开了一段距离，但又冷得受不了，于是又凑到一起。几经折腾，两只刺猬终于找到一个合适的距离：既能互相获得对方的温暖而又不至于被扎。

点评：领导与下属相处也要讲究距离，距离太近或太远都不适合彼此的交往，要给对方温暖但又要保持一定的距离，这是“角色距离”。

管理故事

橄榄树与荆棘

有一树木要推一树为王，管理它们，就去对橄榄树说，“请你做我们的王。”

橄榄树回答说，“我岂肯止住供奉神和尊重的人的油，飘摇在众树之上呢?”

树木对无花果树说：“请你来做我们的王。”无花果树回答说，“我岂肯止住所结甜美的果子，飘摇在众树之上呢?”

树木对葡萄树说：“请你来做我们的王。”葡萄树回答说，“我岂肯止住使神和人喜乐的新酒，飘摇在众树之上呢?”

树木对荆棘说：“请你来做我们的王。”荆棘回答说，“你们若诚诚实实地推我为王，就要投在我的荫下。不然愿火从荆棘里出来，烧灭你们!”

问题：你知道该寓言包含着哪两种领导类型吗?

管理工具

总裁生命周期模型

美国哥伦比亚大学的汉布瑞克（Hambrick）和福克托玛（Fukutomi）提出了一个总裁生命周期的五阶段模型，为总裁任职期间领导能力的变化规律及其原因，提供了一个比较完整的假说。

表 10-4 总裁生命周期模型

主要变化因素和阶段	受命上任	探索改革	形成风格	全面强化	僵化阻碍
认知模式的刚性	中强	或弱或强	中强	强且上升	非常强
职务知识	知之甚少；但上升很快	大体熟悉；中速上升	非常熟悉；缓慢上升	非常熟悉；缓慢上升	非常熟悉；缓慢上升
信息源宽窄	信息来源广；未经过滤	信息来源广；信息过滤产生	依赖少数信息源；信息过滤现象加剧	依赖少数信息源；信息高度过滤	非常少的信息源；高度过滤的信息
任职兴趣	高	高	中高	中高但是下降	中低，下降
权力	弱；上升	中；上升	中；上升	强；上升	非常强；失控产生

资料来源：Hambrick D C，Fukutomi Gregory D S. 1991. The seasons of a CEO's tenure. Academy of Managment Review，1991（4）：719～742

关键概念

专制型领导　民主型领导　放任自流型领导　剥削-权威式领导　仁慈-命令式领导　商议式领导　集体参与式领导　缺乏型的管理　乡村俱乐部型的管理　团队型的管理　权威型的管理　中庸之道型的管理

10.4 领导权变理论

通过前面内容的学习，我们可以看出“特质理论”和“行为理论”都忽视了领导者所处情景对领导效率的影响，因此刻意追求最佳的领导特质行为模式的做法并没有将环境考虑在内。所以很多管理学研究开始转向致力于情景和权变研究，它兴起于20世纪60年代，尤其是20世纪70年代，逐渐成为领导理论化运动的潮流。所谓权变的含义就是指行为主体根据情景因素的变化而作出适当的调整。越是领导模式与环境和被管理者的需要相一致，就越能实现个人目标和组织目标。我们下面主要介绍其中的三种：非德勒权变模型、赫塞和肯布兰查德的情景理论和豪斯的路径—目标理论。

10.4.1 非德勒权变理论

非德勒是权变理论的创始人，也是第一个把人格测量与情景分类联系起来的研究领导效率的学者。从1951年起，经过15年的大量调查研究，他提出了非德勒权变模型。他指出有效的群体绩效取决于与下属相互作用的领导者的情景对领导者的控制和影响之间的合理匹配。

非德勒设计了一种工具，他称为“最难共事者”问卷（least-preferred co-worker questionnaire，LPC），主要用于测量领导者的基本领导风格属于哪种领导方式类型，即是任务导向型还是关系导向型。该问卷由16组对应的形容词构成，并在这些形容词中按1～8级进行评估，如表10-5所示。

表 10-5　LPC 问卷

快乐	8	7	6	5	4	3	2	1	不快乐
友善	8	7	6	5	4	3	2	1	不友善
拒绝	1	2	3	4	5	6	7	8	接受
有益	8	7	6	5	4	3	2	1	无益
不热情	1	2	3	4	5	6	7	8	热情
紧张	1	2	3	4	5	6	7	8	轻松
疏远	1	2	3	4	5	6	7	8	亲密
冷漠	1	2	3	4	5	6	7	8	热心
合作	8	7	6	5	4	3	2	1	不合作
助人	8	7	6	5	4	3	2	1	敌意
无聊	1	2	3	4	5	6	7	8	有趣
好争	1	2	3	4	5	6	7	8	融合
自信	8	7	6	5	4	3	2	1	犹豫
高效	8	7	6	5	4	3	2	1	低效
郁闷	1	2	3	4	5	6	7	8	开朗
开放	8	7	6	5	4	3	2	1	防备

菲德勒根据"最难共事者"问卷，先来判断领导者的基本风格，并认为一个人的基本领导风格是固定不变的。他认为，如果将最难共事的同事描述得比较有利，则是关系导向型的领导；如果对最难共事的同事的看法不很有利，则是任务型领导者。

组织环境类型	非常有利			中间状态			非常不利	
领导与成员关系	好	好	好	好	差	差	差	差
任务结构	高	高	低	低	高	高	低	低
职位权力	高	低	高	低	高	低	高	低
领导方式	任务导向型			关系导向型			任务导向型	

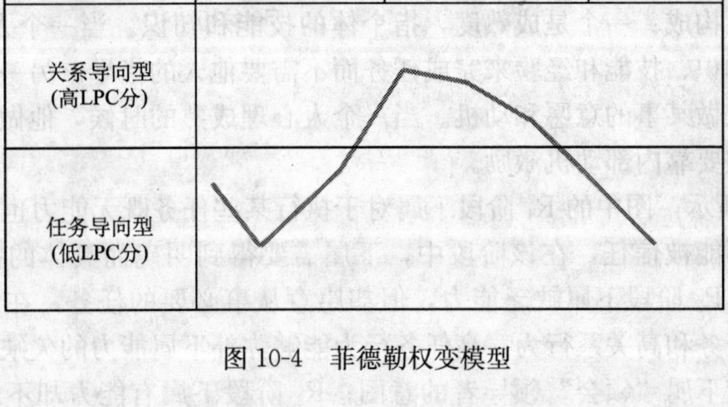

图 10-4　菲德勒权变模型

在评估领导者的基本领导风格之后，菲德勒又对组织环境进行评估，并将领导者与环境进行匹配。他认为，组织的环境情况主要包括三项权变因素：①领导与成员关系，指领导对下属的信任、信赖和尊重程度；②任务结构，指工作任务的程序化程度；③职位权力。领导者拥有的权力的影响程度。菲德勒根据这三种因素的情况，得到了不同的情景和类型，每个领导者都可以从中找到自己的位置。如图 10-4 所示。

菲德勒认为，任务导向型的领导在非常有利的组织环境或非常不利的组织环境中效率较高，而关系导向型的领导方式在中间状态的环境中效率较高。所以，不能说哪种领导方式好或不好，而必须把环境、领导者和下属的情况、工作类型等方面的因素结合起来考虑，不同的情况适合不同的领导方式。

10.4.2 赫塞和布兰查德的情境领导理论

情境领导理论，它是由保罗·赫塞和肯尼斯·布兰查德于 20 世纪 60 年代提出的。这种理论认为领导的领导风格，应当适应下属的“成熟程度”，即只有依据下属的成熟水平选择正确的领导风格，才会使得管理有效（图 10-5）。

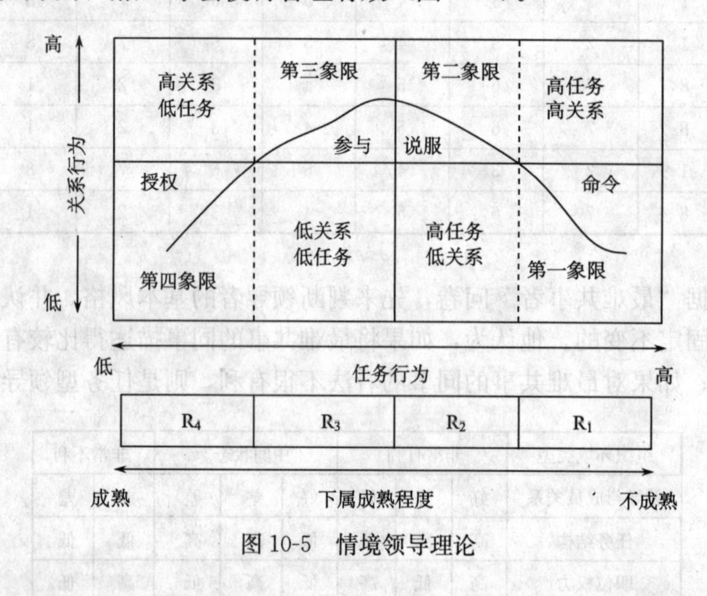

图 10-5 情境领导理论

赫塞和布兰查德将成熟度定义为：个体为自己的直接行为负责任的能力和意愿。成熟度由两个因素构成：一个是成熟度，指个体的技能和知识。当一个人的成熟度高时，他拥有足够的知识、技能和经验来完成任务而不需要他人的指导。另一个是心理的成熟程度，指一个人做某事的意愿和动机。当一个人心理成熟的时候，他做事不需要太多的外部刺激，而主要靠内部动机激励。

如图 10-5 所示，图中的 R_1 阶段下属对于执行某些任务既无能力也不情愿，他们既不胜任任务也不能被信任，在该阶段中，下属需要得到明确而具体的指导方能提高能力，完成任务；R_2 阶段下属缺乏能力，但却愿意从事必要的任务，在该阶段中，领导者需要采取高任务和高关系行为。高任务行为能够弥补下属能力的欠缺，高关系行为则试图通过说服使下属“领会”领导者的意图；R_3 阶段下属有能力却不愿意干领导者希望他们完成的任务，在该阶段中出现的激励问题运用参与可获得最佳解决；R_4 阶段下属既有能力又愿意执行任务，在该阶段中，领导者不需要做太多事情，因为下属既愿意又有能力承担责任。

情境领导理论认为领导者的行为应当随着下属的“成熟”程度作相应的调整，这样才能进行有效的领导。他们将领导的维度划分为关系行为和任务行为，并且认为各个维度有高有低。“高任务、高关系”类型的领导并不是经常有效的，“低任务、低关系”类型的领导也并不是经常有无效的，关键看下属的成熟程度。任务行为、关系行为与成熟度之间并非一种直线关系，而是一种曲线关系。如图10-5所示，图中横坐标表示以任务为主的任务行为，纵坐标表示以人为主的关系行为，第三个坐标是下属的成熟程度。

根据下属成熟程度的高低，组合为四种具体的领导风格：

(1) 第一象限，命令式。适用于下属成熟度低的情况。因为此时下属不成熟，没有能力承担责任，也不愿意承担责任，需要采取“高任务低关系”的领导风格。

(2) 第二象限，说服式。适用于下属较为不成熟的情况。因为此时下属有承担责任的愿望，但没有承担责任的能力。因此，领导者既要关心任务，又要对下属关心、鼓励，需要采取“高任务高关系”的领导风格。

(3) 第三象限，参与式。适用于下属比较成熟的情况。因为下属已经比较成熟，基本能胜任工作，而且不太满意领导者更多地指示与约束。这时，领导者应通过双向沟通和细心听取意见，发挥下属的积极性，需要采取“低任务高关系”的领导风格。

(4) 第四象限，授权式。适用于下属高度成熟的情况。下属有能力承担责任，而且也有热情执行任务，领导者应赋予下属一定的权力，让他们进行决策，自己负责，领导者仅仅起一个监督者的角色。适用于“低任务低关系”的领导风格。

总之，情境领导理论认为，当下属的成熟程度水平不断提高时，领导者不但可以减少控制活动，而且可以不断减少关系行为，即领导者行为方式应当由高任务低关系向高任务高关系、高关系低任务、低关系低任务等逐步转变。

10.4.3 豪斯的路径—目标理论

路径—目标理论是由马丁·G. 埃文斯首先提出，并经罗伯特·豪斯以及其他人进一步发展而成的一种领导权变模型。他是建立在其他领导理论和激励理论的基础之上的更为全面的领导权变理论。该理论认为，领导者的工作是鼓励下属实现组织目标，同时支持并帮助他们实现个体目标。

路径—目标理论在动机的期望理论的基础上，提出了领导者需要通过影响员工的工作期望而激励员工思路。为此，领导者需要在不同管理情境下采取相应的领导风格，促使员工明确认识导致高绩效并获取目标的关键行为。

豪斯等人认为领导者是灵活的，同一领导者可以根据不同的领导环境表现出不同的领导风格。他们通过研究，提出了四种领导方式。

(1) 指令型。领导者给予下属具体的指导，让下属知道工作的目标，完成工作的时间安排以及如何完成任务。这种领导行为方式的主要特点是领导者发布指令，下属不参加决策，只接受命令。

(2) 支持型。领导者在努力建立舒适的工作环境的同时，表现出对员工的健康和需要的关心。当下属处于挫折或不满意时，这类领导行为对下属的行为能产生最大的影响。

（3）参与型。领导者允许下属对上级的决策施加影响，即在作某些决策时，领导者与下属共同磋商，并且在实施之前充分考虑下属的建议。

（4）成就指向型。领导者为员工设置富有挑战性的目标，并且相信员工有能力而且愿意实现这些挑战性的目标。

路径—目标理论提出与领导者行为及员工满意感有关的两类情境因素：下属的个性特征和环境因素。下属特征中最重要的是控制点、经验和知觉能力，即下属对于自身行为结果的原因的解释，以及员工对于自身完成任务努力的评价；环境因素中更关键的是任务结构、职权系统和工作群体。这些环境形成领导者所面临的不确定性，从而影响了员工的工作动机。

管理提示

领导艺术是什么

领导的艺术归根到底只有一句话：面对现实，果断行动。

——通用电气 GE 前总裁：杰克·韦尔奇

斯托格第尔—沙特尔定律

管理学家斯托格第尔和沙特尔认为，组织中领导要将工作和人际关系结合起来，只有将两种领导方式结合起来，才是一个有效和受人尊敬的领导者。

管理故事

唐太宗知人善任

在一次宴会上，唐太宗对王珐说："你善于鉴别人才，尤其善于评论。你不妨从房玄龄等人开始，都一一作些评论，评一下他们的优缺点，同时和他们互相比较一下，你在哪些方面比他们优秀？"

王珐回答说："孜孜不倦地办公，一心为国操劳，凡所知道的事没有不尽心尽力去做，在这方面我比不上房玄龄。常常留心于向皇上直言建议，认为皇上能力德行比不上尧舜很丢面子，这方面我比不上魏征。文武全才，既可以在外带兵打仗做将军，又可以进入朝廷搞管理担任宰相，在这方面，我比不上李靖。向皇上报告国家公务，详细明了，宣布皇上的命令或者转达下属官员的汇报，能坚持做到公平公正，在这方面我不如温彦博。处理繁重的事务，解决难题，办事井井有条，这方面我也比不上戴胄。至于批评贪官污吏，表扬清正廉署，疾恶如仇，好善喜乐，这方面比起其他几位能人来说，我也有一日之长。"唐太宗非常赞同他的话，而大臣们也认为王珐完全道出了他们的心声，都说这些评论是正确的。

问题：从王珐的评论可以看出唐太宗的团队中，每个人都各有所长，那么谁知这些人，谁善任这些人呢？

管理工具

弗鲁姆决策模型

弗鲁姆决策模型是弗鲁姆20世纪70年代提出的，其可用性是基于至少三个假设基础之上的。

（1）假设领导者可以按照标准对实际问题进行准确的分类。

（2）假设在每个重要决策时，领导者能够并且愿意调整领导风格以适应权变环境。

（3）假设员工可以正式接受应用于不同问题的不同风格，以及领导者对当前情境的分类有效性。

根据员工参与决策程度的不同，把领导风格（即决策方式或领导方式）划分为3类共5种：独裁专制型2种，协商型2种，群体决策型1种。而有效的领导者应根据评估之后的不同环境来选择最为合适的领导风格，采用从专制独裁到高度参与的一系列领导方式。

关键概念

菲德勒权变模型 关系导向型领导 任务型领导者 情境领导理论 工作成熟度 命令式 说服式 参与式 授权式 路径—目标理论

本 章 提 要

(1) 领导的含义，一种是“领导行为”，指在社会共同生活中，具有影响力的个人和集体，在特定的结构中通过示范、说服、命令等途径，动员和激励下级实现群体目标的过程；另一种是“领导者”，指担负领导责任、负责实施这种过程的人。

(2) 领导与管理有着一定的联系也有着一定的差别。两者的联系之处是两者的外在表现的联系，两者的差别则是实质性的。管理是执行某一计划活动的过程的完成。领导则是为实现远景目标制定变革战略，不断推动企业进行各种改革。

(3) 行使正式职权的人称为管理者。而领导者既可以运用正式权力也可以不运用正式权力来影响他人的活动。

(4) 领导者需要追随者，领导者往往又是追随者，在不同的条件下，人们在这两种角色之间进行着转换。

(5) 领导者影响力来源于职位权力和个人威信。职位权力包括：法定权力、奖惩权和组织权。个人威信包括：专长力和个人感召力。

(6) 领导特质理论认为领导工作效率的高低与领导者品质、素质和个性有密切的关系。

(7) 领导行为理论认为高效率的领导行为和风格与低效率的领导行为和风格有很大的不同。

(8) 领导权变理论认为领导方式会受到领导者个人、下属和环境的影响，因此需要建立领导权变模型。

复习思考题

(1) 什么是领导?

(2) 领导与管理的差别在哪里?

(3) 领导者与管理者的区别是什么?

(4) 如何看领导者与追随者?

(5) 领导者的影响力包括哪些内容?

(6) 领导特质理论的内容是什么?

(7) 勒温的三种极端的领导方式是什么?

(8) 利克特管理理论的主要观点是什么。

(9) 领导行为四分图理论的主要观点是什么?

(10) 布莱克和穆顿管理方格理论的五种典型的领导方式是什么?

(11) 连续统一体理论的七种典型的领导方式是什么？

(12) 菲德勒权变理论中组织的环境的主要包括哪些项权变因素？

(13) 赫塞和布兰查德的情境领导理论主要观点是什么？

(14) 豪斯的路径—目标理论的主要内容是什么？

(15) 对你来讲，最常用的领导方式是什么？为什么是这种领导方式呢？

(16) 作为大学生，怎样做才能更容易使你成为一个领导者呢？

(17) 你觉得你的主要定位倾向于：人？任务？理想？

(18) 在实际运用过程中你对哪种类型的领导感觉运用得得心应手？

(19) 你觉得你自己更像一个领导还是更像一个管理者？你的工作情况是不是要你在这两种角色之间轮流交替？你是怎样交替的？

管理者训练

你属于何种领导者？

下面各项目描述了领导行为的各个方面。假设你是某一工作群体的领导人，按照你最可能采取的行为方式，对下列每一项作出反应。A表示总是如此；F表示常常如此；O表示有时如此；S表示很少如此；N表示从不如此。

A F O S N	1. 我很有可能作为群体的代言人工作。
A F O S N	2. 我鼓励人们加班加点工作。
A F O S N	3. 我允许下属有充分的自由从事他们的工作。
A F O S N	4. 我鼓励使用统一的规范与程序。
A F O S N	5. 我允许下属根据自己的独立判断解决问题。
A F O S N	6. 我强调要超过竞争对手。
A F O S N	7. 我要作为本群体的代表说话。
A F O S N	8. 我要鞭策各成员加倍努力工作。
A F O S N	9. 我要在群体中试行我的想法。
A F O S N	10. 我让下属按照他们认为最佳的方式工作。
A F O S N	11. 我为了晋升而努力工作。
A F O S N	12. 我容忍拖延和情况捉摸不定。
A F O S N	13. 我在来访者面前为本群体说话。
A F O S N	14. 我要保持工作的快节奏。
A F O S N	15. 我让下属无拘束地工作。
A F O S N	16. 我要解决好本群体内发生的冲突。
A F O S N	17. 我被一大堆琐事所缠绕。
A F O S N	18. 在外开会时，我代表着本群体。
A F O S N	19. 我不愿意让下属自己采取行动。
A F O S N	20. 我决定该做什么和怎样去做。
A F O S N	21. 我力求提高生产。
A F O S N	22. 我要让某些员工拥有我能保持的权力。
A F O S N	23. 事情的发生常常如我所料。

续表

A F O S N	24. 我让本群体拥有高度的主动权。
A F O S N	25. 我给群体成员安排具体工作。
A F O S N	26. 我很愿意进行变革。
A F O S N	27. 我要让员工工作更努力。
A F O S N	28. 我相信群体成员能够作出良好判断。
A F O S N	29. 我具体安排该做的工作。
A F O S N	30. 我说服别人我的想法对他们最有利。
A F O S N	31. 我对我的活动不作任何解释。
A F O S N	32. 我允许群体以自己的步调工作。
A F O S N	33. 我要鞭策群体打破他们过去的纪录。
A F O S N	34. 我不必与群体磋商就采取行动。

问题：依据上述每一项你的反应，判断你属于何种领导者。

案例 10-1

辞职与牢骚

某一天，张总遇到了两件极不顺心的事情。

一件是他接到员工小李的电话："我买了机票，要去泰国玩，现在向你辞职。"张总有些惊讶，但还是以平和的口气说："我给你两个星期的假，玩完之后再来上班。"小李说："不用啦，即使回来，我也不想回你这里来上班了。"

另一件是有人向张总汇报说，小王在对别人发牢骚说张总太没有人情味了，动不动就把人批评一顿。

这两个情况引起了张总的反思，问题出在哪里呢？后来他才想起，前些天小李和小王曾交了一份企划案，张总十分不满意，还训斥他们："你们做出这样的东西，还好意思交给我？你们真是大学毕业生吗？"

讨论题：

小李和小王逆境商数 AQ 如何，领导这样的下属应注意哪些技巧？张总属于哪一种类型的领导者？你认为他今后应在哪些地方进行改进？

第11章 激 励

问题的提出

你是最优秀的

1960年，哈佛大学的罗森塔尔博士曾在加州一所学校做过一个著名的实验。

新学年开始时，罗森塔尔博士让校长把三位教师叫进办公室，对他们说："根据你们过去的教学表现，你们是本校最优秀的老师。因此，我们特意挑选了100名全校最聪明的学生组成三个班让你们教。这些学生的智商比其他孩子都高，希望你们能让他们取得更好的成绩。"

三位老师都高兴地表示一定尽力。校长又叮嘱他们，对待这些孩子，要像平常一样，不要让孩子或孩子的家长知道他们是被特意挑选出来的，老师们都答应了。

一年之后，这三个班的学生成绩果然排在整个学区的前列。这时，校长告诉了老师们真相：这些学生并不是刻意选出的最优秀的学生，只不过是随机抽调的最普通的学生。老师们没想到会是这样，都认为自己的教学水平确实高。这时校长又告诉了他们另一个真相，那就是，他们也不是被特意挑选出的全校最优秀的教师，也不过是随机抽调的普通老师罢了。

这个结果正是博士所料到的：这三位教师都认为自己是最优秀的，并且学生又都是高智商的，因此对教学工作充满了信心，工作自然非常卖力，结果肯定非常好了。

问题：激励是一门学问，他能使普通人变得优秀，但也能使优秀的人变得普通，你认为呢？

学习目的

学完本章后，你应该能够：

(1) 了解激励与行为的关系。

(2) 掌握激励的本质与一般过程。

(3) 熟悉有关人性及需要的基本理论及其应用。

(4) 知道如何运用激励理论去有效地激励员工。

(5) 知道激励的原则和方法。

11.1 激励的本质与过程

激励的意义与目的在于影响激励对象的行为。一般而言，人们的行为总是具有目的性或指向性的，也就是说，人们之所以要发生某种行为，是为了追求什么东西，或是希望通过这种行为达到一定的目的或实现一定的目标。人们所要追求的东西、所要达到的目的或目标就是某种行为的指向物，也是行为发生的根源。而对某种东西的追求，或实现某种目的或目标的愿望就构成某种特定行为的动机。人们所要追求的东西、所要达到的目的或目标又都可以归结为需要及需要的满足。因此，我们可以将激励的本质与过程表述为：通过行为指向物（人们所追求的东西、目的、目标等）的设定，刺激激励对象的相关需要，激发并强化其满足需要的动机，使之转化为趋向于既定目标的积极行为，最终实现目标。激励的本质与一般过程如图 11-1 所示。

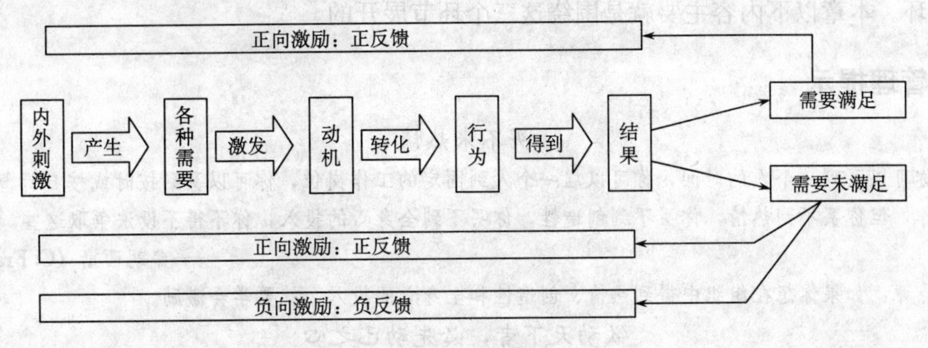

图 11-1　激励的本质与过程

图 11-1 清楚地表明，人们在内外各种因素的刺激下会产生一系列的需要（物质、经济方面的，或精神、文化方面的），这些需要会激发人们满足需要的动机，在一定的条件下，满足需要的动机便会转化为相应的行为。如果相应的行为受到鼓励，满足了相关需要，则会进一步转化为新的激励力量或激励因素（新的刺激），进而产生新的需要、激发新的动机及相应的行为，如此形成良性的激励—行为循环过程；如果相应的行为没有受到鼓励，甚至受到惩罚，需要未被满足，则会出现两种情况：其一，行为及其方向是正确的，或是受到鼓励的，也具备相应的客观条件，但因主观努力不够而引致行为结果未能达到相关要求。在这种情况下，只要主观方面进一步努力，行为结果与需要满足仍是值得期待的，因而仍具有正向激励的效果。其二，行为及其方向是错误的或受到禁止的，或客观条件不具备。在这种情况下，主观努力与行为只能得到负面的结果，因而是一种负向激励。无论是正向激励还是负向激励，最终都会对激励对象形成不同的反馈作用：正向激励会形成正向反馈，对激励对象的行为会进一步产生鼓励的积极效果；负向激励会形成负向反馈，对激励对象的行为会产生禁止的消极效果。

由此可见，激励的一般过程大致可分为三个阶段：

（1）需要激发阶段。通过行为指向物的恰当设定，激发或强化激励对象的相关需要。

（2）动机转化阶段。通过目标与制度的合理设计，促使激励对象将满足相关需要的动机转化为相应的行为。

（3）行为强化阶段。通过奖励或惩罚的方式对激励对象的相关行为进行鼓励或禁止，以影响激励对象的进一步行为。

这三个阶段实际上也是有效激励的三个关键环节：其一，需要是决定行为的根本因素，人们之所以会有这样或那样的行为，归根到底是因为他们有这样或那样的需要。因此，把握和激发人们的需要就是把握和激励人们行为的第一环。其二，虽然说有了需要就会有满足需要的动机，但动机并不一定就会必然地转化为相应的行为。很多情况下，人们虽然有需要，并有满足需要的强烈愿望，但因各种主、客观方面的因素而无法真正将这一愿望付诸行动。因而，如何通过目标与制度的合理设计，促使激励对象将满足相关需要的动机转化为相应的行为无疑就构成有效激励的第二环。其三，行为发生后最为关键的是要对行为结果进行及时的评价，并给出鼓励或禁止的信号，如此方能对激励对象进一步的行为起到相应的强化作用。这三个环节互相关联，共同构成激励—行为的良性循环。本章以下内容主要就是围绕这三个环节展开的。

管理提示

买不来热情

你可以买到一个人的时间，你可以雇一个人到固定的工作岗位，你可以买到按时或按日计算的技术操作，但你买不到热情，你买不到创造性，你买不到全身心的投入，你不得不设法争取这些。

——弗朗西斯（C. Francis）

点评：如果你想在组织中得到热情、创造性和全身心的投入，就要学会激励。

欲动天下者，必先动己之心

欲动天下者，先动天下人之心；欲动天下人之心，必先动己之心。

管理故事

棕熊与黑熊

黑熊和棕熊喜食蜂蜜，都以养蜂为生。它们各有一个蜂箱，养着同样多的蜜蜂。有一天，它们决定比赛看谁的蜜蜂产的蜜多。

黑熊想，蜜的产量取决于蜜蜂每天对花的“访问量”。于是它买来了一套昂贵的测量蜜蜂访问量的绩效管理系统。每过完一个季度，黑熊就公布每只蜜蜂的工作量；同时，黑熊还设立了奖项，奖励访问量最高的蜜蜂。但它从不告诉蜜蜂们它是在与棕熊比赛，它只是让它的蜜蜂比赛访问量。

棕熊与黑熊想的不一样。它认为蜜蜂能产多少蜜，关键在于它们每天采回多少花蜜。花蜜越多，酿的蜂蜜也越多。于是它直截了当告诉众蜜蜂：它在和黑熊比赛看谁产的蜜多。它花了不多的钱买了一套绩效管理系统，测量每只蜜蜂每天采回花蜜的数量和整个蜂箱每天酿出蜂蜜的数量，并把测量结果张榜公布。它也设立了一套奖励制度，重奖当月采花蜜最多的蜜蜂。如果一个月的蜜蜂总产量高于上个月，那么所有蜜蜂都受到不同程度的奖励。

一年过去了，两只熊查看比赛结果，黑熊的蜂蜜不及棕熊的一半。

问题：描述下两只熊在激励什么，怎样激励，提出你的看法。

管理工具

罗森塔尔模式

美国心理学家罗森塔尔考查某校，随意从每班抽3名学生共18人写在一张表格上，交给校长并极为认真地说：这18名学生经过科学测定全都是智商型人才。事过半年，罗氏又来到该校，发现这18名学生的确超过一般，长进很大，再后来这18人全都在不同的岗位上干出了非凡的成绩。这就是期望心理。在企业管理中要求领导对下属投入感情、希望和特别的诱导，使下属得以发挥自身的主动性、积极性和创造性。如领导在交办某一项任务时，不妨对下属说：“我相信你一定能办好”，“你会有办法的”，或“我想早点听到你们成功的消息”。这样，下属就会朝你期待的方向发展，人才也就得以在期待之中产生。一个人如果本身不是很行，但是经过激励后，才能得以最大限度地发挥，不行也就变成了行；反之，则相反。

关键概念

激励　动机　需要　正向激励　负向激励

11.2 激励的前提：需要与人性假设

由上节的分析可知，激励起始于各种内外刺激所产生的各种需要，因此，研究、获知、刺激或引导激励对象的需要无疑是进行有效激励的要点。同时，需要层次决定人性层次，而人性层次又直接影响着激励方式的选择，因此，对激励对象人性状况的认识也是构成有效激励的前提条件之一。

11.2.1 关于人的需要

在任何时候，人们总是会有各种不同的需要，如饮食、金钱、爱情、荣誉、成就等。正是这些各种各样的需要产生并驱使着人们各种各样的动机和行为。人们的需要是极为多样和复杂的，并且不同的人或同一个人在不同的时期或场合，其需要也是极不相同和变化的。因此，能否和如何把握人们所具有的这些极为复杂和动态的需要，无疑是进行有效激励的第一关键。不少行为科学家对人的需要作了卓有成效的研究，其中，亚伯拉罕·马斯洛（Abraham Maslow）、克莱顿·阿尔德佛（Clayton Alderfer）、戴维·麦克利兰（David McClelland）等人的研究最具代表性。

1. 马斯洛的需要层次理论

关于人的需要层次，马斯洛提出了著名的需要层次理论（hierarchy of needs theory）。该理论认为，人会受到多种需要的激励，这些需要由低到高可大致归结为五大类：生理的需要（physiological needs）、安全的需要（safety needs）、归属的需要（belongingness needs）、尊重的需要（esteem needs）、自我实现的需要（self-actualization needs），如图 11-2 所示。

（1）生理的需要：包括吃、穿、住等在内的基本物质需要，如对水、食物、住房、性等的需要，这是人们最基本的需要。

（2）安全的需要：保护自己免受各种伤害，并保证生理需要得以持续满足的需要，如对人身安全、工作安全、经济保障等方面的需求。

（3）归属的需要：也称社交需要（social needs），是指人们对情感与社会交流的需要，反映了人们渴望被他人或团体所接纳的心理需要，如对友谊、亲情、爱情以及良好生活、工作、学习氛围等方面的需求。

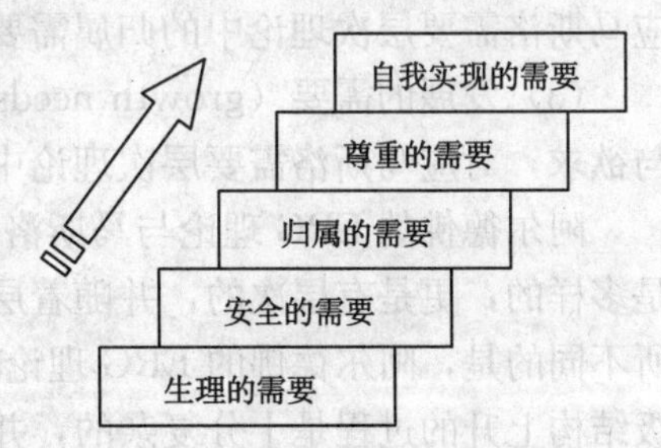

图 11-2 马斯洛的需要层次理论

（4）尊重的需要：是指希望获得别人关注、认可、欣赏和重视的需要。

（5）自我实现的需要：是指人们渴望成长、发展、实现理想和愿望的需要，这是人们最高层次的需要。

按照马斯洛的观点，人的需要具有如下几个方面的特点：

（1）人的需要是有层次的，从生理的需要到自我实现的需要是逐级上升的。其中，生理的需要和安全的需要属于较低层次的需要，而归属的需要、尊重的需要以及自我实现的需要则属于较高层次的需要。

(2) 只有当较低层次的需要得到满足后才会产生较高层次的需要。即只有当人们在吃、穿、住等方面的基本物质需要得到满足后，才会有科学、文化、艺术等精神方面的需要（马克思语）。中国先贤也有言：仓廪实然后知礼节，衣食丰而后知荣辱。这就是所谓的"满足—上升"规律。

(3) 人的需要虽然是多种多样的，但特定的人在特定的时期总有一种或一些相对而言特别需要得到满足而又尚未得到满足的需要，这就是所谓的主导需要（也称优势需要、当前需要等）。主导需要是人们动机和行为的主要根源，因而也最具激励作用。

(4) 已经满足的需要不再具有激励作用。

(5) 不同的人，或同一个人在不同的时期或场合，具有不同的需要（包括不同的需要种类、不同的主导需要、不同的需要层次以及不同的需要结构等）。

人的需要的这些特点启示管理者：

(1) 认真研究、把握、激发和引导激励对象的需要是激励的前提性工作；

(2) 把握激励对象的主导需要是有效激励的关键；

(3) 注意激励形式的多样性、灵活性与动态性。

2. 阿尔德佛的ERG理论

克莱顿·阿尔德佛（Clayton Alderfer）对马斯洛的需要层次理论进行了修改和简化，提出了关于人的需要的ERG理论。该理论将人的需要进一步归结为三种基本类型：

(1) 生存的需要（existence needs）：这是人的基本需要，对应马斯洛需要层次理论中的生理需要和安全需要。

(2) 关系的需要（relatedness needs）：即对人际关系与人际交往的需要与欲求，对应马斯洛需要层次理论中的归属需要或社交需要。

(3) 发展的需要（growth needs）：也称成长需要，即追求个人发展和成就的需要与欲求，对应马斯洛需要层次理论中的尊重与自我实现的需要。

阿尔德佛的ERG理论与马斯洛的需要层次理论很相似：两者都认为人的需要不仅是多样的，更是有层次的，并随着层级结构逐级上升，表现出"满足—上升"的规律。所不同的是，阿尔德佛的ERG理论将人的需要层次减少为三层。同时指出，需要沿层级结构上升的过程是十分复杂的，并表现出"挫折—倒退"的规律（frustration-regression principle），即：当较高层次的需要未被满足时，就可能会使人重新回到已经满足的较低层次的需要上。比如，当员工未能实现个人发展的需要时，就可能重新回到原来的需要层次上，并可能将精力集中于追逐更多的金钱方面。显然，阿尔德佛的ERG理论较之马斯洛的需要层次理论更切合人们生活的实际，从而更具灵活性。

3. 麦克利兰的习得需要理论

在马斯洛等人研究的基础上，戴维·麦克利兰（David McClelland）等人着重研究了人类三种较高层次的需要，即成就的需要（need for achievement）、归属的需要（need for affiliation）和权力的需要（need for power）。

(1) 成就的需要：这是人们挑战困难、追求成功、超越他人和自我的欲望。类似于马斯洛所说的自我实现的需要和阿尔德佛所说的发展的需要。

（2）归属的需要：这是指人们对情感和亲密人际关系的渴望。类似于马斯洛所说的归属的需要和阿尔德佛所说的关系的需要。

（3）权力的需要：这是指人们影响和控制他人或对他人行使权力的欲望。

麦克利兰认为，以上这些需要并非是与生俱来的，而是人们后天习得的。即个人的生活经历——特别是早期的生活经历——决定了人们是否产生这些需要。比如，如果一个人在孩提时代就被鼓励自己动手做力所能及的事情，那他（她）就会习得成就需要；倘若他（她）建立和谐人际关系的努力得到强化，则会发展归属需要；假使他（她）自小就从控制他人的体验中获得满足感，他（她）就会习得权力需要。

通过大量的实证和案例研究，麦克利兰认为，上述三种需要对管理具有十分重要的意义：成就需要水平较高的人往往是企业家，他们渴望超越竞争对手并不惧怕冒高风险；有强烈归属需要的人大多是交际家或社会活动家，是成功的“人际关系协调者”，对组织内部或组织之间和谐关系的建立往往起着重大的作用；而权力欲强的人则总是与组织中的高位联系在一起。因为，权力需要的满足只有通过爬到高位、得到支配他人的权力才能实现。

综上所述，需要理论围绕人的需要展开研究，强调需要对激励的前提性作用，认为设法找出或激发那些对人的行为具有激励作用的特定需要往往是激励的关键所在。相应地，组织管理工作也应当围绕如何发现、激发以及满足员工的相关需要这一重心来展开。

11.2.2　关于人性的理论

人性是指人的特定本质状况（如善恶等）。人的需要虽然是行为的根源，但人性状况决定着人的行为方式。因此，研究激励对象的人性状况也是激励的基本前提之一。如果说，研究激励对象的需要可以让我们知道从何处着手来施以激励，那么，研究激励对象的人性状况则有利于我们选择恰当的激励方式与方法。事实上，迄今为止的激励理论(包括各种各样的激励方式、方法与激励艺术等)，无不是以特定的人性假设为前提的。当前，在管理学界，具有代表性的人性假设理论有如下几种：道格拉斯·麦格雷戈(Douglas M. McGregor）的 X 理论和 Y 理论、约翰·J. 莫尔斯（John J. Morse）与杰伊·W. 洛希（Jay W. Lorsch）的超 Y 理论以及克里斯·阿吉里斯（Chris Argyris）的“不成熟—成熟理论”。

1. 关于人性的 X 理论与 Y 理论

美国心理学家、行为科学家道格拉斯·麦格雷戈（Douglas M. McGregor）强调了人的本性与行为之间关系的重要性。并于 1957 年较为系统地提出了关于人的本性的认识，认为人们对人性的认识有两种截然不同的观点：一种是消极的“X 理论”（theory X)，另一种是积极的“Y 理论”（theory Y）。

X 理论关于人性的基本观点是：

（1）一般人的本性是好逸恶劳的，只要有可能就会逃避工作；

（2）人生来就是以自我为中心的，对他人和组织的需要漠不关心；

(3) 大多数人缺乏进取心，不愿承担责任，宁愿被人领导；

(4) 人们都趋向于保守，安于现状，把安全看得高于一切；

(5) 缺乏理性，易于受骗和受蒙蔽，难于控制自己的行为；

(6) 大多数人都缺乏解决问题所需要的想象力与创造力。

Y理论关于人性的基本观点是：

(1) 人们并非生来就好逸恶劳。事实上，要求工作是人的本能，并且，人们从事体力与脑力工作如同休息与娱乐一样自然。

(2) 在适当的条件下，人们不仅能够承担责任，而且会主动承担责任。逃避责任并非是人的天性，而是经验的结果。

(3) 外力的控制和处罚并不是使人们朝向组织目标行动的方法，人的追求是满足欲望的需要，与组织需要并无矛盾，只要管理适当，人们就会将个人目标与组织目标统一起来。

(4) 人们完全能够以自我指导与自我控制的精神参与并完成任务。

(5) 大多数人都具有解决问题的想象力和创造力。

按照上述两种人性观理论，在管理中对人性的认识若以"X理论"为指导，则主张采用"强硬"的管理方法，对员工及其行为施以严密的监督与控制；若以"Y理论"为指导，则会采用"松弛的"管理方法，以信任代替监督、以启发代替命令，并顺应员工的要求，致力于员工的发展。

2. 关于人性的超Y理论

上述两种关于人性的认识显然是片面的和极端的。事实上，现实中的人既非"X理论"所认为的"性恶"，也非"Y理论"所认为的"性善"，而是介于两个极端之间的"复杂人"（"性无善恶论"或"善恶兼具论"）。因此，许多人根据自己的管理实践对"X理论"与"Y理论"提出了质疑和批评。这其中，约翰·J. 莫尔斯与杰伊·W. 洛希的超Y理论最具代表性。

超Y理论关于人性的基本观点是：

(1) 人们是抱着各种各样的愿望和需要加入组织的，这些愿望和需要可以分成不同的类型。有的人愿意在正规化的、有严格规章制度的组织中工作，但不想参与决策和承担责任；而有的人却愿意有更多的自治权和充分发挥个人创造性的机会。

(2) 不同的人对管理方式的要求是不一样的：上述第一种人比较欢迎以"X理论"为指导的管理模式；第二种人则更欢迎以"Y理论"为指导的管理模式。

(3) 组织的目标、工作的性质、职工的素质等对组织结构和管理方式有很大的影响。凡是组织结构和管理层次的划分、职工的培训和工作的分配以及工资报酬和控制程度等适合工作性质和职工素质的企业，其效率就高，反之，其效率就低。

(4) 当一个目标达到以后，可以激起职工的胜任感和满足感，使之为达到新的更高的目标而努力。

不难看出，超Y理论把人视为"复杂的社会人"。这种人性观认为，任何人性假设都不能适用于一切人。事实上，人是极为复杂的，对人的管理必须因人而异、因时而异，采取权变的管理方式，才能取得好的效果。

3. 关于人性的"不成熟—成熟"理论

与上述人性理论不同，克里斯·阿吉里斯（Chris Argyris）的"不成熟—成熟"理论主要从动态与发展的角度考察人性的变化过程与变化规律。该理论认为，人性并非是一成不变的。事实上，正如人由婴儿成长为成人一样，人性的发展也有一个从不成熟到成熟的演进过程：个体从被动到主动、从依从到独立、从缺乏自觉到自觉。

按照这一理论观点，在管理过程中，管理者就应当依据员工的"成熟"程度，采取灵活多样和权宜应变的管理方式，包括：

（1）针对"成熟度"不同的员工，应分别采取不同的管理方式。如针对"成熟度"较低的员工，应采取高指导、高集权、强控制与强监督的管理方式，防止员工行为偏离组织目标；针对"成熟度"较高的员工，则应采取低指导、低集权、弱控制与弱监督的管理方式，以充分发挥员工的积极性与创造性。

（2）随着员工"成熟度"由低到高的发展过程，管理方式也应当随之作出权宜应变的调整，以适应员工"成熟度"的变化。

11.2.3 管理中的几种基本人性假设

结合需要理论和人性理论，在现实管理研究与管理实践中存在着如下几种基本的人性假设："经济人"假设、"社会人"假设、"自我实现的人"假设、"复杂人"假设。

1. "经济人"假设

"经济人"假设最早由英国古典经济学家亚当·斯密（Adam Smith）提出，原本是西方经济学研究最基本的前提假设。古典管理学家弗雷德里克·W. 泰勒（Fredrick W. Taylor）承袭了亚当·斯密等古典经济学家的观点，将经济学中的"经济人"假设运用到管理领域之中，认为人都是"经济人"。

（1）在需求方面，人们的主导需求是物质的、生理的和安全方面的需要，唯一地追求经济利益。

（2）在人性状况方面，当人们将主导需要定位于物质的、经济的或生理的、安全的需要时，其人性状况就如"X理论"所规定的那样。

结合"经济人"在需要和人性状况两个方面的上述特点，"经济人"假设在对人的认识上的基本观点是：

（1）人是由经济诱因引发工作动机的，其目的在于获得最大的经济利益。

（2）经济诱因在组织的控制之下，因此，人总是被动地在组织操纵、激励和控制之下从事工作。

（3）人以一种合乎理性的、精打细算的方式行事。

显然，在"经济人"假设下，管理方式的基本特点是：

（1）以利润为出发点来考虑对人、财、物等诸要素的运用。

（2）对员工的工作进行高指导、强控制并纠正其不适当的行为，使之符合组织的需要。

（3）视人为物并以管物的方式来管人，忽视人的自身特点和精神需要，将金钱或物质激励作为激发员工积极性的主要手段。

(4) 通过严格的管理制度、领导者的权威及严密的监督来控制员工行为，保证组织目标的实现。

综上所述，在“经济人”假设下，管理方式总的特点就是“胡萝卜+大棒”。

物质的、经济的或生理的、安全的需要是人们最基本的需要，对这些需要的追求构成人们行为的基本动机。因此，利用人的这一基本动机来刺激、引导和管理人们的行为，无疑有其合理的一面，特别是在物质经济不发达的时代就更是如此。然而，“经济人”假设一味强调人的这一基本需要和动机，忽视或无视人们在物质或经济需要以外的需要与动机又显然不合实际。而依据这一人性假设来设计管理方式也显然有失偏颇，其后的人性假设就是针对“经济人”假设的缺陷与片面性而提出的。

2. “社会人”假设

由上面的分析可知，“经济人”假设最大的缺陷在于它忽略了一点：人是组织的核心，是具有社会性的动物，“是一切社会关系的总和”（马克思语）；人除了有物质、经济或生理、安全等方面的基本需要以外，还有社交、归属或情感、心理等方面的需要。因此，人并非是“经济人”假设所认为的“经济人”，而是一种“社会人”。这就是关于人性的“社会人”假设。“社会人”假设是基于由“霍桑实验”所产生的“人际关系”理论而提出的，其基本观点是：

(1) 员工是“社会人”，而非“经济人”。人们的行为并不单纯出自追求金钱或经济的动机，还有社会或心理方面的需要，即追求人与人之间的友情、亲情、爱情、归属感、受人尊重等，而且后者更为重要。

(2) 在决定劳动生产率的诸因素中，置于首位的是员工的满意度，而生产条件、工资报酬等只是第二位的。员工的满意度越高，其“士气”（积极性）就愈高，从而劳动生产效率也就越高。

(3) 较高的员工满意度源自员工个人需求的较好满足，既包括员工在物质、经济方面需求的满足，更包括员工在社会、心理等精神方面需求的满足。

在“社会人”假设下，管理方式的基本特点是：

(1) 将管理的重心转向组织中的人。组织不是单纯的物的聚合体，而主要是人的结合体，或曰是由人的系统所推动的物的系统。经营企业不只是关注资本、设备、技术及生产方法等物的因素和物的系统，更要关注人的因素以及由人所构成的社会系统。

(2) 将员工视为“社会人”，承认和关注员工在社会、心理等精神方面的需求。

(3) 将管理的出发点和目的放在提高员工的满意度上。

(4) 在组织中营造和谐的人际关系与工作环境。

3. “自我实现的人”假设

马斯洛等人认为，人的需要远不止于物质和经济方面，也不只是社会与心理方面，更有追求成就和自我实现方面的需要，而且，对成就和自我实现的追求既是人们最高的追求，又是社会得以进步和发展的主要动力之源。因此，就其本质而言，人既非仅追求物质和经济利益的“经济人”，也非仅有情感和心理需要的“社会人”，而是追求成就感和自我实现的“自我实现的人”。其基本特征是：

(1) 工作的目的是为了实现自我实现；

(2) 追求独立和自治，并致力于在工作中发展自己的能力；

(3) 寻求富有活力和弹性的工作方式，主动适应环境；

(4) 长于自我激励和自我控制，抵制外在的影响；

(5) 主动协调个人目标和组织目标，在组织目标的实现过程中寻求自我实现；

(6) 总体上具有"Y理论"所揭示的特征。

基于"自我实现的人"假设的管理方式的特点是：

(1) 重视人的因素之于组织及其效率的价值与意义，并以人为中心来设计和运行组织。

(2) 管理的重心在于为员工设计和安排富有挑战意义的工作，使员工的个人需要与组织目标有机结合起来，为员工的发展创造条件、搭建平台。

(3) 鼓励员工参与组织决策与组织发展规划，并在工作过程中对员工进行最大限度地授权。

4. "复杂人"假设

不难发现，上述三种人性假设都是基于人的单一需要以及人性的单一特征来定义人性的："经济人"假设主要基于人们在物质、经济或生理、安全方面的需要，强调的是人性的"X理论"特征；"社会人"假设主要基于人们在社会、归属或心理等方面的需要；而"自我实现的人"假设则主要基于人们对成就和自我实现方面的需要，强调的是人性的"Y理论"特征。然而，现实中的人，其需要并非是单一的，其人性特征也不是单一的：就需要而言，每一个人都具有从物质到精神的一系列复杂的需要，只是不同的人或同一个人在不同的时期与场合，其主导需要、需要层次与需要结构表现出各不相同的差异而已；就人性特征而言，人性并非完全如"X理论"所规定的那样"性恶"，也并非如"Y理论"所揭示的那样"性善"，而是介乎二者之间（"超Y理论"），并因人、因地、因时而异。也就是说，现实中的人是极为复杂的，这就是"复杂人"假设。

按照"复杂人"假设，现实中人性的基本特征可以归纳为如下几点：

(1) 现实中每个人都有不同的需要、能力和个性特征。

(2) 人们行为的动机不仅是复杂的，而且变动性很大。

(3) 人们特定的动机模式是其原有动机模式与特定环境刺激交互作用的结果，因此，不同的人或同一个人在不同的时期与不同的环境中，其动机模式往往也是不同的。

(4) 人们的满意程度取决于其本身的动机模式以及其与组织之间的相互关系。具体而言，在特定的组织中，员工的满意程度要受到员工个人的动机模式、工作的性质、员工的技能、工作条件、人际关系等的综合影响。

(5) 人们可依其具体的动机模式、能力、工作性质、工作环境等对不同的管理方式作出不同的反应。

理论与实践总是基于一定的假设前提的，管理理论与管理实践也不例外。无论是在管理思想的演进史中，还是在人们管理实践的发展历程中，不同管理理论的提出以及不同管理方式的选择，无不是以特定的人性假设为前提的：古典管理理论以"经济人"假设为前提；行为科学理论以"社会人"假设为前提；组织文化理论以"自我实现的人"假设为前提；而权变理论则以"复杂人"假设为前提。事实上，基于现实中人性以及人的需要的复杂性、多样性与动态性，以"复杂人"假设为前提的权变理论因其更接近现实人性的实际、更强调管理方式的灵活性而更具现实指导意义。

管理提示

奖励与所得

奖励什么，就会得到什么。

——著名管理学家：米契尔·拉伯福

倒U形假说

当一个人处于轻度兴奋时，能把工作做得最好。当一个人一点儿兴奋都没有时，也就没有做好工作的动力了；相应地，当一个人处于极度兴奋时，随之而来的压力可能会使他完不成本该完成的工作。世界网坛名将贝克尔之所以被称为“常胜将军”，其秘诀之一即是在比赛中自始至终防止过度兴奋，而保持半兴奋状态。所以有人亦将“倒U形假说”称为“贝克尔境界”。

——英国心理学家：罗伯特·耶基斯和多德林

管理故事

渔夫、蛇和青蛙

一天，渔夫看见一条蛇咬着一只青蛙，渔夫为青蛙难过，便决定救这只青蛙。他靠近了蛇，轻轻地将青蛙从蛇口中拽了出来，青蛙得救了。但渔夫又为蛇难过：蛇失去了食物。于是渔夫取出一瓶威士忌，向蛇口中倒了几滴。蛇愉快地游走了，青蛙也显得很快乐。几分钟后，那条蛇又咬着两只青蛙回到了渔夫的面前……

问题：谈谈渔夫的本意，渔夫对蛇的激励和蛇对激励的反应。

管理工具

Adams的不公平激励控制工具

该工具的两个关键变量是投入和收益，即将个人的投入和收益与他人的投入和收益进行对比，从而感受自己所受到的不公正程度。不公正导致个人内心的紧张，这种紧张激励人们通过某种形式的努力来改变这种不公平，直到一种容忍的状态产生为止。

关键概念

需求层次论　生理需要　安全的需要　归属的需要　尊重的需要　自我实现的需要　主导需要　成就的需要　权力的需要　人性　X理论　Y理论　超Y理论　“不成熟—成熟”理论

11.3 激励的过程理论

了解人的需要及人性状况之后，接下来的工作就是如何依据特定的需要与人性状况进行动机激发与行为激励了。其主要内容包括：关于激励因素问题、关于动机—行为的转化问题（即动机激发问题）、关于行为的激励与强化问题。本节主要围绕这三个问题介绍相关理论内容。

11.3.1 赫茨伯格的“双因素”理论

对行为的有效激励还在于正确把握不同的激励因素。因此，在具体实施激励措施之前，管理者还应了解不同的激励因素及其作用性质，以便恰当选择和运用。

对激励因素的分析首推美国心理学家赫茨伯格（F. Herzberg）。他于20世纪50年代末在大量调查分析的基础上提出了著名的“双因素理论”（two-factor theory）。

赫茨伯格认为，组织中影响人的积极性的因素可按其激励功能的不同分为激励因素和保健因素两大类：

（1）激励因素（motivator）是指那些可以使人得到满意和激励的因素。这些因素往往与工作本身的特点和工作内容有关，如成就、赏识、工作本身的特点、责任感、提升和发展等。

（2）保健因素（hygiene）则是指那些能预防员工产生不满和消极情绪的因素。这些因素往往与工作环境或外部因素有关，如公司政策与行政管理、监督方式、与主管领导的关系、与同事的关系、与下属的关系、工作的物质条件、薪金、地位以及工作安全保障、个人或家庭因素等。

正因为激励因素和保健因素在激励功能上的这种差别，赫茨伯格认为，主要应从激励因素，即从内部、从工作本身来调动人的内在积极性，使人们对工作产生浓厚的兴趣和热情。而改善保健因素固然十分重要，但这最多只能防止员工的不满和消极情绪，维持员工原有的积极性状况与激励水平，而不能直接对员工产生激励，即使有作用也只会暂时提高员工的工作满意度和对员工的激励水平，其效果是十分有限的。例如，提高工资可能会提高员工的满意感和积极性，但这种效果只能维持在一个短时期内。相反，改进工作本身的特征与内容，使员工能从中体会到成就感、责任感并因此得到别人的尊重和赏识等，则能产生更大、更持久的激励效果。

值得指出的是：

（1）激励因素和保健因素并没有绝对的界限。实际上，激励因素也有“保健”的作用，而保健因素同样含有激励的作用。

（2）对某些人而言，赫茨伯格列为保健因素的东西可能正是他们的激励因素。

（3）有效的管理者应善于化保健因素为激励因素，而不是相反。例如，关于工资和奖金的管理，现在多数组织行为学家和管理学家强调金钱必须与绩效挂钩才会产生激励作用，如果二者没有联系，那么，花钱再多也起不到多大的激励作用，而一旦少发或停发工资或奖金，则会造成员工不满，这样就使工资和奖金变成保健因素。这就说明，激励因素和保健因素是可以相互转化的，有效的管理还在于力求化保健因素为激励因素。

11.3.2 弗鲁姆的激励期望理论

如前所述，人的行为是由需要所激发的动机支配的。但在现实生活中，并非所有的动机都会转化为真实的行为。例如，某合资企业向社会公开招聘工作人员，这对许多人来说都会有很大的吸引力，从而产生应聘的想法（动机），因为作为合资企业的工作人员能满足他们的重要需要。可并不是所有见到广告的人都会去应聘。比如有的人可能因为自己的外语水平较低等原因，估计自己最终被录用的可能性很小，因而没有产生应聘的真实行为。显然，使动机转化为行为的因素除了吸引力大小（需要的强弱）外，还有目标达成或需要满足的可能性。

美国心理学家弗鲁姆（V. H. Vroom）对上述这类问题进行了系统的研究，于1964年提出了有名的“期望理论”。他认为，只有当人们认为存在实现预期目标的可能性，并且实现这种目标又非常重要的时候，他们的激励程度或动机水平才会最大，动机也才会转化为真实的行为。也就是说，动机转化为行为的决定因素有两个，即期望与效价；更精确地说，是由二者的乘积决定的。用式表示如下为

努力程度＝期望值×效价

其中，努力程度，也称激励程度、激励指数（motivation）或激励力，反映一个人动机转化为行为的程度，通俗而言就是指一个人工作积极性的高低和持久程度，它决定着人们在工作中会付出多大的努力。期望值（expectancy），也称期望概率，是指人们对某一行为导致的预期目标或结果之可能性大小的判断。在数学中它被称为主观概率，数值变化范围是0～1。效价（valence）则是指人们对所预期目标的重视程度或评价高低，即人们在主观上认为该目标能够满足自己需要的程度。

如果用上述公式来分析前面举过的例子，我们就能理解为什么有的人报名应试，而另一些人则没有去报名。用期望理论来分析，不去报名的原因有二：一是效价低，合资企业的那项工作没有多大的吸引力；二是期望值低，或许那项工作吸引力很大，但自己被录用的可能性非常小。这两种不报名应试的原因刚好相反，但所引致的结果一样。

由此可见，一个人从事某项工作的可能性与积极性是由其对完成该项工作的可能性、获取相应的外在报酬的可能性（期望值）等的估计和对这种报酬的需求程度（效价）共同决定的。当一个人对期望值、效价的估计发生了变化时，其行为的积极性也将随之变化。因此，为了有效调动员工工作的积极性，提高激励水平，管理者应针对上述三个方面采取相对应的措施。这主要是：

(1) 为了提高员工完成某项工作的可能性，管理者应从两个方面入手：一方面要保证员工有能力完成某项工作任务。为此又须做到两点：一是要根据员工的能力特长来分配和安排工作；二是要通过指导和培训来提高员工的能力。另一方面要保证所制定的工作目标切实可行，并尽可能地排除那些可能会干扰员工完成任务的不利因素。这两个方面的工作是调动员工积极性的基础。

(2) 为了提高获取相应的外部报酬的可能性，管理者也应从两个方面入手：一方面，制定和完善按劳分配的工资和奖励制度，真正做到绩效与报酬紧密挂钩，多劳多得；另一方面，必须贯彻这种制度，说到做到、信守诺言，并且奖励政策稳定。这两个方面的工作是调动员工积极性的必要条件之一。

(3) 为了提高员工对某种相应报酬的满意程度，管理者一方面要在充分研究、了解员工需要的基础上，根据不同员工的不同需要，进行有针对性的奖励，以保证奖人所需；另一方面还要在制定组织目标以及进行组织决策时，尽可能地保证员工的参与，以使组织目标与员工目标，或组织需要与员工个人需要有机结合起来。

11.3.3 斯金纳的激励强化理论

行为强化是通过奖、罚等方式对员工的行为进行及时调整与修正的过程，其目的是

要控制员工行为的方向。这方面的研究首推美国行为学家斯金纳（B. F. Skinner），他提出的“强化理论”正是这方面研究的成果。

强化理论的重点在于行为修正。斯金纳认为，人们的行为取决于由此行为产生的后果和报偿。他认为，如果想对人们的行为有所影响，即修正某种不理想的行为，管理者可以通过控制行为的后果来对当事人的行为进行强化。

行为强化包括正强化、负强化和废除三种：

（1）正强化是指，对某种行为给予肯定或奖赏，以增加其重复出现的可能性的行为强化过程。

（2）负强化是通过消极加强或惩罚的方式来制止不合期望的行为的重复出现。即当某人的行为不合组织期望时，管理者利用惩罚手段，立即给予他反刺激，以达到中止或弱化该种行为的目的。当然，在有些情况下，尽管有必要使用这种行为修正方式，但它毕竟是一种消极的手段，虽然制止了一种不希望的行为，但未必同时鼓励了任何所期望的行为。

（3）废除（也称消退或衰减）则是通过中止对当事人行为的反馈来制止某种不合期望的行为重复出现的一种行为修正方式。即如果管理人员对其下属的某种行为不表示任何鼓励，则当事人就可能终止该行为。

在上述几种行为强化方式中，对行为影响最大的是正强化和负强化，这两种强化方式的共同特征是积极主动地通过奖或罚等方式，对强化对象的相关行为施以直接的影响（正向的或负向的），因而是一种积极的强化方式。而废除则是一种消极的强化方式，其特点是对强化对象的相关行为既不通过奖励的方式加以肯定（正强化），也不通过惩罚的方式加以直接地禁止或否定（负强化），而是通过“不理不睬”的方式使其自然中止。这种方式最适于处理那些既不值得提倡又无直接危害的行为。如对于那些喜欢打小报告的人，管理者可以采取故意不理会的态度，以使这类人因自讨没趣而自动放弃这种不良行为。

11.3.4 亚当斯的激励公平理论

古人云：“不患寡而患不均”、“物不平则鸣”，这说的就是公平合理问题。公平与合理是社会的基本法则，也是组织管理过程中所要遵循的基本法则。就行为激励而言，无论什么样的激励制度、激励方式或激励措施，都是以公平合理为基本原则的，失去公平与合理，任何激励制度、激励方式或激励措施都将归于无效。

美国心理学家亚当斯（J. S. Adams）根据社会心理学中的认知失调理论提出了激励过程中的公平理论。该理论侧重于研究利益分配（尤其是工资报酬分配）的合理性、公平性对员工积极性和工作态度的影响，其主要观点是：人是社会人，一个人的工作动机与行为，不仅受其所得报酬绝对值的影响，而且受相对报酬多少的影响。每个人都会将自己所得的报酬与付出的劳动之间的比率同其他人的比率进行社会比较，也会将自己现在的投入产出比率同过去的投入产出比率进行历史比较，并且将根据比较的结果决定今后的行为。当他们将自己的投入产出比率与别人的或自己以前的投入产出比率进行比较时，若发现比率相等，心里就比较平静，认为自己得到了公平的待遇；若发现比率不相等，内心就会感到紧张不安，从而会被激励去采取行动以消除或减少引起心理紧张不安的差异。图 11-3 所示的公平方程式解释了这一比较过程（图 11-3 中所示的仅是人们之间的横向比较过程，这也是人们进行公平比较的主要内容和主要方式。人们与自己进行历史比较的过程与此类似）。

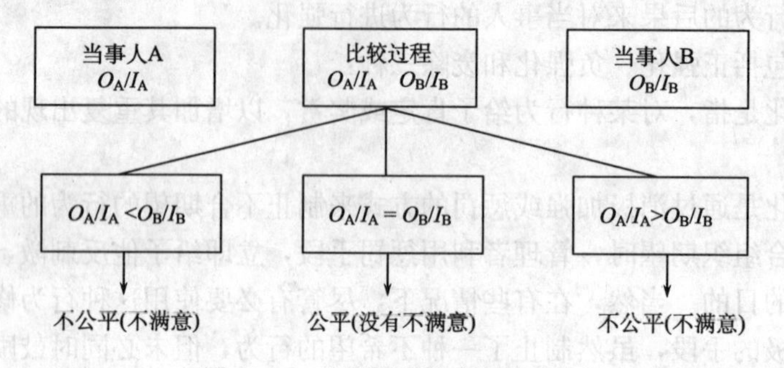

图 11-3 亚当斯的激励公平理论

注：O（outcome）：报酬（工资、资金、津贴、晋升、荣誉、地位等）；
I（input）：贡献（工作数量与质量、技术水平、努力程度等）

当员工觉得自己受到了不公平对待时，为了消除由此而产生的紧张不安，他们往往会采取下列办法：

（1）采取一定的行动，改变自己的收支情况。如以减少业绩、罢工、旷工等相威胁要求增加工资报酬，或者以怠工、泡病号、推卸工作等来减少自己的劳动投入。

（2）采取一定的行动，改变别人的收支情况。如降低他人的收入："自己拿不到，干脆谁也甭拿"；或增加他人的支出："谁拿得多，谁去干"，以此消除认知失调。

（3）通过某种方式进行自我安慰。如换一个比较对象，以获得主观上的公平感：与张三比是吃亏了，但若与王五比，似乎还可以，"比上不足，比下有余"；或通过曲解自己或别人的收支情况，造成一种主观上公平的假象，以消除自己的不公平感等。

（4）在无法改变不公平现象时，可能采取发牢骚、制造人际矛盾、放弃工作、跳槽等行为。

11.3.5 文化激励理论

以上所介绍的激励理论基本上都是从员工个体的角度来进行的，本质上都属于组织内部个体行为的研究和激励。20 世纪 80 年代初兴起的组织文化理论则着重于从组织内部成员整体的角度研究对组织内部成员的整体行为和激励问题。这主要是通过构建组织的整体精神、共同的价值准则、合乎时代的道德规范等组织意识形态，来追求一种组织的整体优势和组织成员的良好的集体感受。这一方面可以通过组织的"文化优势"创造出一些非正式的、约定俗成的群体行为规范，使个体产生从众行为，并通过共同的价值准则对个体形成一种无形的压力，从而使组织成员于无形之中将其个体行为与集体行为统一起来；另一方面可以通过组织成员的集体感受，使组织中的人际关系被纳入集体现有的良性情绪的轨道之中。同时，集体行为和观念的和谐统一性，也可以为调节集体行为、完成集体任务创造最佳的组织气氛。由此可见，组织文化实质上是以观念的形式，从非计划、非理性的因素出发来调控组织成员的行为，使组织成员为实现组织目标而自觉地组成团结协作的整体。随着社会的发展和人性层次的不断提高，组织文化已越来越被证明是一种行之有效的激励方式，并代表着将来的激励趋势。

管理提示

控制与自信

我不喜欢“管理”所带有的特征——控制、抑制人们，使他们处于黑暗中，将他们的时间浪费在琐事和汇报上，紧盯住他们，无法使他们产生自信。

——通用电气GE前总裁：杰克·韦尔奇

马蝇效应

再懒惰的马，只要身上有马蝇叮咬，也会精神抖擞，飞快地奔跑。

点评：激励对懒惰的马也会起到鞭策的作用。

管理故事

鹰与鸡

一个猎人在高山之巅的鹰巢里抓到一只幼鹰，他把幼鹰带回家，养在鸡笼里。这只幼鹰和鸡一起啄食、嬉闹和休息，它以为自己是一只鸡。

这只鹰渐渐长大，羽翼丰满了，猎人想把它训练成猎鹰，可是由于终日和鸡混在一起，它已经变得和鸡完全一样，根本没有飞的愿望了。

猎人试了各种办法，都毫无效果，最后把它带到山顶上，一把将它扔了出去。这只鹰像块石头似的，直掉下去，慌乱之中它拼命地扑打翅膀，就这样，它终于飞了起来！

问题：每个人都是鹰，但不是每只鹰都会飞和要飞，在什么样的情况下鹰才会飞起来？

管理工具

鄂尔多斯的金字塔式激励机制

鄂尔多斯企业由原来的旧金字塔激励机制转向新金字塔激励机制，如图11-4所示。

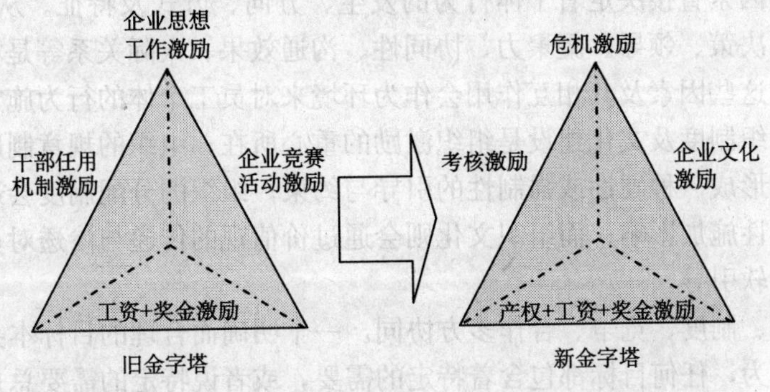

图11-4 鄂尔多斯的金字塔式激励机制

关键概念

“双因素”理论 激励因素 保健因素 努力程度 期望值 效价 强化理论 正强化 负强化 废除 公平理论 文化激励理论

11.4 激励的方法与艺术

前面所介绍的各种激励理论实质上都是从不同的方面或角度提出的激励措施与激励方法。但方法的有效性在于“运用之妙”，再好的方法，若不能得到灵活而恰到好处地运用，也无法取得预期的效果。因为激励的对象是现实中的人，而现实中的人是极为复杂的，不同的人具有不同的个性特征，其需要、心理、行为等也是千差万别的，同时，不同的组织及其所处的环境也是各不相同的。所有这些都必然深刻地影响激励方式、方法的选择以及激励效果的优劣。因此，在管理实践中，管理者应依据激励环境与激励对象的具体情况权宜应变地运用相关的激励理论与激励方法，以做到理论与方法的“运用之妙”，而这又体现了激励的艺术性。

11.4.1 有效激励的基本原则

依据前面的激励理论，在现实激励活动中，要保证激励的有效性，应当遵循以下几个基本原则：

(1) 以需要为中心。如前所述，需要是人的行为的动力之源，它决定行为是否发生及发生的方向。因此，激励也应当从员工的需要出发并围绕员工需要的满足展开。

(2) 物质刺激与精神激励并行。人们的需要不仅仅是物质或经济方面的，也有心理或精神方面的，是从物质到精神的一系列复杂的需要。因此，对员工的激励应当从物质与精神两个方面同时入手，并依据员工的具体情况权宜应变。

(3) 个体激励、群体激励、组织激励三层联动。从个体层次上讲，对员工个体需要以及基于需要的个性、认知、创造性等的研究与开发无疑是个体激励的重心与关键所在，因为这些因素直接决定着个体行为的发生、方向、方式及特征。从群体层次上讲，群体的规范、决策、领导、凝聚力、协同性、沟通效果、人际关系等是群体激励的重心与关键，因为这些因素及其相互作用会作为环境来对员工个体的行为施加影响。从组织层次上讲，组织制度及文化建设是组织激励的重心所在；组织的规章制度或奖惩制度对员工的行为会形成一种硬性或强制性的引导与约束；组织的分配制度会通过公平性原理对员工的积极性施加影响；而组织文化则会通过价值观的传递与渗透对员工的行为产生一种软约束与软引导。

(4) 目标、制度、竞争、合作多方协同。一个明确而合理的目标本身就具有强大的激励作用。因为，任何目标都包含着特定的需要，或者说特定的需要总是包含在特定的目标之中或表现为特定的目标。组织目标的激励性很大程度上就取决于其包含员工个人目标或需要的程度。制度是直接依据和针对组织目标而设计的，但制度的激励作用主要在于它的强制性。一个具有激励性的制度安排还在于它允许并鼓励组织内部的竞争与合作，因为竞争与合作本身都具有极强的激励作用。

11.4.2 激励导向的工作设计

激励导向的工作设计（motivation-oriented job design）是指运用激励理论来进行工作设计，以激发员工工作的积极性，提高员工的工作满意度和工作效率。激励导向的工作设计通常有工作简单化、工作扩大化以及工作丰富化等方法。

11.4.3 公平合理的奖罚制度

奖与罚都是组织激励的重要手段。奖是从正面引导和强化员工的正确行为，而罚则是从反面刺激员工以阻止或中止员工的错误行为。即所谓“赏，使也；罚，禁也。”（《慎子·逸文》）

但奖罚的有效性在于其公平合理性。主要是：

(1) 奖罚结合、以奖为主。只奖不罚或只罚不奖都无法达到应有的激励效果：前者会导致对员工行为的放纵，也会使奖励最终沦为“保健因素”，失去激励作用；后者则会使员工信心受挫、情绪压抑、精神沮丧，进而“破罐子破摔”，导致恶性循环。这正如古哲所云：“赏不行，则贤者不可得而进也；罚不行，则不肖者不可得而退也。……若是，则万物失宜，事变失应。”（《荀子·富国》）西方流行的“胡萝卜十大棒”政策正体现了奖罚相结合的原则。毫无疑问，对员工的正确行为应及时给予适当的奖励，而对员工的不良行为应及时给予酌情的处罚，做到“奖优罚劣”、“奖罚分明”。这样既提倡和鼓励了正确的行为，又抑制了不良行为，产生双重激励效果。同时，要以奖励为主。因为，过多的惩罚会把人变成制度的奴隶，有时还会使人丧失理性。

(2) 奖罚及时而恰当。要通过及时的奖罚措施让当事人尽快知道其行为结果的好坏或进展情况。而奖罚的恰当性则是要做到“赏罚分明”并恰如其分，即当出现良好行为时就给予适当的奖励，而当出现不良行为时就给予适当的惩罚。及时的奖励能给人以鼓舞，使其增强信心并迅速地激发工作热情，而及时的惩罚则能使人及时地认识并修正自己的过错。但这些积极的效果是以奖罚的正确性与恰如其分为前提的，乱赏滥罚绝不会产生激励的效果。如一些单位出现的滥发奖金和实物的现象，使奖励失去了激励作用，沦为“保健因素”，有时甚至连“保健”作用也起不了，反倒会滋生许多人为的矛盾和不满。所以奖罚既要迅速及时，又要有根有据、令人信服。

(3) 因人而异、因时制宜、灵活机动。不同的人有不同的需要和个性，因而他们对具体奖罚的反应也就不会一致。因此，无论是奖还是罚，都应当做到因人而异、因时制宜、灵活机动，以保证奖人所需、罚人所痛，尽量避免一刀切。如此方能达到行为强化的预期目的，否则就会失去奖罚的意义。

(4) 建立申诉制度。奖罚过程中难免有误，或奖罚不当。因此，应当建立申诉制度，允许当事人为自己的行为进行辩护，或对他人的受奖提出质询。如此可确保奖罚的公平性与合理性，减少或避免许多纠纷。

11.4.4 激励关键员工

关键员工（或核心员工）是指组织绩效的主要创造者和组织发展的主要依靠者。研究和实践均表明，组织绩效中的大多数份额主要是由组织中的少数关键员工所完成的，而组织的长远发展也主要取决于组织中的少数核心员工。因此，如何激励（包括吸引和留住）组织中的关键员工（或核心员工）也无疑是组织激励的重点和关键所在。

激励组织中的关键员工（或核心员工）可从如下几个方面着手：

（1）观念上重视人才。现代管理者应当深刻地认识到，当今的竞争归根到底是人才的竞争，组织的存续发展也越来越主要地取决于一系列相关人才的作用。一个组织只有真正认识到人才的重要性，充分承认和体现人才的价值，秉承和实施“以人才为中心”的管理理念与管理方式，才能真正立于不败之地。

（2）实施人性化的管理措施。作为组织存续发展支柱的关键人才（或核心人才）往往具有较强的独立性与自主性，不愿受制于一些刻板的工作形式（如固定的工作时间、固定的工作场所等），喜欢灵活自由的工作安排。尤其对于那些从事思维性、知识性或创造性工作的员工而言，诸如固定的工作时间、固定的工作场所等刻板的工作方式往往会限制他们创新能力的发挥。

（3）提供多种升迁和培训的机会。随着社会物质生活水平的提高，优厚的薪水已越来越不再是调动核心员工积极性的主要手段，而诸如员工持股计划、住房补助及其他福利等在起了一段时间的积极作用后也日趋平淡。而组织如何为核心员工创造一个学习及职业成长的环境，如何为员工提供升迁和发展的机会，将越来越成为组织能否吸引和留住核心员工的决定因素。因此，组织应高度关注核心员工的职业生涯发展，并依据自身的实际情况为核心员工创造各种培训和学习的机会，搭建员工自我发展的平台，帮助他们进行职业生涯规划，让他们对组织和自身的未来充满信心和希望。

（4）建立动态的绩效评估体系。核心员工一般都希望自身的能力能够得到充分发挥，自己的工作能够及时得到组织的充分认可，从而在事业上获得成就感和满足感。因此，组织就需要建立一套科学完善的绩效评估体系，以便及时对核心员工的工作进行科学、全面、客观、公正的评价，让员工及时了解自己的业绩情况，激发其工作的热情和积极性。

（5）提供有竞争力的薪酬水平。虽然薪酬已不再是激励核心员工的最关键因素，但员工仍希望得到与预期业绩相符的薪酬，因为这也是衡量员工自我价值的尺度之一。况且，薪酬等物质或经济方面的激励永远都是其他激励的基础。因此，制定合理的薪酬政策，设计科学的薪酬体系，使核心员工能够得到与其贡献相匹配的薪酬，也是组织吸引和留住核心员工的重要手段之一。

管理提示

不只奖励成功

不只奖励成功，而且奖励失败。

——通用电气 GE 前总裁：杰克·韦尔奇

斯金纳强化定律

如果人们因为做某件事而受到奖励，那么他们就很可能专注于这种受到期望的行为。如果奖励得到所期望的回应，那么这种奖励就最有效；如果行为未受到奖励或受到处罚，那么行为重复的可能性就很小。因此，人们可以用这种正强化或负强化的办法来影响行为的后果，从而修正其行为。

管理故事

鲶鱼效应

西班牙人爱吃沙丁鱼，但沙丁鱼非常娇贵，极不适应离开大海后的环境。渔民们把捕捞上来的沙丁鱼放入鱼槽运回码头后，用不了多久沙丁鱼就会死去。而死掉的沙丁鱼味道不好，销量也差，倘若抵港时沙丁鱼还存活着，它的卖价就要比死鱼高出若干倍。因此，渔民想方设法让鱼活着到达港口。后来他们想出了一个法子，将几条沙丁鱼的天敌鲶鱼放在运输容器里。因为鲶鱼是食肉鱼，放进鱼槽后，便会四处游动寻找小鱼吃。为了躲避天敌的吞食，沙丁鱼自然会加速游动，从而保持了旺盛的生命力。如此一来，沙丁鱼就一条条活蹦乱跳地回到了渔港。

问题：一个公司，如果人员长期固定，就缺乏活力和竞争的压力，没有生存的压力，公司也就没有了动力。因此有些公司找些外来的“鲶鱼”加入公司，那么所有的沙丁鱼都会被迫游动起来。谈谈你对这种激励方式的认识。

管理工具

虚拟股份型激励

虚拟股份也称影子股份，是西方国家很多公司向经营者提供长期激励性报酬的一种形式。其特点是，经营者在被决定给予股票报酬时，报酬合同中会规定，如果在一定时期内公司的股票升值了，则经营者就会得到与股票市场价格相关的一笔收入。这笔收入的数量是依照合同中事先规定的股票数量来计算的，而这笔股票的数量一般与经营者的工资收入成比例。也就是说，通过影子股票的形式向经营者发放报酬，要借助于股票，但又不实际发放股票。因此，用于作为参照物的股票才被称为影子股票。用影子股票来提供长期激励性报酬时，计算报酬大小的原理基本相同。

关键概念

激励导向的工作设计　工作简单化　工作轮换　工作扩大化　工作丰富化　关键员工

本章提要

(1) 激励的一般过程大致可分为需要激发、动机转化、行为强化等三个阶段。

(2) 激励起始于由各种内外刺激所产生的各种需要。

(3) 人的需要虽然是行为的根源，但人性状况决定着人的行为方式。

(4) 结合需要理论和人性理论，在现实管理研究与管理实践中存在着如下几种基本的人性假设：“经济人”假设、“社会人”假设、“自我实现的人”假设、“复杂人”假设。

(5) 在不同的人性假设下所采取的管理方式也是不同的：在“经济人”假设下，主张采用“胡萝卜＋大棒”的管理方法；在“社会人”假设下，应采用人性化的管理方式；在“自我实现的人”假设下，应采用“松弛的”管理方法；在“复杂人”假设下，对人的管理则应因人而异、因时而异，采用权宜应变的管理方式。

（6）在实施激励的过程中，应区分不同的激励因素及其作用。

（7）人的行为是由需要所激发的动机支配的。

（8）行为强化是通过奖、罚等方式对员工的行为进行及时调整与修正的过程，其目的是要控制员工行为的方向。

（9）公平理论认为，一个人的工作动机与行为，不仅受其所得报酬绝对值的影响，而且受相对报酬多少的影响。

（10）在现实激励活动中，要保证激励的有效性，应当遵循以下几个基本原则：以需要为中心；物质刺激与精神激励并行；个体激励、群体激励、组织激励三层联动；目标、制度、竞争、合作多方协同。与此同时，激励导向的工作设计、公平合理的奖罚制度以及和谐的组织文化对员工的激励也是极为有效的。另外，对于现代组织而言，对关键员工（核心员工）的激励越来越重要，因为，关键员工（或核心员工）是组织绩效的主要创造者和组织发展的主要依靠者。

复习思考题

（1）结合实例谈谈激励与行为之间的关系。

（2）联系实际谈谈不同人性假设下管理方式的选择问题。

（3）期望理论的基本内容是什么？

（4）组织如何制定公平合理的奖罚制度？

（5）如何激励组织中的关键员工（核心员工）？

（6）常用的激励方法有哪些？

管理者训练

菲德勒模式测评领导类型

下面是LPC（least preferred co-worker）量表（表11-1），请计算你的LPC分数。

表 11-1　LPC量表

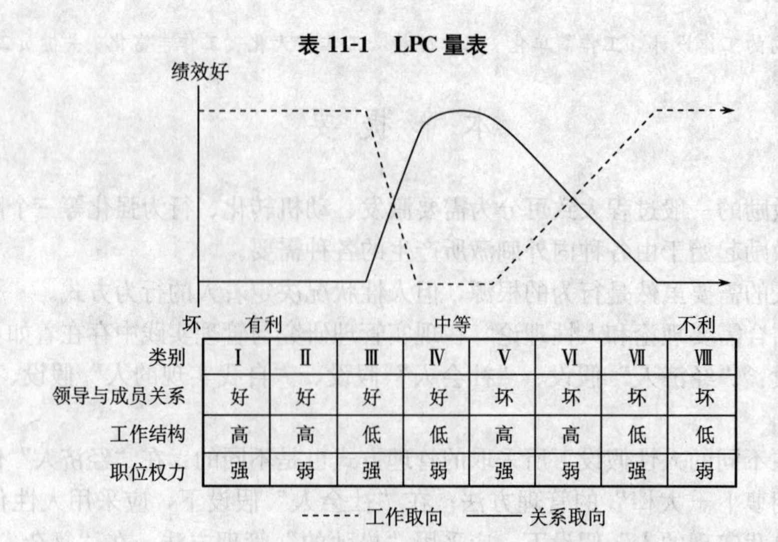

类别	Ⅰ	Ⅱ	Ⅲ	Ⅳ	Ⅴ	Ⅵ	Ⅶ	Ⅷ
领导与成员关系	好	好	好	好	坏	坏	坏	坏
工作结构	高	高	低	低	高	高	低	低
职位权力	强	弱	强	弱	强	弱	强	弱

------ 工作取向　—— 关系取向

首先请你想出一个和你在工作上相处最差的同事。可以是现在的同事，也可以是过去的同事。这个人不见得是你最讨厌的人，但你们确实在工作上有过相当不愉快的经验。想清楚之后，开始以下面的测量尺度来评估此人，你可以在每个成对的形容词中决定一个最恰当的位置，然后打一个“×”，代表你对他（她）的看法。

讨人喜欢	8	7	6	5	4	3	2	1	不讨人喜欢
友善的	8	7	6	5	4	3	2	1	不友善的
拒绝别人	1	2	3	4	5	6	7	8	接受别人
乐于助人	8	7	6	5	4	3	2	1	拒人千里
不具热诚	1	2	3	4	5	6	7	8	热诚的
紧张的	1	2	3	4	5	6	7	8	轻松的
疏远的	1	2	3	4	5	6	7	8	亲切的
冷酷的	1	2	3	4	5	6	7	8	温暖的
合作的	8	7	6	5	4	3	2	1	不合作的
支持别人	8	7	6	5	4	3	2	1	具有敌意
无聊乏味	1	2	3	4	5	6	7	8	有趣的
爱争辩	1	2	3	4	5	6	7	8	和睦的
有自信	8	7	6	5	4	3	2	1	犹豫不决
有效率	8	7	6	5	4	3	2	1	缺乏效率
悲观的	1	2	3	4	5	6	7	8	乐观的
开放的	8	7	6	5	4	3	2	1	防卫的

你在LPC量表上的分数代表你的领导风格，特别的是，它可以指出你在工作环境中主要的动机或目标是什么。把16个项目（1～8）的分值加总起来，可得到你的LPC分数。如果在64分以上，表示你是个关系取向的人。如果你的分数在57分以下，则意味着你是个工作取向的人。介于58～63分，你必须自己决定要属于哪一类型。

根据菲德勒模式，知道你自己的LPC分数后，就可以找到相匹配的情境，以帮助你成为更有效的领导者。

案例 11-1

TCL人才价值的评估标准

TCL基本是多元产业化的企业，它有三个大的产业群：通信、家电和IT。随着TCL自身的发展，我们有一个最大的体会，即因为每个产业所处的发展阶段不同，以及产业所依赖的各种技术进步的程度不同，所以每一个企业运作的理念，以及这理念背后支撑的价值判断标准和评判标准都不一样，最终由于经营理念的不同，会导致一些最基本的价值判断标准的不同。

TCL提出了多元产业化的通用人才价值“五·五·六”评估标准：五个核心能力和五个最基本的综合素质，以及六类人才。五个核心能力是：创新拓展、学习成长、激发协调、分析判断和贯彻实施。

在提出核心能力的同时配套提出五个最基本的素质：一是学识；二是诚信；三是胸怀；四是沟通；五是激情。

六类人才是营销、研发、生产、人力资源、财务金融，还有一类是综合管理。

讨论题：

你如何评价TCL人才价值的评估标准，并用该标准评估一下自己和自己的同学。

第12章　沟　　通

问题的提出

面对小道消息传播

最近在公司总部流传着一系列消息：总经理为公司制定了两个方案，一个是把公司的附属单位卖掉；另一个是利用现在的基础重新振兴发展。

总经理曾经对这两个方案的利弊进行了认真的分析，并委托副总经理提出参考意见。副总经理为此起草了一个备忘录，随后即到职工咖啡厅，喝咖啡时碰到了另一个副总经理，并将这一秘密告诉了他。他们俩的话被办公室的通讯员听到了。通讯员又高兴地立即把这个消息告诉了他的上司。他的上司又为此事写了一个备忘录给负责人事的副总经理。负责人事的副总经理也加入了他们的联合阵线，并认为公司应保证兑现其不裁减职工的诺言。

这个消息传来传去，又传回总经理的耳朵里。他也接到了许多极不友好甚至是敌意的电话和信件，人们纷纷指责他企图违背诺言要大批解雇工人。有的人也表示为与别的公司联合而感到高兴，总经理则被弄的迷惑不解。

后来总经理经过多方了解，终于弄清了事情的真相，然后便开始了澄清传闻的工作。他先给各部门下发了他为公司制定的那两个方案，并让各部门的负责人将两个方案的内容发布给全体职工。然后他把全公司的员工召集在一起，让他们谈谈对这两个方案的看法。职工们各抒己见，但多数人更倾向第二个方案。最后总经理说："首先向大家道歉，由于我的工作失误使大家担心了。其次，我看到大家这样爱公司，我也很受鼓舞。今天我看到了大家的决心，那么我就更有信心，使我们的公司发展得更好。谢谢！"公司就按照第二个方案执行了。

问题：你如何看总经理的做法。

学习目的

学完本章后，你应该能够：

(1) 了解沟通的内涵与重要意义。

(2) 掌握沟通的本质与一般过程。

(3) 熟悉沟通的基本方式、渠道及其特点。

(4) 明了组织沟通系统与沟通网络。

(5) 分析人际及组织沟通的障碍及其成因。

(6) 懂得如何通过沟通管理改善人际及组织沟通。

12.1　沟通的本质与一般过程

12.1.1　沟通的定义

马克思曾说过，就其现实性而言，人是一切社会关系的总和。任何人以及一切组织并不是在真空中孤立存在和独立活动的，而是相互之间交互联系的状态和过程。而这种状态和过程的维系者就是相互之间的沟通。组织管理活动的有效性主要和关键取决于组织沟通的有效性。

沟通（communication）是指可理解的信息或思想在人或组织之间传递或交换的过程，是人与人之间、人与组织之间以及组织与组织之间交互联系、互通有无的方式和渠道。美国传播学研究者 G. M. 戈德哈伯基于其多年的研究认为，沟通本质上是一种由各种相互依赖关系所构成的网络，是为应付环境的不确定性而创造和交流信息的过程。这个定义包含五个基本概念：过程、信息、网络、相互依赖和环境。

（1）过程。沟通是一个不间断的信息交流过程，永远随着组织存在下去，永远处于动态变化之中。

（2）信息。对于一个组织来讲，管理者不仅要掌握各方面大量的信息，而且要善于分享信息，即在一定时间、一定范围之内，让信息及时地交流，使其发挥应有的作用。

（3）网络。沟通不是无规则地进行的，它不仅要通过担任各种不同角色的组织成员，而且要通过一定规则组织起来的网络来进行。

（4）相互依赖。组织成员之间和部门之间及其与环境之间有着密切的相互依赖关系，彼此之间需要经常相互交流信息、相互影响。

（5）环境。任何组织都是在一定的社会、政治、经济环境之中生存和发展的，作为开放性系统的组织需要不断地与所处的环境发生复杂多样的互动关系，并接受环境的深刻影响。

12.1.2 沟通的过程

当人们之间有需要进行沟通时，沟通的过程就开始了。沟通过程是指一个信息的发送者通过选定的渠道把信息传递给接收者的过程，如图 12-1 所示。

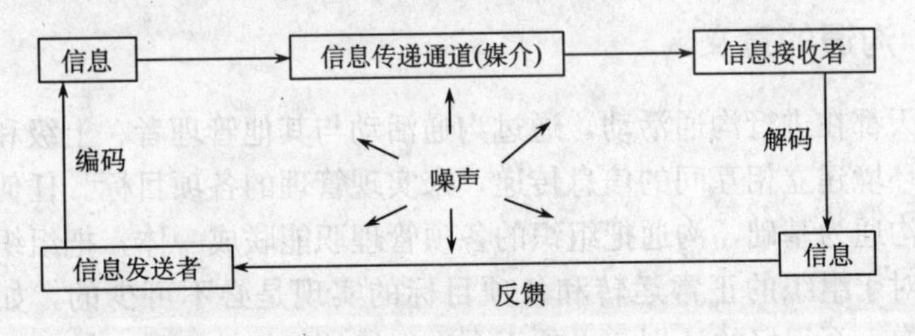

图 12-1 沟通原理图

从表面上看，沟通就是信息传递的过程。但实际上，管理学意义上的沟通是一个复杂的过程。这一复杂的过程包括信息发送者（信息源）、编码、信息、信息传递通道（媒介）、信息接收者、解码、反馈和噪声等八个组成部分。

（1）信息发送者，也称信息源，是指需要沟通的主动者。信息发送者把自己的某种思想或想法（希望他人了解的），转换为信息发送者自己与接收者都能理解的共同“语言”或“信息”，这一过程就叫编码。没有这样的编码，人际沟通是无法进行的，就像中国人不会讲英语就无法与只会讲英语的人沟通一样。如果组织中的成员没有共同语言，也就使组织成员之间的沟通失去了基础，除非通过翻译进行，不过，翻译会导致原来信息的失真。

(2) 信息传递通道，也称信息传递渠道或媒介。编码后的信息必须通过一定的信息传递通道才能到达接收者那里，没有信息传递通道，信息就不可能传递出去，沟通也就成了空话。信息传递通道有许多种，如书面的备忘录、电话、电报、电视、互联网等。选择何种信息传递通道，既要看沟通的性质、场合、沟通双方的具体情况、所处环境及拥有的条件等，也与所选通道的成本有关。各种信息传递通道都有利弊，信息的传递效率也不尽相同。因此，选择适当的通道对实施有效的信息沟通是极为重要的。

(3) 信息接收者。信息接收者先接收到信息发送者传递过来的“共同语言”或“信息”，然后按照相应的办法将其还原为自己的语言即“解码”，这样就可以理解了。而当信息接收者需要将他的有关信息反传给原先的信息发送者时，他自己就变成了信息的发送者。在信息接收和解码的过程中，接收者所处的环境、接收者的价值观、教育程度、技术水平以及当时的心理状况等，均会导致在接收信息的过程中发生偏差或疏漏，也会导致在解码过程中出现差错，进而使信息接收者发生一定的误解，这样就不利于进行有效地沟通。

(4) 反馈。反馈是检验信息沟通效果的再沟通。反馈对于信息沟通的重要性在于它可以检查沟通效果，并迅速将检查结果传递给信息发送者，从而有利于信息发送者迅速修正自己的信息发送，以达到最好的沟通效果。

(5) 噪声。人们之间的信息沟通会经常受到“噪声”的干扰。噪声就是指妨碍信息沟通的任何因素，例如，可能造成编码或解码错误的各种不规范符号，信息传递过程中的各种外界的干扰，信息发送者或接收者双方会导致信息的错误发送或接收的各种不良心理活动，信息发送者与接收者双方会导致无法理解对方真正意图的价值观差异，信息传递通道本身的物理性问题，等等。

12.1.3 沟通的意义

管理者每天都在进行沟通活动，通过沟通活动与其他管理者、上级和下属，以及其他部门和组织环境建立相互间的信息传递，来实现管理的各项目标。任何管理活动都无可避免地要以沟通为基础，沟通把组织的各项管理职能联成一体，把组织与其所处的环境联为一体，对于组织的正常运转和各项目标的实现是必不可少的，如图12-2所示。没有沟通就没有一个很好的计划，也就不会有很好的组织、领导、控制和决策；没有沟

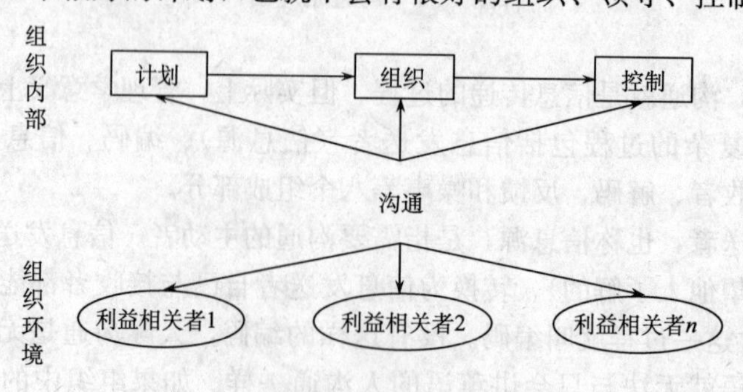

图12-2 组织沟通意义

通则个人无法融入团队和组织，组织无法融入社会和相互合作。

具体而言，沟通的重要性在于：

（1）沟通是正确决策的前提和基础。当今一个组织的成败，往往不在于一般日常的生产性或技术性管理，而在于重大经营方针的决策。决策过程中无论是问题的提出、问题的认定、各种可供选择方案的比较等，都需要组织内外的各种相关信息。事实证明，许多决策的失误，都是由于资料不全、沟通不畅造成的。因此，没有沟通就不可能有正确的决策。

（2）沟通是统一思想和行动的工具。每个组织都由数人、数十人甚至成千上万人组成，组织每天的活动也由许许多多个人的具体工作所构成，当组织作出某一项决策或制定某一项新的政策时，由于所处的位置不同、利益不同、掌握信息的多少不同、知识经验不同，组织成员对决策和政策的态度与反应是不可能一样的。为使组织成员能够理解并愿意执行这些决策或政策，就必须进行充分而有效的沟通——交换意见、统一思想、明确任务并统一行动，以达到既定的目标。因此，没有沟通就不可能有协调一致的行动，也不可能进而达到组织目标。

（3）沟通是在组织成员之间、特别是管理者和被管理者之间建立良好人际关系的关键。一个团体内人际关系如何，主要取决于团体沟通的水平、态度和方式。例如，我们说人际关系融洽，主要是指相互之间很了解、有感情、配合默契，这就要依赖有效的人际沟通。而一个领导者能否深入基层，虚心听取大家的意见和想法，关心大家的困难和疾苦，是决定组织沟通好坏的关键。所以，在组织中建立一个良好的沟通渠道、沟通体系和沟通氛围是领导者的重要任务，也是形成组织良好人际关系的关键。

（4）沟通是领导者激励下属、实现领导职能的基本途径。一个领导者，不管他有多么高超的领导艺术水平，有多么灵验的管理方法，他都必须将自己的意图和想法告诉下属，同时了解下属的想法，而这些“意图”或“想法”的相互了解无一例外都需要通过“沟通”来实现。

（5）沟通也是组织与外部环境之间交互联系的桥梁。任何组织都不是在真空中孤立存在和独立活动的，它必然要和由一系列相关者所构成的社会环境发生各种各样的关系，这就使得它不得不和外部环境进行有效的沟通。而且，由于外部环境永远处于变化之中，组织为了能够存续发展，就必须适应这种变化，这就要求组织不断地与外界保持持久的沟通，以便把握机会，回避威胁。

随着社会的发展，沟通的重要性越来越凸现出来。有人甚至认为，国家、社会、种族发生冲突的主要原因是沟通问题，即“人类最大的失败在于不能获得他人的理解和帮助”。就组织而言，从根本上讲，沟通的作用在于：一方面使组织内每个成员都能够做到在适当的时候，将适当的信息，用适当的方法，传递给适当的人，从而形成一个健全而又迅速有效的信息传递系统，以利于组织行为的一致性与协调性；另一方面使组织与其外部环境之间保持信息交流的持续性与连贯性，以利于组织迅速而有效地把握环境机会，避开环境威胁。由此可见，良好的沟通，是一切组织存续发展的基础。

管理提示

管理就是沟通

管理就是沟通、沟通、再沟通。

——通用电气 GE 前总裁：杰克·韦尔奇

联想——问题沟通四步骤

联想公司在遇到问题时，分为四个步骤来完成沟通过程：

第一步，找到责任岗位直接去沟通；

第二步，找该岗位的直接上级沟通；

第三步，报告自己上级去帮助沟通；

第四步，找到双方共同上级去解决。

管理故事

秀才买柴

有一个秀才去买柴，他对卖柴的人说："荷薪者过来！"卖柴的人听不懂"荷薪者"（担柴的人）三个字，但是听得懂"过来"两个字，于是把柴担到秀才前面。

秀才问他："其价如何?"卖柴的人听不太懂这句话，但是听得懂"价"这个字，于是就告诉秀才价钱。

秀才接着说："外实而内虚，烟多而焰少，请损之。"（你的木柴外表是干的，里头却是湿的，燃烧起来，会浓烟多而火焰小，请减些价钱吧。）卖柴的人因为听不懂秀才的话，于是担着柴就走了。

问题：从沟通的角度谈一谈秀才为什么没有买到柴。

管理工具

TA 分析

TA（transactional analysis）分析就是沟通分析，是博恩博士经过多年研究而提出的。此分析通过了解人格、个性、自我心态，对社会行为进行预测与管理，做好情绪处理和人际冲突管理、团队沟通，从而实现有效地支配自己的时间，能够知己知彼，解决心理问题。

TA 基本假定：我们是基于过去的前提做出现时的决定——这些前提曾经在某一时刻适合于我们的生存需要，但现在可能已不再有效了。

TA 强调认知、理性、行为等方面，更具体地说，它强调一个人改变决定的能力，旨在增强觉察能力，使人能够作出新的决定，并因此而改变他们的生活。

关键概念

沟通　过程　信息　网络　相互依赖　环境　信息发送者（信息源）编码　信息传递通道（媒介）信息接收者　解码　反馈

12.2 沟通的方式与渠道

信息沟通可以通过多种方式和渠道进行，其中最常见的有语言沟通和非语言沟通两种，二者各自又可以分为更多、更细的类别，如图 12-3 所示。

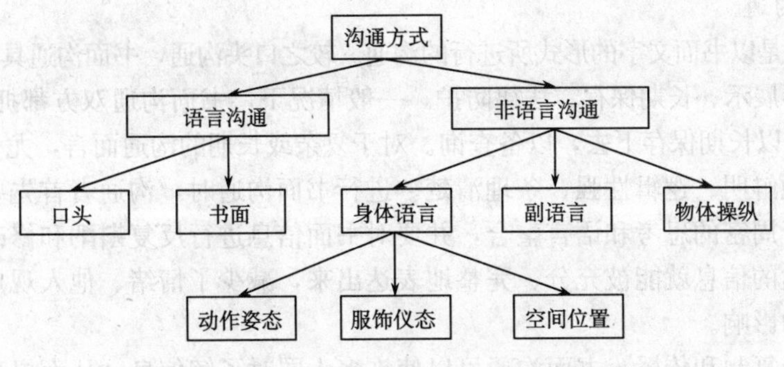

图 12-3 沟通的方式与渠道

12.2.1 语言沟通

语言沟通建立在语言文字的基础之上，又可细分为口头沟通和书面沟通两种形式。

1. 口头沟通

绝大部分的信息是通过口头传递的。口头沟通的方式灵活多样：既可以是两人之间的促膝谈心，也可以是群体间的纵横雄辩；既可以是正式的磋商，也可以是非正式的聊天；既可以是有备而来，也可以是即兴发挥。

口头沟通是所有沟通形式中最直接的方式，其优点主要是：

(1) 快速传递和及时反馈。在口头沟通方式下，信息可以在最短的时间内被传送，并在最短的时间内得到对方的回复。如果接收者对信息有疑问，迅速的反馈可使发送者对所发信息进行及时的修正。

(2) 密切人际关系。口头交流往往要比其他的交流方式更易于培养人与人之间亲密的情感，面对面的交流就更是如此。因此，在组织中，上级同下属的会晤会使下属感到被尊重和受重视，从而更进一步密切了上下级之间的关系，这对下属工作积极性、主动性与效率的提高无疑具有积极的意义。因为这满足了下属情感和心理方面的需要。

显然，口头沟通可以极有助于问题的及时解决。当然，口头沟通也有缺陷，主要是：

(1) 缺乏系统性与条理性。口头讲话时可能会因思考不周而无法全面系统地阐明问题，或因选词造句不准确或口齿不清而造成表述问题。

(2) 难以保存。一般情况下，口头沟通是没有文字记录的，缺乏事后的求证性。

(3) 信息失真。信息从发送者开始，在一段段接力式的传送过程中，存在着巨大的失真可能性。因为，每个人都依自己的偏好增删信息，以自己的方式诠释信息，当信息经长途传送到达终点时，其内容往往与最初的含义存在巨大的偏差。因此，如果组织中的重要决策通过口头方式，沿着权力等级链上下传递，则信息失真的可能性是相当大的。

(4) 并非总是省事省时。正如经常参加那些了无结果的会议的人所了解的那样，以时间与费用论，这些会议的效果很差，而其代价却很高。

2. 书面沟通

书面沟通是以书面文字的形式所进行的沟通。较之口头沟通，书面沟通具有以下优点：

(1) 有形展示、长期保存、法律防护。一般情况下，书面沟通双方都拥有沟通记录，沟通的信息可以长期保存下去，以备查询。对于复杂或长期的沟通而言，尤为重要。

(2) 主题鲜明、逻辑性强、条理清楚。进行书面沟通时，沟通者首先要围绕所要表达的主题进行周密的思考和语言整合，并要对书面信息进行反复斟酌和修改。这样，沟通者所要表达的信息就能被充分、完整地表达出来，减少了情绪、他人观点等因素对信息及其传递的影响。

(3) 易于复制和传播。书面沟通可以使许多人同时了解信息，从而提高信息传递速度，扩大信息传播范围。这对于需要大规模传播的信息而言，是一个十分重要的条件。

书面沟通也存在如下几个方面的不足：

(1) 耗时。相对口头沟通而言，书面沟通耗时较长。同等时间的交流，口头比书面所传达的信息量要大得多。事实上，花费 1 小时写出的东西只需 15 分钟左右即可说完。

(2) 不能及时提供信息反馈。书面沟通没有口头沟通那样迅速的信息反馈机制，因而既无法确保所发出的信息被接收到，也无法及时得到接收者对信息的看法。这对信息沟通的效果是极为不利的。

12.2.2 非语言沟通

非语言沟通是指借助语言之外的工具或媒介所进行的沟通。研究和实践都证实，人们彼此之间所进行的沟通大部分是借助非语言实现的。比如，资料表明，在面对面的沟通过程中，来自语言文字的社交意义不会超过 35%，换言之，有 65%是以非语言信息传达的。

非语言沟通的内涵十分丰富，最为人们所熟知的有三个方面：身体语言沟通、副语言沟通以及物体的操纵。

1. 身体语言沟通

身体语言沟通是指通过动态无声性的目光、表情、手势等身体运动，或静态无声性的身体姿势、空间距离及衣着打扮等形式来实现的沟通。

人们首先可以借助面部表情、手势动作等身体运动来传递诸如攻击、恐惧、腼腆、傲慢、愉快、愤怒等意图或情绪。可以说，人们的喜、怒、哀、乐等情绪均可通过诸如面部表情、手势动作等来表达和传递。如欢喜或高兴时的笑逐颜开、手舞足蹈；愤怒时的青筋暴露、张牙舞爪；害羞时的面若桃花、手足无措；抑郁时的满脸愁云、神疲力乏，等等。值得注意的是，身体上的动作固然可以将一些信息传递给接收人，但是，人们必须根据其过去与各种不同类型人物交往的经验，而不是眼前的情况，来对人下定论并依此选择身体动作，以免造成错误。

沟通时人与人之间的空间位置关系也会传递出相关信息并直接影响整个沟通过程。比如，在特定的场合，我们完全可以根据谈话双方所处的空间位置与空间距离来判断双方的相对情况（地位、身份等）及相互关系（亲疏远近）。同时，沟通中的空间位置也直接影响沟通双方在沟通中的地位和影响力。比如，同样一种发言，在台上主讲与在台下自由发言，其影响力与影响效果是完全不同的，因为高高的讲台本身就代表着某种权威性。

沟通者的穿着打扮往往也扮演着信息发送源的角色。研究表明，在组织环境中，组织成员所穿的服装会传送出有关他们的能力、严谨性和进取性等方面的信息。换言之，信息接收者无意识地给各种服饰归结出了某种定型的含义，如笔挺的西装或中山装代表着严谨，运动装与休闲装代表着休闲与随意，而各种职业装则反映出不同职业与层次所固有的气质特点，等等。一般而言，人们往往首先从他人的穿着打扮上来获得某种信息。

2. 副语言沟通

心理学家称非语言的声音信息为副语言。副语言沟通是指通过非语言的声音、声调、语气、节奏等来实现相关信息的传递。研究表明，副语言在沟通过程中起着十分重要的作用。一句话的含义往往并不仅仅取决于其字面上的意义，还取决于其“弦外之音”，语音、语调、语气及节奏的变化可以使字面相同的一句话具有完全不同的含义：如一句简单的口头语——“真棒”，当音调较低、语气肯定时，它所表达的是由衷的赞赏；反之，当音调升高、语气抑扬时，则完全变成了一种刻薄的讥讽和幸灾乐祸。

3. 物体操纵

除了运用身体语言和副语言外，人们也能通过物体的运用、环境的布置等手段来传递相关信息。比如，一位车间主任，在他和工长讲话时，心不在焉地拾起一小块碎砖。他刚一离开，工长就命令全体员工加班半小时，清理车间卫生。实际上，车间主任并未提到任何有关车间卫生问题的词语，他运用的就是物体操纵这一信息传递方式。另外，诸如各种会场或办公场所的布置等，都是运用物体操纵的方式来传递相关信息的例子。

值得指出的是，尽管非语言内涵丰富，可以大大强化语言沟通的实际效果，在人际沟通过程中起着十分重要的作用，但因其含义的隐含性与灵活性，使人只能意会，无法言传。因此，非语言的传送距离有限，且界限模糊，一般适用于口头沟通（特别是面对面沟通），在书面沟通中无法体现其价值。

管理提示

用整个人来沟通

人无法只靠一句话来沟通，总是得靠整个人来沟通。

——著名管理学家：彼得·德鲁克

避雷针效应

在高大建筑物的顶端安装一个金属棒，用金属线与埋在地下的一块金属板连接起来，利用金属棒的尖端放电，使云层所带的电和地上的电逐渐中和，从而保护建筑物等避免雷击。

点评：雷电因疏导而通，避免了建筑物被雷击；人因疏导而通，避免了相互间的不协调。疏导就是沟通。

管理故事

猫狗相遇

猫兄和狗弟在一起生活，衣食无忧，却总不能和平相处。鸡大姐看在眼里，急在心上，决定当一回和平大使。

她先找到猫兄，说明来意，猫兄说："你不知道，我和狗一见面，就主动向他打招呼。可他却摆动那条尾巴，明明是在向我挑衅吗。"

鸡大姐听罢，找到狗弟想问个清楚。谁知狗弟一听便急："不是那回事，我们一见面，他先朝着我呜噜呜噜直叫，那么不耐烦；我不和他计较，礼貌地摇尾向他示意，他却愈加生气。"

鸡大姐这会儿明白了，原来是一场误会。

问题：如何消除这种误会呢？

管理工具

换位思考

换位思考是站在对方的立场上表达自己思想的一种思考方式。这种方式很容易与对方沟通，达成共识。其技巧是：谈及对方而非你自己；注重对方的具体要求；除非为了表示祝贺或同情，否则尽量少谈自己的感受；涉及正面情形时，多用"你"而少用"我"；涉及负面情形时，避免使用"你"，以保护对方的自尊心。

关键概念

语言沟通　口头沟通　书面沟通　非语言沟通　身体语言沟通　副语言沟通

12.3 组织沟通系统与沟通网络

组织内各种沟通方式与渠道纵横交织构成组织的沟通系统与沟通网络。组织沟通系统与沟通网络的合理性与完善性程度决定着组织沟通的有效性程度。因此，合理构建和有效利用组织的沟通系统与沟通网络是组织实现高效沟通的关键之一。

12.3.1 组织沟通系统

组织沟通系统包含正式沟通系统和非正式沟通系统两个方面。

1. 正式沟通系统

组织正式沟通（formal communication）是指通过正式的组织程序所进行的沟通，它是组织沟通的主要形式，一般与组织的结构网络和层次相一致。在组织正式沟通系统中，根据信息的流向，又可分为垂直沟通（包括上行沟通和下行沟通）、平行沟通及斜向沟通。它们分别是组织内部纵向协调和横向协调的重要手段。

1）上行沟通（upward communication）

上行沟通是下级机构或人员按照组织的隶属关系与上级机构或领导者进行的沟通（信息流向自下而上）。这种沟通不仅是组织成员向领导、下级向上级反映自己要求、愿望，提出批评、建议的正常渠道，而且可以对上级指令的执行作出反馈，使上级了解其信息被接受和执行的程度。上行沟通一般有两种形式：一是上级向下级征求意见，包括调查，召开座谈会、汇报会，设置意见箱，建立来信来访的接待制度，设立接待日制度，同下级进行一些不拘形式的闲谈等；二是下级主动向上级反映情况，提出意见或建议。

值得指出的是，一个组织中上行沟通的程度和效果与该组织的文化密切相关。如果组织拥有一个相互信任和尊重以及参与式决策和向员工授权的文化氛围，则组织中上行沟通的程度和效果将是令人十分满意的。反之，在一个高度刻板和专权的组织中，上行沟通虽仍然存在，但沟通的风格、内容和效果将会大不相同。

2）下行沟通（downward communication）

下行沟通是上级机构或领导者按照组织的隶属关系向下级机构或人员进行的沟通。下行沟通既有指令性质，也有指导和劝导性质。下行沟通的主要目的是要让组织成员了解组织的经营目标、经营战略以及各项方针政策，并明确责任和任务，同时改变组织成员的态度以形成与组织目标一致的观念和行为。

3）平行沟通（lateral communication）

平行沟通也称横向沟通，是指在组织同一层次的员工之间发生的沟通。组织的许多信息不是依循组织的级别层次，而是在指挥系统的各下级机构中横向流动的。事实上，研究表明，主管人员的信息中只有1/3是纵向流动的，而有2/3是平行或交叉流动的。在当今日益动荡的环境中，为节省时间、促进协调、提高效率，组织需要越来越多的横向沟通，例如，越来越多的跨职能团队就需要这种沟通方式形成互动。当然，在这种沟通方式中，若员工不向上级人员报告他们的决策或采取的行动，便会造成组织冲突。

4）斜向沟通（diagonal communication）

斜向沟通是发生在同时跨工作部门和跨组织层次的员工之间的沟通。例如，当生产部门的技术人员就某种产品问题直接与地区销售经理沟通时，斜向沟通就发生了。因为这两个人既不在同一部门，也不属于组织的同一层次。从效率和速度的角度看，斜向沟通是十分有益的。信息技术及其应用的飞速发展更促进了斜向沟通。当前，在越来越多的组织中，一个员工可通过电子邮件与任何其他的员工进行沟通，无论他们的工作部门和组织层次是否相同。当然，与横向沟通一样，在斜向沟通中，若员工不将他们的决策和行动向上级人员报告，也会引发相关问题。

2. 非正式沟通系统

组织中除了正式沟通之外，还存在着非正式沟通。非正式沟通（informal communication）是指正式制定的规章制度和正式组织程序以外的各种沟通。非正式沟通带有一定的感情色彩，它就像蜿蜒的小道在整个组织机构内盘绕着，其分支伸向各个方向，因而大大缩短了正式的垂直和水平交往的路线。

组织中通常存在的非正式沟通有“巡回管理”和“小道消息”两种形式。

(1) 巡回管理（management by wandering around）是指管理者与员工直接交谈，以了解当前所发生的事情。巡回管理对于所有层级的管理人员都适用。

(2) 小道消息（grapevine），也称藤状网络式沟通，是指员工之间的非正式沟通。任何组织中都存在这种沟通方式，尽管这种沟通方式不是组织官方所认可的，但它将所有的员工联系起来，从组织高层到基层，从参谋人员到直线员工，无所不包。当组织正式沟通渠道闭塞时，小道消息就会成为组织中主要的沟通方式。

非正式沟通的主要功能是传播员工（包括管理人员和非管理人员）所关心和与他们有关的信息，它取决于员工的社会性需求和个人的性格、爱好、志向等，与组织正式的要求无关。不管人们怎样看待和评价非正式沟通，它都是客观存在的，并且在组织中扮演着重要的角色。因此，组织领导者对非正式沟通一定要给予充分的注意和重视。非正式沟通如果运用得好，可以作为正式沟通的重要补充，更有利于密切员工之间的感情，从而有助于完成组织目标。但非正式沟通运用得不好，也会涣散组织，从而给组织工作带来意想不到的危害。

那么，管理者应该如何对待非正式沟通呢？

先要在观念上认识到非正式沟通的客观存在性与重要性，采取否认和漠视的态度往往无济于事并可能铸成大错。

充分利用非正式沟通渠道为自己服务。管理者可以从非正式沟通渠道"听"到许多从正式渠道中不能获得的信息。管理者还可以将自己需要但又不便从正式渠道传递的信息，利用非正式沟通进行传播。

12.3.2 组织沟通网络

组织中的沟通渠道纵横交错构成组织的沟通网络。一般而言，组织中的沟通网络有链式、Y式、轮式（星式）、环式及网式（全通道式）五种典型类型（图12-4）。

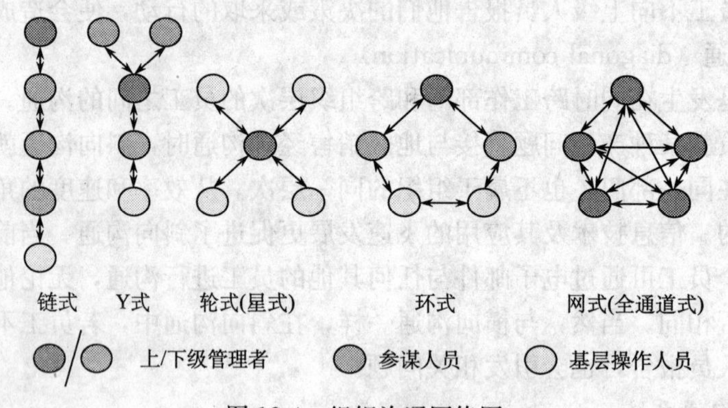

图12-4 组织沟通网络图

链式沟通网络（chain）是一种纵向沟通网络。信息自上而下或自下而上进行传递。在此网络中，信息经层层筛选，容易失真，各成员所接受的信息差异很大，满意程度也有较大差距。同时，这种沟通网络所表达的是典型的上下级权力关系，属控制型网络，是直线管理组织中的沟通网络。

Y式沟通网络（Y）也是一种纵向沟通网络。这种网络集中化程度高，解决问题速度快，组织中领导人的预测程度较高，除中心人员外，组织成员的平均满意度较低。当上级主管人员的工作十分繁重，需要有人选择信息，提供决策依据，节省时间，又要对组织实行有效控制时，此种网络较为适用和有效。但此种网络容易导致信息的曲解或失真，影响组织成员的士气，阻碍组织工作效率的提高。在正式组织中，这一网络大体相当于组织领导者、参谋人员再到下级主管人员或一般成员之间的纵向关系的直线职能管理组织中的沟通网络。

轮式沟通网络（wheel）又称星式沟通网络，也属于控制型网络，其中只有一个成员是各种信息的汇集点与传递中心。在组织中，这种网络大体相当于一个主管领导者直接管理几个部门的权威控制系统。此种网络集中化程度高，领导者的预测程度很高，而沟通渠道很少，组织成员的满意度低，士气低落。很显然，它不适合完成复杂的任务。但如果任务简单，而且成员都愿意接受领导者的权威，则其效果将是积极的。

环式沟通网络（circle）是一种封闭式沟通网络，其中每个人都可同时与两侧的人员进行信息沟通。同时，这种沟通网络也可以看成是三个层次间存在上下沟通，并在基层允许横向沟通的一种信息沟通模式。在这种网络中，组织的集中化程度和领导人的预测程度都较低；沟通渠道不多，组织中成员具有比较一致的满意度，士气高昂。

网式沟通网络（network）也称全通道式沟通网络（all channels），这是一个开放式的网络系统，其中每一个成员都可以与其他任何一个成员进行沟通。此网络中，组织的集中化程度很低，似乎每一个成员都有决策权。因此，组织成员的满意度均很高，士气高昂，适合于完成复杂任务。缺点是沟通渠道太多，易造成混乱，且又费时，影响工作效率。团队组织的沟通网络就是这种。

由此可见，上述各种沟通网络各有优缺点。领导者应根据不同的沟通目的、沟通环境，选择适当的沟通网络，以避弊取利。各种沟通网络的评价选择标准如表12-1所示。

表12-1 组织沟通网络比较

评价标准	链式	Y式	轮式	环式	网式
集中性	适中	较高	高	低	很低
速度	适中	快	快（简单任务）或慢（复杂任务）	慢	快
正确性	高	较高	高（简单任务）或低（复杂任务）	低	适中
领导能力	适中	高	很高	低	很低
成员满意度	知中	较低	低	高	很高
示例	命令连锁	领导任务繁重	主管对四个部属	任务团队	小道消息

管理提示

沟通上的"黄金律"

你希望别人怎样对待你，你也要怎样对待别人。

用别人喜欢被对待的方式来对待他。

管理提示

近因效应

管理心理学认为，在与他人的接触中，对初交者形成的印象所依赖的材料往往在时间上有一定的间隔，因而，材料出现的次序对于印象形成的作用不大相同。人往往根据间隔段后面的材料形成印象。也就是说，交往中最后一次见面给人留下的印象，会在对方的脑海中存留很长时间。这种现象被称为近因效应。在管理学中，近因效应的作用是，最后印象可以提高再次沟通与合作的可能性。

管理故事

长孙皇后的沟通之道

唐太宗大治天下，盛极一时，除了依靠他手下的一大批谋臣武将外，也与他贤淑温良的妻子长孙皇后的辅佐分不开。

对后宫的妃嫔，长孙皇后非常宽容和顺，她并不一心争得专宠，反而常规劝李世民要公平地对待每位妃嫔，正因如此，唐太宗的后宫很少出现争风吃醋的韵事，这在历代都是极少有的。长孙皇后凭着自己的端庄品性，无言地影响和感化了整个后宫的气氛，唐太宗能不受后宫是非的干扰，专心致志料理军国大事。

一次，唐太宗回宫见到了长孙皇后，愤愤地说："一定要杀掉魏征这个老顽固，才能一泄我心头之恨!"长孙皇后柔声问明了缘由，也不说什么，只悄悄地回到内室穿戴上礼服，然后面容庄重地来到唐太宗面前，叩首即拜，口中直称："恭祝陛下!"她这一举措弄得唐太宗满头雾水，不知她葫芦里卖的什么药，因而吃惊地问："什么事这样慎重?"长孙皇后一本正经地回答："臣妾听说只有明主才会有直臣，魏征是个典型的直臣，由此可见陛下是个明君，故臣妾要来恭祝陛下。"唐太宗听了心中一怔，觉得皇后说的甚是在理，于是满天阴云随之而消，魏征也就保住了他的地位和性命。

问题：长孙皇后用什么样的沟通技巧保住了魏征的地位和性命。

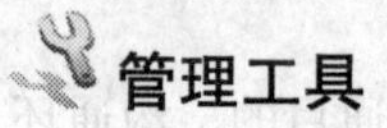

正倒金字塔法

正倒金字塔法的示意图如图12-5所示。

正倒金字塔法是准备决策文本、讲演稿等的主要技法。对于一个问题，采用由少数人到多数人，再集中在少数人的纵向和横向沟方法。通常适用范围：主要适用于中高层的纵向和横向沟通，用于解决重大决策性议题的沟通。

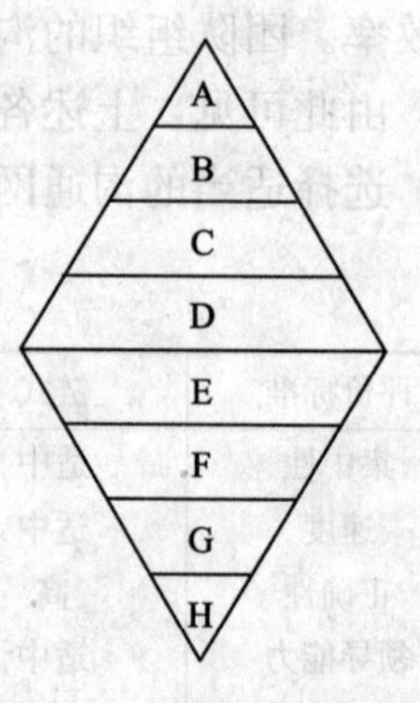

图12-5 正倒金字塔法

关键概念

正式沟通 上行沟通 下行沟通 平行沟通 斜向沟通 非正式沟通 巡回管理 小道消息 链式沟通网络 Y式沟通网络 轮式沟通网络 环式沟通网络 网式沟通网络

12.4 组织沟通管理

存在信息沟通，也就必然存在沟通障碍。组织沟通管理就是要克服组织所存在的各种沟通障碍，改进组织沟通效果。

12.4.1 组织沟通障碍

组织沟通障碍大致有两类，一是个体层面的，二是组织层面的。

1. 个体障碍

个体障碍是指个体之间存在的沟通障碍。可从信息发送方、接收方以及沟通背景三个方面来分析个体障碍。

1）信息发送方的障碍

心理问题：精神紧张；情绪不好。

表达问题：表达能力不佳；口齿不清；逻辑混乱；词不达意。

态度问题：准备不充分；言不由衷，漫不经心；故意隐瞒或扭曲信息真相。

沟通方式问题：选错沟通方式与媒介。

沟通对象问题：选错沟通对象。

沟通时间与场合问题：沟通的时间与场合不合适。

2）信息接收方的障碍

态度问题：充耳不闻，听而不闻，漫不经心、似听非听，左耳进右耳出。

心理问题：精神状态不佳；情绪不稳定。

能力问题：缺乏相关知识与经验基础。

价值观与认知问题：不是客观接收，而是主观改造与臆断——选择性知觉与信息“过滤”——我们不是看到或听到事实，而是对我们所看到或听到的东西进行解释并称之为事实。

信息过量：大量的信息，使人难辨真伪。

3）沟通背景障碍

物理背景：沟通现场的环境、氛围等。

心理背景：①沟通双方的精神、情绪等状况（见前面的列示）；②沟通双方对对方的看法与态度。

社会背景：主要指沟通双方在社会角色与社会地位等方面的差异。

语言与文化背景：主要指沟通双方在语言与价值观方面的差异。由语言差异所产生的沟通障碍是显而易见的，如一个只懂汉语的人与一个只懂英文的人之间就存在着巨大的沟通障碍。而文化差异则会引发双方在思维模式、认知模式及行为习惯等方面的差异，进而产生沟通障碍。

2. 组织障碍

组织障碍对应于将组织视为一个整体的因素，主要包括如下几个方面：

（1）地位与权力差异的影响。地位与权力的差异导致不同层次的组织成员对特定信息的态度不同，这使得有些员工和主管人员忽视对自己不重要的信息，不关心组织目标、管理决策等信息，而只重视和关心与他们自身利益有关的信息，从而使沟通发生障碍。同时，地位与权力的差异还会导致地位低的员工向上级报喜不报忧，从而人为地使信息发生扭曲，使组织的上行沟通发生障碍；而上级管理者也往往会因官僚作风而忽视或无视下属的需要、意见和建议，或因对下属的不信任而不愿过多地向下属透露组织的有关信息，从而使组织的下行沟通发生障碍。

（2）组织层级的影响。组织中的信息沟通往往是依据组织系统分层次逐级传递的，在按层级传达同一条信息时，往往会受到个人记忆、偏好、认知能力、思维方式及价值观的影响，使信息发生扭曲，进而降低沟通的效率。组织层次愈多，则信息被扭曲的可能性就愈大。

（3）组织结构的影响。组织中不同部门之间在目标上存在的差异也会干扰组织各部门之间的横向沟通。组织结构愈复杂、部门愈多，则这种影响就愈明显。

（4）沟通要求不明，渠道不畅。有些领导者并不完全明确决策所需要的信息，从而导致组织沟通要求不明确，沟通渠道混乱。实际上，在进行组织设计的同时，就应当向各个岗位明确“你们应当向我提供哪些信息，你们还应当向谁提供什么信息”，从而形成整个组织的沟通渠道。如果没有明确的要求与设计，企业的沟通渠道就必然出现自发的无组织状态，导致别人提供的信息并不需要，而需要的信息又没人提供，从而使组织沟通的效率低下。

(5) 组织沟通网络的影响。如前所述，组织沟通的形态和网络多种多样，且它们都有各自的优缺点。如果不根据组织目标及其实现的策略来进行选择，不能灵活地使用其原则、方法，则组织沟通就不可能顺畅地进行。

12.4.2 组织沟通管理

克服沟通障碍、改进沟通效果的过程就是组织沟通管理过程。

1. 树立正确的沟通理念

1）共同点决定沟通的程度

沟通关系始于沟通双方的共同点。共同点意味着沟通双方在目标、价值观、态度和兴趣等方面的共识或相互认同感。如果缺乏这种共识或相互认同感，而只一味地去尝试沟通是徒劳无益的。比如，一位管理者若只站在自己的立场上，而不去考虑下属的利益、兴趣等，则势必给沟通制造无法逾越的障碍。

2）换位思考

在沟通过程中，要尝试去适应对方的思维框架，并学会去体会对方的想法。这不仅仅是“替他着想”，更多的是想象他的思路，体会认识他的世界，感受他的感觉。其目的不是要同意对方，而是要了解对方，并通过了解对方去找准与他的共同点，建立沟通的基点。

3）沟通不是辩论，更不是“抬杠”

沟通的本质是信息的交流，并通过信息的交流达到信息共享或解决某问题的目的。就信息发送方而言，沟通是为了让信息接收方接收并理解所发出的信息；就信息接收方而言，参与沟通的目的是为了了解相关信息，而当接收方将信息反馈给原信息发送方时，他也就变成了信息发送方。由此可见，虽然从形式上讲，辩论与“抬杠”也属于沟通的一种表现形式，但从本质上讲，沟通不是辩论，更不是抬杠，不是一方驳倒另一方，而是要达到信息交流的目的。以辩论或抬杠的态度来参与沟通，只能使沟通形式化、空乏化和庸俗化，没有任何实际意义和价值。

另外，在信息沟通过程中，相对于信息接收方而言，信息发送方所扮演的角色是“仆人”，而不是“主人”。若说话人发觉听者心不在焉或不以为然时，他就必须改变其沟通方式，因为信息接收者享有“要不要听”、“要不要谈”的决定权。信息发送者或许可以强迫对方的沟通行为，但却没有办法控制对方的反应和态度。

2. 建立有效沟通的前提

1）系统思考、充分准备

进行沟通之前，要明确沟通的意图与目的，充分准备沟通的内容与计划，并依据沟通的内容与计划选择适宜的沟通场所及渠道。也就是事先要做到系统思考、充分准备。

2）选准对象、因人制宜

信息发送者必须充分考虑接收者的知识背景、能力状况及心理特征等，并据此调整谈话方式、措词或服装仪态。如在车间与一线工人沟通，如果你西装革履且又咬文嚼字，则势必会在沟通双方之间造成一道心理上的鸿沟。技术人员在与其他员工沟通时，也要尽量避免使用专业词汇。

3）调整心态、积极倾听

沟通双方的情绪对沟通过程有着巨大的影响，因为不稳定的情绪一方面容易造成对信息的误解，另一方面也容易造成过激的反应。因而，沟通双方在进行沟通前要积极调整心态。

在沟通过程中还要注意聚精会神，积极倾听。所谓积极倾听，是指要站在说话者的立场上，运用对方的思维架构去理解信息。积极倾听有以下四项基本原则：专心、移情、客观、完整。“专心”就是聚精会神；“移情”就是要站在说话者的立场上去理解说话者的意思而不是你想理解的意思；“客观”要求在倾听时，应客观倾听内容，而不是迅速加以判断；“完整”则要求听者对发送者传递的信息有一个完整的了解，做到既获得信息内容，又获得信息发送者的思想、价值观、情感等信息，既理解发送者的言中之义，又理解其言外之意。

4）重视信息反馈

许多沟通问题是由于接收者未能准确把握发送者的意思而造成的。因此，如果沟通双方在沟通中能够积极地运用反馈这一手段，就会大大减少这些问题的发生。

3. 正确选择沟通的渠道

1）鼓励平行沟通

平行沟通是指组织系统内同一层级之间的相互沟通。有些领导者整天忙于充当下级之间仲裁者的角色而且乐此不疲，想以此证明自己的重要性，这是不明智的。领导的重要职能固然是协调，但这种协调主要是目标的协调、计划的协调而不是日常活动的协调。日常活动的协调应尽量鼓励在平级之间进行。

2）提倡直接沟通、双向沟通、口头沟通

美国曾有学者找经理们调查，请他们选择沟通方式。结果，55%的经理认为直接口头汇报最好：37%喜欢下去检查，18%喜欢定期会议。另外一项调查是问经理们在传达重要政策时哪种沟通最有效。结果，75人中，选择召开会议作口头说明的有44人，亲自接见重要工作人员的有27人，在管理公报上宣布政策的有16人，在内部备忘录上说明政策的有14人，通过电话系统说明政策的仅有1人。这些都说明倾向于面对面的直接沟通、口头沟通和双向沟通者居多。

组织的领导者每天应抽出适当的时间到基层科室转转、看看，主动了解情况和问题，多和当事者直接沟通（走动管理、巡回管理或漫游管理）。如日本就不主张领导者单独办公，主张大屋集体办公，就是为了使领导者能够及时、充分、直接地掌握第一手资料和信息，不但能了解基层工作动态，而且能了解职工的士气和愿望，还可以改善人际关系。某些工厂的工人连车间主任和厂长都难得见到，这绝不是成功企业的形象。

3）有效利用非正式沟通渠道

研究和实践表明，只有当组织能有效地利用非正式渠道来补充正式组织的信息沟通时，才会产生最佳的沟通效果。非正式渠道传递信息的最初原由，是因为一些信息不适合由正式渠道来传递。所以，在组织的正式沟通渠道之外，应该有效利用非正式渠道来传达并接收信息，以辅助正式渠道做好组织的沟通协调工作，更好地实现组织的顺畅沟通，提高组织沟通效率。

一般说来，虽然非正式渠道的消息对组织有不利的一面，但是，小道消息的盛行，却也正反映了正式渠道的不畅通。因而加强和疏通正式渠道，并在不违背组织原则的前提下，尽可能地利用各种渠道把信息传递给员工，是防止那些不利于组织的小道消息传播的有效措施。

4. 建立健全的沟通制度

健全的沟通制度能够极大地提高组织的沟通效率。一般而言，一套健全的沟通制度应当包含如下几个方面：

（1）健全的指示传送系统。在组织的下行沟通中或指导下级工作时，指示是重要的。指示可使某种活动开始着手、更改或终止，它是使一个组织生机勃勃的动力。指示作为一种领导的方法，可理解为上级的指令，具有权威性和强制性。它要求在一定的环境下执行任务或停止工作，并使指示的内容和组织目标的实现密切关联。指示明确了上下级之间的关系是直线指挥的关系，这种关系是不能反过来的。如果下级拒绝执行或不恰当地执行了指示，而上级主管人员又不能据此使用制裁方法，那么他今后的指示就可能失去作用，他的权威地位将难以维持，这对组织秩序无疑是极为有害的。为了避免这种情况的出现，可在指示发布前充分听取各方面意见，并对下级进行指导，或将下级尽可能安排到其他部门工作。

（2）完善的会议制度。人与人之间的沟通就是人们思想、情感的交流。开会能为组织成员提供交流的场所和机会。会议可集思广益，与会者在面对面充分交流之后，就会迅速形成共同的见解、价值观念和行动指南，同时密切了相互之间的关系。组织会议的种类主要有职工大会、工作汇报会、专题讨论会、员工座谈会等。当然，要使会议真正起到信息交流中心的作用，达到沟通的预期目的和效果，在会议前就要有充分的相关准备，会场民主气氛要浓厚，讲求实效，切忌“文山会海”的形式主义。

（3）个别交谈惯例。个别交谈是指领导者用正式或非正式的形式，在组织内外，同下属或同级人员进行个别谈话，征询谈话对象对组织中存在的问题的个人看法，以及对自己或他人（包括对主管人员）的意见。这种沟通方式大部分是在相互信任的基础上进行的，形式无拘无束，气氛自由、亲切、融洽。在这种氛围下，人们往往愿意表露自己的真实思想，提出不宜在会议场所提出的问题，从而使领导者能够了解和掌握下属人员的真实思想动态。这对组织上下统一思想、认清目标、体会各自的责任和义务有很大好处。

（4）完善的员工建议制度。通过各种正式或非正式的渠道，全方位鼓励员工参与组织事务，倾听员工的声音，吸纳员工的建议。如“开门办公”、“走动管理”（或称“巡回管理”）、“热线”、“信箱”、“网络沙龙”及内部报纸与杂志中的“员工论坛”等。这些措施能大大调动员工参与组织事务的积极性，从而极大地促进组织中的上行沟通。

管理提示

优点与缺点

优点缺点其实是同一种行为；缺点只是优点的过当或不足；优缺点的认定是主观的；优缺点的描

述因人而异；了解每个人皆有正向意图，欣赏学习了解彼此价值差异对沟通是有益的。

位差效应

地位的不同使人形成上位心理与下位心理，具有上位心理的人因处在比别人高的层次而有某种优势感，具有下位心理的人因处在比别人低的层次而有某种自卑感，使得组织成员间因地位不同而产生了沟通障碍。

管理故事

请不要打断别人的谈话

美国知名主持人林克莱特一天访问一名小朋友，问他说："你长大后想要当什么呀?"小朋友天真地回答："我要当飞机的驾驶员!"林克莱特接着问："如果有一天，你的飞机飞到太平洋上空时所有引擎都熄火了，你会怎么办?"小朋友想了想说："我会先告诉坐在飞机上的人绑好安全带，然后我挂上我的降落伞跳出去。"当在现场的观众笑得东倒西歪时，林克莱特继续注视这个孩子，想看他是不是自作聪明的家伙。没想到，接着孩子的两行热泪夺眶而出，这使得林克莱特发觉这孩子的悲悯之心远非笔墨所能形容。于是林克莱特问他说："为什么要这么做?"小孩的答案透露出一个孩子真挚的想法："我要去拿燃料，我还要回来!"

问题：主持人与观众在与小孩的沟通上有什么不同?

管理工具

逐级递进法

逐级递进法，是一种层层推进、逐步深入的沟通方法。这是用于解决沟通主客体初始可信度偏低，沟通障碍多，沟通目标模糊，沟通过程复杂，且沟通结局不会过早明朗的沟通课题的高级技法。

常用范围：商品楼宇销售、产品展销会、产品订货会；项目招投标、股票发行路演、招商会、招展会、投融资过程中的主客体沟通等。

关键概念

沟通障碍　个体障碍　组织障碍

本章提要

(1) 沟通过程包括信息发送者（信息源）、编码、信息、信息传递通道（媒介）、信息接收者、解码和反馈等七个组成部分或环节。

(2) 管理者每天都在进行沟通活动，通过沟通活动与其他管理者、上级和下属，以及其他部门和组织环境建立相互间的信息传递，来实现管理的各项目标。

(3) 信息沟通可以通过多种方式和渠道进行，其中最常见的有语言沟通和非语言沟通两种。

(4) 组织内各种沟通方式与渠道纵横交织构成组织的沟通系统与沟通网络。

(5) 组织沟通系统包含正式沟通系统和非正式沟通系统。

(6) 组织中的沟通网络有链式、Y式、轮式（星式）、环式及网式（全通道式）五种典型类型。其中，链式及Y式为纵向沟通网络，它们与轮式（星式）一起被归结为集权式沟通网络；而环式及网式（全通道式）为分权式沟通网络。各种沟通网络各有其优缺点。领导者应根据不同的沟通目的、沟通环境，选择适当的沟通网络，以避弊取利。

（7）组织沟通管理就是要克服组织中所存在的各种沟通障碍，改进组织沟通效果。主要包括树立正确的沟通理念、建立有效沟通的前提、正确选择沟通的渠道及建立健全的沟通制度等几个方面。

复习思考题

（1）请结合实例谈谈沟通在人际交往及组织管理中的重要意义。

（2）如何正确选择沟通方式与沟通渠道？请以具体的例子加以分析。

（3）人际或组织沟通的障碍是如何产生的？对沟通的过程及效果有何影响？应当如何通过沟通管理克服沟通障碍，改善沟通效果？

（4）组织中有哪些基本沟通网络形态？如何完善组织沟通系统？

（5）你现在的组织沟通网络是哪一种？

（6）试评价自己习惯的沟通方式。

管理者训练

沟通评估

评价标准：

非常不同意/非常不符合（1分） 不同意/不符合（2分）

比较不同意/比较不符合（3分） 比较同意/比较符合（4分）

同意/符合（5分） 非常同意/非常符合（6分）

测试题：

（1）我经常与他人交流以获取关于自己优缺点的信息，促使自我提高。

（2）当别人给我提反面意见时，我不会感到生气或沮丧。

（3）我非常乐意向他人开放自我，与他人共享我的感受。

（4）我很清楚自己在收集信息和作决定时的个人风格。

（5）在与他人建立人际关系时，我很清楚自己的人际需要。

（6）在处理不明确或不确定的问题时，我有较好的直觉。

（7）我有一套指导和约束自己行为的个人准则和原则。

（8）无论遇到好事还是坏事，我总能很好地对这些事负责。

（9）在没有弄清楚原因之前，我极少会感到生气、沮丧或是焦虑。

（10）我清楚自己与他人交往时最可能出现的冲突和摩擦的原因。

（11）我至少有一个以上能够与我共享信息、分享情感的亲密朋友。

（12）只有当我自己认为做某件事是有价值的时，我才会要求别人这样去做。

（13）我较全面地分析做某件事可能给自己和他人带来的结果后再作决定。

（14）我坚持每周有只属于自己的时间和空间去思考问题。

（15）我定期或不定期地与知心朋友随意就一些问题交流看法。

（16）在每次沟通时，我总是听主要的看法和事实。

（17）我总是把注意力集中在主题上并领悟讲话者所表达的思想。

（18）在听的同时，我努力深入地思考讲话者所说内容的逻辑和理性。

(19) 即使我认为所听到的内容有错误，仍能克制自己继续听下去。

(20) 当我在评论、回答或不同意他人观点之前，总是尽量做到用心思考。

自我评价：

将你的得分与三个标准进行比较：①比较你的得分与最大可能得分（120）。②比较你的得分与班里其他同学的得分。③比较你的得分与由500名管理学院和商学院学生组成的标准群体的得分。在与标准群体比较时，如果你的得分是：

100分或更高　你位于最高的1/4群体中，你具有优秀的沟通技能；

92～99分　你位于次高的1/4群体中，具有良好的自我沟通技能；

85～91分　你的自我沟通技能较好，但有较多地方需要提高；

84分或更少　你需要严格地训练自己以提升沟通技能；

选择得分最低的6项，作为你技能学习提高的重点。

案例 12-1

麦当劳沟通

“麦当劳不仅仅是一家餐厅”这句话精确地涵盖了麦当劳集团的经营理念。

1. 建立“沟通”制度

麦当劳有一项有趣的制度——“沟通”。在麦当劳，每个月都会有不同的经理（店经理、副经理、见习经理）和员工组长找每一个员工谈话，通过和员工的沟通，了解员工的想法、员工对公司的意见和建议，然后共同探讨员工的优点让员工更了解自己的优点和缺点，也让员工得到麦当劳最宝贵的经验，知道人与人之间的沟通多么重要。

2. 沟通方式

每月，麦当劳的管理组长都会和所有管理员工进行一次沟通，组长会以绩效考核表评估，不过在填表之前，管理组长如果对评估有任何意见，都可以先和经理协商，进行双向沟通，但是其目的仅限于建立共同的价值观与辅导。

经过每月的考核与事后个别谈话，管理组同事可以感受到被关心的程度，因而激起劳动意愿，为下次的考评努力。

在店内，全体工作人员主要有三种沟通方式：

(1) 会议：服务员全体大会、管理组会议、组长会议、接待员会议、训练员会议、小组会议。

(2) 临时座谈会。

(3) 公告栏。

沟通方式一般为面谈，除了成绩考核以外，在训练及辅导时也常使用沟通方式。

麦当劳门市还备有各种笔记本，如服务员联络簿、经理联络簿、训练员联络簿等，这些随时可将公事上的重点写下，也可以借此来传信息。

麦当劳具有的这些沟通渠道，其真正意义在于创造“资源共有化”，使所有工作人员都有一种共识，进而促使每个工作者参与、合作、负责。

3. 店铺内的联系制度

工作联络记录：店铺进行工作联络的记录。比如经理们向零工进行开展店铺宣传周或商品促销活动等业务联络时，经常会在于揭示板处张贴海报、介绍文、促销的样板商品的同时，在记录中详细地介绍顾客接待记录：店铺迎宾员接待顾客的记录，日常的详细记录有利于提高迎宾员的业务水平，提高整个店铺的服务水平。

零工联络：零工之间互相传递信息的一种联络方式，与工作无关的私下传言较多。比如经常可以看到这样的留言“下个星期有谁开车去横滨？有空位子的话请千万通知我”、“下个月有谁愿意与我合作：一起去原宿摆摊卖旧货”等，店长通过零工联络记录的阅读，可以了解零工中谁是什么样的性格、谁与谁比较要好、谁的组织能力较强、目前零工们正以一种什么样的心情在店铺工作等情况。

4. 自由讨论会

麦当劳店铺经常不定期地召开零工的自由讨论会，目的在于加强店铺负责人与零工之间的交流，听取来自店铺各个岗位的不满和要求，消除存在于零工中不利工作的消极因素，提高零工的积极性和店铺的战斗力。

5. 微笑服务

在麦当劳餐厅的菜单上，除了商品外，还格外加上的一个项目就是微笑。在麦当劳餐厅就餐，顾客除了享受美食外，还可以享受到工作人员的微笑服务，微笑是与顾客的沟通。

讨论题：

谈谈你对本案例的感想。

控制篇

第13章 控制的基础

问题的提出

破窗理论

美国斯坦福大学心理学家詹巴斗曾做过这样一项试验：他找来两辆一模一样的汽车，一辆停在比较杂乱的街区，一辆停在中产阶级社区。他把停在杂乱街区的那一辆的车牌摘掉，顶棚打开，结果一天之内就被人偷走了。而摆在中产阶级社区的那一辆过了一个星期也安然无恙。后来，詹巴斗用锤子把这辆车的玻璃敲了个大洞，结果，仅仅过了几个小时，它就不见了。

后来，政治学家威尔逊和犯罪学家凯琳依托这项试验，提出了一个“破窗理论”。这一理论认为：如果有人打坏了一个建筑物的窗户玻璃，而这扇窗户又未得到及时维修，别人就可能受到暗示性的纵容去打烂更多的窗户玻璃。久而久之，这些破窗户就给人造成一种无序的感觉。在这种公众麻木不仁的氛围中，犯罪就会滋生、蔓延。

问题：“破窗理论”给我们在管理控制方面的启示是什么。

学习目的

学完本章后，你应当能够：

(1) 定义控制。

(2) 知道控制的必要性。

(3) 知道控制的原理。

(4) 描述控制的系统。

(5) 描述控制的过程。

(6) 掌握控制的原则。

(7) 掌握控制的类型和适用特点。

(8) 解释产生控制阻力的原因及掌握应对方法。

13.1 控制活动

13.1.1 控制的概念和必要性

控制的概念我们在本书1.1节中是这样描述的，“控制是对组织活动按照一定的标准进行监控，以保证计划目标的实现”。

管理与领导不同，由于控制是管理的中心内容，高度激励或鼓舞的领导行为与管理几乎不相干。管理系统和组织的唯一目的，就是帮助普通人日复一日地用普通方式成功地完成日常工作。它既不刺激也不具诱惑力，这就是管理。

斯蒂芬·罗宾斯曾这样描述管理对控制的需要：“尽管计划可以制订出来，组织结构可以调整得非常有效，员工的积极性也可以调动起来，但是这仍然不能保证所有的行动都按计划执行，不能保证管理者追求的目标一定能达到。”其原因在于：一是组织环境的变化，我们必须通过控制来确定完成计划的可能性或是否要调整计划，以便适应变化中的环境。二是授权，组织的分权水平越高，控制就越有必要。控制系统可以提供被授予了权利的助手的工作绩效的信息和反馈，以保证授予他们的权力得到正确的利用，促使这些权力组织的业务活动符合计划与企业目的的要求。三是工作能力的差异，组织成员的认识力和执行力的不同，对计划的执行会与制定的计划有偏差。因为这三点的存在，所以组织目标的实现不是一个自然的过程，必须通过控制来实现。

图13-1就是利用控制，实现组织对环境的适应，从而形成组织的发展过程。

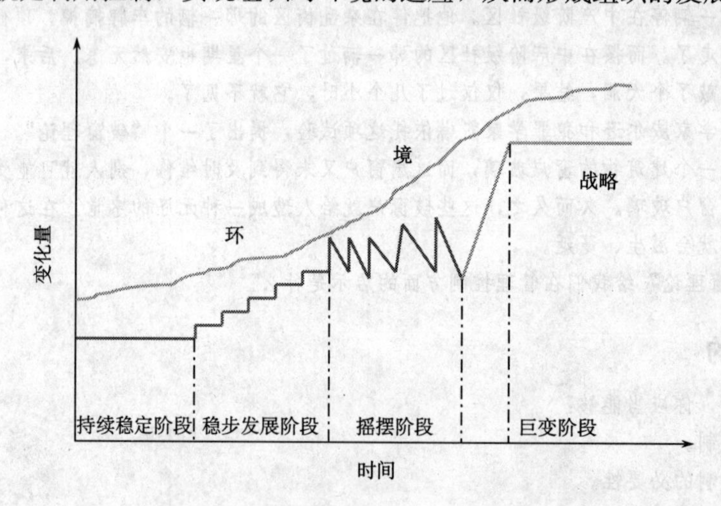

图13-1 组织与环境相适应的发展过程

资料来源：Johnson，Scholes. 1999. Exploring Corporate Strategy. Prentice Hall Europe

企业在与环境相适应的发展过程中存在如图13-1所示的四个阶段：持续稳定阶段、稳步发展阶段、摆动阶段和巨变阶段。把握组织所处的不同阶段，分别通过“维持现状”和“打破现状”实现组织控制。如当环境发生剧烈变化时，企业控制必须要通过“打破现状”实现组织控制。

13.1.2 控制与计划

控制和考核依赖于其他管理过程——计划、组织和领导。没有确立目标和详细规定活动的计划，控制将毫无意义。没有组织，就会在谁应作评价、谁应采取纠正措施上缺乏指导。没有有效的领导，即使有成效的衡量报告，也不会对实际工作产生任何影响。所以，我们必须谨慎细心地在所有这些管理阶段中把各种实施活动协调起来，这也是控制的内容。

要理解控制的含义，必须把它放在与计划的联系中加以说明。控制主要是检查工作是否按既定的计划、标准和方法进行，发现偏差，分析原因，进行纠偏和激励，以确保组织目标的实现。由此可见，控制是管理人员为保证实际工作与计划一致而采取的管理活动。如果说管理的计划工作是谋求管理活动的一致、完整而又彼此衔接，那么管理控制工作则是务使一切管理活动都按计划进行。

控制和计划的关系相当密切，具体表现在以下六个方面：

（1）计划起着指导性作用，管理者在计划的指导下领导各方面工作以便实现组织目标，而控制则是为了保证组织的运行与计划一致而产生的一种管理职能。

（2）计划预先指出所期望的行为和结果，而控制则是按计划指导人们行为。

（3）如果没有计划来表明控制的目标，管理者就不可能进行有效的控制。计划和控制的目的都是实现组织的目标，两者是互相依存的。

（4）计划的方法往往也是控制的方法，例如目标管理法、滚动计划法、网络计划法等，这些是控制方法也是计划方法或计划本身。

（5）如果不首先考虑计划以及计划的完善程度，就试图去设计控制系统的话，是不会有效果的。换句话说，之所以需要控制，就是因为要实现目标和计划，控制到什么程度、怎么控制都取决于计划的要求。

（6）控制工作既是一个管理过程的终结，又是一个新的管理过程的开始。控制绝不仅限于衡量计划执行中出现的偏差，控制的目的在于通过采取纠正和激励措施，把那些不符合要求的管理活动引回到正常的轨道上来，使管理系统稳步地实现预定目标。在较多的情况下，纠正措施可能涉及需要重新拟定目标、修订计划、改变组织机构、调整人员配备、调整流程、并对指导或领导方式作出重大的改变等。从这个意义上说，控制工作不仅是实现计划的保证，而且可以积极地影响计划工作。

控制在与计划有着密切的联系的同时，与其他管理职能也有着密切的联系，计划、组织、领导职能与控制职能互为基础，离开了控制，计划、组织和领导将偏离方向；离开了计划、组织和领导职能，控制将失去执行的依据和基础。

13.1.3 控制与风险

为了实现组织的计划和目标，要控制组织风险，阻止和减少风险对计划和目标实施的影响。组织风险来源于组织存在的环境和组织内部。

环境风险包括：

（1）市场风险——主要是竞争对手的变化、供应商的变化、消费者的变化、市场趋势的变化产生的风险。

(2) 政策风险——主要是金融政策、税收政策、财政政策、产业政策、技术政策、贸易政策等政策变化产生的风险。

(3) 企业的敏感性——企业不能对变化的环境作出及时有效的反应产生的风险。

组织内部风险主要包括:

(1) 运营风险:

① 客户满意——由于对客户服务不够重视造成营业额下降。

② 人力资源——岗位人员资格和能力不够,影响了产品和服务质量。

③ 产品开发——新产品无法被市场接受。

④ 效率——企业效率低下,不能满足客户的需求。

⑤ 能力——企业生产能力过剩或者不足。

⑥ 水平差异——企业的运作水平与国际先进水平之间还存在巨大的差距,随时有被具有先进水平的企业取代的可能。

⑦ 时间拖延——业务流程耗时过多。

⑧ 业务中断——企业可能由于主要原材料供应的突然中断,有经验人员的流失等原因造成业务中断,给公司的发展造成不利影响。

⑨ 采购——企业可能由于缺乏材料供应商的选择余地造成采购成本偏高,影响企业产品竞争力。

⑩ 环保——由于企业破坏环境而受到第三方或政府的惩罚,影响企业的声誉和美誉。

⑪ 产品或服务失败——由于某种产品的失败给企业的整个形象造成影响。

⑫ 商品定价——定价的不合理,比如企业使用现行市价与客户签订远期合同,由于市场价格的波动给企业带来可能的损失。

⑬ 健康和安全——由于对安全生产不够重视造成员工的伤亡,给企业造成不必要的损失。

(2) 财务风险:

① 货币风险——货币汇率的波动直接影响企业的业绩。

② 利率风险——利率波动可能会增加企业的借款费用和减少投资项目的产出。

③ 流动性——资产变现能力差可能使企业陷入财务危机。

④ 现金转移速度——现金的回笼速度直接影响企业对现金的使用效率。

⑤ 结算——企业资金在两国市场上运作,可能由于两个市场结算时间不同给企业的现金流带来影响。

⑥ 再投资——资金在短期高回报投资项目结束回笼后无法再次获得相同回报的投资机会。

⑦ 信用——客户长期拖欠货款造成企业现金被大量挤占。

⑧ 完整性和准确性——企业财务数据不够完整和准确,无法全面真实地反映企业经营状况。

⑨ 投资评估——管理层在缺乏财务数据和相关信息的基础上作出投资评估,往往造成投资的失败。

（3）领导风险：

① 领导力——业务流程的负责人没有领导力。

② 职权——员工或者不能尽职或者做本不应由其完成的工作。

③ 限制——管理层超越职权限制，滥用权利。

④ 表现激励——由于表现评估制度不合理致使员工对工作缺乏兴趣。

⑤ 沟通——公司内部上下以及横向沟通不够造成内部合作不够紧密。

（4）道德风险：

① 管理欺诈——管理层在会计报表中作假蒙骗上级和投资者。

② 雇员欺诈——雇员私自挪用公司资产造成企业重大损失。

③ 非法行为——管理人员或员工擅自以公司名义作出违法行为使企业蒙受损失。

④ 无授权使用——员工未经授权，为其他目的使用公司资产。

（5）信息技术风险：

① 信息不对称——组织内部处理问题的信息依据有差异，造成组织内部不协调。

② 技术落后或不成熟——生产的产品不能满足客户的需求或者不能推出新一代产品。

组织对环境所产生的风险只能影响而不能控制，但可以通过组织内部的控制来防范和减少环境风险对组织的影响。组织对内部所产生的风险可能无法绝对避免，但一定能将其控制在最小范围。

13.1.4　控制原理

任何管理者，都希望有一个适宜的、有效的控制系统来帮助他们确保各项活动都符合计划要求。而这个控制系统，是要按照一定的控制原理来设计的。

1. 反映计划要求原理

反映计划要求原理可表述为：控制是实现计划的保证，控制的目的是实现计划，因此，计划越是明确、全面、完整，所设计的控制系统越是能反映这样的计划，控制工作也就越有效。

2. 组织适宜性原理

组织结构的设计确定组织内各部门的职责和各岗位的职责，它也就成为明确执行计划和纠正偏差职责的依据。因此，组织适宜性原理可表述为：若一个组织结构的设计越是明确、完整和完善，所设计的控制系统越是符合组织机构中的职责和职务的要求，就越有助于纠正脱离计划的偏差。

例如，如果企业产品成本是按工序来进行控制的，组织设计的岗位职责也作出相应规定，控制系统告诉每道工序的员工该工序目标成本并按此成本对岗位进行考核，那么该工序的员工就会努力去降低成本，保证成本计划的完成。

3. 控制关键点原理

每一项管理活动都有关键点或关键线路，控制了关键点或关键线路也就控制了整个管理活动。控制关键点原理可表述为：为了进行有效的控制，需要特别注意依据各种计划来衡量工作成效时有关键意义的那些因素。对一个主管人员来说，很难注意到计划执行情况的每一个细节，这样做通常也是没有必要的，但他们应当将注意力集中于计划执行中的一些关键影响因素上。

如“网络计划法”中的“关键线路”的时间就关系到整个项目计划的完成时间，控制了“关键线路”就控制了整个项目的完成时间。

4. 控制工作效率原理

控制工作效率的要求，则从另一方面强调了控制关键点原理的重要性。控制工作效率原理可表述为：控制方法如果能够以最低的费用或其他代价来探查和阐明实际偏离或可能偏离计划的偏差及其原因，那么它就是有效的。

“网络计划法”中的“关键线路”不仅对中小项目的管理活动，就是在大规模复杂项目的管理中，也是一种强有力的系统工程方法，它被成功运用在导弹研制工程和登月工程等大型项目的工作效率控制上，实现了项目提前和如期完成。

5. 控制趋势原理

控制趋势原理可表述为：对控制全局的管理者来说，重要的是把握和控制组织和组织环境的发展趋势，而不仅是现状本身。我们在本章第一节中描述的企业与环境相适应的四个阶段：持续稳定阶段、稳步发展阶段、摆动阶段和巨变阶段，就是企业发展的一种趋势。我们要审时度势地了解所处的阶段，在控制好现状的同时，把握和控制其下一步发展趋势。

6. 例外原理

例外原理可表述为：主管人员越是把控制的主要注意力集中在那些超出一般情况的特别好或特别坏的情况，控制工作的效能和效率就越高。

质量控制中广泛地运用例外原理来控制工序质量。工序质量控制的目的是检查生产过程是否稳定，如果影响产品质量的主要因素，如原材料、工具、设备、操作工人等无显著变化，那么产品质量也就不会有很大差异。这时我们可以认为生产过程是稳定的，或者说工序质量处于控制状态中。反之，如果生产过程出现违反规律性的异常状态时，应立即查明原因，采取措施使之恢复稳定。

7. 直接控制原理

直接控制是相对于间接控制而言的。在工作过程中我们往往不能觉察到即将出现的问题。那么，在控制工作时，就只能在出现了偏差之后，通过分析偏差产生的原因，在今后的工作中加以改正。这种控制方式，我们称为“间接控制”。这种控制的缺陷是在出现了偏差后才去进行纠正。针对这个缺陷，直接控制原理可表述为：主管人员及其下属的工作质量越高，就越不需要进行间接控制。这是因为主管人员对他所负担的职务越能胜任，也就越能事先觉察偏离计划的误差，并及时采取措施来预防它们的发生。

管理提示

信任与监控

信任固然好，监控更重要。

——列宁

酒与污水定律

把一匙酒倒进一桶污水，得到的是一桶污水，如果把一匙污水倒进一桶酒，得到的还是一桶污水。

企业中如果存在这种情况，应该马上采取行动将污水倒掉，否则后果不堪设想。

管理故事

好马与骑师

一个骑师，让他的马接受了彻底的训练。骑师的话，马句句明白，他可以随心所欲地使唤它。

“给这样的马加上缰绳是多余的。”有一天骑马出去时，骑师把缰绳解掉了。马儿开头跑的还不是太快，但当它知道什么控制也没有时，就越发大胆了。它的眼睛里冒着火，脑子里充满血，再也不听主人的使唤了，飞驰过辽阔的原野。

不幸的骑师想把缰绳重新套上马头，但已经无法办到。完全失控的马一路狂奔，竟把骑师摔下马来，它疯狂地向前冲，一股劲地冲下了深谷。

问题：好马为什么会脱缰而逃？控制在运作良好的企业中有没有存在的必要？你如何看待企业管理中的控制？

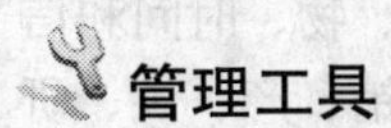

管理工具

“零缺陷”管理

被誉为全球质量管理大师、“零缺陷”之父和伟大的管理思想家的克劳士比，20世纪60年代初提出“零缺陷”思想，并在美国推行零缺陷运动，后传至日本，在日本制造业中全面推广，使日本的制造业产品质量迅速提高，并且登上了世界级水平，继而在工商业所有领域中掀起了质量运动。

“零缺陷”的质量管理中，质量就是符合要求。质量必须用可衡量的、明确的字眼来定义，以帮助组织在可测知的目标的基础上，而不是在预感、经验或个人观点的基础上采取行动。

关键概念

控制　环境风险　市场风险　政策风险　企业的敏感性　组织内部风险　运营风险　财务风险　领导风险　道德风险　信息技术风险　反映计划要求原理　组织适宜性原理　控制关键点原理　控制工作效率原理　控制趋势原理　例外原理　直接控制原理

13.2 控制系统

一个组织的控制系统要解决控制什么、谁来控制、控制实现什么、通过什么来实现控制组织等问题。为了更好地了解这一节的内容，本节我们贯穿一个电子企业的控制系统。

13.2.1 控制系统的构成

管理者要保证组织目标的实现，在组织中必须建立控制系统，以监控环境的变化和各项管理活动的正常进行。图13-2就是一个组织的控制系统的主要组成部分。

13.2.2 控制什么

控制什么就是指一个组织的控制体系的控制对象和内容是什么，总体上讲控制是控制组织现实与组织计划目标的差异。造成现实与计划目标差异的原因是组织内部活动和

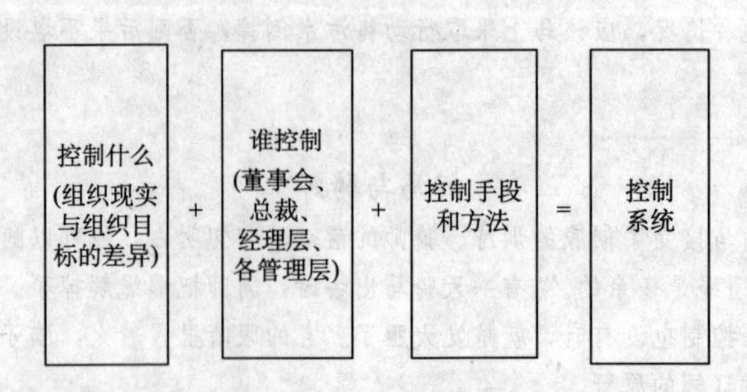

图 13-2 组织控制系统

组织外部环境的变化，由于两者的未来发展都具有一定的不确定性，因此，企业经营具有风险性，而“控制”就是要控制和减小这种不确定性带来的目标差异。

控制对象和内容的划分：从组织资源要素上划分，组织内的人、财、物、时间和信息等资源要素是控制的对象和内容；从组织活动的过程上划分，组织的销、产、供、研发等活动阶段是控制的对象和内容；从组织活动的内容上划分，能力、观念、行为、权力、责任和绩效是控制的对象和内容；从组织结构上划分，子公司、事业部、职能部门、生产单位、岗位是控制的对象和内容。

组织目标的实现是组织整体活动的表现，组织的控制是组织的全面控制，但实际的控制往往是针对关键点和关键目标的控制。

13.2.3 谁来控制

一个组织的控制体系必须解决控制主体的问题，就是谁来控制、谁来承担控制的职责问题。

控制职能在组织设计时就加以确定。组织控制系统的控制者是各级管理部门和各级管理者，董事会、总裁、经理层和各级管理层，他们依据组织设计的职责来完成各自相应的控制工作。

13.2.4 控制实现什么

控制是目标导向的，无论控制什么，都是为了实现一定的组织目标。控制系统需要有明确的控制目标，控制目标可以是单个目标也可以是一个目标体系。

现实实行过程中会有一定的目标偏差，因此还要有个允许偏差的范围，在这个范围内，偏差是可容忍的，出了这个允许偏差的范围，组织风险就加大了，这个偏差是不可容忍的。目标加上允许的偏差范围就成为了控制标准，控制标准是控制的准绳。组织有总体目标也有相应的分目标，对应的也应有不同的控制标准。管理中的各种制度、规定、规范、流程、指标等都是控制标准和控制目标。

13.2.5 通过什么来实现控制

要具有一定的控制手段和方法才能实现对目标的控制。不同的目标控制有着不同的控制手段和方法，计划的方法往往也是控制的方法，具体的方法本书将在控制技术和方法一节中作重点介绍。

管理提示

凭什么让顾客满意和忠诚

质量是维护顾客满意和忠诚的最好保证。

——通用电气 GE 前总裁：杰克·韦尔奇

横山法则

最有效并持续不断的控制不是强制，而是触发个人内在的自发控制。

点评：有自觉性才有积极性，无自决权便无主动权。

管理故事

郑人买履

郑国有个人想买双鞋子，先量了一下自己的脚，然后把量好的尺码放在他的座位上。临到集市上去的时候，却忘了带尺码。他已经拿到了鞋子，却突然想起忘记带尺码。

于是这个人就返回家中去取尺码。等他再回到集市上去的时候，集市已经散了。有人问："你为什么不用脚试一试鞋呢？"他说："我宁可相信尺码，也不相信自己的脚。"

问题：你从中悟到了什么？这则寓言说明了企业控制系统中的哪些方面的问题？

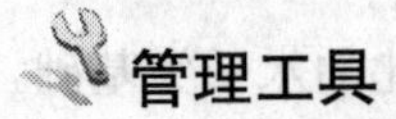

管理工具

TQM——全面质量管理

全面质量管理（total quality management，TQM），是一种能够在最经济的水平上，考虑到使客户充分满意的情况，进行市场研究、设计、制造和售后服务，把企业各部门的质量开发、质量维持和质量提高的活动构成一体的有效体系。

质量管理的发展已经历了 100 多年。从历史的观点来看，解决质量管理工作的方法几乎每 20 年就能发生重大变革：第一阶段，操作者（工人）的质量管理；第二阶段，工长的质量管理；第三阶段，检验员的质量管理；第四阶段，统计质量管理；第五阶段，全面质量管理。

全面质量管理过程的全面性，决定了全面质量管理的内容包括：设计过程、制造过程、辅助过程、使用过程等四个过程的质量管理。

关键概念

控制者

13.3 控制过程与原则

13.3.1 控制基本过程的描述

控制是在"维持现状"的过程和"打破现状"的过程中完成的。一方面保证按计划实施活动的结果尽可能地接近原定目标，即"维持现状"；另一方面针对内部条件和外部环境的变化，确定新的更先进、更合理的现实目标和管理控制标准，即"打破现状"。

控制过程就是根据预定的目标或标准检查实际工作的偏差，并予以纠正的过程。

1. 确定控制标准

控制标准就是控制的依据。所谓控制标准，是指从整个计划方案中选出的对工作成效进行控制的关键指标、关键点。建立控制标准是实施控制的前提，在现实中一般将年度计划、标准文件和管理制度作为控制标准。

1）控制标准的要求

（1）目的性。控制工作必须以计划为标准，控制标准必须体现计划的目的性。

（2）多元性。不论是企业，还是机关、学校、各种类型的单位，它的目标都不是单一的，而是多元的。每一个目标都可以转换成一个标准，可见，标准也是多元的。

（3）可检验性。标准的制定要具有可检验性，标准只有量化才具有可检验性，要尽量地将定性目标转化为定量的形式来加以控制。

（4）可行性。标准的制定要切实可行，具有可行性，即标准水平的高低要适当，标准制定得太高或太低都不会调动执行人员的工作积极性。

（5）目标利益一致。一个组织的部门是多元的，组成的目标是多元的，组织内部这些部门的利益也是多元的。这些多元的目标和多元的利益都要与组织整体的目标和整体的利益相一致，体现组织整体目标和整体利益的要求。

2）确定标准的方法

确定标准的方法有三种，对不同标准的制定，应该采用不同的方法：

（1）统计分析法。它是指以企业的历史数据资料或与同类企业对比的水平为基础，运用统计方法分析，以确定现在的控制标准，标准可选择统计平均数，也可选择高于或低于平均数的某个数。这种方法能较好地反映过去的平均或一般的水平或状态，为预期未来的行为提供依据。但当被控制对象波动较大时，这种方法就不准确了，因为它忽视了新的情况，特别是未来可能出现的变化。

（2）经验估计法。它是指在缺乏充分资料数据的情况下，由有经验的管理人员以过去的经验和判断为基础进行估计评价以确定控制标准。这种方法制定的标准实质上是一种价值判断，管理者对目标的期望及某个人的价值系统将起决定作用。这种方法更重视新的情况，有利于发挥管理人员的主观技能，特别是在没有历史资料的情况下，更能显示其长处。这种方法的不足之处是比统计分析法缺少关于历史状况或趋势的精确分析。

（3）技术分析法。它是指以定量分析为基础制定的准确的技术参数和实测的数据作为控制标准。它主要应用于测量生产者个人或群体的产出定额标准，这种方法订立的标准，一般是更科学、更可靠的，因为它是以实际测量为基础的。但这种方法也有一定的局限性，即有些实际工作测量的难度是很大的，而且现在的实际，又难以反映未来的可能变化。

3）控制标准类型

（1）实物标准，是工作的数量值。如每单位产出所需工时数、生产每单位产品所耗电度数、运输货物的吨·千米数、单位机器台时的产量、每吨铜生产多长的铜线等数量标志。

（2）成本标准，是经营活动成本的货币值。如单位产品的直接成本和间接成本、单位产品或每小时的人工成本、单位产品的原材料成本、工时成本、单位销售额的销售费用等。

（3）资金标准，是物质项目的货币值。如流动资产与流动负债比率、负债与资本净值比率、固定投资额与总投资比率、现金及应收账款与应付账款比率、票据或债券与股票比率的以及存货的数量及其周转率等。

（4）收益标准，是绩效的货币值。如每辆公共汽车乘客千米的收入、每位顾客的平均销售额、每股收益等。

美国通用电器公司认为八个方面决定企业经营成败，并为它们建立了相应的控制标准。这八个方面如下：获利能力；市场地位；生产率；产品领导地位；人员发展；员工态度；公共责任；短期目标与长期目标的平衡。

2. 衡量绩效

衡量绩效即用控制标准去衡量活动的业绩成效，找出实际活动绩效与控制标准的差异，并以此对实际活动作出评估。控制中的衡量绩效力图回答“我们的工作做得如何”这个问题。

衡量绩效的步骤：

（1）汇集资料。对控制对象进行评估，首先要有足够的资料，这些资料有计划统计表、财务报表、各种对控制对象记录统计的表格。

（2）分析偏差。实际作业活动并非总是按计划的那样进行，当我们的控制衡量表明事情进展不顺利时，我们不得不对许多可能的原因进行分析以发现其出现差异的真正原因。即要深入分析造成偏差的原因、条件，并寻找出诸因素中的主要原因，这就能有针对性地采取纠正措施，从根本上纠正偏差。

如一个公司工程部的一个主要控制点是产品设计方面的领导，由于难以衡量这种领导绩效，这家公司决定尽量系统、全面地归纳个人的意见。每年，由总经理、销售部经理、总工程师和两位外来的专家组成一个委员会，他们试图就以下几个方面达成一致意见：

（1）与竞争对手的“名牌产品”相比，本公司当年推出的能与竞争对手抗衡的“名牌产品”的数目；

（2）依据市场对产品的质量、外观、性能及价格的要求，将本公司的产品与竞争对手的产品进行比较；

（3）产品销售的评比中优于对手、高于对手和低于对手的产品的不同百分比，以及相应的市场占有率和每一类产品的毛利率。

3. 编制控制报告

在对实际工作结果进行衡量后，下一步的工作就是要编制控制报告。衡量绩效是为了分析造成偏差的原因，并进一步采取纠正措施，这样才能达到控制工作的目的。所以只有在把有关评价的结果报告给能够采取纠正措施的管理人员，对绩效的衡量才有意义。由此可见，编制控制报告是有效评价中的一个关键阶段。

4. 纠正性的调整

一旦查出了偏差原因之所在，我们很快就进入了采取纠正性调整的阶段，以使管理回到控制轨道上来，从而保证预期目标的实现。常见的纠正偏差的方法有：

（1）调整原计划。如果发现原有计划安排不当，或由于内外环境的变化，不得不调整计划时，就要调整原计划。

（2）改进生产技术。如因生产技术上的原因达不到控制标准，应采取措施，提高各方面的技术水平，及时处理出现的技术问题，纠正偏差，完成预定目标。

（3）改进组织工作。在执行计划的过程中出现了偏差，如组织工作造成的，我们就要采取步骤改善组织工作，使工作恢复正常。

（4）改进激励工作。控制是和激励相辅相成的，控制如无激励，就会失去动力；激励如无控制，就没有客观依据。因此可以通过改进激励工作，达到控制目的。有效控制是在偏差出现时，采取必要的纠正行动之后才能实现的。

13.3.2 控制原则

设计控制应遵循以下五条具体规则：

1. 相互制约原则

相互制约原则是指一项完整的经济业务活动，必须分配给具有互相制约关系的两个或两个以上的职位分别完成。即在横向关系上，至少要由彼此独立的两个部门或人员办理，以使该部门或人员的工作接受另一个部门或人员的检查和制约；在纵向关系上，控制至少要经过互不隶属的两个或两个以上的岗位和环节，以使下级受上级监督，上级受下级牵制。其理论根据是在相互牵制的关系下，几个人发生同一错弊而不被发现的概率，是每个人发生该项错弊的概率的连乘积，因而可以降低误差率。

2. 协调配合原则

协调配合原则是指在各项经营管理活动中，各部门或人员必须相互配合，各岗位和环节都应协调同步，各项业务程序和办理手续需要紧密衔接，从而避免扯皮和脱节现象，减少矛盾和内耗，以保证经营管理活动的连续性和有效性。协调配合原则，是对相互牵制原则的深化和补充。贯彻这一原则，尤其要求避免只管牵制错弊而不顾办事效率的机械做法，必须做到既相互牵制又相互协调，方可在保证质量提高效率的前提下完成经营任务。

3. 岗位匹配原则

岗位匹配原则是指企业单位应该根据各岗位业务性质和人员要求，相应地赋予作业任务和职责权限，规定操作规程和处理手续，明确纪律规则和检查标准，以使职、责、权、利相结合。岗位工作程序化，要求做到事事有人管，人人有专职，办事有标准，工作有检查，以此定奖罚，可以增加每个人的事业心和责任感，提高工作质量和效率。

4. 成本效益原则

贯彻成本效益原则，即要求企业力争以最小的控制成本取得最大的控制效果。因此，在实行内部控制花费的成本和由此而产生的经济效益之间要保持适当的比例，也就是说，因实行内部控制所花费的代价不能超过由此而获得的效益，否则应舍弃该控制措施。

5. 整体控制原则

企业内部控制系统，必须覆盖各项业务和部门，各部门的子控制系统，必须成为企业内部控制系统的一部分。这就要求各子系统的具体控制目标，必须对应整体控制系统的一般目标。

管理提示

良品率与错误

将良品率预定为 85%，那便是表示容许 15%的错误存在。

——著名质量管理学家：菲利普·克劳斯

阿 什 法 则

承认问题是解决问题的第一步。

——美国企业家：M.K. 阿什

管理故事

控 制 什 么

从前有一位买卖地毯的商人，对自己地毯店的外观陈设十分上心。他每天总要在店内四处巡视，看看有没有什么不熨帖的地方，如果有的话赶紧纠正。

一天，他照例巡视店面，意外地看见自己布置的地毯中央鼓起一块，就上前用脚将它弄平；可过了一会儿，别处又隆起一块，他再次去弄平；然而，似乎有什么东西在专门和他作对，隆起接连在不同的地方出现，他不停地去弄，可总有新的地方隆起。

一气之下，商人干脆拉开地毯的一角，一条蛇立刻溜了出去。

问题：若要实现地毯表面的平整，要控制什么呢？

管理工具

APCFB 心理控制工具

APCFB 模式是指连接外部事件和员工行为的认识过程，也就是说在这一过程中，假设（assumptions）影响人们理解，理解（perceptions）影响人们的结论，结论（conclusions）又激起感觉（feelings），最后，情绪（behaviors）驱动了经理们观察到的行为。我们每个人都有内存的“防御系统”以防止自己受到心理伤害，但它也阻碍我们正确理解他人。假设所包含的内容包括期望、信仰、价值观。期望以及信仰在某种程度上是可以通过清晰的管理意图和行为而改变的。价值观是根深蒂固的假设，即使能够改变也只有到时候才行。当一个经理能够引导其下属的价值观改进，就可以产生真正的生产力。就个人而言，创造力和自由非常重要。如果经理能很好地激发员工的内心意念，就能引导员工达到最佳的工作表现，而且常常可以获得成功。

关键概念

控制过程　标准　统计分析法　经验估计法　技术分析法　衡量绩效

13.4　控制的类型

13.4.1　集中控制与分散控制

按控制的集中程度，可将管理控制分为集中控制和分散控制。

集中控制是在系统中只设一个控制机构，上层主管领导授权给下级部门的领导，由下级部门的领导在授权的范围内实施控制。如实行事业部制的企业中，各事业部对市场开发、产品研发等均有自主决策的权力，控制较多地是在事业部自身完成的，对事业部本身来讲，实行的是集中控制。

分散控制也称多级控制，即在系统中设有多层和多个控制机构，上一级控制机构对下一级控制机构进行控制，各下级控制机构则对本身系统进行控制。如公司本部将权力分散给了下属各事业部，公司本部对各事业部实施的就是分散控制。由于分散控制必然形成权力结构和组织结构上的多层次，所以也是多级控制。

13.4.2 开环控制与闭环控制

按控制过程中是否存在信息反馈，可将控制分为开环控制和闭环控制。开环控制是指控制主体与被控对象之间只有顺向作用而没有反馈的控制。闭环控制是指控制装置与被控对象之间既有顺向作用，又有反馈的控制。

管理控制中，大量的是闭环控制。如将用户对商品质量信息反馈到设计部门或生产部门，使这些部门提高商品的设计质量和生产质量，从而完成产品质量控制的，就是闭环控制。但是如果这类信息不能反馈到生产部门，生产部门仅仅依据产品设计要求在生产部门内部完成质量控制的就是开环控制。

13.4.3 事前控制、事中控制与事后控制

按控制的时刻，可将控制分为事前控制、事中控制和事后控制。

事前控制或称程序控制是在计划执行之前，通过设置控制程序，执行程序达到控制目的。事前控制是根据预先设置的程序进行控制，所以它也应属于开环控制，如职工上岗前的岗位培训就是事前控制。

事中控制或称现场控制是在计划执行的现场进行控制。如主管人员现场指导营业人员的销售活动，发现不符合标准或违反规定立即予以纠正，就是事中控制。

事后控制或称结果控制是在计划执行已出现结果或出现部分结果时进行控制。事后控制是以计划的结果为依据进行的，如果反馈结果的信息对计划产生影响，它就是闭环控制。

13.4.4 一般控制与应用控制

按控制的内容，可将控制分为一般控制和应用控制。

一般控制也称基础控制、环境控制，是对企业经营活动赖以进行的内部环境所实施的总体控制。它包括组织控制、人员控制、统计数据以及内部审计等内容。这类控制并不直接地作用于企业的生产经营活动，而是为应用控制奠定基础，并通过应用控制对全部业务活动产生影响。

应用控制或称业务控制，是直接作用于企业生产经营业务活动的具体控制。如业务处理程序中的批准与授权、审核与复核等控制，这类控制构成了生产经营业务处理程序的一部分，并都具有防止和纠正一种或几种错误的作用。

13.4.5 预防控制与纠正控制

按控制的性质，可将控制分为预防控制和纠正控制。

预防式控制是为防止错误行为的发生，或尽量减少其发生机会所进行的一种控制。它主要解决“如何能够在一开始就防止偏差的发生”这个问题。如对业务人员事先作出明确的指示和实施严格的现场监督，就能避免误解指令和发生错弊。一般而言，管理中的各种制度、规定、规范、流程、指标等都可以起到预防控制的作用。

纠正控制是指管理者由于没有预见到问题的出现，或在执行的过程中执行者执行出现了偏差，及时查明分析已发生的偏差，采取相应的措施纠正偏差。它主要是解决“如果偏差仍然发生，如何查明”的问题，例如通过账账核对、实物盘点，发现记账错误和货物短缺等就属纠正控制的内容。

管理提示

生产出质量来

产品质量是生产出来的，不是检验出来的。

——著名质量管理学家：威廉·戴明

多米诺效应

“多米诺效应”源于多米诺骨牌游戏。这种游戏的规则是按点数的大小以相接的方式把骨牌连接起来，其难点是骨牌一倒则俱倒，一不小心则前功尽弃。

在管理中如果不处理好各个细小环节中存在的问题，企业的长堤就会溃于蚁穴。

管理故事

扁鹊三兄弟

魏文王问名医扁鹊说：“你们家兄弟三人，都精于医术，到底哪一位最好呢？”

扁鹊答说：“长兄最好，中兄次之，我最差。”

文王再问：“那么为什么你最出名呢？”

扁鹊答说：“我长兄治病，是治病于病情发作之前。由于一般人不知道他事先能铲除病因，所以他的名气无法传出去，只有我们家的人才知道。我中兄治病，是治病于病情初起之时。一般人以为他只能治轻微的小病，所以他的名气只及于本乡里。而我扁鹊治病，是治病于病情严重之时。一般人都看到我在经脉上穿针管来放血、在皮肤上敷药等大手术，所以以为我的医术高明，名气因此响遍全国。”

文王说：“你说得好极了。”

问题：本寓言故事讲的是控制中的哪种类型？这些控制有何区别？对于企业来讲，应该如何做？

管理工具

现场管理5S法

即使拥有世界上最先进的生产工艺和设备，如不对其进行有效的管理，工作场地一片混乱，工料乱堆乱放，其结果只能是生产效率低下，员工越干越没劲。5S管理可以有效地解决这个问题，它能使企业的生产环境得到极大改善，是企业走上成功之路的重要手段。

5S来自日文seiri、seiton、seiso、seikeisu、shitsuke发音的第一个字母“S”，所以统称为“5S”。

5S活动不仅能够改善生产环境，还能提高生产效率、产品品质、员工士气，是其他管理活动有效开展的基石之一。

5S现场管理包括整理、整顿、清扫、清洁、修养五方面的内容。

关键概念

集中控制　分散控制　开环控制　闭环控制　事前控制　事中控制　事后控制　一般控制　应用控制　预防控制　纠正控制

13.5　控制的阻力

经理人员和实际操作者都预先知道上级要对他们的工作进行控制，他们可能会付出努力来取得预期的结果。但是，控制往往不按照管理者设计的那样顺利地进行，因为由于某些原因，管理过程中有控制阻力存在。

13.5.1　产生控制阻力的原因

无论一个组织的控制成为什么样，总会有被控制者消极、反对或抵抗组织控制。我们将被控制者的消极、反对或抵抗组织控制的态度和行为称为控制的阻力。

被控制者处于被控制地位或与被控制的事物有责任关系时，常常会对控制产生反感。如总经理不喜欢董事会的监督和控制，销售人员不喜欢销售经理巡访他所在地区的客户，会计人员不喜欢账目被审计等。产生控制阻力的原因主要有以下几点：

（1）组织目标与被控制者个人目标不一致。当组织目标与被控制者个人目标不一致时，人们将被迫接受组织目标。人们无兴趣地被动地接受组织控制目标时，他就很难主动为实现这一目标去努力，还会对控制产生反感。例如，销售人员认为改善服务态度并不能促进销售，便会对服务质量目标不感兴趣，因此对公司关于提高服务质量的控制就持否定态度。每个人都有自己想做的许多事情，由于控制使他在某一项事情上花费太多的精力，他认为这样会影响个人目标的实现，不值得这样做，就会对控制目标不感兴趣，产生反感。

（2）不能实现或多变的控制目标。股东和董事会喜欢较高的组织目标，而管理者则认为较上一时期比有一定增长速度的组织目标是可行的。人们虽然对某一目标感兴趣，但认为控制标准定得太高或经常变化，也会对控制产生反感。控制标准定得太高，再努力也难以达到，会使被控制者放弃努力或产生对立情绪。如果控制标准经常变化，使被控制者经过努力也感到无所适从，这时他也会讨厌控制。

（3）不恰当的控制方式或控制内容。控制方式不恰当会使人们不满。如当组织年底考核时，才将考核标准告诉大家，使大家在这一年中没有努力的目标，大家会认为该组织的领导是因人而定考核标准，而对这种临时确定考核标准的方式不满。

控制内容不当，也会引起执行人的不满。如有些控制对工作过程评价太多，被控制者可能认为，过程和方法不是主要的，只要结果好就行，因而对过程控制不满意。有的控制内容过于严密，使被控制者没有自主权，自我价值得不到实现，也会使被控制者对控制产生反感。

（4）不公平的奖惩措施。控制常常通过奖惩来鼓励先进，鞭策落后。但是，如果奖惩不公，不但不能起到预期的作用，反而会使人们对控制产生不满，有的会消极怠工，有的会公开反对或抵制。

（5）烦琐的控制程序。控制需要按一定的程序进行，这一程序对施控主体和被控对象都会产生约束，如要求操作人员必须按照某项规程完成某项工作任务；管理人员应随时检查工作进度，并及时报告等。如果控制过程过于烦琐，会给操作人员和管理人员增加较多的工作量，有时会引起他们的不满。

（6）不明确的责任制度。控制系统往往要有明确的组织、组织部门和部门岗位的责任要求。若职责不明确，相互之间协调又不强，容易出现扯皮、推诿的情况。因为存在责任和绩效归属问题，人们不愿受到控制来承担责任，而愿意无控制地分享绩效，人们更倾向于推卸责任，反对和抵制控制。

（7）控制不当。控制不当表现为控制组织成员工作时对其成员的工作缺少一定的灵活性和授权，使成员的主动性难以发挥，而引起其对控制的反感。特别是那些有创造性质的工作，如软件设计，这些工作需要更多的灵活性，考虑到许多编程人员有晚上工作的习惯，可实行弹性工作制，由编程人员自己掌握工作时间。否则就可能因缺少灵活性，成为不当控制，引起人们的反感而降低工作效率。

13.5.2　管理者的对策

产生控制阻力的原因是多方面的，面对人们的这些控制阻力，管理者也要有相应的对策。

（1）树立正确的管理控制的观念。任何被控制的对象都要接受控制，作为管理者要想做好控制工作或控制别人，首先要接受控制；控制是管理的重要职能，没有控制，组织的计划目标就不可能达到，何况计划本身就是控制；没有控制，组织内部就会混乱无序，组织的功能就不可能发挥作用。

（2）与下属共同制订计划和目标。与下属共同制订计划和目标，一是共同制定共同完成，使下属感觉到是自己制定的而不是别人给予自己的，是我要完成的，不是别人要我完成的；二是通过共同制定，使下属对计划和目标有系统的了解，知道自己要完成什么，也知道别人做什么，明确地知道计划的协调者和沟通方是谁，相互之间对实现目标的困难有思想准备；三是共同制定，使下属在心理上觉得介入了这项工作，从“自我价值实现”来看，他们高层次的需求得到了满足，从而会增强责任感。

（3）建立有效的控制系统。一个有效的控制系统对解决控制阻力也应是有效的。控制系统围绕着控制计划和目标，有重点、有灵活性、有授权、有可执行的奖惩制度，可以避免控制不当的情况出现，也可以起到警戒的作用，使人们承担起应承担的责任。

（4）建立完善的原始记录和档案管理制度。为了便于检查和考核，要布置完善的管理基础工作，要有控制对象的原始记录，这些原始记录要成为日常工作，做到“日事日毕，日清日高”。对历史信息要建立完整的档案资料，来确定控制对象的责任。如企业在产品的设计、生产和销售过程中都有过程控制点的记录来保证产品的质量，并有购买产品的客户记录，每一件产品都有这样的"身份证"(ID)，并成为档案资料保存起来。这件产品一旦出现某个方面的质量问题，企业查一下这件产品的档案，找到其"身份证"(ID)，就查到了责任人和所处的工作环节，也可使管理者知道是哪些责任人和哪些工作环节出现了质量问题，便于今后的控制。解决这一问题的最有效办法是建立企业信息网络系统，这不仅可简化信息收集整理上的烦琐程序，还由于信息准确可靠而避免了控制中的一些问题。

管理提示

规定应该少定

规定应该少定，一旦定下之后，便得严格遵守。

——英国教育家：洛克

达维多定律

它是以英特尔公司副总裁达维多的名字命名的。达维多认为，一家企业要在市场中总是占据主导地位，那么它就要永远做到每开发出新一代产品，第一个淘汰自己的产品。

管理故事

魏文侯与乐羊大将军

公元前408年，战国七雄之一的魏国皇帝魏文侯拜一个叫乐羊的人为大将军，率兵征讨中山国，限期两个月。乐羊率领的军队一直打到中山国的国都城下，此时，乐羊的儿子乐舒正在中山国做官，于是中山国国君就叫乐舒去求情，请求乐羊暂缓攻城，让国君好好考虑一下。乐羊同意了，让军队围而不打。中山国国君见状，以为乐羊碍于儿子，不急于攻城，就让乐舒屡屡去求情，一拖就是数月。这时，魏国朝廷内外、群臣纷纷上奏魏文侯，说乐羊顾子不顾国，期限早过，还不见捷报，应撤职查办。魏文侯不动声色，反而派人送去更多"给养"。这时，乐羊的副将西门豹也忍耐不住了，问乐羊不攻城，是不是心中有私？乐羊回答：我屡放期限，为的是让中山国失信于天下。说罢，他下令攻城，结果大获全胜。乐羊班师之后，不觉居功自傲起来。魏文侯见状，又不动声色地给乐羊抬去一口箱子，作为"赏赐"。乐羊打开一看，箱内不是金银财宝，而是满满一箱的群臣弹劾他的奏章。乐羊看罢，如梦初醒，于是"谦逊如初"了。

问题：从魏文侯身上你学到了什么？请思考什么是外在控制和内在控制？在企业经营当中，这两种控制方法应如何使用？

管理工具

ISO9000质量体系

ISO9000系列标准是一个不断发展的质量标准体系，它提供了建立质量体系的基本要求，也是企业进行质量管理的良好工具。按ISO9000系列标准建立的质量体系能发挥企业管理的实际功效，同时也为顾客和第三方的质量认可提供保证。

ISO9000系列标准由国际标准化组织（ISO）制定。并于1987年正式发布。ISO9000系列标准在1994年进行了第一次技术性修订换版，2000年12月1日又正式颁布了2000版的ISO9000系列标准。

ISO9000系列标准一经制定就风靡全球，许多国家的企业纷纷导入ISO9000系列标准，我国也有许多企业已经通过了ISO9000质量体系认证，还有许多企业正在积极开展贯标认证活动。

ISO9000系列标准的理念：

(1) 以满足顾客需求为宗旨。

(2) 重视过程控制。ISO9000系列标准十分强调企业必须建立和完善质量体系，它把对全过程控制的思想作为其基本思想。

(3) 强调以预防为主。

(4) 持续的质量改进。

(5) 重视高层领导的作用。

关键概念

控制阻力

本章提要

(1) 管理与领导不同，由于控制是管理的中心内容，高度激励或鼓舞的行为与管理几乎不相干。

(2) 控制的原因在于：一是组织环境的变化；二是授权；三是工作能力的差异。

(3) 组织目标的实现不是一个自然的过程，必须通过控制来实现。

(4) 控制和计划的关系：计划起着指导性作用，而控制则是为了保证组织的运行与计划一致而产生的一种管理职能；计划预先指出所期望的行为和结果，而控制则是按计划指导人们行为；如果没有计划来表明控制的目标，管理者就不可能进行有效的控制；一切有效的控制方法也是计划方法；控制到什么程度、怎么控制都取决于计划的要求；控制工作既是一个管理过程的终结，又是一个新的管理过程的开始。

(5) 控制的原理有：反映计划要求原理、组织适宜性原理、控制关键点原理、控制工作效率原理、控制趋势原理、例外原理、直接控制原理。

(6) 一个组织的控制系统是由控制什么、谁来控制、控制实现什么、通过什么来实现控制组织组成的。

(7) 控制过程由确定控制标准、衡量绩效、编制控制报告、纠正性的调整四个部分组成。

(8) 为保证控制的有效，在控制时要遵循相互制约原则、协调配合原则、岗位匹配原则、成本效益原则、整体控制原则。

(9) 控制分为多种类型，它们是：集中控制和分散控制；开环控制和闭环控制；事前控制、事中控制和事后控制；一般控制和应用控制；预防控制和纠正控制。

(10) 无论一个组织的控制成为什么样，总会有被控制者消极、反对或抵抗组织控制。我们将被控制者的消极、反对或抵抗组织控制的态度和行为称为控制阻力。

(11) 产生控制阻力的原因有：组织目标与被控制者个人目标不一致；不能实现或多变的控制目标；不恰当的控制方式或控制内容；不公平的奖惩措施；烦琐的控制程序；不明确的责任制度；控制不当。

(12) 管理者应对控制阻力的对策是树立正确的管理控制的观念；与下属共同制订计划和目标；建立有效的控制系统；建立完善的原始记录和档案管理制度。

复习思考题

(1) 在管理中，为什么要加强控制？
(2) 利用控制，实现组织对环境的适应，组织有哪些发展阶段？
(3) 控制与计划的关系是什么？
(4) 控制与其他三项管理职能的关系是什么？
(5) 控制的原理是什么？
(6) 控制的对象有哪些？
(7) 控制系统由哪些部分组成？
(8) 描述控制的基本过程。
(9) 控制的原则是什么？
(10) 控制有哪些类型？
(11) 产生控制阻力的原因有哪些？如何应对控制阻力？
(12) 你如何运用控制来管理你的个人生活的？
(13) 在大学的学生会中，有没有控制系统？

管理者训练

张经理的目标与控制

张经理是一家公司的经理，去年他要做的第一件事是亲自制定公司一系列工作的计划目标。具体地说，他要解决公司的浪费问题，要解决职工超时工作的问题，要解决减少废料的运输费用问题。他具体规定：在一年内要把购买原材料的费用降低10%～15%；把用于支付工人超时的费用从原来的110万元减少到60万元，要把废料运输费用降低5%。他把这些具体目标告诉了下属有关方面的负责人。

今年年初他看了公司有关去年实现目标情况的统计资料。公司各方面工作的进展出乎意料，浪费比去年更严重，浪费率竟占总额的16%；职工超时费用只降到90万元，远没达到原定的目标；运输费用也根本没有降低。

他严肃批评了主管副经理。而副经理则争辩说："我曾对工人强调过要注意减少浪费的问题，我原以为工人也会按我的要求去做的。"人事部门的负责人也附和着说："我已经为削减超时的费用作了极大的努力。只有那些必须支付的款项才支付。"而负责运输方面的负责人则说："我对未能把运输费用减下来并不感到意外，我已经想尽了一切办法。我预测，明年的运输费用不可能下降而且要上升4%～5%。"

在分别与有关方面的负责人交谈之后，张经理又把大家召集起来布置今年的新要求，他说："生产部门一定要把原材料的费用降低10%，人事部门一定要把超时费用降到70万元；运输费用即使提高，也决不能超过去年的标准。这就是我们今年的目标。我到年底再看你们的结果！"

讨论题：

张经理为这个公司制定的目标能实现吗？为什么？

案例 13-1

邯钢的"模拟市场核算，实行成本否决"制

河北省邯郸钢铁总厂（以下简称邯钢）是1958年建设的老厂，1990年，邯钢与其他钢铁企业一样，面临内部成本上升、外部市场疲软的双重压力，经济效益大面积滑坡。当时生产的28个品种有

26个亏损，总厂已到了难以为继的状况，然而各分厂报表中所有产品却都显示盈利，个人奖金照发，感受不到市场的压力。造成这一反差的主要原因，是当时厂内核算用的“计划价格”严重背离市场，厂内核算反映不出产品实际成本和企业真实效率，总厂包揽了市场价格与厂内核算用的“计划价格”之间的较大价差，职责不清，考核不严，干好干坏一个样。为此，邯钢从1991年开始推行了以“模拟市场核算，实行成本否决”为核心的企业内部管理体制改革。

1. 邯钢“模拟市场核算”的具体做法

一是确定目标成本，由过去以计划价格为依据的“正算法”改变为以市场价格为依据的“倒推法”，即：将过去从产品的原材料进价开始，按厂内工序逐步结转的“正算”方法，改变为从产品的市场售价减去目标利润开始，按厂内工序反向逐步推的“倒推”方法，使目标成本各项指标真实地反映市场的需求变化。

二是以国内先进水平和本单位历史最好水平为依据，对成本构成的各项指标进行比较，找出潜在的效益，以原材料和出厂产品的市场价格为参数，进而对每一个产品都定出“蹦一蹦能摸得着”的目标成本和目标利润等指标，保证各项指标的科学性、合理性。

三是针对产品的不同情况确定相应的目标利润，原来亏损、没有市场的产品要做到不赔钱或微利，原来盈利的产品要做到增加盈利。对成本降不下来的产品，停止生产。四是明确目标成本的各项指标是刚性的，执行起来不迁就、不照顾、不讲客观原因。

2. 邯钢“实行成本否决”的具体措施

一是将产品目标成本中的各项指标层层分解到分厂、车间、班组、岗位和职工个人，使厂内的每个环节都承担降低成本的责任，把市场压力及涨价因素消化于各个环节。每名职工人人身上都有指标，多到生产每吨产品担负上千元，少到几分钱，人人当家理财，真正成为企业的主人。

二是通过层层签订承包协议、联利计酬，把分厂、车间、班组、岗位和职工个人的责、权、利与企业的经济效益紧密地结合在一起。

三是将个人的全部奖金与目标成本指标完成情况直接挂钩，凡目标成本指标完不成的单位或个人，即使其他指标完成得再好，也一律扣发有关单位或个人的当月全部奖金，连续3个月完不成目标成本指标的，延缓单位内部工资升级。

四是为防止成本不实和出现不合理的挂账待摊，确保成本的真实可靠，每月进行一次全厂性的物料平衡，对每个单位的原材料、燃料进行盘点。

3. 实行技改和工程的成本核算

邯钢把“模拟市场核算，实行成本否决”机制拓宽引入到技术改造和工程项目管理中，实现项目管理由粗放型向集约型转变。

讨论题：

你认为邯钢依据“市场成本”指标，对有关单位和人员实行“成本对全部奖金的一票否决制”的合理性如何？

第 14 章　控制的内容和方法

问题的提出

如何控制

长期以来，在经营上一直有个问题困扰着宾馆管理层：像卫生纸、香皂、茶包等低价的消耗品的费用高居不下。经过总经理明察暗访之后，发现问题发生在客房部。原来这些消耗品一到客房部，就被某些服务生零星或成箱地带回家去了，而服务生却说是客人浪费所致。客房部经理并不是不知道这种情形，以往也试图以检查制度来杜绝，但员工认为这种制度有不被尊重的感觉，导致工作士气低落而成本也未有显著下降。客房部经理向总经理诉苦，希望总经理设计出有效的方法来解决这个难题。

此外，在物料的管理上也有问题。物料部经理宣称：为配合会计制度结转上的方便，易耗品物料采取一次摊销法。这给所有经手消耗品的人造成了可乘之机。

问题：请为总经理设计出一套行之有效的控制方法。

学习目的

学完本章后，你应当能够：

(1) 知道控制的内容。

(2) 定义管理信息系统。

(3) 知道企业信息系统的分类。

(4) 描述企业管理信息系统要实现的主要功能。

(5) 描述 ERP、SCM、CRM、OA 管理信息系统。

(6) 选择和应用控制技术方法。

14.1　控制的内容

管理者对控制对象控制什么，就是控制的内容。对不同的控制对象有不同的控制内容，我们在这里重点研究的控制内容包括：组织成员行为规范控制、财务控制、时间控制、流程控制和组织绩效控制。

14.1.1　组织成员行为规范控制

控制工作说到底是对组织成员行为的规范控制。通过控制组织成员的行为，解决组织成员怎样干才能完成组织计划和实现组织目标的问题。组织计划和目标的实现是通过组织成员的共同努力来完成的，组织成员行为的一致性需要有统一的行为规范和统一的行为规范控制。组织成员行为规范控制是通过人力资源规划、岗位分析与说明、招聘、培训、使用、考核、评价、激励、人员调整等一系列工作环节来完成的，详细内容见人力资源管理和激励相关章节。

14.1.2　信息控制

信息在组织运行中的地位越来越高，不精确的、不完整的、不及时的信息会大大降低组织的效率，因此，在现代组织中对信息的控制显得尤为重要。信息控制是对确定信息需要、搜集信息、处理信息、使用信息的过程控制。信息控制的有效手段就是建立管理信息系统，使它能及时地为管理者提供和处理充分、可靠的信息。相关内容我们将在14.2 节作详细介绍。

14.1.3　财务控制

企业财务是企业运行状态的综合反映，也是企业控制的重要手段，为了企业的良性运行，企业必须进行财务控制。

财务控制是指财务预算、审计和财务报表分析的控制。

预算作为财务控制内容属于事前控制，它是为完成组织计划和目标，对财务方面所提出的需求。14.3 节将对预算作详细介绍。

财务和会计审计作为财务控制内容属于事后控制，它是指事后对财务和会计计划进行检查，寻找其中存在的问题。

财务报表是财务信息的主要载体，是对一定时期组织的生产经营及财务状况的综合反映。财务报表主要包括反映组织某一特定时点的资产与负债的权益状况的资产负债表；反映组织某一时期内的利润实现及分配情况的损益表和反映一定时期内营运资金或现金流量变动状况的现金流量表或财务状况变动表。财务报表分析是通过一定的分析方法，以财务报表为分析对象，从中找出存在的问题，判断组织经营状况的一种财务控制方法。

14.1.4　时间控制

时间控制是指合理安排活动时间，减少时间浪费，以便有效地完成既定目标。时间是资源，我们不能控制时间本身，但我们能控制我们活动所需的时间。

时间控制的内容一是合理安排活动时间，二是各项活动的进行要按照预定的时间表进行。

各项活动的进行要按照预定的时间表进行，控制的常见工具有规划表、甘特图和网络计划法等，这些工具方法我们已经在计划编制的工具与方法一节进行了介绍，这里不再赘述。本节我们主要介绍合理安排时间的一种方法“时间管理矩阵”，如图 14-1 所示。

时间管理矩阵是依据事项的紧急程度和重要程度而编制的时间管理矩阵，主要用于管理者自我安排时间。

依据“时间管理矩阵”中工作事项的紧急性和重要性考虑时间安排的优先顺序。

14.1.5　流程控制

流程是计划规范、管理标准、管理系统，是过程管理和结果管理的结合。流程控制

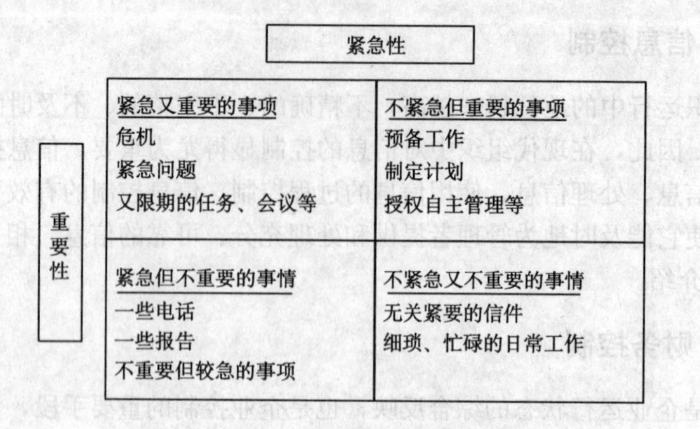

图 14-1 时间管理矩阵

是控制活动过程的合理性和结果。用流程进行管理控制是非常有效的。

1. 流程控制的准则

管理者在对流程进行计划和控制时，应遵循下列准则：

（1）确保流程的计划性。流程控制的目的还是实现组织（而不是个别部门的）计划和目标，流程控制本身也要纳入到计划之中，保证流程的计划性。

（2）使流程精减到最低程度。对管理者来说，最重要的准则就是要限制所用流程的数量。流程控制有一些固有的缺点，比如压抑人们的创造性，对改变了的情况如果没有备用方案不能及时做出反应等，另外管理者必须权衡在实现目标前提下的灵活性和增加的控制费用之间的得失利弊，所有这些都是有关的主管人员在制定程序之前要反复考虑的。在实现目标的前提下，要精减流程，减少这些缺点和费用。

（3）从更大的流程控制系统中把握具体的流程控制系统。任何一个流程，无论是客户需求、信息收集、工资发放、材料采购、成本核算还是新产品开发等，其本身都包含许多活动的系统。任何一个流程控制系统又都是一个更大的流程控制系统的子系统，我们要从更大的流程控制系统中去把握具体的流程控制系统，追求整体的最优化而不仅仅是局部的最优化。

（4）强化流程控制的执行力。流程能否发挥应有的作用，一方面取决于它设计得合理性；另一方面取决于对它的执行力。流程要求人们按标准的方式行事，但人们总是惯性地按照自己习惯的方式或是随意性的方式处理事情，这样会失去流程控制的意义。要强化流程控制的执行力，一方面要加强绩效考核，另一方面要对流程的执行过程进行督查。

2. 流程的内容、分析和制定

流程的内容包括信息流、物流、人流和资金流。

管理流程分析的理论依据是管理的原理，现实依据是实现管理目标所必需的管理过程。管理流程分析的方式主要有文字说明、格式说明和业务流程图。

流程制定的结果是流程图，它利用少数具有特定含义的符号和文字说明，形象而具体地描述系统的流程，非常直观，便于记忆和分析对比。它不仅可用来制定管理流程，而且是分析管理流程的主要工具。

14.1.6 组织绩效控制

运动员考虑的是在奥林匹克运行会上得金牌；一个会议的组织者考虑的是如何使会议的参加者顺利和满意地参加会议，以此来实现举办此次会议的目的；公司的 CEO 考虑的是年底如何提交一份让董事会和股东满意的年度工作报告。组织、群体和个人都存在绩效问题。管理者所关心的组织绩效，是组织中所有工作流程和活动的最终累积的成绩。管理者总是设法让他们的组织、工作单位或工作群体取得高水平的成绩，这些成绩表现成了组织目标完成的水平。

组织绩效可以是一个组织一年活动的成绩，也可以是一项具体工作活动的成绩。它可以是战略的、财务的、产品开发的、市场推广的、人力资源的确定目标完成情况，也可以是一次会议的、一次促销活动的、一个项目的确定目标完成情况。组织绩效控制就是组织控制点或组织控制目标的选择，是对结果的控制。

我们从组织整体的角度来考虑，组织绩效控制的选择目标可以有：

(1) 提高公司的市场份额；

(2) 拥有比竞争对手更短的从设计到市场的运作周期；

(3) 产品质量比竞争对手更高；

(4) 产品成本比竞争对手更低；

(5) 新产品的更新与推广比竞争对手更早；

(6) 拥有比竞争对手更优的服务；

(7) 拥有较上年更高的收益；

(8) 有较上年更为节约的能源消耗；

(9) 人身安全；

(10) 资料安全；

(11) 财产安全；

(12) 更广泛的面向全球的市场采购体系的建立；

(13) 更广泛的面向全球的市场销售体系的建立。

管理提示

用什么规定我们的行为方式和工作方式

无边界壁垒的学习文化规定了我们的行为方式，西格玛质量控制体系……规定了我们的工作方式。

——通用电气 GE 前总裁：杰克·韦尔奇

并 行 工 程

并行工程（concurrent engineering，CE）技术是对产品及其相关过程（包括制造过程和支持过程）进行并行、集成化处理的系统方法和综合技术。它要求产品开发人员从一开始就考虑到产品全生命周期（从概念形成到产品报废）内各阶段的因素（如功能、制造、装配、作业调度、质量、成本、维护与用户需求等），并强调各部门的协同工作，通过建立各决策者之间的有效的信息交流与通信机制，综合考虑各相关因素的影响，使后续环节中可能出现的问题在设计的早期阶段就被发现，得以解决，从而使产品在设计阶段便具有良好的可制造性、可装配性、可维护性及回收再生等方面的特性，最大限度地减少设计反复，缩短设计、生产准备和制造时间。

管理故事

脚 后 跟

古希腊神话中有一位伟大的英雄阿吉里斯，他有着超乎普通人的神力和刀枪不入的身体，在激烈的特洛伊之战中无往不胜，取得了赫赫战功。但就在阿吉里斯攻占特洛伊城奋勇作战之际，站在对手一边的太阳神阿波罗却悄悄一箭射中了伟大的阿吉里斯，在一声悲凉的哀叹中，强大的阿吉里斯竟然倒下去了。

原来这支箭射中了阿吉里斯的脚后跟，这是他全身唯一的弱点，只有他的父母和天上的神才知道这个秘密。在他还是婴儿的时候，他的母亲——海洋女神特提斯，就曾捏着他的右脚后跟，把他浸在神奇的斯堤克斯河中，被河水浸过的身体变得刀枪不入，近乎于神。可那个被母亲捏着的脚后跟由于浸不到水，成了阿吉里斯全身唯一的弱点。母亲造成的这唯一弱点要了儿子的命！

问题：故事的寓意是什么？

管理工具

QS9000质量管理体系

QS9000质量管理体系要求是由美国三大汽车公司——福特、克莱斯勒和通用汽车公司共同制定，以ISO9000为基础，于1994年颁布的汽车领域的国际质量保证标准。QS9000结合汽车工业产品的设计、开发、生产制造、服务等实际增加了许多内容，包括汽车行业的特殊要求，即生产批准程序、持续改进、制造能力三个要素及顾客的特殊要求。QS9000被世界汽车行业所认可并采用，用以提高企业质量管理水平和通过认证。

关键概念

财务控制　时间控制　流程控制　组织绩效控制

14.2 管理信息系统

14.2.1 计算机为基础的信息系统

以计算机为基础的信息系统在组织中越来越得到广泛的应用，这种信息系统被组织的管理者用来实现控制的同时，实现了计划、组织和领导管理职能，它也为管理决策提供技术支持。

1. 管理数据处理和业务控制

由于组织的业务部门经常要进行数据处理，如制作工资表、会计做账、编制财务报表以及对交易进行跟踪等，所以这些部门最早使用计算机。被处理和处理出来的数据对管理很重要，因为它们详细反映了组织内发生的活动。

过程控制也在业务控制之列。在一些行业，如物流业，信息技术可被用来对业务进行监督和报告。对物流公司来说，如果安装了管理信息系统和全球卫星定位，就能对物流的流动进行全过程的动态监控；如果安装了办公自动化系统，就能有效处理和控制物流的商业文件和信函。

2. 管理信息系统和功能控制

管理信息系统定期（每日、每周、每月或每季）提供的例行报告在某种程度上满足了组织的信息要求。管理信息系统不仅为日常决策提供服务，还提供有关组织外部环境（如行业前景、宏观经济形势和竞争对手的基本情况等）的信息。

很多管理信息系统具有及时提供信息的能力，这些信息通常被用于监督例外情况，并且如果需要的话，还可用于监督动态即时活动。

3. 及时控制计划和目标的实现

管理信息系统实现的是动态情况的收集和处理，它能在情况出现时在第一时间使管理者得到信息，并通过管理系统实现对计划和目标偏差的控制，节约了时间，提高了效益和效率。

14.2.2 管理信息系统

1. 管理信息系统概念

管理信息系统（management information system，MIS）是指采用先进成熟的管理思想和理念，依靠现代电子信息网络技术，对企业进行资源整合，管理流程的分析与再造，向管理者提供管理信息的电子网络。管理信息系统可以提高企业的效率与效益，增强企业竞争力，实现数字化管理。

一个管理信息系统应当向主管部门提供四种主要的信息服务：确定信息需要、搜集信息、处理信息、使用信息。

2. 企业信息系统的分类

企业信息系统主要分为工程技术系统、生产运作系统和管理信息系统，企业管理信息系统是企业信息系统的重要组成部分。下面是这些系统所包括的主要内容：

1）工程技术系统

计算机辅助设计（CAD）：利用计算机进行产品设计和计算，编制设计说明书、使用维护手册等。

计算机辅助工程分析（CAE）：对设计的产品进行物理性能分析、动态特性仿真、产品运行仿真等。

计算机辅助工艺规程编制（CAPP）：根据输入的CAD信息，编制生产用的工艺文件。

计算机辅助制造（CAM）：编制数控加工程序、自动生成数控代码，并可进行加工过程仿真。

计算机辅助测试（CAT）：对虚拟产品进行检验和性能测试，并对结果进行分析。

2）生产运作系统

对于制造企业，内部通常要采用：数控加工设备（NC、MC和DNC控制）、柔性制造单元（FMC）、现代物流储运系统、柔性制造系统（FMS）等；对外则通过虚拟企业进行广泛协作。

3）管理信息系统

企业管理系统信息化的重要标志是其管理系统采用了企业资源计划系统ERP、办公自动化系统OA、供应链管理系统SCM、客户关系管理系统CRM等。

从企业信息系统来看，企业管理信息系统是将企业信息系统中管理所需的信息进行收集、处理和使用的系统，以实现各种管理业务的集成化管理。

3. 管理信息系统的主体框架

管理信息系统主要由高层管理者、中层管理者、计算机、计算机职能管理人员、管理信息系统的数据库和子系统组成。

管理信息系统是对各业务子系统进行管理控制。

4. 管理信息系统要实现的主要功能

(1) 市场销售子系统。该子系统的功能主要是销售和推销以及售后服务的全部活动。计划方面主要包括市场销售计划、新产品推广计划和市场开发计划等。控制方面主要包括销售成果与市场计划的比较，对顾客、竞争者、竞争产品和销售力量等方面的控制，以及按区域、产品、顾客的销售量定期分析控制等。作业方面主要包括雇用和培训销售人员，销售或推销的日常调度。事务方面主要包括销售订单、广告推销等工作的处理。

(2) 物资管理子系统。该子系统功能主要包括采购、收货、库存管理和发放等管理活动。计划方面主要包括采购计划、物资管理计划和供应商的管理计划等。控制方面主要包括计划库存与实际库存水平的比较、采购成本、库存缺货分析、库存周转率分析等。作业方面主要包括采购、收货、库存管理和发放等日常管理活动。事务方面主要包括库存水平报告、库存缺货报告、库存积压报告等。

(3) 生产管理子系统。该子系统功能主要包括产品的设计、生产设备计划、生产设备的调度和运行、生产人员的雇用与训练、质量控制和检查等。计划方面主要包括新产品开发计划、生产计划和作业计划等。控制方面主要包括生产总调度，单位成本和单位工时消耗的计划比较。作业方面主要是满足生产要求，将实际进度和计划比较，找出薄弱环节。事务方面主要包括生产指令、装配单、成品单、废品单和工时单等的处理。

(4) 人力资源管理子系统。该子系统功能主要包括人员的雇用、培训、考核、工资和解聘等。计划方面主要包括人员雇用计划、职工培训计划、员工使用计划、薪酬计划和员工绩效考核等。控制方面主要包括进行实际情况与计划比较，产生各种报告和分析结果。作业方面主要包括完成聘用、培训、终止聘用、考核、工资调整和发放津贴等。事务方面主要包括雇用需求、工作岗位责任说明、培训计划、员工聘用的文件及说明。

(5) 财务会计子系统。该子系统功能主要包括保证企业的资金运转以及筹资、进行财务数据分类、汇总，编制财务报表，制定预算和成本数据的分类和分析等。计划方面主要包括预算计划、成本计划和筹资计划等。控制方面主要包括预算和成本数据的比较分析等。作业方面主要包括每日差错报告和例外报告，处理延迟记录及未处理的业务报告等。事务方面主要包括处理赊账申请、销售单据、支票、收款凭证、付款凭证、日记账、分类账等。

(6) 信息管理子系统。该子系统功能主要包括保证其他功能有必要的信息资源和信息服务。计划方面主要包括整个信息系统计划等。控制方面主要包括计划和实际的比较，如项目的进度和计划的比较等。作业方面主要包括日常任务调度，统计差错率和设备故障信息等。事务方面主要包括数据工作请求、收集数据、校正或变更数据和程序的请求、软硬件情况的报告以及规划和设计建议等。

(7) 高层领导子系统。该子系统功能主要是为高层管理者提高信息。计划方面主要包括可以提供其他子系统计划完成情况的数据检索，以及对决策系统的支持。控制方面主要包括各功能子系统执行计划的当前综合报告情况的比较。作业方面主要包括会议安排计划、控制文件、联系记录等。事务方面主要包括信息查询、决策咨询、处理文件、向组织其他部门发送指令等。

14.2.3 管理信息系统的应用

企业管理信息系统主要包括企业资源计划 ERP、供应链管理 SCM、客户关系管理 CRM、办公自动化 OA 等管理信息化系统。

1. 企业资源计划（enterprise resource planning，ERP）

企业资源计划是指建立在信息技术基础上，以系统化的管理思想，为企业决策层及员工提供决策运行手段的管理平台。它是一种先进的企业管理理念，它将企业各个方面的资源充分调配和平衡，为企业提供多重解决方案，使企业在激烈的市场竞争中取得竞争优势。

企业资源规划，是将企业内部各个部门，包括财务、会计、生产、物料管理、品质管理、销售与分销、人力资源管理等，利用计算机网络整合、联结在一起。

1）企业资源计划（ERP）的管理思想

ERP 的核心管理思想就是实现对整个供应链的有效管理，主要体现在以下几个方面：

(1) 体现对整个供应链资源管理的支持。

(2) 体现精益生产、敏捷制造和并行工程的思想。

(3) 采用计算机和网络通信技术的最新成就。

(4) ERP 系统同企业业务流程重组（business process reengineering，BPR）密切相关，它是建立在业务流程上的管理信息系统。

(5) 以物流、资金流和信息流为核心。

2）企业资源计划（ERP）的功能模块

一般在企业中的管理主要包括四方面的模块内容：

(1) 财务管理（会计核算、财务管理）；

(2) 生产控制（计划、制造）；

(3) 物流管理（分销、采购、库存管理）；

(4) 人力资源管理。

3）企业资源计划（ERP）的流程

图 14-2 是一个企业资源计划（ERP）的流程图。

2. 供应链管理（supply chain management，SCM）

1）供应链

供应链是企业从原材料和零部件采购、运输、加工制造、分销直至最终送到顾客手中的过程。

一个现实的供应链是围绕核心企业，通过对信息流、物流、资金流的控制，从采购

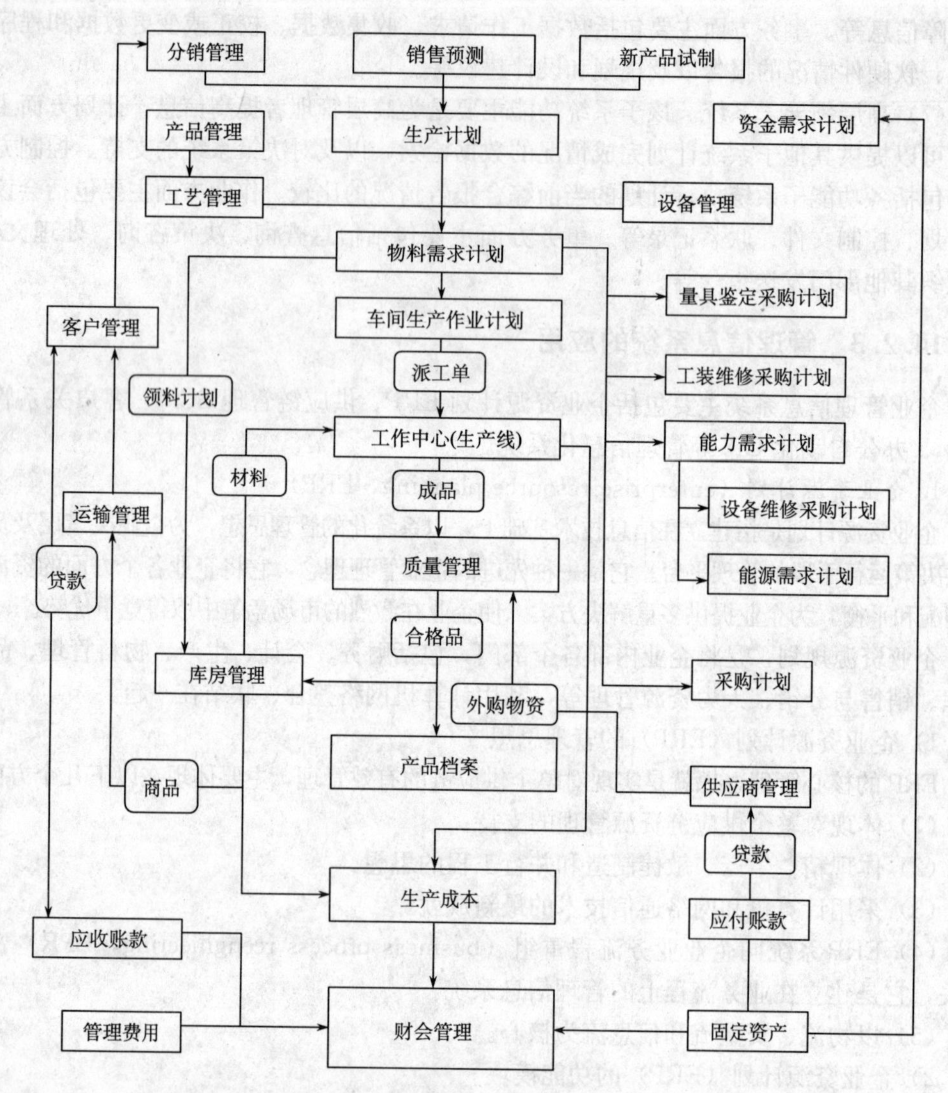

图 14-2 企业资源计划（ERP）流程图

原材料开始，制成中间产品以及最终产品，最后由销售网络把产品送到消费者手中的将供应商、制造商、分销商、零售商、直到最终用户连成一个整体的功能网结构模式。

2）供应链管理

供应链管理是企业通过一个完整的、集成的信息系统将自己的供应商、采购活动、库存管理及必要的财务活动统一起来的企业活动。这种企业活动可以大大提高供应商优化选择的效率，提高企业的采购效率和透明度，节约采购费用和采购资金，降低企业库存，提高资金周转率。

供应链管理的目标是要将顾客所需的正确的产品（right product）在正确的时间（right time）、按照正确的数量（right quantity）、正确的质量（right quality）和正确的状态（right status）送到正确的地点（right place）——即“6R”，并使总成本最小。

3）供应链管理的内容

供应链管理主要涉及四个主要领域：供应（supply）、生产计划（schedule plan）、物流（logistics）、需求（demand）。供应链管理的目标在于提高用户服务水平和降低总的交易成本，并且寻求两个目标之间的平衡。供应链管理包括五项基本内容：计划、采购、制造、配送、退货。

3. 客户关系管理（customer relationship management，CRM）

1）客户关系管理系统的核心思想

客户关系管理首先是一种管理理念，其核心思想是将企业的客户（包括最终客户、分销商和合作伙伴）作为最重要的企业资源，通过完善的客户服务和深入的客户分析来满足客户的需求，保证实现客户的终生价值。具体来讲，客户关系管理的核心思想有以下三点：将客户作为企业发展最重要的资源之一，建立以客户为导向的管理思想；将客户纳入到企业管理的范围中，对企业与客户的各种关系进行全面管理；进一步延伸企业供应链管理。

2）客户关系管理的内容

客户关系管理的内容可以归纳为三个方面：对销售、营销和客户服务三部分业务流程的信息化；与客户进行沟通所需要的手段（如电话、传真、网络、E-mail 等）的集成和自动化处理；对上面两部分功能所积累下的信息进行的加工处理，为企业管理提供支持。

3）客户关系管理的组织

CRM 系统的实施项目小组各部分人员的作用如下：

（1）高层领导。其作用在于支持、领导和推动 CRM 的实现。

（2）IT 部门。主要工作是选择和安装 CRM 系统，在系统实施的每个阶段提供技术上的支持。

（3）销售、营销和服务等部门。提供整个系统的需求建议；应用并评价系统功能。

4. 办公自动化（office automation，OA）

办公自动化系统通常是以计算机为基础的信息系统，它们被用来辅助组织在不同的个人、部门和工作群体之间进行电子文件的流转发布和协同工作。

5. 管理信息系统与供应链的相互关系

管理信息系统是管理思想、管理技术、管理系统，也可以是管理软件。由于不同的

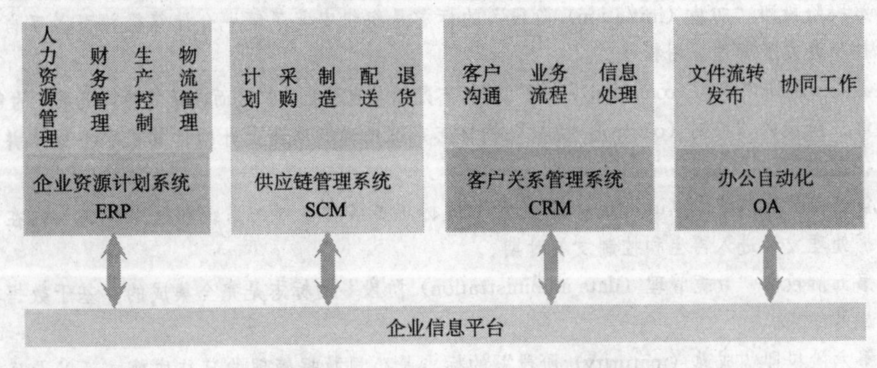

图 14-3 管理信息系统的相互关系

管理信息系统的侧重点各不相同，它们相互之间有补充的内容，又有相互重复的内容。图 14-3 就是介绍的几种管理信息系统的相互关系图，图 14-4 是介绍的几种管理信息系统与供应链的相互关系。

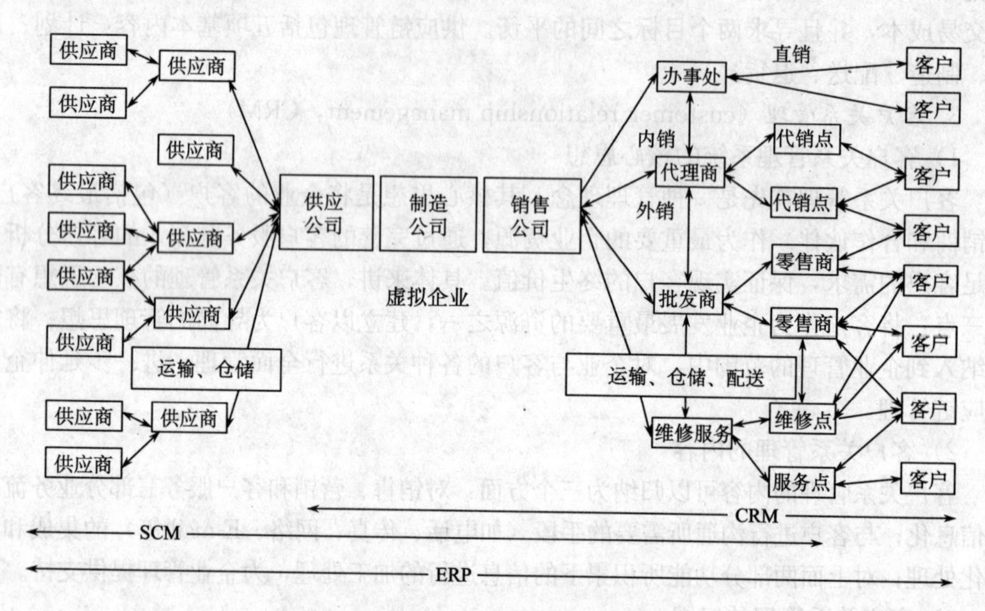

图 14-4 管理信息系统与供应链的相互关系

管理提示

未来组织是什么样的机构

未来的组织在很快地变成一种现实，即一种以信息作为主轴和中心结构支柱的机构。

——著名管理学家：彼得·杜拉克

诺兰的阶段模型

信息技术应用于组织中，一般都要经历从初级到高级，从不成熟到不断成熟的成长阶段。诺兰(Nolan) 总结了这一规律，于 1973 年提出了信息系统发展的阶段理论，被称为诺兰阶段模型，1980 年，诺兰进一步完善了该模型，把信息技术的成长过程划分为六个阶段：

(1) 第一阶段即“初装 (initiation) 阶段”的标志是组织安装了第一台计算机并引入了自动化概念，同时初步开发了管理应用程序。

(2) 第二阶段即“蔓延 (contagion) 阶段”的标志是随着自动化的扩展而导致的计算机系统的急增。

(3) 第三阶段即“控制 (control) 阶段”的标志是试图遏制快速上升的计算机服务成本并将数据处理置于控制之下。

(4) 第四阶段即“集成 (integration) 阶段”的标志是各种各样的系统和技术集成为内在统一的系统，数据处理发展进入再生和控制发展时期。

(5) 第五阶段即“数据管理 (data administration) 阶段”的标志是完全集成的、基于数据的系统发展和实施的结束。

(6) 第六阶段即“成熟 (maturity) 阶段”的标志是公司数据管理的日益成熟，可以满足单位中各管理层次的要求，从而实现信息资源的管理。

诺兰的阶段理论既可以用于诊断组织当前处在哪个成长阶段、向什么方向前进、怎样管理最有效，也可以用于对各种变动的安排，以合理转至下一个生长阶段。

管理故事

亡羊补牢

战国时代，楚国有一个大臣，名叫庄辛，有一天对楚襄王说：

“你在宫里面的时候，左边是州侯，右边是夏侯；出去的时候，鄢陵君和寿跟君又总是随着你。你和这四个人专门讲究奢侈淫乐，不管国家大事，郢（楚都，在今湖北省江陵县北）要危险啦！”

襄王听了，很不高兴，气骂道：“你老糊涂了吗？故意说这些险恶的话惑乱人心吗？”庄辛不慌不忙地回答说：“我实在感觉事情一定要到这个地步了，不敢故意说楚国有什么不幸。如果你一直宠信这几个人，楚国一定要灭亡的。你既然不信我的话，请允许我到赵国躲一躲，看事情究竟会怎样。”

庄辛到赵国才住了五个月，秦国果然派兵侵楚，襄王被迫流亡到阳城（今河南息县西北）。这才觉得庄辛的话不错，赶紧派人把庄辛找回来，问他有什么办法；庄辛很诚恳地说：“我听说过，看见兔子才想起猎犬，这还不晚；羊跑掉了才补羊圈，也还不迟……”

问题：从控制的角度，如何理解“亡羊补牢”这句成语。

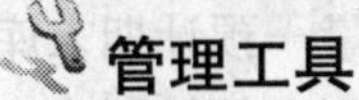

管理工具

数字神经系统

在高度信息化的商业社会里，企业必须能迅速有效地组织员工，快速地应对市场和环境的变化，企业经理人可以充分利用数字神经系统，作为一个竞争武器达到这些目的，以提高其企业的长久竞争力。

企业建设数字神经系统通常需经历如下六个步骤：

(1) 明确企业业务和经营战略，分析企业管理现状；

(2) 优化规范企业的管理体系、管理和业务过程（通常所说的业务流程重组）；

(3) 确定符合企业战略的信息化目标；

(4) 分析企业信息化现状，找出与目标的差距；

(5) 制定企业IT战略规划，确定企业信息化方案；

(6) 从技术上实施企业信息化方案。

关键概念

管理信息系统　工程技术系统　生产运作系统　企业管理系统　市场销售子系统　物资管理子系统　生产管理子系统　人力资源管理子系统　财务会计子系统　信息管理子系统　高层领导子系统　企业资源计划　供应链　供应链管理　客户关系管理

14.3　控制的方法

有效地运用控制方法是成功地进行控制的重要保证。控制的方法多种多样，本节将介绍一些常用的控制方法。

14.3.1　预算控制方法

预算是用货币和数量指标编制的一定时期的计划。预算是组织使用最广泛的控制手段。

1. 全面预算的种类

全面预算是组织全部计划的数字说明，它包括业务预算、资本预算（资本性收支预算）、专项预算（特定资金来源预算）和财务预算。各种预算相互联系，构成全面预算体系。

不同行业预算的具体内容有所差别。下面以制造业为例描述各种预算的内容。

（1）业务预算，是指预算期内组织可能形成现金收付的生产经营活动（或营业活动）的预算。它一般包括销售或营业预算、生产预算、制造费用预算、产品成本预算、营业成本预算、采购预算、期间费用预算等。

销售或营业预算是编制全面预算的基础。组织首先应根据市场预测和组织生产能力的情况，确定销售目标，编制年度及季度、月份的销售数量、销售单价、销售金额及销售货款收入情况。

采购预算是预算执行单位在预算期内为保证生产或者经营的需要而从外部购买各类商品、各项材料、低值易耗品等的预算。

生产预算是根据销售预算所确定的销售数量，按产品名称、数量分别编制生产预算。生产预算必须考虑合理的存货量。存货量＝预计生产量－预计销售量＋预计期末库存量－预计期初库存量。生产预算编制好后，为了保证均衡生产，一般还必须编制生产进度日程表，以便控制生产进度。

制造费用预算是从事工业生产的预算执行单位在预算期内为完成生产预算所需各种间接费用的预算。

产品成本预算是从事工业生产的预算执行单位在预算期内生产产品所需的生产成本、单位成本和销售成本的预算。

营业成本预算是非生产型预算执行单位对预算期内为了实现营业预算而在人力、物力、财力方面必要的直接成本预算。

期间费用预算是预算期内执行单位组织经营活动必要的费用支出。如科技开发费用以及业务招待费、会议费、宣传广告费等。

（2）资本预算，是组织在预算期内进行资本性投资活动的预算。主要包括固定资产投资预算、权益性资本投资预算和债券投资预算、筹资预算。

固定资产投资预算是组织在预算期内购建、改建、扩建、更新固定资产进行资本投资的预算，应当根据本单位有关投资决策资料和年度固定资产投资计划编制。组织处置固定资产所引起的现金流入，也应列入资本预算。组织如有国家基本建设投资、国家财政生产性拨款，应当根据国家有关部门批准的文件、产业结构调整政策、组织技术改造方案等资料单独编制预算。

权益性资本投资预算是组织在预算期内为了获得其他组织单位的股权及收益分配权而进行资本投资的预算，应当根据组织有关投资决策资料和年度权益性资本投资计划编制。组织转让权益性资本投资或者收取被投资单位分配的利润（股利）所引起的现金流入，也应列入资本预算。

债券投资预算是组织在预算期内为购买国债、组织债券、金融债券等所作的预算，应当根据组织有关投资决策资料和证券市场行情编制。组织转让债券收回本息所引起的现金流入，也应列入资本预算。

筹资预算是组织在预算期内需要新借入的长短期借款、经批准发行的债券以及对原有借款、债券还本付息的预算，主要依据组织的有关资金需求决策资料、发行债券审批文件、期初借款余额及利率等编制。

(3) 专项预算，是反映特定资金用途和资金来源、需有关部门专项审批的项目所作的财务安排。

(4) 财务预算，是组织在计划期内反映现金收支、经营成果及财务状况的预算。它主要包括现金流预算、预计损益表、预计资产负债表。

现金流预算反映计划期内现金收入、现金支出、现金余额及融资情况，通过现金预算反映计划内组织现金流动的情况，控制现金的收支，做到合理理财。

损益表是根据现金预算而编制的，反映了组织在一定期间内的经营成果。组织可通过损益表了解自身的盈利能力。

资产负债表反映组织的资产、负债及收益情况，反映组织财务状况及偿债能力。

2. 编制预算的方法

预算一般是以预测的销售量为基础，在一定业务量水平下编制的预算，称为静态预算。但是，组织的环境和组织内部条件不断变化，使得组织所预测的销售量比实际的销售量可能更高或更低，原编制的预算就无法使用。针对这种情况，可运用下面的四种方法。

(1) 弹性预算。弹性预算就是在编制费用预算时，考虑到计划期业务量可能发生的变动，编制一套能适应多种业务量的费用预算，以便分别反映各业务量所对应的费用水平。由于这种预算是随着业务量的变化作机动调整的，本身具有弹性，故称为弹性预算。

编制弹性费用时，把所有的费用分为变动费用和固定费用两部分。固定费用在相关范围内不随业务量变动而变动，变动费用随业务量变动而变动。因此，在编制弹性预算时，只需要按业务量的变动调整费用总额即可，不需重新编制整个预算。

(2) 滚动预算。滚动预算，或称永续预算，其特点是，预算在其执行中自动延伸，当原预算中有一个季度的预算已经执行了，只剩下三个季度的预算数，就把下一个季度的预算补上，经常保持一年的预算期，或者是每完成一个月的预算，就再增加一个月的预算，使预算期永远保持12个月。

根据滚动预算的编制原理，组织可以把长远规划与短期目标结合起来，并根据短期目标的完成情况来调整长期规划，使组织的各项活动能够及时反馈，及时发现差异，及时处理。

(3) 零基预算。零基预算是以零为基础编制的预算，其原理是：对任何一个预算（计划）期，任何一种费用项目的开支，都不从原有的基础出发，即根本不考虑各项目基期的费用开支情况，而是一切都以零为基础，从零开始考虑各费用项目的必要性及其预算的规模。

(4) 概率预算。概率预算是对具有不确定性的预算项目，估计其发生各种变化的概率，从而编制的预算，一般适用于难以推测预测变动趋势的预算项目，如销售新产品、开拓新业务等。

14.3.2 非预算控制方法

有许多控制方法与预算没有直接关系，但也是非常有效的控制方法。下面是几种常用的方法。

1. 统计资料分析法

统计资料分析法是使用统计方法对大量的数据资料进行汇总、整理、分析后，表现为统计报表分析的形式。

企业各方面的经营情况往往是用统计数据表示出来的，有些人喜欢采用表格式统计数据进行分析，有些人喜欢用图表式统计数据进行分析。不管是表格式还是图表式，都是用直观的形式将企业经营状况展示在人们面前，运用这些统计分析资料，管理人员就可以作出判断，从而更好地进行控制。

2. 经营审计法

非预算控制中的另一种有效方法是经营审计。从广义上讲，经营审计是指企业内部的审计人员对企业的会计、财务以及其他经营活动所作的定期和独立的评价。虽然经营审计往往只限于对会计项目和财务的审核，但其最有用的方面却是对经营活动作出全面的评价，也就是根据计划规定的结果来衡量实际的工作成果。因此，经营审计人员除了保证让会计账目正确地反映实际工作以外，还要评价政策、程序、职权的运用、管理方法的效果，特殊问题以及经营的其他方面情况。

3. 现场管理法

现场管理法或称走动式管理是一种常用的控制方法。它是指管理者通过对重要管理问题的实际调查研究获取控制所需的各种信息，亲自观察员工的生产进度、倾听员工的交谈来获取信息，或者亲自参加某些具体工作，通过实践来加深对问题的了解，获得第一手资料。亲自视察不仅可以直接与下属沟通，了解他们的工作、情绪、工作成绩，发现存在的问题，而且能激励下属，有利于创造一种良好的组织气氛。

4. 报告

报告是用来向实施计划的主管人员全面地、系统地阐述计划的进展情况、存在的问题及原因、已经采取了哪些措施、收到了什么效果、预计可能出现的问题等情况的一种重要方式，有助于对具体问题的控制。在拟订和评价报告时，应明确两个问题：报告的目的是什么？向谁报告？

5. 质量管理

狭义的质量指产品的质量；而广义的质量除了涵盖产品质量外，还包括工作质量。产品质量主要指产品的使用价值，即满足消费者需要的功能和性质。这些功能和性质可以具体化为：性能、可信性（可用性、可靠性、维修性）、安全性、经济性、环境适宜性、美学和心理特性。工作质量主要指在生产过程中，围绕保障产品质量而进行的质量管理工作的水平。

现在人们又将质量管理的内容从产品质量和工作质量延伸到服务、过程、体系和组织，以及以上几项的组合上。

常用的质量管理的方法有全面质量处理和6σ质量管理。

全面质量管理（total quality management，TQC）是一种能够在最经济的水平上，考虑到使客户充分满意的情况，进行市场研究、设计、制造和售后服务，由全体人员参加的，把企业各部门的质量开发、质量维持和质量提高的活动构成一体的有效体系。

6б意为“6 倍标准偏差”，在质量上表示每百万缺陷次数少于 3.4，几乎接近完美。“6б质量管理”是评估工作流程的一种方法，是一种接近完美的目标，是一种改变组织文化的方法，是一种建立并维持业务绩效和公司领导地位的广泛的综合的系统。

6 个西格玛已逐渐由品质管制延伸到企业管理的各个层面，运用也愈来愈广泛而深入，在未来将对企业管理水平的提升，产生更大的影响力和贡献。

6. 标准化管理

标准化管理是将产品、工作和服务制定出标准，设计者按照标准从事设计工作，制造者按照标准完成生产过程，管理者按照标准进行管理和控制。标准化管理的内容包括成本标准、产品质量标准、服务质量标准、合同标准、流程标准等。标准分为企业标准、地方标准、行业标准、国家标准和国际标准。如 ISO9000 质量标准体系，ISO14000 环境管理标准，SA8000 企业责任标准就是国际上流行的标准体系。

管理提示

管理是什么

管理是一种严肃的爱。

——美国国际农机商用公司董事长：西洛斯·梅考克

热炉法则

“Hot stove rule”是一套被频繁引用的规则，每个单位都有自己的规章制度，单位中的任何人触犯了规章制度都要像摸到热炉一样受到惩罚。

(1) 热炉火红，不用手去摸也知道炉子是热的，是会灼伤人的——警告性原则。领导者要经常对下属进行规章制度教育，以警告或劝诫他们不要触犯规章制度，否则会受到惩处。

(2) 当你碰到热炉，肯定会被灼伤——奖惩原则。也就是说只要触犯单位的规章制度，就一定会受到惩处。

(3) 当你碰到热炉时，立即就被灼伤——即时性原则。惩处必须在错误行为发生后立即进行，决不拖泥带水，决不能有时间差，以便达到及时改正错误行为的目的。

(4) 不管谁碰到热炉，都会被灼伤——公平性原则。

管理故事

会议成本分析制

日本太阳公司为提高开会效率，实行开会分析成本制度。每次开会时，总是把一个醒目的会议成本分配表贴在黑板上。

成本的算法是：会议成本＝每小时平均工资的 3 倍×2×开会人数会议时间（小时）。公式中平均工资之所以乘 3，是因为劳动产值高于平均工资；乘 2 是因为参加会议要中断经常性工作，损失要以 2 倍来计算。因此，参加会议的人越多，成本越高。有了成本分析，大家的开会态度就会慎重，会议效果也十分明显。

问题：会议有成本，那么其他活动呢？

管理工具

PDCA 循环

PDCA 循环又叫戴明环，是美国质量管理专家戴明博士首先提出的，它是全面质量管理所应遵循的科学程序。发达国家的质量管理实践证明，戴明环是一个行之有效的科学管理程序。

PDCA 是英语单词 plan（计划）、do（执行）、check（检查）和 action（处理）的第一个字母，PDCA 循环就是按照这样的顺序进行质量管理，并且循环不止地进行下去的科学程序。

PDCA 循环经过了长期、大量的运转实践，具有以下的特征：

(1) PDCA 循环的形式是大环套小环，一环扣一环，小环套大环，推动大循环。

(2) PDCA 循环是动态良性大循环。

(3) PDCA 循环是管理工作经验的科学归纳，是抽象的工作模式。

关键概念

预算　全面预算　业务预算　采购预算　生产预算　制造费用预算　产品成本预算　营业成本预算　期间费用预算　资本预算　固定资产投资预算　权益性资本投资预算　债券投资预算　筹资预算　财务预算　专项预算　现金流预算、损益表、资产负债表、弹性预算　滚动预算　零基预算　概率预算　统计资料分析法　经营审计法　现场管理法　报告　质量管理　全面质量管理　6 西格玛（6δ）质量管理　标准化管理　产品质量　工作质量

本章提要

(1) 控制内容应包括组织成员行为规范控制、财务控制、时间控制、流程控制和组织绩效控制。

(2) 控制工作说到底是对组织成员行为规范控制，组织成员行为规范控制是通过人力资源规划、岗位分析与说明、招聘、培训、使用、考核、评价、激励、人员调整等一系列工作环节来完成的。

(3) 企业财务是企业运行状态的综合反映，也是企业控制的重要手段，为了企业的良性运行，企业必须进行财务控制。

(4) 财务控制是通过财务预算、审计和财务报表分析实现的。

(5) 时间控制是合理安排活动时间，减少时间浪费，以便有效地完成既定目标。时间控制的工作一是合理安排活动时间，二是各项活动要按照预定的时间表进行。

(6) 管理者在对流程进行计划和控制时，应遵循的准则是：确保流程的计划性；使流程精减到最低程度；从更大的流程控制系统中把握具体的流程控制系统；强化流程控制的执行力。

(7) 组织绩效控制就是组织控制点或组织控制目标的选择，是对结果的控制。

(8) 企业信息系统分为：工程技术信息系统、生产运作系统、管理信息系统。

(9) 管理信息系统要实现的主要功能有：市场销售子系统、物资管理子系统、生产管理子系统、人力资源管理子系统、财务会计子系统、信息管理子系统、高层领导子系统。

(10) 企业管理系统信息化的重要标志是其管理系统采用了企业资源计划 ERP、供

应链管理 SCM、客户关系管理 CRM、办公自动化 OA 等管理信息化系统，这些管理信息系统有着各自不同的管理侧重点。

(11) 全面预算的种类：业务预算、资本预算（资本性收支预算）、专项预算（特定资金来源预算）和财务预算。

(12) 编制预算的方法包括：弹性预算、滚动预算、零基预算、概率预算。

复习思考题

(1) 常见的控制内容有哪些?
(2) 每项控制内容的目的是什么?
(3) 管理信息系统要实现的主要功能有哪些?
(4) 常见的管理信息系统有哪些?
(5) 常见的一些管理信息系统的核心思想是什么，管理的内容是什么?
(6) 什么是预算，预算的种类有哪些?
(7) 编制预算的方法有哪些?
(8) 非预算控制的方法有哪些?
(9) 你认为什么情况下管理信息系统可以较好地发挥作用?
(10) 在你的生活中，你是如何编制预算的?
(11) 有人说“计划是向前看，而控制是向后看”，你对这种说法有什么评价?

管理者训练

财务和生产控制

兴业电子股份有限公司的主要产品为印刷电路板。过去国内电子、计算机、主机板业稳定成长，带动了兴业电子的成长。然而公司的管理制度却仍然停留在过去的经验法则当中，未能随着时代趋势及业绩的成长而有所改变，以致造成内部管理运作失调，显现无力感的状况。近年来，由于引进新的生产制造技术、国内市场竞争激烈，以及劳工普遍缺乏，人员难觅，更凸显出改善管理制度的迫切性。董事长有感于此，决定全力整顿内部，建立完整的经营管理制度，以符合时代潮流，提高企业的经营绩效。

经过董事长与高阶主管的密切讨论，发现目前公司存在两类管理问题：

1. 财务分析与成本管理方面

公司会计结算，仅止于现金制的运作，无法真正了解企业盈亏、损益平衡、资金周转与营运绩效的增减变化。

无明确的成本处理理法则，故每批订单无法确知其单位成本，很难进行生产效益评估，亦很难提供业务单位报价接单的参考。

各项费用分摊方式及单位归属不清，无法进行预算及控制。

2. 生产管理的运作方面

产销作业搭配不协调，订单作业处理程序及产能负荷管制不落实，无法有效管制排程，常造成交期延误和产销脱序的状况。

生产型态为订货生产，下订单和交货时间往往又非常急迫，造成生产及用料计划管制的困扰，亦常有急件插单和停工待料的弊病，或衔接的困扰。

因生产产品的特性，某些材料必须经过特殊冷藏包装处理，有些材料则有其耐用天数。但过去未能落实库存管理，以致常有变质材料送到联机操作的情形，造成重大损失。

问题：

(1) 作为一名领导者，如何进行财务控制与成本控制？

(2) 对生产管理的运作方面有何改善建议？预期效益为何？

案例 14-1

巨人集团的启示

1993年、1994年，全国兴起房地产和生物保健品热，为寻找新的产业支柱，巨人集团开始迈向多元化经营之路——计算机、生物工程和房地产。在1993年开始的生物工程刚刚打开局面但尚未巩固的情况下，巨人集团毅然向房地产这一完全陌生的领域进军。欲在房地产业中大展宏图的巨人集团一改初衷，拟建的巨人科技大厦设计一变再变，楼层节节拔高，从最初的18层一直涨到70层，投资也从2亿元涨到12亿元，1994年2月破土动工，气魄越来越大。对于当时仅有1亿资产规模的巨人集团来说，单凭自己的实力，根本无法承受这项浩大的工程。对此，巨人集团的想法是：1/3靠卖楼花，1/3靠贷款，1/3靠自有资金。但令人惊奇的是，大厦从1994年2月破土动工到1996年7月巨人集团未申请过一分钱的银行贷款，全凭自有资金和卖楼花的钱支撑。

1994年8月，巨人集团召开全体员工大会，提出“巨人集团第二次创业的总体构想”。其总目标是：跳出电脑产业，走产业多元化的扩张之路，以发展寻求解决矛盾的出路。

1995年2月，巨人集团隆重召开表彰大会，对在巨人脑黄金战役第一阶段作出重大贡献的一批“销售功臣”予以重奖。5月18日，巨人集团在全国发动促销电脑、保健品、药品的“三大战役”。霎时间，巨人集团以集中轰炸的方式，一次性推出电脑、保健品、药品三大系列的30个产品。巨人产品广告同时以整版篇幅跃然于全国各大报。不到半年，巨人集团的子公司就从38个发展到228个，人员也从200人发展到2000人。

1995年7月11日，巨人集团在提出第二次创业的一年后，不得不再次宣布进行整顿，在集团内部进行了一次干部大换血。8月，集团向各大销售区派驻财务和监察审计总监，财务总监和监察审计总监直接对总部负责，两者又各自独立，相互监控。但是，整顿并没有从根本上扭转局面。1995年9月，巨人的发展形势急转直下，步入低潮。伴随着10月发动的“秋季战役”的黯然落幕，1995年年底，巨人集团面临前所未有的严峻形势，财务状况进一步恶化。

1996年年初，巨人集团为挽回局面，将公司重点转向减肥食品“巨不肥”，3月份，“巨不肥”营销计划顺利展开，销售额大幅上升，公司情况有所好转。可是，一种产品销售得不错并不代表公司整体状况好转，公司旧的制度弊端、管理缺陷并没有得到解决，相反“巨不肥”带来的利润还被一些人私分了。集团公司内各种违规违纪、挪用贪污事件层出不穷。其属下的全资子公司康元公司，由于财务管理混乱，集团公司也未派出财务总监对其进行监督，导致浪费严重，债台高筑。至1996年年底，康元公司累计债务已达1亿元，且大量债务存在水分，相当一部分是因公司内部人员侵吞造成的，公司资产流失严重。而此时更让巨人集团焦急的是急需投入资金的巨人大厦。于是公司决定将生物工程的流动资金抽出投入大厦的建设，而不是停工。进入7月份，全国保健品市场普遍下滑，巨人保健品的销量也急剧下滑，维持生物工程正常运作的基本费用和广告费用不足，生物产业的发展受到了极大影响。

按原合同，大厦施工三年盖到20层，1996年年底兑现，但由于施工不顺利而没有完工。大厦动工时为了筹措资金巨人集团在香港卖楼花拿到了6000万港币，在国内卖了4000万元，其中在国内签订的楼花买卖协议规定，三年大楼一期工程（盖20层）完工后履约，如未能如期完工，应退还定金并给予经济补偿。1996年年底大楼一期工程未能完成，建大厦时卖给国内的4000万楼花就成了导致巨人集团财务危机的导火索。巨人集团终因财务状况不良而陷入了破产的危机之中。

讨论题：

每个企业的目标都要通过控制来实现。针对该案例的情况，分析如何控制企业才能避免企业的危机而实现企业既定目标呢？

第6篇

流程篇

第15章 流程

问题的提出

是要规范流程，还是要灵活掌握，还是……

在公司的物料车间发生了这样一幕：一位领料员来不及履行正常领料手续，被仓库保管员拒绝物料放行。生产车间在迫切地等待，为了保证本单位的生产进度，领料员动用了私人关系，另一个可以直接进入仓库的员工帮助他取来了物料……

没有人对销售优先、生产优先说不，“灵活”在快速成长的过程中成为企业员工行为的习惯，这种灵活不仅出现在领料的员工中，也出现在管理人员甚至是负有监管责任的管理人员中。

面对纷繁复杂的订单，在风险巨大的信贷业务和可能存在管理漏洞的账务报销面前，一位好心的管理者在“一切服务于销售”的思想指导下认为：“再难没有销售难，再难不能难销售”，业务人员工作很不容易，到手的订单决不能丢了，他们的订单应尽快确认，账务应当以最快速度报销完，于是放松了必要的审查……

但员工们发现，这种“灵活”性正在被来自公司上层的力量控制。部分工作人员因工作失职被免职或调离工作岗位，一些员工纳闷，为什么为了工作反而被工作抛弃了呢？

问题：我们需要什么样的流程呢？是要规范流程，还是要灵活掌握，还是……

学习目的

学完本章后，你应当能够：

(1) 知道流程和业务流程的概念。

(2) 通晓流程的基本要求。

(3) 通晓职能导向管理与流程导向管理的相互关系。

(4) 掌握流程优化策略。

(5) 掌握流程优化基本方法。

15.1 流程与流程管理

为了克服传统管理理论的弊端和适应信息技术的发展，迈克尔·哈默（Michael Hammer）和詹姆斯·钱皮（James Champy）于20世纪90年代初提出了业务流程设计与再造的观点。业务流程的设计现在备受企业界人士瞩目，越来越多的企业纷纷开始推进业务流程的设计与再造项目。

15.1.1 流程定义

我们对流程并不陌生，因为流程在我们的生活中无处不在：无论是在百货商店、超级市场、街头小贩那里购买商品，还是去银行储蓄、去学院入学登记、去飞机场登机，还是完成组织的决策过程、计划过程、组织过程和控制过程，都需要按照一定流程来进行。

什么是流程呢？简单地说，流程是做事情的程序或者是工作的程序。无论我们做任何事情或工作，都有一个流程。例如一个企业的工资发放，企业通过什么程序使工资发放到员工手中呢？完成这项工作需要有一个企业工资发放流程。

流程可以用流程图表现出来，流程图是利用具有特定含义的符号和文字说明，形象而具体地描述在完成某项事情或工作的活动过程中各部门的关系。

图15-1就是一个工资发放的流程图。

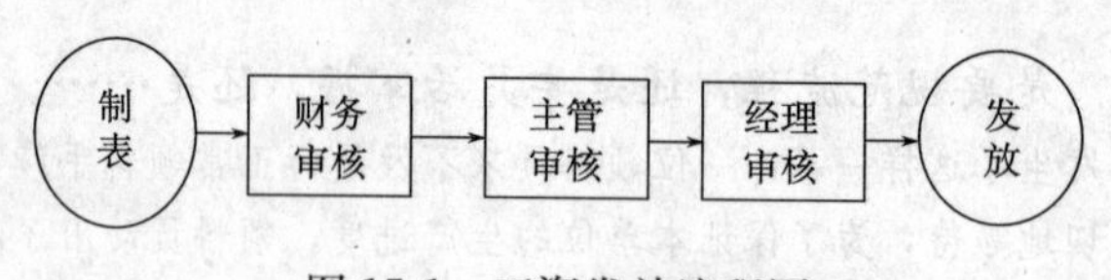

图15-1 工资发放流程图

当然，企业的流程不仅有工资发放流程，还有生产管理流程、财务管理流程、人力资源管理流程等。

在一个流程中，投入的可以是很多要素，包括：信息、资金、人员、技术、文档等，最后通过流程产出所期望的结果，这个结果可以是产品、服务或某种决策。

在所有的流程中，人们更关注的是业务流程。为什么呢？因为业务流程可以使企业获得利润。所谓业务流程，就是企业以输入顾客需求和社会资源为起点到企业创造出对顾客有价值的产品或服务为终点的一系列活动。

从这一概念我们可以看出，业务流程是流程中重要的内容，它与“顾客需求”、“一系列的活动”和“结果”等概念密切相关。我们对任何事情或工作都可以用这样的话来描述它的流程：“输入的是什么资源和顾客需求，中间的一系列活动是怎样的，其价值的增值情况如何，输出了什么结果，这些输出为谁创造了怎样的价值”。

我们可以用以下几条标准来识别业务流程：

（1）每个业务流程都有自己特定的输入和输出。

（2）每个业务流程的活动都要跨越组织内多个部门。

（3）每个业务流程专注顾客需求、一系列活动、目标和结果。

(4) 每个业务流程的输入和输出，能被组织成员很容易地理解。

(5) 所有的业务流程之间有着密切的联系。

我们也可以把业务流程看成组织与顾客共同创造价值的相互衔接的一系列活动，如订单、销售、顾客服务等活动。这里的组织是指组织中所有与业务流程相关的人员和部门，顾客是指组织外部顾客，也可以指内部顾客，即组织内部员工。

15.1.2 流程的基本要求

所有的流程都是事情和工作活动的过程，在这些活动的过程中，对流程提出了基本的要求，流程应满足这些基本的要求。这些基本要求是：

(1) 效率性，又称反应速度，指从开始投入到完成产出转换一个流程花费的时间是否最少、环节是否最少和路径是否最短。它是从顾客提出需求开始到组织作出响应，以至满足顾客需求的时间。

(2) 经济性，指一个流程所发生的各项费用的总和。

(3) 质量，指流程对事情和工作的保证能力。它包括流程的准确性（空间上的精确和固定）、设计的一致性以及流程的可信任性和可维护性。

(4) 目标性，指流程具有明确的输出目标。这个目标可以是一次满意的顾客服务，也可以是一项工作的结果等。

(5) 整体性，指流程由至少两个以上可以相互独立的事情或工作组成，这些可以相互独立的事情或工作相互关联成为一个整体，这些可以相互独立的事情或工作组成了一个新的事情或工作。

(6) 动态性，指流程是按照一定的时序关系从一个独立的事情或工作到另一个独立的事情或工作的“流转”过程。

(7) 层次性，指将流程中的若干事情或工作活动进行细划分，将这些若干事情或工作活动看做流程的“子流程”，从而使流程成为多层次的流程，将一个大的工作流程划分为若干小的工作流程来完成。

(8) 结构性，指流程的结构可以有多种表现形式，如各项事情或工作活动的串联、并联形式，流程信息的反馈等。往往，这些表现形式的不同，给流程输出效果带来很大影响。

(9) 增值性，指流程的增值情况如何，为谁创造了怎样的价值。

(10) 满意度，指顾客对流程结果的满意程度。它也是顾客对其需求的满足程度。

(11) 可重复性，指该流程是一个可重复的、可例行的活动过程。

我们以一个订单处理流程为例，来分析具体流程的要求是什么。

一个订单处理流程（order fulfillment process），它的输入是顾客的订单，其输出是发送的商品、顾客的满意和付款单，输入和输出之间的一系列活动流程为：接收订单、输入计算机、检查顾客的信用、查找仓库产品目标、在仓库配货、包装、送上卡车、将商品送到顾客指定的地点并交付商品、服务跟踪。

从这个订单处理流程上表现出的流程特征如下：①效率性。顾客对这一系列订单处理活动并不关心，顾客关心的只是这一流程的终点，即送到手中的商品。如果订单处理所需的时间太长，将无法满足顾客的需要。②经济性。这一订单处理流程所有的费用总和。③质量性。这一流程如何保证顾客能在指定的地点得到商品。④目标性。这是一次力求让顾客满意的服务流程，而不仅是一次提货流程。⑤整体性。这个流程涉及销售、仓储、配送和售后服务等部门的工作和事情，他们共同做了一件事情或一项工作。⑥动态性。这一流程是在几个部门间“流转”完成的，一个部门的流程的输出是另一部门的输入，部门流程相互影响形成一个动态的“流转”。⑦层次性。这一流程的每一个步骤都可以再划分为更细的“子流程”。将该流程细划分为：接收订单的流程，输入计算机的流程，检查顾客的信用流程等“子流程”。⑧结构性。这一流程的结构是将各项事情或工作串联完成的，它是一个串联结构的流程。⑨增值性。这一流程的结果是顾客在很短的时间内得到了商品，企业得到了销售商品的收入。⑩满意度。由顾客得到商品后对收到商品过程的满意程度如何，对该流程作出评价。⑪可重复性。如果上述要求都满意，该流程可重复应用；如不满意，该流程需要优化。

以上是对流程的基本要求。

在现实中，选择什么样的流程是一个决策选择问题，流程满足上述基本要求是相对的，我们只能满足于一个“足够好”的可接受流程，也就是得到一个“满意”的流程，而不是得到一个面面俱到，不存在目标冲突的最优流程。

15.1.3 流程管理

1. 流程管理的定义

流程是计划规范、管理标准、管理系统，是过程管理和结果管理的结合。组织活动中流程无所不在，那么在管理上就存在着流程管理。流程管理（process management），是一种以规范、优化的流程为对象，以持续的提高组织业务绩效为目的的系统化设计。

流程管理是这样的一种管理体系，它从流程的层面切入，关注流程是否增值，形成一套“认识流程、建立流程、运作流程、优化流程”的体系，并在此基础上，开始一个“再认识流程”的新的循环。

2. 流程管理的意义

由于组织环境的快速变化，企业在经历了“低成本和质量保证”的竞争之后，更加注意“柔性和速度”的管理优化，一方面是企业要随着顾客需求变化而变化要具有“柔性”；另一方面是企业要高效率、快速度地去适应顾客需求的变化，要具有“速度”。今天，以时间为基础的竞争模式成为企业管理关注的要点。

企业要根据顾客需要的内容和方式，在顾客需要的时间、地点提供产品服务。组织的竞争是准与快的竞争，要尽可能准确地满足顾客的需求，尽可能快速地满足顾客的需求。

企业所有的经营管理及业务活动都是由各种流程组成的，这些流程最终输出的是企业交付给顾客的产品或服务，流程是企业管理的基石。流程必须具备能力和效率，流程运行速度最终决定企业以时间为基础的竞争模式的执行力。流程设计与管理的质量决定提供给顾客的产品和服务的质量，最终决定企业的业绩。

3. 流程管理的目的和过程

流程管理的目的是通过设计和再设计不断地优化流程，以便使这些流程的增值内容最大化，从而获得组织绩效改善。

流程管理过程既适用于单独一个流程，也适用于整个组织的流程。

流程管理一般要经过三个阶段：第一阶段规范化流程设计；第二阶段优化流程再设计；第三阶段流程再造。

第一阶段是流程建立和规范阶段，它是流程管理的初始阶段。这一阶段的任务是：建立规范化的流程，使流程例行化，并减少不增值的活动。流程管理要保证流程是以顾客为中心的流程，这种流程中的活动都应该是顾客和组织的增值活动，并且流程规范后，人们就要把它作为一个例行工作去执行。

第二阶段是优化流程阶段。这一阶段的任务是：在现有流程的基础上优化流程，提高流程的运作效率，降低流程成本，提高流程价值。当一个流程规范化地成为一个例行流程后，管理者还要对它再设计，并且这种再设计要不断地持续下去。

第三阶段是流程再造阶段，也称企业再造，它是战略转型阶段。这一阶段的任务是：全面评估流程，根据战略调整和组织变革的要求，重新设计和整合流程。由于战略的调整和组织的变革，要重新对流程进行设计，流程重组阶段是重新建立流程和规范流程的阶段。

4. 流程管理与管理职能的联系与区别

职能导向的管理强调各管理职能的结果，通过各管理职能的实现，实现组织目标。在管理上按职能制订计划，按职能建立管理部门，按职能进行组织控制。这种管理的特点是：层级明确、责权清楚，便于企业扩大规模，便于控制和计划，关注组织结构和管理者角色。但是，以职能为导向管理的弊端也非常明显，在按职能分工的管理中，被分解为一连串片段的各个流程，不能顺畅地创造价值和价值增值；管理者往往关注部门的工作结果，各部门易各自为政，造成各种内部矛盾，不利于企业组织整体目标的实现；顾客面对众多的管理部门，很容易遭到各管理部门之间的推诿和扯皮，难以达到顾客的满意。

以流程为导向的管理思想，强调的是为了完成组织目标，各个部门或机构是如何进行工作的，它强调目标完成的过程，强调要控制工作成果就要控制人们的工作。流程管理的重要意义在于指导人们如何以最优化的过程工作，通过控制过程来实现目标。员工的工作应该围绕着组织目标或产出来设计，而不是围绕着单个任务和单个部门来设计。

对一个组织来讲，以职能为导向的管理和以流程为导向的管理存在着较大的差别，但就具体的管理内容来讲两者还是有联系的，以流程为导向的管理依然要通过管理的职能来实现对流程的管理；以职能为导向的管理依然存在着流程和流程管理。

管理提示

找出顾客的真正所需

听起来找出顾客的真正所需显而易见，但正是它使许多成功公司的聪明人陷入了困境。他们以为他们知道顾客想要什么，而且花了大量的时间、资金、资源试图满足顾客。他们最大的错误并不是忽略了靶子，而是瞄错了靶子。对你重要的东西，对顾客不一定重要。如果你不停下来找出顾客的真正所需，那你就处于危险之中——你要卖给顾客的产品，顾客不感兴趣。流程也是针对顾客的真正所需而设立的。

管理的80/20定律

(1) 80%的利润来自20%的客户；
(2) 80%的收获来自20%的努力；
(3) 80%的销售来自20%的销售人员；
(4) 80%的时间用在了20%的日常事情上；
(5) 80%的事情在20%的高效率的时间内被完成；
(6) 80%的效率提升可以来自20%的环节改进。
抓住关键的20%。

管理故事

蚁 群 效 应

蚂蚁的世界一直为人类学与社会学者所关注，它们的组织体系和快速灵活的运转能力始终是人类学习的楷模。蚂蚁有严格的组织分工和由此形成的组织框架，但它们的组织框架在具体的工作情景中有相当大的弹性，比如它们在工作场合的自组织能力特别强，不需要任何领导人的监督就可以形成一个很好的团队而有条不紊地完成工作任务。

蚂蚁做事很讲流程，但它们对流程的认识是直接指向于工作效率的。比如，蚂蚁发现食物后，如果有两只蚂蚁，它们会分别走两条路线回到巢穴，边走边释放出一种它们自己才能识别的化学外激素做记号，先回到巢穴者会释放更重的气味，这样同伴就会走最近的路线去搬运食物。

蚂蚁做事有分工，但它们的分工是有弹性的。一只蚂蚁搬食物往回走时，碰到下一只蚂蚁，会把食物交给它，自己再回头；碰到上游的蚂蚁时，将食物接过来，再交给下一只蚂蚁。蚂蚁要在哪个位置换手不一定，唯一固定的是起始点和目的地。

问题：“蚁群效应”给我们在流程管理上的启示是什么？

管理工具

快速全员参与变化法

不是依靠有限的组员的参与，而是通过研讨会和社会技术设计相结合的方法，使得与设计的流程相关的所有人员都参与到设计工作中来。

关键概念

流程　流程图　业务流程　组织　顾客　外部顾客　内部顾客　效率性　经济性　整体性　动态性　层次性　结构性　增值性　可重复性　流程管理

15.2 流程的分类

组织内成千上万的活动，使得组织的流程呈现多种多样的形式。为了便于分析，我们往往把流程细分为物流、资金流、人流和信息流；部门内流程、部门间流程和组织间流程；战略流程、业务流程和管理流程；核心流程和非核心流程；关键流程和非关键流程等。

15.2.1 物流、资金流、人流和信息流

按流程的处理对象，可以将流程分为物流、资金流、人流、信息流。

（1）物流。物流是指从输入到输出都是以物的形式出现的实物流程，如半成品、产品、商品等实物。它是由物料采购、物料库存、生产转换、产品库存、配送和产品销售活动组成的实物流程。在这一流程中，每一环节都伴随着有形实物的移动，通过一系列活动使有形的实物发生了变化，由分散各供应商的原材料转变成商品。这一流程中的任一活动都是由系列流程组成，它们的运作过程中，同样伴随着实物的移动。

（2）资金流。资金流是指资金筹集、资金运用和资金分配和一系列活动所形成的资金流程。在企业的资金运作流程中，从资金的筹集到资金的分配，始终伴随着有形资金的数量变动。

（3）人流。企业运作的人流是指企业运行过程中，员工的吸纳、员工的运用及员工的变迁活动构成的流程。该流程的运作对象是企业的员工，通过系列活动使员工发生了质的变化，即由起初的普通员工变成对企业有一定的专用性的、提高了素质的员工。

（4）信息流。信息流是指流程的输入输出成分中均只有信息类成分，即只有无形的成分，这些成分在流程处理中不被处理，因而这些信息成分只能算作流程的资源。企业运作中的决策流程、制订市场营销计划的流程及新产品的设计流程等都是信息流。

15.2.2 部门内流程、部门间流程和组织间流程

按流程所经过的组织单位范围，可以把流程分为岗位间流程、部门间流程和组织间流程。流程范围的识别有助于协调流程的接口和并行处理流程。组织通过考察跨部门的流程，会发现制约流程的原因和单位，有利于流程的优化。

1. 部门内流程

部门内流程是指在一个部门内部完成的流程，如在订单处理流程中的接收订单、输入计算机、检查顾客的信用就是销售部门内部的流程。

2. 部门间流程

部门间流程是指在一个企业内跨越两个或两个以上部门的流程，即流程的系列活动是由不同部门的人来共同完成的。部门间流程的活动是不同的，但却是相关的，活动之间有着内在的联系，有些活动之间乍看起来是不相干的，但通过某些其他活动的媒介，这些活动间也发生了远程联系，通过这些不同部门的相关活动的共同作用产生了特定的结果，从而构成某一工作完成的特定流程。

如在订单处理流程中，接收订单、输入计算机、检查顾客的信用是销售部门的流程；查找仓库产品目标、在仓库配货、包装、送上卡车、将商品送到顾客指定的地点并交付商品是物流配送部门的流程；服务跟踪是售后服务部门的流程。由销售部、物流配送部和售后服务部共同完成的订单流程属于部门间流程。

3. 组织间流程

组织之间的流程是组织间的产品价值链流程。它是在供应商、生产商与销售商之间形成的。例如，由棉麻公司提供棉花供应给纺织公司，纺织公司织成布供应给纺织贸易公司，在棉麻公司、纺织公司和纺织贸易公司间就形成了一个纺织品价值链流程，这个流程就是组织间流程。

15.2.3 战略流程、业务流程和管理流程

1. 战略流程

战略流程是用以规划和开拓组织未来的工作流程。战略流程解决组织的发展方向和资源配置问题。它主要包括企业的价值、企业发展目标、产品定位、资源配置计划、战略规划等工作流程。

2. 业务流程

正如14.1节中对业务流程的定义，业务流程，就是企业以输入顾客需求和社会资源为起点到企业创造出对顾客有价值的产品或服务为终点的一系列活动。业务流程解决流程增值和收入增长问题，只要与直接满足顾客需求相关的流程，都是业务流程，主要包括：市场营销流程、销售管理流程、产品设计开发管理流程、采购管理流程、生产管理流程、质量管理流程、物流配送管理流程、财务管理流程、服务管理流程、信息系统流程等。

3. 管理流程

管理流程又称保障流程，是为战略流程和业务流程提供保障的流程。管理流程主要解决效率和费用问题。它主要包括：人力资源管理流程、会计统计管理流程、技术研发管理流程、信息系统流程、财务管理流程等。财务管理流程和信息系统管理流程既是业务流程又是管理流程，因为它们既有企业业务工作又有企业管理工作，如财务管理流程中的应收款管理、应付款管理是业务工作，而固定资产管理和工资管理是企业管理工作，相应地存在着业务流程和管理流程。信息系统流程中一部分是业务信息，一部分是管理信息，也相应地存在着业务流程和管理流程。

15.2.4 核心流程和非核心流程

核心流程是能满足顾客需求，得到组织和顾客价值增值的流程。组织的核心流程对应着不同的组织业务功能。比如，核心流程可以是“开发、保持和发展顾客的流程”，其功能是获得顾客；核心流程可以是“订单信息管理流程”，其功能是明确和跟踪顾客对产品或服务的要求；核心流程可以是“订单完成管理流程”，其功能是准备、制造和交付给顾客预订的产品或服务；核心流程可以是“顾客服务流程”，其功能是为顾客提供必要的服务支持，以获得顾客满意。

非核心流程就是对组织的最终输出没有直接贡献或者贡献很小，不增值或者增值少的流程。

15.2.5 关键流程和非关键流程

关键流程是那些决定和制约整体流程运行能不能达到要求的流程。

关键流程是流程优化的重点，核心流程一定是关键流程，但是并非所有的关键流程都是核心流程。比如某一流程影响了整体服务质量，这一流程就成为这一时期的关键流程，但它不一定是核心流程。

非关键流程是那些不能决定和制约整体流程运行能不能达到要求的流程。

管理提示

调整流程增加收入

流程专家在一个医院作流程调查发现，做一台手术需要四个小时，其中一个小时用于病人的麻醉，相当于在手术室白白浪费了一个小时的时间。由于手术室有很多非常昂贵的设备，一个小时的折旧费可能就是几百美元；而且麻醉期间并不需要无菌，完全可以在手术室旁边设一个麻醉室，这样一来，占用手术室的时间可从四个小时缩短为三个小时。原来每天做四台手术占用的十六个小时，现在可以完成五台手术。假如一台手术收费 5000 美元，那么现在一天就可以多收入 5000 美元。

瓶 颈 效 应

如果某一关键环节跟不上，必然会影响整体流程的运行，这一关键环节就称为瓶颈。

管理故事

比萨饼的优化工序例子

玛丽和她的两个儿子经营比萨饼屋有好几年了。他们的这家饼屋一直很受欢迎，其可口的风味在当地小有名气。除了常规的室内营业外，他们还提供送货上门的服务。最近他们的利润有所下降，因此，玛丽觉得是该检查一下业务，采取一些措施了。

他们开始思索各种主意，并通过优化，剩下了这些他们认为重要的工作程序：

(1) 雇佣和培训员工（厨师、服务员、清洁工）；

(2) 订购/采购食品配料和其他材料；

(3) 烹调和准备食品；

(4) 接顾客的订单；

(5) 送出比萨饼。

问题：你认为哪些是核心流程，哪些是关键流程？

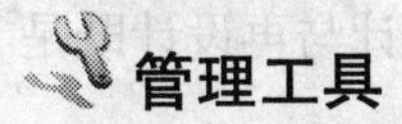

管理工具

工作流设计法

业务流程是由一系列任务所构成的。这些任务按照指定的顺序进行，使得来自不同源头的信息得以整合。有三种典型的工作流：基于事实的工作流、日常工作流和特别工作流。工作流设计的目标就是理顺人、流程、信息、任务、管理之间的关系。

关键概念

物流　资金流　人流　信息流　部门内流程　部门间流程　组织间流程　战略流程　业务流程　市场营销流程、销售管理流程、产品设计开发管理流程、采购管理流程、生产管理流程、质量管理流程、物流配送管理流程、财务管理流程、服务管理流程、信息系统流程　管理流程　人力资源管理流程　会计统计管理流程　技术研发管理流程　信息系统流程　财务管理流程　核心流程　非核心流程　关键流程　非关键流程

15.3　流 程 优 化

15.3.1　流程优化的基本概念

我们看一下面的事例：

(1) 汽车公司通过采购部门购买任何东西，即便是价值不到10元的小文具，却带来花在审核、签署、批准等手续上300元的内部费用。

(2) 仪器公司的半导体集团要花180天才按订单向集成电路的客户发货，而竞争对手通常只需花30天。

(3) 电话公司的顾客服务部门在接到顾客第一次电话后，只有2%能及时解决顾客的问题。

(4) 饮料公司发现公司寄给零售商的发票中44%有错误，这导致大量的调解费用与客户不断的纷争。

同时我们也看到下面一些事例：

(1) 保险公司一般要花28天时间处理房屋业主的保险申请，现在只需26分钟就可把事情办好。

(2) 过去电话申请安装需要几个月的时间，现在只需几天时间，电话就已经安装使用。

(3) 过去申请设立一个企业需要几个月的时间，现在一天就可以了。

上述两方面事例的描述都是一个流程优化的问题，第一方面事例的描述说明流程需要优化，第二方面事例的描述讲的是流程优化的结果。

什么是流程优化？一个企业中往往存在着数目巨大的流程，可不可以让这些流程少一些呢？可不可以让效率更高一些呢？可不可以让费用降得更低一些呢？可不可以让顾客的满意度更高一些呢？这就是一个流程优化的问题。流程优化是按照流程基本要求追求满意流程设计的过程。流程优化贯穿于流程管理过程的规范化流程设计、优化流程再设计和流程再造三个阶段之中。流程设计与再设计是一个不断地优化过程，因为流程没有一次完成的。

流程设计追求流程优化，流程优化是通过流程设计完成的，流程设计与再设计既是流程设计的过程，又是流程优化的过程。

15.3.2 流程优化的类型

根据对流程优化的不同要求，将流程优化分为时间导向的流程优化、成本导向的流程优化、系统化流程优化和再造性流程优化四种类型。

(1) 时间导向的流程优化。这种流程优化旨在降低流程周转期，它强调流程的效率性。该类型适用于顾客对时间要求较短的工作流程。其特点是注重对整个流程中各环节占用时间以及各环节间的协同时间进行深入的量化分析。

(2) 成本导向的流程优化。这种流程优化旨在通过对流程进行的成本分析，来识别并减少那些导致资源投入增加或成本上升的因素，它强调流程的经济性。该类型适用于对产品的价格或成本影响较大的那些工作，其操作前提是不能以损坏那些必要的或关键的确保顾客需要满足的流程或活动为代价。

(3) 系统化流程优化。这种流程优化旨在通过对现有流程的简化、整合以及自动化等活动来完成重新设计的工作，它强调流程整体性。该类型适用于组织外部经营环境相对稳定时的流程优化。

(4) 再造性流程优化。这种类型旨在对流程进行彻底分析，并以此对整个业务流程进行根本性地再设计，强调流程的彻底变革。该类型适用于组织外部经营环境处于剧烈波动状况时的流程优化。

15.3.3 流程优化的策略

流程优化的基本原则是：负责执行流程的人越少越好；在流程服务对象（顾客）看来，越简便越好。根据这一基本原则的要求，我们可以采取下面一些流程优化策略。

1. 合并策略

合并策略是把被分割成许多工序或工作的流程按流程的要求合并起来，使其结构趋于简单。为了实现这个构想，应该考虑企业中的哪些工序和流程可以删除或合并，哪些工序和流程可以委托给流程外的人来做。

下面就是一个电话服务公司运用合并的策略对其维修流程进行优化的例子。

公司原来的维修流程是：

用户保修→承修员通知→线路检查员检测、反馈→公司总机技术员汇总→调度员查索、分配→服务技术员（最后完成修理任务）。

经过合并简化以后，新的维修流程是：

用户报修→用户维护员（检查线路、查找问题、进行修理）如果无法马上解决、通过→服务技术员（进行特殊修理）。

通过对比新旧流程可以看出，原来的程序需要多道转手，时间耗费在交接上，占用人力多，对用户也不方便。而新流程不考虑部门设置，直接依靠具备综合知识的用户维护员，在计算机网络支持和专业知识指导下就可以完成原来前四道工序的大部分工作，只有在用户维护员无法马上解决问题的情况下，才求助于服务技术员，这样便可大大减少交接时间。在原流程中可以立即解决的问题占0.5%，启用新流程后上升到40%，这样，原来需要几个小时才能完成的工作，现在只需几分钟就够了。因此，流程简化以后，流程效率提高了，顾客也更满意了。

2. 团队共同工作策略

团队共同工作策略是将完成几道工序的人员组合成团队共同工作，构造出一个新的流程。通过这个原则，可以减少交接手续，共享信息，从而大幅提高了效率。

下面就是一个汽车配件公司运用团队共同工作的策略，对其配件设计流程进行优化的例子。

一个汽车配件公司主要生产汽车配件，其生存的关键是在制造商提出要求后尽快设计出合适的样品，在众多的竞争者中抢到订单。其原来的工作流程是：

（1）销售代表访问顾客，获得对部件的详细要求。

（2）销售代表将要求告诉设计部。

（3）设计部通过邮政部门将设计稿寄到某个车间进行制造。

（4）制造之前需要在“工具室”制出特需工具，等工具室将工具送到制造车间后开始生产。

这一流程，原来需要20周的时间，而竞争者只需6～10周的时间。因此，该公司的竞争力很差。为了提高竞争水平，该公司对原流程采取了四项改革措施：

(1) 销售代表和工程师组成团队，一同去了解顾客的要求。

(2) 对部件进行设计时，考虑到很多部件是对原有设计的部分改进，所以先检索微机系统，直接利用已有的部件设计方案，稍加修改即可。

(3) 设计稿不通过邮政部门传递，所有信息直接从联网的微机系统存取，使销售代表、工程师和制造车间共享信息。

(4) 所需工具不限于在固定的制造车间制作，哪里有方便的制作条件便在哪里制作。

采取这些措施以后，公司的设计时间从20周减到18天，取得订单的竞争力是原来的4倍，利润也达到原来的2倍多。

3. 同步工程策略

同步工程是指多道流程和工序在互动的情况下同时进行。这样做的目的是缩短流程整体工作的周期。同步工程策略是将连续式流程和平行式流程改为同步工程。连续式流程是指流程中的某一工序只有在前道工序完成的情况下才能进行，即所有工序都按先后顺序进行。平行式流程是将流程中的所有工序分开，同时独立地进行，最后将各工序的半成品或部件进行汇总和组装。

同步工程不仅仅是联系各个流程的产出，而是配合各项信息技术，如网络通信、共享数据库和远程会议，企业可以协调并行的各独立团体的活动，而不是在最后才进行简单的组合。

下面就是一个照相机生产企业运用同步工程的策略，对其产品开发流程进行优化缩短了产品开发周期的例子。

公司以前的产品开发流程是连续和平行混和式流程，即在设计照相机时采用平行式流程，在设计制造工具时采用连续式流程。一般情况下，光是设计照相机就得花去28周，经过漫长的等待后，制造工程师才能开始设计或加工生产工具。通过原来的流程制造一次性使用的35厘米照相机共需要70周。

给开发流程的效率带来大幅度提高的是一个整合产品设计各方面资料的信息库。这个信息库每天都会收集各个工程师的设计图，然后把它们综合起来，组成完整的草图。每天早上，设计小组和各个工程师便可以查询信息库，检查自己的设计与其他人的设计之间是否有冲突，或检查整个设计图是否有问题。一旦发现有任何问题，他们便立刻解决，不再像以前那样，等到花了好几个星期、甚至几个月的时间，产品都快要定型了才发现问题。另外，通过信息库，所有的工程师可以随时掌握产品设计的最新信息。而工具设计师在产品设计完成之前就可以着手进行工具设计，使他们有更多的时间进行创造性思考，有助于设计出质量更好、价格更便宜的照相机。

由此可见，同步工程的最大特点是各工序之间随时都可以交流、互动。通过运用同步工程，公司的新产品开发周期，由平均70周缩短到38周，取得了市场竞争的优势。

4. 信息化策略

运用信息技术不仅可以将几道工序结合在一起，还可以省去许多人工工作。有了数据库，远程通信网络以及标准处理系统，企业完全可以在保持灵活工作的同时，获得规模效益。

公司追求效率目标，利用信息管理系统处理信息的收集、储存和分享，完成产生信

息、处理信息的任务和处理应付账款业务，优化了流程。在新流程下，极大地提高了流程效率，

15.3.4 流程优化的基本方法ESIA

流程是通过结果输出创造价值的，我们要致力于运行高价值的流程，实现流程的基本要求，就要不断地对流程进行优化。在流程优化时，就要考虑哪些流程是可以清除的，哪些是可以简化的，哪些是可以整合的，哪些是可以自动化的。“清除、简化、整合、自动化”，英文分别对应E（eliminate）、S（simplify）、I（integrate）、A（automate）可以简称为“ESIA”，它是流程优化的基本方法。

1. E（eliminate）：清除

流程清除主要是指对企业现有业务流程内的非增值活动予以清除。在现实流程中，许多活动由于种种原因而存在，并不是都能创造价值，对于这些活动就要考虑清除。因而在进行设计流程时，对流程的每个环节或要素，可以思考下面的问题：“这个环节为何要存在?”“它的存在直接或间接产生什么样的结果?”“清除它会产生什么样的结果?”通过回答上述一系列的问题，来判断该活动是否是非增值环节，是否是多余的，清除后会不会给流程带来负面影响。

流程清除的主要内容：

（1）过量的产出。超过需要的产出对于流程是一种浪费，因为它占用了大量的有限资源，如库存增加、流动资金占用等，降低了流程的经济性，没有给企业带来价值。

（2）时间的等待。指流程内任何时刻由于某种原因导致的对人、物、资金和信息的等待，致使该流程环节停顿。如过量库存、活动时间不能紧密衔接、资金在部门内滞留等现象都是时间的等待。等待就是不使用，不使用就是浪费。等待不会创造价值，它在降低流程经济性的同时也使流程效率降低。

（3）不必要的运输。任何人员和物料的空间移动都要消费时间和产生费用，不必要的运输不会创造价值，它在降低流程经济性的同时使流程效率降低。

（4）反复的加工。在公司运营流程的实际运作中，很多产品、服务或是文件会被处理多遍。这时要思考，反复加工带来了增值吗？如不能产生增值，它就是不经济的。

（5）反复的检验。检验是对质量的控制，也是成本，检验环节越多，质量越有保证，但成本越高，这是经济意义上的解释。管理意义上的解释是有些检验、监视与控制已形成了一种官僚作风和形式主义，已不再具有质量控制的本意了。这时的思考与反复加工类同，在考虑增值性的同时，要考虑其检验的经济性。

（6）重复的活动。如将信息收集、处理、存储过程放在中央数据库来进行，实现信息共享，就节约了各活动环节在信息上的重复活动。

2. S（simplify）：简化

流程简化是指在尽可能清除了非必要的非增值环节后，对剩下的活动进一步简化过于复杂的环节。

流程简化的主要内容：

（1）表格。许多表格在流程运作中根本没有实际作用，或在表格设计上就有许多重复的

内容。重新设计表格并利用计算机网络技术的介入可以减少不少工作量，减少不少环节。

(2) 程序。原有流程在设计时，一般没有考虑计算机网络技术这个前提，所以通常认为流程内员工的信息处理能力非常有限，因而一个流程通常被割裂成多个环节，以让足够多的人来处理足够多的信息。现在就可以考虑由于计算机网络技术的运用，员工对于信息处理能力大幅度增加这个前提，简化流程的程序。

(3) 沟通。简化沟通，避免沟通的复杂性。

(4) 技术。使用先进技术，简化流程，如采用数字加工中心代替传统的机械加工，就能大大地简化加工流程。

(5) 流程。虽然大部分流程的初始设计都是自然流畅有序的，但在使用过程中为了局部改进而进行的零敲碎打式的变动，在很大程度上，使流程变得低效。有时，调整任务顺序或增加一条信息的提供，就能简化流程。

3. I (integrate)：整合

流程整合是指对分解的流程进行整合，以使流程顺畅、连续、更好地满足顾客需求的过程。

流程整合的主要内容：

(1) 活动。赋权一个人完成一系列简单活动，将活动进行整合，从而提高流程效率。

(2) 团队。合并人员组成团队，这样使得物料、信息传递距离最短，改善在同一流程工作的人员与人员之间的沟通。

(3) 顾客。面向顾客，和顾客建立完善的合作关系，整合顾客和自身的关系，将自己的服务与顾客的流程联结一起，做到与顾客的无“缝隙”流程对接。组织的顾客还应包括组织内部员工，下道流程的员工是上道流程员工的顾客，他们之间也是无“缝隙”流程对接的服务关系。

(4) 供应商。消除企业和供应商之间的一些不必要的官僚手续、建立战略伙伴关系、整合双方的流程。

4. A (automate)：自动化

流程自动化是指在对流程进行清除、简化和整合的基础上应用自动化，运用先进的信息技术加速流程运转，提高流程运行质量。同时，流程的清除、简化和整合的许多过程也要依靠自动化来解决。

流程自动化的主要内容：

(1) 人们不感兴趣的工作，包括脏活、累活与乏味的工作，尽量由机械设备来完成。

(2) 自动化完成数据采集与传输，减少流程中数据采集与传输的时间。

(3) 自动化完成数据分析，通过分析软件，对数据进行收集、整理与分析，提高流程中信息的利用率。

管理提示

再造是新思路

再造是一种新思路，是我们一定要做的。

——著名管理学家：彼得·德鲁克

海尔流程再造的“五要五不要”

海尔市场链流程再造的“五要五不要”：

要重新开始，不要对原有流程提高和优化；

要创造，不要布置；

要指导，不要控制；

要走动管理，不要坐下开会；

要在试点上创造卖点，不要听秘书汇报统计数据。

管理故事

流程的选择

在一堂时间管理课上，教授在桌子上放了一个装水的罐子。然后又从桌子下面拿出一些正好可以从罐口放进罐子里的“鹅卵石”。当教授把石块放完后问他的学生道：“你们说这罐子是不是满的？”

“是，”所有的学生异口同声地回答说。“真的吗？”教授笑着问。然后再从桌底下拿出一袋碎石子，把碎石子从罐口倒下去，摇一摇，再加一些，再问学生：“你们说，这罐子现在是不是满的？”这回他的学生不敢回答得太快。最后班上有位学生怯生生地细声回答道：“也许没满。”

“很好！”教授说完后，又从桌下拿出一袋沙子，慢慢倒进罐子里。倒完后，再问班上的学生：“现在你们再告诉我，这个罐子是满的呢？还是没满？”

“没有满，”全班同学很有信心地回答说。“好极了！”教授再一次称赞这些学生们。称赞完了后，教授从桌底下拿出一大瓶水，把水倒在看起来已经被鹅卵石、小碎石、沙子填满了的罐子。当这些事都做完之后，教授问班上的同学：“我们从上面这些事情得到什么重要的启示？”

问题：如果你将向罐子里倒入鹅卵石、碎石子、沙子和水这些东西的倒入顺序颠倒过来，将会出现什么结局？

管理工具

语言交互建模

语言交互建模是一门利用语言行为的暗示，构建组织工作流程的方法，不同于将协同看成任务或任务之间的信息流而是通过语言行为来加以定义。对于业务流程，执行时的承诺是供需双方交流的基础。比如，语言行为包括需求、提供、同意、撤销、拒绝提议和报告完成等。

关键概念

流程优化　时间导向的流程优化　成本导向的流程优化　系统化流程优化　再造性流程优化　合并　同步工程ESIA　清除　简化　整合　自动化

本章提要

（1）流程是做事情的程序或者工作的程序。

（2）业务流程致所以被人们关注，是因为它是组织中能创造价值的流程。业务流程，就是企业以输入顾客需求和社会资源为起点到企业创造出对顾客有价值的产品或服务为终点的一系列活动。

（3）在管理流程时我们要满足流程的一些基本要求，这些基本要求是：效率性、经济性、质量、目标性、整体性、动态性、层次性、结构性、增值性、满意度、可重复性。

（4）有组织就有组织活动，有活动就有流程，有流程就有流程管理。流程管理是一种以规范、优化的流程为对象，以持续地提高组织业务绩效为目的的系统化设计。

（5）流程管理过程一般由三个阶段组成：第一阶段规范化流程设计；第二阶段优化流程再设计；第三阶段流程再造。

（6）流程设计与再设计是一个不断的优化过程，因为流程没有一次完成的。

（7）流程优化的类型有：时间导向的流程优化、成本导向的流程优化、系统化流程优化和再造性流程优化。这些不同的类型在优化过程中有着不同的侧重点。

（8）流程优化的基本原则是：负责执行流程的人越少越好；在流程服务对象（顾客）看来，越简便越好。根据这一基本原则的要求，我们可以采取这些流程优化策略：合并策略、团队共同工作策略、同步工程策略和信息化策略。

（9）流程优化的基本方法是 ESIA 法，即“清除、简化、整合、自动化”。通过 ESIA 法实现流程的基本要求，求得满意流程。

复习思考题

（1）什么是流程？

（2）什么是业务流程？

（3）流程的基本要求是什么？

（4）你如何理解职能导向管理和流程导向管理？

（5）描述一个日常管理的流程，并提出优化设计方案。

（6）是否存在一种最好的流程，为什么？

管理者训练

绘制一个工作流程

表 15-1 是一个销售业务流程的实例。

表 15-1 某企业销售业务流程

业务编号	××-002	业务名称	普通销售业务
流程适用范围	无论赊销、现销，当月完成发货后（含多次发货）当月结算完毕（含多次结算）的销售业务		
相关岗位及权限	岗位	系统操作	权限
	销售部	销售管理模块中录入销售订单、销售开票申请（办事处）	录入、审核、复核
	配运部	销售管理模块中录入发货单	增加、审核
	库管	库存管理模块中生成销售出库单并审核确认	增加、审核
	材料成本会计	存货核算模块中记账、制单	记账、制单
	应收往来会计	应收账款模块中结转收入、应收往来核算	审核、核销、制单

相关部门或岗位				
客户	销售部	配运部	库管	材料会计

续表

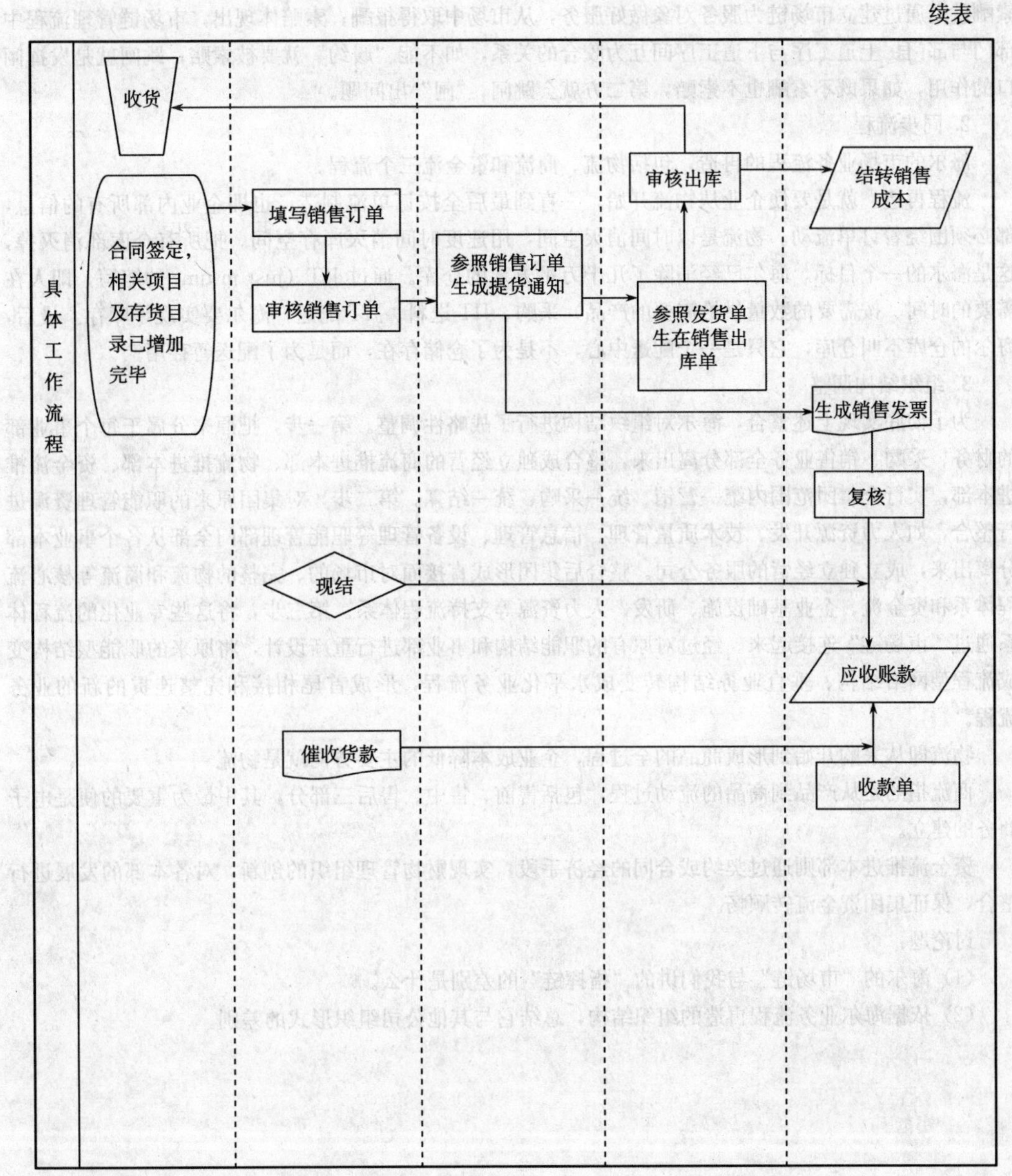

以上表为模板，绘制一个你熟悉的工作流程。

案例 15-1

海尔以市场链为纽带的业务流程再造

市场机制是海尔为了迎接国际化、网络化大潮流，全面进行业务流程再造的创新举措。

1. 市场链

建立企业的“市场链”，即在企业的上下工序、上下岗位之间形成市场关系、服务关系，每个工序、每个人的收入来自自己的市场。企业的主要目标由过去的利润最大化转向以用户为中心，以市场为中心。每个人的利益都与市场挂钩，具体做法就是“SST”机制，即“索酬”、“索赔”和“跳闸”。

索酬就是通过建立市场链为服务对象做好服务，从市场中取得报酬；索赔体现出，市场链管理流程中部门与部门、上道工序与下道工序间互为咬合的关系，如不能“履约”就要被索赔；跳闸就是发挥闸口的作用，如果既不索酬也不索赔，第二方就会跳闸，“闸”出问题。

2. 同步流程

海尔的市场业务流程的再造，包括物流、商流和资金流三个流程。

流程再造，就是要使企业从物流开始，一直到最后全按订单流制造，也即企业内部所有的信息，都必须围绕着订单流动。物流是以时间消灭空间，用速度时间消灭库存空间。把所有仓库部消灭掉，这是海尔的一个目标。海尔已经消除了几十万平方米的仓库。通过 JIT（just in time 的缩写，即人在需要的时间、按需要的数量供给需要的产品）采购、JIT 送料、JIT 配送，海尔要实现零库存。最后，海尔的仓库不叫仓库，它只是一个配送中心，不是为了仓储存在，而是为了配送暂存用。

3. 组织结构调整

为了彻底实现上述整合，海尔对组织结构进行了战略性调整。第一步，把原来分属于每个事业部的财务、采购、销售业务全部分离出来，整合成独立经营的商流推进本部、物流推进本部、资金流推进本部，实行全集团范围内统一营销、统一采购、统一结算。第二步，对集团原来的职能管理资源进行整合，如人力资源开发、技术质量管理、信息管理、设备管理等职能管理部门全部从各个事业本部分离出来，成立独立经营的服务公司。整合后集团形成直接面对市场的、完整的物流和商流等核心流程体系和资金流、企业基础设施、研发、人力资源等支持流程体系。第三步，将这些专业化的流程体系通过“市场链”连接起来。经过对原有的职能结构和事业部进行重新设计，将原来的职能型结构变成流程型网络结构、垂直业务结构转变成水平化业务流程，形成首尾相接和完整连贯的新的业务流程。

物流即从采购开始到形成商品的全过程，企业成本降低的主要方向就是物流。

商流指的是从产品到商品的流动过程，包括售前、售中、售后三部分，其中最为重要的便是电子商务的建立。

资金流推进本部则通过契约或合同的经济手段，实现财物管理组织的创新，对各本部的发展进行整合，保证集团资金流转顺畅。

讨论题：

（1）海尔的“市场链”与我们讲的“指挥链”的差别是什么。

（2）依据海尔业务流程再造的组织结构，总结它与其他公司组织形式的差别。

参考文献

爱德华·德·波诺. 2008. 六顶思考帽. 冯杨译. 太原：山西人民出版社
安德鲁·坎贝尔. 凯瑟琳·萨默斯·卢斯译. 2003. 核心能力战略：以核心竞争力为基础的战略. 严勇，祝方译. 大连：东北财经大学出版社
安德泽杰·胡克金斯基. 2003. 管理宗师. 王宏方译. 大连：东北财经大学出版社
巴纳德. 1997. 经理人员的职能. 王永贵译. 北京：中国社会科学出版社
保罗·格里斯利. 2002. 管理价值观. 徐海欧译. 北京：经济管理出版社
彼得·F. 德鲁克. 2005. 卓有成效的管理者. 许是详译. 北京：机械工业出版社
彼得·F. 德鲁克. 2006. 管理的实践. 齐若兰译. 北京：机械工业出版社
彼得·F. 德鲁克. 2008. 管理. 王永贵译. 北京：机械工业出版社
彼得·圣吉. 1994. 第五项修炼. 郭进隆译. 上海三联书店
戴维·贝赞可，戴维·德雷诺夫，马可·尚利. 1999. 公司战略经济学. 武亚军译. 北京：北京大学出版社
戴维·亨格，托马斯·L. 惠伦. 2002. 战略管理精要. 王毅译. 北京：电子工业出版社
德斯勒. 2005. 人力资源管理. 吴雯芳，刘昕译. 北京：中国人民大学出版社
法约尔. 2007. 工业管理与一般管理. 迟力耕，张璇译. 北京：机械工业出版社
郭咸纲. 2004. 西方管理思想史（第三版）. 北京：经济管理出版社
哈罗德·孔茨，海因茨·韦里克. 2004. 管理学. 马春光译. 北京：经济科学出版社
黑格尔. 1980. 小逻辑. 贺麟译. 北京：商务印书馆
胡为民. 2007. 内部控制与企业风险管理——实务操作指南. 北京：电子工业出版社
黄速建，黄群慧. 2002. 现代企业管理. 北京：经济管理出版社
杰克·韦尔奇，苏茜·韦尔奇. 2007. 赢的答案. 扈喜林译. 北京：中信出版社
卡尔·波普尔. 2005. 猜测与反驳. 傅季重，纪树立，周昌忠译. 上海：上海译文出版社
卡耐基. 2007. 卡耐基沟通的艺术. 北京：中国城市出版社
雷恩. 2000. 管理思想的演变. 赵睿，肖聿，戴旸译. 北京：中国社会科学出版社
理查德·H. 霍尔. 2003. 组织：结构、过程及结果. 张友星，刘五一，沈勇译. 上海：上海财经大学出版社
迈克尔·波特. 2005. 竞争优势. 陈小锐译. 北京：华夏出版社
迈克尔·哈默. 2007. 企业再造. 王珊珊译. 上海：上海译文出版社
迈诺尔夫·迪尔克斯，阿里安娜·贝图安·安托尔，约翰·蔡尔德等. 2001. 组织学习与知识创新. 张新华译. 上海：上海人民出版社
沈洪涛，沈艺峰. 2007. 公司社会责任思想起源与演变. 上海：上海人民出版社
石光明. 2002. 实用创造学. 长沙：中南大学出版社
斯蒂芬·P. 罗宾斯. 2005. 管理学. 毛蕴诗主译. 北京：中国人民大学出版社
孙宗虎. 2005. 人力资源管理职位工作手册. 北京：人民邮电出版社
泰勒. 2007. 科学管理原理. 马风才译. 北京：机械工业出版社
谭伟东. 2001. 西方企业文化纵横. 北京：北京大学出版社
田奋飞. 2005. 企业竞争力研究. 北京：中国经济出版社
万后芬，田奋飞. 2001. 现代管理学. 北京：中国商业出版社
王丽亚. 2007. 生产计划与控制. 北京：清华大学出版社
王璞，曹叠峰. 2005. 流程再造. 北京：中信出版社
魏文彬. 2004. 现代西方管理学理论. 上海：上海人民出版社
西蒙. 1989. 现代决策理论的基石. 杨砾，徐立译. 北京：北京经济学院出版社

西蒙. 2007. 管理行为. 詹正茂译. 北京：机械工业出版社
谢尔顿. 2002. 预测业神话. 北京：人民邮电出版社
闫寒. 2004. 跟杰克·韦尔奇学管理. 北京：中国商业出版社
杨杜. 2001. 现代管理理论. 北京：中国人民大学出版社
杨锡怀. 1999. 企业战略管理. 北京：高等教育出版社
余世维. 2006. 有效沟通：管理者的沟通艺术. 北京：机械工业出版社
约翰·科特. 1997. 变革的力量——领导与管理的差异. 方云军，张小强译. 北京：华夏出版社
曾仕强. 2005. 中国式领导：以人为本的管理艺术. 北京：北京大学出版社
曾仕强. 2006. 管理思维. 北京：北京大学出版社
中国企业家调查系统. 2007. 企业家看社会责任：2007 年中国企业家成长与发展报告. 北京：机械工业出版社
周昌忠. 1988. 科学思维学. 上海：上海人民出版社
Ansoff H I. 1965. Corporate Strategy. New York：McGraw-Hill，Inc.
Johnson G，Scholes K. 1999. Exploring Corporate Strategy. London：Prentice Hall Europe
Lewis S P，Goodman H S，Fandt M P. 1998. Management：Challenges in the 21st Century (Second Editon). Illions：South-Westen College Publishing
Plunkett W R，Attner F R. 1997. Management：Meeting and Exceeding Customer Expections (Sixth Edition). Illions：South-Western College Publishing
Robbins P S，Coultar M. 1996. Management (Fifth Editon). New Jersey：Printic-Hall International，Inc.